古漢語詞彙研究導論

管錫華著

臺灣 學生書局 印行

序

趙振鐸

　　詞彙是語言裏面所有詞的總稱，詞和詞彙的關係是個體和集體
的關係。語言學中研究詞彙的學科稱為詞彙學。詞彙學內部又可分
為好些個部門。從詞的語義方面來說，詞有單義詞和多義詞。還有
同義詞、反義詞和同音詞。如果從詞彙的組成來講，有基本詞彙和
一般詞彙，有全民語言的詞和地方方言的詞，有本族語言的詞和外
來詞，還有術語、專業用語、行業用語和黑話等。如果從詞的構造
講，可以把詞分為單純詞和合成詞，詞的內部結構又有詞根和附加
成分等，就詞的來源講還可將詞根相同的詞稱為詞族，同詞族的詞
稱為同源詞。通常把研究詞的構造的學科稱為構詞法，就其歸屬
講，它既可以屬於語法學，也可以屬於詞彙學。

　　我國對詞彙的研究很早就開始了，遠在戰國中後期就出現了詞
語匯編的《爾雅》，西漢末年揚雄繼承了周秦時期輶軒使者採風和
收集方言的傳統編成《輶軒使者絕代語釋別國方言》，簡稱《方
言》，這不僅在我國，而且在世界上也是最早的方言詞典。東漢後
期劉熙編寫的《釋名》，則是詞源學詞典。此後一個相當長的歷史
時期，我國的詞彙研究卻停滯不前，發展不快。直到上個世紀，由
於西方普通語言學的傳入，詞彙的研究在現代的語言學理論的推動

之下，有了很大的發展。但是研究現代漢語詞彙的多，而研究古代漢語詞彙的相對要少一些。

古代漢語詞彙研究的滯後，給辭書的編纂帶來了很大的影響。我們的大型詳解詞典不論在收詞方面，在詞義的辨析方面，在用例的選擇方面，都帶有很大的任意性。這跟古代漢語詞彙研究不夠深入有很大的關係，應該引起注意。

管君錫華教授的《古漢語詞彙研究導論》力圖打破古代詞彙研究已有的框架，建立一個新的研究體系。他在教學的過程中，根據教學的需要，廣泛地收集資料，鑽研教學方法，總結教學中存在的問題，從研究生的實際需要出發，編出了這本導論性的著作。全書沒有停留在介紹各種古代漢語詞彙現象方面，而是從新的視野，新的角度，指導學生如何從事古代詞彙研究。他把這些問題歸結為四大方面，即研究的現狀、語料、選題、方法等，從這四個大的方面展開自己的論述。

研究現狀討論了數十年來古漢語詞彙研究的狀況，各種研究的途徑。這是非常重要的，因為從事任何一項科學研究工作，必須了解這個研究前人做了哪些工作，取得哪些成績，哪些研究已經有了重大的成就，還有哪些不足需要進一步努力。我們才能夠科學地認識它。這是入門必須知道的。

古代漢語有連綿不斷幾千年的歷史，有異常豐富的文獻，這是世界上任何語言都不能夠比擬的。近年的考古發掘還有不少新的前所未知的文獻出土，而已有的文獻裏面還有不少有價值的語料有待於認識和鑒別，如何在浩如煙海的文獻裏面找到切入點，選擇有用的語料，辨別真偽，評估語料的價值。這裏面有不少學問要做，作

者在這本書裏面對此有很多有意義的論述。

根據語料,確定研究的選題,是從事研究工作的重要步驟。確定什麼樣的選題:是專書或者是專題,是斷代的研究還是某個作家詞彙的研究,是某一種詞彙語義現象的研究,還是別的,所有這些,都要在調查研究的基礎上才能夠確定下來。

有了選題,根據選題確定研究的方法,這是研究工作取得成敗的關鍵。利用已經有的成果,這是研究工作所不可少的。語言研究常用的方法,如:靜態分析法,歷史比較法,此外近年採用的數理統計方法,還有一些新的方法,在需要時也應該吸收。所有這些,著作裏面都有詳盡的論述。

這部著作還有一個特點,就是現代研究手段的引進和介紹,書中除了介紹各種目錄引得索引的利用外,還對於網盤古籍資料的檢索有相當篇幅的論述。並且以「蒔」字為例,說明它的歷史發展,從單純詞到合成詞。如果沒有這些網盤,要查到這些豐富的資料,那不知要花多少時間。作者這樣的一段話也是耐人尋味的:

　　目前的網盤古籍都或多或少存在著版本文字校勘問題,比較嚴重的問題如沒有交代版本依據、把繁體字變成了簡體字失去古籍文字原貌、缺漏錯字較多等,我們即使利用製作較好的網盤全文檢索古籍資源檢得的語料,也需要與紙本細細核對,無誤後才能寫入論文;那些錯誤百出的網盤,根本不能使用。再者,我們要有清醒的認識,利用網盤全文檢索古籍資源僅是檢索研究需要的語料,它與手工檢索語料只有速度差異,沒有本質區別;全文檢索是檢索語料的手段,不

是研究古漢語詞彙的方法。我們需要遵循從發現選題到收集語料、排比分析語料、形成結論的做古漢語詞彙研究的一般方法，做艱苦的工作，不能因為手裏有了所需的網盤資源，就萬事大吉，掉以輕心，現在流行的「三個月做一篇博士論文」的說法，至少對古漢語詞彙研究來說是不切實際的。

這段話是作者經驗之談，諄諄告誡讀者，千萬不要盲目地去利用網盤。我想到一點，「電腦還是趕不上人腦」，不說別的，在古代漢語研究中，找到了許多自己認為「有用」的語料，如果沒有真正弄清楚它的確切意思，自以為是，望文生訓，說不定還會出差錯，鬧笑話。這是應該引以為戒的。

作者這本書還有一個重要的價值在於它指導了讀者如何學習，介紹了不少有關題目的文獻，提示了前修時賢的治學方法。金朝詩人元好問說：「鴛鴦繡了教人看，莫把金針度與人。」意思是說：繡出了鴛鴦可以教人觀看，但是不要把刺繡的祕訣告訴別人。這本書有許多自己的心得體會，教人如何治學，度人金針，是難能可貴的。是為序。歲在二零零五年冬初十月序於東風六棟二零五室。

古漢語詞彙研究導論

目　　錄

〇、緒　論

一、古漢語詞彙研究的目的

　　就語言研究本身來說，古漢語詞彙研究的最終目的是要描寫出盡量接近於古漢語詞彙發展事實的古漢語詞彙的歷史。要達到這個最終的目的，靠個人的努力遠遠不夠，它需要大量研究人員分工合作共同來完成。任何個人的研究，或者是多或者是少，都只是整個研究中的一個部分。反過來說，整個研究必須要有個人的努力，這些努力的成果匯集起來，慢慢就能實現最終目的。

　　個人研究必須要將自己的研究計劃納入整個研究之中，瞭解現有成果，確定研究的具體選題。一般來說，可以先從專書入手。一個時代的重要語料，如果都有人做了深入研究，那麼一個共時層面上的詞彙狀況就能描寫清楚。研究清楚每一個共時層面，再將這些共時層面的成果從縱向層層比較分析，就能看出完整的古漢語詞彙發展的歷史。如果從專題入手，道理也與從專書入手一樣。專題可以是共時的，也可以是歷時的。無論是共時的還是歷時的，把每一個專題都研究清楚，最終同樣可以得到完整的古漢語詞彙發展的歷史。

　　從宏觀上看，目前的古漢語詞彙研究處於一種比較無序的狀態。沒有人組織古漢語詞彙研究界討論制定古漢語詞彙研究的總體

規劃，古漢語詞彙研究應該研究哪些方面，現今成果如何，今後如何研究等，都不甚清楚。也沒有人調查古漢語詞彙研究界研究人員的狀況，大學教師、碩博研究生、專職研究人員有多少，他們各在古漢語詞彙研究哪些方面有專長，還需要培養多少、培養哪些需要的人才，同樣也不甚清楚。國家的一些語言研究項目每年可以見到一些古漢語詞彙研究的選題，但是如果把歷年來關於古漢語詞彙研究的選題拿來做些分析，不難看出其間的隨意性。這種狀況希望能夠儘早改變，為實現古漢語詞彙研究的最終目的鋪平道路。

二、古漢語詞彙史的分期

沒有人就古漢語詞彙史的分期做過專門的深入研究，學界一般採取漢語史的分期。

漢語史的分期也經過了較長時間的討論，說法不少。蔣紹愚、袁賓等學者都做過總結介紹。❶以下是幾種主要的說法。

王力在《漢語史稿》（上冊）主要以語法、語音為標準，給漢語史的分期是：❷

---

❶ 詳參蔣著《近代漢語研究概況》第一章〈緒論〉第一節〈什麼是近代漢語〉，北京大學出版社 1994 年版，頁 1-7，下引蔣說同；袁賓等《二十世紀的近代漢語研究》第一編第一章〈近代漢語的歷史範圍〉，書海出版社 2001 年版，頁 3-9。

❷ 王力說：漢語史的分期，「應該以語法作為主要的根據……語音和語法有密切的關係，都是整個系統，所以語音的演變也可以作為分期的標準。一般的詞彙發展，也可以作為分期的一個標準，但它不是主要的標準……因為它只是一般詞彙的變化，而不是基本詞彙的變化。」王力在四個分期後，總結上古、中古、近代各個時期的特點中，沒有言及詞彙的特點。詳參王著第一章〈緒論〉第六節〈漢語史的分期〉，中華書局 1980 年版，頁 33-35。

㈠公元三世紀以前（五胡亂華以前）為上古期。（三、四世紀為過
　渡階段。）

㈡公元四世紀到十二世紀（南宋前半）為中古期。（十二、十三
　世紀為過渡階段。）

㈢公元十三世紀（南宋後半）到十九世紀（鴉片戰爭）為近代。
　（自 1840 年鴉片戰爭到 1919 年五四運動為過渡階段。）

㈣二十世紀（五四運動以後）為現代。

　　在本段論述之前的注釋中，王力又說「也可把甲骨文以前的時
代叫做太古期，但是那樣分期沒有什麼意義。」

　　1979 年周祖謨在華南師範大學做演講時也給漢語史做過分
期。他也把現代漢語與古代漢語的分界劃在 1919 年。古代漢語分
為五個時期：❸

㈠上古前期（西元 771 年以前），這一時期包括商代到西周之
　末。

㈡上古後期（西元前 770－西元 219）。這個時期包括周平王東
　遷後春秋戰國時期和秦漢時期。

㈢中古時期（西元 220－588）。這一時期包括魏晉南北朝。

㈣近古時期（西元 589－1126）。這個時期包括隋唐五代和北
　宋。

---

❸　詳《周祖謨語言文史論集》首篇〈漢語發展的歷史〉，浙江古籍出版社 1988
　　年版，頁 7－15。

　　㈤近代（西元 1127－1918）。這一個時期包括南宋、金、元、
　　明、清到五四運動之前。

　　此後近代漢語的研究受到進一步的重視，學者們對近代漢語的
上下限進行了討論，同時也牽涉到了整個古代漢語的分期的問題。
　　蔣紹愚《近代漢語研究概況》在介紹王力的分期之後，介紹了
國外漢學家對漢語史的分期：「瑞典漢學家高本漢（D. Karlgren）認
為《詩經》以前是太古漢語，《詩經》以後到東漢是上古漢語，六
朝到唐是中古漢語，宋代是近古漢語，元明是老官話。日本漢學家
一般把漢以前稱為『上古』，把六朝至唐末稱為『中古』或『中
世』，把宋元明稱為『近世』，把清代稱為『近代』。」
　　呂叔湘在《近代漢語指代詞·序》中，根據「以口語為主的
『白話』篇章，如敦煌文獻和禪宗語錄，卻要到晚唐五代纔開始出
現，並且一直要到不久之前纔取代『文言』的書面漢語的地位」的
情況，提出了不同的主張，認為：「以晚唐五代為界，把漢語的歷
史分為古代漢語和近代漢語兩個大的階段是比較合適的。至於現代
漢語，那只是近代漢語內部的一個分期，不能跟古代漢語和近代漢
語鼎足三分。」❹
　　蔣紹愚的主張與呂叔湘有所不同，贊成「古代漢語」、「近代
漢語」、「現代漢語」鼎足三分。給近代漢語下了定義、劃了上下
限：「近代漢語是從唐初到清初人們在口語和反映口語的書面語中
使用的漢語。」「近代漢語的上限或許可以提前到唐代初年」，

---

❹　詳參學林出版社 1985 年版，〈序〉頁 1－3。

「把語音和語法綜合起來看，把唐代初年作為近代漢語的上限是可以的。」「下限定為十八世紀中期，或者粗略一點說，定在清初」。

漢語史分期特別是古代漢語內部分期的問題並沒有完全解決。如上各家分期的標準主要是語音、語法，而沒有把詞彙也作為一個重要的標準。因此如上各家的漢語史分期是否也符合詞彙發展的實際狀況，還需要進一步研究。

目前，在沒有一個現成可依的古漢語詞彙史分期的情況下，本講義採取折衷漢語史的辦法：以五四為分界線，把漢語詞彙史大分為「古代漢語詞彙」和「現代漢語詞彙」，五四前統稱為「古代漢語詞彙」，與五四後「現代漢語詞彙」相對。古代漢語詞彙內部的分期是，西漢以前為「上古漢語詞彙」，東漢至隋唐為「中古漢語詞彙」，晚唐五代至五四為「近代漢語詞彙」。

三、古漢語詞彙研究與古漢語詞彙學的內容

古漢語詞彙研究與古漢語詞彙學是兩個不同的概念。古漢語詞彙研究是運用古漢語詞彙學或普通語言學的理論對古代文獻語料中的詞彙狀況進行的實際調查、分析與描寫。古漢語詞彙學是古漢語詞彙研究的理論，它是在普通語言學理論的基礎之上與古漢語詞彙研究的成果之上產生的，反過來指導古漢語詞彙的研究。

古漢語詞彙研究包括著詞彙所包含的各個方面的內容，從詞類的角度，有名詞、動詞、形容詞、數詞、量詞、代詞、副詞、介詞、連詞、助詞、嘆詞的研究等；從詞語構成的角度，有單音詞、雙音詞、方言詞、外來詞，常用詞、非常用詞的研究等；從詞和詞

義發展的角度，有新詞、新義的研究等；從詞和詞義之間的關係的角度，有同義詞、反義詞的研究等；從詞的來源的角度，有同源詞的研究等。

　　根據見到的古漢語詞彙學專著，古漢語詞彙學的研究主要包括十大方面：

　　㈠什麼是古漢語詞彙學。回答古漢語詞彙研究的對象、目的、方法、手段等問題。

　　㈡基本詞彙與一般詞彙。研究基本詞彙與一般詞彙劃分的標準，基本詞彙與一般詞彙在語言中的各自作用，基本詞彙與一般詞彙的相互轉化及其語言與社會原因等。基本詞彙與一般詞彙人們已經不再太多提及，而被代之以常用詞與非常用詞。

　　㈢本族詞彙與外來詞彙。研究古漢語詞彙中本族詞彙、外來詞彙的構成，漢語對外來詞彙的影響，漢語吸收外來詞彙的原因、方式與途徑，古漢語詞彙對外族與外國語言的滲透及其原因、方式與途徑等。

　　㈣方言詞與通用詞。研究辨識古漢語詞彙中方言詞的方法，方言詞與通用詞相互轉化及其語言與社會原因等。

　　㈤單音詞與雙音詞。研究單音詞的特點，單音詞與漢字的關係，雙音詞的結構方式，雙音詞與雙音詞組的判分方法，單純詞、合成詞、聯綿詞、重言詞的構詞特點等。

　　㈥固定短語、超詞語。研究成語、典故、諺語、歇後語、慣用語結構特點、文化色彩等。

　　㈦單義詞和多義詞。研究詞的本意和引申義，單義詞的特點，多義詞詞義引申的方式，詞義的演變及其原因等。

㈧同義詞和反義詞。研究同義詞、反義詞判定的標準，辨析同義詞的角度與方法，反義詞的詞義對立系統，同義詞與同訓的關係、反義詞與反訓的關係等。

㈨同源詞。研究同源詞的詞義特點，同源詞詞族的推求等。

㈩古漢語詞彙研究的方法。探討研究古漢語詞彙的方法，傳統的方法，現代的方法，傳統與現代方法的結合使用問題，各種方法的不同適應對象等。

也有些專著有詞彙學研究成果介紹與今後的研究方向等內容。

四、本講義的內容與編寫的指導思想

本講義的內容有：㈠研究現狀，從古漢語詞彙的各個方面介紹本學科至今為止的研究狀況；介紹瞭解研究狀況的各種途徑，包括紙質文獻途徑與網盤文獻途徑等。㈡研究語料，介紹在古漢語詞彙史上有一定研究價值的見存各類古代文獻語料，同時介紹選擇語料的相關問題，如選擇語料的原則、評估語料價值的標準等。㈢研究選題，介紹選題的各種常見類型，以及一些可做的古漢語詞彙研究的選題。㈣研究方法，介紹古漢語詞彙研究常用的有效的幾種方法，如平面描寫、歷時比較、數理統計，以及與研究方法相關的幾個問題，如參照系問題、已有成果的利用問題等。

本講義沒有按照一般詞彙學的內容去寫，沒有涉及古漢語詞彙學中一般的基本知識，這樣做的指導思想是：本講義的主要使用對象是漢語言文字學的碩士研究生，他們當中的絕大多數來自於大學中文系的本科，讀過古代漢語、訓詁學以及語言學理論等課程，已經具備了古漢語詞彙學方面的基礎知識；即使有些研究生這種知識

不很完備，但研究生應該有較強的自學能力，他們可以通過自學我們在第一章第二節中詳細介紹的重要的古漢語詞彙學和古漢語詞彙研究的代表性專著加以彌補。研究生讀研的主要任務應該就是學習如何做科研、如何獨立完成科研任務，而不是一般的基礎知識的獲取。所以本講義寫了這樣的四個內容，希望能夠給研究生做古漢語詞彙研究、特別是撰寫古漢語詞彙研究學位論文有一些幫助。

第一章　研究概況

　　在古漢語研究中，詞彙的研究最為薄弱。總的來看，除一些字典詞書之外，古漢語詞彙研究真正受到重視，是在 1970 年代之後。至今二十餘年的時間中，一批學者以及各高校碩博研究生投入了古漢語詞彙的研究，取得了一批相當出色的成果。這一章古漢語詞彙研究概況的內容也重在這一個階段。

　　我們通過各種途徑檢閱，瞭解到了古漢語詞彙研究的大致狀況是：❶專著 253 種❷；論文 1,004 篇；❸碩博論文，大陸 318 篇，臺灣 60 篇。❹以下就這些檢閱到的論著，分為專著、期刊論文、碩博論文等節予以介紹。在專著概述後用一節篇幅詳細介紹 10 餘種重要專著，希望能夠起到導讀的作用。

---

❶　我們所說的古漢語詞彙研究，包括詞彙史、詞彙學、詞彙研究幾個方面，為稱述方便，在不發生歧義的情況下，僅稱「古漢語詞彙研究」或「詞彙研究」。

❷　統計數字沒有包括三四百種成語典故詞典在內。

❸　補正字典詞書的論文不包括在內。

❹　各類論著書後皆附列要目，以供參看。

第一節　古漢語詞彙研究專著概述

專著 253 種，大分為 10 類，前 4 類是古漢語詞彙史、詞彙學、詞彙通論性的專著，後 6 類則是從不同的角度對古漢語語料中詞彙的調查研究的論著。具體分佈情況是：一、詞彙史、詞彙研究史、詞彙學史 14 種，二、詞彙通論、詞彙學通論 12 種，三、詞義通論、詞義學通論 9 種，四、詞源學、語源學 12 種，五、專書研究 45 種，六、專門體裁研究 30 種，七、專類詞研究 64 種，八、斷代研究 26 種，九、方俗語、外來語研究 35 種，十、大型字詞書 6 種。專著多有兼類情況，為敘述簡便，一種專著一般只置於一類之中。下一節將要介紹到的專著以星號標示出來，本節介紹從略。

一、詞彙史、詞彙研究史、詞彙學史

古漢語詞彙史首先見於王力的《漢語史稿》*第四章〈詞彙的發展〉。❺《史稿》是王力「五十年代在北京大學講授『漢語史』課所寫的教材，也是研究我國漢語歷史發展的第一部專著。」❻〈詞彙的發展〉一章初次構建了詞彙史的框架。1980 年代初王力對本章做了修訂擴充，增寫了幾章，各章內容都有所充實修訂❼，成獨立的《漢語詞彙史》*的專著。1990 年代初向熹出版了《簡明漢語史》上下冊，上冊中編是《漢語詞彙史》*。向著與王著有同

---

❺　各著版本詳細情況，請參書後專著要目。
❻　見中華書局 1980 年版唐作藩〈重印說明〉。
❼　見《王力文集》本書卷首〈編印說明〉。

有異，各有千秋。

1989 年同時出版了潘允中的《漢語詞彙史概要》與史存直的《漢語詞彙史綱要》兩部專門詞彙史。潘著每個專題內容都上溯到上古時期，描述其發展直至現代。本書尤以漢語基本詞彙的發展與漢語古今借詞和譯詞的來源為詳，佔全書篇幅最大。陸宗達為本書作〈序〉說本書有兩個特點：「一是追源溯流」，「二是貫通古今」。史著，符淮青認為：本書闡述的問題基本與王力的《漢語詞彙史》相同，「只是第二章分期分階段說明了漢語詞彙隨社會發展的不同情況。作者認為構詞問題屬詞法，所以第四章集中闡述構詞法的發展。本書雖然篇幅不大，但提供的語言材料相當豐富，有很多細緻中肯的分析。」❽

2003 年出版的徐朝華的《上古漢語詞彙史》是至今見到的唯一的一部古漢語詞彙斷代史的專著。本書：第一，第一次明確地把上古漢語分為三個具體的時期：上古前期，殷商到春秋中期；上古中期，春秋後期到戰國末期；上古後期，秦漢時期。第二，充分重視政治、經濟、文化教育等方面詞彙發展的研究。第三，結合上古漢語的實際重視單音詞的研究。

在詞彙研究史的總結方面，古代漢語有 2001 年出版的嚴修的《二十世紀的古代漢語研究》*詞彙部分，對二十世紀整個古代時期的古漢語詞彙研究做了簡要總結。近代漢語有 2001 年出版的袁賓、徐時儀、史佩信、陳年高合著的《二十世紀的近代漢語研究》*詞彙部分，對二十世紀的近代漢語詞彙研究作了比較詳細的總

---

❽ 見《漢語詞彙學史》，安徽教育出版社 1996 年版，頁 224-231。

結。2000 年出版的溫端正、周薦的《二十世紀的漢語俗語研究》則對二十世紀的的諺語、歇後語、慣用語、俗成語研究做了總結。

　　還有一些專著中有相關的內容。如 1994 年出版的蔣紹愚的《近代漢語研究概況》第五章〈近代漢語詞彙研究〉有〈近代漢語詞彙研究的概況〉與〈近代漢語詞彙研究的方法〉兩節。前一節對二十世紀以前與二十世紀的近代漢語詞彙研究的概況作了簡要的描述；後一節從詞語的考釋、常用詞演變的研究、構詞法的研究、各階段詞彙系統的研究、近代漢語詞彙發展史的研究五個方面討論了近代漢語詞彙研究的多種方法。

　　在詞彙學史方面，有 1995 年出版的周薦的《漢語詞彙研究史綱》。本書兼有詞彙研究史與詞彙研究學史的內容。劉叔新〈序〉總結本書的特色有三：「第一，溯源辨流，分期得體。漢語詞彙現象最初是怎樣被學者所觀察和研究的，某個觀點或認識最初是怎樣提出來而以後又如何嬗變、發展的，作者都交代得很清楚。」「第二，夾敘夾議，史述與評論交融。……作者自始至終在客觀敘述史實中貫串著自己正確的學術觀點，融注進個人濃厚的學術感情，評騭得失，辨分正誤。」「第三，評價穩妥，褒貶嚴正。」1996 年出版了符淮青的通史《漢語詞彙學史》，2000 出版了許威漢的斷代史《二十世紀的漢語詞彙學》。符著前五章以時代為綱，主要以各時代的詞彙學或與詞彙學相關的代表性著作為目，敘述描寫詞彙學的發展。許著有上下兩編，上編內容是，二十世紀詞彙學的歷史前奏、起步、進展；下編包括了「五四」前後直至九十年代詞彙學的發展。鄭飛洲、王曉瓏〈二十世紀漢語詞彙學研究回眸——《二十世紀的漢語詞彙學》讀後〉一文歸納了本書的三大特色：「一、

研究內容上，展示了二十世紀漢語詞彙學發展的軌跡。」「二、研究方法上，採用了以史帶論，史論結合的方法。」「三、研究態度上，嚴謹求實，銳意創新。」❾

二、詞彙通論、詞彙學通論

趙克勤著有 3 種：《古漢語詞彙問題》《古漢語詞彙概要》《古代漢語詞彙學》＊。其中以 1994 年出版的《古代漢語詞彙學》最為系統實用。1989 年出版的蔣紹愚的《古漢語詞彙綱要》＊與趙著一樣都重視傳統與現代理論兩個方面及其結合。蔣著還把近代漢語詞彙的研究放在突出的地位。

1980 到 1990 年代出版的同類著作如：1980 年出版的何九盈、蔣紹愚的《古漢語詞彙講話》、1986 年出版的林仲湘的《古漢語詞彙常識》、1989 出版的周光慶的《古漢語詞彙學簡論》、1992 年出版的嚴廷德的《古漢語詞彙學》。這些著作多用為教材，其共同特點是教學與研究相結合，基礎知識與理論探討相兼顧。

近些年來，近代漢語受到重視，見到幾種近代漢語研究通論性的著作，其中包括有詞彙的內容。1997 年出版的蔣冀騁、吳福祥合著的《近代漢語綱要》＊詞彙部分佔較大的比重，對近代漢語詞彙的特點、構詞法、語源、詞義、詞義考釋方法作了論述。1992 年出版的袁賓的《近代漢語概論》，其中論述了近代漢語詞彙的面貌、詞的結構、詞的意義、詞義的的同步引申、詞語的時地差異、模式詞語、倒序詞語、倒反詞語、偏義詞語以及常見的研究方法

---

❾　《襄樊學院學報》2001 年第 4 期，頁 96－97。

等。1993 年出版的楊建國的《近代漢語引論》，有〈詞義考索與詞語研究〉一章，討論考索詞義的方法，普通口語詞、複音詞的搜集與研究，方言詞語的鑒別與研究等問題。

三、詞義通論、詞義學通論

　　1994 年出版的高守綱的《古代漢語詞義通論》*是一本「較為系統、較為全面」古漢語詞義的理論著作。❿ 1987 年出版的蘇寶榮、宋永培的《古漢語詞義簡論》，〈序言〉中強調，古漢語詞義不僅是語言研究的重點，也是語言研究的難點。「古漢語詞義學是把詞義作為一種歷史發展的現象來研究，因而更注重詞義本身的系統性及其發展變化的規律性。由此而言，就勢必形成與現代漢語詞義學不同的理論和方法。」本書討論了古漢語詞義與音形、與詞的結構形式的關係，詞義的系統性、兩重性，詞義演變的規律性等問題。1997 年出版的蘇新春的《漢語詞義學》中有關於古漢語詞義學的兩個專章：〈古漢語基本詞彙的廣義性〉與〈古代的漢語詞義研究〉。2000 年出版的張聯榮的《古漢語詞義論》，討論了關於古漢語中詞義的類型和詞的語義分類、古漢語中字和詞的關係、古漢語中詞的同一性問題、古漢語中詞的語義成分分析等問題。同年出版的宋永培的《古漢語詞義系統研究》，主要研究先秦書面語言的詞彙意義，包括古漢語詞義系統研究的意義、方法、術語、理論、應用等。1992 年出版的賈彥德的《漢語語義學》是一本偏重於漢語理論語義學的專著，葉蜚聲〈序〉說：「義素分析、語義

---

❿　見本書卷末作者〈後記〉。

場、句義結構是現代語義學的三個關鍵問題。作者以此為綱,展開論述。」本書在討論漢語語義時多能從歷時的角度加以考察,書中多次論及《爾雅》《說文》等古代文獻對於漢語詞義的分析與認識諸問題,並能以現代理論進行審視。

四、詞源學、語源學

1982 年出版的王力的《同源字典》*,前有論文,是對同源詞的理論探討,正文字典是對同源詞理論的具體實踐。1999 年商務印書館出版了劉鈞杰的《同源字典補》。作者在〈序〉中說:「這本書是打算給王了一(力)先生《同源字典》拾遺補缺的,所以在卷首摘要附錄了王先生的《同源字論》以示所本。書裏考證同源字的方法和體例也基本遵循《同源字典》,只作了兩點改動。一是在每組同源字前面加一段文字,簡要說明這組字在意義上的聯繫,以清眉目而便讀者。二是附上有定論的甲骨文、金文資料。這些資料有些可以糾正《說文》憑小篆釋形的片面性,有些可以提前字義出現時代的上限,都是有用的。另外,參考資料的範圍也有所擴大。」後又有《同源字典再補》。1999、2000 年先後出版有張希峰的《漢語詞族叢考》《漢語詞族續考》。《叢考》前有王鳳陽的長〈序〉,從形音義三方面討論了詞族研究的問題,強調「詞是聲音和意義的組合體,詞族的追溯也是以音義統一體為依據的。」《叢考》「考釋漢語詞族共九十多個,按語義特徵分類編排。每個詞族的考釋先列其譜系,標注古音,其次分析語義關係,說明本族詞的字形分布和聲韻分布情況,最後引證相關的古代文獻。」《續

考》前有王鳳陽「代序」長文〈漢語詞源研究的回顧與前瞻〉。**⑪**
本書也考釋漢語詞族共九十多個。2002 年出版的查中林的《四川
方言語詞和漢語同族詞研究》，主要有兩大部分，第一部分如書名
所示，屬於理論方面的研究，包括有「現代方言語詞在漢語同族詞
研究中的作用」。第二部分是釋說四川方言中存的十組同族詞。
同年出版的李海霞的《漢語動物命名研究》是專門探討動物命名理
據的專著。

　　詞源學的專著以 1992 年出版的任繼昉的《漢語語源學》為
早。本書由〈語源和語源學〉〈語源學原理〉〈詞族的結構關係〉
〈語源的研究方法〉四章構成。王寧〈序〉對任著作了評價：「這
本書確定了漢語語源學的研究對象和任務，從多方面闡發了漢語語
源學與其他傳統學科及現代學科的關係，初步找到了漢語語源學在
當今科學體系裏的位置，為這門學科從訓詁學、詞彙學等部門中區
別出來、建立獨立的理論體系作了許多基礎工作。」2000 年出版
的殷寄明的《語源學概論》，胡裕樹為本書作〈序〉稱：「作者在
現代語言學思想指導下，通過對我國語源學史的回顧，結合其親身
研究實踐，全面、系統、深入地論述了語源、語言學、語源的特
點、語源學的主要任務、同源字和同源詞、同源詞的語音和語義的
親緣關係類型、語言學方法論、語源義及特殊形態等語源學學科中
的最一般、最基本的問題，構築了一個語源學基礎理論體系。」作
者 1998 年出版的《漢語語源義初探》，與 2001 年出版的孟蓬生的
《古漢語同源詞語音關係研究》，2003 年出版的張博《漢語同族

---

⑪　王前書〈序〉共有 28 頁；後書〈代序〉共有 49 頁。

詞的系統性與驗證方法》，從音、義、方法等不同的角度對漢語的語源、詞源的實踐與理論問題進行了探討。

五、專書研究

上古與中古近代大致各佔一半。上古涉及的專書與具體語料❷有甲骨文、《今文尚書》《詩經》《左傳》《論語》《孟子》《老子》《莊子》《商君書》《韓非子》《戰國策》《呂氏春秋》《睡虎地秦墓竹簡》《史記》等；中古近代涉及的專書有《論衡》、鄭玄注釋、《說文》《世說新語》《洛陽伽藍記》《入唐求法巡禮行記》《舊唐書》《朱子語類》《金瓶梅》《水滸傳》《三國演義》《紅樓夢》等。這些專書研究，其研究內容也各有不同。有些是「語言研究」，其中包括詞彙研究的內容，如 1996 年出版的錢宗武的《今文尚書語言研究》包括文字、詞彙、語法等方面，詞彙部分研究了重言詞、附音詞、複合詞、成語、單音詞的詞義等。有些是「詞彙」研究，如 1999 年出版的毛遠明的《左傳詞彙研究》，研究了《左傳》詞彙的構成、複音詞、詞義、同義詞、反義詞、同源詞、詞的書寫形式、熟語等。1989 年出版的張雙棣的《呂氏春秋詞彙研究》，研究了《呂氏春秋》的基本詞彙、多義詞、同義詞、反義詞、同源詞、複音詞、詞類及活用等。本書也是較早使用統計法於專書研究的著作。2000 年出版的董志翹的《《入唐求法巡禮行記》詞彙研究》，方一新、王雲路有專文〈評董志翹《《入

---

❷　專著涉及像甲骨文、個人的注釋等具體語料不多，以下不再從專書中析出。

唐求法巡禮行記》詞彙研究》〉❸，認為本書在詞彙研究方面，抉
發了大量《行記》中的新詞、新義及口語詞，對《行記》複音詞的
結構方式、新義產生的原因作了深入探討，揭示了《行記》詞彙的
性質和特點。2001 年出版的遇笑容的《《儒林外史》詞彙研
究》，從《儒林外史》詞彙系統的方言特色、詞彙的使用等方面，
論證前三十二回與後二十三回不是一個作者的問題。有些是專類詞
的研究，如 2003 年出版的魏德勝的《《睡虎地秦墓竹簡》詞彙研
究》，研究了簡文的新詞語、法律詞語、禁忌詞語、同義詞，還有
與《說文》的釋義與用字的比較、《漢語大字典》未收的字等內
容。2002 年出版的周文德的《《孟子》同義詞研究》，研究了
《孟子》中單音節實詞同義詞的概況、同義詞的顯示格式、同義詞
的形成原理以及若干組同義詞的具體辨析。池昌海的《《史記》同
義詞研究》，研究了《史記》同義詞的構成和來源、區別特徵、修
辭功能，還就《史記》討論了古漢語同義詞研究的若干基本理論問
題。2000 年出版的管錫華的《《史記》單音詞研究》，研究了
《史記》中的 700 多個單音新詞新義、20 餘組單音同義詞在上古
的發展演變。2002 年出版的胡繼明的《《廣雅疏證》同源詞研
究》，對《廣雅疏證》同源詞進行了具體分析，討論了《廣雅疏
證》同源詞的類型及音轉和音義結合規律、《廣雅疏證》研究同源
詞的理論和方法，還總結了《廣雅疏證》研究同源詞的成就與不
足。有些從詞類角度的研究，既是詞彙的，也是語法的，如 1997
年出版的殷國光的《《呂氏春秋》詞類研究》，研究了《呂氏春

---

❸　詳參《語言研究》2002 年第 4 期，頁 121－126。

秋》中的各類詞，每一類的詞都有單音詞、雙音詞的窮盡統計與分析，也有對各類詞的語法描寫。1991 年出版的祝敏徹的《《朱子語類》句法研究》，其中也有對《朱子語類》中的 2,000 餘個複音詞的統計分析與描寫。有些是專書詞語間的比較，如 2002 年出版的胡敕瑞的《論衡與東漢佛經詞語比較研究》，從單、複音詞，新、舊詞，新義，同義、反義詞，結構和搭配五個方面對《論衡》與佛典詞語進行比較。還有專書詞典，是集大成的專書詞彙的研究描寫。有兩種類型，一種是按一般詞典的編寫體例，收錄專書中的詞語，如 1991 年出版的白維國的《金瓶梅詞典》、1989 年出版的胡竹安的《水滸詞典》。另一類是盡量完全收錄專書中出現的詞，除注音釋義之外，還對每個詞、每個義出現例證的次數作出統計，如 1997 年出版的向熹的《詩經詞典》，2001 年出版的王延棟的《戰國策詞典》，1993 年出版的張雙棣等的《呂氏春秋詞典》都是這種類型。這些詞典本身是專書詞彙研究，也為這些專書詞彙的進一步研究提供了詳實便用的資料。

目前能見到的專書詞彙研究所涉及的書比較少。碩博論文中的專書詞彙研究涉及的書要多一些，我們將在後面的章節之中介紹。

六、專門體裁研究

專門體裁的研究主要集中在詩詞曲、小說、敦煌文獻、佛教文獻等幾個方面。

在詩詞曲方面，1953 年出版的張相的《詩詞曲語辭匯釋》，收錄了宋金元明詩詞曲中前人沒有解釋過的方俗口語等詞語 600 多條，影響最大。1980 到 1990 年代詩詞曲詞語研究的著作出版了數

種。1980 年出版的王鍈的《詩詞曲語辭例釋》，收詞 500 餘個，是對張相之書的擴充。1991 年出版的王鍈、曾明德的《詩詞曲語辭集釋》，是 1949 年到 1950 年間各種報刊中的宋元明詩詞曲考釋詞語論文的匯集，為檢閱這方面的成果提供了方便。1986 年出版的林昭德的《詩詞曲語詞雜釋》，收釋詞語 120 餘條。徐無聞作〈序〉說：「本書中的詞語考釋大致可分為兩類。一類是詩詞曲中的四川方言例釋，……另一類，則為詩詞曲詞語雜釋，似以補訂張相《詩詞曲語辭匯釋》為主，兼及他家。」1981 年出版的陸澹安的《戲曲詞語匯釋》，收釋諸宮調院本劇中的詞語約 6,000 條。1983 年至 1990 年出版了顧學頡、王學奇等的《元曲釋詞》一至四冊。本書〈凡例〉介紹收釋情況，「本書所收詞語以元代雜劇為主，元散套、小令為輔。而以南戲、諸宮調、明清戲劇、話本、小說作為佐證。旁參經史子集、筆記雜著有關資料。共收詞目約三千條，附目共約五千餘條，包括字、詞和短語。」詞語內容包括有關風俗習慣者，歷史及典章制度者，兄弟民族及外來語者，歇後語、隱語、諺語、市井用語及插科打諢者，方言土語者，虛詞、助詞、形容詞及曲調特用語者等多個方面，還有元曲中的生僻字、詞、或典故。1991 年出版的盧潤祥的《唐宋詩詞常用語詞典》，則與以上著作異趣，收釋的是常用的實詞、虛詞與常見典故，共約 3,000 條。1999 年出版的王雲路的《六朝詩歌語詞研究》，是一部斷代的詩歌體裁的語詞研究的專著。上編詞彙的內容有六朝詩歌平列式雙音詞、附加式雙音詞以及口語詞、常用詞的論述，下編考釋了六朝詩歌中的新詞、新義以及習語、俗語等 300 餘條。

在筆記小說白話方面，2001 年出版的王鍈的《唐宋筆記語詞

匯釋》第 2 版修訂本，收釋唐宋百餘種筆記中的詞語約 300 個。
1964 年出版的陸澹安的《小說詞語匯釋》，收釋下迄清末的 64 種
語體通俗小說中的詞語約 6,000 條。1992 年出版的張季皋等的《明
清小說辭典》，收釋明清 40 多部通俗小說中詞語 16,000 餘條。同
年出版的吳士勳、王東明主編的《宋元明清百部小說語詞大辭
典》，收釋了百部小說中具有宋元明清時代特色的詞語。1988 年
出版的江藍生的《魏晉南北朝小說詞語匯釋》是一部斷代小說詞語
研究的著作，收釋魏晉南北朝小說詞語 330 多條。本書〈前言〉交
待了收詞的標準：「(a)著重收口語詞彙（包括虛詞），名物、典故方
面的詞語一般不收。(b)既收與今義迥異的詞語，也收與今義僅有細
微差別的，既收未經論釋的疑難詞語，也酌收雖經前人或時賢解釋
而猶有可補充的。(c)有些詞語的意義已有確詁定論，但為了反映六
朝小說詞彙的面貌，也酌收。」2000 年出版的徐時儀的《古白話
詞彙論稿》*，是一部古白話詞彙研究總結性、研究性的著作。

　　在敦煌文獻方面，以蔣禮鴻《敦煌變文字義通釋》影響為大。
1988 年出版的第五版增訂本收釋之詞語約 800 個。1994 年出版的
蔣禮鴻主編的《敦煌文獻語言詞典》是敦煌文獻詞彙研究的集大成
之作。蔣禮鴻〈凡例〉說：「凡條目 1,526 個，字數 40 萬字，可
謂洋洋大觀了。這部詞典，總括了敦煌語言學的研究成果，並加以
補充推闡，成為敦煌學的一個重要組成部分。它給漢語史研究提供
了豐富的資料；就詞書編纂說，它給現在的幾部重要的詞書如《辭
海》《辭源》《漢語大詞典》的漏略提供了豐富的補充資料；其價
值是應予肯定的。」2002 年出版的黃征的《敦煌語言文字學研
究》，包括了眾多的敦煌文獻中出現的俗詞的研究。2002 年出版

的陳秀蘭的《敦煌變文詞彙研究》，從詞彙學的角度對敦煌變文的詞彙進行了研究與考釋。

在佛典禪宗著作方面，1992 年出版的朱慶之的《佛典與中古漢語詞彙研究》是一部佛典詞彙研究的專著，分〈漢文佛典的語言特點〉〈佛典與中古漢語詞彙的共時研究——微觀篇〉〈佛典與中古漢語詞彙的共時研究——宏觀篇〉和〈佛典與中古漢語詞彙的歷時研究〉等四章，「首次對漢文佛典語料做了由微觀到宏觀，由共時到歷時這樣比較全面系統的研究。」本書「每能參照梵文原典，注意揭示原典的語言特點及其對漢文佛典的影響」，是其研究方法上的一大特點。❶ 1994 年出版的梁曉虹的《佛教詞語的構造和漢語詞彙的發展》，論述了佛教詞語的構造方式，包括音譯詞、意譯詞、合璧詞、佛化漢詞、佛教成語；佛教詞語對漢語詞彙發展的影響，包括擴充漢語詞彙的寶庫、豐富漢語詞彙的構造方式、加速漢語雙音化的進程、促進漢語的口語化等方面。1993 年、1999 年先後出版了李維琦的《佛經釋詞》《佛經續釋詞》。前者收釋東漢至隋 56 部佛經中詞語 149 個，這些詞語在詞目、釋義或書證方面可以補正現行的大型詞書。後者體例相同，作者在代前言〈讓詞書更完善〉中說本書「除了識得幾個字以外，發現的新詞 100 個左右，求得的新義約 50 餘處，提供的書證不到 10 條，提早書證在 20 條以上。此外還有將詞義範圍擴大了的，補充了書證的。」1993 年出版的中國佛教文化研究所編的《俗語佛源》，收釋了 500 餘條俗

---

❶　詳參方一新、王雲路〈讀《佛典與中古漢語詞彙研究》〉，《古漢語研究》1994 年第 1 期，頁 11－16。

語詞目。趙樸初〈前言〉給「俗語」、「佛源」下了界定：「一是關於『俗語』的界定。一般把流行於民間的通俗詞語（包括方言俗語）稱為『俗語』。而本書所收俗語的範圍要適當廣泛些，包括進入文學、哲學、史籍等領域的佛教語。『俗』是相對於『僧』而言的。二是關於『佛源』的標準。有些詞語如『報應』、『覺悟』、『祝願』之類，雖偶一見於秦漢典籍，但其廣泛流行，當在佛教弘傳之後，故本書也少量收列。」1993 年出版的俞理明的《佛經文獻語言》涉及到了佛經文獻中人稱代詞、疑問代詞、指示代詞的研究。禪宗著作方面，1995 年出版的于谷《禪宗語言和文獻》，其中第三部分〈口語化石㈠：禪宗語錄裏的口語詞〉有口語詞一瞥、同源詞語、同行詞語、歷史演變、詞義考釋五個方面的內容。口語詞一瞥是舉例說明「禪宗語錄在口語詞研究上的寶貴價值」。先於此書之前，作者於 1990 出版了《禪宗著作詞語匯釋》，收釋以口語為主的唐宋時代禪宗著作詞語 300 餘條。郭在貽〈序〉說，「對禪宗著作本身的特殊語詞進行系統的考釋。以個人聞見之陋，好像這項工作國內還不曾有人做過。有之，則自袁賓同志始。」

另外，2003 年出版的王啟濤的《中古及近代法制文書語言研究》，在第四章〈中古及近代法制文書與漢語史研究〉中對中古及近代法制文書中出現的部分新詞、新義做了整理分析與考證工作。

專門體裁研究有些是方俗語的研究，請見以下第九類。

七、專類詞研究

專類詞研究大致劃分為 3 類：一般專類詞、虛詞與成語典故詞語研究。

㈠一般專類詞研究

在常用詞演變的研究方面，1999 年出版的李宗江的《漢語常用詞演變研究》，是較早使用「常用詞演變研究」於書名之中的專著。本書分為專題研究與個案研究兩部分。專題研究是理論方面的研究，主要討論常用詞演變的原因、常用詞演變研究的方法、意義等問題。個案研究部分主要研究了十組常用的副詞、助詞、語氣詞、動詞的演變。2000 年出版的汪維輝《東漢－隋唐常用詞演變研究》，主體部分研究了 41 組常用名詞、動詞、形容詞自東漢至隋的發展演變。本書在主體部分之外有關於材料與方法、常用詞演變的若干問題等內容，都是常用詞演變研究的理論問題的探討。

在複音詞、聯綿詞方面，1985 年出版的朱廣祁的《詩經雙音詞論稿》，上下兩篇，上篇討論《詩經》中的重言、襯字雙音結構和聯綿詞，下篇討論《詩經》中的雙音複合詞。1978 年臺灣出版的楊家駱主編的《古典複音詞彙輯林》，據《駢字類編》為底本，以條目筆畫重編。這是對古代複音詞彙的整理性著作。聯綿詞的研究，1998 年出版的徐振邦的《聯綿詞概論》，是一本通論性的著作，書中主要討論了聯綿詞研究的意義、聯綿詞的來源、聯綿詞的特點與聯綿詞族形成的原因和聯綿詞繫聯的方法等。1934 年出版的朱起鳳的《辭通》*，是一部類聚古代異文別體同義的雙音詞典，收釋詞條約 4 萬。其中多為聯綿詞。1991 年出版的吳文祺主編的《辭通續編》*，修正了《辭通》的一些錯誤，增加了一些新的詞條。1943 年出版的符定一的《聯綿字典》，收釋了六朝以前

的聯綿詞與部分雙音合成詞 3 萬餘條。**⑮**

　　在同義詞方面，同義詞辨析專著 1987 年出版的洪成玉、張桂珍的《古漢語同義詞辨析》是較早的一部，分組辨析同義詞之間的差別，既有單音也有雙音。曹先擢〈序〉說：「用現代語言學的觀點來分析古漢語同義詞的專著尚不多見，《古漢語同義詞辨析》的出版，無疑是一個有益的嘗試，古漢語同義詞量很大，本書在條目上有待補充。」1992 年出版的王政白的《古漢語同義詞辨析》，收常用單音同義詞 443 個，編為 150 組。辨析體例與上書略同。1995 年出版的黃金貴的《古代文化詞義集類辨考》，〈自序〉說：本書「是個人試圖系統辨考文化詞義的小小實踐。書中每一個同義詞組按一個義位列入主要同義詞，從 2 個至 16 個不等，平均一組 5 個；先簡證其同，然後用文化語言學和系統辨考的方法，從書證、實證著力訓釋諸詞的『同中之異』。」全書 262 組（篇），辨釋 1,306 個詞（詞義）。作者 2002 年出版的《古漢語同義詞辨釋論》，偏重於同義詞辨析理論的研究，提出一些自己的看法，如「現代的同義詞辨析屬於詞彙學範疇，而古代的則屬於訓詁學範疇」等。

　　在量詞代詞方面**⑯**，1965 年出版的劉世儒的《魏晉南北朝量詞研究》，是一本比較全面地做斷代專類詞研究的著作。本書對魏晉南北朝時期的各類量詞做了全面的描寫分析，認為漢語量詞在這個時期已基本發展成熟，後世量詞繼續發展，但那是對於這個體系

---

⑮　據中華書局 1954 年印本卷末索引大致計算。

⑯　我們沒有按詞類分出類別，所以把量詞指代詞納入本類介紹。

的局部改進、個別補充。近年來也有人做專人作品的量詞研究，2003 年出版的陳穎的《蘇軾作品量詞研究》即是這類著作。1985 年出版的呂叔湘著、江藍生補的《近代漢語指代詞》，據呂叔湘〈序〉，本書是作者「準備寫的近代漢語歷史語法的一部分。」本書內容包括三身代詞，們和家，誰，什麼，這、那，哪，這麼、那麼，怎麼，幾、多少、多（麼）、大小、早晚、些和點。袁賓等《二十世紀的近代漢語研究》認為：本書「建立了一個比較完整的近代漢語指代詞系統，描繪出近代漢語指代詞使用和發展的一個完整面貌。」❼

在醫學地名等方面，1997 年出版的張顯成的《簡帛藥名研究》是較早的一部以古代醫藥名為研究對象的專著。除〈緒論〉部分說明研究材料、交代藥名概況外，其餘大多是藥名的考釋。作者 2000 年出版的《先秦兩漢醫學用語研究》，討論了先秦兩漢醫學用語的類別、特點、結構以及醫學用語與全民用語的關係等問題。1995 年出版的史為樂主編的《中國地名語源詞典》，分類立目對中國的地名進行歷史描述。1999 年出版的華林甫的《中國地名學源流》，分先秦、秦漢、魏晉南北朝、隋唐、宋元、明清、民國七個時期描述地名學的萌芽、奠基、深入、成熟、承前啟後、繁榮鼎盛、從傳統邁向現代的發展變化。鄒逸麟〈序〉說：本書「初步建立起中國地名學史的體系。」

㈡虛詞研究

虛詞的研究歷史最早，近幾十年來成績不小。1928 年出版的

---

❼　書海出版社 2001 年版，頁 287。

楊樹達的《詞詮》、1932 年出版的裴學海的《古書虛字集釋》是較早的對後來虛詞研究影響最大的專著。1980 年代以後，虛詞的著作出版了不少。通釋性的著作有，1981 年出版的楊伯峻的《古漢語虛詞》、徐仁甫的《廣釋詞》，1983 年出版的于長虹、韓關林的《常用文言虛詞手冊》，1984 年出版的韓崢嶸的《古漢語虛詞手冊》、尹君的《文言虛詞通釋》，1985 年出版的何樂士等的《古代漢語虛詞通釋》，1999 年出版的中國社會科學院語言研究所古代漢語研究室編的《古代漢語虛詞詞典》等。後 2 種收詞為多，使用較廣。

虛詞的斷代研究的通釋性著作，2001 年出版的藍鷹、洪波的《上古漢語虛詞研究》，對傳統虛詞研究方法進行了評說，研究了上古指代詞、連詞、複音虛詞、虛詞嬗變等問題。近代漢語虛詞通論方面有 1992 年出版的劉堅等的《近代漢語虛詞研究》，綜述了近代漢語文獻與建國以來的近代漢語研究，具體描寫了助詞、介詞、連詞、副詞、詞綴近 30 個。近代漢語分類虛詞研究的有 2002 年出版的馬貝加的《近代漢語介詞》，1995 年出版的曹廣順的《近代漢語助詞》，1999 年出版的孫錫信的《近代漢語語氣詞：漢語語氣詞的歷史考察》，2003 年出版的羅驥的《北宋語氣詞及其源流》。這些著作都對斷代的某類虛詞做了深入的研究。2002 出版的雷文治主編的《近代漢語虛詞詞典》，收釋了副詞、介詞、連詞、嘆詞、擬聲詞、助詞、襯詞、詞綴，例句主用宋、金、元、明四代的平話、小說、戲曲和諸宮調。1990 年出版的王鍾林、劉培英的《古今漢語虛詞比較》，頗具特色。1993 年出版的俞敏監修、謝紀鋒編纂的《虛詞詁林》，纂集了十部虛詞或涉及虛詞的著

作中的 639 個虛字，按詁林體意義排列解釋，頗便檢閱。所集十部書是《助字辨略》《經傳釋詞》《經詞衍釋》《詞詮》《古書虛字集釋》《經籍纂詁》《說文解字注》《廣雅疏證》《爾雅義疏》《馬氏文通》。

🖃成語典故研究

　　成語典故是漢語詞彙研究中的重要內容。在成語方面，理論研究的專著見到幾種都是重在對現代漢語中存在的成語的研究，沒有古代成語研究的專門著作。如 1979 年出版的史式的《漢語成語研究》，分為三編，上編〈漢語成語的歷史回溯〉，中編下編則是〈漢語成語的發展趨勢〉〈現代漢語成語研究〉，重在分析現代漢語中成語的音義、結構，成語在將來的發展等。1980 年出版的馬國凡的《成語》，內容包括成語的性質、範圍、形成、發展和變化、意義和結構以及成語的運用、成語的規範化與成語詞典，對成語做了比較全面的研究，也重在現代漢語。成語詞典在近幾十年來，據初步統計有 300 種之多，部頭比較大比較有影響的有：1985年出版的朱祖延主編的《漢語成語大詞典》、1986 年出版的向光忠等主編，周文彬等編撰的《中華成語大詞典》，1993 年出版的高振興主編的《四角號碼漢語成語大詞典》，1999 年出版的劉萬國、侯文富主編的《中華成語大詞典》、伍宗文等編寫的《實用成語大詞典》，2000 年出版的羅竹風主編的《漢大成語大詞典》、唐志超主編的《中華成語大詞典》，2002 年出版的劉志屏、尚波主編的《漢語成語大詞典》，2003 年出版的程志強編著的《中華成語大詞典》，2004 年出版的《中華成語大詞典》編寫組編的《中華成語大詞典》、楊任之編著的《古今成語大詞典》。這些詞

典詞條在一萬多到兩萬多。

　　在典故方面，至今沒有一種關於典故理論研究的專門著作，只有詞典。這類詞典大約有百種之多。有通釋的，也有專書、專門體裁的。如 1985 年出版的于石等的《常用典故詞典》、1989 年出版的方福仁的《多形式典故詞典》、1990 年出版的陸尊梧的《歷代典故辭典》、1989 年出版的李文學的《唐詩典故詞典》、1989 年出版的范之麟等的《全唐詩典故辭典》、1986 年出版的金啟華的《全宋詞典故考釋詞典》、1985 年出版的呂微芬的《全元散曲典故辭典》、1990 年出版的李明權的《佛學典故匯釋》等。⓲

八、斷代研究

　　斷代研究的專著，一些已分在不同的類別之中，如上類虛詞中即有數種。除此之外所見到的，上古最少，中古略多，近代最夥。

　　2001 年出版的伍宗文的《先秦漢語複音詞研究》，探討了先秦複音詞的判定標準，描寫分析了先秦漢語的複音單純詞、合成詞以及先秦漢語複音詞的起源和發展、雙音化的動因與途徑等。2002 年出版的王衛峰的《上古漢語詞彙派生研究》，討論分析了上古漢語詞彙派生的原理、興衰過程、運行方式、系統性以及聯綿詞的產生和派生等。2001 年出版的張美蘭的《近代漢語語言研究》，其中涉及詞彙研究有量詞、後綴形容詞、詞綴等內容。2000 年出版

⓲　詳參管錫華〈近十年典故辭典編纂的總特色〉和〈典故辭典編纂中的幾個問題〉，分別載《辭書研究》1993 年第 6 期頁 69－79、1995 年第 1 期頁 99－107。

的顧之川的《明代漢語詞彙研究》，結合明代社會研究了明代漢語
詞彙的構成、明代漢語的新詞新義、明代漢語詞義的類聚關係、明
代漢語的構詞法等。1991 年出版的蔣冀騁的《近代漢語詞彙研
究》，論述了近代漢語詞彙的來源、構詞法，詞義、詞義發展的方
式、結果，詞義與社會文化生活、詞彙與語言其他要素的關係等。
上世紀 90 年代末出版了「近代漢語斷代語言研究詞典系列」，有
1997 年出版的江藍生等的《唐五代語言詞典》、袁賓等的《宋語
言詞典》，1998 年出版的李崇興等的《元語言詞典》。各書收釋
詞語數量不等，約是 4,000 到 6,000 條。本系列收釋詞語重視各該
時代的新詞新語和特有詞語，同時也兼顧各該時代的詞彙系統和整
體面貌。❿在本系列之前，1985 年出版的龍潛庵的《宋元語言詞
典》是最早一部唐五代宋元時期詞語斷代研究的詞典。〈凡例〉
說：「本書收錄宋元時代的詞語（包括當時流行的舊詞新義的詞語）。上
起五代、宋初，下迄元末明初。收錄範圍以戲曲小說為主，旁及
詩、詞、筆記、語錄及雜著。舉凡俗語、方言、市語、習語、外來
詞等，均予收錄，總計一萬餘條。」本書對後來斷代詞語研究影響
很大，「近代漢語斷代語言研究詞典系列」江藍生總〈序〉即說：
「龍潛庵先生的《宋元語言詞典》已經問世幾年，提供了實踐上的
藍本。」1992 年出版的高文達主編的《近代漢語詞典》，收釋了
晚唐、五代至清末的近代漢語詞語約 13,000 條。本詞典收詞，取
材於禪宗語錄、敦煌變文、小說戲曲、筆記雜著等。1997 年出版
的許少峰主編的《近代漢語詞典》，收釋近代漢語詞語條目約有

❿　詳參各書卷首江藍生近代漢語斷代語言研究詞典系列的總〈序〉。

25,000 條。本詞典收詞，取材於古代戲劇、小說、佛徒與宋儒語錄等。

斷代詞語匯釋、考釋性的專著還有不少。如 1997 年出版的方一新的《東漢魏晉南北朝史書詞語箋釋》，1990 年出版的蔡鏡浩的《魏晉南北朝詞語例釋》，1992 年出版的方一新、王雲路的《中古漢語語詞例釋》，1995 年出版的李申的《近代漢語釋詞叢稿》，1984 年出版的史式《太平天國詞語匯釋》等。

上個世紀 80 年代初至 90 年代初程湘清主編「漢語史斷代專書研究」叢書 5 種，《先秦漢語研究》《兩漢漢語研究》《魏晉南北朝漢語研究》《隋唐五代漢語研究》《宋元明漢語研究》，是研究論文的結集，但是大多為長文，有的數十頁，有的則有百頁、二百頁的篇幅，近於專著。其中詞彙研究如《先秦漢語研究》中程湘清的〈先秦雙音詞研究〉，《兩漢漢語研究》中程湘清的〈兩漢複音詞研究〉，《隋唐五代漢語研究》中程湘清的〈變文複音詞研究〉、王紹新的〈唐代詩文小說中名量詞的運用〉，《宋元明漢語研究》中王紹新、施光亨的〈天工開物術語研究〉等都是重要的古漢語詞彙研究的成果。2003 年出版的程湘清的《漢語史專書複音詞研究》，有漢語史專書研究方法論、先秦雙音詞研究、《詩經》中的複音「過渡詞」、《論衡》複音詞研究、《世說新語》複音詞研究、變文複音詞研究等內容，也是論文集的性質。

九、方俗語、外來語研究

在上古方言詞彙研究方面，1991 年出版的丁啟陣的《秦漢方言》論及古代方言詞彙的內容有，從楊雄《方言》與郭璞注的比較

看當時漢語發展的一些問題、《方言》方言字（詞）表、《說文》方言字（詞）表、漢晉方言字（詞）比較表、〔秦漢〕傳注材料方言字（詞）表。1998 年出版的汪啟明的《先秦兩漢齊語研究》，書中〈齊語廣證〉一章包括齊語的詞彙、詞的區域試析、字義和詞義的一些現象等，是關於先秦兩漢齊語詞彙研究的專門內容。卷末有〈齊語詞目表〉，收詞 300 餘個。1992 年出版的劉君惠等的《揚雄方言研究》，論及了《方言》詞彙與這些詞彙的地理分佈等問題。2003 年出版的華學誠的《周秦漢晉方言研究史》，論及周秦漢晉的專書、專家眾多，如《爾雅》《方言》《小爾雅》《通俗文》《釋名》《說文》《毛詩草木鳥獸蟲魚疏》以及王逸、何休、鄭玄、高誘、郭璞等，都涉及了方言詞彙研究史的內容，如關於《爾雅》有《爾雅》中收釋有方言詞、《爾雅》方言詞的詞彙特點、《爾雅》方言詞的訓釋方式和地域分佈等。在近代漢語方言俗語詞彙研究方面，1948 年出版的徐嘉瑞的《金元戲曲方言考》是較早專著，本書初版收釋金元戲曲中方言詞語 600 餘條，後來的修訂本增加了 150 餘條。趙景深〈序〉稱本書是金元戲曲方言疏證方面的「開山的著作」，羅常培〈序〉稱本書「導乎先路」。1956 年出版的朱居易的《元曲俗語方言釋例》，收釋元曲中的俗語方言 1,000 餘條，所收條目以元雜劇為主，元散曲與明初劇作以作旁證。1985 年出版的董遵章的《元明清白話著作中山東方言例釋》，收釋元明清白話著作中山東方言俗語 2,600 餘條。1990 年出版的李申的《金瓶梅方言俗語匯釋》，收釋《金瓶梅》中詞語 3,000 多條。包括方言、俗語、隱語、諺語、市井語、歇後語等。《金瓶梅》詞典出有多種，大多收釋方言、俗語，如 1988 年出版

的王利器主編的《金瓶梅詞典》，「收錄《金瓶梅詞話》中讀者不易弄懂原意的詞語，如方言、市語、習語等，酌情選錄風俗、宗教、職官、典章制度、器物、服飾、人名、地名等詞語，……總計4,588 條。」❷⓪

以上專著有的包括有方言和俗語兩方面，而專門的俗語研究，現代專著以 1922 年出版的胡樸安的《俗語典》為早。本書〈例言〉說：本書「搜集以俗語為斷，其有古非俗語今熟於衆人之口成語俗語者亦在搜集之列，古為俗語今人已不知其為何語者則多從割棄。」楊樹達〈序〉稱：「其宏博詳贍，不惟遠過於日本人之所為，視錢曉徵及翟晴江所造尤復過之。」❷① 其後在俗語研究方面也主要是編寫詞書，如 2002 年出版的翟建波編著的《中國古代小說俗語大詞典》，收釋宋至清末中國古代通俗小說 520 餘種中的俗語約 20,000 條，包括諺語、歇後語、慣用語、套語、部分俗成語以及所謂「習而通俗者」之語。1992 年出版的李泳炎、李亞虹編著的《中華俗語源流大辭典》，收釋古典小說、戲曲、筆記中的俗語3,300 餘條。1989 年出版的由王樹山等分別輯錄的《古今俗語集成》，共 6 卷，各卷收的詞條不等，約 4,000 到 8,000 條。這些詞典性質的專書，所收是俗語，包括了部分俗詞。

在市語隱語行話等方面，1997 年出版的王鍈的《宋元明市語匯釋》是較早的一本的專著，收釋了部分市語，還附有「市語訓詁資料匯輯」。曲彥斌在隱語行話切口等方面，先後出版了專著數

---

❷⓪　本書〈凡例〉。

❷①　錢大昕（曉徵）著有《恒言錄》，翟灝（晴江）著有《通俗編》。

種，如 1990 年的《中國民間秘密語》，從語言與非語言以及與文學藝術、科學技術、民族工商業職業集團、市井變態文化、民族文化等角度考察秘密語。1991 年的《中國民間隱語行話》，內容有漢語隱語行話的正名與源流、形態構造中的人文意識、傳承軌跡與社會犯罪問題與民間文化的關係等。其他的專著與詞典還有 1991 年的《江湖隱語行話的秘密世界》、1994 年曲彥斌、徐素娥編著的《中國秘語行話詞典》、1995 年曲彥斌主編的《中國隱語行話大辭典》、1996 年曲彥斌主編的《俚語隱語行話詞典》等。也有對專書進行這類研究的，如 1993 年出版的傅憎享的《金瓶梅隱語揭秘》即是專門研究《金瓶梅》隱語的專著。與俗語相同，這些研究同樣多是語，而不是詞。

在外來語方面，1958 年出版的高名凱、劉正埮《現代漢語外來詞研究》，是較早的一本外來詞研究的專著。本書內容包括什麼是外來詞、漢語外來詞的歷史回溯、現代漢語的外來詞、現代漢語外來詞與漢族文化發展的趨勢、現代漢語外來詞的創造方式、現代漢語外來詞的規範化問題。涉及到英、法、德、日、俄、意大利、西班牙與中國少數民族外來詞多種。本書雖然是現代漢語外來詞的研究，但是現代漢語中的眾多外來詞則是歷時的積澱，很多外來詞是古代進入漢語的。1984 年出版的劉正埮、高名凱等編的《漢語外來詞詞典》則是以上研究的延伸。本詞典共收錄古今漢語外來詞10,000 餘條。1990 年出版的岑麒祥的《漢語外來語詞典》，共收釋漢語外來語 4,307 條。也兼收古代進入漢語的外來詞，但現代仍在使用的國家、地區、人物、物品等的專有名詞佔了很大的分量。1991 年出版的方齡貴的《元明戲曲中的蒙古語》，是考釋少數民

族外來詞的專著，收詞 114 個。本書 2001 年出版了增訂本《古典戲曲外來語考釋詞典》，增補有「原名戲曲中的蒙古語補正」、「清代戲曲中的蒙古語」等內容，增詞語 100 餘條。

十、大型字詞書

　　大型字詞書古已有之，如《康熙字典》者是。20 世紀初葉，出版了陸費逵等的《中華大字典》、陸爾逵等的《辭源》、舒新城等的《辭海》。《辭源》《辭海》1880 年代都出了修訂版。1968 年臺灣出版了 40 巨冊的《中文大辭典》，其後不太長的時間引入了大陸。本辭典收單字 49,888 個，複詞包括成語、術語、格言、疊字、詩詞曲語、人名、地名、官職名、年號、書名、動植物名、名物制度 371,231 條，總計 8 千萬字。所收詞目的來源，以經史子集、歷史文獻為主，並參考著名類書、辭書等為補充。這些大型字詞典為當時的古漢語詞彙研究提供了很好的參考工具。《中文大辭典》從某種角度來說，也為大陸決心編纂兩部大型字詞典起到了部分的促進作用。

　　1970 年代大陸政府組織人力編纂《漢語大字典》《漢語大詞典》。前者由湖北、四川兩省承擔編寫，主編徐仲舒，常務副主編李格非、趙振鐸。後者由上海市及山東、江蘇、安徽、浙江、福建五省負責編寫，主編羅竹風，副主編吳文祺、張滌華、陳落、洪誠、洪篤仁、徐復、蔣禮鴻、蔣維崧。

　　《漢語大字典》1986 年至 1990 年出齊。共 8 卷。前 7 卷正文，第 8 卷為附錄、索引、補遺等。首卷〈前言〉說：本字典「是一部以解釋漢字的形音義為主要任務的大型語文工具書。」「是漢

字楷書單字的匯編，共計收列單字五萬六千左右。它在繼承前人成果的基礎上，注意汲取今人的新成果。它注重形音義的密切配合，盡可能歷史地、正確地反映漢字形音義的發展。」

《漢語大詞典》1986 年至 1993 年出版了正文 12 卷，1994 年出版了附錄、索引 1 冊。卷首〈前言〉說：「這是一部大型的、歷史性的漢語語文辭典。全書十二卷，共收詞目約三十七萬條，五千餘萬字。」本詞典「只收漢語的一般語詞，……著重從語詞的歷史演變過程加以全面闡述。所收條目力求義項完備，釋義確切，層次清楚，文字簡練，符合辭書科學性、知識性、穩定性的要求。單字則以有文獻例證者為限，沒有例證的僻字、死字一般不收列。專科詞只收已進入一般語詞範圍內的，以與其他專科辭書相區別。」

這兩種大型字詞典可以說是字詞典的集大成的著作。它不僅為古漢語詞彙研究提供了比以往任何一種字詞典都更加可靠的參考工具，更重要的是它們為後來的古漢語詞彙的系統研究提供了一個很好的參照系統。

僅就如上專著的介紹，我們可以看出近幾十年來古漢語詞彙研究的一些特點與不足。

其特點是：在漢語詞彙史研究方面，構建了詞彙史的框架並隨著古漢語詞彙研究的不斷深入，在逐漸向古漢語詞彙發展的真實面貌靠近。在古漢語詞彙學研究方面，所見到的專著深淺不一，有的偏重於基礎知識的介紹，有的則力圖建立起古漢語詞彙學的理論系統。在古漢語詞義學研究方面，專門論述古漢語詞義學的專著較少，但也不乏精品。古漢語詞源學、語源學是古漢語詞彙研究中比較艱深的學問，所出版的論著都帶有摸索的性質。專書研究、專門

體裁研究、專類詞研究、斷代研究、方俗語與外來語研究，從總的目的描繪出古漢語詞彙發展演變的事實來看，這些都是古漢語詞彙研究的基礎的、重要的工作。取得了不少成果。在大型詞書的編纂方面，由於政府的參與，取得了重大的成果。

其最大的不足是：基礎性的研究不夠。專書的研究，僅涉及到的古代文獻二、三十種而已。專門體裁研究，則偏重於詩詞曲、白話小說、敦煌文獻、宗教文獻，這些文獻的研究很有必要，但研究著作又偏重於各該體裁中的特殊詞語，因此不能反映各該體裁詞彙的整體面貌。專類詞研究，主要是在複音詞、聯綿詞、同義詞、醫學詞語、地名詞語方面，常用詞研究雖然有了專著，但僅見一、二種。人們忽視了在漢語詞彙發展史中佔統治地位的單音詞的研究，也在某種因素的影響下不再重視基本詞彙、一般詞彙及其相互轉化的研究等。斷代研究，實際上至今所做的多是斷代的專題研究。從檢閱到的 200 餘種專著來看，任一種，或者把這些專著的成果相加起來，都不足以反映一個大的歷時層面或是一個小的歷時層面上的詞彙的整體面貌。方俗語與外來語研究，與斷代研究相同，沒有反映歷時或共時的詞彙整體面貌，而古代外來語詞彙研究沒有一種專著。

如果按照現在通行的說法，把專著與字詞典分開，那麼除去字詞典剩下的專著就更少。當然我們是不接受這種兩分的觀點。但字詞典本身只是詞彙研究的一個部分、一種方式，給詞彙研究提供的是參考工具與參照系，所以字詞典是古漢語詞彙基礎研究的一種基礎研究，本身不能代替詞彙研究。

基礎研究不夠帶來的結果是，難以形成一部非框架性的漢語詞

彙史著作，也不能給形成一部對古漢語詞彙研究有全面指導意義的古漢語詞彙學提供足夠的成果基礎。古漢語詞彙學需要借鑑傳統的小學理論方法與現代的先進的理論方法，但同樣重要的是不少理論應該形成於對古漢語詞彙研究的實踐之上。

總之，僅由專著來看，古漢語詞彙研究雖然取得了一批優秀的成果，但是沒有做的工作遠遠要多於做過的工作。

第二節 古漢語詞彙研究重要專著詳介

這一節較為詳細地介紹重要專著 10 餘種。這些專著同樣包括三類，古漢語詞彙史、古漢語詞彙學、古漢語詞彙研究。它們都是從事古漢語詞彙研究必讀必參之書。每種專著的介紹都有特點與不足兩方面，如前文所言，希望能夠起到導讀的作用。

一、王力著《漢語史稿》《漢語詞彙史》

《漢語史稿》中華書局 1980 年新 1 版。有一冊與三冊之分，內容相同。正文共 614 頁。一冊本第四章是〈詞彙的發展〉，三冊本下冊就是第四章。本章從第五十四節到第六十一節，共八節。頁484－586，103 頁的篇幅。

八節是：第五十四節〈漢語基本詞彙的形成及其發展〉，第五十五節〈鴉片戰爭以前漢語的借詞和譯詞〉，第五十六節〈鴉片戰爭以後的新詞〉，第五十七節〈同類詞和同源詞〉，第五十八節〈古今詞義的異同〉，第五十九節〈詞是怎樣變了意義的〉，第六十節〈概念是怎樣改變名稱的〉，第六十一節〈成語和典故〉。

　　《漢語史稿・詞彙的發展》第一次建立起了漢語詞彙發展歷史的框架，對漢語詞彙史的研究有多方面的指導意義。只是比較簡略。

　　1983 至 1984 年間王力對《漢語史稿》下冊詞彙部分進行了改寫修訂，成《漢語詞彙史》一書，商務印書館 1993 年出有單行本。又收入《王力文集》第 11 卷，山東教育出版社 1990 年版。

　　《漢語詞彙史》分為十二章。第一章〈社會的發展與詞彙的發展〉，第二章〈同源詞〉，第三章〈滋生詞〉，第四章〈古今詞義的異同〉，第五章〈詞是怎樣變了意義的〉，第六章〈概念是怎樣改變名稱的〉，第七章〈成語和典故〉，第八章〈鴉片戰爭以前漢語的借詞和譯詞〉，第九章〈鴉片戰爭以後的新詞〉，第十章〈漢語對日語的影響〉，第十一章〈漢語對朝鮮語的影響〉，第十二章〈漢語對越南語的影響〉。

　　改寫修訂後，篇幅增加到 357 頁，在《王力文集》第 11 卷的第 491 至 847 頁。❷〈編印說明〉說：「對《漢語史稿》下冊來說，首先增寫了兩章，即第二章〈同源詞〉和第三章〈滋生詞〉；其次是將原來〈漢語悠久的光榮歷史〉這一內容擴張成了〈漢語對日語的影響〉〈漢語對朝鮮語的影響〉〈漢語對越南語的影響〉三章，其他章節的內容也有不少充實和修改。」

　　王力的漢語詞彙史研究成果的特點，總的說來是，從《漢語史稿・詞彙的發展》到《漢語詞彙史》，史的體系更加科學，逐步在向漢語詞彙發展史的真實面貌靠近。這裏要特別指出的有：

---

❷　第 11 卷收書兩種，第一種是《漢語語法史》。

㈠王力的研究重視社會對詞彙發展的影響，重視不同語言之間的相互影響，啟發人們從大的社會背景去認識詞彙的發展。這可以從《漢語詞彙史》的第一章和第八章到第十二章六章明顯看出來。如在《漢語史稿》第四章〈詞彙的發展〉第五十四節〈漢語基本詞彙的形成及其發展〉，按詞語的義類分成「自然現象的名稱」、「肢體的名稱」、「方位和時令」、「親屬的名稱」、「關於生產的詞彙」、「關於物質文化的詞彙」六個方面，而《漢語詞彙史》改為第一章〈社會的發展與詞彙的發展〉。其下按社會形態分為「原始社會的詞彙」、「漁獵時代的詞彙」、「農牧時代的詞彙」「奴隸社會的詞彙」、「封建社會的詞彙」、「上古社會的衣食住行」等，這樣的描寫加強了詞彙的發展與社會發展的聯繫，開拓了讀者的視野。

《漢語詞彙史》中不僅描寫了漢語對其他民族、其他國家地區的詞語的借用，同時用三章的篇幅描寫了漢語對日語、朝鮮語、越南語的影響。這不僅突出了語言間的相互影響，也肯定了漢語在人類發展歷史上所起的積極進步的作用。

㈡抓住了詞彙發展的主要方面進行研究。同源詞、滋生詞的研究是要解決詞系與詞的派生問題；古今詞義的異同、詞是怎樣變了意義的，是研究詞義的發展問題；概念是怎樣改變名稱的，是討論詞與概念之間的關係，從另一個角度研究詞義的變化；成語和典故，是一種「定型的詞語」，大量存在於漢語古代文獻之中，辟專章進行研究，是要解決漢語詞彙中超詞彙的問題。這些都是漢語詞彙發展史必須研究的核心問題。

㈢重視了文物語料的使用。如在《漢語史稿》的「關於生產的

詞彙」中，也提及過甲骨文語料，在討論「獲」和「穫」時說：「於畋獵所得叫做『獲』（甲骨文作『隻』）；對於農作所得，叫做『穫』（甲骨文作『萑』）。」在討論「魚」時說：「至於動詞，在最初的時候也可以寫作『魚』。甲骨文裏有『王其魚』，『魚』是動詞。」而在《漢語詞彙史》的「原始社會的詞彙」、「漁獵時代的詞彙」、「農牧時代的詞彙」、「奴隸社會的詞彙」各個內容之中，都舉有不少甲骨文的例子，「漁獵時代的詞彙」關於「田」、「獸」、「逐」、「從」、「隻」、「禽」、「鹿」等詞的例子就有 28 個。

　　當然，漢語詞彙史的研究還在進一步發展，若以此觀視，即《漢語詞彙史》也有不足之處：

　　㈠有一些內容沒能展開論述。如第一章〈社會的發展與詞彙的發展〉中的第七個內容是「歷代詞彙的發展」，僅近 4 頁篇幅，也只舉有「紙」、「硯」、「碗」、「案」、「碓」、「磑」、「帆」、「艇」、「寺」、「庵」、「塔」、「觀」十二字。這就很難反映「歷代詞彙的發展」了。

　　㈡對個別詞語意義的解釋也有可商之處。周福雲〈讀《漢語詞彙史》獻疑〉❷，在「詞的歷史時期問題」、「詞的釋義問題」二題之下，分別對「勸」（頁 608-609，王書，下同）、「回」（頁 607）、「勤」（頁 605）和「皮」（頁 598）、「祥」（頁 599）提出了自己的看法。如在引《漢語詞彙史》對「勸」的解釋「『勸』只表示勉勵別人作好事，不表示勸誘或勸阻別人作壞事。人們受到獎勵

---

❷　《電大教學》1994 年第 6 期，頁 22-24。頁碼為《王力文集》本頁碼。

而樂意作好事，也叫『勸』。……『勸』字大約在唐代以後纔有規勸、勸阻的意義」後按：「『勸』字表規勸、勸阻的意義，早在先秦時已偶現，例如：《左傳·僖公五年》：『陳轅宣仲怨鄭申侯之反已於召陵，故勸之城其賜邑，曰「美城之，大名也，子孫不忘。吾助子請」』。《書·顧命》：『柔遠能邇，安勸大小庶邦。』孔傳：『勸使為善。』《莊子·寓言》：『生有為，死也。勸公以其死也，有自也；而生陽也，無自也。』這一意義，至魏晉南北朝時，使用得相當普遍，例如：《三國志·武帝紀》：『諸將皆曰：「袁尚亡虜耳，夷狄貪而無親，豈能為尚用？今深入征之，劉備必說劉表以襲許。萬一為變，事不可悔！」惟郭嘉策表必不能任備，勸公行。』《三國志·王粲傳》：『表卒，粲勸表子琮，令歸太祖。太祖辟為丞相掾，賜爵關內侯。』《後漢書·孔融傳》：『時袁、曹方盛，而融無所協附。左丞黃祖者，稱有妄謀，勸融有所結納。』嵇康〈太師箴〉：『竭智謀國，不吝灰沉。賞罰雖存，莫勸莫禁。』陶淵明〈歸去來兮辭〉：『余家貧，耕植不足以自給。幼稚盈室，缾無儲粟，生生所資，未見其術。親故多勸余為長吏，脫然有懷，求之靡途。』《世說新語·方正》：『州府文武及百姓勸淮舉兵，淮不許。』曹操〈述志令〉：『志計已定，人有勸術（按：術指袁術），使遂即帝位，露布天下。』」朱城〈《漢語詞彙史》瑣議〉㉔對「船」（頁 510）、「臭」（頁 600）、「勸」（頁 605－606）、「稍」（頁 609－610）、「暫」（頁 610）、「屋」（頁 619－

<hr>

㉔　《湖北民族學院學報》1995 年第 4 期，頁 58－60。頁碼為《王力文集》本頁碼。

620）、「睡」（頁 620－621）、「男」（頁 626）幾個詞的解釋提出了
商榷意見。如在引《漢語詞彙史》對「舟」、「船」的辨析「上古
叫『舟』，不叫『船』」後說：「考察先秦材料，『船』比『舟』
出現確實要晚一點，其來源也有地域上的差異。《方言》卷九：
『自關而西謂之船，自關而東謂之舟。』但從戰國開始，『船』就
進入通語，與『舟』並行不悖了。例如：《墨子·備水》：『並船
以為十臨，臨三十人，人擅弩計四有方，必善以船為轒轀，二十船
為一隊，選材士有力者三十人共船。』《莊子·漁父》：『有漁父
者，下船而來。』《韓非子·功名》：『若水之流，若船之浮。』
《呂氏春秋·壹行》：『人之所乘船者，為其能浮而不能沉也。』
《楚辭·涉江》：『乘舲船余上沅兮，齊吳榜以擊汰，船容與而不
進兮，淹回水而凝滯。』段玉裁《說文解字》『舟』下注云：『古
人言舟，漢人言船。』王力先生之說蓋取於此。」

　　《漢語史稿》詞彙部分為漢語詞彙史的開山之作，《漢語詞彙
史》做了進一步的完善。二書雖然都帶有框架性質，也都有一些具
體的不足之處，但小疵不掩大醇，它們仍為治漢語詞彙與詞彙史者
必讀必參之書。

二、向熹著《簡明漢語史》上冊中編
《漢語詞彙史》

　　高等教育出版社 1993 年版。頁 365－750，共 386 頁。

　　詞彙史共三章：第一章〈上古詞彙的發展〉，第二章〈中古詞
彙的發展〉，第三章〈近代詞彙的發展〉。每章主要內容有：各代
詞彙的概貌、單音詞、複音詞、詞義、成語諺語的發展；中古又有

〈外族文化對中古漢語詞彙發展的影響〉專節；近代又有〈近代新詞的產生和蒙語、滿語對漢語詞彙的滲透〉〈近代西方文化對漢語詞彙發展的影響〉各一節。

以向著與王著比較，向著有繼承吸收王著的方面，也有發展創新的方面。

㈠向著以時代為綱，明確地把詞彙史分成上古、中古和近代三個時期進行描述，眉目清楚，更加體現出了「史」的特點。這從各章節的目錄即可看出。第一章〈上古詞彙的發展〉：第一節〈從甲骨文看商代詞彙〉，第二節〈上古漢語單音詞的發展〉，第三節〈上古漢語複音詞的發展〉，第四節〈上古漢語詞義的發展〉，第五節〈上古漢語同義詞的發展〉，第六節〈上古漢語成語和諺語的發展〉。第二章〈中古詞彙的發展〉：第一節〈中古漢語單音詞的發展〉，第二節〈中古漢語複音詞的發展〉，第三節〈中古漢語詞義的發展〉，第四節〈外族文化對中古漢語詞彙發展的影響〉，第五節〈中古漢語同義詞的發展〉，第六節〈中古漢語成語的發展〉。第三章〈近代詞彙的發展〉：第一節〈近代新詞的產生和蒙語、滿語對漢語詞彙的滲透〉，第二節〈近代漢語複音詞的發展〉，第三節〈近代漢語詞義的發展〉，第四節〈近代西方文化對漢語詞彙發展的影響〉，第五節〈近代漢語同義詞的發展〉，第六節〈近代漢語成語和諺語的發展〉。

㈡內容加詳。如上古、中古和近代的複音詞、同義詞的發展的描寫，遠比王著詳細。即使是上古，其分析也更加細致。書中甲骨文名詞（頁 365－380）就列有十個方面：1.有關天象、地理的名稱，2.時間、方位名稱，3.植物名稱，4.動物名稱，5.武器、生產工具

名稱，6.有關物質生活方面的名稱，7.等級官制名稱，8.有關祭祀迷信的名稱，9.關於人體的名稱，10.稱謂詞。每一個方面又分小類加以詳細描寫，並繼承王著的傳統，把詞語的描寫分析緊密地與社會的發展結合起來。下舉「6.有關物質生活方面的名稱」為例。

　　所謂物質生活，包括服飾、飲食、宮室、器用幾個方面。

　　服飾是和紡織技術的發展分不開的。我國先民大約在7000 年前已開始掌握紡織技術。商代更有發展。衣著名稱有「衣、襲、弁、巾、絲」等。「衣」卜辭用為祭名和地名，不用本義。「裘」是皮衣，古人穿裘，毛在外邊，字作 𧘝（《後》下.8.8），即象皮毛外露之形。「弁」是一種圓形的帽子。徐中舒說：「《儀禮・士冠禮》鄭玄注：『弁名出於槃。』槃、盤古今字，盤、弁古音同，就是把盤旋於頭上的圓形冕叫做弁。」甲骨文作 𦥑（《續》5.5.3），象兩手捧弁之形。殷虛婦好墓出土的石人有頭戴圓形束髮之弁的。「弁」字上作方形，是為了便於契刻。「絲」是蠶絲。卜辭用為職官名。卜辭還有「帛、㠯（黻）」等字，「帛」用於地名，「㠯」義不詳。

　　原始人類已懂得用玉石等物來裝飾和美化自己。商代甲骨文中裝飾品的名稱有「玉、玨、玦、貝、朋」等。「玉」甲骨文作 丰（《佚》783），表示連在一起的三塊玉。「玦」是環形而有缺口的玉璧，「玨」是白玉一雙。「貝」是貝殼，古人用作貨幣或裝飾品。「朋」是連在一起的兩串貝。

王國維說：「殷時玉與貝皆貨幣也。……其用為貨幣及服御者，皆小玉小貝而有物焉以系之。所系之貝玉，於玉則謂之珏，於貝則謂之朋，然二者於古實為一字。」

　　飲食方面的名稱，甲骨文有「肉、𩛩、羹、酒、醴、鬯」等。「𩛩」是大塊的肉，「羹」是用肉調和五味做成的帶汁的食物，「酒」是一般的酒，「醴」是甜酒，「鬯」是以鬱金香合黍釀造的酒，供祭祀用。

　　宮室方面的名稱有「宮、室、宗、宣、寢、官、家、庭、戶、門、向」等。「宮」是房屋的通稱。據西安半坡房屋遺址復原，當時的房屋是在圓形基址上建立圍牆，上面覆以圓錐形屋頂，斜面開通氣孔，圍牆中部有門，兩者呈「呂」形。這種房屋似穹窿，環形而中空，所以叫「宮」。「室」是房舍。「宗」是祖廟。「宣」是殷代宮室名，《說文·宀部》：「宣，天子宣室也。」郭沫若說：「以宣名宮室，固其本義。」「寢」是臥室，「官」是客舍，為「館」的初文。「家」是住所，古代豬是重要的家畜，家必養豬，往往人與豬同在一室，故「家」字從豕。現在中國南方一些地方，屋分兩層，上層住人，下層養豬，猶存古之遺風。「庭」是堂前空地，「戶」是單扇的門。「向」是向北開的窗子，卜辭用作地名。

　　器用方面，交通工具的名稱有「車」和「舟」。《說文》：「車，輿輪之總名，夏后時奚仲所造，象形。」「舟，船也。古者共鼓，貨狄刳木為舟，剡木為楫，以濟不通，象形。」可見車和舟都是商代以前就發明了的。車、舟

的部件如輪、輿、轅、軏、衡、楫、篙等，商代肯定各有名稱，但卜辭缺乏記載。

　　盛器的名稱有「鼎、鑊、鬲、甗、段（簋）、皿、缶、盂、槃、豆、尊、斝、爵、壺、卣、酉、斗、豊、升」等。「鼎」，三足兩耳，是烹煮食物的器皿。「鑊」是無足的大鍋，卜辭用作人名。「鬲」是三足都空的鼎。「甗」是蒸食物的炊具。「段」簋是盛黍稷的食器，後代寫作「簋」。「皿」是碗碟杯盤的總稱。「豆」是高腳盤。「尊」是盛酒器，卜辭用為祭名。「斝」是圓口三足兩柱一鋬的酒器，「爵」也是三足的酒器。「斗」是有柄酌酒器，北斗星形狀像斗，卜辭似以「斗」為星名，如「庚午卜，夕辛未從斗」（《乙》174）。「酉」是斂口大腹有提梁的酒器。卜辭和金文借為「酒」，又為地支第十位的稱呼。「豊」是盛玉帛的高腳器皿。

　　樂器名稱有「鼓、鼟、磬、庸（鏞）、龠」。「鼟」是大鼓。「磬」為曲尺形的石製打擊樂器，卜辭用為方國名或地名，如「其宜於磬京」（《掇》2.111）。「庸（鏞）」為大鍾。「龠」是竹製的編管樂器，為笙的初形。卜辭用為祭名，大約是用龠以祭。如「戊戌卜，王貞：王其賓中丁彤龠，亡蚩」（《存》2.611）。

　　㈢重視多音節詞語發展演變的描寫。向著不僅重視雙音節複音詞，而且同樣重視成語、諺語等多音節詞語。上古（頁 460－475）和近代（頁 720－751）都有《成語》和《諺語》專節，中古（頁 576－

596）有《成語》專節。上古複音詞有 18 頁，成語和諺語 16 頁；中古複音詞 18 頁，成語 21 頁；近代複音詞 22 頁，成語和諺語 31 頁。上古、中古、近代複音詞加起來 58 頁，成語和諺語加起來 68 頁。成語和諺語大於複音詞的篇幅，這是本書漢語詞彙史的一個很大的特色。

　　㈣運用數字統計的方法。上舉甲骨文部分按詞類列有名詞、動詞、形容詞。名詞（頁 365）下統計「有名詞約 800 個」，動詞（頁 381）下統計「甲骨文已經認識的動詞約 300 個」，形容詞（頁 400）下統計「卜辭形容詞較少，不過幾十個」。再如第三節〈上古漢語複音詞的發展〉下：「周秦漢語仍然以單音詞為主，但複音詞已佔有相當的比例。以《論語》為例，全書共出現 1,700 多個詞，除去人名、地名和虛詞，複音詞有 200 多個，約占總數的 15%。《詩經》一共出現 3,400 多個詞，其中複音詞 900 餘個，占總詞數的 25%。到了漢代，漢語複音詞有了更大的發展。《論衡》裏複音詞達 2,300 個之多。許慎《說文解字》是字書，其中出現的複音詞有 1,690 個。上古產生的新詞大多數是單音詞，多義詞的發展以單音詞為主。但是單音詞的發展要受語音形式的限制。單音詞太多，會產生過多的同音詞，或者詞義過於複雜，不便於人們的社會交際。在這種情況下，上古新詞的產生自然地向著複音化的方向發展。」

　　另外，與王著一樣重視外族語、外國語的對漢語詞彙的影響。（頁 535、598、667）

　　但是一本詞彙史建立在廣泛深入研究的基礎上，纔能比較切合史實。若干年來包括本書作者在內的許多學者對漢語詞彙從不同的方面作了很多的研究，取得了很多的成果，但是成果與需要研究和

搞清楚的問題相比較，所欠仍然甚遠；已有的成果限於資料等原因也不一定完全可以得到利用。因此，任一本詞彙史都會存在不足之處，即向著也有些內容似可寫入或寫得再詳細一些，如：

㈠字與詞。字的孳乳與詞和詞義發展的關係，也應該是漢語詞彙史的一個重要內容，不能忽視。

㈡反義詞。向著上古、中古、近代都有一節的篇幅描寫同義詞的發展，而沒有專節反義詞的內容。反義詞跟同義詞是對立的詞彙、詞義現象，它在詞彙史中應該與同義詞一樣受到重視。

㈢方言詞。方言詞是漢語詞彙的重要組成部分，是漢語通語詞彙的一個重要來源。向著在近代部分第一節〈近代新詞的產生和蒙語、滿語對漢語詞彙的滲透〉，有「近代漢語詞彙的口語方言」的內容。篇幅也並不多，從第 607 至 615 頁。而上古只在第五節〈上古漢語同義詞的發展〉中關於同義詞的來源談到了「方言詞的大量運用並進入普通詞彙」（頁 452），著名的方言詞彙著作《方言》也沒有言及。中古部分更未及方言詞。

還有一些細小之處，也可以再加斟酌。以下約舉幾例。

㈠有的地方分類不夠科學。如第一章〈上古詞彙的發展〉第二節〈上古漢語單音詞的發展〉，其下列的七個方面是：一、有關天象的名稱，二、農作物名稱，三、有關飲食的名稱，四、有關布帛服飾的名稱，五、有關意識形態的名稱，六、動詞，七、形容詞。（頁 390−404）把義類、詞性混雜在一起。如果按詞性分類的話，一至五當是名詞的下位分類，以名詞與動詞、形容詞並列。如果按義類分類的話，可以把第六類動詞改為「有關思想感情的動詞」，實際上第六類動詞下只分析了《說文解字》中「心」旁的有關思想感

情的動詞；可以把第七類形容詞改為「顏色詞」或者「有關顏色的形容詞」，實際上第七類形容詞下只分析了有關顏色的形容詞。在這七個方面之前，有一段敘述：「下面就天象、農作物、飲食、布帛衣服、意識形態、有關思想感情的動詞、顏色詞等六個方面的單音詞略加討論，以見一斑。」（頁389）也沒有能說得很清楚。

　　㈡有些詞彙的內容沒有貫穿在整個歷史發展之中。如超詞彙的典故詞語問題，只在中古部分第二節〈中古漢語複音詞的發展〉三、「合成詞」8、「超層次的複合詞」（頁515-516）論及「這類詞大都是通過用典而形成的」，舉有「而立」、「景仰」、「漣漪」、「友于」4個語典詞語，例子都是出於《後漢書》之後。實際上，通過用典形成的超層次的複合詞是歷代漢語詞語中的一個大宗，應該受到漢語詞彙史研究的重視。

　　㈢有些具體詞語的考釋解說還可以說得更清楚明白一些。如上古部分第五節〈上古同義詞的發展〉（頁444）中說：「《詩經》裏保存的同義詞有250組。名詞如『岸、濱、頻（瀕）、湀、濆、干、澌、湄、麋、泮（畔）、浦、涘』等都有『水岸』的意義。」所舉的這一組中，「干」、「麋」可以先說說它們是通假字。又如近代部分第三節〈近代漢語詞義的發展〉一、「近代漢語單音節詞詞義的發展」1.「單音節詞新詞義的來源及其詞性」「引」（頁647）下說：「引，本義是開弓。《說文·弓部》：『引，開弓也。』古代又有『牽挽、延長、長久、導引、招引、引用』等義，是一個多義詞。近代地主階級為強化封建統治，限制人民的行動自由，外出時須由官府統一發放通行證明，叫做『引』。這樣『引』有了一個新的近代義。《水滸傳》六十一回：『身邊取出假文引，

教軍士看了。」唐玉《翰府柴泥全書・托人給引》：『某欲他往，煩給一引，使奔四方關津處所，得無留難。』《西遊記》五十四回：『請投驛館注名上簿，待下官執名奏駕，驗引放行。』《警世通言》卷二十八：『見了大尹，給引還鄉。』《醒世恒言》卷十九：『又取出一張路引，以防一路盤詰。』」就我們檢閱古籍的結果來看，「引」用為通行證，可能源於兩漢，只是當時專用於出入宮殿，且與門籍之「籍」連用。《史記・梁孝王世家》：「梁之侍中、郎、謁者著籍引出入天子殿門。」這裏的「籍引」，當是指出入宮殿的門籍通行證。正義即說：「籍謂名簿也，若今通引出入門也。」「引」也可以放在「籍」前，如《史記・外戚世家》：「行詔門著引籍通到謁太后」。又，《周禮・天官・宮正》「幾其出入」鄭玄注引鄭司農：「若今時……無引籍不得入宮司馬殿門。」「引籍」當可理解為「用於通行的門籍證明」。「引」在近代有了進一步發展，也可以單用，並用成了一般的通行證明。

總之，向著雖有不足，但多有勝過王著之處。可以說《漢語詞彙史》部分是至今最詳細、最適用的漢語詞彙史專著，它與王著一樣，是治漢語詞彙與詞彙史者必讀必參之書。

三、趙克勤著《古代漢語詞彙學》

商務印書館 1994 年版。正文 278 頁。

共 14 個部分，用阿拉伯數字表示：1.〈緒論〉，2.〈單音詞〉，3.〈複音詞〉，4.〈詞義〉，5.〈詞義的演變〉，6.〈同義詞〉，7.〈反義詞〉，8.〈同音詞、同形詞和多音詞〉，9.〈因聲求義〉，10.〈通假字〉，11.〈同源詞〉，12.〈古今字〉，13.〈古書

材料及訓詁學研究成果的運用〉，14.〈古漢語詞彙研究與字詞典的編纂〉。

特點：

㈠詞彙學的重要研究對象明確而全面。1.〈緒論〉中詳細地論述了「古代漢語詞彙學研究的對象和任務」。認為「古代漢語詞彙學首先必須研究古漢語詞彙的構詞類型及其演變和發展」，所以單音詞、複音詞列為首要的內容。認為「古漢語的詞義系統是複雜的。有本義與引申義，有原始義與派生義，有古義與今義。這每一個術語的內涵，都可以是一個科研題目，值得深入探討。」「作為詞源學和語義學研究課題的詞義演變和發展，也是我們需要研究的重要內容。」「文字與詞彙的關係也是古代漢語詞彙學要研究的一個重要問題。漢語裏有字，有詞，有些字等於詞，有些字不等於詞，同一個字，有時候是詞，有時候又不是詞。字與詞怎樣區分，區分到什麼程度，對單音詞、複音詞、聯綿字、同義詞、反義詞、多義詞、同音詞、通假字、古今字等的研究至關重要。」「古代漢語詞彙學還要研究詞與詞的關係。在古漢語中，詞與詞的關係是極其複雜的。意義相同的詞，構成了同義詞關係，……意義相反與相對的詞，構成了反義詞關係。」「意義無關而讀音相同的詞構成了同音詞的關係。人們常常容易把同形同音詞與多義詞相混，這主要是對引申義與假借義分辨不清造成的。」所以有詞義、詞義的演變、同義詞、反義詞、同音詞、同形詞和多音詞、通假字、同源詞、古今字的內容。認為「古代漢語詞彙學必須充分利用傳統訓詁學的研究成果。」所以又有因聲求義、古書材料及訓詁學研究成果的運用、古漢語詞彙研究與字詞典的編纂的內容。

　　㈡詞彙學與傳統的訓詁學相結合。趙著重視詞彙學對傳統的訓詁學成果的繼承與運用，同時指出繼承與運用中需要注意的問題。如：9.〈因聲求義〉（頁 182）對聲訓、右文說和亦聲字、音近義通三方面的研究成果及其不足做了詳細討論。聲訓下說：我國歷代訓詁學家在探求音義關係上做了不少工作，也取得了很大成績。聲訓不是一般地訓釋詞義，主要是根據聲音來推求語源。聲訓的產生，說明古代訓詁學家開始注意到了語義與語音的關係，聲訓的成果則反映了他們在這個問題上的初步的、朦朧的認識，可看成「因聲求義」這種訓詁方法發展的最初階段。從這一點說，聲訓對於古漢語詞義的研究也是有一定積極意義的。由於聲訓特別是早期聲訓主要憑個人主觀推斷，只根據音同或音近這一點來猜測，沒有任何古籍的材料作為依據，因此，所得出的結論，除了極少數以外，都難以令人信服。在「右文說和亦聲字」下說：右文說是受聲訓影響而產生的一種因聲求義的訓詁方法。兩者的目的一樣，都是「探源」；但方法卻截然不同。右文說擯棄了聲訓的主觀臆測，根據聲符來探求語源，並且不局限於單個聲符，而是將具有相同聲符的字繫聯在一起來探討其意義的內在聯繫，給後世同源詞的研究很大的啟迪，因此，右文說無論在研究方法上和科學性上都要比聲訓高得多。然而，右文說也有它的局限性。首先就是以偏概全。其次就是拘泥於字形。在「音近義通」下說：從聲訓、右文說到音近義通理論的建立，反映了訓詁學家對音義關係的認識從萌芽到漸趨成熟的三個階段。清代學者在聲訓和右文說的基礎上，逐漸建立了系統的「音近義通」的理論和訓詁條例，把訓詁學推進到一個嶄新的歷史階段。簡要地說，清代「因聲求義」的理論及實踐，主要包括兩個內容：

一是同源字，這是屬於詞源學的範疇；一是古音通假，這是用於語義學的範疇。關於同源字的研究，清代學者吸取了早期聲訓特別是右文說的研究成果，無論在理論上或實踐中都有不少建樹。王念孫在這方面的成就尤為突出，他不僅對《廣雅》一書中用為同訓的同源字加以標示，而且觸類旁通，以「聲近義通」為綱，廣為繫聯，建立了不少同源字的系統，為同源字的研究提供了不少寶貴的材料。第 13 部分為〈古書材料及訓詁學研究成果的運用〉（頁 241）的專章。除介紹《爾雅》《說文》與古代注疏特別是清人的注疏以外，重點討論訓詁學研究成果的運用要注意的問題，說：歷代訓詁學家的研究成果，對古漢語詞彙的研究有著重要意義。但是，怎樣正確地運用這些材料，則是一個比較複雜的問題。因為，訓詁學研究成果雖然豐富，但卻缺乏科學的系統，再加上精華與糟粕、正確與錯誤混雜在一起，造成了查閱和使用的困難。因此，要把訓詁學的研究成果運用於古漢語詞彙的研究，還需要費一番摸索的工夫。我們認為，將訓詁學研究成果運用於古漢語詞彙研究，必須做好三件事，那就是：辯正誤、定取捨、尋規律。這三件事是最普通的，也是最重要的。

　　㈢重視研究方法。1、〈緒論〉1.3 是「古代漢語詞彙學的研究方法」（頁 8）。首先指出方法的三個來源：「一是從現代詞彙學中借用現代的研究方法；二是起用訓詁學的傳統研究方法；三是創造新的研究方法。」並強調：「借用現代的研究方法要照顧到古漢語的特點，不能生搬硬套；起用傳統的研究方法，要注意科學性，不能走老路；創造新的研究方法，要根據古漢語實際，不能標新立異。總之，古代漢語詞彙學的研究方法應該是傳統與現代的結合，

借用與創新的結合。」接著介紹了古漢語詞彙研究的幾種主要的方法。1.「歷時與共時相結合。古代漢語詞彙學不同於歷史詞彙學，不能僅僅對漢語詞彙在歷史上的演變發展進行歷時的或演化的研究；它又不同於描寫詞彙學，不能僅僅對漢語在歷史發展的某一階段的詞彙系統的狀況進行共時的或靜態的研究。它應該是歷時的和共時的兩種方法結合而成的一種綜合的『立體的』研究方法。」2.「綜合考察與典型分析相結合。『綜合考察』指通過普遍調查與抽樣調查的方法，廣泛佔有材料。普通調查指對某個問題作總體的全面的、窮盡式的考察，不遺漏一個；抽樣調查是指根據需要對某個時期有代表性的書面語言材料作局部的考察。這兩種研究方法是當代學者常用的方法。『典型分析』指對典型材料進行分析。研究古漢語詞彙需要用大量的材料來說明問題，我們選用的材料一般應具有代表性與典型意義。典型材料往往體現了某種規律或本質，對典型材料進行分析，是探尋正確結論和駁正謬誤的重要方法。」3.「對比。『對比』是語言學家常用的研究方法，對古漢語詞彙進行研究，更離不開『對比』。古代漢語詞彙學運用的『對比』方式主要有『古今對比』、『正反對比』、『互文對比』等。」「『古今對比』不一定是用古代與現代相比，在古代也有『古』『今』問題。說明古漢語詞彙的歷史狀況及演變發展，必須由古義下及今義，或由今義上推古義。為了說明古義，必須用今義加以對比。」「『正反對比』就是用反面材料來說明問題。」「『互文對比』是運用處於相同位置的兩個同義詞的對比來推求詞義。」4.「彙證。『彙證』是指用不同的材料來考核、證實與說明，也就是訓詁學常用的考據法。『彙證』的方式有『異文彙證』、『異詞彙證』、

『本文彙證』等。」「『異文彙證』是用同一文章或古籍的不同版本的異文，或者古人引用時寫的異文來證明結論的正確性。」「『異詞彙證』就是用意義相同的另一個詞來求證詞義。」「『本文彙證』是用本書中的文字來求證詞義。」另外在 6.〈同義詞〉部分，還有同義詞辨析的方法（頁 141）；9.〈因聲求義〉是介紹詞義推求的方法（頁 182）；10.〈通假字〉中「通假字的確定」是講的確定通假字的方法（頁 211）。

有些內容可作些修改：

㈠有畸輕畸重的地方。1、〈緒論〉1.1「為什麼要建立古代漢語詞彙學」中說：「從時間上講，漢語歷史詞彙學在研究漢語詞彙時包含的歷史時期很長，從上古、中古、近古、近代以至於現代，跨越了從古至今整個歷史時期，而古代漢語詞彙學只以古代漢語詞彙為研究對象，很少涉及近代和現代詞語。」顯然本書「古代」指「上古、中古、近古」。在這個時期中，漢語仍然以單音詞為主。但是〈複音詞〉部分有「複音詞的形成與發展」，而〈單音詞〉部分卻沒有「單音詞的形成與發展」。在篇幅上也反映出這種畸輕畸重的情況，〈單音詞〉16 頁篇幅，而〈雙音詞〉則有 48 頁。二者相差較遠。

㈡沒有虛詞或虛詞與實詞的關係。詞彙學研究對象應該是整個漢語的詞彙，不應該把虛詞排除在外。虛詞也同樣有單音節、雙音節的問題，本義、引申義、古今義、詞義的演變的問題，同義詞、反義詞的問題，同源詞與非同源詞的問題，同音詞、同形詞和多音詞的問題，而且還有實詞虛詞轉化的問題。凡此種種都應該屬於詞彙學研究的範圍，詞彙學是不能因為虛詞意義之「虛」而把它排斥

在研究範圍之外。

　㈢各部分的順序有的可以重新調整。如 8、〈同音詞、同形詞和多音詞〉置於〈單音詞〉〈複音詞〉之下，要比置於〈同義詞〉〈反義詞〉與〈因聲求義〉之間顯得合適。

　另外，本書以傳統的詞彙學理論為基礎是其特色，但是現代語言學理論引入相對較少，就顯得有些不足。

　總之，本書是傳統古漢語詞彙學的代表性著作，總特色是內容全面，傳統實用。

四、蔣紹愚著《古漢語詞彙綱要》

北京大學出版社 1989 年版。正文 294 頁。

　十章。第一章〈訓詁學、語義學、詞彙學〉，第二章〈詞和詞義〉，第三章〈詞義的發展和變化〉，第四章〈同義詞〉，第五章〈反義詞〉，第六章〈詞彙和語音的關係〉，第七章〈詞彙和文字的關係〉，第八章〈詞彙和語法的關係〉，第九章〈關於近代漢語研究〉，第十章〈漢語詞彙系統及其發展變化〉。

　特點：

　㈠與趙克勤之書一樣，蔣著重視詞彙學與傳統的訓詁學相結合。本書第一章就是〈訓詁學、語義學、詞彙學〉。開卷即言：「要研究古漢語詞彙，建立漢語歷史詞彙學，就必須吸取我國傳統訓詁學和現代語義學的成果。」在第一節〈我國傳統訓詁學的成就及其不足〉中，作者總結了我國古代訓詁學在詞彙研究上取得的五大方面成就：㈠對詞的本義和引申義的研究。㈡關於同義詞的辨析。㈢對於音義關係的探求。㈣關於虛詞的研究。㈤關於方言詞彙

的研究。這些方面是建立漢語歷史詞彙學需要吸取繼承的方面。也總結了五大方面明顯的不足，從另一個角度討論吸取繼承的問題。㈠傳統訓詁學基本上沒有脫離經學附庸的地位。㈡傳統訓詁學基本上還是把古漢語詞彙作為一個平面來研究的。㈢傳統訓詁學在很長時間裏沒有擺脫文字形體的束縛。㈣傳統訓詁學對詞彙的研究在理論上不夠準確和深入（即缺乏系統的理論研究）。㈤傳統訓詁學解經、作注為主要任務，所以往往對僻字僻義花很大力氣，而對常用詞卻略而不論。傳統的訓詁學在詞彙研究方面有這些不足，所以「我們今天研究古漢語詞彙，就要克服這些方面的不足，在前人研究的基礎上，再向前邁進一步。」其他章中還關傳統訓詁學的內容的專節。如第四章〈同義詞〉兩節中的第二節是〈泛指、特指、渾言、析言〉（頁110），第五章〈反義詞〉兩節中的第二節是〈反訓〉（頁127）等。

㈡重視新理論。本書〈前言〉就強調了現代語言學理論對於古漢語詞彙研究的重要性，說：「現代語義學在詞義研究方面比傳統詞彙學有較大的突破，在宏觀方面，把詞義作為一個系統來研究，在微觀方面，對詞義再進行深入的分析，它的一整套理論和方法是很值得借鑒的。」第一章第二節用一節的篇幅討論「現代語義學對古漢語詞彙研究的啟發」。㈠語義學研究的不是一種語言，而是多種語言，因此它的視野比較廣闊，能注意到一些只研究某一種語言的人所不容易注意到的現象，並從中得出一些關於人類語言的一般性結論。㈡語義學把詞彙和詞義作為一個系統來研究。這比傳統的詞彙研究是一個很大的進步。傳統的詞彙研究往往只注意單個詞的發展變化，這種研究被稱為是「原子主義」（atomism）。從索緒爾

開始，提出了語言有聚合（Paradigmatic）和組合（syntagmatic）兩種關係，到了二十世紀二、三十年代，一些德國和瑞士的語言學家分別根據這些關係提出了不同的「語義場」（semantic field）的理論。……詞與詞之間的聯繫是多種多樣的，因此，構成的語義場也是多種多樣的。現代語義學深入分析了這多種關係。㈢現代語義學對詞義作了進一步的分析。提出了「義位」（sememe）和「義素」（semantic component）的概念。……使用「義位」和「義素」的概念，對古漢語詞彙的研究（不論是靜態的分析還是歷史的描寫）都很有好處。特別是義素分析法，表面看起來煩瑣，但只要運用得當，實際上是可以起以簡馭繁的作用的。第二章〈詞和詞義〉第二節（頁37）、第三節（頁 47）兩個專節以漢語為例介紹義位和義素。第十章〈漢語詞彙系統及其發展變化〉三節，〈義位元的結合關係〉（頁 273）、〈詞在語義場中的關係〉（頁 278）、〈詞的親屬關係〉（頁 288），都是運用現代語義學理論對古漢語詞彙的分析研究。

　　古漢語詞彙研究既重視傳統的訓詁學也重視現代語義學，在現代語義學理論的運用上能夠注重結合古漢語詞彙的實際，能夠把傳統的訓詁學、現代語義學二者做到很好的結合，這是本書在方法論上的重要的特點。

　　㈢重視近代漢語詞彙。本書第九章是〈關於近代漢語研究〉。章首說：「在以上八章中，舉的主要是上古漢語中的例子，這是由漢語歷史詞彙研究的現狀決定的。迄今為止，對上古漢語詞彙研究得比較充分，而對六朝以後漢語詞彙的研究還相當薄弱。這種情況，對漢語歷史詞彙學的研究是十分不利的。因為六朝以後漢語還有一段很長的發展歷史，在這個時期裏，漢語詞彙出現了許多重要

的變化。不弄清這一段詞彙的面貌和發展歷史，漢語詞彙史的研究就只能是半截子的；而且，從晚唐五代開始，逐步形成了古白話，古白話的詞彙，和現代漢語詞彙有著更為密切的關係，不對古白話的詞彙進行深人研究，對現代漢語詞彙也就不能有透徹的理解。所以，漢語歷史詞彙學面臨的一個重要任務，就是要把這段空白填補起來。」（頁240）本章第一節〈近代漢語詞彙研究的概況〉，介紹了二十世紀以前、二十世紀以來中國學者取得的重要成果，以及日本學者研究的情況。第二節是〈近代漢語詞彙研究的方法〉的專節。

㈣重視詞彙與各語言要素之間的關係。作者用了第六、七、八章共三章的篇幅對詞彙與語音、文字、語法的關係作了探討，體現了作者對語言系統性的總體認識。

有些內容或可作些修改：

㈠詞彙研究的傳統內容有的沒有得到應有的重視。如單音詞、雙音詞是對詞彙從音節的角度劃分出來的類別，是對古今漢語詞彙進行系統研究不可或缺的內容。但是本書除了在第九章〈關於近代漢語研究〉第二節〈近代漢語詞彙研究的方法〉㈢「構詞法的研究」之下提及「複音詞大量增加，而且語素的位置逐漸趨於穩定」之外，就沒有再對單音詞、雙音詞做專門研究了。

㈡有失衡的地方。本書第九章〈關於近代漢語研究〉（頁240）有兩節，一是〈近代漢語研究概況〉（頁241），一是〈近代漢語研究的方法〉（頁253）。而本書沒有上古漢語、中古漢語專章，更沒有上古漢語、中古漢語研究概況和研究的方法。就整個來看，有上古漢語和近代漢語的內容，沒有專門的中古漢語的內容。第九章章

首說：「本章不打算全面涉及六朝以後詞彙的研究，而只打算談談近代漢語詞彙研究的概況和方法。」再如，有第三章〈詞義的發展和變化〉（頁 56），而沒有詞彙其他方面的發展變化，如單音詞、雙音詞的發展變化等等。使讀者不能不感到遺憾。

　　㈢有些地方的說法不夠嚴謹。第五章〈反義詞〉第一節〈反義詞〉說：「考察反義詞，也要有歷史觀念。隨著詞義的發展變化，反義詞的構成關係也是古今不同的。」強調研究詞彙要有歷史觀念，這是完全正確的。但舉例是：「古代『窮』的反義詞是『達』，現代『窮』的反義詞是『富』。……古代表示形體用『大』、『小』這對反義詞，表示年齡用『少』、『長』這對反義詞，現代不論表示形體還是年齡，都用『大』、『小』這對反義詞。」（頁 129）而實際語料所反映出來的情況並不是這樣。

　　「窮」、「富」反義對用歷代都有，最早已見於《荀子·大略》：「仁義禮善之於人也，辟之若貨財粟米之於家也，多有之者富，少有之者貧，至無有者窮。」如果說這種對用，「窮」、「富」之間還有一個中間詞「貧」，還不是完全兩極對立的反義詞，那麼完全兩極對立的例子至遲也在北朝時就已經見到。如：元魏慧覺等譯《賢愚經》卷十二：「詣兄丐之，……其弟得責，慚愧取錢，夫婦改操，謹身節用，懃心家業，財產日廣，其後漸富，更無乏短。其兄淚吒，連遭衰艱，所在破亡，財物迸散，家理頓窮，無有方計，往到弟邊，說所契闊，求索少錢。」後魏賈思勰《齊民要術》卷三：「無或蘊財，忍人之窮；無或利名，罄家繼富：度入為出，處厥中焉。」唐宋以後用例漸多，元以後用例見到的就更多了。「大」、「小」在古代表示年齡，用例也很多。「大」、

「小」與「年」聯用表示年齡，東漢就已經見到，歷代皆有用例。「年大」如：後漢安世高譯《佛說是法非法經》卷一：「或時是聞一者比丘，年大多知識，相知富饒。餘比丘不如，便從年大從多知識。」《三國志·魏書·武宣卞皇后傳》：「王自以丕年大，故用為嗣。」西晉法炬共法立譯《法句譬喻經》卷四：「我女好潔，世間無雙。年大應嫁，世無匹偶。」「年小」如：後漢安世高譯《佛說㮈女祇域因緣經》卷一：「瓶沙又憐其年小，恐為所殺，適欲不遣，畏見誅伐。」《三國志·吳書·呂蒙傳》：「時當職吏以蒙年小輕之。」西晉法炬共法立譯《法句譬喻經》卷四：「父母命終，其兒年小，未知生活理家之事。」梁慧皎撰《高僧傳》卷七：「臨別謂導曰：『兒年小留鎮，願法師時能顧懷。』」唐宋時「年紀」就與「大」、「小」聯用了，其後用例同樣很多。「年紀大」如：唐崔氏〈述懷〉詩：「不怨盧郎年紀大，不怨盧郎官職卑。」「年紀小」如：《大唐三藏取經詩話》上：「我年紀小，歷過世代萬千，知得法師前生兩迴去西天取經，途中遇害。」語料反映出來的實際使用情況與所言「古用」、「今用」有些出入。

　　總之，蔣著力圖繼承中國傳統訓詁學中詞彙研究的的成果，引入現代的語言學特別是語義學理論用於古漢語詞彙的研究，在繼承與創新上下功夫，創造新的古漢語詞彙學的理論系統，所以蔣著系統較新、理論較新。創例之作，難免有不足之處，但仍然是一本很好的古漢語詞彙研究著作。蔣趙二書可以互相補充。

五、蔣冀騁、吳福祥著《近代漢語綱要》

　　湖南教育出版社 1997 年版。「詞彙」部分，頁 158－369，共

212 頁。

七章。第一章〈近代漢語詞彙的特點〉，第二章〈近代漢語的構詞法〉，第三章〈近代漢語的詞義〉，第四章〈近代漢語詞彙與語言諸要素的關係〉，第五章〈近代漢語詞義與社會文化生活〉，第六章〈近代漢語的語源〉，第七章〈近代漢語詞義考釋方法〉。

特點：

㈠重視現代語言學理論，同時重視傳統方法。如第三章〈近代漢語的詞義〉（頁 221-269），對近代漢語語詞的意義系統、語詞間的意義關係、詞義的運動和發展的描述分析，都借助了現代語言學的理論。第七章〈近代漢語詞義考釋方法〉下的〈因聲求義〉與〈校勘通義〉兩個專節（頁 335-344），都是傳統訓詁學與校勘學的方法。

㈡多角度考察近代漢語詞彙。本書詞彙部分不僅重視從語言內部諸因素對詞彙發展影響的角度去考察，也重視從社會文化生活各方面對詞彙影響的角度去考察。前者如第四章〈近代漢語詞彙與語言諸要素的關係〉討論了語法、音韻、文字、修辭與語言內部諸因素對詞彙發展變化的影響。（頁 270-285）後者如第五章〈近代漢語詞義與社會文化生活〉下則是考察了城鄉差別、禮儀習俗、醫學、天文曆法、音樂雜藝、典章制度、哲學思想七個方面社會文化生活對詞義的影響。（頁 286-307）下舉城鄉差別對詞義的影響中「村」、「鄉談」二詞為例。

　　村：本為「村落」，陶淵明詩：「暖暖遠人村。」《桃花源記》：「村中聞有此人，咸來問訊。」並無貶義。唐宋

以後，「村」字有了粗俗的意義，始有貶義。《隋唐嘉話》：「太宗曰：『薛附馬村氣。』」宋代唐庚園〈蛤〉詩：「我居固已陋，爾鳴亦良村。」《董西廂》卷七：「外貌即不中，骨氣較別；身分既村，衣服兒忒撚。」《快嘴李翠蓮記》：『村人骨頭挑不出，俏從胎裏帶將來。』」程大昌《續演繁露》：「古無村名，今之村，即古之鄙也。凡地在郊外，則名之曰鄙，言質樸無文也。隋世乃有村名。唐令在田野者為村，故世之鄙陋者，人因以村目之。」（頁287）

鄉談：《說文》「鄉，國離邑，民所封鄉也。嗇夫別治，封圻之內六鄉，六鄉治之。」是一種小的行政單位。與大都市相比，就是鄙野之地。「方言」叫做「鄉談」，與「雅言」相對，是城鄉差別擴大的結果。其始叫「方言」，意謂各方之言，沒有鄙俗之意，繼而叫「鄉談」，則隱含村野不雅之意。《水滸傳》六十一回：「亦是說得諸路鄉談，省得諸行百藝的市語。」七十四回：「燕青打著鄉談說道：『你好小覷人。』」（頁287）

後者更能顯示出本書詞彙部分的特色。

㈢分類較為細緻。如第一章〈近代漢語詞彙的特點〉分為4個大的方面，「口語詞多」、「方言俗語詞多」、「市語多」、「外來語多」。「市語多」下又分為有關身體的、有關稱謂的、有關動物的、有關動作的、有關數字的和其他共六個方面。「外來語多」下有契丹語、女真語、蒙古語和其他4類；其他一類下面又有法

語、突厥語、梵文等（頁 189－194）的詞語實例。

㈣詞例豐富。這也是本書詞彙部分的一個重要特點。我們大致統計了 13 頁篇幅的第五章，除了引用《通俗編》「有關數字的」詞例以外，還有 70 多個。這些詞例多為作者所考得。

可以添加及改進的內容：

近代漢語常用詞或基本詞也應該是重要的內容。書中涉及的主要是口語、方言俗語、市語和外來語。雖然說這幾種「語多」，但它們只佔整個詞彙的一個較小的部分，不能反映近代漢語詞彙的基本面貌。

總之，本書「詞彙」部分是最好的近代漢語詞彙研究的專著之一，概括而系統，對研究近代漢語詞彙有示例與啟迪意義。

六、嚴修著《二十世紀的古漢語研究》

書海出版社 2001 年版。第二章〈20 世紀的古漢語詞彙研究〉，頁 98－221，共 124 頁。

本章五節。第一節〈古漢語詞彙研究概況〉，第二節〈古漢語詞彙學的回顧與展望〉，第三節〈有影響的古漢語詞彙研究專著簡介〉，第四節〈古漢語詞彙研究重要著作書目〉，第五節〈古漢語詞彙研究重要論文分類索引〉。

特點：

㈠概括簡明，抓住重點。如第一節〈古漢語詞彙研究概況〉有四個方面的內容，一、詞彙學理論的探討，二、古漢語詞彙的研究，三、大型古漢語辭書的編寫，四、訓詁學的衰落與新生。從指導詞彙研究的詞彙學理論，到古漢語詞彙研究的實際成果，到集中

反映詞彙研究的成果的辭書編寫，再到與詞彙研究有千絲萬縷聯繫
的訓詁學的衰落與新生。抓住了古漢語詞彙研究的重點方面，概括
簡明。（頁 120－136）節下第三層次也是如此。如二、〈古漢語詞彙
的研究〉下的四個內容是：㈠古漢語詞彙概論，㈡古漢語詞彙史通
論，㈢漢語語源研究，㈣斷代研究和專書研究。20 世紀百年的古
漢語詞彙研究的主要方面，概論、歷史、語源和斷代、專書的研究
皆在其中。

　　㈡重視詞彙學理論的介紹與總結。第一節〈古漢語詞彙研究概
況〉一、詞彙學理論的探討有四個內容：㈠西方普通語言學的傳
入，推動了中國詞彙學理論的發展；㈡漢語語法學的發展，加深了
人們對漢語詞彙的認識；㈢史達林語言學說對漢語詞彙學發展的促
進作用；㈣語義學的引進給漢語詞彙學研究注入的新活力。無論這
些理論在中國古漢語詞彙研究中中國學者是主動引進還是被動接
受，它們都的確對多年以來的古漢語詞彙研究產生了很大的影響。
最令讀者感興趣的是「史達林語言學說對漢語詞彙學發展的促進作
用」的部分。這部分中說：「漢語詞彙學正式誕生於 20 世紀 50 年
代，這與史達林語言學說在中國的傳播有密切關係。」「新中國剛
剛成立，史達林語言學說就傳入了中國，他用馬克思列寧主義來論
述語言問題，提出了新穎的觀點，使人耳目一新。史達林語言學論
文中有許多地方談到詞彙問題，這也大大提高了詞彙研究的理論水
平。」「史達林認為語言沒有階級性。」「史達林認為，『語言的
語法構造及其詞彙是語言的基礎，是語言特點的本質。』」「史達
林還對語義學發表過評論，他說：『語義學是語言學的重要組成部
分之一。詞和語的涵義方面在研究上具有重大的意義。因此，應當

保持語義學在語言學中應有的地位。』」「史達林的語言學在 50 年代、60 年代是中國語言學的指導思想，他的有關詞彙問題的論述，對於漢語詞彙學的建立和發展具有深刻影響。」重視學術的科學性，摒棄政治、國際關係等的影響而造成的偏見，重視對這些詞彙學理論的介紹與總結，是正視了百年詞彙學理論探討的事實。

㈢重視詞彙研究成果的介紹。本章第四節是〈古漢語詞彙研究重要著作書目〉，收專著 100 餘種；第五節是〈古漢語詞彙研究重要論文分類索引〉，收重要論文約 400 篇。這些論著展示了古漢語詞彙研究已取得的成就，同時為古漢語詞彙的進一步研究提供了參引線索。

一些不足：

㈠「古漢語」比較籠統。本書沒有給「古漢語」一個明確的界畫，從本書的內容來看，「古漢語」應該是指的現代漢語以前的漢語。本書第一章〈20 世紀的古漢語語法研究〉第二節〈古漢語語法研究的回顧與展望〉四、「研究範圍方面有所擴大」（頁 11）中在談語法研究問題時提及了近代漢語：「古代漢語語法研究範圍目前已經擴張到近代漢語、方言、漢藏語系和出土文獻。在相當長的時間裏，人們常常把漢語簡單地分為古代漢語和現代漢語，並認為其書面形式就是文言文和白話文。隨著漢語史研究工作的深入，人們逐漸認識到，在漢語的發展過程中，除了古代漢語和現代漢語這兩個階段外，還有一個近代漢語時期。」既然有此認識，或者採取古代漢語、近代漢語、現代漢語的三分，或者採取古代漢語、近代漢語，現代漢語是近代漢語內部的一個分期的二分，都比籠統的「古漢語」來得明確。這可能是作者以為這兩種分法「沒有定論」

而採取了被稱為「簡單地分為古代漢語和現代漢語」的分法。就詞彙研究而言，在 20 世紀末葉，就有人分出了「中古漢語」一期，而且其研究取得了不小的成績，書中也沒有提及。㉕

　　㈡展望不足，且有些觀點值得商榷。第二節〈古漢語詞彙學的回顧與展望〉，五個內容，共計 2 頁篇幅。第五個內容還是「新的訓詁學要注入新的生命」。在第四個內容「積極開展對斷代、專書、專類詞語的研究」中說：「特別要抓兩頭，一頭是晚唐五代以來的口語詞彙研究，一頭是甲骨文、金文以及其他新出土文獻的詞彙研究。」「這兩頭，一頭是過去的訓詁學家不重視的，一頭是過去的訓詁學家未曾見過的。因此對這兩頭開展研究，最容易取得突破，也最容易超越前人。」如果作為一個個人的研究計劃，是完全可以這樣說的。但是作為整個詞彙研究的展望，可能就有學者不同意這種看法。因為學界公認在漢語史研究中，詞彙研究最為薄弱，需要研究的內容很多，如最基本的詞彙研究，上古、中古、近代詞彙概貌如何，一個歷史層面上的詞彙概貌如何，至今不能知道，即使是一本典型的古代文獻如《史記》的詞彙概貌如何，至今也不能知道。這些應該是描寫古漢語詞彙首先要做的事，是首先值得研究的問題。而「抓兩頭」只能解決古漢語詞彙的很局部的問題。「因此對這兩頭開展研究，最容易取得突破，也最容易超越前人」雖對個人的詞彙研究有啟示意義，但從整體著眼，卻難免有急功近利之

㉕　在包括本書在內的「二十世紀中國語言學叢書」中還有一種是《二十世紀的近代漢語研究》。如果「古漢語」包括了近代漢語，就不必要再有《二十世紀的近代漢語研究》了。當然這可能是本叢書規劃上的問題。

嫌。

㈢重要著作未能介紹。如第三節〈有影響的古漢語詞彙研究專著簡介〉，介紹 19 種，詞彙學、詞彙學史、詞彙研究的專著僅 4 種：1.蔣紹愚《古漢語詞彙綱要》，2.史存直《漢語詞彙史綱要》，3.潘允中《漢語詞彙史概要》，4.張雙棣《呂氏春秋詞彙研究》。其餘都是詞語考釋和字詞典的書。趙克勤《古代漢語詞彙學》及王力的《漢語詞彙史》都只在書目中出現，而未能做專門介紹。

㈣書目收入的論著繁雜，有的也嫌搜求不夠。我們計算了一下第四節〈古漢語詞彙研究重要著作書目〉共收書 132 種。其中收有標明「訓詁學」、「訓詁」的書就有 30 種。如胡樸安《中國訓詁學史》、齊佩瑢《訓詁學概要》、趙振鐸《訓詁學史略》、馮浩非《中國訓詁學》等。還收有項楚《王梵志詩校注》。這些雖然都是訓詁學史、訓詁學或古籍校理的優秀著作，但畢竟與古漢語詞彙的研究不是一門學問。第五節〈古漢語詞彙研究重要論文分類索引〉六、「基本詞彙」，共收論文 10 篇，但是像李榮〈漢語的基本詞彙〉、李向真的〈關於漢語的基本詞彙〉、伯韓的〈李榮、李向真兩位先生關於基本詞彙的論文讀後〉、林濤的〈漢語基本詞彙中的幾個問題〉、張世祿〈基本詞彙的性質和範圍〉、李作南〈從字的組合談基本詞彙〉等論文，其基本點並不是討論古代漢語的詞彙而是討論史達林的基本詞彙理論的論文。本節十一、「專書研究」，除《爾雅》《方言》《釋名》3 種之外，所及只有《漢書》《左傳》《說文》《詩經》《墨子》《一切經音義》《顏氏家訓》《(鄭玄) 禮記注》《金瓶梅 (詞話)》《字詁》《義府》《洛陽伽藍記》12 種，顯然搜求不夠。

㈤體例也不很統一。如第四節〈古漢語詞彙研究重要著作書目〉，以出版年代為序，而第五節〈古漢語詞彙研究重要論文分類索引〉則又按類排列。

嚴著雖有並不精細之處，但是第一次比較全面地總結分析了20 世紀一百年的古漢語詞彙研究，同樣是從事古漢語詞彙研究必讀必參之書。

七、袁賓、徐時儀、史佩信、陳年高編著《二十世紀的近代漢語研究》

書海出版社 2001 年版。下冊第四編〈詞彙研究〉，頁 584－834，共 251 頁。

六章。第一章〈概述〉，第二章〈詞彙理論研究〉，第三章〈專類詞語研究〉，第四章〈語源考探與常用詞演變研究〉，第五章〈各類文獻詞語的考釋研究〉，第六章〈詞典的編纂〉。

特點：

㈠重視「近代漢語」界畫討論的總結。上冊第一編第一章是〈近代漢語的歷史範圍〉（頁 3－9），列舉了高本漢、錢玄同、王力、呂叔湘、胡明揚、楊耐思、袁賓、蔣冀騁、楊建國、蔣紹愚、劉堅等各家的說法和討論的情況，大體上確定了以呂叔湘《近代漢語指代詞·自序》，劉堅、江藍生、白維國、曹廣順等《近代漢語虛詞研究》為代表的看法，近代漢語上限在晚唐五代前後，下限在清代前後。㉖界劃確定，有利於近代漢語研究進一步深入與發展。

㉖　呂著學林出版社 1985 年版，劉等著語文出版社 1992 年版。

㈡重視基本常用詞的發展演變研究的總結。常用詞研究受到重視的時間不長，成果相對較少，但是本書第四章〈語源考探與常用詞演變研究〉中闢專節〈基本常用詞的演變〉（頁 720－736）作了介紹。重點介紹了一書一文，書是李宗江的《漢語常用詞演變研究》❷，文是張永言、汪維輝〈關於漢語詞彙史研究的一點思考〉。❷強調了常用詞研究的重要性。

㈢把虛詞的研究列入詞彙部分。一般論著往往把虛詞放在語法部分，本書則把虛詞列入詞彙的部分。第三章〈專類詞語研究〉第六節是〈虛詞研究和詞彙單位語法化〉。（頁 712－715）重點介紹了一書二文，書是劉堅、江藍生、白維國、曹廣順的《近代漢語虛詞研究》；文是劉堅等的〈論誘發漢語詞彙語法化的若干原因〉❷、徐時儀的〈論詞組結構功能的虛化〉。❸在虛詞研究的歸屬上體現出了特點。

㈣分清語言研究與文獻研究的界限。第四編〈詞彙研究〉，第五章是〈各類文獻詞語的考釋研究〉；第五編是〈文獻研究〉。前者講的是對文獻語料的詞語研究；後者講的是語料文獻及其整理情況。二者不相雜次。

也有一些不足，如第六編〈二十世紀近代漢語研究重要論著編年目錄〉，收集了從 1908 年到 2000 年的重要論著，頁碼從第 974 至 1,180 頁，篇幅共 207 頁，查找某年的研究很方便；但是大多數

---

❷　漢語大詞典出版社 1999 年版。

❷　《中國語文》1995 年第 6 期，頁 401－413。

❷　《中國語文》1995 年第 3 期，頁 161－169。

❸　《復旦學報》1998 年第 5 期，頁 108－112。

使用者是要查看某類、某書、某專題研究的情況，按這些目的去查檢，那就很不方便了。

總之，至目前為止本書的〈詞彙研究〉部分是對二十世紀近代漢語研究總結最為詳悉的專著。

八、徐時儀著《古白話詞彙研究論稿》

上海教育出版社 2000 年版。正文 454 頁，〈後記〉2 頁（頁 454—456），主要參考文獻 45 頁（頁 457—501）。

本書十二章。第一章〈緒論〉，第二章〈古白話詞彙的重要語料文獻概貌〉，第三章〈古白話詞彙的來源和特點〉，第四章〈古白話詞彙研究史〉，第五章〈構詞法的研究〉，第六章〈專類詞語研究的狀況〉，第七章〈古白話詞語專題研究的概況〉，第八章〈語源考探〉，第九章〈詞義的發展和詞義系統〉，第十章〈古白話詞典的編纂〉，第十一章〈古白話詞語研究的方法和釋例〉，第十二章〈古白話詞語研究的反思和趨勢〉。

徐著的內容特點，其〈後記〉已有簡略的介紹：「本書主要是介紹古白話文獻，論述古白話詞的研究概況，旨在為古白話詞的研究鋪路。書中既介紹了國內學者的研究成果，也涉及部分國外學者的研究成果，目的是為了向讀者盡可能多地提供一些有關這方面的研究信息，以利於進一步的研究。作為一本論述古白話詞語研究歷史和現狀的書稿，應該是我們這個時代古白話詞語研究的結晶，理應綜合反映當前已有研究的最高水準，因而書中雖不乏筆者數年來研究古白話文獻和古白話詞語所得之陋見，但所論不可能都是筆者的獨創，引用的材料也不可能都是筆者自己所發掘，……筆者僅是

博採各家之長，以一得之見來融會貫通前賢時秀已有研究成果，嘗試著對這個領域的研究成果加以概括的介紹。」

下面再說得詳細一點。

㈠本書細緻地描寫了古白話研究的歷史。第四章〈古白話詞彙研究史〉，分 20 世紀以前與 20 世紀以來兩個階段，把古白話詞彙放在社會大文化背景之中，總結了每個階段研究的特點，如本章第三節〈20 世紀以來的研究情況〉有：一、20 世紀初期西學東漸時的草創階段，二、50 年代的發展階段，三、「文革」時期的蕭條階段，四、70 年代的復甦階段，五、80 年代至今的初步繁榮階段。

㈡分門別類全面總結了古白話研究的成果。本書第五章至第九章是古白話詞語的構詞法、專類、專題、語源、詞義研究的內容。各內容之下又細分類別，如第六章〈專類詞語研究的狀況〉下是同義詞、反義詞、偏義詞、市語方言、外來詞、成語、虛詞、其他八項，其他之下又有稱謂詞、動詞、形容詞、數量詞、術語。第十章〈古白話詞典的編纂〉總結介紹了古白話詞典的編纂的成就。

㈢詳細介紹了古白話文獻資料。第二章〈古白話詞彙的重要語料文獻概貌〉，篇幅最大，有 121 頁（頁 36–156）。介紹有十一個方面的古白話文獻語料。一、漢譯佛典（頁 42），二、敦煌吐魯番文獻（頁 51），三、禪儒語錄（頁 64），四、詩詞歌曲（頁 78），五、戲曲（頁 82），六、小說（頁 90），七、筆記（頁 99），八、史書碑帖（頁 104），九、市語、方言（頁 109），十、辭書與注疏（頁 114），十一、其他（頁 124）。最後一類包括有：1.文集（頁 124），2.會話書（頁 125），3.寶卷（頁 126），4.醫藥、科技（頁 126），5.

書信（頁 127），6.笑話（頁 128）。

　　㈣著述結合，頗多創獲。本書把著與述結合起來，在總結綜述之中融入的著者自己的「數年來研究古白話文獻和古白話詞語所得之」創獲，書中隨處可見，僅第十一章第二節〈古白話詞語研究釋例〉就考釋了 28 個古白話詞語。其考釋最見作者文獻與語言的功力。以下是其中兩個以《朱子語類》為研究對象的例子。

　　　十三、快（頁 432－433）

　　　　　「快」有「喜悅」義，引申則有「疾速」義。卷十九：「莫要恁地快，這個使急不得。」卷十五：「『人心惟危，道心惟微。』毫釐間不可不仔細理會。纔說太快，便失卻此項功夫也。」卷四十：「曾點卻有時見得這個氣象，只是他見得了便休。緣他見得快，所以不將當事。」考段玉裁注《說文》云，快，「俗字作駃。」《說文》：「駃騠，馬父羸子也。」段注云：「謂馬父之騾也。」《玉篇》：「駃騠，馬也。生七日超其母。」「快」的「疾速」義蓋由「駃」的「行走迅速」義引申而來。先秦兩漢表「迅速」義用「疾」。梅祖麟《從語言史看幾本元雜劇賓白的寫作時期》一文認為「元代口語，迅速之快用『疾』、『疾快』、『疾速』和『快』，但『快』字的出現頻率不比『疾忙』、『疾快』等詞高。至早要到明初以後，纔有白話文獻專用『快』字來表示『迅速』義，不用『疾』、『疾快』等詞」。實際上魏晉時「快」已有「迅速」義。如《搜神記》：「孝真之所乘之馬甚快，日行五百餘里。」又《續齊

諧記》：「其上覆有磐石，圓如車蓋，恒轉如磨，聲若風
雨，土人號為石磨。轉快則年豐，轉遲則歲儉。」據《朱子
語類》的用例可知，「快」在宋代已逐漸取代了「疾」而成
為常用詞。

十四、快活

　　此詞除一般辭書所載的「快樂」義外，尚有「明白通
暢」和「乾脆爽快」的意思。卷十二：「然今之言敬者，乃
皆裝點外事，不知直截於心上求功，遂覺累墜不快活。」例
中「累墜」與「不快活」並用，意思相同，意謂覺得拖拉牽
扯不通暢，不乾脆利索。卷九：「看理到快活田地，則前頭
自磊落地去。」意謂看理看到霍然開朗處，看得鮮明通暢，
則前面自然一路順利，沒有阻礙。卷十八：「這說是教人若
遇一事，即且就上理會教爛熟離析，不待擘開，自然分解。
久之自當有灑然處，自是見得快活。」意謂久之自然見得明
白顯豁。卷一百二十六：「禪學一喝一棒，都掀翻了，也是
快活。卻看二程說話，可知道不索性。」此例中前言「快
活」，後言「索性」，可證「快活」義同「索性」，意謂禪
學棒喝乾脆爽快。卷八十四：「某嘗說佛老也自有快活得人
處，是那裏？只緣他打並得心下淨潔。」意謂佛老也有說得
明白通暢使人容易領悟的地方。卷九十七：「只是人自昏
了，所以道理也要個聰明底人看，一看便見，也是快活人。
而今如此費人口頰，猶自不曉。」意謂聰明人理解道理乾脆
明白，一看就懂。卷一百二十一：「今學者全無曾點分毫氣

象。今整日理會一個半個字有下落，猶未分曉，如何敢望他？他直是見得這道理活潑潑地快活。」意謂曾點看得這道理乾脆直截，明白暢達。「快活」的「明白通暢」和「乾脆爽快」義亦見於禪宗語錄中。《五燈會元》卷十四《長蘆清了禪師》：「上堂：『我於先師一掌下，伎倆俱盡，覓個開口處不可得。如今還有恁麼快活不徹底漢麼？』」意謂如今還有這樣明白得不徹底的人嗎？又同卷：「上堂：『苔封古徑，不墮虛凝。霧鎖寒林，肯彰風要。鈎針穩密，孰云漁夫棲巢。只麼承當，自是平常快活。還有具透關眼底麼？』」意謂自是一般的明白通暢。其他文獻中亦有用例。《張載集》：「雖曰義，然有一意、必、固、我，便是系礙，動輒不可。須是無倚，百種病痛除盡，下頭有一不犯手勢自然道理，如此是快活，方真是義也。」羅大經《鶴林玉露》：「吾輩學道，須是打疊，教心下快活。」意謂使心中明白通暢。新版《辭海》未收此詞，《辭源》收有此詞，但失載此義。「快活」一詞至遲在唐代已出現，本為「快樂、暢快」的意思。如《北史·和士開傳》云：「一日快活敵千年。」又如白居易〈想歸田園詩〉：「快活不知如我者，人間能有幾多人。」禪宗主張頓悟，認為「一聞便悟，已落第二頭」，已是遲疑拖遝不暢快了。宋儒讀書做學問亦要求領悟得明白暢達，只有領悟得明白，心中纔感到暢快。領悟得明白暢達與心中感到暢快這二者之間有相承關係，因而引申又有「明白通暢」和「乾脆爽快」義。

除上述之外，本書還有一大特點頗值一提，即揭示了今後古白話研究的方向。

　　第十二章〈古白話詞語研究的反思和趨勢〉，指出今後研究五個方面需要做的工作。1.統一規劃和調度，匯編歷代文獻中有關古白話詞詞義的解釋。2.徵引各地方言作為印證資料，將古白話詞語與現代漢語方言結合起來進行研究。3.專書研究。4.加強漢語詞彙體系的考察研究。5.借鑒先進的理論和研究手段的現代化。

　　本書的不足：

　　㈠在研究方法方面的論述還可以多些。本書第十一章第一節《古白話詞語研究的方法》，重點是歸納與演繹，而主要是歸納，所提及的其他方法沒有展開論述。

　　㈡本書重在詞語的考釋，實際上古白話詞彙的研究內容遠不止這些。

　　此外，方一新、王紹峰〈讀徐時儀《古白話詞彙研究論稿》〉在肯定本書取得的成就的同時，也指出了一些不足。較大的問題如在全書體例上，由於「有一些章節徵引他人之說稍嫌多了些，有時大段地引用，失於剪裁」，雖然「作者並非沒有真知灼見」，但是「作者的觀點淹沒在大量的徵引中，這是十分可惜的。」還有一些具體的問題，如「資料尚有闕漏」、「第四章討論『複音詞的發展』太過單薄」、「有些考證或結論似可商榷」、「《論稿》很強調語料的鑒別，但偶爾也有疏失」等。❸

　　總之，本書是迄今為止資料最為豐贍的古白話研究總結性、研

------

❸　文載《古漢語研究》2004年第2期，頁109-112。

究性的著作。張斌《序》說：「專家們可以從這本著作中得到啟發，剛從事古白話研究的學子可以拿它作為教材。」

九、高守綱著《古代漢語詞義通論》

語文出版社 1994 年版。正文 268 頁。

本書七章。第一章《詞和詞義》，第二章《一詞多義和詞義引申》，第三章《詞和詞之間的語義關係》，第四章《詞義和語境》，第五章《詞義演變》，第六章《詞的書寫形式》，第七章《詞的語義內容和詞的語音形式》。

本書的主要特點作者在其《後記》（頁 267）中已有交待：「本書講的是關於古代漢語詞彙語義的一般理論知識，希望能講得較為系統、較為全面些。體現在本書中的觀點和分析方法，吸收了兩方面的成果，一是普通詞彙學和現代語義學，二是我國傳統訓詁學。並從漢語特點和古代漢語詞彙語義的特點出發，就自己的理解水平，盡可能把兩者有機地結合起來。詞彙語義在語言諸要素中應該說是最複雜的，它不像語音、語法那樣明顯地表現出系統性，但它絕不是無系統的。語言是個符號系統，詞彙語義具有系統性，是本書所依據的基本原理；揭示詞和詞之間的相互關係，揭示詞在詞彙系統中的地位，從而把握詞的語義特點及其發展變化，是本書所運用的基本分析方法。本書試圖按照上述原理和方法，從紛紜繁雜的古代漢語詞彙語義現象中，探尋出一些帶有規律性的東西。我深知，要做到這一點是很難很難的，我實際做的肯定還差得很遠很遠。」再詳細一點，可以總結成如下幾條：

㈠繼承並突破了傳統的訓詁學對詞義解釋方式，結合現代語言

學的理論與方法，對漢語的詞義作了較為系統的描寫。

　　研究漢語的詞義，不應該也不可能完全擺脫傳統訓詁學的方法。因為中國的傳統語文學對詞義的解釋從《左傳》《國語》算起也已經有兩千多年的歷史了，在兩千多年的發展過程中，已經取得了豐富的成果，積累了豐富的經驗，應該說傳統語文學對詞義的解釋及其方式方法是符合漢語實際的，清代以來已經逐漸理論化形成了一門系統的學問訓詁學。訓詁學的核心內容是解釋漢語的詞義，總結解釋漢語詞義的方式方法。現代的古代漢語詞義學，首先要繼承或者借鑒的應該就是由傳統語文學發展而來的訓詁學。

　　《古代漢語詞義通論》在描寫詞義之時，重視文獻語料的搜集排列比較分析，傳統的方法得到了很好的運用。如第三章《詞和詞之間的語義關係》第二節《同義詞》，一、「同義詞之間的差別」，㈠「範圍廣狹不同」下對「人」、「民」的辨析可見一斑：（頁 87）「人、民：兩詞所指都是用於人類的社會成員。『人』與禽獸相對，是人類社會成員的統稱。《尚書·泰誓》：『惟人，萬物之靈。』《荀子·非相》：『人之所以為人者，非特以二足而無毛也，以其有辨也。』因而『人』可用於指稱不同階級、不同職業、以及在任何其他方面互有區別的社會成員。《孟子·滕文公上》：『勞心者治人，勞力者治於人。』韓愈《師說》：『巫醫、樂師、百工之人，不恥相師。』『民』的外延比『人』小，它的範圍是『人』當中被認為愚昧無知的部分，即被奴役者、被統治者。《說文》：『民，眾萌也。』王筠《說文解字句讀》：『萌，冥昧也，言眾庶無知也。』這是從語源的角度揭示『民』的含義。從文獻語言用例看，『民』的這種含義和指稱範圍也得到了體現。《論

語・泰伯》：『民可使由之，不可使知之。』晁錯《論貴粟疏》：
『民者，在上所以牧之。』」可以看出是運用傳統的考釋方式辨析
同義詞「人」、「民」的不同。

　　現代語言學理論結合漢語實際做得也很突出。這可以從如下章
節的命題看得出來。如第一章〈詞和詞義〉第三節〈義位和義素〉
（頁 34），第二章〈一詞多義和詞義引申〉第三節〈詞義引申的相
互影響和滲透〉（頁 61），第三章〈詞和詞之間的語義關係〉第一
節〈組合關係和聚合關係〉（頁 76）等。具體一點，如第二章第三
節講詞義引申的相互影響和滲透有同步引申（頁 62）、相向引申
（頁 67）、替補引申（頁 70），都是現代學者發明的理論。

　　能夠重視詞義的系統性，不孤立考察單個的或單組的詞義，這
也是現代語言學理論所強調的研究出發點。如在第二章第三節講詞
義同步引申後說（頁 67）：「語言中紛繁眾多的詞不是雜亂無章、
互不相干的，而是按照一定的語義關係構成各種詞義類聚。由於聯
想的類比性，在一個平面上處於同一詞義類聚的詞，經過引申，到
另一個平面上，仍可能處於同一詞義類聚（原來都處於甲詞義類聚，引
申後都處於乙詞義類聚）。例如，人們不僅由水深聯想到探討、理
解、造詣、感情之深，通過類比，同時也由水淺聯想到探討、理
解、造詣、感情之淺，於是就實現了『深、淺』的同步引申，原來
都與水有關，引申後都與探討或理解、造詣、感情有關，原來是反
義關係，引申後還是反義關係。」

　　㈡能夠從歷時與共時兩個方面對詞義的使用與發展進行考察。
除了其他各章對詞義共時的描寫以外，有第五章〈詞義演變〉專門
討論詞義的歷時演變。第一節〈詞義演變的體現和類型〉，第二節

〈詞義的歷時層次〉，第三節〈詞義演變的原因〉。作者在第二節中說（頁151）：「詞義演變造成詞義的時代差別，通常說的古今詞義差別，或說某詞的古義是什麼，今義是什麼，只是一種粗疏的說法。因為所謂詞的今義，並不都是現代纔產生的，有的早在古代的某一時期就產生了，此其一；另外，古代是個漫長的歷史過程，而不是一個靜止的平面，在語言發展的任何一個階段，或任何一個歷史層面上，詞義都可能發生變化，詞的古義也不是一成不變的。為了更準確、更嚴密地表述詞義的時代差別，我們提出『詞義的歷時層次』這一說法。一個詞在不同的歷時層面上各具有哪些義位，詞的不同義位各產生於何時，沿用到何時，這就是我們所說的詞義的歷時層次。」舉的例子「行李」也很能說明問題。

1. 外交使節——先秦只用此義。此義至少沿用到唐代。

行李之往來，共（供）其乏困。（《左傳·僖公三十年》）

亦不使一介行李告于寡君。（又《襄公八午》）

簡才備行李，圖令國命全。（晉盧諶《覽古》）

柏臺簡行李，蘭殿錫朝衣。⋯⋯使出四海安，詔下萬心歸。（唐張說《奉和聖制送宇文融安輯戶口應制》）

2. 外出，顛沛流離；行路，行走——此義約產生於東漢，沿用至唐。

追思往日兮行李難，六拍悲來兮欲罷彈。（東漢蔡琰〈胡笳十八拍〉）

嘶聲盈我口，談言在君耳，手跡可傳心，願爾篤行李。（北朝宋鮑照〈代門有車馬客行〉）

未知行李遊何方，作箇音書能斷絕。（唐李白〈江夏行〉）

我見居士，匆匆行李，急急入城。（《敦煌變文集·降魔變文》）

用做名詞指行旅、行人。如：

河梁行未圻，枝撐聲窸窣，行李相攀援，川廣不可越。

（杜甫《自京赴奉先縣詠懷五百字》）

3. 官府的導從人員——此義只見用於唐代。

敕曰：「近日以來，……行李太過，自今日傳呼前後，不得過三百步。（《舊唐書·溫造傳》）

4. 行裝，行囊——此義約產生於中唐，沿用至今。宋代以來，「行李」一般只用於此義。

宵則沐浴，戒（備辦）行李，載書冊。（唐韓愈〈送石處士序〉）

約程四月末間到真州，當遣兒子邁往宜興取行李（宋蘇軾〈與程德孺運使書〉之一）

事勢日迫，念侯有妹婿任兵部侍郎，從衛在洪州，遂遣二故吏先部送行李往投之。（李清照〈金石錄後序〉）

把「行李」一詞的歷時層次描寫得清清楚楚。

㈢重視漢字與詞的關係的問題。第六章〈詞的書寫形式〉是專門討論漢字與詞的關係的，共有兩節：第一節，〈漢字的性質和標詞模式〉（頁176），第二節〈同字異詞和同詞異字〉（頁201）。

㈣例證豐贍，每一論點基本都有充分的論據予以支持。

本書也有些問題還有待深入分析：如書中舉了不少詞義同步引

申的例子，這裏有一些值得思考的問題。（頁 67）比如「深、淺」的同步引申，「原來是反義關係，引申後還是反義關係。」但是同步引申後相對應的同義或反義之間的差異，和這些差異形成的原因，以及它們可以同時存在的原因又是什麼，沒有做進一步論述。

　　總之，本書是一部傳統與現代相結合的、很有系統、很有實用價值的古代漢語詞義學的專著。

十、朱起鳳撰《辭通》、 吳文祺主編《辭通續編》

　　朱起鳳撰《辭通》，開明書店 1934 年版，上海古籍出版社 1982 年重印。

　　本書是「類聚古代異文別體同義的雙音詞典」❷。編寫的起因〈自序〉已言：「前清光緒季年，歸自秣陵，覘主講席。月以策論課士，卷中有徵用『首施兩端』者，以為筆誤，輒代更正之。合院大嘩，貽書謾罵，乃知事出范史，並以知前此之讀書太疏略也。嗣是用古人劄記法，目有所見，輒隨手為錄。閱時既久，集帙遂多，初名《讀書通》，今命曰《辭通》。」

　　卷首有章炳麟、胡適、錢玄同、劉大白、林語堂、程宗伊、夏丏尊多家序言。各序皆盛讚朱起鳳用功之勤，其著述的意義重大。

　　全書收異體雙音詞約 4 萬條，連說解 300 餘萬字。分為數千組，按平水韻四聲 106 韻編排，以每組領頭詞語第二個字入韻。每

---

❷　楊文全〈《辭通》的歷史貢獻及其檢討〉，《四川師範大學學報》2002 年第 4 期，頁 1—8。

組有一個常見的雙音節詞領頭，後列異形別體，每個詞語均注明出處，緯以大量例證。一詞多義，則按義分立，不避重出。每組詞後大都有作者的簡明按語。卷末有〈四角號碼索引〉和〈筆劃索引〉，後者注明各詞首字的四角號碼。

本書的優缺點其子吳文祺在〈重印前言〉中已有分析。

「《辭通》的特點，概括說來有三點：第一，搜羅古籍中的通假詞和詞組之多，遠遠超過前人的著作。」「第二，引證詳密。書證詳載書名、篇名，以便讀者查核原文；舉例甚多，這對於瞭解詞義有很大幫助。」「第三，每條末了大都有作者自己的按語，有的採用清代樸學家的說法，在異說紛紜中，作者分析比較，折衷一是；有的是作者自己的創見。這也是《辭通》和一般辭書不同的地方。」

吳文祺總結其不足說：「此外，關於《辭通》的內容，我想補充一點個人的意見。第一，形近而訛的詞，固然是屬於校勘學的問題；但是，校勘在訓詁學上卻是一個很重要的組成部分。清代學者的訓詁書，以王念孫的《讀書雜志》、王引之的《經義述聞》為最著名。他們解釋古書，糾正舊注，往往包括校勘在內。又如阮元撰寫的《經義述聞序》，一開頭就舉郢人寫給燕相的信為例。因為晚上寫信要舉燭照著寫，郢人口頭說『舉燭』，筆下就把『舉燭』二字寫在書信裏了，這誤增的字，校勘學上叫做衍文。古籍輾轉抄刊，衍文、缺文、倒文、誤字甚多，若不加以校正，古書就不可卒讀。可見校勘與訓詁的密切關係。第二，此書沒有廣泛收羅佛經裏的譯音詞。梵文譯音，因時代地方的不同，異體詞很多。……第三，詩詞曲中還有許多土話俗語，本來沒有固定的寫法，各人用漢

字來寫自己口頭的音，你寫你的，我寫我的，因而同一詞語的異體很多。但《辭通》祗收了一部分。」

　　何九盈《中國現代語言學史》第六章〈訓詁學與辭書編纂〉第二十八節〈辭書編纂〉指出《辭通》「也有個別條目的分析是不可信的。如『尤豫』之『尤』朱氏以為『尤即由之古文。』（六御）『尤』本以林切，《廣韻》音以周切，也只是與『由』同音，沒有材料足以說明『尤』『由』乃古今異體字。有些條目的表述方式也可商榷。『平價、平賈』條。朱氏按『賈即價字之省』（二十二禡）。似乎先有『價』字後省作『賈』。其實『價』是後起字。朱駿聲在『賈』字下說：『俗字作價』。」❸楊文全〈《辭通》的歷史貢獻及其檢討〉在其第四部分「書證偏狹、誤論古音與釋義疏誤」下詳列了三條不足：「㈠《辭通》在書證資料的採錄方面，偏重唐以前的文獻古籍，忽略唐宋以降的語言資料，尤其是嚴重忽視元明清時代的材料，以致這些時代的同義異形詞難以得到反映，因而也就不能全面反映漢語詞彙發展的全貌。」「㈡誤論古音是《辭通》的一個重要缺陷。《辭通》收錄的語言材料以秦漢為主，而論音又多以《廣韻》為繩，加之朱氏疏於音韻之學，因而在涉及古音之時，持論多有偏誤。」「㈢釋義疏誤是《辭通》的又一缺陷。全書有許多條目沒有釋義；或雖有釋義，也存在釋義不確、釋義錯誤與義項漏略之弊；或者訓釋聯綿詞而蹈隨文釋義、字各拆解或望文生訓的舊轍；或者訓釋假借字，而顛倒了本字與借字的關係，等

---

❸　廣東教育出版社 1995 年版，頁 547－548。

等。」❸

下舉「踟躕」一例（頁 362－363），以見《辭通》體例、內容的一斑。

「踟躕」。《辭通》收異形就有 14 個，「峙躇」、「峙躊」、「踟躇」、「躕躇」、「趑趄」、「趍趄」、「趦趄」、「趑雎」、「趑趣」、「迗雎」、「次雎」、「次且」、「諮趄」。

> 踟躕：音馳廚，行不進也。《詩·邶風·靜女》：「愛而不見，搔首○○。」《禮·三年問》：「○○焉。」（《荀子禮論篇》同）《後漢書·蘇竟傳》：「皇天所以眷顧○○，憂漢子孫者也。」又《列女蔡琰傳》：「馬為立○○。」《文選·彌衡〈鸚鵡賦〉》：「闕戶牖以○○。」又《王延壽〈魯靈光殿賦〉》：「西廂○○以閒宴。」又《曹植〈洛神賦〉》：「步○○於山隅。」又〈贈白馬王彪詩〉：「攬轡止○○。」又：「○○亦何留。」又《江淹〈詩〉》：「○○在親宴。」又《嵇康〈雜詩〉》：「揚鑣○○。」《廣韻·十虞》「躕」字注：「○○，行不進貌。」唐李華《弔古戰場文》：「征馬○○。」
> 峙躇：《宋書·樂志》：「五馬立○○。」
> 峙躊：《說文長箋·足部》：「○○，不前也。《詩》

---

❸ 楊文全〈《辭通》的歷史貢獻及其檢討〉，載《四川師範大學學報》2002 年第 4 期，頁 1－8。

曰：『搔首○○。』」《古樂府·日出東南隅行》：「五馬立○○。」又《雙白鳩行》：「○○顧羣侶。」

　　跙躇：《晉書·陸雲傳》：「步彷徨以○○。」宋蘇軾《和陶潛詩》：「百年一○○。」

　　蹢躅：《後漢書·終長統傳》：「○○畦苑。」

　　趄趄：《玉篇上·走部》：「○○，行不進貌。」《廣韻·六脂》「趄」字注：「○○，趨不進也。」又《九魚》「趄」字注：「○○。」《抱朴子·行品》：「違道義以○○。」《文選·張載〈劍閣銘〉》：「一人荷戟，萬夫○○。」

　　趑趄：《三國志·蜀書·張裔傳》：「○○不賓。」《新序·雜事五》：「《易》曰：『其行○○。』」唐韓愈《送李愿歸盤谷序》：「足將進而○○。」唐柳宗元《游讌南池序》：「○○湘中，為憔悴客。」唐沈炯《請歸養表》：「○○荏苒，未始取才。」宋蘇軾《策略四》：「此其為患，豈特英雄豪傑○○而已哉！」宋蘇轍《民政策一》：「山林饑餓之民，皆有盜蹠○○之心。」

　　趑趄：宋曾鞏《上田正言書》：「不過○○簿書畦壠間淺事。」

　　趑睢：《晉書·華譚傳》：「吳人○○，屢作妖寇。」

　　趑趣：《魏書·崔楷傳》：「定州逆虜，○○北界。」

　　䢒睢：《廣雅·釋訓》：「○○，難行也。」

　　次睢：《玉篇下·隹部》：「睢，七余切。○○，行難也。」《文心雕龍·附會》：「此《周易》所謂『臀無膚，

其行〇〇』也。」

次且：《易·夬》：「其行〇〇。」

諮趄：魏曹植《釋愁篇》：「濯纓彈冠，〇〇榮貴。」

按：此皆聲近義通之字。「躕」字亦有「踟」音，故又作躕躇也。又《集韻》云：「屌層，行前郤也。」《類篇》云：「屎覰，足前郤也。」疑並即踟躕之叚。

《辭通》對多義詞的處理，也並不是見形立項，隨形釋義，而是有過編排上的考慮，以義分項。如「逶迤」，《辭通》就根據意義分成 21 項。1.逶迤，長貌；2.逶迤，路紆曲貌；3.逶迤，舞貌；4.逶迤，委屈自得之貌；5.逶迤，曲也；6.逶迤，順從貌；7.逶迤，行貌；8.逶迤，險貌；9.逶迤，水曲貌；10.委蛇，順貌；11.委蛇，蛇名；12.委蛇，神名；13.逶蛇，蛇行貌；14.逶蛇，委婉曲折也；15.逶蛇，旗披拂貌；16.逶蛇，斜行貌；17.委蛇，徐行貌；18.委蛇，斜出貌；19.逶虵，雍容貌；20.委虵，寬博貌；21.委虵，委屈貌。《辭通》對詞義雖嫌缺少歸納，但還是揭示了詞的多義性。

《辭通》之後，吳文祺主編有《辭通續編》。上海古籍出版社 1991 年版。正文 488 頁。

吳文祺的《前言》對內容作了交代：「《辭通》的內容，大致有下列幾點：一、增補新條。書囊無底，不可能以一人之力，把所有通假詞搜羅無遺，這個工作是無止境的。例如佛經中的譯音詞，詩、詞、曲中的方言俗語，異體詞很多。《辭通》和《辭通續編》卻收的不多，有待於年輕一代來繼續補充。二、增加書證。我曾在重印《辭通》的《前言》中說過：『要真正理解一個詞的意義，靠

定義是不中用的，主要是靠例句。讀者從大量的例句中，可以明瞭每一個詞的具體用法。』《辭通續編》增補書證的作用，就是在此。三、增加或修正著者的按語。按語是著者自己的創見，因為時間的推移，著者的見解有所發展，不得不加以修正。《辭通續編》和《辭通》相較，在質量上有了進一步提高。」其體例，大致與《辭通》相同。

十一、王力著《同源字典》

商務印書館 1982 年版。本書正文 630 頁，檢字表自第 631 至 695 頁，共 65 頁。

本書內容包括八個方面：〈同源字論〉（頁 3），〈漢語滋生詞的語法分析〉（頁 46），〈古音概說〉（頁 57），〈引用書目〉（頁 74），〈同源字典凡例〉（頁 78），〈同源字典正文〉（頁 81），〈音序檢字表〉（頁 631），〈部首檢字表〉（頁 660）。

〈同源字論〉，是一篇同源字研究的專論。共有四個部分。

㈠什麼是同源字。（頁 3）「凡音義皆近，音近義同，或義近音同的字，叫做同源字，這些字都有同一來源。或者是同時產生的，如『背』和『負』；或者是先後產生的，如『氂』（犛牛）和『旄』（用犛牛尾裝飾的旗子）。同源字，常常是以某一概念為中心，而以語音的細微差別（或同音），表示相近或相關的幾個概念，例如：『小犬為狗，小熊、小虎為豿，小馬為駒，小羊為羔。』……『句』（勾）是曲的意思，曲鉤為『鉤』，曲木為『枸』，扼下曲者為『輈』，曲竹捕魚具為『笱』，曲礙為『拘』，曲脊為『痀』（駝背），曲的乾肉為『朐』。」

　　㈡從語音方面分析同源字（頁12）。「同源字還有一個重要的條件，就是讀音相同或相近，而且必須以先秦古音為依據，因為同源字的形成，絕大多數是上古時代的事了。」文中反復強調「同源字必須是同音或音近的字。這就是說，必須韻部、聲母都相同或相近。如果只有韻部相同，而聲母相差很遠，如『共 giong』、『同 dong』；或者只有聲母相同，而韻部相差很遠，如『當 tang』、『對 tuət』，我們就只能認為是同義詞，不能認為是同源字。至於憑今音來定雙聲疊韻，因而定出同源字，例如以『偃』『嬴』為同源，不知『偃』字古屬喉音影母，『嬴』字古屬舌音喻母，聲母相差很遠；『偃』字古屬元部，『嬴』字古屬耕部，韻部也距離很遠，那就更錯誤了。」

　　㈢從詞義方面分析同源字（頁20）。「詞義方面，也跟語音方面一樣，同源字是互相聯繫的。分析起來，大概有下面的三種情況。㈠實同一詞。」「1.說文分為兩個以上的字，實同一詞。」如「欺諆」、「窺闚」、「佼姣」。「2.說文已收的字和未收的字，是同一詞。」如「荼茶」、「曳拽」、「愒憩」。「3.分別字。」如「神佑本寫作『右、佑』，後來寫作『祐』，以區別於佑助的『佑』。」「五伯，本寫作『伯』，後來寫作『霸』，以區別於伯叔的『伯』。」「分別字不都是同源字。如果語音相同或相近，但是詞義沒有聯繫，那就不是同源字。例如『舍』和『捨』，房舍的『舍』和捨棄的『捨』在詞義上毫無關係，它們不是同源。但是，多數分別字都是同源字。」「㈡同義詞。」「音義皆近的同義詞，在原始時代本為一詞。後來由於各種原因（如方言影響），語音分化了，但詞義沒有分化，或者只有細微的分別。這類同義詞，在同源

字中佔很大的數量。」「1.完全同義。」如「止已」、「斯是」「無亡」、「克堪」。「2.微別。」如「跽，直腰跪著；跪，先跪後拜。不，一般否定；弗，不帶賓語的否定。」「㈢各種關係。」有「凡藉物成事，所藉之物就是工具」，如「帚，笤帚；掃，用笤帚除塵。爪，指甲；搔，用指甲撓；……勺，杓子；酌，用勺子舀酒。」「對象」，如「耳，耳朵；聑，割耳朵；珥，耳墜子。古，古代的；詁，解釋古語的。」「性質」，如「卑，卑賤；婢，卑賤的婦女。……浮，漂浮；桴，浮在水面的交通工具。」共有 15 種之多。

　　㈣同源字的研究及其作用（頁 38）。作用有兩種：「第一，這是漢語史研究的一部分。從前，我們以為，在語言三大要素中，語音、語法都有很強的系統性。惟有詞彙是一盤散沙。現在，通過同源字的研究，我們知道，有許多詞都是互相聯繫著的。由此，我們對漢語詞彙形成的歷史，就有了認識。」「第二，把同源字研究的結果編成字典，可以幫助人們更準確地理解字義。例如『旁』與『溥、普』同源，則知『旁』的本義是普遍。『傍』與『溥、普』不同源，因為『傍』的本義是依傍（說文：傍，近也），引申為旁邊。後來旁邊的字寫作『旁』，以致『旁、傍』相混。但是旁溥的『旁』決不寫作『傍』，『旁魄』、『旁薄』決不寫作『傍魄』『傍薄』。」

　　《同源字論》是從語音、詞義方面討論同源字，而《漢語滋生詞的語法分析》則是從語法的角度研究漢語滋生詞的專論。從語法的角度提出了同源字的標準。文章說：「漢語滋生詞和歐洲語言的滋生詞不同。歐洲語言的滋生詞，一般是原始詞加後綴，往往是增

加一個音節。漢字都是單音節的，因此，漢語滋生詞不可能是原始詞加後綴，只能在音節本身發生變化，或者僅僅在聲調上發生變化，甚至只有字形不同。這是漢語滋生詞的特點。」以下分為三個方面。

「一、轉音的滋生詞。」如：

「*Puək 背（bēi）-*biuə 負（fù）

脊背，脊梁。──用脊背馱。

*kyan 肩（jian）-*gian 搩（qián）

肩膀。──把東西放在肩上搬運。」

「二、同音不同調的滋生詞。」如：

「*hiuə^2 右（yòu）-*佑 hiuə^3（yòu）

右手*。──幫助*。

*tzai^2 左（zuǒ）-*tzai^3 佐（zuǒ）

左手*。──幫助*。」

「三、同音不同字的滋生詞。」如：

「*ngia 魚（yú）-*ngia 漁（yú）

魚。──捕魚。

*tjiôk 勺（sháo）-*tjiôk 酌（zhuó）

勺。──用勺舀酒敬客人。」

《同源字典正文》的編排體例是以韻部為綱，聲紐為目。古韻二十九部，三十三聲紐。正文按韻部次序排列，每部之內又以聲紐次序為序。每組同源字，均按其第一字的韻部、聲紐來確定其編排位

置。收錄同源字約有 3,000 個。每個同源字都有古文獻的例證。書
末的兩個檢字表頗便於查索。

　　以下舉兩個例子。

　　邪母[z]（頁101）

　　ziə 祀（禩）：ziə 祠（疊韻）

　　　　說文：「祀，祭無已也。禩，祀或從異。」段注：「析
言則祭無已曰祀。」爾雅釋詁：「祀，祭也。」易損卦：
「祀事遄往。」虞注：「祀，祭祀。」漢書郊祀志上：「洪
範八政，三曰祀。」師古曰：「祀，謂祭祀也。」文選張衡
東京賦：「元祀惟稱。」薛注：「祀，祭也。」文選郊祀題
注：「祀者，敬祭神明也。」

　　　　說文：「祠，春祭曰祠。」爾雅釋詁：「祠，祭也。」
書伊訓：「伊尹祠于先王。」釋文：「祠，祭也。」公羊傳
莊公八年：「祠兵。」釋文：「祠，祭也。」戰國策齊策：
「楚有祠者。」注：「祠，祭。」詩小雅天保：「禴祠烝
嘗。」傳：「春曰祠。」易萃卦虞注引作「禴祭烝嘗」。爾
雅釋天：「春祭曰祠。」穀梁傳桓公八年：「春正月己卯
烝。」注：「春祭曰祠。」按，「祠」本義是祭，動詞；後
代引申為祠堂，名詞。

　　幫母[P]（頁102）

　　Piuə 不：Piuə：否（疊韻）

　　Piuə 不：Piuət 弗（之物通轉）

「不」字，廣韻讀甫鳩、甫九、甫救三切。又讀方勿切。其讀上聲時，與「否」同音；其讀入聲時，與「弗」同音。「不」「否」「弗」三字實同一源。

廣韻：「不，弗也，甫鳩切。」古詩陌上桑：「使君謝羅敷，寧可共載不？」「不」讀平聲。杜甫夏日李公見訪詩：「隔屋喚西家，借問有酒不。牆頭過濁醪，展席俯長流。」晦日尋崔戢李封詩：「崔侯初筵色，已畏空樽愁。未知天下士，至性有此不？」「不」皆讀甫鳩切。

廣雅釋詁四：「否，不也。」易否卦：「大人否亨。」虞注：「否，不也。」書堯典：「否德忝帝位。」傳：「否，不也。」

公羊傳桓公十年：「其言『弗遇』何？」注：「弗，不之深也。」按，在上古，「弗」字一般只用於不帶賓語的及物動詞的前面，與「不」字在語法上有所區別。

何九盈《二十世紀的漢語訓詁學》一文對《同源字典》作了很高的評價，說：「有了章太炎和高本漢的（語源學研究的）經驗教訓，王力寫《同源字典》的條件就比較成熟了。《同源字典》是本世紀具有里程碑性質的語源學著作。」同時也指出了，「《同源字典》缺點有三：一是各同源字組所收之字基本上是一種平列關係，沒有歸納出共同的核心義。誠然，同源字之間『哪個是源，哪個是流』，的確『很難判斷』（《同源字典·序》），但確定同一字組的核心義還是很有必要的。缺點之二是對漢字聲符兼義的材料全然置之不顧，以致楊樹達等人的優秀成果未能吸收，這是很遺憾的。如

《同源字典》講『麛』『麝』同源，根本不分析『兒』聲『弭』聲
的聯繫，只說『疑明鄰紐，疊韻』，而楊樹達的《釋麝》就從字形
上作了很好的分析：『麝從弭聲，訓為鹿子者，弭字從耳聲，耳與
兒同聲，從弭猶從兒也。』據楊潤陸統計：『《同源字典》總計
1,567 條，其中牽涉到聲符字相釋的條目達 784 條，占總條目的二
分之一。』楊潤陸說：『數字統計無可辯駁地說明，漢語的語源或
直接或曲折、或鮮明或隱晦地在文字上有所反映，右文說是成立
的。』講同源字而完全排斥右文說，實不可取。缺點之三，我在
《上古音》這本小冊子中已經談到：『王先生不贊同先秦有複輔
音，這樣一來，他觀察同源詞的時候，視野就會受到限制，把一些
本來存在同源關係的詞排除在同源詞之外。』至今仍然認為這個看
法是對的。」❸

　　還見到幾篇論文專門討論《同源字典》存在的不足，如殷寄明
〈《同源字典》箋識〉❸從三個方面指出「其罅漏」。一、膠據
《說文》釋義失誤，二、同源的詞條當合而未合，三、顯見的同源
詞當收而未收。黎千駒〈淺談繫聯同源字的標準——讀《同源字
典》後記〉，❸發現《同源字典》「中所繫聯的同源字，與王力先
生自己所訂的標準偶有不一致之處；語言中的同源字所呈現出的實
際情況，有不少也很難用王先生的界說來解釋。」因此就繫聯同源
字的標準指出了《同源字典》的不足。侯占虎〈對《同源字典》的

---

❸　劉堅主編《二十世紀的中國語言學》，北京大學出版社 1998 年版，頁 71—
　　72。

❸　《古漢語研究》1994 年第 1 期，頁 35—39。

❸　《古漢語研究》1992 年第 1 期，頁 49—55。

一點看法〉❸，指出《同源字典》，一、沒有充分利用已往的成果，二、字詞不分。❸把各家總結起來，所指出的問題主要有釋義、體例與已有成果利用三方面，以下約舉數例。

殷文：《同源字典》第 459 頁「出茁」條：「《說文》：『出，進也。象草木益滋，上出達也。』按，說文講的『出』，其實是『茁』。《禮記·月令·季春》：『句者畢出，萌者盡達。』引申為出入的『出』」。殷按：許慎訓「出」為進，誤，其本義即進出之出，「引申為出」之說亦誤。《禮記》借「出」作「茁」，是用其比喻義，「茁」從出聲當為亦聲字。出，甲文象腳出穴形。孫詒讓《名原》：「古出字取足形出入之義，不象草木上出形，蓋亦秦篆之變易而許君沿襲也。」李孝定《甲骨文字集釋》：「古人有穴居者，故從止從穴，而以止之向背別出入也；」「卜辭作出入之出。」《殷虛文字甲編》452：「辛巳卜，乙酉王出。」《殷契粹編》17：「出入日歲三牛。」《毛公鼎》：「出入專命於外。」許慎誤訓主要由於「止」（腳）的形體從甲文到篆文變化太大，故「之」字也誤訓為「之，出也。象艸過屮，枝莖益大，有所之。」實則「之」從止從一會意，本義為「往」。

這是膠據《說文》釋義失誤之例。

侯文：《說文》：「論，議也。從言侖聲。」段玉裁注：「論以侖會意。亼部曰：侖，理也。龠部曰：侖，理也。……凡言語循

---

❸　《古籍整理研究學刊》1996 年第 1 期，頁 15—18。

❸　見到的這類文章還有王閏吉〈《同源字典》對《釋名》的引用〉，文載《麗水師範專科學校學報》2003 年第 6 期，頁 86—90。

其理、得其宜謂之侖。……當言『從言侖，侖亦聲』。」又在「侖」下注：「倫、論皆以侖會意。」《釋名》：「淪，侖也，水文相次有倫理也。」因此，「倫、淪、論、侖」當為同源詞。而《同源字典》對前人的這些成果均未採納，只將「倫」與「類」繫聯為同源詞，這是讓人深感遺憾的。

這是未完全吸收前人同源繫聯的成果之例。

黎文：⑴言：語（雙聲，魚元通轉）

在「說話」這個意義上，「言」和「語」是同義詞，但是它們的詞義特點極不相同。《說文》：「言，直言曰言，論難曰語。」《廣韻》引《字林》：「直言曰言，答難曰語。」《楚辭·七諫·初放》：「言語訥澀兮。」注：「出口曰言，相答曰語。」由此可知，「言」的「說話」義重在「主動」，「語」的「說話」義重在「相對」。這種詞義特點的不同，決定了它們的源是不相同的。「言」的同源字是「唁」（《說文》：「唁，弔生也。」）、「諺」（《說文》：「諺，傳言也。」）。它們的特點是「主動說話」。《同源字典》把「言」、「唁」、「諺」繫聯為一組同源字，這是正確的，但是把「言」和「語」也看作一組同源詞，則值得商榷。

這是誤以「音近義同」字為同源字例。

由於體例初創，一人之力，收詞有限。所以殷寄明認為，「《同源字典》可以補充同源詞的條目，不下總數之半。」後來劉鈞杰著有專門的補充著作《同源字典補》❹《同源字典再補》❹兩

---

❹　商務印書館 1999 年版。
❹　語文出版社 1999 年版。

種。可供同時參閱。

　　《同源字典》雖然存在著這樣那樣的問題，但仍不失為同源詞研究的經典性著作。無論從使用的方法還是從實際取得的成果來說，都是古漢語詞彙研究必備的參讀專著。

第三節　古漢語詞彙研究期刊論文概述

　　檢閱到的發表於期刊的古漢語詞彙研究論文 1,004 篇。❷我們把這些論文分為 30 類，具體分佈情況是：一、詞彙學 20 篇，二、詞彙學史 16 篇，三、漢語詞彙史研究的方法理論與認識 16 篇，四、詞彙、詞語、語詞 73 篇，五、單音詞 3 篇，六、雙音詞、三音詞 95 篇，七、雙音化、單音化 18 篇，八、複合詞 21 篇，九、疊音詞、疊字詞、重言 16 篇，十、聯綿詞 19 篇，十一、稱謂詞、謙敬詞 19 篇，十二、方位詞 5 篇，十三、偏義複詞 19 篇，十四、同源詞、同族詞、詞源、語源 47 篇，十五、同義詞、同類詞 58 篇，十六、反義詞 20 篇，十七、詞義、語義 51 篇，十八、方俗語、古白話、口語 90 篇，十九、外來詞 32 篇，二十、成語、典故 80 篇，二十一、實詞、虛詞、詞類 22 篇，二十二、名詞、動詞、形容詞 26 篇，二十三、數詞、量詞 32 篇，二十四、代詞 43 篇，二十五、副詞 34 篇，二十六、介詞、連詞 11 篇，二十七、助詞、詞尾詞頭、嘆詞、象聲詞擬聲詞、語氣詞、系詞判斷詞 37 篇，二

---

❷　其中不包括一般詞語考釋和諺語、歇後語之類的研究論文。也不包括補正字
　典詞書的論文。

十八、書評 36 篇，二十九、語料價值 33 篇，三十、綜述綜論 12
篇。

　　有些論文有兼類情況，以其主要論及的內容只歸於某一類介
紹。其中第二十一至二十七類是從詞類的角度分出來的，為減少分
類層次而皆與其他類並列相次。這樣分法，難免不盡科學。行文中
略去了論文出處，以省篇幅，書後附有論文要目可供查核。

一、詞彙學

　　在詞彙體系、系統方面，許威漢〈論漢語詞彙體系〉，同意漢
語有體系的說法，對詞彙體系的體現從詞的內部形式、外部形成及
構成形式三個方面，分別舉同源詞、同類詞以及漢語詞彙複音化進
行了論證。蔣紹愚〈兩次分類：再談詞彙系統及其變化〉，認為詞
彙的核心是詞義，考察詞彙系統的問題主要應從詞義著眼。提出兩
次分類的觀點：世界上的事物、動作、形狀極其紛繁複雜，人們不
可能逐個地加以指稱，而總是要加以概括、抽象，捨棄一些非本質
的特徵，把具有某些本質特徵的歸為一類。把哪些事物、動作、形
狀分為一類，把另一些事物、動作、形狀分為另一類，這在不同民
族以及同一民族不同歷史時期都有所不同。與此相應，在不同語言
中以及同一種語言不同歷史時期，把哪些事物、動作、形狀概括為
一個義位，也有所不同。這是第一次分類。義位是詞義結構的第一
層。單義詞一個詞就是一個義位，多義詞一個詞有幾個義位。在多
數情況下，總是幾個義位結合在一起，組成一個詞。那些義位結合
在一起組成一個詞，是第二次分類。

　　在詞彙發展與歷史文化的關係方面，宋永培〈中國文化詞彙學

的基本特徵〉，討論建立文化詞彙學的問題，認為依照語言與文化的相互關係，研究應當包括從語言研究文化、從文化研究語言這兩個方面，且方法應是系統貫通的。徐正考〈論漢語詞彙的發展與漢民族歷史文化的變遷〉，認為詞彙數量的消長，詞義的發展，構詞的變化，以及外來詞的層積，往往是社會歷史文化發展變化的結果。我們可以通過詞彙的發展，來考察歷史文化的演變。朱慶之〈試論佛典翻譯對中古漢語詞彙發展的若干影響〉〈漢譯佛典語文中的原典影響初探〉考察了外族文化在語言轉換過程中對漢語詞彙的影響，如產生了反映外族文化的新詞，產生了適合外族語言的對譯的漢語雙音詞等。

匡鵬飛〈論古漢語詞彙學的學科地位〉，則是對至今仍然忽視甚至不承認古漢語詞彙學的現象提出了質疑。首先從歷史上初步分析了古漢語詞彙研究一直沒有取得獨立地位的原因。然後介紹了近20年來古漢語詞彙研究的巨大進步，從對象的明確、目標的樹立、方法的更新、理論的突破四個方面指出古漢語詞彙學已經在漢語言學中佔有一席之地，否認古漢語詞彙學存在的觀點是站不住腳的。

二、詞彙學史

李長仁〈先秦漢語詞彙理論探索述略〉、加柱〈荀子〈正名〉篇的詞彙學說〉、韓雅南〈荀子〈正名〉篇詞彙學價值管窺〉等篇都主要是對《荀子·正名》篇詞彙學說的探討，包括詞的社會約定性、語詞的起源、事物命名的原則、詞的規範問題等。普慧〈天竺佛教語言及其對中國語言學的影響〉認為，佛教輸入中國後，對中

國語言學產生了極為深刻和久遠的影響，尤其是在音韻、詞彙、修辭及語言觀方面。詞彙方面的影響，如改變全民語彙的詞義而賦予新的佛教意義、充實漢語詞語的構詞方式、加快漢語詞彙的雙音節化進程等。石鏃〈從唐代幾種語言類筆記看唐代詞彙研究〉，對唐人筆記中的詞彙研究、詞義研究做了探索。在詞彙研究方面，唐人主要研究經傳中的詞語，也研究《史》《漢》《文選》之類，方法多是考釋；唐人對詞和詞的等價物並未嚴格區別，唐人研究詞彙也有「古諺」、「諺」、「俚語」、「俗語」、「坊中語」、「歇後」等一套術語；對名詞、動詞、形容詞、虛詞有一些初步的認識，並有一些特殊的術語稱呼它們。在詞義研究方面，對詞義的稱呼有「義」、「意」、「理」、「意義」、「義理」等一系列術語；對詞的多義性、義素、詞與詞的關係，注意到了同義義場和反義義場的存在，對詞義與語境的關係有也一定的認識。方平權〈王夫之《說文廣義》在漢語詞義研究理論上的貢獻〉，認為在詞形方面，王夫之揭示出形義相近相關字的內部關係，正定字形；詞義方面，王夫之揭示出詞義變化的內部或外部理據以及一些詞義與漢語文化的特定關係。對於詞義之間體用關係的認識，是王夫之在漢語詞義理論上的貢獻。虛詞學史方面，如高永安〈《墨子閒詁》在虛詞研究史上的貢獻〉、梁保爾〈略論《經傳釋詞》在虛詞研究領域中的學術地位〉、廖以厚〈讀袁仁林《虛字說》——試論袁氏的虛詞理論〉等。

三、漢語詞彙史研究的方法理論與認識

見到的論文，漢語詞彙史研究的方法理論包括在漢語史研究的

方法理論之中。趙振鐸〈論先秦兩漢漢語〉，列出了先秦兩漢的重要語料，對於詞彙的研究，認為從甲骨文到兩漢一千多年時間裏，詞彙方面的變遷，無論是舊詞、舊義的消亡，新詞的產生以及詞義的變化，都還研究得很不夠。提出研究要注意分期，要佔有豐富的資料，要重視研究方言詞彙與各種專門的用語。趙振鐸〈論中古漢語〉說語言的詞彙可以從語義和詞彙構成兩個方面進行分析，把它們分成不同的方面。從語義方面分析，可以有單義詞和多義詞，有同義詞和反義詞；就多義詞來說，有詞的本義和引申義；就詞的語音形式來看，有同音詞和非同音詞。從詞彙的構成方面分析，有基本詞彙的詞和非基本詞彙的詞，有全民語言的詞和地方方言的詞，有本族語言的詞和外來詞，有古詞和新詞。但是就具體的中古漢語詞彙研究來說，這些方面的研究就非常不夠。強調了同義詞、方言詞、外來詞研究的重要性。提出研究中古漢語詞彙最好的總結性的成果是編出一本《中古漢語詞典》，窮盡地將中古漢語的新詞和新義收羅進去。任學良〈漢語史研究中的基本觀點〉，討論了研究漢語史的立場，認為凡是重視口語，又承認文言有一定的歷史地位的，其立場就是正確的；凡是抬高文言，貶低口語甚至抹煞口語的，其立場就是錯誤的。討論了社會發展與漢語史的研究的問題，認為社會的發展和語言的發展是相輔相成的，我們研究漢語史既要看到社會的發展，又要看到語言發展的確鑿事實，把語言和社會聯繫起來，又區別開來，就可以寫出合乎實際的漢語史。討論了漢語史發展的主要矛盾，認為口語和文言的矛盾鬥爭，就是漢語史上的主要矛盾，正是這個矛盾推動著漢語不斷地向前發展。口語和文言的矛盾鬥爭，是漢語發展史上的一條綱。只有抓住這個綱纔能說明

漢語歷史的發展規律，纔能正確地瞭解各個歷史時期的語言現象，纔能正確地批判繼承、吸取古人語言中有生命的東西，纔能更好地提高古漢語的教學質量。蘇新春〈古漢語詞彙研究的拓新〉，把傳統的訓詁學與古漢語詞彙學從內容、方法、目的上做了比較，認為要搞好古漢語詞彙的研究，仍有肯定、借鑒、吸收傳統訓詁學精華的必然之處，但就一門學科建立發展的總體來看，亟待解決的卻更多的是改造、變革，而不是沿守、承襲。劉緒湖〈現代語義學對古漢語詞彙研究的作用〉專門討論語義場理論對古漢語詞彙研究的價值，如從語義場詞語的搭配去研究詞的確切涵義、從同一語義場可以辨析同義詞和反義詞、從詞義場看詞類活用現象等。

　　有些論文是專門討論具體研究方法的，如程湘清〈漢語史斷代專書研究方法論〉，認為漢語史斷代專書研究方法有四：1.選好專書，作窮盡式解剖，2.分門別類，進行系統的靜態描寫，3.探源溯流，作縱向歷史比較，4.採用數學方法，把定性分析同定量分析結合起來。馮英〈歷史比較與類型比較在漢語史研究中的意義〉，認為構建漢語發展史，必須要有紮實的材料做基礎，它不僅需要反映歷史發展狀況的死材料──文字、文獻，還要有可以進行現實比較的活材料──方言、親屬語言。在歷史比較研究中，類型特徵是不可忽略的要素。它既有共時的一面，又有歷時的一面，因為親屬語言在從同一母語分化出來時，必定具有十分相似的類型特徵。因此，在漢語史研究中，只有把歷史比較和類型比較二者有機地結合起來，加強漢語形態歷史淵源的研究，纔能獲得新的突破。徐蔚〈漢語史研究中的時空結合原則〉，認為在漢語史的研究中應該把語言的空間差異和語言發展的時間序列結合起來，這樣纔會有突破

性的進展。有專著方法的研究，如汪少華〈從《周秦漢晉方言研究史》看漢語史研究方法〉，總結華學誠著《周秦漢晉方言研究史》貫穿全書的方法論原則有四：一是縱橫比較分析原則，即學術史原則；二是方言學史與方言史結合的原則；三是宏觀分析與微觀分析並重的原則；四是材料的第一手和窮盡的原則。有結合現代科技漢語史研究的，如尉遲治平〈計算機技術和漢語史研究〉，利用計算機技術輔助古代漢語研究，是將計算機對語料的形式化處理和專家對語料的分析判斷結合起來的人機互動過程。主要工作有電子文獻的生產，電子語料庫的建設，專家知識資料庫的開發和專用軟件的研製幾個方面。將計算機對語料的形式化處理，和專家對語料的分析判斷結合起來，充分發揮計算機和人的各自的特長，從而推動漢語史的研究的迅猛發展。

也有些論文，體現了一些新的方法，如王軍〈漢語詞彙發展中的標記現象〉、陳蘭香〈漢語詞彙嬗變中的耗散現象〉、劉堅等〈論誘發漢語詞彙語法化的若干因素〉等都是用現代語言學理論研究古漢語詞彙的論文。

四、詞彙、詞語、語詞

這一部分主要介紹論題包括「詞彙」、「詞語」、「語詞」以及一些常用詞研究的論文。

這方面的研究，鄭奠〈漢語詞彙史隨筆〉是 1950、1960 年代發表的一組較早的論文。從漢語詞彙發展的角度考察了 30 餘個詞。1980，特別是 1990、2000 年代這類論文逐漸多了起來。

從語料的時代看，上古的如陳煒湛〈商代甲骨文金文詞彙與

《詩·商頌》的比較〉，以甲骨文及同期金文與〈商頌〉試作全面
之比較，發現〈商頌〉詞語大部分於甲骨文及同期金文有證。證明
〈商頌〉的主要內容可用甲骨文及同期金文表述，其為商詩當無可
疑。劉天驥〈《內經》詞彙特點〉，分析《內經》詞彙的特點是單
音節詞佔大多數，還分析了雙音節詞聯綿詞、複合詞、附音詞、具
有特指意義的詞等。葉正渤〈《逸周書》語詞研究〉，探討了《逸
周書》中成語俗語的意義、演變及其對後世語言的影響，還討論了
月相詞語的含義和所指時間，認為月相詞語都是定點的。

　　中古近代的論文較多。中古研究的面較廣，農書如程志兵
〈《齊民要術》中所見詞源舉隅〉，舉了《齊民要術》中比《漢語
大詞典》引例早的 20 多個詞語。史書如郭在貽〈魏晉南北朝史書
語詞瑣記〉，對魏晉南北朝史書中的一些語詞做了考釋。冉啟斌
〈《唐律疏議》詞彙特點及價值舉說〉，舉有近 20 個例子，說明
《唐律疏議》在詞彙上有四個特點：一般意義的詞形相同而意義有
別、與後代語詞詞形相同而意義有別、詞語他書不太常見、一些語
詞在《唐律疏議》中的出現遠早於一般所引。從而強調《唐律疏
議》在唐代詞彙研究上具有不應忽視的價值。詩歌如王雲路〈中古
詩歌語言源流演變述略〉，就詩歌語彙的來源、構成等問題討論中
古詩歌的語言特色：直接利用詩騷語詞、採用詩騷語詞而含有別
義、利用詩騷語詞的音近變體、利用詩騷語詞創造新義新詞、樂府
詩富含理俗口詞化的語詞。劉翠〈樂府民歌中的新詞新義──兼論
新、舊詞的特點〉，找出了樂府民歌等語料中漢以後產生名、動、
形、副、代詞新詞新義約 40 個，並和先秦反映相同概念的舊詞進
行分析對比，揭示了新、舊詞語義和語法上的一些特徵。小說如王

小莘〈從魏晉六朝筆記小說看中古漢語詞彙新舊質素的共融和更替〉，以魏晉六朝筆記小說語料為依據，從詞義、同義詞方面探討中古漢語新舊質素的共融和更替，揭示了魏晉六朝詞彙和詞義系統的一些重要演變，如新義的大量湧現，詞義的趨於虛化，詞義系統的拓展，同義詞的演變和更替等。石刻如毛遠明〈讀漢魏六朝石刻詞語劄記——兼及石刻詞彙研究的意義〉，對「居盈」、「則百」等最早見於漢魏六朝石刻的詞語的解讀和分析，充分說明漢魏六朝石刻在漢語詞彙研究、尤其是在漢語詞彙史研究方面的重要作用，從而強調了石刻詞彙研究的意義。敦煌文獻、佛典詞語的研究，這個時期的論文相對為多。敦煌文獻如徐復〈敦煌變文詞語研究〉，把敦煌變文人民的口頭語叫做「俗語言」，文中考察了大量不易理解研究困難的俗語詞，還指出了一些具體的研究方法，如複合詞研究，必須在全文之中找出它們所反映的的主要意義，再根據詞性相同、詞義相近的原則來進行選擇，再通過改正錯寫和求通假字的過程，纔能得出結論等。陳秀蘭〈從常用詞看魏晉南北朝文與漢文佛典語言的差異〉，以漢魏時期的全部佛典為主要考察範圍，對敦煌俗文學詞語的語源進行考察。還以《漢語大詞典》的引例和收錄情況作為參考，討論佛典翻譯對於敦煌俗文學語彙及漢語詞彙史研究的作用。佛典如梁曉虹〈論佛教詞語對漢語詞彙寶庫的擴充〉，認為佛教詞語融入漢語，類多面廣。擴大了漢語基本詞、根詞，充實了漢語常用詞彙。文中舉有融入哲學、文學以及民俗與日常語彙等詞語百餘個。劉學敏〈佛典與漢語詞彙的發展〉，舉例說明佛教詞語不僅擴充了漢語詞根，豐富了漢語詞彙構造的方式，而且推進了漢語詞彙雙音節的發展，加快了漢語口語化的進程。舉例說明佛教

促使凝聚成許多新成語，推動出現形成了許多新詞彙。這些詞中有
形容詞、動詞，最多的是名詞。它們中的許多已融入漢語詞彙庫。
徐晶晶〈試論漢語儒、佛、道詞語產生和流行的原因〉，探索漢語
中儒、佛、道三教詞彙形成和流行的原因之一是儒、佛、道三教文
化強烈的社會人文色彩的浸潤；原因之二是為了滿足漢語交際的需
要。認為儒、佛、道詞彙的形成和流行，給漢語注入了新的活力，
滿足一了漢語交際的需要，極大地豐富了漢語詞彙的寶庫。

近代研究，詩詞曲小說是重點。如龍潛庵〈宋元語詞劄記〉、
宋商〈元曲詞語劄記〉、李申〈元典詞語今徵〉、王鍈〈詩詞曲語
辭舉例〉，考察了一大批比較特殊、難以理解的詞語。鮑延毅
〈《金瓶梅》逆序詞與中古詞彙變遷〉，認為《金瓶梅》中逆序詞
的大量使用有時代的關係，也是漢語與漢字重趨協調的一個方面的
反映，也與其語言的多元化有關。張鴻魁、王大新〈從《金瓶梅》
詞彙特點看文化因素的影響〉，就《金瓶梅》詞彙的特點，討論了
兩個與文化背景有關，而又常被詞彙研究者忽視的問題：詞義引申
和使用頻度、市民社會的文化造詞法。王紹新〈《紅樓夢》詞彙與
現代漢語詞彙的詞形異同研究〉，從詞形的角度對《紅樓夢》與現
代漢語的詞彙作了比較研究。宋均芬〈古典小說的一般詞彙〉，總
結了古典小說的一般詞彙的六個特點：概括性、時代性、通俗性、
靈活性、地方性、民族性。

在對醫籍方面的研究，除上介紹的〈《內經》詞彙特點〉以
外，其餘大都以「古」稱題。如李亞軍〈醫古文特殊語詞之研
究〉，認為醫古文特殊語詞的特點有邊緣性、特指性、思辨性、
「模糊」性、靈活性，研究方法有聯繫——界定法、涵悟——闡釋

法、概括——變通法。汪炯〈古醫籍中的詞彙與修辭現象〉，認為古醫籍中的書名病名、藥名方濟、腧穴骨名均涉及修辭。

在常用詞研究方面，如張永言、汪維輝〈關於漢語詞彙史研究的一點思考〉，強調了常用詞彙研究的重要性，主要探討了「目、眼」等八組詞在中古的發展更替。這類論文還有汪維輝〈漢語「說類詞」的歷時演變與共時分佈〉，史光輝〈常用詞「矢、箭」的歷時替換考〉〈常用詞「焚、燔、燒」歷時替換考〉，牛太清〈常用詞「隅」「角」歷時更替考〉，張莉娜〈從幾個常用詞演變淺析詞彙和詞義的發展〉等，它們多以一組常用詞為研究對象，探討其歷時的更替。

以整個近代漢語詞語為研究對象的，都是專題、專類性論文，如張聯榮〈近代漢語詞彙研究中的推源問題〉，認為對近代漢語的詞彙作斷代研究應注意語詞的推源工作：一是要注意詞語的「始現」時間，有些所謂近代漢語的詞語實際上「古」已有之。二是要注意從聲音入手進行分析，有些詞儘管形式（語音的、文字的）不同，但來源卻是一個。三是要注意詞義的引申關係。李申〈近代漢語詞語的羨餘現象〉，內容有三：1.分類列舉晚唐以來白話詞語中帶有羨餘成分的數十個用例，並對其作分析、考證。2.指出由於不明此種現象，而在詞語詮釋、詞彙研究、古籍整理以及辭書編纂等方面造成的一些問題並加以討論。3.對幾種羨餘形式的成因、功用作了分析。唐莉〈近代漢語詞語發展的更替現象〉，通過對一些常用單音節詞和相關的複合詞從近代到現代的發展線索的追蹤考察，發現近代漢語詞語在變化過程的更替性現象。在這種更替的過程中，一般會經過一個新舊共存的時期。這種共存不僅體現在新舊詞

的並存並用，還體現在它們結合成等義複詞的聯合共存。還發現單音節詞的更替，常常引起由其所構成的雙音節詞的內部變更。楊冰郁、郭芹納〈近代漢語修辭詞語的特徵〉，認為近代漢語修辭詞語的特徵是在與其鄰近詞彙現象的比較中顯現出來的。首先，修辭詞語是一種詞彙現象，其詞義帶有與生俱來的修辭味；其次，修辭詞語詞義與語素義之間的關係是綜合型的，其詞義引申具有簡潔性，此外還具有繽紛的色彩意義。王鍈〈近代漢語詞彙研究與中古漢語〉，認為中古和近代是白話系統由萌芽而漸臻成熟的時期，所以近代漢語與中古漢語的關係尤其密切。舉例論述近代漢語詞彙研究必須聯繫中古漢語，纔能得到正確的結果。這類論文多側重理論問題的探討。

五、單音詞

這類論文僅有三數篇。張福德〈古漢語複合義單音詞探微〉，提出複合義單音詞的概念：古漢語有這樣一些單音詞，它們包含的語義比較複雜，在人們理解該詞意義的時候，必須用兩個或兩個以上詞的複合義去理解，我們把這種詞稱為複合義單音詞。認為詞的複合義，既不同於語素義，又不同於義素義，既不是詞的表面切割義，又不是詞的隱含剖析義，它所體現的是對詞的本質意義的揭示，即詞的確切意義的揭示。如「嵩」含有「山大而高」的複合義等。王作新〈大量高頻　簡易實用——漢語單音詞使用的文化透視〉，從漢語應用的語詞音節形式入手，用統計、比較的方法，闡明了漢語使用中單音詞一貫活躍的特點；認為這種言語特徵乃是民族的文化品性使然。楊烈雄〈古今單音詞兼義現象的差異〉，對古

今「諸」「焉」、「倆」「仨」之類的單音詞兼義現象做了對比，揭示了二者的差異，認為白話文單音詞的兼義現象是一種詞彙現象，而文言單音詞的兼義現象卻是一種修辭現象。

六、雙音詞、❸三音詞

這類論文主要是雙音詞的研究，其中專書研究占大多數。涉及到的專書有：《周易》《論語》《孟子》《孟子章句》《墨子》《內經》《荀子》《莊子》《戰國策》《睡虎地秦墓竹簡》《毛詩詁訓傳》《史記》《漢書》《論衡》《釋名》《風俗通義》《潛夫論》《楚辭章句》《三國志》《抱朴子》《幽明錄》《世說新語》《顏氏家訓》《百喻經》《齊民要術》《宋書》《陳書》《景德傳燈錄》《朱子語類輯略》《金瓶梅詞話》《三言》《聊齋志異》等三、四十種。

從收集到的論文來看，最多的雙音詞研究是雙音詞的構詞法或結構方式，如趙振興〈《周易》的複音詞考察〉，研究了《周易》的複音詞的構詞法，《周易》複音詞的音變構詞以音素變化來表現，由其方式構成的複音詞是單純詞，表達形式是以簡單態為主，它的組合形式被嚴格的語法條件限制在一個語素的範圍之內；結構構詞以強勢入局，表達詞彙意義的語法手段具有多樣性，表現出極大的主動性、活躍性，反映了漢語詞彙複音化在西周晚期的發展特點。陳紹炎〈《論語》複音詞研究〉，分析《論語》語音學、詞法

---

❸ 「雙音詞」「複音詞」，隨文所作，不為統一；下文的「雙音化」「複音化」和「聯綿詞」「連綿詞」同此。

學、修辭學三種構詞法。魏德勝〈《睡虎地秦墓竹簡》複音詞簡
論〉，統計《睡簡》中的複音詞 1,062 個，並把統計結果與先秦其
他主要文獻中複音詞的情況進行了比較，結論是《睡簡》複音詞語
音造詞進一步萎縮，主謂結構詞有了一定發展；在多層次、縮略詞
等方面表現出複雜化傾向。郭作飛〈《毛詩詁訓傳》複音詞初
探〉，統計《毛詩詁訓傳》共有複音詞約 870 個。按其詞性大致可
分為名詞、形容詞、動詞幾大類。在詞的構造上，既有由語音造詞
形成的聯綿詞和重言詞，也有由語法造詞形成的複合詞，且呈現出
由語音造詞大量向語法造詞轉化的趨勢，在複音詞發展史上具有重
要的承先啟後作用。胡繼明〈《漢書》應劭注雙音詞研究〉，研究
表明《漢書》應劭注雙音詞有單純詞、重言詞和合成詞三類。語法
造詞完全佔據主導地位。凡是現代漢語裏有的構詞方式，在《漢
書》應劭注裏大都具備，但發展不平衡。應劭時代，漢語雙音詞進
入了快速發展階段。再如李智澤〈《孟子》與《孟子章句》複音詞
構詞法比較〉、金中〈試論「內經」複音詞的構詞法〉、劉志生
〈《莊子》複音詞構詞方式初探〉、董玉芝〈《抱朴子》複音詞構
詞方式初探〉、鄧志強〈〈幽明錄〉複音詞構詞方式舉隅〉、趙百
成〈《世說新語》複音詞構詞法初探〉、周日健〈《顏氏家訓》複
音詞的構成方式〉、邱薇瑜〈《陳書》複音詞結構簡析〉、程娟
〈《金瓶梅》複音形容詞結構特徵初探〉、王作新〈漢語複音詞結
構特徵的文化透視〉等。

　　有些研究既有構詞法或構詞方式的內容，也涉及雙音詞的其他
方面，如周文〈《論語》雙音詞綜考〉，分析了《論語》雙音詞構
詞方式與表意功能。唐子恒〈《三國志》雙音詞研究〉，統計了

《三國志》2,182 個雙音詞的的數量分佈，做了結構詞類分析，還探討了有關詞的雙音化問題。如認為雙音詞增多的原因有，時代發展，生活豐富，會促進思維、語言發展。單音的同義近義和反義詞增多，纔會為大量產生聯合式雙音詞提供條件；帶修飾、限定或說明成分的雙音詞增多，纔能適應思維、概念日益精密的需要。對某種文風的追求也是詞雙音化的一個原因等。見到幾篇「詞法」、「構詞法」的論文，也主要是討論雙音詞的，如牛占珩〈《周易》古經詞法探析〉，統計《周易》古經文中單純詞有 840 多個，合成詞有 210 多個，分析了這些詞的結構。還詳細討論了《周易》的用詞法。歐陽國泰〈《論語》《孟子》構詞法比較〉，結論是，《孟子》雙音詞的比例比《論語》高，用語法手段造的詞所占的比例明顯增大，詞類的比例分配更為合理，某些格式的語法意義有所增加，某些重要的表達形式也是《論語》所沒有的。《孟子》在構詞法上的這些重要進展是不可忽視的。

不少研究是研究某一種結構方式的雙音詞。聯合式雙音詞的研究，如夏青〈《內經》聯合式複音詞的語素義和詞義的關係〉〈《內經》聯合式複音詞的語素分析〉，李丹葵〈《戰國策》中聯合式雙音詞探析〉，程湘清〈《論衡》中聯合式複音詞的語義構成〉〈《論衡》中聯合式雙音詞在現代漢語中的變化〉，高育花〈《潛夫論》中聯合式複音詞的語義構成〉，董玉芝〈《抱朴子》聯合式複音詞研究〉，王小莘、魏達純〈《顏氏家訓》中聯合式雙音詞的詞義構成論析〉，祖生利〈《景德傳燈錄》中的聯合式複音詞〉、張玉棉〈試析古漢語聯合式雙音詞的詞義〉。偏正式雙音詞的研究，如胡繼明〈《漢書》應劭注偏正式雙音詞研究〉，董玉芝

〈《抱朴子》偏正式複音詞研究〉，史光輝〈《齊民要術》偏正式複音詞初探〉，祖生利〈《景德傳燈錄》中的偏正式複音詞〉。附加式雙音詞的研究，如王雲路〈中古詩歌附加式雙音詞舉例〉，李小平〈《世說新語》附加式複音詞構詞法初探〉，李小鳳〈《釋名》附加後綴「然」的複音詞研究〉。支配式、主謂式、補充式複音詞的研究，如祖生利〈《景德傳燈錄》中的支配式和主謂式複音詞淺析〉〈《景德傳燈錄》中的補充式複音詞〉。也有從構成複音詞的兩個成分間的意義關係研究的，如陳煥良、王君霞〈論《釋名》含聲訓字複音詞〉，魏達純〈《顏氏家訓》中反義語素並列雙音詞研究〉，伍宗文〈從「意義的結合」看複音詞〉。從字序或字研究的，如韓陳其〈《史記》中字序對換的雙音詞〉，王森、王毅〈《金瓶梅詞話》中字序對換的雙音詞〉，鄭奠〈古漢語中字序對換的雙音詞〉，張永綿〈近代漢語中字序對換的雙音詞〉，鄂巧玲〈再談並列雙音詞的字序〉，羅慶雲〈漢字的類化對雙音詞的影響〉。

　　還有一些偏重於理論研究的論文，如程湘清〈試論上古漢語雙音詞和雙音詞組的區分標準〉，認為在區別詞和詞組的時候要注意：第一，確定標準要從漢語的特點出發。第二，規定標準要從多方面著眼。第三。運用標準要有一致性。區分標準可從以下四方面來考慮：1.從語法結構上區別。雙音組合的兩個音節結合緊密，不能拆開或隨意擴展的是詞，反之是詞組。2.從詞彙意義上區別。凡結構上結合緊密、意義上共同代表一個概念的雙音組合是詞，結構上結合鬆散，意義上表示兩個概念的則是詞組。3.從修辭特點上區別。漢語詞彙複合化的原因之一是在修辭上講究音節成雙成對的形

式美，其重要手段就是對偶。利用這個特點，也可以在某種程度上
幫助我們區別什麼是詞，什麼是詞組。 4.從出現頻率上區分。在實
際口語中，詞的出現頻率一般要高於詞組，因此在堅持上述三個標
準的同時，也可以參考一下詞語的出現頻率。楊星〈關於「合成複
音詞」分類問題〉，認為關於合成複音詞的分類，應根據其詞義與
詞素義的關係，從意義上分為：同義複音詞、變義複音詞、偏義複
音詞。陳明娥〈試論漢語雙音詞的判定標準〉，提出了判定雙音詞
的四大標準：語義整體考察法；語素義位分析法；共時歷時結合法
和語法、語用、語境綜合法。認為將四大標準綜合起來，或者根據
不同的研究對象各有側重，就可以在雙音詞和雙音短語之間劃出一
條比較清晰的界線來。馬真〈先秦複音詞初探〉，根據對先秦時期
若干代表著作中出現的複音詞所做的考察，回答了先秦複音詞的具
體情況如何，根據什麼確定複音詞，先秦複音詞在先秦詞彙中以及
整個漢語詞彙發展中佔有什麼位置諸問題。戚桂宴〈漢語研究中的
問題〉，認為漢語是單音節語，漢語中並沒有西方語言中那種複音
詞。如「猶豫」這樣被認為是漢語中典型的雙音詞的連綿字，單說
「猶」這樣一個語音，由於同音詞的關係，聽者可能不容易理解這
個語音所確切表示的意思。如果用「豫」這個語音來作補充解釋，
聽者就比較容易理解「猶豫」是什麼意思了。「猶豫」也不是複音
詞。❹

---

❹ 《中國語文》1956 年 10 月號亞努士·赫邁萊夫斯基〈上古漢語裏的雙音詞
　問題〉一文，是要證明「上古漢語是單音節這一原則」。本文在最後總結部
　分說：「正如我在這篇論文裏所要指出的那樣，在研究上古漢語的雙音詞的
　時候主要的問題是一些音節分化的構詞法和一些語源不明雙音詞。前者數量

　　三音詞的研究論文為少，如楊愛嬌、張蕾〈近代漢語三音詞的結構方式〉，將近代漢語三音詞的結構分成附加式、偏正式、主謂式、聯合式、述賓式、重疊式六種類型。楊愛姣〈近代漢語三音詞的語義構成〉，將近代漢語三音詞的意義構成分為組合構成、化合構成、融合構成、附合構成、重合構成、併合構成六類；〈近代漢語三音詞發展原因試析〉，認為近代漢語三音詞大量湧現的原因可以歸結為社會的發展、語音的簡化、語體的轉化、造詞法的完善四個方面。潘攀〈《金瓶梅詞話》ABB、AABB 構詞格〉，研究認為《金瓶梅詞話》中名詞性、動詞性、形容詞性、擬聲詞性語素均能進入 ABB、AABB 兩種格式。

七、雙音化、單音化

　　以具體的語料或時代討論雙音化的，如王忻〈從《顏氏家訓》管窺魏晉時期漢語詞彙複音化的發展〉，認為複音化到魏晉南北朝取得了突破性的進展。文章把促成此期複音化發展的要素歸結為五個方面：1.口語詞、習俗用語、新生詞以複音詞占壓倒優勢，促使此期複音詞在詞彙中的比例急劇上升；2.從詞彙系統的結構來看，魏晉時期形成了一批具有較強的構詞能力的語素；3.語法的發展和詞彙的發展相互影響、相互促進；4.駢驪文風的盛行，對文人作品複音詞的增長起了催化作用；5.漢譯佛經大量流行，佛教用語的傳

很少，後一類很多。在大多數情況之下，我們將承認這種詞是由詞組變來的。這兩類詞的存在都不能推翻上古漢語體系裏的詞是單音節的這一個理論。因此，我以為這是正確地解答漢語結構的主要發展方向的最重要的原則之一。」

播，對漢語複音化起了推波助瀾的作用。魏達純〈從《顏氏家訓》看修辭手段在魏晉六朝複音詞構成中的重要作用〉，分析了《顏氏家訓》中對偶、誇張、比喻、借代等修辭手段在促進漢語詞彙的雙音化過程中的重要作用。李小平〈試論漢語詞彙在魏晉六朝時的複音化發展——以《論語》《孟子》《世說新語》為例〉，認為魏晉六朝時期，複音詞數量大增由單音詞變為複音詞，基本的方法有三：一是以原有的單音詞作為一個語素，構成新的複音詞；二是由原來兩個經常一起出現的單音詞，或詞組不斷凝結穩定而成；三是將原來用單音詞表達的意義換成一個新的複音詞。陳衛蘭〈試論敦煌變文詞彙複音化的三個趨勢〉，就構詞方式在變文中的發展情況，歸納出下面三個趨勢：1.聯合式的構詞方式發生了質的變化，由實語素構詞發展為實、虛語素都可以構詞。2.隨著新詞綴的不斷產生，附加式構詞能力增強，成為變文中能產性強的構詞方式之一。3.隨著近代漢語助詞系統的產生，後置式成為一種獨特的構詞方式。

　　在雙音化原因探討方面，如王昌東〈再論漢語詞彙複音化的原因〉，總結對漢語詞彙複音化原因的不同認識，其根本分歧是語音簡化導致漢語詞彙的複音化，還是漢語詞彙的複音化導致語音的簡化。文章認為以上這兩種觀點都不同程度地存在著不足。提出漢語詞彙複音化的真正動因是漢語詞彙的表義功能與社會需要之間的矛盾的觀點。楊琳〈漢語詞彙複音化新論〉，將漢語詞彙的雙音化現象放到華夏民族的文化背景中進行考察，認為雙音化是華夏民族要求語言形式符合自己審美心理的結果。胡運飆〈漢語詞彙複音化原因的哲學探索——兼談語音簡化說和吸收外語詞彙說的失誤及語音

簡化的原因〉，分析了複音化中語音簡化說和吸收外語詞彙說的失
誤。認為詞彙複音化實質上是詞彙合成化；漢語詞彙複音化是由四
個內因和一個外因引起的。四個內因是：遠古漢語詞義要標示事物
特徵與詞形的單純形式不能滿足這種要求的矛盾；遠古漢語音節數
量有限與需要音節負載的詞義數量無限制增加的矛盾；遠古漢語單
音詞詞形容納詞義有限與詞形所負載的詞義不斷增多的矛盾；遠古
漢語詞義在表達概念時要附帶某些修辭色彩與詞形的單純形式不能
滿足這種要求的矛盾。一個外因是：遠古漢語單音節詞彙系統有限
的交際和思維功能與社會、交際和思維發展的矛盾。孫永蘭〈漢語
詞彙雙音節化的原因及其作用〉，認為人類社會的發展、語音的簡
化、外語的吸收以及同音詞和一詞多義現象的普遍存在是促成漢語
詞彙雙音節化的重要原因。雙音節化的作用是重大的，它不但節制
了漢語音節的數量、削弱了同音詞的消極作用，使詞在表義上語義
明確、詞性分明，而且它還使漢語的詞和語素逐漸分離，使合成詞
成為詞彙的主體，為漢語創造新詞開闢了廣闊的道路。

　　也有對雙音化性質、意義等方面的研究，如皮鴻鳴〈漢語詞彙
雙音化演變的性質和意義〉，認為漢語中出現大量的合成詞，雖然
大大增加了詞的數量，但語素的數量則相應減少。這一變化的意義
不僅僅在於減少語素的數量，更重要的是建立了以少量語素構成大
量詞的分層的詞彙體系。這就使得漢語從原有的「音位→語素·詞
→句子」這一層級裝置進化為更加有效的層級裝置「音位→語素→
詞→句子」，從而使漢語更加簡練、更加嚴密、更加富有靈活性。
所以，「雙音化」演變，決不是單純的音節個數增減問題，而是作
為分析語的漢語更加完善的重要步驟。

　　錢玄專就虛詞雙音化發表了連載長文〈論古漢語虛詞雙音化〉，共十一節，第一節至第八節，是從各種角度分析上古漢語中虛詞雙音化所採用的方式，舉有 200 多例。第九節至第十一節是文章的小結。在第十節〈劃分單雙音虛詞標準問題〉中提出五條確定雙音虛詞的條件：雙音的語音段落、有一定的使用頻率、現代仍作為雙音詞用的、與現代漢語類比、有專門意義和熟語性。第十一節〈戰國時期虛詞雙音化的發展情況〉，通過統計說明戰國時期虛詞雙音化迅速發展，並認為極大部分雙音虛詞的產生，都是為了更好地表達內容。

　　也有論文討論雙音節詞單音節化的問題，如周及徐〈上古漢語雙音節詞單音節化現象初探〉，以《楚辭》為語料，以雙音節單純詞為考察對象，舉「荒忽」單化作「忽」、「招搖」單化作「搖」眾例，說明了這些雙音節詞在當時，尤其是在後來的漢代，又以意義相同、語音相近的單音節詞出現，認為雙音節詞的單音節化是上古漢語歷史演變過程中的一個重要事實。

八、複合詞

　　雙音詞中的複合詞研究有多篇論文，大半是專書研究，主要集中在《尚書》《詩經》《黃帝內經》《爾雅》《周禮》《世說新語》、關漢卿劇作等方面的語料。研究內容涉及構詞法、語素之間的意義關係等。如錢宗武〈論今文《尚書》複合詞的特點和成因〉，對今文《尚書》的複合詞進行專題研究，概括其特點有三個：1.詞類具有多樣性；2.詞義具有單一性；3.詞形具有變異性。總結其形成原因也有三個：1.詞組的結構緊縮化和語義的抽象化；

2.詞義表達的精確化；3.組合構形的無限化。佟滌非〈《詩經》複合詞構詞方式淺析〉，研究表明《詩經》中能產的構詞方式，如聯合式、偏正式，在現代漢語中仍然是能產的。《詩經》中非能產的構詞方式，如動賓式，在現代漢語中仍是非能產的。可見，《詩經》複合詞對後世複合詞的發展產生了很大的影響，為現代漢語複合詞奠定了基礎。黃哲〈《黃帝內經》複合詞的語義組合〉，從「組合」的視點探討了《黃帝內經》複合詞的內部語義關係，闡明了這類複合詞意義構成的立體動態過程：複合詞在構成過程中兩個詞素發生組合關係，詞素在複合詞內表現的是其義位義，兩個詞素義位元義的組合構成詞素的相互關係語義；在兩個義位元的相互組合中，進行詞素關係義向複合詞詞義的機制轉化，由此完成組合複合詞的意義。郭春環〈《爾雅》與同義複合詞研究〉，通過研究有《爾雅》中的同義詞被連用現象的文獻，肯定了同義複合詞的概念，指出了瞭解這一概念對文獻研究的意義。並分析了《漢語大詞典》中解釋有疑誤的詞條 22 條。也列舉了 5 條對理解《爾雅》中的詞有幫助的詞條。殷靜〈《爾雅》前三篇郭注的並列複合詞研究〉，通過研究《爾雅》前三篇郭注的並列複合詞，闡述了晉代並列複合詞在構詞方式、詞義上的一些特點，並考察了《漢語大詞典》有關郭注中的並列複合詞的收錄情況。劉興均〈《周禮》合成名詞的特殊結構 OV 式〉，從《周禮》一書中找出 OV 式結構構成的 67 個合成名詞，並推測《周禮》這種特殊的構詞方式具有存古的性質。李小平〈《世說新語》同義複合詞考察〉，考察《世說》中的同義複合詞構成語素的狀況和特點，認為從其意義來源來說，共有四種主要類型：1.本義＋本義，2.引申義＋引申義，3.本義＋

引申義，4.引申義＋本義。而其複合成詞後語素義變化也有三種情況：1.兩語素義基本不變；2.兩語素義基本喪失；3.產生了新義，但語素義仍在使用。馬連湘〈從《世說新語》複合詞的結構方式看漢語造詞法在中古的發展〉，總結《世說新語》的造詞法有並列式、偏正式、主謂式、動賓式、動補式、附加式、重迭式七種。李杏華〈《世說新語》雙音複合詞內部形式反映對象特徵類分〉，從內部形式反映對象特徵把《世說新語》1,326 條雙音複合詞分為表像和表質兩大類。羅立新〈關漢卿劇作複合詞研究〉，研究證明關漢卿雜劇雙音節複合詞的構詞方式有六種：聯合型、偏正型、補充型、動賓型、主謂型和緊縮型。其主要的構詞方式已與現代漢語基本相同；聯合型與偏正型最能產；緊縮型是近代漢語出現的構詞方式。

專題或通論性的研究主要是在同義、同族、非理複合詞以及複合詞的轉化發展等方面。如呂雲生〈同義複合詞的語素分析〉，從「量」和「質」兩個方面考察同義複合詞語素之間的意義關係，並在此基礎上討論了同義複合詞的特點：1.表達更精確、明晰，2.適合漢語節奏的要求。劉又辛、張博〈漢語同族複合詞的構成規律及特點〉，研究認為同族複合詞在戰國至東漢時期急劇產生。絕大多數同族複合詞的構成要素為音轉同族詞，結構類型為並列式；從總體上看，兩詞素的聲母相近度高於韻母。與其他並列式複合詞相比，並列式同族複合詞的凝結力強；詞義引申靈活，義位豐富；同素異序詞多，異調逆序詞也有別義功能。俞理明〈漢語詞彙中的非理複合詞——一種特殊的詞彙結構類型：既非單純詞又非合成詞〉，提出非理複合詞的概念，定義為非理複合詞是漢語詞彙在歷

史發展中，一些來源於多個語素卻又不能按一般語義結構規則分析的詞。認為它有四個來源：兩個不同層次的成分長期相鄰使用，形成跨層次凝合詞；從一個常用詞語中選取部分音素或音節組合成等義的新形式形成縮略詞；從一個熟習的詞語中略去所要表達的詞，讓剩餘部分表示被略去詞的意義，是隱缺詞；用不對應成分替換一個詞的部分，造成一個與原詞整體意義對應的詞，產生非理仿詞。

九、疊音詞、疊字詞、重言詞

　　這類主要見於專書研究，涉及專書有《尚書》《內經》《傷寒論》《靈樞》《詩經》《金匱要略詞》《三國志》《脈經》《本草綱目》等，醫籍為多。周正穎〈《尚書》重言詞芻論〉，辨析了《尚書》中的同形同音節字的疊用有字的重疊和詞的重疊兩類情況，並不都是重言詞。還分析了《尚書》重言詞的詞性特點、修辭特點以及詞義及其構造功能。舒光寰〈《詩經》重言詞詞義初探〉，研究表明在《詩經》疊音單純詞和疊音合成詞兩類疊音詞中，是用假借字來記錄音義的疊音單純詞、疊音合成詞，其單字的本義與疊音詞的意義毫不相干。因此，不能僅憑單字與疊音詞有無意義上的聯繫來判斷疊音詞的屬性。范開珍〈議《靈樞》中的疊音詞〉，對由兩個形、音、義完全相同的字重疊組成的疊音詞，從組成成分、語法功能、修飾功能、音韻特點幾個方面做了研究。崔泳準、蘇傑〈《三國志》重言詞略說〉，統計《三國志》及裴《注》中的重言詞共有 120 多個。分析詞性形容詞最多，此外還有名詞、代詞、副詞等。跟上古漢語比較，可以發現《三國志》的重言詞形容詞雖然大部分跟上古漢語一脈相承，但也有了不少變化。最引人

注目的變化是帶著中古漢語特色的新詞、新義的出現。施觀芬〈《本草綱目》重言探析〉，對《本草綱目》中出現的 222 例重言，分析了它們的疊音方式、種類、語法功能、特點及鑒別方法。

十、聯綿詞

　　這類研究主要在分析具體語料中聯綿詞的狀況和聯綿詞的成因來源等方面，也有一些關於聯綿詞研究方法的論文。聯綿詞專書研究不多，僅有《詩經》《楚辭》《說文》《通雅》等數種。如黃宇鴻〈從《詩經》看古代聯綿詞的成因及特徵〉，以《詩經》材料為例，闡述古代聯綿詞的類型、成因、特徵及發展趨勢，指出重言是聯綿詞的最早形式，聯綿詞是口語化的原始實錄。李海霞〈《詩經》和《楚辭》連綿詞的比較〉，比較了《詩經》和《楚辭》的連綿詞，得出有雙聲、准雙聲或疊韻、准疊韻關係的連綿詞共達93.2%，其中疊韻的多於雙聲的。聲調相同的比例約占 70%，其中平平式達 45.5%。這說明連綿詞不僅講究聲韻的和諧，還講究聲調的和諧。《詩經》連綿詞名詞多，《楚辭》連綿詞形容詞多，總和形容詞占 47.8%，為主要詞類，反映了連綿詞的描寫性。連綿詞中同義詞、同源詞特別豐富，這與它們語音不太固定有關。龍鴻〈《說文》聯綿詞形義關係探微〉，認為《說文》講本字本義，利用形聲字形符的表義作用，把聯綿詞的記錄方式確定為記音兼標義的規範，使詞義更為顯豁。因此，利用《說文》，可以讓我們在眾多聯綿詞異形中找到本字，從而探索義源，考察詞義。劉曉英〈《說文解字》中的聯綿詞研究〉，對《說文解字》中聯綿詞進行了分析，認為研究《說文解字》中的聯綿詞，可以幫助我們瞭解單

音節詞向複音節詞的演變是聯綿詞構成的主要方式，瞭解許慎及漢代人對聯綿詞的認識，探尋部分聯綿詞語素結合的最初語法模式以及文字的同源關係。范崇高〈試論唐人小說中的聯綿詞〉，以《太平廣記》中的唐人小說為材料，從漢語詞彙史的角度，對聯綿詞的詞彙概貌、詞形、詞義、用法進行了詳盡的描寫，得出以下主要結論：唐人小說中的聯綿詞總體上以繼承為主；聯綿詞詞形的發展變化逐漸趨於穩固；唐人小說中聯綿詞的詞義發展出現兩極分化；唐人小說中聯綿詞的用法趨於鬆散；語言的同化規則和人們的心理類推作用對聯綿詞形、音、義的發展變化產生了較大的影響；應重視探討語言發展變化的社會文化因素。袁雪梅〈試評方以智對「謰語」及聯綿詞的研究〉，認為方以智用以聲求義的原則，把詞義放在特定的系統中考察，找出詞與詞之間在語音、語義方面的聯繫，從而拓展了聯綿詞研究的範圍。

　　專題或通論性方面，如賈齊華、董性茂〈聯綿詞成因追溯〉，認為原先圄於單字中的複音詞，到了記號文字階段，特別是《詩經》時代，紛紛恢復了音節的本來面目。這是聯綿詞在書面上出現的至為重要的原因。輾轉借用引起文字讓位、文字上的歸併、文字形體相似而發生訛誤的沿襲等也是形成聯綿詞的原因。董性茂、賈齊華〈聯綿詞成因推源〉，論證的是聯綿詞發端於單音詞。周玉秀〈聯綿詞的構成與音轉試探〉，研究表明有相當一部分聯綿詞，並非雙音節的單純詞。它們或為某些單音詞的切語形式；或為古代複輔音聲母的分化之結果；或為兩個同義詞素合成的複音詞。文章還揭示了聯綿詞音轉的五條基本規律。徐振邦〈聯綿詞的一個重要來源——複輔音聲母的分立〉，主要通過聯綿詞與親屬語言中同源詞

語音的對比，證實了一部分聯綿詞來自於上古單音詞複輔音的分立，也簡略地引用了古譯語和方言中的「嵌 1 詞」作了佐證。關童〈聯綿詞語源推闡模式芻議〉，討論了語音模式、語義模式等問題。徐天雲〈聯綿詞研究的歷史觀與非歷史觀〉，文章認為聯綿詞最初被掩蓋在單個字形下，後代纔逐漸離析出來。聯綿詞在發展變化過程中存在單音單純詞與複音單純詞、聯綿詞與非聯綿結構之間的雙向轉化。為此，研究聯綿詞必須堅持發展的辯證的歷史觀，反對封閉的靜止的歷史觀。

十一、稱謂詞、謙敬詞

這類詞語與文化緊密相關，所以其研究不少聯繫了文化的考察。專書研究涉及有《尚書》《論語》《史記》《世說新語》《顏氏家訓》《水滸傳》《紅樓夢》以及敦煌願文等。如劉超班〈《尚書》敬語論〉，統計表列了 389 個敬語在今文《尚書》中的分佈情況，有尊敬語、謙讓語、殷切語、美化語、委婉語、體態語五個類型。劉敏、尤紹鋒〈《史記》的謙敬詞研究〉，以「寡人、寡君」、「臣」、「妾」、「公」、「大人」、「足下」等為例，說明《史記》謙稱、敬稱等的使用反映了交際雙方的社會地位和社會關係，反映了漢代的禮制及等級制度。厲建忠〈《世說新語》稱謂詞劄記〉，考察了《世說新語》中官吏、百姓、僧徒、自稱、親屬、其他社會稱謂六類稱謂詞語。王小莘〈從《顏氏家訓》看魏晉南北朝的親屬稱謂〉，從四個方面考察了《顏氏家訓》中稱謂，從秦漢至今一脈相承的稱謂、南北朝沿承秦漢使用而後世逐漸消泯的稱謂、詞義和用法在南北朝發生演變的稱謂、魏晉南北朝新生的稱

謂。對這些稱謂古今的發展演變作了一些探究。楊秀英〈敦煌願文社會交際稱謂詞初探〉，對敦煌願文社會交際稱謂詞做了考察，包括人稱代詞、隱名代詞、表示複數的稱謂詞詞組、加詞頭和詞尾構成的稱謂詞、同義稱謂詞、不見於《漢語大詞典》的稱謂詞等。李華〈《水滸傳》中的稱謂詞〉，以《水滸傳》中的稱謂詞與現代漢語進行比較，結論是該書許多親屬稱謂同現代漢語用法相同，但也有諸多社會稱謂發生了較大變化，個別親屬稱謂的使用也與現代漢語不同，如「丈夫」、「妻子」這兩個稱謂詞，就說明了個別親屬稱謂在《水滸傳》中使用的複雜性。馬瑩〈《紅樓夢》中擬親屬稱謂語的語用原則及語用功能〉，指出擬親屬稱謂是漢語中使用親屬稱謂稱呼非親屬的一種稱謂方式。研究認為在《紅樓夢》中擬親屬稱謂至少受到四種語用原則的支配：親疏原則、年齡原則、地位原則和禮貌原則，並且在這幾種語用原則的作用下，擬親屬稱謂語產生了其特有的語用功能。

　　專題或通論性的研究，如鍾如雄〈漢語稱謂詞的性別異化〉，分析了稱謂詞的性別異化三個主要原因：一、詞義引申的逆向性和順向性對稱謂詞性別異化的影響；二、方言稱謂對象的異性化對共通語稱謂詞性別異化的影響；三、民族文化的嬗變對稱謂詞性別異化的影響。熊焰〈上古漢語親屬稱謂與中國上古婚姻制度〉，從文化語言學的角度，探究了上古漢語親屬稱謂與婚姻制度之間的隱顯關係，從一些有代表意義的親屬稱謂詞「侄、私、媵、妾、姒、娣、從母、姨、舅、姑、甥」的分析中總結出了人類婚姻制度進化的大致過程：人類婚姻逐漸擺脫自然的婚姻形態過渡到社會的婚姻形態。寇占民〈稱謂語的特點及文化價值觀〉，就家庭稱謂語、姓

氏稱謂語、尊謙稱謂語、性別稱謂語四個方面來談其特點。認為稱
謂語不僅反映了漢民族的家族血緣關係，更顯現出社會複雜的人際
關係。它是探討民族文化史的一條隧道，揭示出了華夏民族的文化
觀和價值觀。

十二、方位詞

　　方位詞的研究論文較少，內容包括語言間的比較與歷時考察
等。如祖生利〈元代白話碑文中方位詞的格標記作用〉，通過白話
碑文與回鶻式蒙古文和八思巴字蒙古語原文（拉丁轉寫）的比較對
照，考察了白話漢譯中方位詞「裏」、「內」、「根底」、「根
前」、「上」、「上頭」、「行」、「處」（一處）等與中古蒙古
語靜詞的領格、賓格、與位格、工具格、離格、共同格等附加成分
之間的對應關係，從而確定了白話譯文中方位詞所表示的「特殊」
語法意義；並結合《蒙古秘史》的漢字旁譯、總譯，指出在《元典
章》《通制條格》《孝經直解》等其他直譯體文獻，及《老乞大》
《朴通事》《正統臨戎錄》等材料中漢語方位詞標記蒙古語靜詞格
附加成分的功能，進而解釋直譯體文獻以漢語方位詞對譯蒙古語格
附加成分的主要原因：1.漢語方位詞的後置性特徵與蒙古語靜詞的
變格成分相一致。2.宋元時期漢語方位詞意義、功能虛化，與蒙古
語靜詞的變格成分有相通之處。最後推測，金元明初漢語文獻裏
「介詞＋NP＋方位詞＋VP」結構中介詞的省略現象，可能與北方
阿爾泰語靜詞變格形式的影響有關。李泰洙〈古本、諺解本《老乞
大》裏方位詞的特殊功能〉，以 1998 年在韓國新發現的古本《老
乞大》和學者以往慣用的《老乞大諺解》為主要材料，考察了這兩

個本子裏方位詞「上、裏、根底」等的特殊語法功能，如：表示動作的對象、處所、受事、原因、工具以及相當於領格助詞等。這些功能在元明以前的白話文獻中有的沒有，有的很少見到，在清代乾隆年間刊刻的兩種《老乞大》中又大都消失了。認為上述方位詞的特殊功能應是元代漢語與阿爾泰語接觸的產物。韓陳其、立紅〈漢語四方方位詞的成詞理據〉，認為漢語四方方位詞「東」、「西」、「南」、「北」，應該是一個自足的完整的造詞系統，但不可能是也不應該是「假借」系統。「東」的造詞關鍵在於「日」、「木」，而「日」、「木」的取象和意象則準確而全面地表達了漢語四方方位詞成詞的系統而整體的原始理據。這些系統而整體的原始理據，不僅決定了原始漢人在給漢語四方方位詞造詞時的順序性、層次性，而且也反映了現代漢人運用漢語四方方位詞習慣稱序的延續性、歷史性、科學性。汪維輝〈方位詞「裏」考源〉，考察結果是：方位詞「裏」始見於西漢，大約從魏晉起，它在口語中開始迅速發展，到南北朝後期，在文學語言中也普遍使用，作為方位詞的各種功能已大體具備。至遲到晚唐五代，方位詞「裏」已完全發展成熟，此後一直沿用到現代漢語。

十三、偏義複詞

　　這類研究主要內容是偏義複詞的類型、成因以及與文化的關係等。徐朝華〈古代漢語中的偏義複詞〉，把偏義複詞分為由兩個意義相對、相反的單音詞作為詞素組成的和由兩個意義有關聯的單音詞作為詞素組合而成的兩類考察其特點。認為偏義複詞的產生大致可以分為兩種情況：由表示好壞兩方面意義的反義詞作為詞素組成

的偏義複詞，它們的產生常常是為了要表示一種比較委婉的語氣。由意義有關聯的單音詞和一些不是表示好壞兩方面意義的反義詞作為詞素組成的偏義複詞，它們的產生是由於受同義詞、反義詞常常連用組成一般複合詞的影響或為了適應古人行文的習慣。並指出偏義複詞數量不多，構詞方法是缺乏能產性，偏義複詞在漢語中不可能有較大的發展。林祖雲〈偏義複詞成因初探〉，認為成因有：由單音節而雙音節，為詞彙發展的歷史必然，詞義的消失、虛化產生偏義複詞；古人豐富的想像力——連類而及；從兩個詞素的內部語義關係看，不表義的詞素制約著另一表義的詞素在句中的確切含義，偏義複詞具有使語氣委婉和音節和諧等修辭效果。陸興〈偏義複詞的形成與中國傳統文化〉，認為「偏義複詞」的形成不僅僅是一種特殊的語言詞彙現象，而且它還是我國傳統文化諸因素共同熔鑄的產物，體現著我們漢民族的民族思維方式，民族審美特徵和民族文化心態，蘊藉著傳統文化的基因。梁振傑〈「偏義複詞」初探〉，認為偏義複詞產生的原因及形成過程和漢民族的文化思維方式及漢語本身的音節節奏密切相關。

楊伯峻〈反義複詞作單詞例證〉，考察了意義在所構成的原詞之外、另成一個或者幾個別的意義的反義複詞，其意義有的是當時俗語，有的是原義的擴大或者引申。舉有例子 16 個，如「中外」，古代的「中外」，意即中央和地方，是反義複詞。若作單詞用，便是表兄弟的意思。本文所論不是偏義複詞，但很有特色，附此一並介紹。

十四、同源詞、同族詞、詞源、語源

　　這類研究專書論文比專題或通論性論文為少。專書涉及《爾雅》《一切經音義》《方言箋疏》《說文段注》《說文通訓定聲》《廣雅疏證》等數種。多是對這些著作同源詞研究的闡發評價，屬於語言學史研究的性質。如方環海、王仁法〈論《爾雅》中同源詞的語義關係類型〉，方環海〈論《爾雅》的語源訓釋條例及其方法論價值〉〈《爾雅》與漢語語源學研究方法〉，分別討論了《爾雅》中同源詞的語義關係類型、語源訓釋條例、方法論及其價值。劉川民〈《方言箋疏》同源詞研究簡析〉〈略論《方言箋疏》中的「聲轉」和「語轉」〉，王寶剛〈論《方言箋疏》中的「古同聲」〉，徐朝東〈《方言箋疏》同族詞的研究方法及其評價〉，分別討論《方言箋疏》同源詞、同族詞研究及其方法與價值，闡發聲轉、語轉、古同聲等問題。劉殿義、張仁明〈《廣雅疏證》同源字的語義問題〉〈《廣雅疏證》同源字組間的語義關係〉，胡繼明〈《廣雅疏證》繫聯同源詞的方法和表述方式〉〈《廣雅疏證》研究同源詞的成就和不足〉〈《廣雅疏證》同源詞的詞義關係類型〉〈《廣雅疏證》研究同源詞的理論和方法〉，朱國理〈《廣雅疏證》中的轉語〉，分別討論《廣雅疏證》同源詞的語義、研究方法、轉語等問題。

　　專題或通論性的論文主要討論同源詞的界劃、如何研究同源詞等。這類論文以王力〈同源字論〉為早也最有影響。文章共有四個部分。一、什麼是同源字。二、從語音方面分析同源字。三、從詞

義方面分析同源字。四、同源字的研究及其作用。❹孫雍長〈同源詞之間的意義關係〉，按照「物名」與「事名」之分，並結合詞的「立意」之義與「所指」之義的不同存在，來考察同源詞之間的意義關聯，得出其主要規律是：凡物名同源，或是立意之義相同，或是所指之義相類相關；凡事名同源，或是所指之事現象相類相關，或是所指之事事理相因；凡物名與事名同源，或是事名所指之義即為物名立意之義，或是物名所指之物與事名所指之事直接相關聯。蘇新春〈同源詞的同源線是形象義〉，研究認為構成同源詞同源聯繫的地方主要是表示具體性、形象性的義素。同源詞同源的基礎是形象義而不是概念義。嚴學宭〈論漢語同族詞內部屈折的變換模式〉，從音入手，配合詞義，把詞的語音形式分解為各個不同的部分，進行比較，從而找出詞核這個本質，認定同族詞。然後又從總體上找出同族詞的內在聯繫，綜合得出六種變換類型，上百個變換模式，足以分別統率著五千左右語詞，這都合乎音義相聯的原則要求的。

關於詞源、語源，如王寧〈漢語詞源的探求與闡釋〉，認為漢語詞源的探求與闡釋是訓詁學的兩個重要研究方面。探求詞源屬於語言詞彙的本體研究，必須有一套科學的操作方法；而闡釋詞源必須從文化歷史的背景上加以證明和闡發。已涉及語言與文化的關係，超出了語言的本體研究。文章就探求詞源意義的操作方法和文化歷史背景對闡釋詞源的作用兩個問題，進行了具體的論述，最後還對文化語言學提出了自己的看法。王寧〈關於漢語詞源研究的幾

---

❹　詳參第二節重要專著詳介。

個問題〉，總結了當代漢語詞源研究的兩個學術淵源，討論了漢語詞源研究中的音義關係、漢語詞源問題的歷史時代特徵、關於漢語詞源辭典的編寫等客觀問題。

十五、同義詞、同類詞

這類研究涉及到專書主要有《左傳》《論語》《孟子》《墨子》《荀子》《周禮》《爾雅》《國語》《黃帝內經》《史記》《論衡》《釋名》《說文》《說文段注》《廣雅》《宋書》《南史》《顏氏家訓》《太平廣記》等。有研究專書中一組同義詞的，如宋永培〈《周禮》中「通」、「達」詞義的系統聯繫〉，對《周禮》中使用「通」、「達」這兩個詞的例句進行窮盡性的研究，認為，這兩個詞義系統，「通」是前提與動因，「達」是由「通」推演出來的結果。「通」的詞義系統與「達」的詞義系統之間，是一種推論因果的關係。徐正考〈《論衡》「徵兆」類同義詞研究〉，窮盡列舉《論衡》中的「徵兆」類 16 個單音詞與 10 個複音詞同義詞，分析其語義類別，揭示其特點，探求其系統龐雜、出現頻繁的社會原因。較多的是研究專書中的幾組同義詞，如沈林〈《左傳》單音節同義詞群的考察〉，對《左傳》單音節實詞同義詞群進行了初步研究。以「止息」義的同義詞群為例展示了對《左傳》單音節實詞同義詞群的歸納及對同義詞群中同義詞的辨析；以「過錯」義、「喪失」義、「離棄」義、「除去」義各同義詞群為例，探討了同義詞群間的關係。管錫華〈從《史記》看上古幾組同義詞的發展演變〉，對《史記》中出現的「祭祀祠薦」等四組同義詞做了細緻的描寫，並以之與先秦對比，探討了它們在上古的發展演變。魏

達純〈《顏氏家訓》中的並列式同義（近義、類義）詞語研究〉，研究了《顏氏家訓》中並列式同義（近義、類義）詞語的數量、特點、結構等，並認為從根本上來說，《顏氏家訓》大量出現的並列式雙音同義詞語是與漢民族的心理習慣、思想認識密切相關的。朱湘雲〈《宋書》與《南史》的同義詞對比研究〉，對二書中的異文同義詞從音節、詞的三要素、詞源的角度做了研究。有些是斷代的研究，如李文澤〈宋代語言中的同義詞聚合〉，選取宋代語言中「較、差」等 9 組同義詞進行討論，考察這些同義詞形成的歷史源流，辨析它們語義上的異同，在宋代語言中的使用分佈，以及組建新詞的功能。通過探討這幾組同義詞之間的聚合關係，以描述宋代語言中同義詞的情況，進而證實語言詞彙發展的一些規律，如詞義的同步引申等。曹廷玉〈近代漢語同素逆序同義詞探析〉，從年代分佈、詞義及其演變、結構以及詞性等方面對近代漢語同素逆序同義詞進行了較為深入的分析和研究。認為近代漢語同素逆序同義詞是由「倒序造詞法」創造出來的，它們的詞形和用法非常固定。同時它們的出現也受到方言的影響。

在通論或專論的研究方面，主要是討論同義詞的形成、確認方法、辨析的角度等問題。如張弛〈論古漢語同義詞的形成〉，從詞義的發展變化、階級社會對詞彙的影響、修辭手法的運用、方言的差異等方面論述了古代漢語同義詞的成因，重點闡述了階級、時代的發展變化對同義詞形成的影響。周文德〈古漢語同義詞的形成原理探微〉，對《孟子》一書的單音節實詞同義詞做了窮盡性研究後，通過對《孟子》同義詞的產生途徑的分析來探討上古漢語同義詞產生的一些原理：受語言內部因素和外部因素的雙重制約。外部

因素有六個方面：客觀對象本身的共同點、社會因素、時代因素、地域因素、認識因素、作家因素。內部因素主要是詞義運動而產生同義詞。徐正考〈古漢語專書詞彙研究中同義關係的確定方法問題〉，認為古漢語專書同義詞研究，要有一套科學而又切實可行的確定同義關係的方法。目前學術界所使用的「替換法」、「義素分析法」、「同形結合法」等，都不適應於古漢語專書同義詞的研究。而以「繫聯法」為主，以「參照法」為輔，二者結合以確認同義關係的方法，具有合理性與可操作性，並以《論衡》「徵兆」類同義詞做了證明。周文德〈古漢語同義詞的認定方法〉，認為確定詞的同義關係的依據只能是詞在語言運用中的實際情況。古漢語專書同義詞的認定方法應採用「雙重印證法」。這種方法的根本點是：一、從經典文獻原文中找依據。二、利用訓詁材料對從經典文獻原文中考察出的同義詞進行驗證。黃金貴〈論同義詞之「同」〉研究認為，從古漢語同義詞的構組、立義、辨異的辨析過程看，有兩種做法：一種是以詞義為單位，持「一義相同」說，力求構組的系統性，立義的單一性，細辨一義的同中之異；一種是以詞為單位，持「近義」說，「多義相同」說，將辨析變為多義詞的橫向比較。前者可獲得有價值的辨析成果，後者繁雜、平庸，無可觀的成果。因此，同義詞之「同」，只能指一義相同。「近義」說、「多義相同」說皆當廢棄。班吉慶〈古漢語同義詞的形成及其辨析〉，從社會、時代、地域及詞義內部系統等四個方面分析研究同義詞的形成，並從本義、引申義、範圍、程度、感情色彩、情態、行為方式、性狀質地、側重點、使用對象十個側面辨析同義詞之間的微小差異，試圖建立一個多層次的辨析系統。

十六、反義詞

反義詞論文較少。專書研究涉及僅《論語》《孟子》《老子》《列子》《商君書》等數種。如孫占林〈《論語》《孟子》《老子》中的反義詞〉，通過對《論語》《孟子》《老子》三本書中反義詞的考察，對反義詞的構成要素、判斷標準進行了進一步的探討，得出以下結論：1.反義詞是語用目的作用於詞義，即對某些義素的選擇，並利用其在特定語義基礎上形成的極端義而構成的聚合；2.反義詞在極端義上形成的種種對立與客觀事物之間存在的對立現象不完全等同；3.反義詞的不同類別在反義強度上呈現出的依次遞減的趨勢反映了客觀事物在形成過程中的漸變性質。陳建初〈《列子》反義詞綜論〉，考察了《列子》全書 361 對反義詞，認為《列子》中的反義詞具有數量多、頻率高、對構靈活、對舉工整的四個特點。趙鑫〈試析《商君書》單音節反義關係實詞依存方式〉，以上古反義詞為重點，以《商君書》為對象，對《商君書》中出現的單音節反義關係實詞的依存方式從反義連用、一般對舉、四字對舉、交叉反義、顛倒反義及「而不」式六個方面進行了歸納和闡述。甲金佛典的研究，如陳偉武〈甲骨文反義詞研究〉，揭示產生甲骨文中反義複合詞的基礎，列舉大量例子論證同見一辭或對舉是甲骨文反義詞的一種分佈規律，而連用對舉則是甲骨文反義詞走向複合的直接過渡形式。同時，本文還論述了甲骨文反義詞的形體標誌問題，指出甲骨文的形象性較強，象形字、指事字和會意字對某些單音節反義詞的相同義素和對立義素能起圖解作用。後來漢字形象化特點減弱，反義詞形體標誌式微。郭加健〈金文反義詞的

運用〉，研究表明金文反義詞的運用形式，源於甲骨文，一為對
用，一為並用。這兩種形式在西周及春秋戰國兩個時期呈現不同的
變化。西周時期，對用和並用的情況恰恰和甲骨文倒過來。甲骨文
常正反卜問，所以對用多；西周金文主要用來敘事，對用少。楊建
忠〈東漢佛經中的反義聚合初探〉，研究表明東漢佛經中有沿用上
古的反義聚合，也有新出現的反義聚合，這種情況反映了反義聚合
的歷史演變。斷代研究，如饒尚寬〈先秦單音反義詞簡論〉，對
《尚書》《周易》《詩經》《老子》《論語》《孟子》《荀子》
《韓非子》等八部典籍中的 296 對反義詞做了研究，包括這些反義
詞的構成、來源、分類等問題。

在通論或專論的研究方面，如魏建功〈同義詞和反義詞〉，認
為同義詞是聲音不同，概念相同或相近、相似。反義詞就是表現一
個概念（事物現象相同、相近、相似的）相對的兩方面的詞。趙克勤
〈古漢語反義詞淺論〉，根據古代典籍中反義詞運用的實際情況，
將其劃分為自然、時間、方位、事物、人物、指稱、性質、狀態、
動作 9 類。分析反義詞的對立關係有：1.兩個反義詞的意義處在兩
個極限，具有極性的對立關係；2.兩個反義詞的意義之間具有互補
關係，即邏輯學中的矛盾關係，否定此一方即意味著肯定另一方，
它們之間不存在中間狀態；3.兩個反義詞所表示的事物只是在某種
關係上構成的對立。李占平〈古漢語專書詞彙研究中反義關係的確
定方法〉，認為目前學術界個別使用的「義素分析法」及依據「連
文」、「對文」，來確定反義關係的方法仍不是理想的方法。以
「繫聯法」為主，「參照法」為輔，二者結合起來確定反義關係的
方法，具有較好的合理性和可操作性。與徐正考〈古漢語專書詞彙

研究中同義關係的確定方法問題〉所論大致相同。

十七、詞義、語義

對專書詞義的研究涉及《爾雅》《左傳》《黃帝內經》《論語》《史記》《戰國策》《說文》《說文解字注》《拍案驚奇》《紅樓夢》等文獻，研究內容主要是對古代小學著作詞義理論的闡釋和對一般語料詞義的研究。如蘇新春〈評《爾雅》的語義分類〉，認為《爾雅》詞彙的語義分類，既立概念分類之範，又創同義詞合條之例。黎千駒〈論《說文》中詞義的系統性〉，認為從《說文》「隱性」的說解體例來看，許慎是以「陰陽」為核心，通過對這一系列相關字的說解來構建（或者貯存）六藝群書中的詞義系統。匡鵬飛〈從《拍案驚奇》到現代漢語詞義演變的考察〉，以《拍案驚奇》與現代漢語比較。研究表明在以義位元為研究單位的基礎上，可以看出一些詞語在義域的改變方面，出現了組合能力下降，搭配方式消失的現象；在義位的消失方面，出現了名詞性、動詞性、形容詞性、虛詞性義位的消失現象；在詞義的派生方面，有著詞義的引申、虛化等變化。王紹新〈《紅樓夢》詞彙與現代詞彙的詞義比較研究〉，以《紅樓夢》與現代漢語比較。研究表明兩者的同形詞詞義有如下幾種關係：1.基本同義，2.所指不同，3.詞義抽象、概括的程度不同，4.非理性意義不同，5.所含詞義單位不同。斷代研究的，如周寶宏〈古文字資料：上古漢語詞義研究的依據〉，強調發掘古文字資料在上古漢語詞義研究中的重要性。

在通論或專論的研究方面，主要是探討詞義的發展演變、詞義引申以及詞義研究的方法等。如張永言〈詞義演變二例〉，舉

「聞」、「僅」二例，強調以漢語歷史之悠久，文獻之豐富，個別詞語歷史的研究就顯得更為重要，同時也更為艱巨，決不是少數人所能做得了或做得好的。孫良明〈關於詞義演變的兩個問題〉，討論了詞義演變中擴大、縮小、轉移三種類型的特徵、相互關係以及詞義演變與語義學構詞法的關係和區別等問題。張聯榮〈古代漢語詞義變化的幾個問題〉，討論了詞的同一性問題、詞義的性質問題、詞義的概括性與詞義範圍，還具體分析了臉類詞的變化。邵文利〈古漢語詞義引申方式新論〉，從發生學角度進行探討，認為古漢語詞義引申方式主要有：一、內因生義：1.時空關係；2.因果關係；3.反正關係；4.動靜關係；5.實虛關係；6.同所衍生關係。二、外因生義：1.借助自然條件；2.借助社會條件。三、修辭生義：1.借助比喻；2.借助借代；3.借助通感。

　　1980 年代以後有同步引申、詞義感染、詞義滲透等新的探討。如許嘉璐〈論同步引申〉，認為一個詞意義延伸的過程常常「帶動」與之相關的詞發生類似的變化，這就叫「同步引申」。同義詞（廣義的）和反義詞最容易形成同步引申，雙方同步的趨向可以相同，也可以相反。王小莘〈試論中古漢語詞彙的同步引申現象〉，考察中古斷代語料，認為中古漢語詞彙有同義詞、反義詞、反義組合、錯綜式四種類型的同步引申。伍鐵平〈詞義的感染〉，用 contagion「詞義感染」的理論解釋漢語詞義的現象。如「夏」本來的意義是「大」，在《詩經》中的「夏屋」的意義就是「大屋」。後來「夏」感染了「屋」的意義，本身也表示「大屋」。再後來，為了與「夏」的其他意義（如「夏天」的「夏」）相區別起見，在夏字上加了一個義符「厂」（或「广」），意義仍是「大屋子」。

朱華賢〈語詞的感染〉，認為語詞的感染有兩種情況，一是義的感染，一是音的感染。孫雍長〈古漢語的詞義滲透〉，文章把詞義發展中詞與詞之間意義的相互影響，彼此滲透，稱之為「詞義滲透」。如道引之「道」（後寫作「導」）與隨從之「從」相對為義。「從」有「順」義，所以「道」也得以有「順」義之類。文章分析滲透的形式，或是互相滲透，或是交互滲透，都是輾轉滲透。並且，滲透與引申相輔相依，可以交織在一起。朱城〈〈古漢語的詞義滲透〉獻疑〉，對孫文提出了疑問，1.詞義滲透與詞義引申的關係問題。2.詞的偶爾出現的用法能不能視為由滲透產生的新義？3.所謂詞義相同、相近，當從寬還是從嚴？4.詞義滲透與同源詞的關係問題。5.「殷」訓「正」、訓「中」是假借義還是由別的詞義滲透而得的？

在研究方法方面，如黃易青〈上古漢語意義系統中的對立統一關係——兼論意義內涵的量化分析方法〉，提出了詞義內涵量化分析的方法——兩極之中兩種維度的量變運動描寫。方一新〈中古漢語詞義求證法論略〉，旨在探討詞義訓釋的方法。認為求證中古漢語的詞義，大致上要先辨字、明詞，再進行釋義。「辨字」是指在研究過程中辨識文字正誤，考釋六朝詞語，尤應注意辨識寫本俗字。「明詞」，就是進行詞的切分，區別詞與非詞，明確考釋對象。「釋義」包括查考、彙證、推闡、審例、比較、探源、求驗等步驟。具體釋義時往往是多種方法交錯貫通、綜合運用的，不能機械理解。

十八、方俗語、古白話、口語

　　專書方面涉及的語料有《爾雅》《爾雅義疏》《詩經》《方言》及郭注、《釋名》《說文》《傷寒論》《毛詩草木鳥獸蟲魚疏》、敦煌文獻、杜詩、《廣韻》、宋代筆記、元曲、《拍案驚奇》《金瓶梅》《儒林外史》《聊齋志異》《西遊記》《紅樓夢》《醒世姻緣傳》《方言應用雜字》《歧路燈》《躋春台》，《文選》五臣注、《洛陽伽藍記》《字寶》《入唐求法巡禮行記》《朱子語類》《三朝北盟會編》、佛教典籍、《太平廣記》等。在方言研究方面，內容主要是以某種古代語料與現今某地方言的互相印證以及通過某種語料研究當時方言的狀況。前者如盧芸生〈《詩經》古詞在內蒙古西部方言裏的孑遺〉，黑維強〈敦煌文獻詞語陝北方言證〉，王森〈《金瓶梅詞話》中所見蘭州方言詞語〉，馬世平〈保留在陝北方言裏的《金瓶梅》詞語〉，李無未、劉富、華禹平〈《醒世姻緣傳》與吉林方言詞語探源〉。後者如華學誠〈論《爾雅》方言詞的詞彙特點〉、陳立中〈從揚雄《方言》看漢代南嶺地區的方言狀況〉、張全真〈從《方言》郭注看晉代方言的地域變遷〉、華學誠〈從郭璞注看晉代方言詞彙〉、張生漢〈從《歧路燈》看十八世紀河南方言詞彙〉、潘家懿〈從《方言應用雜字》看乾隆時代的晉中方言〉等。在白話方面，研究內容主要是以現今某地方言推論某時代的白話詞語，如張洪超〈保留在邳州話中的元劇白話詞語例舉〉、雷昌蛟〈建始（官店）方言中所見元明白話詞語〉、盧芸生〈沉積在內蒙古西部地區漢語方言中的古代白話詞彙〉等。口語、俗語大多為專書研究，內容是分析其中的口語詞

語，如杜仲陵〈杜詩與唐代口語〉、化振紅〈從《洛陽伽藍記》看中古書面語中的口語詞〉、張金泉〈敦煌遺書《字寶》與唐口語詞〉、梁曉虹〈佛教典籍與近代漢語口語〉、武振玉〈《入唐求法巡禮行記》的口語詞〉、郭在貽〈《太平廣記》裏的俗語詞考釋〉等。白維國〈《金瓶梅詞話》切口語的構成〉，則是對《金瓶梅詞話》中某些社會階層或團體的人員，在某些特定的場合使用的帶有隱含意味的特殊詞語切口語構成方式的研究，共有 16 種：縮略、縮腳、諧音、拆字、合字、嵌字、會意、移就、象形、擬音、借代、顛倒、特指、比擬、雙關、綜合。

通論或專論的研究較少，如盧芸生〈試論古代白話詞彙研究的幾個問題〉，認為要加強三個方面的研究：1.在取材範圍上還需要進一步拓寬，2.對方言土語詞彙還需進一步探索，3.對古白話中外來詞的研究還是一個薄弱的環節。張天堡、禹和平〈近代俗語詞及俗語義〉，認為近代俗語詞有四個特點：1.近代俗語詞，特指元、明、清時代官話中的俗語詞，這種俗語詞是一種歷史詞，不是普通話的語詞。 2.俗語詞是「人民口頭語詞」，從使用上來講，它是人民大眾常說常講的口語詞。 3.俗語詞一般只重視語音，不重字形，即注重口頭形式，不注重書面文字形式。同樣一個詞在不同的書中能有多種不同寫法，有時在同一書中也可能有幾種不同的寫法。 4.俗語詞有許多是多音節的、短語性的語詞，萬萬不能拆開解釋，一拆開意思就完全變了。認為俗語詞的意義是十分古怪的，甚至是百思不得其解的。只有到民間去，或翻閱反映民間習俗的資料書籍，纔能找得到。

十九、外來詞

專書與具體語料有《方言》《史記》《金瓶梅》《紅樓夢》《兒女英雄傳》、宋遼金史書以及佛典、宋元明清戲曲等。涉及的語言有梵語、蒙古語、滿語、女真語、契丹語、西洋詞語等。研究內容包括分析漢語中的外來詞語，語言間的接觸及其文化的相互影響等。如趙振鐸、黃峰〈揚雄《方言》裏面的外來詞〉，結合古音古義以及漢語與少數民族語音的對應關係，探討了「李耳」等詞的來源，糾正了先達時賢對「虔」（吃也）等漢語詞誤認為外來詞的錯誤。指出研究《方言》裏面的外來詞，有一個最基本的方面，就是要讀懂《方言》這部書提供的材料的含義，絲毫馬虎不得。如果對原文的意思沒有弄清楚，甚至理解有誤，都不可能得出合乎科學的結論。王東明〈《史記》中的外來詞〉，分析了《史記》中的外來詞最多的有三類：1.大量的國家、民族、地理名稱，2.大量的人名、職官名，3.相當多的奇畜土產名。認為漢語在二千年前就是開放性的語言，吸收了大量的外來詞，而且我們的祖先就創造了翻譯外來詞的基本方式——音譯、意譯、音意兼譯。劉厚生〈《紅樓夢》與滿語言文化芻議〉，對《紅樓夢》中前八十回的部分滿語詞例作了釋析，藉以闡明《紅樓夢》與滿語言文化有著密切的聯繫，並指出至今在漢語中還活躍著許多滿語文的字詞與用語。對宋元明清戲曲外來詞特別是元劇中蒙古語的研究取得了不少成果，如孫玉溱〈元雜劇中的蒙古語曲白〉、王永炳〈元劇曲中的蒙古語及其漢語音譯問題〉、李祥林〈元雜劇中的外來語及其運用〉、方齡貴〈元明戲曲中的蒙古語續考〉系列論文等。孫伯君〈元明戲曲中的

女真語〉，研究了元明戲曲中的女真語；《遼金官制與契丹語》研究了史籍中的契丹語。對於晚近的外來詞研究有潘允中〈鴉片戰爭以前的外來詞〉、賀玉華〈晚期近代漢語西洋來源外來詞初探〉等。

通論或專題方面的研究，如何亞南〈從佛經看早期外來音譯詞的漢化〉，從「塔」、「玻璃」、「和尚」等若干個梵語音譯詞逐漸漢化的過程證明，漢語在吸收外來音譯詞時，明顯受到漢字字形的制約。因此，現代漢語吸收外來音譯詞時也必須注意這個特點並遵循一定規律：在音譯外來詞時應當注意字形的選擇，使之既能與原詞有很好的對音關係，又能滿足漢民族對詞語的潛意識的求源心理。劉正埮〈漢語外來詞的歷史回顧和詞源考證〉，從歷史的角度論述了西漢、東漢、唐宋元明清直至五四以後漢語中外來語的概況，指出漢語外來詞有兩千多年的歷史。直接或間接涉及到的語種數以百計，至於它所涉及到的學科更是不可勝數，要把外來詞的規範化工作做好，需要搜集的資料和需要考證的詞條還不知有多少，這就有待於中外語言學家，外國漢學家和各個學科的專家學者以及廣大關心這個問題的讀者共同努力了。王雲路〈試論外族文化對中古漢語詞彙的影響〉，指出漢魏六朝時期外族文化對漢民族的衣食住行乃至語言文化都產生了很大影響。漢語吸收外來詞有音譯、意譯、音義兼顧三種主要方式。逐步漢化了的外來詞應該從聲音與意義上進行溯源。卞成林〈近代漢語外來詞的不平衡性〉，通過調查分析，認為近代漢語外來詞遠遠低於它應該或可能達到的數量。元、明、清三代的外來詞，能夠在漢語詞彙系統中佔據一定的位置並使用至今的寥若晨星。這裏，語言的社會選擇規律使它們之中的

絕大多數只是保留在當時的典籍之中，成為漢語詞彙發展史上的遺跡。究其原因則在於這些詞僅僅在統治集團或上層分子之間使用，遠離作為社會主體的廣大人民群眾，因而也就隨著社會的發展，社會政治、經濟制度的更迭而逐漸喪失其社會交際功能。席永傑〈關於元明戲曲中蒙古語的鑒別問題〉，認為鑒別元明戲曲中的蒙古語，應該注意的情況有：古今蒙古語的讀音、用法發生的局部變化；戲曲作家在使用漢字記錄蒙古語音或摹擬其音記為漢字的過程中，失之準確；尤其是漢族作家往往錯誤地使用蒙古語義；蒙古語與漢語互相借用或輾轉借用，兩者之間的源流關係遂模糊不清；一些蒙語虛詞，諸如語氣助詞、嘆詞，有時被當作漢語的習慣用語；戲曲作家還隨意把蒙古語詞拆開，使用一部分，或將蒙古語的句子、詞拆開，中間嵌進漢語。

二十、成語、典故

　　成語研究涉及專書有《周易》《尚書》《論語》《孟子》《詩經》《左傳》《戰國策》《莊子》《史記》《三國志》《朱子語類》《三國演義》《西遊記》等。研究內容主要是分析這些文獻中的成語狀況和來源於這些文獻中的成語。前者如張宏星〈試談《詩經》中的成語〉、長華〈《論語》中的成語〉、鄭濤〈《孟子》的成語研究〉、祝敏徹〈《朱子語類》中成語與結構的關係〉等。後者如韓曉光〈源於《論語》的成語淺析〉、吳文周〈來源於《孟子》中的成語和名言〉、劉治平〈源於《史記》的成語〉。一些論文結合文化思想方面的探討，如張治〈「詩經成語」中的漢民族文化心理例釋〉，史震己、張峰屹〈簡述《論語》成語的文化影

響〉，金輝、程水龍〈《戰國策》成語文化透視〉等。

在通論與專論性質的論文中，大多以現代漢語中的成語為出發點，少數專論古代成語。如董銘傑〈談談古代成語的來源和形成〉、盧卓群〈古代典籍和成語的源流〉、韓曉光〈成語古今詞義演變探略〉等。

典故研究涉及專書與專人語料有《三國演義》《聊齋志異》《紅樓夢》以及六朝墓誌、唐代小說、李商隱、周邦彥、黃庭堅、辛稼軒等。研究內容主要是這些語料中的用典分析，且多與文學文化研究相結合。如金小棟〈六朝墓誌中用典來表未成年的詞語〉、王夏〈從典故的選用看李商隱的心理特徵〉、金貞熙〈論周邦彥詞中典故的運用〉、王訶魯〈論黃庭堅詩中的典故符號〉、陳學祖〈典故內涵之重新審視與稼軒詞用典之量化分析〉、劉永良〈《三國演義》的典故運用〉、吳九成〈論《聊齋志異》對成語典故的運用〉、王復光〈《紅樓夢》名物典故探微〉等。

在通論與專論性質的論文中，有論述關於典故界劃與釋義方法的問題，如管錫華〈論典故詞語及其使用特點和釋義方法〉，認為典故詞語是前代故事和詩文詞句通過用典而形成的詞和短語。典故詞語共包括兩類：一類是事典詞語，它是由前代的故事，包括歷史故事、神話傳說、寓言等，通過用典濃煉而成的詞語。另一類是語典詞語，它是由前代詩文通過用典濃煉而成的詞語。釋義方法是尋查典源和分析典故因素。有論述關於典故溯源問題的，如白丁〈關於典故詞溯源問題的若干思考〉，認為典故詞的溯源存在著未溯、缺溯、錯溯的問題，王光漢〈關於典故溯源的再思考〉，認為典故詞語溯源的問題有典作非典、非典作典、是典而非其源。需加強考

證解決諸類問題。通論與專論性質的論文中也有結合歷史文化進行研究的，如王玉鼎〈典故詞語與歷史文化〉、張曉宏〈論典故熟語中的民族文化色彩〉、王琪〈從典故看中國古代的隱士文化〉等。

二十一、實詞、虛詞、詞類

專以「實詞」、「虛詞」為題研究的論文較少，但「虛詞」相對於「實詞」來說相對為多。實詞主要是幾篇討論實詞虛化的論文。如段德森〈論實詞虛化〉，認為，1.實詞虛化是以詞彙意義為基礎的，2.實詞虛化是有層次性的，3.實詞虛化有一定的語言環境。李志高〈實詞向虛詞引申初探〉，舉例分析由名詞、動詞、形容詞分別向副詞、介詞、連詞、代詞引申的各種情況。

「虛詞」方面的研究主要包括專書、斷代幾個方面。專書方面，如趙振興〈《周易》虛詞考察〉，根據詞的語法功能、詞的意義及詞與詞的結合，把《周易》虛詞分為代詞、副詞、介詞、連詞、助詞、嘆詞等六類，並對近 80 個《周易》虛詞的用法和特點分別進行考察。王芳、萬久富〈《宋書》中的複音虛詞〉，統計《宋書》中複音虛詞共 193 個，其中聯合式最多為 98 個，附加式41 個，割裂式也有一些，約 29 個，其他形式共 25 個；並對其中的 30 個做了考釋。

斷代方面如，王克仲〈古漢語複合虛詞的結構類型〉，把古漢語複合虛詞分為七個類別：㈠偏正結構；㈡並列結構；㈢介賓結構；㈣動賓結構；㈤後綴結構；㈥重疊結構；㈦遞續結構。並描寫了各類虛詞在句子中的作用與用法。于江〈近代漢語「和」類虛詞的歷史考察〉，考察了近代漢語「和」類虛詞「共」、「連」、

「和」、「同」、「跟」的來源及發展，對已有的一些看法做了補充和修正，如連詞「共」、介詞「連」，前人認為分別產生於宋、唐，本文認為皆產生於南北朝等。

專論古漢語詞類問題的論文也很少，如陳霞村〈關於古代漢語詞類的兩個問題〉，討論了先秦至兩漢代詞和量詞，認為上古漢語代詞中有很多並不能（或不必要）指出具體「代」什麼，上古漢語量詞是一個獨立的類。關於詞類立類問題，認為應該設立量詞，放到實詞中；古漢語前綴就只有一個「有」，雖然很少、還得設前綴類。關於假設連詞問題，認為「非、微、誠、今」等不是假設連詞；關於詞類活用問題，認為通常說的活用詞是兼類。

二十二、名詞、動詞、形容詞

各詞類的研究總的來看以專書為多，斷代次之。通論性、理論性的研究，涉及古漢語的論文也有一些，但多以現代漢語為出發點，這些論文我們不多述及。以下把各詞類的研究分成幾個部分加以介紹。

名動形三類詞的研究，除一些與文化之類相結合的研究之外，多是從詞彙的角度研究語法，有從詞的次類研究的，有從詞的意義類型研究的等。

結合文化方面的，如田恒金〈從《春秋》《左傳》看先秦時期女性的名字及其文化內涵〉，研究認為先秦時期女性有名有字，死後有諡，此外，還有對已婚婦女進行區別的各種稱號；而女性的名諱實際上不過是一個個簡單的履歷標籤，它從籍貫、家庭背景、血緣關係、婚姻狀況、德行善惡等方面對女性的身份進行標識。周人

禁止血緣內婚姻，因而作為血緣集團標誌而起到「別婚姻」作用的姓也就成為女性字、號必不可少的構成要素。每一位女性都必須在字、號中把母家姓標識出來。此外，先秦女性的名諱從某種程度上反映了當時女性從屬依附於男性的不平等關係。張應斌〈原始名詞與文化發生學〉，認為在古老的漢語中，保存著人類語言發生之初原始形態鮮明的原始名詞：以擬聲而成的肖聲詞和以擬態而成的象形詞。這些原始名詞中蘊涵著人類言語發生之初把握世界的文化哲學方法，也隱藏著人類語言發生學和文學發生學的豐富信息。

從詞的次類進行研究的，如何舉春〈《老子》單音動詞分析〉，于建華〈《齊民要術》的助動詞〉，許仰民〈論《金瓶梅詞話》的趨向動詞〉，管錫華〈《紅樓夢》重疊動詞的考察〉，唐瑛、唐映經〈《墨子》性質形容詞研究〉，許仰民〈論《金瓶梅詞話》的多音節狀態形容詞〉等。從詞的意義類型進行研究的，如張顯成〈簡帛醫書中的中藥異名〉、于正安〈《荀子》心理動詞研究〉、唐瑛〈《墨子》顏色形容詞研究〉、李煒〈《史記》飲食動詞分析〉、周俊勳〈魏晉南北朝志怪小說中有關疾病的動詞〉等。

二十三、數詞、量詞

數詞、量詞系統較之其他詞類沒有太大的複雜性。數詞論文不多，多為專書、斷代數詞或數詞次類系統的研究，如曾仲珊〈《睡虎地秦墓竹簡》中的數詞和量詞〉、黎平〈《遊仙窟》數詞研究〉，張其昀〈古代之數目字連文詞語〉。也有文化探索，如周翠英〈古漢語數詞的文化意義研究〉等。

量詞專書與斷代研究的論文大致各佔一半。專書研究的，如吉

仕梅〈《睡虎地秦墓竹簡》量詞考察〉、王建民〈《睡虎地秦墓竹簡》量詞研究〉、陳練軍〈《尹灣漢墓簡牘》中的量詞〉〈試析《居延新簡》中的動量詞〉、崔雪梅〈《世說新語》的數量詞語與主觀量〉、官長馳〈《老乞大諺解》所見之元代量詞〉〈《朴通事諺解》中的量詞〉、李愛民〈《金瓶梅詞話》專用動量詞研究〉等。斷代研究的，如黃載君〈從甲文、金文量詞的應用考察漢語量詞的起源與發展〉、劉世儒〈漢語動量詞的起源〉、李若暉〈殷代量詞初探〉、黃盛璋〈兩漢時代的量詞〉、劉世儒〈論魏晉南北朝的量詞〉〈魏晉南北朝個體量詞研究〉〈魏晉南北朝稱量詞研究〉〈魏晉南北朝動量詞研究〉、陳玉冬〈隋唐五代量詞的語義特徵〉、李建平〈唐五代動量詞初探〉、白冰〈宋元時期個體量詞的變化和發展〉等。從上古到中古近代皆有論文論及。但以專書、斷代為多，歷時發展演變的為少。

二十四、代詞

代詞的系統也相對比較單一，有一、二、三身與特殊代詞等不多的幾類。研究論文以專書研究為多，其內容以人稱代詞的研究為多。黃宇鴻〈《詩經》中的人稱代詞〉，王珏〈《春秋》《左傳》女性他稱詞及其文化內涵〉〈《孟子》的人稱代詞〉，鄧天玲〈淺談《國語》中的人稱代詞〉，李傑群〈《商君書》的人稱代詞〉，高育花〈《論衡》中的人稱代詞〉，陳年高〈敦博本《壇經》的人稱代詞〉，吳福祥〈敦煌變文人稱代詞初探〉，高育花、白維國〈《全相平話五種》中的人稱代詞〉，張惠英〈《金瓶梅》人稱代詞的特點〉，俞理明〈漢語稱人代詞內部系統的歷史發展〉，唐麗

珍〈試論漢語人稱代詞複數形式的發展演變〉等。指示代詞，如張
文國、張文強〈今文《尚書》指示代詞研究〉、高育花〈《論衡》
中的指示代詞〉、陳文傑〈從早期漢譯佛典看中古表方所的指示代
詞〉、呂叔湘〈《朴通事》裏的指代詞〉、董志翹〈近代漢語指代
詞札記〉、梅祖麟〈關於近代漢語指代詞〉等。疑問代詞，如白振
有〈《列子》疑問代詞討論〉，王海棻〈先秦疑問代詞「誰」與
「孰」的比較〉，管錫華〈從《史記》看同義詞「孰」「誰」在上
古的發展演變〉，高育花〈《論衡》中的疑問代詞〉，鄧軍、李萍
〈魏晉南北朝疑問代詞「誰」和「孰」的考察〉，鍾明立、陳暘斌
〈從《世說新語》看六朝口語疑問句和疑問詞的特點〉，許仰民
〈論《金瓶梅詞話》的疑問句及疑問詞〉，李生信〈古今漢語疑問
代詞的發展與變化〉等。特殊代詞，如楊伯峻〈上古無指代詞
「亡」「罔」「莫」〉等。通論代詞的，如宋永澤〈《孟子》代詞
綜考〉，周俊勳〈從高誘注看東漢北方代詞系統的調整〉，許仰
民、許東曉〈論《金瓶梅詞話》的代詞〉，胡衍錚〈談談古代漢語
中的代詞〉等。

二十五、副詞

　　副詞研究以專書為多，其內容則以副詞各次類的研究為多。總
括範圍副詞，如歐陽戎元〈《荀子》範圍副詞研究〉、白銀亮
〈《史記》總括範圍副詞研究〉、張勁秋〈《論衡》總括範圍副詞
試析〉、武振玉〈魏晉六朝漢譯佛經中的同義連用總括範圍副詞初
論〉、季琴〈《三國志》的範圍副詞系統〉、陳寶勤〈《祖堂集》
總括副詞研究〉等。否定副詞，如車淑姬〈《韓非子》否定副詞研

究〉、張誼生〈近代漢語預設否定副詞探微〉等。時間副詞，如李傑群〈《商君書》的時間副詞〉、葛佳才〈東漢譯經中的雙音節時間副詞〉等。程度副詞，如陳克炯〈先秦程度副詞補論〉、張詒三〈《三國志·魏書》程度副詞的特點〉、潘攀〈近代漢語一組時間詞〉等。反問副詞，如葉建軍〈《金瓶梅詞話》中的反問副詞〉〈《醒世姻緣傳》中的反問副詞〉等。副詞研究也有不同的角度。新興、特殊副詞，如楊淑敏〈元明時期新興副詞探析〉〈元明白話某些新興副詞探析〉〈明代白話中某些新興或特殊副詞研究〉等。口語副詞，如郭作飛〈《張協狀元》近代口語副詞研究中的兩個問題〉，周紅苓、郭作飛〈《張協狀元》近代口語副詞簡論〉等。

　　通論專書或斷代副詞，如趙振興〈《周易》副詞研究〉、李傑群〈《孟子》的副詞〉、吉仕梅〈《睡虎地秦墓竹簡》副詞考察〉、楊榮祥〈近代漢語副詞簡論〉、陳恩渠〈關於古代漢語副詞的探討〉等。關於副詞的來源與轉化的研究，如黃珊〈古漢語副詞的來源〉、陳寶勤〈漢語副詞生源探微〉、段德森〈副詞轉化為連詞淺說〉等。

二十六、介詞、連詞

　　介詞、連詞主要是專書研究。介詞如吉仕梅〈《睡虎地秦墓竹簡》介詞考察〉、李傑群〈《商君書》介詞研究〉〈《商君書》中的常用介詞考察〉、吳曉臨〈《搜神記》介詞研究〉、許仰民〈論《金瓶梅詞話》中的介詞〉、曹煒〈《金瓶梅詞話》中的時間、處所、方向類介詞初探〉等。連詞如李傑群〈《商君書》連詞研究〉、吉仕梅〈《睡虎地秦墓竹簡》連詞考察〉等。也有詩歌、變

文方面的研究，如彭茗瑋〈漢魏六朝詩歌中的連詞淺析〉、胡竹安〈敦煌變文中的雙音連詞〉等。

二十七、助詞、詞尾詞頭、嘆詞、象聲詞擬聲詞、語氣詞、系詞判斷詞

這些詞類的，每類都不多。同樣主要是專書或具體語料的研究。助詞如錢宗武〈《尚書》句首句中語助詞研究的幾點認識〉、張仁立〈《詩經》中的襯音助詞研究〉、李思明〈晚唐以來的比擬助詞體系〉、王森〈《老乞大》《朴通事》裏的動態助詞〉、曹煒〈《金瓶梅詞話》中的結構助詞和語氣助詞〉〈《金瓶梅詞話》中的動態助詞〉、胡竹安〈宋元白話作品中的語氣助詞〉、祖生利〈元代白話碑文中助詞的特殊用法〉等。顏曉〈古代漢語語助詞的辨認和意義分析〉，認為語助詞有三方面的特點：從結構上看，語助詞不跟句子中的詞、短語或句子發生結構上的關係，是可有可無的；從句法功能上看，語助詞不能充當句子的任何成分，是一個「自由主義」者；從表情達意看，語助詞具有很強的細膩地傳情達意的功用，但是它又只有與整個句子乃至語境發生聯繫，纔能充分地完成表達功能，產生表達效果。

詞尾詞頭，如孫雍長〈《楚辭》中詞的後綴問題〉、逯漓〈從《論衡》看詞尾「自」的形成〉、劉玉屏〈《世說新語》「子」的用法考察〉等。

嘆詞，如沈丹蕾〈試論今文《尚書》的嘆詞〉、萬益〈從《尚書》《詩經》的語言現象看古漢語嘆詞的表意功能〉等。

象聲詞、擬聲詞，如盧文同〈《詩經》中的象聲詞〉、喬秋穎

〈《詩經》擬聲詞研究——漢語表音詞的歷時研究之一〉、趙金銘〈元人雜劇中的象聲詞〉、劉鈞杰〈元代象聲詞的兩種變化〉、楊載武〈《西遊記》擬聲詞研究〉、許仰民〈論《金瓶梅詞話》的象聲詞〉等。許仰民〈試論古代漢語象聲詞〉，則比較詳細的分析了象聲詞的音節結構和語法作用。

　　語氣詞，如朱明珠〈從《詩經》語氣詞的運用看先秦語氣詞的發展及其特色〉，陳恩渠〈《論語》中的句末語氣詞連用〉，李虎〈《莊子》中的句中語氣詞「也」〉，梁紅曉〈談楚辭中的語氣詞「羌」與「謇」〉，石鋟、董偉〈元代幾種白話文獻中的陳述語氣詞〉等。斷代研究的，如郭錫良〈先秦語氣詞新探〉對先秦語氣詞的作用作了比較全面的研究。得出的結論是：句尾語氣詞是從西周時期產生的，到春秋時代形成了一個語氣詞系統。它們可以分成陳述語氣詞、疑問語氣詞、感歎語氣詞三大類。每個語氣詞都是表示某一特定語氣的，它們可以用在不同句型中，但仍然保持原來的語氣作用。幾個語氣詞可以連用，連用後構成一種複合的語氣。

　　系詞、判斷詞主要討論「是」的問題，如石峰〈《睡虎地秦墓竹簡》的系詞「是」〉、楊澤林〈試論《論衡》中的系詞〉、劉世儒〈略論魏晉南北朝系動詞「是」字的用法〉、蕭婭曼〈從《世說新語》看判斷詞「是」的發展與「非」「不」的關係〉、汪維輝〈系詞「是」發展成熟的時代〉等。

二十八、書評

　　在所出版的古漢語詞彙專著中，有過書評的只佔其中很少部分。其內容多為所評專著取得的成就，也指出存在的一些缺點與不

足。主要以指出專著不足為內容的書評少見。書評中,有一位書評
者發表過多篇書評的情況,也有一種專著出現過多篇書評的情況,
也有作者間互評的的情況。而另一方面,影響較大、被引用較多的
專著,如向熹《簡明漢語史》之類,就沒有見到過一篇學術性的專
門書評。以下分類介紹一些書評。

　　詞彙學專著的書評,如張志毅〈中國第一部詞彙科學專著〉
❹,世曉〈一部有中國氣派的詞彙學專著——評張永言的《詞彙學
簡論》〉,鄭飛洲、王曉瓏〈二十世紀漢語詞彙學研究回眸——
《二十世紀的漢語詞彙學》讀後〉等。詞彙史專著的書評,如羅正
堅〈讀王力《漢語詞彙史》札記〉、周福雲〈讀《漢語詞彙史》獻
疑〉、朱城〈《漢語詞彙史》瑣議〉、蘇新春〈現代漢語詞彙研究
史大有可為——《漢語詞彙研究史綱》得失談〉等。歷史詞彙研究
的書評較多。專書研究的書評,如余心樂〈薪傳有人　絕學其昌
——評錢宗武先生《今文尚書語言研究》〉,余行達〈讀《左傳詞
彙研究》後記〉,李傳書〈一部古代稱謂研究的力作——《左傳交
際稱謂研究》評介〉,沈林〈專書同義詞研究的力作——《孟子同
義詞研究》讀後〉,方一新、王雲路〈評董志翹《入唐求法巡禮行
記詞彙研究》〉等。斷代研究的書評,如王雲路、方一新〈漢語史
研究領域的新拓展:評汪維輝《東漢——隋常用詞演變研究》〉,
尹波〈一部斷代語言研究的創新之作——評介《宋代語言研
究》〉,方一新、王雲路〈近代漢語詞彙研究的新收穫——讀《近
代漢語詞彙研究》〉,楊榮祥〈評《近代漢語研究概況》〉,王炳

❹　所評為孫常敘《漢語詞彙》,吉林人民出版社 1956 年版。

英〈漢語史研究的光輝篇章——評「漢語史斷代研究叢書」〉，沈慧雲〈簡評《近代漢語介詞》〉，黃興濤〈近代中國漢語外來詞的最新研究——評馬西尼《現代漢語詞彙的形成》〉等。專門體裁、專類詞等方面的書評，如張永言〈古典詩歌「語詞」研究的幾個問題——評張相著《詩詞曲語辭匯釋》〉，方一新、王紹峰〈讀徐時儀《古白話詞彙研究論稿》〉，嚴修〈評《漢語詞義引申導論》〉，李豔〈研究古漢語同義詞的開創之作——簡評《古代漢語同義詞辨釋論》〉等。

文評主要是商榷，全面評價一篇論文的很少見。

二十九、語料價值

關於古代語料價值的論文數量不少，主要是專書的語料價值的研究，包括語言的各個要素，專論詞彙或主要論述詞彙的不多。涉及的專書與具體語料有《尚書》《論語》《睡虎地秦墓竹簡》、簡帛文獻、東漢語料、《太平經》、三國漢譯佛經、《論語集解義疏》《真誥》《洛陽伽藍記》、敦煌文獻、《入唐求法巡禮行記》《晉書音義》《建炎以來繫年要錄》《東京夢華錄》《桯史》《朱子語類》、二程語錄、《元典章》《客座贅語》《西遊記》《型世言》《金瓶梅》《四聲通解》《訓世評話》、類書等。以中古近代為多。

這些論文對語料價值的觀察角度主要在：一、產生新詞、新義、新的構詞方式的情況，二、反映當時白話詞語、口語、俗語、外來語等的情況，三、詞語使用在量的方面的明顯變化。總的來看是語料在該時代或在歷時詞彙研究中的地位。這些方面的考察多以

《漢語大詞典》《漢語大字典》等大型字典詞書為參照系，少數直接或參用前後時代的語料進行對比。這些論文語料價值的討論多是微觀的角度，而像《史記》那樣能夠比較全面反映一個時代詞彙概貌的語料，沒能見到專文論述。以下是討論語料價值的一些論文。

高明〈簡論《太平經》在中古漢語詞彙研究中的價值〉，認為在中古漢語詞彙研究中，一部文獻語料價值的高低主要體現在兩個方面：一是其中所含口語成分的比重，二是其中反映出的詞彙發展規律的多少。具體價值是，《太平經》中所反映的詞彙發展的新現象很多，其中比較突出的是疊音詞、同素異序雙音詞、同義複合式同義詞的大量出現。董志翹〈試論《洛陽伽藍記》在中古漢語詞彙史研究上的語料價值〉，認為其價值在於出現了大量中古時期的新詞、新義，突出地反映了一些常用詞在中古時期的變遷交替現象。陳東輝〈類書與漢語詞彙史研究〉，認為類書在漢語詞彙史研究中有五個方面的重要價值：1.一些類書可以作為漢語詞彙史研究的語料；2.類書中的有關資料可以為漢語詞彙史研究提供書證；3.類書在研究古代文化詞語時可以發揮很大作用；4.在從事漢語詞彙史研究時，類書可以用來校正目前通行的本子；5.一些類書含有漢語史史料，從而成為漢語詞彙史研究的參證文獻。

洪誠〈關於漢語史材料運用的問題〉，從漢語史論著存在的問題為出發點，認為有些是屬於材料不足的；有些問題並不是產生於材料的不足，而是由於對某些材料抱著一定的看法不夠妥當而產生錯誤。文章就材料的運用的問題提出了六個方面意見。1.對材料既要辨別真偽，又要從各方面選擇利用；2.描寫殷代語言，《尚書》中的〈商書〉不可廢棄；3.對孤例的看法；4.某種語言現象類似中

斷的問題；5.分析語言現象，可以鑒別資料的疑年；6.著書時代不能作為辨別一切史料的時代標準；一種語言現象的記錄並不等於語言現象的起源。本文雖不是專論詞彙，但對詞彙研究在語料方面的利用卻有指導性的意義。

三十、綜述綜論

20 世紀與 21 世紀之交出現了一些綜述綜論的文章。總結專書研究的，如高明〈近二十年來國內《三國志》詞語研究述評〉，綜述了《三國志》詞語研究的五個方面：1.歷史研究者的《三國志》詞語研究，2.中古漢語詞語研究中的《三國志》詞語研究，3.專門集中的《三國志》詞語研究，4.《三國志》文本校理中的詞語研究，5.《三國志》譯注本和《三國志》辭典。認為其成果主要是考釋，從詞彙系統方面研究《三國志》詞彙構成及其中的有關詞彙發展規律應該是可以做，而且也必須做的。苑全馳〈90 年代專書詞彙研究論略〉，認為 1990 年代專書詞彙研究的進展，表現在題材範圍擴大、內容的完備化、方法的科學化、價值的多元化四方面。同時指出專書詞彙研究的不足表現在缺乏完善科學的理論體系。總結斷代研究的，如曹小雲〈近年來古代漢語語音、詞彙研究述評〉，其中詞彙部分從詞語考釋、語源研究、常用詞演變研究、構詞法研究、專書與階段詞彙系統的研究、訓詁學研究六個方面總結了古代漢語詞彙研究的成果。方一新〈20 世紀的唐代詞彙研究〉，分世紀初、二三十年代、建國至「文革」前、七十年代末至今四個階段，回顧了唐代詞彙研究的概況，評介了有代表性的成果，勾勒了唐代詞彙研究的概貌。中古近代的斷代綜論還有王啟濤

〈近五十年來的中古漢語詞彙研究〉、王雲路〈百年中古漢語詞彙研究述略〉〈中古漢語詞彙研究綜述〉、高明〈中古史書詞彙研究述評〉、蔣紹愚〈近十年間近代漢語研究的回顧與前瞻〉等。總結專類體裁研究的，如徐時儀〈戲劇文獻整理與詞語研究的百年回顧〉，回顧了百年來戲劇文獻整理與詞語研究的成果，為新世紀的進一步研究提供了參考。

　　詞彙研究的論文還有一個大宗，就是補正字典詞書的論文，據我們檢閱，共有 200 餘篇。主要是對《漢語大詞典》《漢語大字典》大型字典詞書的補正，也有一些是對專門性字典詞書的補正，如《同源字典》《敦煌變文字義通釋》《詩詞曲語辭匯釋》《小說詞語匯釋》《元曲釋詞》《唐五代語言詞典》《宋語言詞典》《宋元語言詞典》等。補正的內容包括補充詞目、義項、書證，提前書證，糾正立目、釋義、書證的錯誤等。如果《漢語大詞典》《漢語大字典》等編纂機構能夠組織人力將這些論文分詞目、義項、書證等一一收集整理，會大有裨益於修訂。

　　由以上介紹可以看出，數十年特別是 1980 年代以來，在專家學者的努力下，論文方面的古漢語詞彙研究取得了豐碩的成果。每篇論文都力圖在一個方面或者幾個方面創新，填補此前研究的空白，完善此前研究的不足。總起來看，一、研究的語料範圍在逐漸擴大，如專書研究涉及的專書約 150 種，先秦兩漢 40 餘種，魏晉以後的語料受到了重視。專書、專題、專類、斷代等的研究，都不僅涉及傳世的文獻，也涉及出土的文獻；不僅涉及中土文獻，也涉及外域語言的漢譯文獻；不僅涉及一般的社科文獻，也觸及醫學、農學等自然科學的文獻。二、研究的內容在逐漸拓展。如上介紹的

大類小類加起來就有近 30 類，所列各類都不是訓詁性質的詞語考
釋。這表明，古漢語詞彙研究已經成為了一個完全獨立的學科。
三、研究的方法在逐漸增多。有用傳統的中國語言學理論方法，有
用引進的現代的語言學理論方法，也有兩者相結合的使用。同時，
這些論文也有一些是部分地或完全地討論研究古漢語詞彙研究方法
理論的。

但是，由於古漢語詞彙研究相對起步較晚，以及其他一些因素
的影響，就所檢閱到的論文來看，也存在著不少缺憾。一、微觀的
研究不能合起來解決宏觀問題。當然一篇論文受篇幅的限制，不可
能全面論及某一個或幾個宏觀或宏觀一點兒的問題，所以絕大多數
論文自然是微觀的研究。但現在的情況是，把這些論文作為一個研
究的整體，其總的成果加合在一起，未能解決一個宏觀或較為宏觀
一點的問題。舉例來說，某一個歷史層面上的詞彙狀況到底如何，
不用說漢語詞彙史的幾個大的分期層面說不清楚，就連一個很短的
歷時層面也同樣說不清楚，如西漢的詞彙概貌如何，東漢詞彙概貌
如何，都不得而知。再如專類詞的研究，雙音詞的歷史研究論文算
是較多的，集中所有雙音詞研究的成果，同樣也不足以知道某一歷
時層面上雙音詞的基本狀況，更不足以知道整個雙音詞的發展概貌
等。二、有些可以用論文的形式探討的問題，許多沒有研究或者沒
有深入研究。這一類可以舉出很多很多。如漢語詞彙史分期的問
題。現在一般詞彙史的分期主要還是採用漢語史的分期，而漢語史
分期不一定就適合詞彙史的分期，現行的漢語史的分期，主要是依
據語音系統的變化、某些語法現象與語法要素如系詞「是」、處置
式的產生與大量使用之類，考慮詞彙不多。語音、詞彙、語法的發

展是不平衡的，這是人們的共識，但從哪些方面考察詞彙的發展給詞彙史做一個接近事實的分期，沒有得到很好的研究。又如現在有人把唐代劃歸中古，有人把唐代劃入近代，為什麼有這樣的分歧，癥結何在，也沒有得到很好的研究。隨大家之流有一定道理，因為稱為大家就是研究走在前，看法先於別人、比較全面。但是大家並不是把所有的問題都研究清楚了。即如詞彙史分期問題，大家的觀點也是一家之說，還有繼續深入研究的餘地與必要。僅僅從流，學術難以進步。關於詞彙構成的問題，近若干年來，俗語、口語、白話、方言之類的研究受到重視。然而對俗語、口語、白話、方言之間的界義、判定標準、它們的相互關係沒有做深入的研究。這樣就出現了同一語料中的同一個詞語，不同的研究者就歸入了不同的類。語料價值的問題也有不少需要研究的地方，現在見到的論文多是僅就一種語料而論，而且新詞新義被作為了很重要的價值標準，這本身也是完全正確的。但是不少新詞新義的確定建立在與《漢語大詞典》《漢語大字典》對比的基礎上，而不是以之與同一歷時層面上的語料、此前此後語料的對比之上，那就存在著一定的危險性。語料方面大一點的問題是如何合理評價出土文獻、漢譯佛典文獻、傳世文獻等各種不同類型的語料在漢語詞彙史研究中各自的地位如何、它們的相互關係怎樣等，也沒有深入研究。任何人都不能根據感覺，把自己研究的文獻語料價值說成「巨大」、「極大」。還有影響現時古漢語詞彙研究的外因方面，如國家、省在漢語詞彙史研究方面的定題立項是否科學，如何定題立項纔科學，也沒有論文論及。有時這個外因可以左右詞彙史研究的方向，不可小視，需要充分研究。需要探討的問題還可以舉出很多。

　　總之，一方面我們要充分肯定研究取得的成果，同時也必須充分看到不足，看到存在的問題及其原因，這樣應該會有益於古漢語詞彙研究的進一步發展。

第四節　古漢語詞彙研究碩博學位論文概述

一、大陸古漢語詞彙研究碩博學位論文概述

　　我們通過各種途徑，檢閱了古漢語詞彙研究或以古漢語詞彙研究為主要內容的碩博學位論文。就所見的論文來看，大陸地區有318 篇。其中碩士論文 200 篇，博士論文 118 篇。我們把這些論文劃分為 20 類，它們的具體分佈情況是：㈠詞彙、詞語、語詞 62 篇，㈡語言、語言現象、語言藝術 18 篇，㈢單音詞 3 篇，㈣雙音詞、多音詞、構詞 34 篇，㈤同族詞、同源詞、語源 17 篇，㈥同義詞 21 篇，㈦反義詞 7 篇，㈧詞義、語義 19 篇，㈨方俗語、古白話 15 篇，㈩成語、典故 6 篇，㈠虛詞 3 篇，㈡名詞、稱謂 12 篇，㈢動詞、助動詞、系詞 24 篇，㈣形容詞 3 篇，㈤數詞、量詞 14 篇，㈥代詞 11 篇，㈦副詞 19 篇，㈧介詞、連詞 15 篇，㈨助詞、氣詞、詞綴 10 篇，㈩異文 5 篇。

　　碩博論文篇幅較長，比期刊論文更有兼類的情況，本節亦以其主要論及的內容歸於某一類介紹。與期刊論文概述部分一樣，第十一至十九類也是從詞類的角度分出來的，為減少分類層次而皆與其他類並列相次。行文稱引中省去了「某碩士論文」、「某博士論文」的「論文」二字以及某校某專業等相關內容，請參書後附錄碩

博論文要目。❼

㈠詞彙、詞語、語詞

　　本類的論文最多。涉及到的專書與具體語料有甲金、《黃帝內經》《詩經》《論語》《莊子》《韓非子》《尉繚子》《穆天子傳》《睡虎地秦墓竹簡》、包山楚簡、《銀雀山漢墓竹簡》《焦氏易林》《說文解字》《論衡》《潛夫論》、鄭玄注、支謙譯經、《三國志》《世說新語》《水經注》《洛陽伽藍記》《晉書》、漢魏六朝詩歌、漢魏六朝碑刻、義淨譯著、《根本說一切有毗奈耶破僧事》《入唐求法巡禮行記》《敦煌變文》《唐代傳奇》《酉陽雜俎》《唐律疏議》《雜寶藏經》《舊唐書》、中古史書、唐代墓誌、《二程語錄》《二拍》《儒林外史》等 40 餘種。這些專書與具體語料的研究，其內容各文各異。有的重在複音詞的研究，如蔣書紅碩士《《莊子》詞彙研究》，主要研究了《莊子》的複音詞，包括單純詞的疊音詞、聯綿詞複音詞和合成詞的附加式、聯合式、偏正式、主謂式、動賓式、其他式複音詞，還討論了《莊子》詞彙在詞彙史上的地位作用。有的包括詞彙構成、意義、特色的研究，如李昊碩士《《焦氏易林》詞彙研究》，分析《焦氏易林》詞彙構成有單音詞、複音詞，新詞、舊詞，實體詞、非實體詞；詞彙意義有單義詞、多義詞，本義、引申義，新義、舊義，同義詞、反義詞；詞彙特色有複音詞的大量使用等。有的重在詞彙系統、新詞新義、詞彙的歷史發展，如王東博士《《水經注》詞彙研究》，主要從上古詞語、中古詞語的來源上描寫了《水經注》的詞彙系統概

---

❼　有些碩博論文已經出版，所以上節專著概述與本節略有交叉，可互參。

貌；以《漢語大詞典》等為參照系，描寫了《水經注》中出現的新詞新義，包括《大詞典》失收的新詞、晚收的新義；在詞義的發展變化中討論了《水經注》詞彙的雙音化、《水經注》中其他構詞方式、《水經注》異文對中古詞語的選擇、《水經注》詞義的演變方式諸問題。有的重在新詞新義的研究，如方一新《〈世說新語〉語詞研究》，論述了《世說新語》語詞研究的意義，考釋了《世說新語》及劉孝標注中前人未曾釋義或所釋有誤、有缺的詞語142條。同類論文還有傅海燕博士《〈黃帝內經〉首見醫學詞彙研究》、郭爽碩士《〈酉陽雜俎〉新詞新義研究》等。有的重在各詞類的研究，兼及新詞新義等的研究，如王穎博士《包山楚簡詞彙研究》，前七章大致按詞類劃分，研究名、動、形、數、量、代、副、介、連、助、語氣詞和合音詞，比較全面的描寫包山楚簡的用詞狀況。接著的三章是〈同義詞辨析〉〈與睡虎地秦簡用詞比較〉和〈對《漢語大詞典》釋義之訂補〉。有的著重詞彙特色的描寫，兼及新詞新義，並對研究語料進行校訂，如姚美玲博士《唐代墓誌詞彙研究》，分類研究了唐代墓誌中的口語詞彙、佛教詞彙和特色詞彙，考釋了《漢語大詞典》未收詞目三百餘條。還運用文字、詞彙、史學知識校出了唐代墓誌中大量的錯誤。有的專門從詞彙的意義類別研究某類詞彙，如雷漢卿博士《〈說文〉「示部」祭祀語詞探源》，專門研究《說文》「示部」祭祀語詞。從文化角度將《說文》示部祭祀語詞分為示、禮、祭、神、等十類，通過對漢字的構形取象原理的揭示和語源的探索，展示多彩的祭祀文化事象。再從文化角度探尋祭祀語詞意義演變的軌跡，力求使詞彙史和文化史互相證發。李明曉碩士《〈睡虎地秦墓竹簡〉法律用語研究》、沈妍

碩士《銀雀山漢簡「陰陽時令占候之類」詞彙研究》、秦蕾碩士《《說文解字》紡織服用詞彙的文化闡釋》、劉敏芝碩士《「二拍」商業詞彙研究》、孫景濤碩士《《三國志》軍事詞研究》等也屬於這一類。

　　從語料類別的角度來看，佛典包括漢譯文獻和中土文獻都是較多選擇的研究對象，專書、專人、專類的研究都有。專書，如化振紅博士《《洛陽伽藍記》詞彙研究》，研究了《洛陽伽藍記》中的文言詞語、佛教詞語、口語詞、新詞新義、複音詞以及典故詞語等。董志翹《《入唐求法巡禮行記》詞彙研究》，對《行記》的詞彙做了比較全面的研究，探討了《行記》詞彙的性質，如孱入日語詞、夾用文言詞語以及出現和大量使用口語詞等。專人，如季琴博士《三國支謙譯經詞彙研究》，研究了支謙譯經的詞彙性質和一些活躍的構詞語素、支謙譯經中的幾組常用同義詞的發展演變等。專類，如朱慶之博士《佛典與中古漢語詞彙研究》、梁曉虹博士《佛教詞語的構造與漢語詞彙的發展》等都是以專人佛典文獻為主要的研究對象。也有以傳統的漢語文獻與佛典做比較研究的，如胡敕瑞博士《《論衡》與東漢佛典詞語比較研究》，從單、複音詞，新、舊詞，新義，同義、反義詞，結構和搭配五個方面對《論衡》與佛典詞語進行了比較。

　　有些論文著重於斷代的研究，如顧之川博士《明代漢語詞彙研究》，介紹了明代的白話文獻、明代白話文獻的語言特點，研究了明代漢語詞彙的構成（包括古語詞、方言詞、口語詞、外來語、社會習慣語、隱語、熟語）；明代漢語的新詞新義；明代漢語詞義的類聚關係（包括同源詞、同義詞、反義詞）；明代漢語的構詞法（包括詞法學構詞

法、句法學構詞法、修辭學構詞法、語音學構詞法）等。蔣冀騁博士《近代漢語詞彙研究》，從音韻、語法和詞彙三方面論述了近代漢語詞彙的來源和構詞法，研究了近代漢語的詞義、詞義發展的方式、發展結果以及詞義與社會文化生活、詞彙與語言其他要素的關係等，勾勒出近代漢語詞彙的大致輪廓。也有斷代專類詞的研究，如張小平博士《近代漢語反語駢詞研究》，專門研究反語駢詞。文章探討了反語駢詞的來源，認為一來源於單音詞的重疊音變，二來源於單音詞的緩讀分音。並具體考釋了這兩種來源的近代漢語反語駢詞 20 餘個，來自重疊音變的如「鬎發」、「撥剌」、「出律」、「骨碌」等，來自緩讀分音的如「囫圇」、「葫蘆」、「蒺藜」、「波浪」等。

　　專門從常用詞的角度研究的，如賴積船博士《《論語》與其漢魏注中的常用詞比較研究》，對《論語》中的常用詞與《論語》漢魏注中的常用詞做比較研究，包括「出入」、「恥辱」、「成人」、「弟子」、「文章」、「進退」等 15 組合成詞與連用結構的個案比較，和「求、乞、謀、禱、請、干」、「出、入、退（內）、進」、「知、識、聞」等五組單音節常用詞比較等。汪維輝博士《東漢魏晉南北朝常用詞演變研究》，研究了 41 組名動形常用詞在中古的發展演變。

㈡語言、語言現象、語言藝術

　　本類論文是一種綜合性的研究，除詞彙外，有的包括音韻、語法、文字，有的甚至涉及到了語言文字之外的內容。專書與具體語料涉及金文、《侯馬盟書》《老子》《韓非子》、早期漢譯佛典、《五分律》《敦煌書儀》《慧琳音義》《玄應音義》《大正藏》、

中古道書、中古近代法制文書、《紅樓夢》《醒世姻緣傳》《鏡花緣》等 10 餘種。包括音韻、語法、文字研究的，如董豔豔碩士《商代金文語言研究》，第一章是〈商代金文詞彙研究〉，研究詞的意義類別和詞的消長、詞義和同義詞、反義詞，第三章是〈商代金文與其他材料的比較研究〉，以商代金文與甲骨文、《尚書·商書》、西周金文比較其詞彙、語法的不同，第二章則完全是語法研究。魏德勝博士《《韓非子》語言研究》，其詞彙研究包括有新詞、詞義激變及其規律、同義詞析例、專用術語的改造和創新、複音詞的發展及評估、古漢語虛詞體系的完善及其影響等。除此之外，還研究了《韓非子》語言的表達藝術篇章結構等。馮利華博士《中古道書語言研究》，本文第二部分是〈中古道書詞語研究〉，內容包括中古道書詞語特點——新義疊現以及詞語雙音化和道書中的新詞。新詞一節考列「泊泊」、「錯越」、「否激」、「推核」等新詞 20 餘個。本文對中古道書語言的研究包括了詞語、俗字和隱語三個大的方面。帥志嵩碩士《雙重因素影響下的僧傳語言》，第四部分是〈從《續高僧傳》看漢語詞彙的傳承與發展〉，研究《續高僧傳》的承古詞、新詞、新義、反映有唐一代特色的典型詞彙和詞彙的發展變化。其他部分的內容還有雙重因素影響下的僧傳語言的文體、語體，《續高僧傳》語言面貌，《續高僧傳》在漢語史研究上的價值等。顧海芳碩士《《鏡花緣》語言現象散論》，第二章是〈《鏡花緣》方言詞語例釋〉，包括海州方言詞語例釋、北方方言詞語例釋和兩地共用方言詞語。第三章是〈《鏡花緣》虛詞管窺〉，包括副詞、助詞。此外還有《鏡花緣》句式舉隅等內容。涉及語言文字之外研究的，如張小豔博士《敦煌書儀語言研究》，

論文涉及詞彙研究主要是五、六兩章〈敦煌書儀新詞新義研究〉和〈敦煌書儀同義詞研究〉。前者在對敦煌書儀語言特色的整體認識的基礎上，抉發出一批書儀中的新詞新義，考索了其中新詞的產生途徑和新義的衍生機制。後者離析出書儀中各種義類的同義詞，選取有代表性的幾組進行微觀考察，揭示出了書儀中一方面彙聚了大量的同義詞，另一方面每個語詞的選用又都表現出嚴格的「級別」差異的特點。還包括有文本特徵、內容特色等方面的研究。王啟濤博士《中古及近代法制文書語言研究》，第四章是〈中古及近代法制文書與漢語史研究〉，對中古及近代法制文書中出現的大量的新詞、新義做了整理分析與考證工作。還研究了「中古及近代漢語」的時限、中國古代法制文書的分類等問題。徐時儀博士《《玄應音義》研究》，第四章是〈詞彙研究〉，內容有《玄應音義》所釋複音詞考、新詞新義、《玄應音義》所釋方俗口語詞考、常用詞的衍變遞嬗和外來詞。其他各章還包括了版本研究、各本反切異切考、《玄應音義》的學術價值等內容。姚永銘博士《慧琳音義語言研究》，具體探究了《慧琳音義》對語言文字等多方面的研究價值，如六書研究、俗文字研究、異體字研究、漢字史研究、中古音系研究、《切韻》研究、古方音研究、梵漢對音研究、外來詞研究、俗語詞研究、語源學研究、語詞的文化內涵研究以及古籍解讀等。還對《慧琳音義》在辭書編纂和古籍整理方面的重要價值等做了較為全面的闡發。有把語言與文化結合起來研究的，如蔡瑋碩士《漢語地名的語言與文化分析》，研究的內容包括地名的語音、語義、命名類型、修辭格、文化內涵諸多方面。有把語言文化與外語翻譯結合起來研究的，如王菲碩士《《紅樓夢》文化詞語翻譯的異化與歸

化：楊譯本和霍譯本的對比研究》、華慧碩士《語言、文化和翻譯：《紅樓夢》兩個譯本之比較》等。也有把語言與哲學思想聯繫起來研究的，如賴少瑜碩士《馬王堆帛書《老子》佚書語言現象研究：兼論其哲學思想》等。

(三)單音詞

以「單音詞」命題的論文很少，涉及專書語料一兩種。如管錫華博士《《史記》單音詞研究》，研究了《史記》中的 700 多個單音新詞新義，考察了從先秦到《史記》20 餘組單音同義詞的發展演變。姚小平碩士《古漢語的單音顏色詞》，從歷時的角度研究了甲骨文、周秦語言、周秦以後的單音顏色詞，探討了漢語基本顏色詞產生的時間順序。認為顏色詞的產生和發展在一定程度上受制於社會生產的進步：顏料、染料的發現和運用，染色技術的革新會給語言帶來許多新的顏色名稱；古漢語的顏色詞與古代漢民族的宗教信仰和一般文化背景有密切關係；顏色詞除了表達客觀的色彩意義，還反映了人們對色彩的主觀感受。

(四)雙音詞、多音詞、構詞

雙音詞的研究是碩博論文較多的選題，涉及的專書與具體語料有《爾雅》《國語》《墨子》《論語》《孟子》《列子》《荀子》《商君書》《史記》《淮南子》《法言》《說苑》《釋名》《太平經》《漢書》、漢大賦、《三國志》《幽明錄》《世說新語》《宋書》《洛陽伽藍記》、鳩摩羅什譯經、李白詩、《夷堅志》等 20 餘種。以上古和中古語料為多。這類論文大都包括了複音詞多個方面的研究，如鍾海軍碩士《《國語》複音詞研究》，研究了《國語》複音詞判定標準、類型、形態結構，討論了《國語》複音詞結

構構詞的特點。總結出了《國語》複音詞的特點有：各類詞數量及頻率不平衡、語義單一、單純詞不發達、構詞法以結構構詞法為主、部分複合詞的結構不夠緊密等。陳海波博士《《史記》並列式、偏正式雙音詞研究》，對《史記》中的並列式和偏正式雙音詞進行了窮盡性的研究。本研究，建立了句法、語義相結合的構詞體系，統計了各類詞的資料，考察了它們的語法分佈和語義特點，製作了各類詞的構成成分的語義配列表，發現了詞彙中的不平衡現象在語法和語義中的廣泛性。對制約並列式雙音詞的語序的語音因素進行了窮盡統計，發現了各因素制約能力的強弱，並對強弱順序進行了排列。林金強碩士《《太平經》雙音詞研究》，描寫了《太平經》雙音詞的概貌，找出了《太平經》中的新詞、新義，從語音、語法等角度分析了《太平經》雙音新詞的構詞特點。閻玉文博士《《三國志》複音詞專題研究》，描寫了《三國志》複音詞的概貌，新詞新義，還從《三國志》詞彙探討了漢語複音化的趨勢、魏晉時期漢語複音化的原因。本文在研究複音詞的同時也注重《三國志》中複音詞與單音詞的關係，研究的內容包括《三國志》複音詞與單音詞的切分、《三國志》單音詞的詞義、《三國志》單音詞與複音詞的關係等。有從專書之間的比較研究複音詞的，如陳冠蘭碩士《《論語》《孟子》複音詞研究》，主要從構詞方式角度分析其複音詞，並著力進行了兩書詞彙構詞方式的橫向對比，大致勾勒出了兩部專書乃至先秦時期複音詞（主要是雙音合成詞）的基本面貌。提出漢語詞彙由單音節為主逐漸發展到以雙音節為主的過程中存在著中間狀態等觀點。黃英博士《李白詩歌中的並列式複合詞研究》，逐一考析了李詩 222 個並列式複合詞的義位元與構詞方式；

分析了李詩並列式複合詞裏兩個語素的意義關係，論證了李詩並列式複合詞的形成和發展是以上古漢語的單音實詞為語義源頭的特點；歸納了李詩中並列式複合詞意義類聚的特點，顯示了這些複合詞鮮明的系統性。還研究了李詩並列式複合詞顯示出的詞義演變規律等。武建宇博士《《夷堅志》複音詞研究》，從共時的角度描寫分析了《夷堅志》複音詞的結構類別，包括聯合式、偏正式、主謂式、述賓式、述補式、名量式、附加式複音詞與單純複音詞；從歷時的角度描寫了《夷堅志》反映出的從先秦到宋代的複音詞。文章還研究了《夷堅志》中的複音俗語詞等。

三個以上音節的詞語研究很少，如楊愛姣博士《近代漢語三音詞研究》，強調了三音節詞研究應該受到足夠的重視，文章從發展原因、結構方式、語義構成、語法功能、修辭特點五個方面對近代漢語三音詞做了探討。唐子恒博士《漢大賦多音詞研究》，研究了包括雙音節詞語在內的兩個以上音節的詞語，內容有漢大賦多音節詞的數量和結構，漢大賦偏正式、聯合式以及補充式、支配式、陳述式、附加式多音詞的分析，漢大賦單純多音詞的分析等。還從語體的角度進行了研究，認為漢大賦的語言是雅和俗的矛盾統一體。俗的一面，即其口語特色，在以往則常常被忽視，以致很少有人從語言學的角度加以研究。

構詞研究大部分是研究雙音節詞的構詞問題，個別也包括了單音節詞的構詞和多音節詞語的構成問題。專書研究的，如鄧志強碩士《《幽明錄》複音詞構詞方式研究》，研究了《幽明錄》複音詞的語音和語法構詞方式。認為南朝複音詞中的語法構詞數量遠遠超出語音構詞的數量是由於語法構詞符合漢語詞是音義結合體的造詞

原則；語法構詞中的句法構詞遠遠超出形態構詞的數量是由於句法構詞符合漢語組詞造句的原則；句法構詞中的聯合式和偏正式又遠遠超出其他形式的構詞是由於二者的來源廣泛，凝固後不易脫落。斷代研究的，如黃志強博士《西周、春秋時代漢語構詞法》，考察了西周、春秋時代複音詞構詞法的基本面貌，分這一時期的複音詞為單純詞、複合詞、互訓詞和接合詞四類並進行描述，指出它們在性質上各不相同，所居地位也有主次之分。文章認為詞彙走向複音化是適應社會發展的需要，詞彙的複音化對語音的簡化起了主要的作用。專題研究的，如孫玉文博士《漢語史變調構詞研究》，變調構詞，即利用聲調的轉換構造意義有聯繫的新詞。文章在收集到的800 對具有變調構詞現象的原始詞和滋生詞資料中，選取 100 對作為研究對象。主要是：1.音義分析和前人時賢的反映情況。2.例證與考察，包括原始詞和滋生詞的例證，它們的音義發展源流，並對後來的一些誤說予以駁議。3.漢語變調構詞的若干理論，論證異調別義現象是漢語口語的反映，不是經師人為，這種現象是構詞法，不是構形法等理論問題。俞理明博士《漢語縮略研究：縮略語言符號的再符號化》，討論了縮略的界定、縮略的分類、縮略的形成原理、縮略的規則、縮略的運用諸多問題。文章的研究包括了古代的縮略和現代的縮略，不止是古代的構詞的問題。董秀芳博士《詞彙化：漢語雙音詞的衍生與發展》，介紹了漢語雙音詞的主要衍生方式，重點研究了從短語到雙音詞、從句法結構到雙音詞、從跨層結構到雙音詞的變化過程，以及雙音詞語義和功能的演變等問題。

㈤同族詞、同源詞、語源

這類研究涉及的專書主要是古代字詞書及其疏證著作，包括

《說文解字》《釋名》《方言箋疏》《爾雅義疏》《說文解字注》《廣雅疏證》等六、七種。如王閏吉碩士《論《釋名》的理據》，認為《釋名》的訓釋並非隨心所欲，而多有所本，同時又不拘泥於所本。《釋名》對理據的認識和探尋理據的方法，如因聲求義，揭示給事物命名的客觀依據，都是科學的。《釋名》的理據類型，可分為摹聲性理據、摹狀性理據、借貸性理據、派生性理據和合成性理據。同時指出《釋名》理據研究間涉穿鑿等不足。李潤生碩士《郝懿行《爾雅義疏》同族詞研究》，分析了《爾雅義疏》同族詞的語音、語義關係，把《爾雅義疏》同族詞研究的方法總結為「音義互求」、「意義推闡」、「類比法」三種。指出了《爾雅義疏》的同族詞繫聯也存在疏於聲韻、濫用聲訓等缺點和錯誤。胡繼明博士《《廣雅疏證》同源詞研究》，對王念孫排比出的具有同源關係的一組組詞進行音義分析、整理，追根溯源，補充書證，探求一組組同源詞得名之共同理據。試圖對漢語名稱與實物之間的關係做出合理的解釋，對同源詞的音義結合規律做一些切實的探討，總結和評介王念孫的詞源學理論，為建立科學的現代詞源學提供經過整理的文獻語料和經過闡述、論證的有價值的術語、原理、結論等。朱國理博士《《廣雅疏證》的語源研究》，從語源學的角度，梳理了《廣雅疏證》有關語源研究的材料，旨在幫助人們正確認識傳統語源研究、客觀評價王念孫在傳統語源學史上的地位，為中國語源學史的研究乃至當代語源學的研究提供一些參考。本文研究認為：《廣雅疏證》雖然不是一部純粹的語源學專著，有限的語源研究中還存在著一些失誤或不足，但其理論實質、研究方法都與現代語源學相通，在某些具體問題的探討上還具有相當的深度。它繼往開

來，是中國語源學走向科學道路的里程碑。斷代研究的，如劉英博士《上古漢語諧聲字同族詞研究》，文章考釋了近 2,000 個諧聲同族詞，從音韻關係上分析了上古同族詞音韻，討論了同族詞意義的基本特徵和詞族系統與同族詞義的相互制約作用。黃易青博士《上古漢語同源詞意義關係研究》，論證了同源詞義素分析法和比較互證法的科學性，初步揭示詞源意義結構及詞源意義形成的原理，詞源意義發展變化規律以及它在詞彙發展中的作用，詞義在客觀事物發展規律作用下的規律性引申的基本內容，詞義運動的基本規律，詞族意義系統的構成原理。文章把同源詞的意義關係、詞義運動的規律和詞族意義系統三者統一起來研究，認為它們歸根結底是詞源意義在客觀事物運動發展規律下的運動及結果。專題研究的，如譚宏姣博士《古漢語植物命名研究》，本文試圖在名物命名的相對可論證性認識的基礎上對古漢語植物命名進行較為全面系統的研究，通過對單個植物命名的具體考釋，總結和歸納了植物命名的特點和規律。具體內容有古漢語植物命名研究史略、古漢語植物釋名錯誤辨析、古漢語植物命名義及探求方法、植物命名取象與特點、植物命名造詞的方式方法等。有的是概論性的研究，如殷寄明博士《漢語語源義索隱》，對語源義的成因、性質、特點、類型、運動發展及結果做了全面的理論闡述，並就語源義與漢字模式、漢語詞彙、訓詁實踐、古代文化關係等問題提出了一系列見解。任繼昉博士《語源學概論》，文章重在闡述語源學的理論，討論了語源和語源學的概念、性質、任務、語源研究的意義及語源學與相關學科的關係，語源學的原理，詞族的結構關係，以及平面式、沿流式、溯源式、立體式等四種研究語源的方法。有的則側重於研究方法，如袁

健惠碩士《論漢語同源詞研究的多維視角》，回顧了同源詞研究的歷史，討論了同源詞研究的字形、文化、認知三個視角。倡導突破傳統上僅立足於語言本體對同源詞進行研究的方法局限，在吸收新的理論的基礎上注重開掘新視角，探索新方法，以求對傳統上的同源詞研究做有益的補充。

(六)同義詞

　　同義詞研究涉及的專書與具體語料有金文、《左傳》《國語》《爾雅》《孟子》《荀子》《韓非子》《史記》《漢書》《論衡》《世說新語》《景德傳燈錄》《說文解字》及段注等 10 餘種。有專門研究單音節實詞同義詞的，如雷莉博士《《國語》單音節實詞同義詞研究》，對《國語》一書的單音節實詞做了全面考察，從中歸納出 316 組單音節實詞同義詞詞組，分析它們之間的異同，清理《國語》單音節實詞同義詞構成的主要格式及分佈特點，並對《國語》單音節實詞同義詞形成的原因、途徑做了理論探討。趙學清博士後《《韓非子》單音節詞同義關係研究》，考察了《韓非子》的全部用例，對同義詞進行了歸納，共得出具有共同義位的同義詞 276 組。其中名詞 73 組，動詞 178 組，形容詞 45 組。在同義詞共同義位的前提下，對每一組同義詞內的各個詞的同義關係進行了分析，並就上古漢語同義詞的判定、辨析及形成途徑和原因等問題進行了探討。黃曉東博士《《荀子》單音節形容詞同義關係研究》，歸納出了《荀子》中 48 組單音節形容詞同義詞，確定了各組同義詞的共同義位，辨析了各組同義詞詞義間的差異，清理出了《荀子》中的同義詞相互依存的 9 種結構模式，探討了《荀子》單音節形容詞同義詞形成的原因和途徑。有包括單雙音詞在內的同義詞研

究的，如諶於藍碩士《金文同義詞研究》，研究了金文單音和複音同義詞。還探討了金文複音詞產生的原因，認為金文中複音詞的出現是語言追求精密化的結果，同時也是社會發展和社會分工的需要。王宏劍碩士《《韓非子》同義詞研究》，對《韓非子》中 430組同義詞做了分析研究，包括《韓非子》同義詞的形成途徑、分類和差異類型。總結戰國末期同義詞的特點是：進入同義詞群的成員有單音節詞也有複音節詞，而在數量和出現頻率上顯然以單音節詞為主；同義詞群的成員大多有同源關係等。池昌海博士《史記同義詞研究》，研究了《史記》同義詞的構成和來源、區別特徵、修辭功能，還就《史記》討論了古漢語同義詞研究的若干基本理論問題。徐正考博士後《《論衡》同義詞研究》，除探討了確定詞的同義關係的方法等理論問題外，對《論衡》名詞、動詞、形容詞 563組同義詞（包含單雙音詞 3224 個）做了描寫分析。總結了《論衡》同義詞兩大方面的特點：1.數量特點。同義詞組多，而且同義詞組包含的單詞多。2.結構組成特點。第一、不少同義詞組是由單音詞與由之發展出來的雙音詞組成的；第二，雙音詞與雙音詞構成的同義詞組，往往具有同樣的語素。有對字書及其注疏的同義詞進行研究的，如馮蒸博士《《說文》同義詞研究》，對《說文解字》中的同義詞進行系統研究，討論了同義詞的定義類型劃分，同義詞研究的意義和依據；對《說文》同義詞做了分類考察，一是非同源同義詞研究，二是同源同義詞研究；還對《說文》同義詞的形成問題進行了探討。列有五個資料表，包括《大徐本《說文》及《段注》互訓字表》《《說文》所引方言和民族語字目統計表》等。鍾明立博士《段注同義詞研究》，探討了段注識同和辨異的方法，對古漢語同

義詞的性質、範圍和特點提出了不同的見解。有專門研究某個詞類的同義詞的，如杜曉莉碩士《《景德傳燈錄》同義名詞研究》，對《景德傳燈錄》專名以外的 249 組名詞同義詞的構成、區別性特徵等做了研究。並以《漢語大詞典》為參照系，確定了《景德傳燈錄》中出現的 94 個新詞和 6 個新義。也有選擇幾組同義詞做斷代或歷時研究的，如李素琴碩士《先秦幾組同義詞辨析》、劉燕文碩士《對五組古漢語動詞同義詞的分析》等。

㈦反義詞

反義詞的論文較少，涉及的專書與具體語料有甲骨文、《老子》《莊子》《列子》《三國志》《抱朴子》六、七種。如左文燕碩士《殷墟甲骨文反義詞研究》，討論了單音反義詞 39 組、複音反義詞 17 組、反義詞組 14 組以及反義複合詞兩個。文章認為殷墟甲骨文中的反義詞已發展到一定的程度，能夠滿足商人占卜的需要，而且使用非常頻繁。殷墟甲骨文中的反義詞是後世反義詞發展的基礎。廖揚敏博士《《老子》專書反義詞研究》，統計了《老子》反義詞的類型，分析了《老子》反義詞顯示的反義格式，對《老子》中出現的反義詞做了考證及釋異；同時注重對古代反義詞理論的研究，如古漢語反義詞產生的原因、目前研究古漢語反義詞應注意的問題、古漢語反義詞研究的特殊性等。趙華碩士《《莊子》反義詞研究》，確認《莊子》中共有反義詞 229 對。其中，單音節對單音節的 222 對，單音節對雙音節的 1 對，雙音節對雙音節的 6 對。從反義詞的使用頻率、語義、詞性三方面對《莊子》中的反義詞逐對進行了描寫。並從反義詞的詞性分佈、對應關係、表達效果、構詞作用等角度對《莊子》中的反義詞進行了考察。李占平

博士《《莊子》單音節實詞反義關係研究》，描寫了《莊子》單音節實詞反義詞概況，研究了《莊子》反義詞顯示的格式，探討了《莊子》中單音節實詞反義關係形成原理，並具體考釋了「大與小」、「厚與淺」、「悲與樂」等 100 組有反義關係的單音節實詞。楊建軍碩士《《三國志》常用反義詞研究》，選取了《三國志》中常用的 23 個反義語義場進行了平面描寫和歷時比較。李娜碩士《《抱朴子》反義詞研究》，確定《抱朴子》中有反義詞 338 對，根據詞性、反義詞概念間的關係的兩個不同角度對《抱朴子》中的反義詞進行了不同的分類，歸納出了《抱朴子》反義詞數量豐富、對應關係複雜、對舉形式靈活的三個特點。

㈧詞義、語義

這類研究涉及的專書與具體語料有金文、《說文》及段注、《廣雅》、支謙譯經、《昭明文選》《毛詩正義》、唐宋詩、《六書故》約 10 種。對詞義系統的研究，如朱明來碩士《金文的詞義系統研究》，運用語義場理論和義素分析法對金文詞的語文義進行了分析，對金文詞義的變化和詞義引申做了探討。文章把金文詞義劃分為語文義、術語義、文化義三種類型。認為語言反映社會、自然界和人的精神世界。三者有著千絲萬縷的聯繫。金文中，有關社會宗教的語義場就是社會上一系列宗教活動的反映，而關於天象的語義場則是自然界各種天象的寫照。宋永培博士《《說文》詞義系統研究》，揭示了《說文》貯存的周秦漢語詞義系統，闡述了《說文》詞義系統內的義區、義系、義位交織成環狀的網絡體系，完整地表述合－分－合的辯證思維體系。還說明了研究《說文》的詞義系統在理論與實用上的價值等問題。孫菊芬碩士《《廣雅·釋詁》

初探》，文中有對〈釋詁〉意義關係的討論。研究認為，〈釋詁〉
的語詞訓釋，以「微觀－中觀－宏觀」為觀照層面，以「單訓－訓
列－訓列群」為具體依託，具有獨特的意義與價值。雖然從釋義的
科學性、準確性來考察有遜色處，但其完備性與歷時性的多層次、
多角度、全方位的反映詞義系統則是前所未有的。尤其重要的是，
要充分地認識與評價古人在「同訓繫聯」中所體現出來的系統觀
念。對詞本義的研究，如芮東莉博士《上古漢語單音節常用詞本義
研究》，1.對上古漢語單音節常用詞本義的概念進行了界定。2.詳
盡總結了上古漢語單音節常用詞本義的推求方法。3.利用義素分析
法對上古漢語單音節常用詞本義的語義成分進行了分析，探討了語
文辭書中常用詞本義的釋義方式。4.揭示了以往上古漢語單音節常
用詞本義研究中存在的將《說文解字》中的文字造意作為常用詞本
義等四大誤區。對詞引申義的研究，如呂朋林博士《《說文解字
注》詞義引申研究》，簡述漢語詞彙引申研究的歷史，指出戴侗是
第一個把「引申」一詞用於指稱詞義變化現象的人。述評《段注》
引申的體例和內容，指出段氏注釋引申義有了完備的體系。分析
《段注》的引申性質，討論《段注》引申在假借、方言詞、擬聲擬
態詞、虛詞上的得失等。對詞義演變及其規律的研究，如杜翔博士
《支謙譯經動作語義場及其演變研究》，以支謙譯經為座標，以語
義場為研究單元，與前代文獻、同時代的文獻和後代文獻做縱、橫
兩方面的比較，重點考察與口、目、手、足等有關的 4 個以聯想關
係組成的動作語義場，構成了本文的四章正文內容；各章內部包含
若干以同義聚合關係組成的子語義場，共計 15 個。從共時層面上
考察它們內部各義位的義值、義域和義位內各義素的組成，從歷時

層面上分析義位元的組合、演變乃至語義場演變的情況。本文研究
證實了譯經材料的語料價值和口語性質，也表明了佛教詞語與漢語
基本詞彙的互動關係。王業兵碩士《從語境角度考察詞義演變的規
律》，認為詞義演變的規律是逐漸靠近語境。也有把詞義與其他學
科結合起來研究的，如周鳳玲碩士《《說文解字》與古代天文
學》，對《說文解字》中反映古代天文學的字，如「日」、
「月」、雨、雲和歲年、干支等分別從本義、引申義、假借義的角
度探討它們所反映出的古代天文現象，使《說文解字》與古代天文
學知識互相補充、印證。戴紅亮碩士《「女」部字語義與文化內涵
透析》，以《說文》《康熙字典》《漢語大字典》女部字為基本研
究對象，把語義與文化研究結合起來，從漢字文化學的角度切入，
探討了「女」的形音義，女部字的分類，姓氏字，婚姻字及一些表
女性容貌的褒義字和表品行的貶義字；認為「女」部字中的所有字
沒有哪一類字能夠揭示婦女較高的社會地位。

㈨方俗語、古白話

　　方俗語、古白話研究在碩博論文中佔的比例較小。涉及的專書
與具體語料有《方言》《廣韻》、明刊戲文、《儒林外史》《蜀
語》《西蜀方言》、顏師古注、《敦煌變文》、禪宗文獻、元代白
話碑文約 10 種。如張麗霞碩士《揚雄《方言》詞彙嬗變研究》，
研究了《方言》詞彙嬗變的類型，並對《方言》《說文解字》、郭
璞《方言注》的方言詞進行了比較，認為秦晉方言對現代漢語普通
話的影響最大。劉紅花碩士《《廣韻》方言詞研究》，通過考察
《廣韻》中 41 個方言詞，發現方言詞演變的大體情況是：第一種
是在古代某區域範圍內使用的方言詞，根據古代文獻材料可以推測

它在某區域內使用，但也不排除在其他地域使用。第二種是《廣韻》所記載的方言詞的使用區域發展到現在已經有所變化。有些方言詞使用區域擴大了，有些方言詞使用區域轉移了，有些方言詞使用區域縮小乃至消失了等。有對近幾百年來一些方言詞彙的研究，如王建設博士《明刊閩南方言戲文中的語言研究》，第四章〈明刊閩南方言戲文的詞彙〉，研究了明刊閩南方言戲文的詞彙特點、構詞法等。認為詞彙特點是口語詞多、古語詞多、方言俗語詞多、多音節詞大量產生。在構詞法上，文章認為同素異序是閩南話合成詞構詞法的一大特色。唐莉博士《近三百年來四川方言詞語的留存與演變》，以《蜀語》記錄的 563 條詞語及《蜀方言》所記載的 786 條詞語為線索，以明清以來紀錄四川方言詞彙的歷史文獻資料及實地考察為依據，對近三百年來四川方言詞語的留存與演變歷程進行追蹤考察及共時描寫、比較。通過研究，證明了在明代四川方言已經成為北方方言的一個分支，清末民初是四川方言的重要轉型期。黃小婭博士《近兩百年來廣州方言詞彙和方言用字的演變》，第二章〈廣州方言詞彙的發展〉，內容包括早期留存的廣州方言詞語、晚近以來消失的廣州方言詞語以及廣州方言詞語的產生、替換、發展等；第三章〈廣州方言的詞義變遷〉，研究了《廣東省土話字彙》《廣州方言詞典》《學生粵英詞典》詞義變化的方言詞等。斷代研究方面，如華學誠博士《周秦漢晉方言研究史》，論及周秦漢晉的專書、專家眾多，描寫了這個時期方言研究的歷史。譚步雲博士《先秦楚語詞彙研究》等也屬於這一類研究。

　　俗諺白話方面的研究，如李濤賢碩士《禪宗俗諺初探》，研究了禪宗俗諺的源與流、禪宗俗諺的結構、禪宗俗諺語義的隱喻性以

及俗諺與民俗等問題。黃征博士《漢語俗語詞通論》，給俗語詞下了定義，認為漢語俗語詞是漢語詞彙史上各個時期流行於口語中的新產生的詞語和雖早有其詞但意義已有變化的詞語。討論了俗語詞概念的來源、俗語詞與非俗語詞的區別、俗語詞與方言的關係、俗語詞與俗音的關係、俗語詞研究與近代漢語詞彙研究的關係等。其中還考釋了一批俗語詞。祖生利博士《元代白話碑文研究》，上篇肆是元代白話碑文的直譯體特徵，其中有研究詞彙特徵的內容。文章認為元代白話碑文所使用的基本詞彙屬於元代漢語的實際口語，這一點可以從碑文中存在的大量俗語詞、可與同期地道的漢語口語文獻相印證上得到證明。但是，白話碑文中也存在不少蒙古語及其他民族借詞，其中多數是蒙古語名詞的譯音。

㈩成語、典故

　　成語、典故的研究僅見三數篇。如王文暉《《三國志》成語研究》，內容包括《三國志》成語的源流研究、《三國志》常用成語演變的個案研究、《三國志》成語考釋、《三國志》成語研究與古籍整理、《三國志》成語研究與辭書編纂等。這是現今唯一見到古代專書成語研究的論文，其餘論文則主要以現代漢語為基點。如唐莉莉碩士《漢語成語的文化觀照》，研究了成語中的心理文化觀照、成語的文化應用等問題。丁建川碩士《漢語典故詞語研究》，分析典故詞語的詞彙性質，典故詞語在詞彙系統中所處的位置及其存在形態，典故詞語具體應用和接受的情況，典故詞語蘊積的文化信息等。王丹碩士《典故詞語的詞彙化研究》，運用歷史語言學、認知語言學、文化語言學、生成語法、語用學、修辭學、心理學等理論，對典故詞語的範圍、來源、模式、演變動因與規律及其功能

與價值等進行了多角度的探討。

(士)虛詞

　　總論虛詞的論文也只有兩三篇，涉及的專書有《三國志》《經傳釋詞》。如楊小平碩士《《三國志》中的複音虛詞》，考察了《三國志》中副詞、介詞、連詞、語氣詞、嘆詞 240 個複音虛詞的結構、意義、語法分類和功能，同時對照《漢語大詞典》以求初步探討它們的產生、發展以及演變。統計了《三國志》中的複音虛詞在現代漢語中只有 35 個還在使用，因而認為魏晉時期語言的過渡性質，產生得多，消亡得也多。宋彩霞碩士《《經傳釋詞》研究》，是虛詞學史的研究論文。重點分析了《經傳釋詞》的理論框架，包括：1.王引之對虛詞的見解。王氏對漢語詞類進行了虛詞、實詞的明確分類，並對虛詞進行了界說，認識到虛詞皆取諸字音，不取字本義；2.《經傳釋詞》中體現出的虛詞次範疇理論，即王氏通過術語和分列義項來進行的虛詞下位分類；3.總結了王氏研治虛詞的方法。郭靈雲碩士《古漢語虛詞研究史》，把虛詞研究史分為四個時期：1.萌芽期。從春秋戰國到唐宋，《助語辭》產生以前的虛詞研究。2.開創期。元盧以緯《助語辭》的問世開創了虛詞研究的新局面。3.發展期。清代虛詞研究頗豐，以《虛字說》《助字辨略》《經傳釋詞》為代表，揭示虛詞研究在清代發展的狀態。4.革新期。清末以來，以《馬氏文通》《詞詮》為代表的將訓詁與語法結合起來訓釋古漢語虛詞帶動虛詞研究的革新，使之逐漸成熟化。文章力圖考察虛詞研究史的發展全貌，探求古漢語虛詞研究的規律。

㈢名詞、稱謂

以下介紹的各詞類的研究，以專書與具體語料為多，通論性、理論性的研究等較少。除了專名、名物詞外，與期刊論文一樣，多是從詞類角度研究語法，包括著一些詞彙研究的內容。純語法研究的論文我們不做介紹。

名詞、稱謂之類研究，所見論文也不多，涉及專書有《山海經》《周禮》《晏子春秋》《左傳》《國語》《金瓶梅》《紅樓夢》近 10 種。名詞、名物詞的研究，如周勤碩士《《晏子春秋》名詞研究》，窮盡調查了《晏子春秋》中所有的 1,895 個名詞，描寫了《晏子春秋》名詞的基本面貌、各類名詞呈現出的詞義狀態、部分實體類名詞的詞義流變、詞義發展以及引起這些變化的各種因素，探尋了其中存在的規律，同時揭示了戰國時期的一些社會狀況。張文國博士《左傳名詞研究》，對《左傳》裏的名詞做了窮盡性的研究和分析。把名詞放在整個詞類和句法層面的大背景下進行觀察，同時注意古今比較。賈雯鶴博士《《山海經》專名研究》，分神人、郡國、山、水、穀野名等 19 方面描寫了《山海經》專名的類別，分五方天帝及屬神、西王母、羲和、帝堯等 15 個方面探討了《山海經》專名的命名之義，還研究了《山海經》專名命名原則及規律等。劉興均博士《《周禮》名物詞研究》，統計了《周禮》記載的 1,548 個反映具體而特定之物的名稱的語詞——名物詞。對這些詞的得名之由進行了研究。主要研究內容包括：《周禮》的流傳與注疏，名物的定義與名物詞的確定，《周禮》名物詞的物類類別、詞源義、詞義關係、名實結合的規律性。研究認為《周禮》名物詞是成體系的，《周禮》名物詞貯存了上古時代華夏

民族直觀感性、寫意類比、整體貫通等三種思維模式，這些思維模式直接影響到先民對物的特徵、功用、性質的感悟。馮淩宇博士《漢語人體詞語研究》，立足於現代漢語，兼及古代漢語人體詞語系統的描寫及其發展演變的探討。內容主要包括漢語人體詞彙概說、漢語人體詞語的意義分析、漢語人體詞語的文化認知透視等。稱謂專書研究，如羅春英碩士《《國語》中的職官稱謂語》，介紹了《國語》職官稱謂語的概況，研究了《國語》中部分職官稱謂語單音節詞、雙音節詞的形音義，考察了《國語》中職官稱謂語所折射出的春秋時期社會歷史面貌，包括農牧業、工商業、祭祀占卜、兵役戰事、外交往來、文化教育、娛樂藝術諸方面。杜豔青碩士《《金瓶梅》的稱謂系統》，對《金瓶梅》稱謂系統做了概述，認為《金瓶梅》稱謂系統名目繁多，種類龐雜，主要有四大類：親屬稱謂、類親屬稱謂、社交稱謂和其他稱謂。還研究了《金瓶梅》稱謂系統的特點及其語用原則，認為《金瓶梅》稱謂系統的主要特點有三：一是趨親性，二是等級性，三是變異性。稱謂斷代研究，如吳茂萍碩士《唐代稱謂詞研究》，把唐代親屬稱謂詞分為直系、旁系和社會三個方面進行了分析。探討了唐代稱謂詞的構詞特點：親屬稱謂加限定性語素的詞增加、一些構詞成分詞綴化、重疊稱謂詞增加。也討論了詞義、色彩方面的特點，如多義詞同義詞近義詞顯著增加、詞義的產生方式多樣、詞彙的色彩豐富等。胡士雲博士《漢語親屬稱謂研究》、徐志誠碩士《漢語親屬稱謂系統及其當代變異》，也都涉及到一些古代的親屬稱謂問題。

㈣動詞、助動詞、系詞

　　本類涉及的專書與具體語料有甲金、《左傳》《戰國策》《吳

越春秋》《論語》《孟子》《荀子》《說文解字》《搜神記》、西
晉以前漢譯佛經、《世說新語》《摩訶僧祇律》《醒世姻緣傳》
《兒女英雄傳》等 10 餘種。動詞，如鄧飛碩士《兩周金文軍事動
詞研究》，第二章是〈兩周金文軍事動詞來源和時代〉，研究的內
容有：兩周金文軍事動詞斷代、來源，西周新詞產生的來源淺析，
甲骨文軍事動詞的消失以及從西周金文到東周金文、《左傳》軍事
動詞的發展變化。發展變化部分分為西周金文軍事動詞發展到東周
金文消失的、承傳到東周的、新產生的軍事動詞、詞彙語義場發生
了一定變化的四類，具體給出了每類詞，總共有 140 多個。鍾發遠
碩士《《論語》動詞研究》，統計了《論語》動詞 468 個。第三章
是〈《論語》動詞語義研究〉，包括語義分類、義項分佈、本義及
其引申方式、同義詞、反義詞等。研究結論是《論語》動詞語義涉
及面廣，包羅萬象。《論語》單義單音動詞佔全部單音動詞的七成
左右，多義單音動詞以兩三個義項為主。《論語》動詞使用本義的
單音動詞佔全部單音動詞的一半以上，說明《論語》動詞更多地保
留了古義，這是對前代的繼承，也是後代發展的基礎。《論語》動
詞同義詞和反義詞都非常豐富，同義關係和反義關係較為複雜。張
猛博士《《左傳》謂語動詞研究》，調查了《左傳》每個語段的謂
詞，選出其中所有含有動詞性謂語的語段作為研究對象，分析歸納
出了此書的謂語動詞音義表。金樹祥博士《《戰國策》動詞研
究》，對《戰國策》一書的動詞進行了全面的窮盡式的分類、分
析，對動詞的各類功能進行了考察，提出《戰國策》動詞及語言的
特點，並對相關的問題進行了探討。如論文統計出全書 1,218 個有
動詞用法的字頭，並把它們劃分為 1,681 個不同的義位，根據語

義、語法功能和搭配關係的差異，將其分為 7 類，從特點、主語與賓語等方面進行了詳細考察研究。某個義類動詞的研究，如劉新春碩士《睡覺類動詞的歷史演變研究》，分為漢代以前、兩漢三國、魏晉南北朝、隋唐五代四個時期，對表示睡覺類的動詞「寢」、「寐」、「寤」、「覺」、「臥」、「睡」、「眠」等的具體演變情況做了詳細的描述，認為隋唐五代時期「睡」成為了表示睡覺的主要用詞。趨向動詞，如王敏碩士《《醒世姻緣傳》中的趨向動詞研究》，討論了《醒世姻緣傳》中趨向動詞的詞彙意義、語法功能。總結出從明代到現代趨向動詞發展的一些普遍規律：漸變性規律、不平衡性規律、補償性規律和詞語雙音化規律。助動詞，如胡玉華碩士《《世說新語》助動詞研究》，文中統計了《世說新語》中助動詞共有 12 個，並按語義將其分為表可能、意願、應當、值得四類，進行了義素分析。劉利博士《先秦漢語助動詞研究》，研究內容主要有助動詞的範圍、可能類助動詞、意志類助動詞等，清晰地揭示了先秦助動詞的語法、語義功能。李明博士《漢語助動詞的歷史演變研究》，討論助動詞的範圍、分類等基本問題；考察了殷墟甲骨文及西周金文、春秋戰國、兩漢、魏晉南北朝、唐五代、宋代、元明、清八個時期助動詞系統及其歷史發展。系詞，如肖婭曼博士《漢語系詞「是」的來源與成因研究》，研究得出諸多結論，如關於「是」的來源，論文認為判斷詞「是」不是由指代詞「是」變化而來，而是由「是」自身的判斷功能發展、指代功能退化而來。判斷詞「是」不是一個詞變成另一個詞的結果，而是自身演化的結果。關於系詞「是」的產生時代，論文認為系詞「是」在先秦已經萌芽，經過兩漢、唐代發展成熟。

㈤形容詞

形容詞研究見到三幾篇,專書有《墨子》《兒女英雄傳》幾種。如唐瑛碩士《《墨子》形容詞研究》,第二章〈《墨子》形容詞概述〉,研究指出,單音節形容詞所佔比例大,複現頻率高,一般為常用詞,詞義不古奧,與日常生活密切相關,生命力強;複音形容詞所佔比例小,結構尚不很穩定,意義單一,並列是其複合的主要手段。第三章〈《墨子》形容詞詞義類聚研究〉,研究了《墨子》同義形容詞、反義形容詞。認為形容詞並列式複合構詞中,形容詞作為構詞詞素,同義、近義概念彼此之間距離較近,比概念相反、相對的更容易複合;反義形容詞大多是兩個詞之間的本義相反,引申意義相反的情況比較少,說明反義形容詞詞義還比較單一。陳爍碩士《《兒女英雄傳》狀態詞研究——從《兒女英雄傳》與《紅樓夢》的比較看《兒女英雄傳》中狀態詞的若干特點》,通過研究得出了一些結論,如在構詞方面,認為不僅許多形容詞性的成詞語素,而且一些名詞性、動詞性、副詞性的成詞語素,都可以通過重疊或附綴造成狀態詞。此外,不少不成詞語素也可以通過重疊或附綴形成狀態詞。可見,來源複雜是狀態詞的一個顯著特點。《兒女英雄傳》中的狀態詞比普通話多了四種格式,即 XAA,A(A)然、AXAY,AA 著,但沒有 ABXX 式且 XA 式沒有變化式 XAXA 式。還認為《兒女英雄傳》因其作品本身的過渡性,使得狀態詞也具有了過渡特色。王繼紅碩士《重言式狀態詞的歷時發展及語法化考察》,涉及到了詞彙發展的一些問題,如文章把重言式狀態詞的描寫分為先秦、元、現代三個階段,分別對應著重言式狀態詞語法化過程中發生發展、繁榮和萎縮三個階段。

㈤數詞、量詞

　　本類研究涉及的專書與具體語料有甲骨文、秦漢簡帛、《居延漢簡》《史記》《三國志》《金瓶梅》《水滸傳》、明四大傳奇近10 種。如甘露碩士《甲骨文數量、方所範疇研究》，第一章是〈甲骨文數量範疇研究〉，研究了甲骨文數詞的結構和分類、基數詞、序數詞、量詞，分析了數詞與名詞、量詞之間的組合關係、數詞與數量短語的語法功能。陳練軍碩士《居延漢簡量詞研究》，統計了居延漢簡中量詞 89 個，其中名量詞 85 個，動量詞 4 個。對居延漢簡量詞詞義演變從詞彙語義的角度做了分析，認為語境義變是量詞語義演變的原因之一。還從漢語史的角度將居延漢簡中的量詞與先秦和魏晉南北朝時期的量詞進行了簡要的縱向比較。李宗澈博士《《史記》量詞研究》，對《史記》出現的 121 個量詞進行了分類和分析描寫，認為漢代量詞的使用情況屬於一種過渡期。以《史記》與前後典籍進行比較，考察量詞的歷史變化。研究發現，《史記》比《左傳》量詞的數量明顯增加，特別是個體量詞有了大幅度的增加；以《史記》與《世說新語》《三國志》相比，可以知道量詞的分工到魏晉南北朝更細密，大批量詞不斷產生，新老量詞不斷專職化了。文章的最後一部分還以《史記》量詞與韓國語分類詞做了比較，分析了其間的異同。馬芳碩士《《三國志》量詞研究》，統計出了《三國志》中共有量詞 82 個，名量詞包括度量量詞、個體名量詞、集體名量詞、臨時名量詞四類，共有 76 個，動量詞有6 個。對這些量詞在意義上、用法上進行了詳細的例證說明，同時兼顧部分量詞的發展變化的描寫，還對用法相近的量詞進行比較分析。李愛民碩士《《金瓶梅詞話》量詞研究》，對《金瓶梅詞話》

中全部量詞進行了分類與描寫，並以之與前代相比較，得出了《金瓶梅詞話》量詞運用所反映出的量詞發展規律：發展的兩條道路是由簡到繁、由繁到簡；更新的方式是舊量詞的消亡、新量詞的出現；量詞是由表示具體意義的詞不斷抽象產生的，詞性由實到虛、所計量對象由具體到抽象。張雪蓮碩士《《水滸全傳》的數量表達方式》、崔爾勝碩士《《水滸全傳》量詞研究》，僅就量詞來說，兩篇論文有相同的地方，也各有不同的角度，各有發現發明。張文量詞研究主要在三個方面：現代漢語常見量詞在《水滸全傳》中的應用情況、《水滸全傳》中現代漢語裏沒有的量詞、《水滸全傳》中的度量衡量詞。崔文研究《水滸全傳》量詞的類系、分工情況、表達作用、發展狀況，還分類分組對諸多《水滸全傳》量詞語義特徵做了個案研究。在斷代研究方面，如游黎碩士《唐五代量詞研究》，選擇了筆記小說 40 餘部、佛經 20 餘部、史書 3 部、詩詞總集 2 部以及一部分敦煌文獻，調查描寫了唐五代的名量詞、動量詞，並以之與前後時代比較，揭示其發展演變的情況。彭文芳碩士《元代量詞研究》，考察了兩千萬字元代語料，描寫了名量詞、動量詞。探討了元代量詞的一些特點和規律：1.元代雜劇和散曲中的名量詞兒化現象是當時北方口語的反映；2.元代量詞的詞尾化現象比較豐富，這是一種重要的構詞法；3.與現代漢語比較而言，元代的量詞不僅數目多，而且用法複雜；4.元代量詞的個化程度已相當高，與現代漢語沒有明顯差別；5.元代量詞結構形式比較齊備；6.量詞的使用率隨文體不同而有差異。按詞語義類選擇某組詞研究的，如孔麗華碩士《「捆卷」類動詞衍生量詞的歷時過程和現時表現》，探討了自上古到現代「捆卷」類動詞衍生量詞的發展過程。

(共)代詞

代詞研究涉及的專書與具體語料有先秦出土文獻、《國語》《荀子》《說苑》《三國志》《敦煌變文》《全唐詩》《型世言》等近 10 種。研究各類代詞的,如金大煥博士《《荀子》代詞研究》,描寫了《荀子》中的人稱代詞、指示代詞和疑問代詞,並進行歷時和共時的比較研究,力圖探討代詞產生、發展以及變化的過程。宋玲艷碩士《《全唐詩》四組常用代詞研究》,對《全唐詩》中的「我、吾」、「爾、汝、你」、「這、那」、「誰、孰」做了窮盡描寫,並做了一些溯源析流的工作。施建平碩士《《型世言》代詞研究》,對《型世言》中人稱代詞、指示代詞和疑問代詞做了系統的考察描寫。研究發現《型世言》中保留了大量的明末口語,而一些代詞在各回數中也分佈不均,極為懸殊。因此斷定:1.《型世言》只是一個話本的彙編本。2.旁稱代詞「人家」及一些方言色彩的代詞值得注意。3.大量豐富的口語材料表明代詞的「俗語化」傾向已經十分明顯,一些文言詞語已經基本上退出了舞臺;「我們」、「他們」、「什麼」這些詞大行其道,代詞的雙音節化也越來越明顯。只研究人稱代詞的,如袁金春碩士《《國語》稱代詞研究》,逐一考察了《國語》中第一人稱代詞「吾」、「我」、「余」、「予」、「朕」、第二人稱代詞「女」、「爾」、「而」、「若」、「乃」、第三人稱代詞「之」、「其」、「彼」、「厥」的語法功能和語義特點,並利用已有成果跟《左傳》的第一、第二、第三人稱代詞做了比較。還考察了一些用於謙稱和敬稱的名詞如「寡人」、「不穀」、「臣」、「君」、「子」等的使用狀況。賈英敏碩士《官話方言中的人稱代詞研究》,研究

了官話方言中的 11 個人稱代詞的發展演變和特點。從歷時發展角度得出的結論有：從古至今人稱代詞的數量趨於減少，漸漸固定。「我」、「你」、「他」及複數詞尾「們」都已經成為各方言共同的發展形式等。只研究第一人稱代詞的，如劉靖文碩士《先秦出土文獻第一人稱代詞》，對商、西周、東周的第一人稱代詞做了考察，從時間、方言、用法的角度探討了先秦出土文獻第一人稱代詞繁複的原因。

㈦副詞

副詞研究涉及的專書與具體語料有甲骨文、《詩經》《左傳》《國語》《韓非子》《淮南子》《論衡》《世說新語》《敦煌變文》《朱子語類》《全宋詞》《老乞大》《朴通事》《醒世姻緣傳》等 10 餘種。研究各類副詞的，如張國豔碩士《甲骨文副詞研究》，確定了甲骨文副詞的數量，探討了所有甲骨文副詞的使用特點，並對相關詞做了比較。還討論了甲骨文副詞的流變及其斷代作用。齊瑞霞碩士《《淮南子》副詞研究》，統計了《淮南子》中共有副詞 122 個，其中單音副詞 107 個，約佔總詞量的 86%。詞量以時間副詞為最，出現頻率以否定副詞為最。還研究了《淮南子》副詞連用、兼類、位置等問題。李春豔碩士《敦煌變文副詞系統研究》，對敦煌變文中的副詞做了窮盡性的列舉，研究了範圍、時間、語氣、程度、否定、重複性、指代性、謙敬、情態九類副詞。指出變文中雙音節副詞大量出現、存在著大量的同義副詞。唐賢清博士《朱子語類副詞研究》，研究了《朱子語類》中的程度、範圍、時間、情狀方式、否定、語氣各類副詞，還對一些副詞做了個案探討。指出《朱子語類》中的副詞具有完備的系統，而且是繼承

多於發展的相對穩定的系統。賴慧玲碩士《《全宋詞》川人詞作副詞研究》，選擇《全宋詞》中約 80 位川人詞作為語料，描寫分析其中的各類副詞，略加溯源析流，並力圖尋求這些副詞體現出來的當地的方言特色。否定副詞研究的，如羅立方碩士《甲骨文否定副詞研究》，對甲骨文中「妹」、「亡」二詞進行考定後得出甲骨文中「妹」不是否定詞、「亡」已具有否定副詞的用法的結論；在對否定副詞「不」與「弗」、「不」與「亡」、「亡」與「毋」進行比較後得出「不」與「弗」對主語、謂語、賓語的不同類型有一定的選擇性、「毋」是「亡」的分化詞、「亡」與「不」在用法上不具有因承關係的結論。廖強碩士《《韓非子》否定副詞研究》，重點描寫分析了《韓非子》中「不」、「無」、「弗」、「非」、「勿」、「毋」、「莫」、「未」八個否定副詞，揭示了每個詞的語義、語用、語法特點。程度副詞研究的，如侯立睿碩士《《國語》程度副詞研究》，對《國語》程度副詞做了窮盡性的研究，認為《國語》有一系列表示程度的副詞系統，其使用情況可部分反映先秦時期程度副詞的使用情況。由此可見先秦時期程度副詞的使用已經構成一定規模，已經比較發達，且有著非常豐富的表意系統，詞與詞的搭配及語義附加義都已定型，大部分程度副詞的使用直到今天意義沒有變化，仍然在使用之中。斷代研究的，如高育花博士《中古漢語副詞研究》、楊榮祥博士《近代漢語副詞研究》，分別對中古和近代漢語副詞的基本面貌做了描寫，並從歷時的角度探討了中古和近代漢語副詞個案和副詞系統的發展變化。同時研究副詞和助詞的，如王金芳博士《《詩經》副詞助詞研究》，引言部分介紹了《詩經》虛詞研究的歷史及現狀，論述《詩經》虛詞研究的意

義。其後三章，前二章研究副詞，包括程度副詞、範圍副詞、時間副詞、否定副詞、情態副詞、表數副詞、語氣副詞；後一章研究助詞，包括結構助詞、語氣助詞、音節助詞。層層分類，在意義與功能上做窮盡性的描寫分析。

㈥介詞、連詞

這兩類詞的研究，更多傾向於語法研究。介詞涉及的專書與具體語料有《左傳》《淮南子》《三國志》、關漢卿雜劇、元刊雜劇、《型世言》《醒世姻緣傳》等，連詞方面有《詩經》《搜神記》、義淨佛教撰述、隋漢譯佛經等，共 10 餘種。介詞，如王鴻濱博士《《春秋左傳》介詞研究》，內容有《春秋左傳》介詞的歷史研究，包括上古前期、中期、後期介詞；對《春秋左傳》時地、原因、方式、關涉各類介詞的調查分析。趙大明博士《《左傳》介詞研究》，對《左傳》介詞做了窮盡式考察和資料統計，確定了《左傳》介詞系統的範圍，認為真正屬於介詞的一共有 17 個詞，它們是「於、于、諸、乎、以、為、因、用、與、及、暨、自、由、從、當、逮、比」。這 17 個詞實際可以分為三個等級，一是最常用介詞「以、於、于」，二是次常用介詞「與、為、及、諸、自」，其餘都是非常用介詞。許巧雲碩士《關漢卿雜劇介詞研究》，對關漢卿雜劇中的 14 個重要介詞做了窮盡性的統計，從語義語法角度對它們做了描寫分析。魏兆惠碩士《《元刊雜劇三十種》的介詞研究》，對《元刊雜劇三十種》中的介詞進行了窮盡式的統計和列舉，首先按照語義標準將其中的五十餘個介詞分為九類，分析了這些介詞語法化的程度和面貌。艾爾麗碩士《《醒世姻緣傳》介詞研究》，統計《醒世姻緣傳》中共出現介詞 52 個。研

究表明這些介詞處在三個時間層面上，1.古代漢語介詞，2.近代漢語介詞，3.《醒》中新出現的或在《醒》中體現出發展變化的介詞。斷代研究，如吳波博士《中古漢語介詞研究》，對中古漢語介詞的概貌做了描寫，並從歷時的角度探討了中古漢語介詞個案和介詞系統的發展變化。專題研究，如吳金花碩士《漢語動詞介詞化研究》，探討了漢語動詞介詞化的動因，如句法地位的變化、詞義變化因素、同步虛化、認知因素、語用因素等。

連詞，如溫振興碩士《《搜神記》連詞研究》，對《搜神記》的連詞進行了窮盡性調查，認為《搜神記》中有 52 個連詞，以單音節連詞為主，佔全書連詞總數的 75%，並依據意義為主兼顧語法功能的標準把它們劃分為十一個大類。通過將《搜神記》連詞與上古、中古、近代專書的連詞進行歷時的比較，發現《搜神記》連詞中有 57.5% 繼承了上古連詞，同時又出現了新興的連詞。在雙音連詞方面，文章認為《搜神記》開啟了晚唐五代雙音連詞發展的先河。曾曉潔碩士《隋以前漢譯佛經中的複音連詞研究》，從 941 部隋前漢譯佛經中提取出了 224 個複音連詞，分析了它們表示的各種關係。認為佛經連詞系統中，由於譯者方言或母語影響、古語與方言雜糅以及連詞內部構成方式的差異，使得同一種語義關係往往有幾個乃至幾十個連詞來予以表達。這種用法相同而形式紛繁蕪雜的局面與語法發展規範化的總體要求相悖，因此，在隨後膨脹與清理交替作用的語法發展過程中，選擇出了最適合語言發展需要的那些連詞。

㈨助詞、語氣詞、詞綴

共涉及專書與具體語料有姚秦漢譯佛經、《敦煌變文集》《祖

堂集》《型世言》《二拍》《三寶太監西洋記通俗演義》《醒世姻
緣傳》近 10 種。助詞、語氣詞、詞綴三類總共見到論文 10 篇左
右。助詞，如龍國富博士《姚秦漢譯佛經助詞研究》，文中討論了
一些助詞的發生發展，如萌芽期的事態助詞「來」，演變中的動態
助詞「將」、「卻」、「著」，趨於衰落的「耳」、「焉」和
「哉」等。並從語法的角度探討了影響譯經的各種因素，如原典的
影響、方言的滲透、佛教文化的影響、「四字格」問題的影響等。
曹廣順碩士《《祖堂集》助詞研究——兼論唐宋時期部分助詞的發
展變化》，研究了《祖堂集》中不同類型的八個助詞「底
（地）」、「卻（了）」、「著」、「來」、「聻」、「那」、
「去」、「生」等，統計其出現頻率，描寫分析其用法。關於唐宋
時期部分助詞的發展變化，文章研究認為唐宋助詞大概正是處在這
樣一個新舊並存的過渡時期上。呂傳峰碩士《《型世言》助詞研
究》，對《型世言》中十餘個動態助詞、結構助詞、語氣助詞進行
了分析描寫，並與中古漢語和現代漢語相比，結論認為《型世言》
所反映的明末清初漢語的助詞系統發生了很大變化。主要體現在兩
個方面：每類助詞內部所包含的單個助詞的數量有所消長，單個助
詞的功能用法有所變化。

　　語氣詞，如張曉峰碩士《先秦常用語氣詞研究》，文中研究了
先秦語氣詞在書面語中的分佈情況和常用語氣詞「也」、「矣」、
「已」、「焉」、「耳」、「而已」、「爾」、「乎」、「與」、
「邪」、「耶」、「哉」、「夫」，得出的結論有：語氣產生於直
接的交際需要，它是言語行為在具體句子中的體現；一個語氣詞可
以與句子成分組合，也可以與整個句子組合，還可以出現於不同的

句類；一個語氣詞的基本語氣功能是單一的，一個語氣詞基本上表達一種語氣；語氣詞的連用是有層次、有順序的連用等。王愛香碩士《《醒世姻緣傳》語氣詞研究》，討論了《醒世姻緣傳》表示陳述、疑問、感歎、祈使各類語氣的語氣詞，研究認為《醒世姻緣傳》中的語氣詞豐富多彩，其中既有古代漢語和近代漢語中的語氣詞，也有大量新興的方言語氣詞；《醒世姻緣傳》中還體現了近代語氣詞在一定歷史時期的發展變化；語氣詞由《醒世姻緣傳》到現代漢語的變化基本上是從較少限制到逐漸規範，由開放到歸併，功能上由多到少。

詞綴，如馮淑儀碩士《《敦煌變文集》和《祖堂集》的詞綴研究》，對《敦煌變文集》和《祖堂集》中的名詞詞尾、動詞詞尾、名詞詞頭等做了描寫分析和比較。彭小琴碩士《古漢語詞綴研究》，文中分別研究了前綴「阿」、詞綴「老」、後綴「頭」、「子」的來源和用法。在與其他語言的比較中，認為漢語詞綴有著鮮明的民族特點：1.漢語詞綴的產生適應了漢語詞彙複音化的趨勢；2.廣泛性不足，有一定的選擇性；3.詞綴在構詞中所起的作用是不盡相同的；4.強制性不夠，有一定的靈活性；5.歷時發展中的不穩定性；6.存在著方言差異等。

㈣異文

在從語言的角度研究異文的論文中，有些也包括古漢語詞彙研究的內容，涉及的專書有《武威漢簡》《儀禮》《史記》《漢書》《新序》《三國志》《宋書》《南史》近 10 種。不同版本間的異文研究，如孟美菊碩士《武威漢簡《儀禮》異文研究》，文中研究了簡本《儀禮》的異詞，認為從意義關係可以把它們劃分為三類：

一是詞義基本相同的同義異詞，二是詞義有種屬大名小名關係的包義異詞，三是詞義有部分相交的交義異詞。楊芸碩士《《新序》文獻異文研究》，第二章從詞彙學的角度研究了《新序》的異文，包括詞彙複音現象、同義詞和近義詞現象等。不同著作間的異文研究，如王海平碩士《《史記》《漢書》異文研究》，文中討論了異文在詞彙研究上的應用的特點及實例。研究指出，單音節詞與雙音節詞混用並行、雙音節詞詞序尚不固定以及同義單音節詞在後世許多結合成複音詞等。朱湘雲碩士《《宋書》與《南史》異文之字詞研究》，第二章是〈《宋書》與《南史》的用詞差異〉。研究指出，同義詞或近義詞的互相更替是兩書異文最突出的詞類演變現象。論文從語音、詞彙、語法等方面對同義詞進行分析，歸納出造成同義更替的原因是：1.方言詞進入通語形成同義詞，2.受社會思想的影響形成同義詞，3.新產生的詞與舊詞形成同義詞。

通過上面介紹，可以看出大陸碩博論文在古漢語詞彙研究方面取得了很大的成就。這些論文也從不同的角度反映出了不同的特點：

㈠在語料選擇上的特點。1.從語料選擇的數量上看，專書研究是碩博論文主要的選題。318 篇碩博論文共有專書研究約 180 篇，涉及的專書約 100 多種。選題中還有一些接近於專書的具體語料的選題，如專人研究的支謙譯經、義淨譯著的詞彙研究，出土文獻研究的甲骨文、金文的詞彙研究等，這類論文約 40 篇。若把二者相加起來，總共就有約 240 篇，差不多佔了碩博論文的四分之三。有些專書有多人選做，如《荀子》《韓非子》各有 4 篇，《左傳》《國語》《史記》各有 5 篇，《說文》有 6 篇。2.從語料選擇的部

類上看，可以看出碩博論文語料選擇的一些傾向性興趣。⑴碩博生們已經不再像過去研究小學那樣，首先是傳統的《十三經》，而碩博論文中我們見到選擇經書為研究語料的包括《爾雅》在內僅 6 種。但傳統經部中的小學文獻仍然是研究重點，碩博論文選擇為語料的有傳統小學 4 種與《廣雅》以及它們的注疏著作 10 餘種，這當然與本學科是研究詞彙的性質有關，這些小學及其注疏著作與古漢語詞彙緊密相關。⑵史書選擇為語料 10 餘種，除了《國語》《戰國策》一類以外，正史有 7 種，上自《史記》下至《舊唐書》，呈現了對正史語料的興趣。⑶子書是一個龐雜的大類，有老莊荀韓之類，有醫學典籍，有宗教文獻等等。從大的方面來說，碩博論文對子書的選擇興趣較大。細析之，近 30 種屬於一般子書的語料，西漢前與東漢後約各佔一半，反映了碩博論文在一般的子書語料的選擇上，既重視上古也重視中古近代。醫學典籍選擇為語料的僅見，還沒有充分引起碩博生的興趣。宗教文獻選擇呈現出了較大的興趣，有 20 餘種。但主要是佛教文獻，而道教沒有受到重視，道教文獻僅見兩三種，如《焦氏易林》《太平經》《抱朴子》之類。⑷集部書是個大類，所見選擇為語料的約 20 種，都是中古近代的文學作品，這反映出了文學作品詞彙的研究，對上古已經沒有了興趣。如果把出土文獻單獨作為一類，出土文獻也是碩博論文的一個興趣點，見到選擇的約有 10 種語料，除甲金外，重要的已公佈於世的出土文獻如《侯馬盟書》《睡虎地秦墓竹簡》《銀雀山漢墓竹簡》《居延漢簡》《武威漢簡》也都有人做過，像甲金、《銀雀山漢墓竹簡》等已有多人選做。更值得一提的是，近年來墓誌、碑文也已有人選做。

㈡在研究內容上的特點。從上文所列的具體分佈情況已經可以看出來，標明詞彙、詞語、語詞最多，雙音詞、多音詞、構詞次之，其後篇數的順序大致是同義詞，詞義、語義，語言、語言現象、語言藝術，同族詞、同源詞、語源，方俗語、古白話。❹另外，很多碩博論文都包含了新詞新義的研究部分，這也是研究內容上的一個顯著特點。

㈢在研究時代上的特點。斷代或歷時的研究論文所佔比例較少。斷代的研究往往是專題、專門體裁或專類文獻的研究，如《上古漢語詞彙派生研究》《漢魏六朝詩歌語彙研究》《魏晉南北朝佛經詞彙研究》等。像《明代漢語詞彙研究》《近代漢語詞彙研究》是為僅見，且多為博士論文。歷代的研究多為某個義類詞的研究，如《漢語「吃喝」類詞群的歷史演變》《「捆卷」類動詞衍生量詞的歷時過程和現時表現》等。

㈣在研究方法上的特點。碩博論文最常用的是平面描寫，主要是對專書詞彙的平面描寫，而不是對某個時代層面上的詞彙狀況的平面描寫。其次是歷時比較，多見的是以某種書的平面描寫為基礎，然後就某些詞彙現象，上溯其源，下析其流。很少有選擇兩個不同的歷時層面或兩個不同歷時層面上的專書進行充分描寫再做歷時比較的情況。數理統計作為一種輔助方法，碩博論文絕大多數都能很好地利用來做窮盡性的調查分析。在參照系的運用上，多依賴

---

❹ 某詞類的研究如副詞，某些詞類的研究如動詞、助動詞、系詞，它們各自的篇數也都不少，我們沒有把它們排入，是因為這些論文多是從詞彙的角度研究語法，詞彙研究的內容只佔較少部分，而且像動詞、助動詞、系詞又是幾個詞類加在一起的，不能全面反映詞彙研究的狀況。

於《漢語大詞典》，直接以前代、當代或後代的文獻作為參照系的很少。也有少數論文力圖運用聚合、組合、語義場、配價、詞彙化、語法化之類的方法理論於古漢語詞彙研究之中，這些嘗試也有一定的成效。

㈤在地域分佈上的特點。在地域分佈上碩博論文也呈現出特點。有的碩博學位點的論文以研究出土文獻為主，有的碩博學位點以宗教文獻為主，有的碩博學位點以中古為主，有的碩博學位點以近代為主等等，這可以在文後所附碩博論文要目的碩博生所屬學校看出來。這個特點與不同的碩博學位點有不同的主要研究方向以及導師的個人專長愛好很有關係。

以上論及的特點中也包括了一些不足。但我們感到，從整體上來看，這些碩博論文反映出來的最大不足是研究的各自為政、無總體規劃性，因而成果零散，缺少系統；從個案上來看，碩博論文質量參差，有些碩博論文特別是碩士論文的質量的確堪憂。所以，有一些問題需要認真予以考慮。

㈠需要制定研究總體規劃。大陸在各省市設置碩博學位點，「遴選」導師，據說是至少應該是有規劃的行為。既然如此，這種規劃不能大而化之，要在充分調查研究的基礎上❹，確定在古漢語詞彙研究專業方向上如何配備研究隊伍，這些研究隊伍的組成在研究上如何互相補充而不互相重複。要組織配備研究隊伍，擬定總體規劃，哪些點負責哪一段的研究，負責本段研究的不同方面可以再

---

❹　調查的內容還應該包括大陸以外的古漢語詞彙研究的情況，包括碩博學位點研究隊伍、研究已有成果以及將來的研究方向等。

細分到具體的點，甚至具體的導師。❺細分之後，定出各點的碩博生應該研究的課題範圍。這樣若干屆碩博論文集中在一起，就可能看出對古漢語詞彙研究的系統性。現在看到的 300 餘篇論文呈現出來的情況主要是各自為政的傾向，不是在整個規劃下的選題。碩博生進校以後，第一件最大的事就是選題。如果有了規劃，按研究選題的需要招生，碩博生進校後就可以進入狀態，有較充分的時間投入研究，研究整個計劃中的一個部分，從而就會深化成果的價值。可能有人會提出古漢語詞彙研究能否規劃的問題。我們認為古漢語詞彙研究是可以有總體規劃的，至少是階段性的總體規劃。其原因並不很複雜，因為古漢語文獻語料是有定的，古漢語詞彙研究的目的任務是明確的。

㈡需要糾正導向的偏誤。若干年來，在沒有總體規劃的情況下，碩博論文的選題往往是跟著導向走，比如可以反映古漢語詞彙面貌的代表性漢語傳統文獻語料沒有受到碩博生們的應有重視，而佛典譯經則成了選題的熱點等，這些多與可以左右碩博生研究選題的某些導向的偏誤有關。偏誤的導向往往來自於某些個人的意志，他們既沒有把古漢語文獻作為一個整體去看待，也沒有把古漢語詞彙研究作為一個有系統的學科去看待，因而形成了偏見。每個人都可能有偏見，但是把偏見拿來指導某系統學科的研究，帶來不應有的危害是不言而喻的。

㈢需要加強學術信息的交流。信息交流者應該包括著碩博生及其導師以及碩博學位點的總體規劃者。交流包括著信息的輸出與獲

---

❺　這裏只是舉例，當然可以不從時代而從別的角度去劃分配備。

取。獲取的信息不只是碩博的研究現狀，要包括整個學界的研究現狀。在沒有總體規劃的情況下，更需要加強學術信息的交流。這樣有利於把選題定位於整個研究系統之中的一個必要研究環節之上，同時也可以避免重復選題的情況。

　　㈣需要加強招生、報考的方向性、針對性。招生、報考是一個問題的兩個方面。現在在招生與報考方面都存在著一些問題，在一定程度上影響了碩博的古漢語詞彙研究。招生情況是，大量擴招，各點各導師已經不再完全考慮招收本專業的學生，以致不少不適合做古漢語詞彙研究的學生也參雜其中。一個專長古漢語詞彙研究的導師，他的學生可能去做現代漢語，甚至做與語言研究不沾邊的論文。報考情況是，大量的沒有本科文憑的學生報考碩士生，也有一些沒有碩士學位的學生報考博士生。不乏有只知道《古代漢語》教材、甚至連《古代漢語》教材也沒有認真學完的入學研究生。因此，碩博學位點招生當從學術研究的角度出發，要有明確的方向性，不招所學或其知識與本專業無關的研究生。學生報考則要有針對性，否則入學做學問舉步維艱。花三年時間做一篇沒有學術價值的論文，那是惡性耗損生命。合格入學的研究生，要把自己定位在「研究」二字之上，不能隨手找一本書，做個平面描寫，某詞某詞出現了多少次，做個比較，某些詞某些義《漢語大詞典》未收，某些例《漢語大詞典》晚出，舉上例子完事。

　　碩博論文中具體的問題還有不少，於此不能一一。但無論如何，碩博論文為古漢語詞彙研究做出了很大貢獻，不容否定。如上說的這些無外乎是想讓我們對存在的問題有個清醒的認識，以使碩博生能出更多更好的研究成果，為本領域做出更大的貢獻。

二、臺灣古漢語詞彙研究碩博學位論文概述

　　我們通過臺灣國家圖書館全國博碩士論文摘要檢索系統檢閱和朋友贈讀以及向朋友索請的途徑，共閱得臺灣古漢語詞彙研究碩博論文 60 篇。雖不免掛漏，但它們應該可以反映出臺灣碩博古漢語詞彙研究的主流和主要成果。這 60 篇論文的具體分佈情況是：㈠詞彙、詞語、語詞 15 篇，㈡詞義、語義 5 篇，㈢同源詞、連綿詞、重疊詞、擬聲詞、派生詞 10 篇，㈣俗諺、典故 3 篇，㈤虛詞 11 篇，㈥數詞、量詞 5 篇，㈦稱代詞、稱謂、介詞、助動詞、助詞 11 篇。

　　第五至七類是從詞類的角度分出來的。行文中省去了某校某專業等相關內容，可參書後碩博論文要目。

㈠詞彙、詞語、語詞

　　本類涉及的專書與具體語料有西周金文、《論語》《墨子》、李賀詩、李商隱詩、杜牧詩、溫庭筠詩、《清真集》、黃庭堅詩、《碧巖集》《聊齋誌異》等，主要是唐代以後的文學作品。純詞彙研究或主要是詞彙研究的，如陳美蘭博士《西周金文複詞研究》，以傳世及新出土 6,000 件左右西周金文為基礎語料，結合相關重要典籍，逐討考證西周金文所見複詞，除人、地、方國、職官等專有名詞，總計得 100 個一般複詞，歸納每個複詞在西周早、中、晚期的用法區別，並分析西周金文複詞的構詞方式。研究認為西周金文複詞的特點有：1.詞義、詞性單一，2.詞形不統一。西周金文複詞的歷時地位是：商代甲骨文的複詞處於萌芽階段，數量很少，構詞式也以偏正式佔絕大比例；到了西周時期，雖然複詞數量仍不如單

音詞,但是各種構詞式在此時已經類型大備;到了春秋戰國,複詞的數量明顯增加,構詞式也承繼西周各種類型而使用純熟。因此,西周金文複詞在先秦複詞發展上,居於承上啟下的地位。李金馥碩士《墨子與論語詞類比較研究》,比較《墨子》與《論語》的詞類,描寫由孔、墨二人的時代和社會地位的不同所造成的語言不同,並探討二者所用的語言不同的原因。章明德碩士《先秦漢語詞彙並列結構研究》,專門研究先秦詞彙的並列結構,研究發現先秦文獻雙音並列詞語高達總數的五分之四,非雙音的五分之一也幾乎都是可切分為雙音的偶數音節形式。這類不多,較多的是詞彙研究中包括語言風格研究或語言風格研究中包括詞彙研究,如羅妮淑碩士《李商隱七言律詩之詞彙風格研究》,研究包括李商隱遣用顏色字時所呈現的個人習慣,以此考察義山穠麗文風在詞彙風格上所顯示的意義;探究義山所使用的華詞的結構形式及其運用模式,來瞭解詩人在建構詩歌繽紛視象的過程中,所展現出來的言語特質;透過義山對各種「詞」或「詞素」的重出,來觀察詩人在重複遣詞的過程中,所呈現出來的用詞模式,以顯示義山七律近體的詞彙風格;以李商隱七律中常見的數詞為討論的對象,借其出現位置、出現方式來檢視李氏七言律詩的詞彙風格等。張靜宜碩士《李賀詩之語言風格研究——從詞彙與句型結構分析》,涉及詞彙研究的內容有李賀運用顏色字、重疊詞、用詞模式等,從詞彙的方面如實地呈現李賀詩的語言風格。歐陽宜璋碩士《《碧巖集》的語言風格研究——以構詞法為中心》,在詞彙方面,首先在詞彙的共時、歷時研究中,觀察《碧巖集》中,近古漢語文白過渡階段的風格特質。其次,經由同義、近義組及反義、對比組的詞義分析,發現《碧巖

集》的常用語意組，多為極具近古白話特質的俗詞或俚諺，適可印
證上述文白交融的風格現象。整個研究，是希藉由《碧嚴集》語言
形式特質的分析，呈顯近古禪錄的語言現象與禪家教學法中應答的
機鋒與表現體裁。朴淑慶碩士《《老乞大》《朴通事》詞彙演變研
究》，分析前期《老朴》及後期《老朴》所見的詞彙，比較其變
化。論述到的有名詞、代名詞、數量詞及形容詞、動詞等實詞的變
化和副詞、介詞、助詞、連詞及嘆詞等虛詞的變化。

㈡詞義、語義

　　這類研究涉及到的專書與具體語料有敦煌變文、李賀詩、《祖
堂集》《荔鏡記》四、五種。如朴真哲碩士《敦煌變文詞彙之同義
反義關係研究》，探討了敦煌變文的一些同義、反義詞結構，以及
當時同義、反義詞的運用。研究認為從變文的同義、反義詞面貌來
看，跟現代漢語的特點幾乎沒有兩樣。譬如說，同義詞的豐富、複
詞的同義組間大多存在共同的詞素、同義反義組的對比、單詞同義
組的構詞能力等等。但有些部分是帶有敦煌變文的同義、反義詞特
點，例如，語體色彩上特別多口語和文言文混用、單音詞與複音詞
的並用、單詞的同義組易成複詞、詞義的演變而造成同義組的流動
等等。張皓得博士《《祖堂集》否定詞之邏輯與語義研究》，研究
發現到幾點新理論，如語言研究要區分符號隱性系統和符號顯性系
統，纔能得到完善的結果；邏輯學的矛盾概念和反對概念顯現為語
言符號時，產生一些問題，因此研究符號顯性系統的否定詞，反對
概念還要分成「確定反對（definite contrary）」和「不定反對（indefinite
contrary）」等。有對一個詞或一組詞的研究，如鍾美蓮碩士《《荔
鏡記》中的多義詞「著」》，主旨在於說明「著」在《荔鏡記》中

的表現，提出以「概念結構」統攝其多義現象，論述「著」的諸多義項實是同個概念結構體現在不同表層句法結構的結果，藉由概念結構的理論，將不同義項加以聯繫、歸併，化繁為簡。還進一步比較「著」在《荔鏡記》與現代北京話、現代閩南語中用法的異同，說明「著」在不同方言中的演變路徑。侯雪娟碩士《「口」「嘴」「首」「頭」詞義演變的研究——兼論漢語詞義的演變》，研究了「口」等四字歷代使用的情況，並分「詞彙內在涵義」及「詞彙外在型態」兩大部分對漢語詞彙演變現象作了觀察，前者重在探討詞義的種類、組合及演變，後者則重在探討詞彙外表的改變。

㈢同源詞、連綿詞、重疊詞、擬聲詞、派生詞

　　這幾類研究涉及到的專書與具體語料有《方言》《說文解字》《世說新語》《廣雅疏證》、關漢卿戲曲、元散曲、《西遊記》等六、七種。同源詞方面，如李昭瑩碩士《揚雄方言同源詞研究——以秦晉方言和楚方言為例》，以秦晉方言和楚方言為例，呈現《方言》同源詞的音韻對應現象。分析討論了《方言》秦晉方言同源詞和楚方言同源詞的特色。並列有〈《方言》共同語與秦晉方言楚方言同源詞對照表〉。吳美珠碩士《說文解字同源詞研究》，歸納分析了《說文》中的同源詞。論述重心除證成同源關係外，還包括說明其音轉關係及形聲字聲符承載語源的情況。聯綿詞方面，如李淑婷碩士《世說新語聯綿詞研究》，論文以探求《世說新語》的聯綿詞音韻現象與語言風貌為目的。統計《世說新語》全書聯綿詞 195 個，研究了它們的音韻特點，得出了聯綿詞的主要形式是義寄乎聲、合二字以成一義的單純雙音詞的結論。崔南圭碩士《由王氏疏證研究廣雅聯綿詞》，評述了王念孫對於聯綿詞的看法，由《廣

雅》聯綿詞檢討王氏聲訓理論及其實踐，並對王念孫的一些觀念加以肯定或批判。同源詞的斷代研究，如姚榮松博士《上古漢語同源詞研究》，研究內容包括古代漢語同源詞研究的簡史：從泛聲訓、右文說、泛論語根、詞族到同源詞研究的歷史；上古漢語同源詞的依據：諧聲字、聲訓、《說文》音義同近字、上古方言中的轉語；上古漢語同源詞的分析：同源詞的詞音關係、詞類關係以及同源詞的形義分析；同源詞研究的展望：上古漢語同源詞與構詞法的關係、上古漢語同源詞與漢藏語言的比較研究等。重疊詞、擬聲詞、派生詞方面，如江碧珠碩士《關漢卿戲曲語言之派生詞與重疊詞研究》，先將關氏戲曲語言的派生詞與重迭詞耙梳整理，作歸納條列後，再進一步探索了分析這兩類詞彙的內在結構與外部功能。對於派生詞的內部結構，主要針對其詞綴問題，討論派生的過程以及詞綴的構詞功能；重迭詞則著重於音韻的分析。詞外部功能的研究，皆論及它們的語法作用。

㈣俗諺、典故

俗諺、典故僅見兩三篇。如蔡寶琴碩士《海音詩俗語典故之分析》，研究內容包括，分析清劉家謀《海音詩》的詩句中所使用的俗語與典故，探索典故來源，以及俗語、典故這兩種作為一種有機質料的特殊詞彙在詩中所扮演的內涵意義。潘昌文碩士《明清俗語研究》，以明清辭書中被稱為俗語的部份，收集出五百餘條的俗語詞條，並根據這些詞條作現象上的分析，配合通俗作品中的俗語內容，發現明清被稱為俗語的部份，有他特定的性質：自由形式、描述性、非教訓性、順口性和功能性。還以俗語諺語、歇後語、成語和格言等作比較，以將它們區分開來。王筱蘋博士《《三言》中的

諺語研究》，以馮夢龍所編撰的擬話本小說《三言》為文本，蠡探古典小說作者運用諺語於作品中的方式、功能與價值。包括《三言》中大量運用諺語的意義、諺語出現於《三言》各篇故事中的位置、諺語的運用功能和諺語所反映的民眾意識等。由於俗諺、典故的性質所決定，這類研究多與文學和社會文化等方面緊密結合在一起。

㈤**虛詞**

　　虛詞研究，在臺灣碩博論文中佔相當的比重，但不少是重在語法、修辭方面的研究。專書與具體語料涉及有甲金、《禮記》《國語》、屈賦、杜甫詩、《六祖壇經》《祖堂集》《三國史記》等。如邱湘雲碩士《殷墟甲骨文虛詞研究》，研究了甲骨文中較為確定的虛詞介詞、連詞、助詞、語氣詞、副詞共 61 字。結論是：殷商時代虛詞系統已十分完備，不少虛詞自殷商時代延用至今，可謂具有「穩固性」；部分虛詞形成的結構位置可前可後，可說極具「靈活性」；而虛詞含義甚豐，可稱具有「複雜性」。王文杰碩士《《六祖壇經》虛詞研究》，分別討論《六祖壇經》中的介詞、連詞、助詞、語氣詞五個詞類。說明了虛詞所承擔的時空信息、語氣信息，及詞類劃分與句子結構的關係。宋寅聖博士《《祖堂集》虛詞研究》，描寫分析了《祖堂集》中副詞、介詞、連詞、助詞四個詞類。研究結果表明，該書保存了不少唐五代產生的新興或特殊虛詞以及有關的語法現象。文章列有《祖堂集》與敦煌變文所見唐五代新興副詞、介詞、連詞、口語助詞比較表四個。安載澈博士《三國史記虛詞研究》，研究了《三國史記》中介詞、連詞、助詞的定義、種類等問題。個別虛詞研究的論文有乃俊廷碩士《甲骨卜辭中

「其」字研究》、蔡妮妮碩士《屈賦句中的「之」、「其」、「以」字研究》等。

(六)數詞、量詞

　　數詞研究僅見，如梁志強碩士《數詞在中文成語裏的文化意義》，討論「一」至「十」每個數詞的特性與現象，數詞與人類關係、數詞霸男主義等。其他是量詞，如楊如雪碩士《六朝筆記、小說中使用量詞之研究》，研究認為量詞使用上形成一普遍的語言習慣，當自六朝始，故六朝可為量詞的初熟時期；當時使用的量詞，大半仍保存在現代漢語之中，但因詞義間的生存競爭，使用不便，器物形制改變等影響而遭淘汰；在當時更有部分新量詞產生，緣於使用語言者的自覺與轉譯佛經的影響。至於數量結構的語序，名詞用量詞的數量結構，除必須後附者以外，顯然已有前置於中心名詞的趨勢；非名詞用量詞的數量結構亦逐漸轉變為述語的補足語的地位。此已漸漸符合現代漢語的詞序規律了。洪藝芳博士《敦煌吐魯番文書中之量詞研究》，分別討論了名量詞和動量詞，對敦煌吐魯番文書中之各個量詞做了全面系統的具體描寫。研究認為敦煌吐魯番文書中的量詞，在魏晉南北朝時期已初具成熟的規模，而唐五代時更加成熟，其中量詞類別和用法的新興、改變和不適用者的淘汰，皆使量詞的體系更加精確而完善。這一時期量詞的體系與現代漢語沒有很大的差別，成為現代漢語量詞發展的源頭和關鍵，在漢語量詞史上扮演著相當重要的角色。蔡蓉碩士《唐五代量詞之研究》，研究認為唐五代的量詞，在名量詞方面，產生了一些新興量詞，有些產生於前代的量詞，其所計量之中心名詞之詞義產生了變化；在動量詞方面，同形動量詞的產生具有重大之意義，此意味著

漢語動量詞的體系，至唐五代時，就已經初步形成了。

(七)稱代詞、稱謂、介詞、助動詞、助詞

每類詞語的研究都僅有兩三篇。這類研究不少也與文學和社會文化等方面緊密結合在一起。稱代詞，如韓耀隆碩士《甲金文中稱代詞用法研究》，研究了甲金文中三身、指示、數量、單位、其他稱代詞和稱代詞的位與序。列有〈甲文、金文、書經、詩經之稱代詞用法比較表〉。許璧博士《史記稱代詞與虛詞研究》，第一編是稱代詞研究，內容包括三身、特定、疑問、複指、數量、單位稱代詞和代詞性助詞、稱代詞之位與序；第二編是虛詞研究。魏培泉碩士《漢魏六朝稱代詞研究》，內容包括人稱代詞、指示詞與情狀代詞、「自」「己」「相」「見」、疑問代詞、不定指稱與關係代詞等。本文研究認為，上古代詞體系在漢以後進行著一番重新改造的工作。舉其大要是：有些代詞原有的形態對比已經消失或趨於消失，無論其原來的對比是語用上的還是語法上的。有些代詞進行詞彙替換的工作，其中有的還配合複音節化的趨勢，利用構詞法或新的構形法來換用新詞；有的是合併舊有的不同形式，造成簡化的結果。有的代詞取消了，同樣的功能改以別的句法手段來表示。代詞和別的詞類相比，不僅在較狹義的形態上不再顯得獨特，在詞序上也和別類的詞趨於一致。這種和別的詞類趨同的工作至遲在東漢已經大致完成，而且很有可能可以更望前推到東西漢之交。

稱謂姓名，如成玲碩士《春秋公羊傳稱謂例釋》，條分縷舉《公羊傳》有關稱謂之書例，包括諸侯稱謂例、女子稱謂例、君室公族及大夫稱謂例諸內容。期以例明義、因義釋經、得以略窺春秋之堂奧。陳靜芳碩士《漢語親屬稱謂詞的語義分析》，以《爾雅·

釋親》和馮漢驥蒐集的近代稱謂作為資料，通過對比以找出二個稱
謂系統的構詞詞素和詞素所負擔的語義成分、語義規則。由語義規
則，得出二個系統具有不同的核心意義的結論。巫雪如碩士《包山
楚簡姓氏研究》，對包山楚簡所見姓氏進行了考證研究，由包山楚
簡所反映出的戰國楚國姓氏之面貌，探討中國姓氏從春秋到秦漢之
間發展演變的過程。認為隨著封建禮制的解體及各國激烈的兼併戰
爭，春秋以前姓氏二分的現象，至春秋中晚期以後即已開始破壞，
姓逐漸為氏所取代，造成姓氏合一、廢姓用氏的現象。認為戶籍制
度的實施是造成平民普遍著錄姓氏的主要因素。中國平民普遍著錄
姓氏的時代應該在春秋晚期至戰國時期，而非秦漢大一統帝國的時
代。

　　介詞、助動詞、助詞，如朴淑慶博士《講經變文與有關佛經介
詞研究》，對《變文》與《佛經》出現的介詞進行統計描寫與分
析，找出了各自的某些特點，揭示了漢語介詞由魏晉南北朝到唐代
的發展變化。莊惠茹碩士《兩周金文助動詞詞組研究》，依兩周金
文助動詞的詞義特性，將之區分成可能、意願及應該三大類。重點
討論了助動詞與動詞結合成的詞組現象。綜合比較了兩周金文與甲
文、先秦典籍助動詞詞組的異同，分析了兩周金文助動詞異於其他
先秦語料的五個特色。認為先秦漢語中的助動詞乃屬實詞虛化過程
中的一個詞類，其在虛化的過程中，依循「詞義引伸」及「固定語
法位置」這兩個重要的實詞虛化途徑。助動詞是適應語法不斷向精
密化發展所產生的特殊詞類。郭維茹碩士《句末助詞「來」、
「去」：禪宗語錄之情態體系研究》，根據梅廣提出的情態系統的
理論，對《祖堂集》等禪宗文獻進行了調查研究，得出「來」的出

現環境恰恰和「去」互補,「來」、「去」表示以說話者位置為絕對參照的空間概念,相應於時制語言以說話時間區分過去、現在、未來的時間概念,這應該反映了漢語身為情態語言「位」觀念特別發達的事實等結論。

就檢閱到的這些碩博論文來看,其特點大致與大陸相近,但也有自身的一些明顯特點。一、其詞彙研究往往與語體、語言藝術風格等研究聯繫在一起,從詞彙一面揭示文學作品的風格藝術等。二、從語料上看,文學作品很受重視。論文涉及的專書與具體語料約 40 種,其中文學作品就佔有 15 種之多,如屈賦、杜甫詩、李賀詩、李商隱詩、杜牧詩、溫庭筠詩、《清真集》、黃庭堅詩、關漢卿戲曲、元散曲、《荔鏡記》《西遊記》《三言》《聊齋誌異》《海音詩》等。三、在研究內容上,像大陸碩博論文選擇較多的口語、俗語、白話之類,臺灣碩博論文觸及很少。四、在研究方法上,論文在使用傳統的語言學方法之時,盡力引進新的方法和理論。這方面比大陸碩博論文顯得突出。

如果從論文的篇數和取得成果的數量相比較,大陸遠多於臺灣。但是,如果把兩地的人口和碩博生的數量比例考慮進去,臺灣碩博生對於古漢語詞彙研究的貢獻並不遜色於大陸。臺灣大陸兩地碩博生的研究成果正可互相補充,臺灣碩博成果對於整個古漢語詞彙研究同樣是舉足輕重。

第五節　瞭解研究狀況的途徑

瞭解研究狀況,主要是瞭解現有的研究成果。成果通過書文反

映，所以瞭解研究狀況主要就是瞭解這些書文。

瞭解研究狀況，過去主要是通過紙本文獻的檢索，隨著電子與網路技術的發展，電子數據資源的出現，瞭解研究狀況增加了新的途徑。電子數據資源主要包括兩種載體，一是網路，一是光盤（光碟）。雖然目前的電子數據資源不少是由紙本文獻轉換而來，但是由於電子數據資源比紙本文獻的檢索大大便捷，所以它已經成了主要的檢索途徑。這些網路數據資源多為商業性經營，付費使用，商家大多利用 IP 地址的限制或用戶名與密碼登陸的方法提供服務。以下分為查檢網路數據資源、查檢光盤數據資源和查檢紙本文獻資源三個方面進行介紹。

一、查檢網路數據資源

網路狀況：2005 年 6 月 26 日。

㈠全國報刊索引數據庫

本庫各地多有引進，查檢有很多可用網址。可以在上海圖書館檢得，http://www.library.sh.cn。四川師範大學圖書館也已引進，可以在 http://202.115.193.225 網址中打開檢索。以下根據川師圖書館引進的網絡版的情況加以介紹。

本數據庫是由文化部立項、上海圖書館承建的重大科技項目，由上海圖書館《全國報刊索引》編輯部負責研製和編輯。本庫具有文獻信息量大、檢索點多、查檢速度快等特點，是《全國報刊索引》新一代電子版檢索工具。

1.收錄時間

1857－2004 第 1 季度。1857－1999，分為 1857－1919、1920

－1949、1950－1979、1980－1992、1993－1999 六個子庫，科技
與社科不分。2000－2001 兩年合二為一，分為科技與社科兩個子
庫。2002、2003、2004 每年各分為社科與科技兩個子庫。

2. 收錄規模

《全國報刊索引數據庫》(社科版) 收錄了全國哲學社會科學
期刊 6,000 多種，報紙 200 餘種，基本上覆蓋了全國郵發和非郵發
的報刊。內容涉及馬列主義、毛澤東思想、哲學、社會科學、政
治、軍事、經濟、文化、科學、教育、體育、語言文字、文學、藝
術、歷史地理等各個學科。條目收錄採取核心期刊全收、非核心期
刊選收的原則，現年更新量約 20 餘萬條。**㉛**

3. 檢索途徑

檢索項有 A=分類、B=題名、C=著者、D=單位、E=刊名、F=
年份、G=主題、H=文摘、I=全字段。

4. 信息內容

數據庫格式嚴格按照國家有關標準，其著錄字段包括順序號、
分類號、題名、著者、著者單位、報刊名、卷期年月、所在頁碼、
主題 (關鍵字)、文摘 10 項。2000 年開始資料分類標引採用《中國
圖書館分類法》第四版。

信息分為兩個層次，第一層次包括題名、著者、報刊名、卷期
年月、所在頁碼 5 項；第二層次包括所有的 10 項。

以下以「題名」檢索 2003 社科庫「詞彙研究」為例，第一層
次檢索的結果是：包括 2002 載入 2003 的在內命中 8 條記錄，其中

㉛　　滾動更新情況，可參上海圖書館網 http://www.library.sh.cn/skjs/bksy.htm。

古漢語詞彙研究論文 5 條：

1. 中古漢語詞彙研究綜述/王雲路　古漢語研究.-2003,(2).-70-76

2. 近代漢語詞彙研究與中古漢語/王鍈　貴州大學學報：社科版.-2003,21(4).-100-103

3. 讀漢魏六朝石刻詞語劄記：兼及石刻詞彙研究的意義/毛遠明　樂山師範學院學報.-2002,17(6).-56-60,66

4. 近五十年來的中古漢語詞彙研究/王啟濤　四川師範大學學報：社科版.-2003,30(1).-98-103

5. 評董志翹《入唐求法巡禮行記詞彙研究》/方一新；王雲路　語言研究.-2002,(4).-121-126

第二層次可以一一點擊展開，如點擊第 1 條得到如下信息：

序號　03040172

分類　H131

題名　中古漢語詞彙研究綜述

著者　王雲路

單位　浙江大學漢語史研究中心，310028

刊名　古漢語研究

年份　2003,(2).-70-76

主題　漢語；詞彙；古代

文摘　中古漢語主要指漢魏六朝時期的文獻語言。中古漢語以其口語化的特色在漢語史研究中具有承上啟下的重要地位。中

古漢語研究，是上個世紀後半葉興起的研究領域，同以往的零
星研究相比，無論研究內容還是研究方法都不斷拓展提高，出
現了可喜的成果。但同時還有許多問題有待於討論，如研究的
深度與廣度，研究的具體任務與方式等。

本庫是至今見到收錄時段最長的報刊文章目錄數據庫，有近
150 年的時間跨度。利用本庫可以方便地查檢到其他途徑難以檢索
到的 19 世紀末葉和 20 世紀前半葉的論文目錄。

㈡中國知網

www.cnki.net。

中國知網是一項中國知識基礎設施工程 China National
Knowledge Infrastructure，英文簡稱 CNKI，漢語簡稱中國知網。是
個大型的商業網站。本網涵蓋了我國自然科學、工程技術、人文與
社會科學期刊、博碩士論文、報紙、圖書、會議論文等公共知識信
息資源。版權為中國學術期刊（光盤版）電子雜誌社、清華同方光
盤股份有限公司所有。對於我們查檢古漢語詞彙研究狀況，其中的
兩個數據庫最為重要。

1. 中國期刊全文數據庫

中國期刊全文數據庫與下面介紹的中國優秀博碩士學位論文全
文數據庫，同屬 CNKI。

⑴收錄時間

本庫按時段分為兩庫：①中國期刊全文數據庫，收錄時間是創
刊至 1993 年；②中國期刊全文數據庫，收錄時間是 1994－2005。

⑵收錄規模

　　本數據庫收錄國內公開出版的 6,100 種核心期刊與專業特色期刊的全文，資料完整性達到 98%。①庫目前只見到 1979－1993 的論文，至 2005 年 6 月 26 日共收錄文章 1,374,093 篇。②庫至 2005 年 6 月 26 日共收錄文章 12,934,741 篇。有少數期刊論文沒有收入，如《中國語文》等。

　　⑶檢索途徑

　　檢索分為初級檢索、高級檢索、專業檢索三類。初級檢索，其檢索項有主題、篇名、關鍵詞、摘要、作者、第一作者、單位、刊名、參考文獻、全文、智能檢索、年、期、基金、中圖分類號、ISSN、統一刊號等。有時間年份跨度選擇在 1994－2005 之間。查尋範圍總目錄有理工 ABC 三類和農業、醫藥衛生、文史哲、經濟政治與法律、教育與社會科學、電子技術及信息科學九項可供選擇，其下層目錄也可以層層展開，隨意勾選。範圍項有全部期刊、EI 來源期刊、SCI 來源期刊、核心期刊。排序項包括時間、無、相關度三類。更新項有全部數據、最近一月、最近一周三種選擇。高級檢索用並且、或者、不包含三者，增加了檢索的選擇性。專業檢索的「可檢索字段」包含了初級檢索檢索項的所有 17 項。

　　⑷信息內容

　　分為三個層次。第一層次是文章目錄，包括篇名、作者、刊名、年/期；第二層次是內容提要和詳細的著錄內容，包括中文篇名、英文篇名、作者、英文作者、單位、刊名、英文刊名、中文關鍵字、英文關鍵字、中文摘要、英文摘要、DOI 以及相關文獻鏈結。相關文獻鏈接項，包括參考文獻、讀者推薦文章、相似文獻、相關研究機構、相關文獻作者等。第三層次是全文。

　　以下用初級檢索以「篇名」檢索 1994－2005 庫全部期刊「漢
語詞彙」，得 300 篇，其中涉及古漢語詞彙研究的論文 53 篇。
如：

(1) 〈《齊民要術》與漢語詞彙史研究〉 程志兵 伊犁教育學院
　　學報 2004/03
(2) 〈類書與漢語詞彙史研究〉 陳東輝 古漢語研究 2004/01
(3) 〈試論外族文化對中古漢語詞彙的影響〉 王雲路 語言研究
　　2004/01
(4) 〈近代漢語詞彙研究與中古漢語〉 王鍈 貴州大學學報
　　2003/04
(5) 〈《西遊記》與漢語詞彙史研究〉 程志兵 克山師專學報
　　2002/01
(6) 〈簡論《太平經》在中古漢語詞彙研究中的價值〉 高明 古
　　漢語研究 2000/01
(7) 〈試論古漢語詞彙的臨摹性〉 郭焰坤 黃岡職業技術學院學
　　報 1999/01
(8) 〈試論中古漢語詞彙的同步引申現象〉 王小莘 南開學報
　　1998/04
(9) 〈從《顏氏家訓》管窺魏晉時期漢語詞彙複音化的發展〉
　　王忻 古漢語研究 1998/03
(10) 〈泛指義、特指義與古漢語詞彙研究〉 鄧明 古籍整理研究
　　學刊 1996/01
(11) 〈讀《漢語詞彙史》獻疑〉 周福雲 遠程教育雜誌 1994/06

⑿〈試論漢語詞彙雙音化的形成原因〉 梁光華 貴州文史叢刊
1995/05

⒀〈漢魏六朝譯經對漢語詞彙雙音化的影響〉 梁曉虹 南京師
大學報 1991/02

⒁〈論漢語詞彙體系〉 許威漢 古漢語研究 1989/04

⒂〈《說文段注》與漢語詞彙研究〉 郭在貽 社會科學戰線
1978/03

點擊篇名可展開第二層次，如點擊〈近代漢語詞彙研究與中古
漢語〉，顯示的信息主要有：

【中文篇名】 近代漢語詞彙研究與中古漢語
【英文篇名】 A Study of Modern Chinese Vocabulary and the
Mid-Ancient Chinese
【作者】 王鍈
【英文作者】 WANG Ying; (Department of the Chinese
Language and Literature; Guizhou University; Guiyang; Guizhou;
China)
【單位】 貴州大學中文系； 貴州貴陽
【刊名】 貴州大學學報（社會科學版），2003 年 04 期
【英文刊名】 Journal of Guizhou University (Social Science)
【中文關鍵字】 近代漢語； 中古漢語； 詞彙研究
【英文關鍵字】 modern Chinese； mid-ancient Chinese；
study of vocabulary
【中文摘要】 關於漢語史的分期，多數學者認為可分為四

段，即上古——先秦兩漢（或以東漢為過渡時期而屬下）、中古——魏晉南北朝、近代——唐宋元明至清初、現代——清代中葉迄今。由於中古和近代是白話系統由萌芽而漸臻成熟的時期，所以近代漢語與中古漢語的關係尤其密切。近代漢語詞彙研究必須聯繫中古漢語，纔能得到正確的結果。

【英文摘要】 As to the division of the history of the Chinese language, most of the scholars adopt the view that it can be divided into four periods. The system of vernacular Chinese came into being and took its shape in the mediaeval and modern ages, so the relationship between the mid-ancient Chinese and the modern Chinese is very closely related. Therefore, only when a study of the modern Chinese vocabulary is connected with the mid -ancient Chinese, can a convincing result be produced.

【DOI】 CNKI:ISSN:1000-5099.0.2003-04-021

第三層次，可以通過第一層次點擊軟盤展開圖標閱讀或下載，也可以通過第二層次選擇 CAJ 原文下載或 PDF 原文下載以下載全文。全文與原刊版式相同。

2.中國優秀博碩士學位論文全文數據庫

(1)收錄時間

1999－2005。個別例外，如見到中國社會科學院的碩博論文八十、九十年代的若干篇。

(2)收錄規模

收錄全國 300 家博碩士培養單位的優秀博碩士學位論文，2005

年 6 月 26 日共收錄有 20,1769 篇。

⑶檢索途徑

檢索亦分為初級檢索、高級檢索、專業檢索三類。初級檢索，其檢索項有主題、題名、關鍵詞、摘要、作者、作者單位、導師、第一導師、導師單位、網絡出版投稿人、論文級別、學科專業名稱、學位授予單位、學位授予單位代碼、目錄、參考文獻、全文、智能檢索、基金、中圖分類號、學位年度、論文提交日期、網絡出版投稿時間 23 項。查尋範圍總目錄、排序、更新各項以及高級檢索與期刊全文數據庫相同。專業檢索的「可檢索字段」包含了初級檢索檢索項的所有 23 項。

⑷信息內容

分為三個層次。第一層次是論文目錄，包括中文題名、作者姓名、網絡出版投稿人、網絡出版投稿時間、學位年度。第二層次是內容提要和詳細的著錄內容，包括中文篇名、英文篇名、作者、英文作者、單位、刊名、英文刊名、中文關鍵字、英文關鍵字、中文摘要、英文摘要、DOI 以及相關文獻鏈結。相關文獻鏈結包括參考文獻、讀者推薦文章、相似文獻、相關研究機構、相關文獻作者等。第三層次是全文。

如用初級檢索以「題名」檢索全庫「詞彙研究」，命中 29 條記錄，其中古漢語詞彙研究的論文 18 篇。如：

⑴魏晉南北朝志怪小說詞彙研究　周俊勛 四川大學 2003-03-24 2003

⑵唐代墓誌詞彙研究　姚美玲 南京師範大學 2004-10-19 2004

⑶包山楚簡詞彙研究　王穎 廈門大學 2004-10-09 2004

⑷《穆天子傳》詞彙研究　顧曄鋒 揚州大學 2004-09-16 2004

⑸三國支謙譯經詞彙研究　季琴 浙江大學 2004-07-15 2004

⑹《水經注》詞彙研究　王東 四川大學 2003-11-14 2003

⑺唐代傳奇詞彙研究　劉進 四川大學 2003-11-14 2003

⑻《焦氏易林》詞彙研究　李昊 四川大學 2003-10-06 2003

⑼《洛陽伽藍記》詞彙研究　化振紅 四川大學 2001-05-07
　2001

⑽義淨譯著詞彙研究　栗學英 南京師範大學 2003-07-02 2003

⑾《酉陽雜俎》詞彙研究　劉傳鴻 南京師範大學 2003-07-03
　2003

⑿《黃帝內經》首見醫學詞彙研究　傅海燕 遼寧中醫學院
　2003-11-28 2003

⒀《唐律疏議》詞彙研究　冉啟兵　四川大學 2002-10-21
　2002

⒁《根本說一切有部毗奈耶破僧事》詞彙研究　譚代龍 四川
　大學 2002-10-21 2002

⒂《舊唐書》詞彙研究　周艷梅 四川大學 2002-10-21 2002

點擊題名可以展開第二層次，如《《焦氏易林》詞彙研究》：

【中文題名】　《焦氏易林》詞彙研究

【英文題名】　The Research on the Vocabulary of Jiaoshi Yilin

【作者】　李昊

【導師】　伍宗文

【學位授予單位】　四川大學

【學科專業名稱】　漢語言文字學

【論文級別】　碩士

【網絡出版投稿人】　四川大學

【網絡出版投稿時間】　2003-10-06

【英文關鍵詞】　Jiaoshi Yilin. Vocabulary. Forms. Meanings. Characteristics ㊷

【中文摘要】　（略）

【英文摘要】　（略）㊸

【DOI】CNKI：CDMD：10610.2.2003.6823

第三層即是原文全文，與原紙本論文版式相同。

本庫與期刊全文數據庫閱讀大致相同，下載略異。下載有三種方式，整本下載、分章下載、分頁下載。若需全文下載比較方便，選擇整本下載即可。如果只需要下載文中的部分內容，可以選擇分章下載。每章一個下載單位，如果章下有節，每節也自成一個下載單位，節下再有下位層次，也自成一個下載單位。下面是《《焦氏易林》詞彙研究》第二部分第二節按章節下載的情況：

2　《易林》的詞彙構成　12-49

2.1　概說　12-13

㊷　本頁面漏列中文關鍵詞。原文中文關鍵詞是：《焦氏易林》、詞彙、構成、詞義、特點。

㊸　網頁控制的篇幅，中文摘要約 500 字，英文摘要約 500 字符，不少只能顯示論文提要的一部分，所以第二層次雖然有提要，但有些就沒有多少意義。

點擊任一層次標題後的起始頁碼即可下載。

　　而分頁下載全文顯示為：

1-5　　6-10　　11-15　　16-20　　21-25　　26-30　　31-35　　36-40　　41-45　46-50　　51-55　　56-60　　61-65　　66-70　　71-75　　76-80　　81-末。

如上所舉的第二部分第二節的頁碼是 13－23，則是在 11－15 與 21－25 之間，每一部分都與文章內容不合。這種下載方式沒有多少實用價值。

　　CNKI 除了以上二庫之外，還有中國重要報紙全文數據庫、重要會議論文全文數據庫可以利用。前者收錄來源於 400 多種重要報紙，截至 2005 年 6 月 26 日，已收 4,069,281 篇。後者收錄來源於我國各級政府職能部門、高等院校、科研院所、學術機構等單位的

會議論文集，截至 2005 年 6 月 26 日，已收 301,370 篇。這兩個庫也有一些古漢語詞彙、詞彙學研究的論文，但數量很少。

　　CNKI 各庫皆須付費，方可取得全文閱讀、下載。付費有網上包庫、CNKI 卡等多種方式。CAJ 與 PDF 閱讀軟件免費下載。

　　CNKI 各庫的 CAJ 文檔都一樣，有些可以直接轉換為文本文檔進行編輯，而一些不能直接轉換的，可以用識別工具進行識別校對，然後轉換為各種文本文檔如 word 文檔等進行編輯。

三 萬方數字資源系統

www.wanfangdata.com.cn。

　　是大型文獻資源的商業網站。查檢本網古漢語詞彙研究信息，主要有以下幾個數據庫：

1. 中國學位論文數據庫

　　本庫收錄了自 1977 年以來我國自然科學和社會科學各領域的博士、博士後及碩士研究生論文。論文全文數量不清，文摘數量已達 596,567 篇。查檢欄目信息有：論文題名、作者、專業、授予學位、導師姓名、授予學位單位、館藏號、分類號、論文頁數、出版時間、主題詞、文摘等。每篇論文有免費查看和付費查看兩種查看方式。免費查看提供資料庫名、標題、論文作者、專業名稱、授予學位、分類號、關鍵字、館藏號信息。付費查看提供免費查看的所有信息和全文閱讀與下載。付費方式有萬方帳號與手機號碼兩種。

　　如以「論文題名」檢索全庫「詞彙研究」，命中 27 條記錄，其中古漢語研究論文 20 篇：

　　(1)《《晏子春秋》詞彙研究》

⑵《《列子》詞彙研究》

⑶《《國語》詞彙研究》

⑷《《荀子》詞彙研究》

⑸《《山海經》詞彙研究》

⑹《《墨子》詞彙研究》

⑺《《穆天子傳》詞彙研究》

⑻《《韓非子》詞彙研究》

⑼《三國支謙譯經詞彙研究》

⑽《《莊子》詞彙研究》

⑾《《黃帝內經》首見醫學詞彙研究》

⑿《敦煌變文詞彙研究》

⒀《《西蜀方言》詞彙研究》

⒁《《新論》詞彙研究》

⒂《義淨譯著詞彙研究》

⒃《《酉陽雜俎》詞彙研究》

⒄《《莊子》詞彙研究》

⒅《「二拍」商業詞彙研究》

⒆《銀雀山漢墓竹簡兵書二種詞彙研究》

⒇《甲骨文名詞詞彙研究》

以此與 CNKI 學位論文庫比較，可知二者收文各有參差，除
《《穆天子傳》詞彙研究》《《韓非子》詞彙研究》《三國支謙譯
經詞彙研究》《《黃帝內經》首見醫學詞彙研究》《《西蜀方言》
詞彙研究》《義淨譯著詞彙研究》《《酉陽雜俎》詞彙研究》二庫

共有以外，互無者萬方庫 13 篇，知網庫 11 篇。如果二庫同時使用，可檢得更多的學位論文。

2.數字化期刊全文資料庫

本庫收錄期刊 4,546 種。收錄論文全文 4,126,474 篇。可按全文、論文題名、作者、作者單位、刊名、出版年份、關鍵詞、文摘查詢。如按「論文題名」查詢「詞彙研究」，檢得論文〈專書詞彙研究三維方法論〉〈中古史書詞彙研究述評〉〈試論漢語詞彙研究的前提〉等 23 篇。與上庫相同，每篇論文之後有免費查看和付費查看兩種查看方式。免費查看提供資料庫名、提供單位、論文標題、英文標題、作者、作者單位、作者簡介、刊名、英文刊名、發表年份、發表卷號、發表刊期、發表頁碼、關鍵字、英文關鍵字、分類號、摘要、英文摘要、基金項目以及本文引用的論文信息。付費查看提供免費提供的各種信息和全文閱讀與下載。付費方式與上庫相同。

本庫有一般檢索和高級檢索。我們仍以「論文題名」檢索全庫「漢語詞彙」，共得文章 114 篇，其中涉及古漢語詞彙研究的論文 14 篇：

⑴〈略論《唐語林》在近代漢語詞彙研究中的價值——以《唐五代語言詞典》為參照〉

⑵〈有關古漢語詞彙教學的幾點建議〉

⑶〈《古代漢語詞彙學》中唐代新複音詞數量問題商榷〉

⑷〈漢語詞彙衍生的方式及其流變〉

⑸〈《齊民要術》與漢語詞彙史研究〉

⑹〈共時材料中的歷時分析——從《根本說一切有部毗奈耶破
　　僧事》看漢語詞彙的發展〉

⑺〈漢語詞彙發展中的詞形延長——從雙音節到三音節的考
　　察〉

⑻〈「二程語錄」在近代漢語詞彙史研究上的價值〉

⑼〈試論漢語詞彙在魏晉六朝時的複音化發展——以《論語》
　　《孟子》《世說新語》為例〉

⑽〈近代漢語詞彙研究與中古漢語〉

⑾〈漢語詞彙中的非理複合詞——一種特殊的詞彙結構類型：
　　既非單純詞又非合成詞〉

⑿〈「鬼」字用法的發展及對漢語詞彙的影響〉

⒀〈從魏晉六朝筆記小說看中古漢語詞彙新舊質素的共融和更
　　替〉

⒁〈百年中古漢語詞彙研究述略〉

　　僅就如上檢索，以本庫與 CNKI 期刊論文庫相比較，本庫所收
論文為少，且 CNKI 期刊論文庫多含有之，參差不多，但仍可以互
補。

　　萬方中的中國學術會議論文庫也可以利用。本庫收錄了由國際
及國家級學會、協會、研究會組織召開的各種學術會議論文，每年
涉及上千個重要的學術會議。据萬方稱，「是目前國內收集學科最
全、數量最多的會議論文資料庫」。論文全文數量不清，文摘題錄
552,935 篇。其中也可以找到少數古漢語詞彙研究的論文。

　　萬方文獻採用 PDF 文檔，PDF 容易獲得，但是網上下載的免

費 PDF 閱讀軟件沒有文檔轉換功能。另外，其學位論文庫的論文被分成了很細碎的、有大量重複交接內容頁的 PDF 檔，閱讀下載都比較麻煩。

㈣中國人民大學複印報刊資料全文數據庫

人大複印報刊資料全文數據庫是印刷版《複印報刊資料》的電子版，精選全國公開出版的 3,000 餘種報刊上所發表的人文社會科學論文全文。很多高校、科研機構等都有購用或試用，一般可以在各網站的圖書館網頁中尋得。

1.收錄時間：

1995－2005。

2.收錄規模

目前一般的網站只能見到本數據庫 1995－2005 第一季度的文獻。本數據庫子庫 80 個，共收文章 239,846 篇。

3.檢索途徑

本數據庫採用杭州天宇公司的 CGRS 全文檢索平臺。有一般檢索：標題、任意詞。有高級檢索：原文出處、原刊地名、分類號、分類名、複印期號、作者、任意詞。

4.信息內容

2001 年前，每年分為經濟、教育、政治、文史 4 庫。2002起，每年又分四季，實際每年就有 16 庫。語言學論文主要在文史類中。提供全文閱讀與下載。

信息內容分為三個層次，第一個層次是顯示檢得的篇數及所在庫別，第二個層次顯示論文名，第三個層次是全文。

如以「標題」檢索 2003「詞彙」，第一層次顯示查詢結果 13

篇，逐一點擊檢得篇後的「閱讀」按鈕，即可知古漢語詞彙研究的論文有 3 篇：

1. 漢語詞彙衍生的方式及其流變
2. 中古漢語詞彙研究綜述
3. 漢語詞彙中的非理複合詞———一種特殊的詞彙結構類型：既非單純詞又非合成詞

再點擊篇名展開全文。正文文首的信息有 16 項，如「漢語詞彙衍生的方式及其流變」：

【原文出處】河北師範大學學報：哲社版
【原刊地名】石家莊
【原刊期號】200205
【原刊頁號】68-76
【分類號】　H1
【分類名】　語言文字學
【複印期號】200302
【標題】　　漢語詞彙衍生的方式及其流變
【英文標題】The derivation of Chinese words and its evolution
　　　　　　LI Ru-long
　　　　　　(Chinese Department, Xiamen Fujian, 361000,
　　　　　　China)
【作者】　　李如龍
【作者簡介】李如龍（1936－），男，教授，博士生導師，主

要從事漢語詞彙學、語音學等研究。廈門大學　中文系，福建廈門　361000

【內容提要】詞彙衍生方式指的是創造新詞的方式。從古至今，漢語詞彙衍生的方式大體上可以歸為四大類，即：音義相生、語素合成、語法類推、修辭轉化。

【摘要題】　漢語言文字學

【英文摘要】（略）

【關鍵詞】漢語詞彙/衍生方式/結構規律 Chinese words/means of derivation/regulation of structure

【正文】　中圖分類號：H03　文獻標識碼：A　文章編號：1000-5587(2002)05-0068-09

從能夠檢得論文的數量來說，本數據庫遠不及中國期刊全文數據庫。但是，本數據庫所收錄的論文，是經過專家選擇的論文，雖然任何專家都可能從自己的角度出發看待問題，但總的來說，被選入的論文還是比較新穎的，比較有代表性的。如果瞭解某個領域研究的狀況，可以首先閱讀參考所選的這些文章。所以它仍存在一些查檢閱讀參考的價值。另外，本數據庫採用 HTML 文件形式，轉換編輯比較方便，這也是它的一個優點。

(五)超星數字圖書館

www.ssreader.com。

1.收錄規模

據本網首頁「合作聯盟」欄下介紹，本圖書館是「國家 863 計畫中國數字圖書館示範工程」，本館網是「全球最大中文在線圖書

館網」。共有 50 館庫。「館藏量達到數十萬電子圖書，並且還在
以每天數百本的速度快速增長。」具體收有多少書籍，不得而知。
其中的「語言文字圖書館」，下屬四大類：語言學、漢語、中國少
數民族語言、常用外國語。

前三類共收書 2,606 種，以下是各類的具體數目：

語言學：

　總論：275　語音學：135　文字學：19

　語義學、語用學、詞彙學、詞義學：76　語法學：18

　寫作學與修辭學：43　翻譯學：23　詞典學：13

　應用語言學：25　語文教學：7

漢語：

　總論：161　語音：67　文字學：157

　語義、詞彙、詞義（訓詁學）：321　漢語教學：352

　語法：161　寫作、修辭：435　字書、字典、詞典：161

　方言：26　翻譯：3　古代漢語：35　現代漢語：38

中國少數民族語言：55

　超星數字圖書館書籍分類較亂，有些古漢語詞彙、詞彙學的書
籍在其他館庫之中，即使語言文字圖書館本身，其古漢語詞彙、詞
彙學的書籍也不盡在語義學、語用學、詞彙學、詞義學或語義、詞
彙、詞義（訓詁學）之中；而且本館所收之書其中有一些根本不是
語言學的書，如漢語——文字學中的《中華大地上的絢麗春花——
鄉鎮企業文萃》、漢語——語義、詞彙、詞義（訓詁學）中的《思
海偶拾——關於人生、失業、求知、創造的思考》、中國少數民族

語言中的《震驚世界的 1976》等。所以本館語言文字方面的書籍到底有哪些有多少，古漢語詞彙、詞彙學方面的書籍到底有哪些有多少，讀者都不得而知。

2.檢索途徑

本館檢索途徑比較單一，只有書名檢索。

3.信息內容

本館採用 PDG 文件類型，將原書原樣掃拍上網，等於提供原書，這是本館最大的特點。有些書籍也可以全文檢索，只是檢索率較低。書籍也可以進行文字識別，識別率也不很高。書籍缺頁嚴重，包括版權頁與內文都有缺損。

本館也有論文，其數量不知。但是其中的一些 1980 年代以前的論文，在其他數據庫不易檢得，本館收有一些，可補他庫之缺。

本館有免費使用、付費使用和二次付費三種服務。免費書籍較少，付費書籍佔絕大多數，二次付費書籍也不很多。二次付費是指在付費使用本館網站後，有些書籍可以閱讀，但是如果下載，還需要再次付費。

㈥中國國家圖書館

www.nlc.gov.cn。

中國國家圖書館是中國藏書最多、反映新著最快的圖書館。國家有規定，凡出版社出版的書籍都必須作為版本交給國家圖書館，國家圖書館包括了版本圖書館。據本館「國圖簡介」介紹，本館「館藏宏富，品類齊全，古今中外，集精擷萃。截止 2003 年底，館藏文獻已達 2,411 萬冊（件），居世界國家圖書館第五位，並以每年 60－70 萬冊（件）的速度增長。」本館的「藏書可上溯到 700

多年前的南宋皇家緝熙殿藏書，最早的典藏可以遠溯到 3,000 多年前的殷墟甲骨。國家圖書館的珍品特藏包括善本古籍、金石拓片、古代輿圖、敦煌遺書、少數民族圖籍、名人手稿、革命歷史文獻、家譜、地方志和普通古籍等 260 多萬冊（件）。」本館「全面入藏國內正式出版物，是世界上入藏中文文獻最多的圖書館。同時重視國內非正式出版物的收藏，是國務院學位委員會指定的博士論文收藏館，圖書館學專業資料集中收藏地，全國年鑑資料收藏中心，並特辟香港、臺灣、澳門地區出版物專室。」現在本館的藏書目錄可以在本館的網站檢索到。

1. 收錄時間

古今中外兼收並蓄，沒有時空界限。

2. 檢索途徑

該館有 50 庫，如學位論文總庫下有：碩士論文庫、博士論文庫、博士後論文庫。中文普通圖書庫下有：中文保存本庫、中文基藏本庫、中文外借庫、中文工具書庫等。還有中文報紙庫、中文期刊庫等。可任意選擇數據庫進行檢索。主要有四種檢索途徑：簡單檢索、多字段檢索、多庫檢索、高級檢索。

如簡單檢索有：所有字段、題名、著者、主題、出版年、出版地、出版者、中文出版者編號、論文專業、論文研究方向、論文授予單位、文獻類型、中文叢書、中圖分類號、LC 分類號、ISSN號、ISBN 號、系統號。檢索限定又有語言、年代、資料類型、定位等。如語言可以限定的有：全部、中文、日語、英語、法語、德語、俄語、義大利語、西班牙語。

3. 信息內容

　　信息內容有四種顯示格式的選擇： 標準格式、卡片格式、引文格式、字段名格式。除引文格式比較簡單外，其他三種相仿，信息比較豐富。如《漢語詞彙史》，標準格式所提供的信息是：

ISBN　　　　　7-100-01645-2：$5.80
題名與責任　　漢語詞彙史 [專著]/王力著
出版項　　　　北京：商務印書館，1993.11
載體形態項　　267 頁；20cm
語言　　　　　chi
內容提要　　　本書介紹了社會的發展與詞彙的發展，同源字、滋生詞、古今詞義的異同、成語和典故、鴉片戰爭前後漢語的借詞和譯詞、漢語對日語、朝鮮語、越南語的影響等。
主題　　　　　漢語史——詞彙
　　　　　　　漢語史
　　　　　　　詞彙
中圖分類號　　H13
著者　　　　　王力 著
所有單冊　　　查看所有館藏單冊信息
館藏　　　　　書刊保存本庫

　　如果要以「題名」查找「詞彙研究」、「詞彙學」、「詞彙史」，就能把館藏上網的含有這些字段的所有書籍查找出來。
　　查檢免費。如需資料，國家圖書館有複印等服務，可以付費獲得所需資料。

(七)[臺灣]國家圖書館

www.ncl.edu.tw。

本館具體收藏量不清。從檢索所需文獻來看，除了利用本館「館藏目錄查詢」本館圖書之外，本館中圖書聯合目錄、全國博碩士論文摘要檢索系統、全國新書書目查詢三個數據庫，也都是我們查檢古漢語詞彙研究狀況的很好網路資源。

1.圖書聯合目錄

本目錄在「全國圖書書目資訊網」之中。它整合了包括臺灣國家圖書館在內的臺灣 76 所合作館的館藏書目資料。一般查詢主要檢索選項有書名、著者、主題、關鍵字、著者/書名、出版者 6 種。如以「書名」查檢「漢語詞彙」，得 18 筆，如：

王力著《漢語詞彙史》，藏中正大學圖書館、暨南國際大學圖書館；張聯榮著《漢語詞彙的流變》，藏靜宜大學蓋夏圖書館；蔣紹愚著《漢語詞彙語法史論文集》藏東華大學圖書館、靜宜大學蓋夏圖書館等；竺家寧《漢語詞彙學》，藏國家圖書館、交通大學圖書館等。

2.全國博碩士論文資訊網

「系統簡介」說：本數據庫「全國博碩士學位論文資料庫的資料內容時間是以學校之學年度為主，起迄時間目前為 45－91 學年度。」簡介中「全國博碩士論文書目資料收錄範圍」表已列至「96 學年度」。共收集論文全文 67,859 筆；博士全文影像 13,155 筆；摘要 290,947 筆。論文查詢有：簡易查詢、進階查詢、指令查詢。簡易查詢包括：查詢模式：精確、模糊、同音、漢語拼音、通用拼音；限制條件：電子全文或全文影像；輸入查詢詞的選項有：論文

名稱、研究生、指導教授、關鍵詞、摘要。進階查詢的查詢模式與
簡易查詢相同。其他有模糊查詢內容符合率：100、90、80、70、
60；輸入檢索字串的選項有：不分欄位、系統編號、研究生（中
英）、論文名稱（中英）、學校名稱、系所名稱、指導教授（中
英）、關鍵詞（中英）、目次、摘要、參考文獻，同時選擇三項，三
項中又各可有三項選擇 AND、OR、NOT；學年度：民國某學年度
至某學年度；論文別：博士、碩士；語文：中文、英文、日文、其
他語文。

　　若用「論文名稱」查檢「詞彙」，得 138 筆。其中古漢語詞彙
研究碩博論文 10 筆，如章明德碩士論文《先秦漢語詞彙並列結構
研究》國立政治大學中國文學研究所 83，朴真哲碩士論文《敦煌
變文詞彙之同義反義關係研究》淡江大學中國文學系 84，黃琪雯
碩士論文《聊齋誌異詞彙翻譯研究》輔仁大學翻譯學研究所 91
等。古漢語詞彙研究論文已授權全文上網的不多，如莊惠茹碩士論
文《兩周金文助動詞詞組研究》國立成功大學中國文學系碩博士班
91，王文杰碩士論文《《六祖壇經》虛詞研究》國立中正大學中國
文學系 89，李淑婷碩士論文《世說新語聯綿詞研究》東吳大學中
國文學系 88 等為已授權全文論文。下載免費，但必須輸入正確的
臺灣居民的姓名與身份證號碼等信息，然後轉換為用戶名和密碼，
再用用戶名和密碼登陸後纔能下載。論文文件格式為 PDF。

　　本數據庫是我們瞭解臺灣學位論文關於古漢語詞彙研究的最好
網路資源。

3.全國新書資訊網

　　書目數據庫有全文檢索與進階檢索。全文檢索所得結果數量龐

大，一般不予採用。進階檢索可依書名、作者、出版者、標題、叢
書、分類號、ISBN、確認出版年月、預定出版年月進行檢索。亦
可利用 AND、OR、NOT 進行多重匹配檢索，縮小檢得結果的範
圍。每頁顯示結果選擇從 10 筆到 100 筆。如用「書名」「詞彙」
進階檢索，得 105 筆，其中見到古漢語詞彙、詞彙學或與之相關的
著作 4 筆：陳義孝編輯《佛學常見詞彙》大千 91/11，586 頁；梁
曉虹著《佛教與漢語詞彙》佛光 90/08，562 頁；竺家寧著《漢語
詞彙學》五南 88/09，528 頁；朱慶之著《佛典與中古漢語詞彙研
究》文津 81/02。

　　目前大陸還有兩個試運行的網站，對於瞭解古漢語詞彙研究信
息比較有用，簡介於次。

(八)聯合參考諮詢網

http://find.ssreader.com/Readers/Index.aspx。

　　據本網「服務公告」介紹，本網「是在全國文化信息資源分享
工程國家中心指導下，由我國公共圖書館合作建立的公益性服務機
構，其宗旨是以數字圖書館館藏資源為基礎，以網際網路的豐富信
息資源和各種信息搜尋技術為依託，為社會提供免費的網上參考諮
詢和文獻遠程傳遞服務。」本網「擁有我國目前最大規模的中文數
字化資源庫群：電子圖書 90 萬種，期刊論文 1,500 多萬篇，博碩
士論文 23 萬篇，會議論文 17 萬篇，外文期刊論文 500 萬篇，國家
標準和行業標準 7 萬件，專利說明書 86 萬件，以及全國公共圖書
館建立的規模龐大的地方文獻資料庫和特色資源庫，提供網上諮
詢、短信諮詢、電話諮詢和 OICQ 即時線上諮詢等四種方式的服
務。」本網「實行資源分享和免費服務政策。」

目前整合的資源有：人大複印資料、萬方學位論文、萬方數字期刊、萬方會議論文、超星期刊、讀秀等 10 種。由我們檢索實踐來看，目前所整合的這些資源，大多數是部分的，不是全部的。

檢索途徑，由於是試運行階段，目前僅有題名一種，其他途徑無效。

根據上址首頁顯示「聯合參考諮詢網」的網址是 www.ucdrs.net，但目前不能用所示網址打開。

聯合參考諮詢網可能會成為最大漢語論文的公益免費網站。

㈨讀秀

www.duxiu.com。

聯合參考諮詢網是公益的、完全免費的網站，而本網則是商業的、全部收費的網站。

據本網首頁介紹，本網「收錄 190 萬種中文圖書，是目前全世界最完整的中文圖書資料庫。提供書目搜索、目錄搜索、全文搜索、全文試讀及供應商鏈結等服務。」

另外，書生之家數字圖書館 www.shusheng.cn/ebook 也是一個商業的、全部收費的、收錄全文的網站。本網廣告詞是「為讀者找書，為書找讀者。」「關於書生網」介紹，本網「在作者、讀者、出版機構之間架起了互動交流和溝通的橋樑」，「傳播文化，傳承文明」。檢索途徑有書名、作者、出版社、關鍵字。我們曾經對本網進行過嘗試性的檢索，古漢語詞彙研究方面的論著並不很多。

以上介紹的這些網站，中國國家圖書館是查檢大陸古漢語詞彙研究狀況最為豐富的網路目錄資源，臺灣國家圖書館的幾個數據庫是查檢臺灣古漢語詞彙研究狀況最為豐富的網路目錄（部分全文）資

源。但是它們與其他館藏書文仍有參差，所以還有很多重要的圖書館網站，也需要利用。如上海圖書館、北京大學圖書館、中山大學圖書館、臺灣大學圖書館等。

　　不少網站有專門目錄，有的專門目錄也是檢索相關文獻的重要資源。如臺灣國家圖書館漢學研究中心（http://ccs.ncl.edu.tw）的三種專門目錄即是。「兩漢諸子研究論著目錄數據庫」：本數據庫資料「收錄範圍涵括西元 1912 至 2001 年間臺灣、香港、大陸兩岸三地學者之研究成果，旁及國內所能收集到的日文論著，間亦有美國哈佛大學燕京圖書館、耶魯大學圖書館、加州大學柏克萊分校東亞圖書館所收藏之有關兩漢諸子研究之專書、期刊論文、報紙論文、論文集論文、博碩士論文、學術會議論文、國科會獎助論文等一萬一千餘筆。」「經學研究論著目錄數據庫」：本數據庫「資料收錄範圍涵括西元 1912 年至 1997 年間，臺灣、大陸及日本學者之研究成果，總共收錄經學研究相關專著、期刊論文、學位論文、研討會論文、報紙論文等五萬九千餘筆。」「敦煌學研究論著目錄數據庫」：本數據庫「資料收錄範圍涵括西元 1908 年至 1997 年間，海峽兩岸、日本及東南亞地區學者之研究成果，並旁及海外漢學家各研究目錄，總共收錄敦煌學研究相關專著、期刊論文、學位論文、研討會論文、報紙論文等一萬兩千餘筆。」❺❹以下以「題名」查檢「詞彙」為例。

1.兩漢諸子研究論著目錄數據庫

　　檢得 3 筆：高明〈簡論《太平經》在中古漢語詞彙研究中的價

---

❺❹　見各該網頁「簡介說明」。

值〉古漢語研究 2000 年第 1 期（總 46 期），頁 81－85；張能甫
《鄭玄註釋語言詞彙研究》巴蜀書社 2000 年，341 頁；謝欽仰
《《黃帝內經》語言病理詞彙的語料庫語言學研究》輔仁大學語言
學研究所碩士論文 1997 年 6 月，143 頁。

2.經學研究論著目錄數據庫

檢得 5 筆：竺家寧〈先秦詞彙「於是」分析〉訓詁論叢第 2 輯
頁 309－315，臺北文史哲出版社 1997 年 4 月；丁文倩〈詩經中
AABB 式的詞彙結構〉中國詩文 1997 年 1 月第 80 卷第 1 期（總第
475 期），頁 58－63；竺家寧〈詩經「思服」的詞彙結構〉人文學
報（人文科學研究會）1990 年 12 月第 14 期，頁 1－11；向熹〈《詩
經》的詞彙〉詩經語言研究，頁 145－259，成都四川人民出版社
1987 年 4 月；蘇雪林〈詩經所供給的典故詞彙、成語〉暢流 1971
年 8、9 月 44 卷 1、2 期計 7 頁。

3.敦煌學研究論著目錄數據庫

檢得 7 筆，其中古漢語詞彙研究論文 3 筆：朱鳳玉〈論敦煌本
《碎金》在詞彙學上的意義〉嘉義師院學報 1996.11，頁 341－
356；朴真哲《「敦煌變文」詞彙之同義反義關係研究》淡江大學
中國文學研究所碩士論文 1996.6，224 頁；高田時雄〈回鶻文《慈
恩傳》中的漢語詞彙和河西方言〉「國際敦煌吐魯番學術會議」論
文，香港中文大學主辦，1987.6.25－27，頁 1－12。

這類網站的專門目錄還有不少，如佛教的網站的專門目錄往往
有佛典詞彙研究的論文，歷史的網站的專門目錄往往有古代史書詞
彙研究的論文等等。

二、查檢光盤數據資源

查檢論文全文、文目、引文的光盤數據資源如：上海圖書館《全國報刊索引資料庫》（哲社）有光盤版，收錄 1980 年以後的報刊資料。中國人民大學書報資料中心《中國人民大學報刊全文資料庫》，收錄 1995 年以後的報刊全文。《中國人民大學複印報刊資料索引總匯》，收錄 1978－1998 年報刊文章。《中國人民大學複印報刊資料專題目錄索引》，收錄 1978－1998 年報刊文目。清華同方光盤電子出版社《中國人文社會科學引文資料庫》，收錄 1999－2001 年專著報刊引文資料。臺灣有國家圖書館閱覽組期刊股編《中華民國期刊論文索引光盤系統》3.1 版，臺北市：國家圖書館閱覽組 1996 年出版等。相同的數據資源往往光盤與網路兩種型式同時存在，上面這類光盤資源有些就同時有網路資源，請參上文。

查檢書目的光盤數據資源如：《中國國家書目回溯光盤》，北京圖書館、上海圖書館等館共同編製。1996 年完成。《中國國家書目回溯光盤（1949－1974 年）》收錄書目數據 24 萬條；《中國國家書目回溯光盤（1975－1987 年）》收錄資料 15 萬條；《中國國家書目回溯光盤（1988－1999 年）》收錄書目資料 50 萬條；《中國國家書目回溯光盤（2000 年）》收錄書目資料 6.5 萬條。這套光盤可以檢索 1949－2000 年的書目資料。其每條書目記錄包含書名、著者、出版者、出版年、頁數、中圖法分類號和主題詞等項。檢索點：題名、作者、主題、關鍵字、分類號、出版社、題名作者中文拼音；檢索方式：可以模糊（任意一致）檢索，也可以精確檢索，可

以單項檢索，也可以布林邏輯組配檢索。

三、查檢紙本論著目錄

(一)論文目錄索引。如：

《中國語言學論文索引》甲乙編，中國科學院語言研究所編，甲編收錄 1949 年前文目，科學出版社 1965；乙編收錄 1950－1980 年文目，商務印書館 1983。

《中國語言學論文索引》楊秀君、魏克智等編，收錄 1981－1985 年文目，由吉林省圖書館學會出版發行 1986。

《中國語言學論文索引》中國社會科學院語言研究所編，收錄 1991－1995 年語言學論文，商務印書館 2003。

《語言學論文索引》6 冊，分別收錄 1991－1996 年論文目錄，董樹人編，北京語言學院出版社（後隨校名更改而改為北京語言文化大學出版社），1993－1996 年每年出版 1 冊。

《全國報刊索引》，月刊，上海圖書館編輯出版。資料收錄自國內公開發行的 8,000 多種期刊（含部分港澳臺期刊）、200 多種報紙，月更新約 36,000 條文章篇名。

中國人民大學書報資料中心每年編輯出版《複印報刊資料索引》，不僅包括複印全文的論文目錄，還包括了報刊複印資料中收集的其他相關的論文目錄。

臺灣國立中央圖書館採訪組期刊股編輯發行有《中華民國期刊論文索引》，第 1 卷第 1 期（民 59 年 1 月）－第 26 卷第 4 期（民 84 年 12 月）。自第 26 卷第 4 期以後停刊。以上介紹的光盤系統就是在此紙本基礎上製成。臺灣行政院國家科學委員會科學技術資料中

心按年份編輯發行有《中華民國博士論文摘要暨碩士論文目錄》。
這些目錄索引是瞭解臺灣古漢語詞彙研究狀況的重要途徑。

㈡**書籍目錄索引**。如：

《全國總書目》，年刊，國家出版局版本圖書館編輯出版。原
由新華書店總店 1955 年編輯出版第一部《全國總書目（1944–
1954）》，1957 年編輯出版第二部《全國總書目（1955）》。1958
年起，由國家出版局版本圖書館編輯出版《全國總書目》年刊。本
書目反映我國正式出版單位出版的公開發行的圖書以及部分內部發
行的圖書，可以用來檢索所需書籍。

《全國新書目》，月刊，國家出版局版本圖書館編輯出版。原
由國家出版總署圖書期刊司編，1950 年編印創刊號《1950 年全國
新書目》，1953 年改為《每月新書目》。1955 年起由國家出版局
版本圖書館編輯出版，定名《全國新書目》。本書目報導全國新書
出版情況，可以用來檢索所需書籍。

《中國國家書目》，年刊，北京圖書館《中國國家書目》編委
會主編，書目文獻出版社出版。1987 年起出版 1985 年書目。1985
年書目按《中圖法》分為 38 個類目。本書目收錄每年公開出版的
書籍。

《中華民國出版圖書目錄》，月或數月或年度合刊、輯刊。國
立中央圖書館編，1952 年開始先後由中國文化出版事業委員會和
中央圖書館印行。本目錄反映臺灣書籍實際出版情況。可用來檢索
臺灣書籍。

㈢**其他目錄索引**。如：

雜志、書籍、期刊論文、碩博士論文後所附的目錄。它們的參

考文獻，甚至是腳注、尾注也都是一種很好的研究專題的目錄索引。❺

　　最後還要強調一點，上面介紹的幾種途徑並不能完全滿足於我們瞭解研究狀況的需要，我們還需要其他的途徑，如從人際之間取得信息也是一個極其重要的途徑，老師同學朋友同行，都會有我們需要的信息，有如上三種資源中已經存在的而不為我們所知的信息，也有如上三種資源不存在的而不為我們所知的。

　　參加各種相關的學術會議、學術論壇等也是瞭解研究狀況的有效途徑。

---

❺　有些重要刊物包括以書代刊形式的連續出版物都是需要檢閱的，如《漢語史研究集刊》四川大學漢語史研究所編，巴蜀書社出版 1988－；《語言學論叢》北京大學中文系編，第 1－4 輯新知識出版社出版 1957－1960，第 5 輯起轉由商務印書館出版 1963－；《語言研究論叢》南開大學中文系《語言研究論叢》編委會編，天津人民出版社出版 1982－；浙江大學漢語史研究中心編《中古近代漢語研究》第 1 輯，上海教育出版社出版 2000；《古漢語研究》今由湖南師範大學古漢語研究編輯部編，商務印書館出版，1988－；《語言研究》今由華中科技大學中國語言研究所語言研究編輯部編輯、出版 1981－；《語言文字學》（複印報刊資料）今由中國人民大學複印報刊資料編輯部編，中國人民大學書報資料中心出版（剪報工作開始於 1959 年 1 月 1 日）；《中國語文》今由中國社會科學院語言研究所中國語文編輯部編，商務印書館出版，1952－。等等。

第二章　研究語料

第一節　研究語料的分類

一、語料定義

㈠古代漢語語料

　　古代漢語語料是指用來作為語言研究的古代文字文獻。與現代漢語語料比較，其特點是：有形性、有限性、有定性。有形性指物質形式的定型性，簡帛金石紙張等載體以及各種形體的文字是可視或可視可觸摸的。有限性指古代漢語語料數量上的不可增長性，它包括著傳世文字文獻、出土文字文獻和沒有出土或沒有發現的文字文獻。有定性指古代漢語語料內容上的不可變性，它已是一種固態的形式，不會再發生變化。現代人對古代文字文獻也根據某些需要進行整理改動，如把古文字隸定為今文字，繁體字改為簡體字，古語變成今語等，這已是今人的創作，與古代漢語語料的三性無關。

　　古代漢語語料有文言文與古白話文之分、方言與通語之分。但古代沒有記錄實時語音的工具，所以古代漢語的語料沒有語音語料。通常所說的與古代漢語書面語相對的古代漢語口語也是文字文獻語料。古代有韻書之類記錄語音的書籍，但那是用文字拼切出來

的，現在人們已無法準確地構擬出古代的實際讀音來。

㈡現代漢語語料

現代漢語語料是指用來作為語言研究的現代文字文獻和現代語音文獻。古代漢語語料與現代漢語語料的範圍不同，現代漢語除了書面語之外同樣有口語。但口語有現時的口語，也有用各種方式保存下來的過去的口語。最早的時候有唱片、錄音帶，現在有軟盤、CD 以及其他多種數碼錄存方式。進行現代漢語方言或普通話研究的學者往往要用現代工具記錄下語音音樣採訪的實際語音。現代漢語這種語音文獻語料是古代漢語語料所沒有的。

二、研究語料的分類

給古代漢語語料即古代文獻進行分類並加以介紹有著重要的意義，它可以幫助我們從不同的角度瞭解語料與認識語料的價值，從不同的角度選擇語料進行古漢語詞彙的研究。

㈠四部分類法的分類

四部分類法是影響最大的傳統分類法。它把整個文獻分為經史子集四大類。清代乾隆年間纂修《四庫全書》，紀昀等把經、史、子、集四部分類法加以修訂整理，定為四部四十四類，其中又有十五類再分子目。從此，公私藏書目錄多以此分類古代文獻。❶

---

❶ 本分類法可見文淵閣《四庫全書》卷首和《四庫全書總目提要》目錄。文淵閣本《四庫全書》貯於臺灣。1983－1986 年，臺灣商務印書館有影印版。1987年，上海古籍出版社據臺灣影印本在大陸影印出版。1999 年，迪志文化出版有限公司、上海人民出版社把文淵閣本《四庫全書》開發為軟件 CD，很方便閱讀檢索。《四庫全書總目提要》有中華書局1965年影印本，後重印多次。

1.經：為儒家經典以及闡發儒家經典的著作。還包括了小學類，訓詁、字書、韻書。

2.史：各類史書。還包括詔令奏議類（詔令、奏議）、時令類、地理類（宮殿簿、總志、都會郡縣、河渠、邊防、山川、古跡、雜記、遊記、外記）、職官類（官制、官箴）、政書類（通制、典禮、邦計、軍政、法令、考工）、目錄類（經籍、金石）等。

3.子：包括歷代子書。儒、兵、法、農、醫、天文演算法（推步、算書）、術數（數學、占候、相宅、相墓、占卜、命書相書、陰陽五行、雜技術）、藝術（書畫、琴譜、篆刻、雜技）、譜錄（器物、飲饌、草木蟲魚）、雜家（雜學、雜考、雜說、雜品、雜纂、雜編）、類書、小說家（雜事、異聞、瑣語）、釋家、道家各類。

4.集：包括楚辭、別集（一、漢至五代；二、北宋建隆至靖康；三、南宋建炎至德祐；四、金至元；五、明洪武至崇禎；六、國朝）、總集、詩文評、詞曲（詞集、詞選、詞話、詞譜詞韻、南北曲）。

這種分類給按部類按體裁選擇語料帶來了方便。

(二)中圖分類法的分類

中圖分類法全稱「中國圖書館圖書分類法」，簡稱「中圖法」。❷它是按現代學科分類的圖書分類法，針對包括古籍在內的所有書籍，目前中國絕大多數圖書館採用這種分類法。它對我們從學科的角度選擇語料有一定的參考價值。本分類法共分 22 大類，除第一類與研究古漢語詞彙選擇語料無關外，其餘 21 大類類目悉列於次。

---

❷ 見 www.nlc.gov.cn/disk4/zhongtufa/，中圖法網站。

B、哲學、宗教，C、社會科學總論，D、政治、法律，E、軍事，F、經濟，G、文化、科學、教育、體育，H、語言、文字，I、文學，J、藝術，K、歷史、地理，N、自然科學總論，O、數理科學和化學，P、天文學、地球科學，Q、生物科學，R、醫藥、衛生，S、農業科學，T、工業技術，U、交通運輸，V、航空、航天，X、環境科學、安全科學，Z、綜合性圖書。

(三)時代的分類

1.漢語史時代的分類

在漢語史的分期中我們已經講到幾種代表性觀點。通行的有上古、中古、近代三段，「五四」以後是現代。漢語史三個時期又可以各加細分，如上古又可分為前、中、後期等。

2.歷史朝代的分類

漢語史時代的分類與歷史朝代的分類不同，但歷史朝代的分類仍有其用，而且二者互有聯繫，因為做研究，論文或專著，不少是就一個時代層面去研究的。如做唐詩或宋詞或元曲，這些專書絕大多數本身就是一個時代層面上的文獻，而且要做比較首先則是本時代層面上的考察，然後是漢語史時代層面上的考察，再纔是歷時的比較。可以這樣說，漢語史時代的分類大於歷史朝代的分類，漢語史時代的分類中多包括著若干個歷史朝代的分類。當然，有些研究可以只顧及漢語史時代的分類，不去考慮其中所包含的各個歷史朝代間的異同。就近年的許多研究來看，大多數詞彙歷時研究的論著在漢語史時代之內再分層面。這也是把漢語詞彙的發展描寫得更加精細的一種需要。

㈣語體的分類

1.文言文與古白話

漢代以後漢語分成兩條路線向前發展，一是文言，一是古白話。研究文言文的詞彙，主要是研究官方語體的詞彙，研究古白話的詞彙則主要是研究民間語體的詞彙。而重要的是這種分類的意義在於它提示我們去研究文言文與古白話詞彙的異同、它們之間如何互相影響。諸如文言文與古白話二者之間基本詞彙或常用詞彙的異同，一般詞彙或非常用詞彙的異同，古白話接受了哪些文言詞彙，為什麼這一些詞彙古白話同樣使用，而那一些詞彙古白話則不予採用；同理，文言文是否也接受了古白話的詞彙，為什麼這一些古白話詞彙能夠進入文言文的系統，而那一些古白話詞彙則不能進入；文言文在漫長的時間內一直佔據著統治地位，除了政治等社會因素之外，還有沒有語言本身的因素或者其他的因素在起作用。諸如此類的問題是要從語體的角度去考慮的。

2.書面語與口語

這是從語體的另一個角度提出的分類。它提示我們從書面語與口語的角度考慮相關問題，諸如寫文言者，是否在說話時也用文言；反過來，口語不用文言者，他們在著述時是否用文言文；書面語與口語是否同樣存在著既有矛盾也有統一的關係；等等。

㈤體裁與內容的分類

體裁與內容的分類是個複雜的分類，以下只是就幾個重要的方面加以比較詳細的介紹。為查選語料的方便，把一些書籍易見的、較好的版本也隨文給出來。

1.文言散文

包括先秦及歷代諸子、別集（個人詩文的集子），如《莊子》
《論衡》。又有許多散文的總集，如嚴可均輯《全上古三代秦漢三
國六朝文》，有中華書局 1956 年版，後重印多次；明程榮輯《漢
魏叢書》，有吉林大學出版社 1992 年版；清董誥等編《全唐
文》，有上海古籍出版社 1990 年版，附有《唐文拾遺》《唐文續
拾》《讀全唐文劄記》三種；曾棗莊、劉琳主編《全宋文》，1988
年 6 月起由巴蜀書社陸續出版；李修生主編《全元文》，江蘇古籍
出版社 1998 年開始出版；錢伯城、魏同賢、馬樟根主編《全明
文》，上海古籍出版社於 1992 年起開始出版；《清文海》《全清
文》正在編輯出版中。

2.歷史書

歷史書最重要的是《二十四史》，4,000 多萬字，有中華書局
標點通行本，平裝共 241 冊，多次重印，使用最為方便；1998 年
浙江古籍出版社出版的《百衲本二十五史》是在張元濟主編於
1930 年代出版的《百衲本二十四史》之上增加民國十六年的初刊
本《清史稿》而成，有很高的版本價值。其他重要的史書還有許
多，如宋徐天麟撰《西漢會要》《東漢會要》，有中華書局 1955
年版；宋王溥撰《唐會要》，有中華書局 1955 年版，《五代會
要》，有中華書局 1985 年版；清徐松輯《宋會要輯稿》，有中華
書局 1957 年版；《沈刻元典章》，有中國書店 1990 年版。通鑑類
史書也有不少，但是如前文所言，作為詞彙研究，要花大量的時間
去辨析語料的歷時層次，一時不太便於使用。

3.漢譯佛經

佛經總集有多種，如《乾隆大藏經》，又稱《龍藏》，有臺灣

傳正有限公司乾隆版大藏經刊印處 1997 年精縮影印新版，共 168
冊。《永樂北藏》，有線裝書局 2000 年影印版，共 200 冊。《中
華大藏經（漢文部分）》，中華大藏經編輯局編，中華書局 1984 年
4 月至 1996 年 6 月出齊，影印版，106 卷。《大正新脩大藏經》，
簡稱《大正藏》，日本大正一切經刊行會（現大藏出版株式會社(c)），
1924 年至 1934 年刊行，100 卷，正藏 55 卷，續藏 30 卷，別卷 15
卷（內圖像 12 卷，總目錄 3 卷）。有多種影印本，如臺北市新文豐
1983 年版、1987 年版，宏願 1992 年版等。其中最常用最易用的是
《大正新脩大藏經》，它的漢文部分 1－55 卷和 85 卷（是古逸部和
目錄）有光盤，網上很多網站都有很好的校本，可供閱讀檢索下
載。其他卷多為日人所撰譯。歐陽竟無編《藏要》，1991 年上海
書店影印支那內學院本，分三輯 10 冊出版。

4. 道教典籍

　　道教典籍，傳統四部歸入子部，如《老子》《莊子》《抱朴
子》等。唐宋兩代對道教典籍做了結集工作，宋張君房等修編有
《大宋天宮寶藏》，張君房又編有其摘要本《雲笈七籤》。徽宗時
雕版刊印了第一部道藏《政和萬壽道藏》，明代第 43 代正一天師
張宇初等編成了《正統道藏》，第 50 代正一天師張國祥等編成
《續道藏》。清代近代重要的道教叢書主要有三種：閔一得編《道
藏續編》、道士彭定求編《道藏輯要》和守一子輯《道藏精華
錄》。現在道藏叢書不少不難找到，如《雲笈七籤》有蔣力生等校
注本，華夏出版社 1996 年版；《正統道藏（附續道藏）》有上海商
務印書館 1923 年至 1926 年版；《道藏續編》有上海醫學書局民國
年間鉛印本；《道藏輯要》有吉林人民出版社 1995 年影印本，巴

蜀書社 1995 年縮印本；《道藏精華錄》有浙江古籍出版社 1989 年
版。此外，還有李德範輯《敦煌道藏》，中華全國圖書館文獻縮微
複製中心 1999 年縮微膠卷。胡道靜等主編《道外藏書》，1992 至
1994 年巴蜀書社出版，36 冊，薈萃了《道藏》和《續道藏》未收
的道書。近年又有《中華道藏》《中華續道藏》編輯出版，惜未能
見閱。道教經籍除了《老子》《莊子》《抱朴子》《太平經》之類
可數的幾種常見典籍之外，這一大宗古漢語詞彙研究語料還沒有得
到很好的開發。

5.敦煌文獻和吐魯番文書

敦煌文獻最主要的有王重民等《敦煌變文集》，人民學出版社
1957 年版，後重印多次；周紹良等《敦煌變文集補編》，北京大
學出版社 1989 年版；潘重規《敦煌變文集新書》，有[臺北]文津
出版社 1994 年版；郭在貽、張湧泉、黃征合著的《敦煌變文集校
議》，岳麓書社 1990 年版；黃征、張湧泉《敦煌變文集校注》，
中華書局 1997 年版。

還有敦煌文獻的許多分類輯校輯注本。江蘇古籍出版社 1997
年至 1998 年出版的《敦煌文獻分類錄校叢刊》，共有 10 種 12
冊，如鄧文寬、榮新江錄校《敦博本禪籍錄校》，1998 年版；周
紹良、張湧泉、黃征錄校《敦煌變文講經文因緣輯校（上、
下）》，1998 年版；趙和平輯校《敦煌表狀箋啟書儀輯校》，1997
年版；張錫厚錄校《敦煌賦彙》，1996 年版；沙知錄校《敦煌契
約文書輯校》，1998 年版；寧可、郝春文輯校《敦煌社邑文書輯
校》，1997 年版；鄧文寬錄校《敦煌天文曆法文獻輯校》，1996
年版；馬繼興、王淑民、陶廣正、樊飛倫輯校《敦煌醫藥文獻輯

校》，1998 年版等。其他的還有鄭炳林《敦煌地理文書彙輯校注》，甘肅教育出版社 1989 年版；唐耕耦、陸宏基合編的《敦煌社會經濟文獻真跡釋錄》共 5 輯，第 1 輯書目文獻出版社 1986 年出版，第 2 至 5 輯由全國圖書館文獻縮微複製中心製作為縮微膠卷；王仲犖著、鄭宜秀整理《敦煌石室地志殘卷考釋》，上海古籍出版社 1993 年版；高嵩《敦煌唐人詩集殘卷考釋》，寧夏人民出版社 1982 年版；侯燦、楊代欣編著《樓蘭漢文簡紙文書集成（全三冊）》，天地出版社 1999 年版。這些分類敦煌文獻，可供研究敦煌文獻某類詞彙或詞語使用。

還有很多影印敦煌文獻，可供進一步研究參考使用。如中國社會科學院歷史研究所等編《英藏敦煌文獻佛經以外部分》，15 冊，四川人民出版社 1990 年至 1995 年出版。上海古籍出版社與相關單位合作編輯出版的《俄藏敦煌文獻》，16 冊，1992 年至 2000 年出版；《法藏敦煌西域文獻》，1994 年開始出版，至 2003 年 12 月出到了第 30 冊。

《吐魯番出土文書》，共 10 冊，文物出版社 1981 年 1 月至 1991 年 10 月陸續出齊。但是《吐魯番出土文書》不像敦煌變文及許多其他敦煌文獻那樣有眾多學者做了校注考釋工作，而零簡殘篇較多，在閱讀使用上存在著一定的困難。

敦煌吐魯番文獻開發較早，但主要在敦煌變文，吐魯番文獻近年來才逐漸受到研究古漢語詞彙的學者的重視。

6. 禪宗語錄和宋儒語錄

現存禪宗語錄別集約有 300 餘種。比較著名的語錄總集有宋代賾藏主編集《古尊宿語錄》（又名《古尊宿語要》），有蕭萐父、呂有

祥點校本，中華書局 1994 年版；師明編《續刊古尊宿語錄》，有
商務印書館 1923 至 1925 年印本。

　　《大正新脩大藏經》中禪宗語錄，卷 47－50 收有 49 部，卷
51－52 收有 9 部，卷 85 古逸部收有 11 部，《續藏經》諸宗部和
史傳部收禪宗語錄和史書 300 多部。

　　藍吉富主編《禪宗全書》，臺灣文殊出版社 1990 年版。收禪
宗典籍 570 餘部，其中，以語錄部最多，史傳部居次。正文 100
冊，總目、索引、補遺 1 冊。迄今為止，仍是中外各國收錄禪宗典
籍最多的叢書。

　　宋儒語錄最重要的有宋黎靖德編的《朱子語類》，本書有王星
賢點校本，中華書局 1994 版，1999 年重印，8 冊；宋程顥、程頤
《河南程氏遺書》，即二程語錄。王孝魚點校本《二程集》，中華
書局 1981 年版，除《遺書》外，尚有《遺書》的補編《外書》12
卷和《粹言》2 卷。

　　道藏中也有語錄，如宋張伯端《丹陽真人語錄》、宋白玉蟾
述、謝顯道等編《海瓊白真人語錄》、金晉真人《晉真人語錄》、
元王志謹述、論志煥輯《盤山棲雲王真人語錄》、元李道純述、柴
元皋編《清庵瑩蟾子語錄》等。

　　7.詩

　　詩包括樂府、民歌、律詩等。這類語料比較重要的有：宋郭茂
倩編《樂府詩集》，有文學古籍刊行社 1955 年版，中華書局 1979
年版，重印多次；逯欽立輯校《先秦漢魏晉南北朝詩》，有中華書
局 1983 年版，1998 重印；清彭定求等編《全唐詩》，有中華書局
1960 版，重印多次；陳尚君輯校《全唐詩補編》，有中華書局

1992 年版；傅璇琮等編《全宋詩》，北京大學出版社 1991 年至 1998 年出版，72 冊；清顧嗣立編《元詩選》，有上海古籍出版社 1993 年版；章培恒等主編、全明詩編纂委員會編《全明詩》，上海古籍出版社 1990 年起開始出版；《全元詩》《全清詩》正在編輯出版之中。

8. 詞曲

張璋、黃佘編《全唐五代詞》，有上海古籍出版社 1986 年版；曾昭岷等編撰《全唐五代詞》，有中華書局 1999 年版；唐圭璋編《全宋詞》，有中華書局 1965 年版，後多次重印；孔凡禮輯《全宋詞補輯》，有中華書局 1981 年版；唐圭璋編《全金元詞》，有中華書局 1979 年版；饒宗頤初纂、張璋總纂《全明詞》，有中華書局 2004 年版；南京大學中國語言文學系全清詞編纂委員會編《全清詞》，中華書局 1994 年起陸續出版；隋樹森編《全元散曲》，有中華書局 1964 年版。

9. 戲曲

諸宮調：見存金元諸宮調劇本有《劉知遠諸宮調》《天寶遺事諸宮調》《董解元西廂記》。前二種有凌景埏、謝伯陽校注本《諸宮調兩種》，齊魯書社 1988 年版；後一種有凌景埏校注本《董解元西廂記》，人民文學出版社 1962 年版。

南戲：從《永樂大典》中輯出的有《小孫屠》《張協狀元》《宦門子弟錯立身》，有錢南揚校注本《永樂大典戲文三種校注》，中華書局 1979 年版。

雜劇：傳世雜劇 100 餘種。見存於多種叢書。徐沁君校點本《新校元刊雜劇三十種》，中華書局 1980 年版；寧希元校點本

《元刊雜劇三十種新校》，蘭州大學出版社 1988 年版。明臧懋循選輯《元曲選》，有文學古籍刊行社 1955 年版；隋樹森編《元曲選外編》，有中華書局 1959 年版；二書後由中華書局多次重印。趙景深輯《元人雜劇鉤沉》，有古典文學出版社 1956 年版；王季烈編《孤本元明雜劇》，有中國戲劇出版社 1958 年版。古本戲曲叢刊編刊委員會編《古本戲曲叢刊》，文學古籍刊行社影印 1954 年至 1964 年出到第九集。近年王秋桂主編《善本戲曲叢刊》，臺灣學生書局 1984 年出版。王季思主編《全元戲曲》，人民文學出版社 1990 年至 1999 年出版。首都圖書館編輯《明清抄本孤本戲曲叢刊》，線裝書局 1996 年出版。徐征等主編《全元曲》，河北教育出版社 1998 年版。

10.小說

文言小說：宋李昉等編《太平廣記》，有人民文學出版社 1959 年版，中華書局 1961 年版；汪闢疆校錄《唐人小說》，有古典文學出版社 1955 年版，中華書局 1961 年版；魯迅輯《古小說鉤沉》，有人民文學出版社 1951 年版；李時人編校《唐五代小說》，陝西人民出版社 1998 年版。

古白話小說中的話本小說，唐代就已經出現。《敦煌變文集》中收有《廬山公遠話》《唐太宗入冥記》《韓擒虎話本》等。宋元話本如：《新編五代史平話》，有古典文學出版社 1954 年版；《大唐三藏取經詩話》，有李時人、蔡鏡浩校注本，中華書局 1997 年出版；《新刊大宋宣和遺事》，有古典文學出版社 1954 年版；《全相平話五種》，鍾兆華校注本，巴蜀書社 1990 年版。《永樂大典》中輯出的《薛仁貴征遼事略》，有趙萬里輯校本，中

華書局 1958 年版；《京本通俗小說》，有程毅中、程有慶校點本，江蘇古籍出版社 1991 年版；明洪楩編集《清平山堂話本》，有韓秋白點校本，中華書局 2001 年版；明陸人龍著《型世言》，有上海古籍出版社 2002 年版。明馮夢龍編撰的三言，《警世通言》，有馬冰點校本，中華書局 2002 年版；《喻世明言》，有許政揚校注本，人民文學出版社 1958 年版；《醒世恆言》，有張耕點校本，中華書局 2001 年版。明淩濛初編著的二怕，《初刻拍案驚奇》，有冉休丹點校本，中華書局 2001 年版；《二刻拍案驚奇》，有孫通海點校本，中華書局 2001 年版。

古白話長篇小說，最重要的有如下幾種明清小說：羅貫中著《三國演義》，有人民文學出版社 2002 年版；施耐庵、羅貫中著《水滸傳》，有人民文學出版社 1997 年版；吳承恩著《西遊記》，有人民文學出版社 1955 年版。《金瓶梅》有多種版本，較好的版本有《新刻金瓶梅詞話》明萬曆刻本，北京古佚小說刊行會 1933 年影印本，文學古籍刊行社 1957 年重新影印本。吳敬梓著《儒林外史》，有李漢秋會校會評本，上海古籍出版社 1984 年版；錢彩等著《說岳全傳》，上海古籍出版社 1979 年版；清曹雪芹、高鶚撰《紅樓夢》有啟功注釋、周汝昌等點校本，人民文學出版社 1957 年版。就詞彙研究來說，晚清小說雖多，但價值不大，一般不選擇為詞彙研究的語料。

近些年來，編輯出版了幾種大的古代小說叢書，如古本小說集成編委會編《古本小說集成》，上海古籍出版社 1991 年至 1995 年出版；古本小說叢刊編委會編輯，劉世德、陳慶浩、石昌渝主編《古本小說叢刊》，中華書局 1988 年至 1999 年出版。這些大型叢

書為古代小說語料的搜檢利用帶來了很大方便。

11.筆記

中華書局 1970 年代至 1990 年代出版有幾種筆記叢刊,如《學術筆記叢刊》《唐宋史料筆記叢刊》《元明史料筆記叢刊》《清代史料筆記叢刊》。收書豐富。

江蘇廣陵古籍刻印社 1983 出版的《筆記小說大觀》,是根據1920 年代上海進步書局編印本排印、影印的,共 35 冊;臺灣新興書局編輯並出版了《筆記小說大觀》,有 1984 年版,45 編,每編包括數冊十數冊不等。這類叢書有筆記,也有小說。都是古漢語詞彙研究的重要語料。

12.語言

指小學類書籍。著名的有常說的小學四種:《爾雅》《方言》《釋名》《說文》。這些書及其注疏本身是古漢語詞彙研究的語料,也是研究古代漢語詞彙的重要參考書。其他如《廣韻》《集韻》之類的韻書也有同等的價值。魯仁編有《中國古代工具書叢編》,天津古籍出版社 1999 年出版。本叢編共 10 冊 21 種,比較便於查檢。(1)清段玉裁《說文解字注》;(2)清朱駿聲《說文通訓定聲》;(3)《說文通訓定聲》,晉郭璞注、宋邢昺疏《爾雅注疏》,清郝懿行《爾雅義疏》;(4)《爾雅義疏》,清王念孫《廣雅疏證》,宋羅愿《爾雅翼》,朱謀㙔《駢雅》;(5)漢劉熙《釋名》,清錢繹《方言箋疏》,清杭世駿《續方言》,梁顧野王《玉篇》,唐嚴師古《匡謬正俗》,唐嚴元孫《干祿字書》;(6)宋司馬光《類篇》,遼釋行雲《龍龕手鑒》;(7)清阮元《經籍籑詁》;(8)清王引之《經傳釋詞》,清吳昌瑩《經詞衍釋》,宋陳彭年《廣韻》,清

梁僧寶《切韻求蒙》；(9)－(10)《康熙字典》。

(六)來源的分類

1.傳世文獻

傳世文獻是指一直流傳下來的文獻，如傳本十三經、二十四史之類即是，這些書沒有經過失傳再被發現的過程。

2.出土文獻

出土文獻是指失傳後又被發現的文獻，如以上涉及的敦煌文獻、吐魯番文獻之類即是。近幾十年來在詞彙研究方面甲金敦煌吐魯番受到了重視，簡牘帛書等也在逐漸受到重視。下面是一些重要的出土文獻的版本情況。郭沫若主編《甲骨文合集》，中華書局1979年至1982年出版；❸彭邦炯等編《甲骨文合集補編》，語文出版社1999年版；徐中舒主編《殷周金文集錄》，四川辭書出版社1986年版；中國科學院考古研究所編《殷周金文集成》，中華書局1984年至1994年出版；山西省文物工作委員會編輯《侯馬盟書》，文物出版社1976年版；❹李零《長沙子彈庫帛書研究》，中華書局1985年版；睡虎地秦墓竹簡整理小組編《睡虎地秦墓竹簡》，文物出版社1977年版；湖南省博物館、中國社會科學院考古所編《長沙馬王堆一號漢墓[上冊]·竹簡》，文物出版社1973年版；馬王堆漢墓帛書整理小組編《馬王堆漢墓帛書[壹]》《馬王堆漢墓帛書[三]》《馬王堆漢墓帛書[肆]》，分別有文物出版社

---

❸ 有胡厚宣主編《甲骨文合集釋文》，中國社會科學出版社1999年版。可供參閱。

❹ 有中國社會科學院考古研究所《殷周金文集成釋文》，香港中文大學中國文化研究所2001年版。可供參閱。

1980、1983、1985 年版；銀雀山漢墓竹簡整理小組編《銀雀山漢墓竹簡[一]》，文物出版社 1985 年版；中國社會科學院考古研究所編《居延漢簡甲乙編》，中華書局 1980 年版；❺甘肅省文物考古研究所等編《居延新簡──甲渠候官與第四燧》，文物出版社 1990 年版；甘肅省文物考古研究所等編《居延新簡──甲渠候官》，文物出版社 1994 年版；甘肅省博物館、中國科學院考古研究所編著《武威漢簡》，文物出版社 1964 年版；荆門市博物館編《郭店楚墓竹簡》，文物出版社 1998 年版；甘肅省文物考古研究所編《敦煌漢簡》，中華書局 1991 年版；馬承遠主編《上海博物館藏戰國楚竹書》，上海古籍出版社 2001 年版。《郭店楚墓竹簡》《上海博物館藏戰國楚竹書》兩種由於發現公佈較近，詞彙研究者接觸的不多。2002 年 7 月 16 日《人民日報》海外版《繼兵馬俑之後秦代考古又獲驚世發現湘西出土兩萬枚秦簡「復活」秦代歷史》一文，報導了湖南湘西龍山縣里耶古城出土了兩萬餘枚秦代簡牘，內容多為秦代官署檔案。但是至今只公佈極少一部分資料，❻學界得不到充分利用。不過，這批簡牘在古漢語詞彙研究中的價值也不一定有多高。

這些出土文獻，詞彙研究與其他研究一樣，屬於古佚書的相對於有傳世異本的，其價值要高一些。有傳世異本的出土文獻，通過異文的比較，在詞形等研究方面可能有些價值，因為它們年代久

---

❺　有謝桂華等編《居延漢簡釋文合校》，文物出版社 1987 年版。可供參考。

❻　目前僅見到湖南省文物考古研究所等〈湖南龍山里耶戰國──秦代古城一號井發掘簡報〉一文之中的數條資料，《文物》2003 年第 1 期。

遠,沒有太多地經過歷代的傳抄翻刻,當時有些較好的抄手抄出的一部分文獻,其文字的可信度有的地方可能要比傳世文獻為高。

(七)結構層次的分類

下文談到的沉積型的語料類型,那是指一種原文之內的不同語言層次。這裏的結構層次,是指一種語料可能包括著的原文與注疏的不同層次。如《詩經》是原文,毛亨傳是一個結構層次,鄭玄箋又是一個結構層次,孔穎達疏再是一個結構層次;《史記》是一個結構層次,裴駰集解是一個結構層次,張守節正義、司馬貞索隱再是一個結構層次。這種分類對詞彙的歷時比較研究有重要的意義。如可以比較《史記》與裴駰集解相對應的詞語的不同,考察西漢到南朝宋詞彙的一些發展演變,可以比較裴駰集解與張守節正義、司馬貞索隱相對應的詞語的不同,考察南朝宋到唐代詞彙的一些發展演變,也可以比較《史記》與裴駰集解、與張守節正義、司馬貞索隱,考察西漢到南朝宋、到唐代詞彙的一些發展演變。

以上所說不同層次是一般的原文與注疏的層次。漢魏以後有各種「講疏」、「講義」等著作,它們與原文的關係也屬於不同的結構層次,而且其「講疏」、「講義」的部分可能更加接近當時的實際語言。如果以原文與之比較,同樣可以考察詞彙的發展演變。這一類語料還沒有很好發掘。

(八)現代兩大學科的分類

現代把科學分成兩大類,社會科學和自然科學。古漢語詞彙研究的研究者差不多都是出身於文科,對自然科學的文獻語料不甚熟悉,所以研究主要集中在社會科學的文獻語料方面,而自然科學文

獻語料幾乎是一片沒有開墾的處女地。❼

　　中國古代科技以天算農醫為最，地學也有很多成果。就古漢語詞彙研究來說，明前的文獻更有價值。所以以下按天地算農醫為序比較詳細地介紹一些重要的、可以利用的明前語料。

　　1.天學：北周庾季才撰《靈臺秘苑》，[臺北]新文豐出版公司《叢書集成續編》第 45 冊，1989 年版。唐瞿曇悉達編《開元占經》，中國書店 1989 年版。唐李淳風撰《乙巳占》，四川大學古籍整理研究所等編《諸子集成續編》第 13 冊，四川人民出版社 1998 年版。唐邵諤撰《望氣經》、唐黃子發撰《相雨書》，《說郛三種》宛委山堂藏版卷 108，上海古籍出版社 1986 年版。宋蘇頌著《新儀象法要》，中國文史出版社 1999 年版。明徐光啟等撰《崇禎曆書》，故宮博物院編《故宮珍本叢刊》第 382 冊，海南出版社 2000 年版。明朱載堉撰《聖壽萬年曆》，景印《文淵閣四庫全書·子部》第 786 冊，[臺北]商務印書館 1983 年版。明邢雲路撰《古今律曆考》，景印《文淵閣四庫全書·子部》第 787 冊，[臺北]商務印書館 1983 年版。

　　正史二十四史中十七史有天文志、律曆志（或曆志）、五行志，這些方面的語料也沒有很好發掘。中華書局編輯部編《歷代天文律曆等志彙編》，北京中華書局 1975 至 1976 年出版，便於集中查檢。

　　2.地學：漢桑欽撰《水經》，清王謨輯《增訂漢魏叢書》，大

---

❼　見到的只有很少的研究成果，如張顯成的關於古代醫學詞彙的研究、汪維輝關於《齊民要術》詞彙的研究等。

通書局 1911 年版。北魏酈道元著、陳橋驛校釋《水經注校釋》，杭州大學出版社 1999 年版。唐李吉甫撰《元和郡縣志》，《叢書集成續編》第 226 冊，[臺北]新文豐出版公司 1989 年版。宋樂史撰《太平寰宇記》，中華書局 2000 年影印宋本。宋王存撰，魏嵩山、王文楚點校《元豐九域志》，中華書局 1994 年版。宋王應麟撰《通鑒地理通釋》，江蘇廣陵古籍刻印社 1991 年版。元孛蘭肹等著、趙萬里校輯《元一統志》，中華書局 1966 年版。明李賢等撰《明一統志》，景印《文淵閣四庫全書·史部》第 472－473 冊，[臺北]商務印書館 1983 年版。

　　3. 算學：吳趙爽等注《周髀算經》，魏劉徽等注《九章算術》，魏劉徽撰《海島算經》，佚名撰《孫子算經》，北魏張丘建撰《張丘建算經》，北周甄鸞撰《五曹算經》《五經算術》《數術記遺》，唐王孝通撰《緝古算經》，唐韓延撰《夏侯陽算經》，見錢寶琮校點《算經十書》，中華書局 1963 年版。宋秦九韶撰《數書九章》，商務印書館 1937 年版。宋楊輝撰《詳解九章演算法》，《叢書集成初編》第 1264－1265 冊，中華書局 1985 年版。宋楊輝撰《楊輝演算法》，宋謝察微撰《算經》，郭書春主編《中國科學技術典籍通彙·數學卷》，河南教育出版社 1993 年版。元朱世傑撰、清王鑒述義《算學啟蒙述義》，上海算學書局 1898 年版。元李冶撰《測圓海鏡細草》《益古演段》，分別見《叢書集成初編》第 1277－1278 冊和第 1279 冊，中華書局 1985 年版。元朱士傑著、羅士琳補草《四元玉鑒細草》，《萬有文庫》第 2 集，商務印書館 1937 年版。佚名撰《透簾細草》，《叢書集成初編》第 1292 冊，中華書局 1985 年版。元丁巨撰《丁巨演算法》，同上第

1280 冊。元賈亨撰《演算法全能集》，續修四庫全書編纂委員會
編《續修四庫全書·子部》第 1043 冊，上海古籍出版社 1995 年
版。元安止齋撰《詳明演算法》、明王文素撰《算學寶鑒》、明顧
應祥撰《勾股算術》《測圓算術》《測圓海鏡分類釋術》《弧矢算
術》、明徐心魯撰《盤珠算法》、明柯尚遷撰《數學通軌》、明黃
龍吟撰《演算法指南》，郭書春主編《中國科學技術典籍通彙·數
學卷》，河南教育出版社 1993 年版。明吳敬撰《九章演算法比類
大全》，續修四庫全書編纂委員會編《續修四庫全書·子部》第
1043 冊，上海古籍出版社 1995 年版。明程大位著，梅榮照、李兆
華校釋《算法統宗校釋》，安徽教育出版社 1990 年版。明徐光啟
等撰《測量法義》《測量異同》《勾股義》，景印《文淵閣四庫全
書·子部》第 789 冊，[臺北]商務印書館 1983 年版。明徐光啟撰
《定法平方算術》，《徐光啟著譯集》，上海古籍出版社 1983 年
版。明李之藻等撰《同文算指》，故宮博物院編《故宮珍本叢
刊》，海南出版社 2000 年版。

　　靖玉樹編《中國歷代算學集成》，山東人民出版社 1994 年出
版，以及上所引郭書春主編《中國科學技術典籍通彙·數學卷》，
都提供了較多的算學典籍和較好的版本。

　　4.農學：漢氾勝之撰、萬國鼎輯釋《氾勝之書輯釋》，中華書
局 1957 年版。漢崔寔著、繆啟愉輯釋《四民月令輯釋》，農業出
版社 1981 年版。晉嵇含撰《南方草木狀》，《說郛三種》宛委山
堂藏版卷 104，上海古籍出版社 1986 年版。後魏賈思勰著、繆啟
愉校釋《齊民要術校釋》，中國農業出版社 1998 年版。唐陸龜蒙
撰《耒耜經》，《學津討原》第 10 集，商務印書館 1922 年版。唐

陸羽撰《茶經》，中國書店 1988 年版。唐韓鄂原編、繆啟愉校釋《四時纂要校釋》，農業出版社 1981 年版。宋陳旉著、萬國鼎校注《陳旉農書校注》，農業出版社 1965 年版。宋韓彥直撰《橘錄》，《四庫全書精編·子部》第 3 輯，中國文史出版社 1999 年版。宋歐陽修撰《洛陽牡丹記》，中國書店 1988 年版。宋周敍撰《洛陽花木記》，《說郛三種》宛委山堂藏版卷 104，上海古籍出版社 1986 年版。宋王灼撰《頤堂先生糖霜譜》，《叢書集成續編》第 86 冊，[臺北]新文豐出版公司 1989 年版。宋釋贊寧撰《筍譜》，中國書店 1988 年版。宋陳玉仁撰《菌譜》，中國書店 1988 年版。宋陳翥著、潘法連校注《桐譜校注》，農業出版社 1981 年版。宋陳景沂撰《全芳備祖集》，《四庫類書叢刊》，上海古籍出版社 1992 年版。宋劉蒙撰《菊譜》，《四庫全書精編·子部》第三輯，中國文史出版社 1999 年版。元司農司編、繆啟愉校釋《元刻農桑輯要校釋》，農業出版社 1988 年版。元王禎著、王毓瑚校《王禎農書》，農業出版社 1981 年版。元魯命善著、王毓瑚校注《農桑衣食撮要》，農業出版社 1962 年版。明徐光啟撰、石聲漢校注《農政全書校注》，上海古籍出版社 1979 年版。

1980 年代中國農業出版社出版有《中國農書叢刊》《中國農學珍本叢刊》《中國農學遺產選集》，方便集中查檢。

5.醫學：唐王冰注《黃帝內經素問》，人民衛生出版社 1956 年版。《靈樞經》，人民衛生出版社 1956 年版。明王九思等輯《難經集注》，商務印書館 1956 年版。清黃奭輯《神農本草經》，中醫古籍出版社 1982 年版。漢張仲景撰《傷寒論》，上海中醫書局 1931 年版。漢張仲景撰《金匱要略方論》，人民衛生出

版社 1956 年版。晉王叔和撰《脈經》，人民衛生出版社 1956 年版。晉皇甫謐撰《針灸甲乙經》，人民衛生出版社 1956 年版。晉葛洪撰《肘後備急方》，人民衛生出版社 1956 年版。隋巢元方撰《諸病源候總論》，人民衛生出版社 1956 年版。唐孫思邈撰《備急千金要方》，人民衛生出版社 1955 年版。唐王燾撰《外臺秘要》，人民衛生出版社 1955 年版。唐蘇敬等撰、尚志鈞輯校《新修本草》，安徽科技出版社 1981 年版。唐藺道人撰《仙授理傷續斷秘方》，人民衛生出版社 1957 年版。宋王懷隱等撰《太平聖惠方》，人民衛生出版社 1962 年版。宋成無己撰《注解傷寒論》，人民衛生出版社 1965 年版。宋唐慎微證類、曹孝忠校勘、寇宗奭衍義《重修政和經史證類備用本草》，人民衛生出版社 1957 年版。宋陳直原撰、元鄒鉉續增《壽親養老新書》，上海朝記書莊 1919 年版。宋陳言撰《三因極一病證方論》，人民衛生出版社 1957 年版。宋陳自明輯《婦人大全良方》，上海衛生出版社 1956 年版。宋錢乙撰《小兒藥證直訣》，人民衛生出版社 1955 年版。宋崔嘉彥撰《脈訣四言舉要》，上海商務印書館 1936 年版。宋施發撰《察病指南》，上海科學技術出版社 1958 年版。宋陳自明撰、余瀛鰲等點校《婦人良方大全》，人民衛生出版 1992 年版。宋宋慈撰《洗冤錄集》，上海科技出版社 1981 年版。元滑壽撰《診家樞要》，上海衛生出版社 1958 年。元敖氏原撰、元杜清碧原編、史久華重訂《史氏重訂敖氏傷寒金鏡錄》，上海衛生出版社 1956 年版。元戴起宗撰《脈訣刊誤》，上海科學技術出版社 1958 年版。明高濂著、趙立勳等校注《遵生八箋校注》，人民衛生出版社 1994 年版。明楊繼洲輯《針灸大成》，人民衛生出版社 1955 年

版。明陳實功撰《外科正宗》，人民衛生出版社 1956 年版。明傅仁宇撰《審視瑤函》，上海衛生出版社 1958 年版。明龔雲林原著，董少萍、何永點校《小兒推拿秘旨》，天津科學技術出版社 2003 年版。明劉文泰《本草品彙精要》，人民衛生出版社 1982 年版。明李時珍撰《本草綱目》，人民衛生出版社 1957 年版。明王肯堂撰《六科證治準繩》，上海衛生出版社 1958 年版。明王肯堂彙輯、明吳勉學編《醫統正脈全書》，中醫學社 1923 年版。明李中梓著述、清尤乘增補、陳子德校點《診家正眼》，江蘇科學技術出版社 1984 年版。

　　傳統醫學叢書較多，較為著名的有 1930 年代裘慶元輯《珍本醫書集成》，世界書局 1936 年版；曹炳章輯《中國醫學大成》，大東書局 1937 年版。1990 年代人民衛生出版社出版有《中醫古籍整理叢書》，上海古籍出版社出版有《四庫醫學叢書》，遼寧科學技術出版社出版有《中國醫學名著》叢書。這些叢書為查找傳統醫書帶來了很大的方便。

　　還有其他學科的文獻，建筑方面如宋李誡《營造法式》，中國書店 1995 年版；一些涉及多學科的重要論著，如晉張華撰、范寧校正《博物志》，中華書局 1980 年版，宋沈括《夢溪筆談》，文物出版社 1975 年版，明宋應星《天工開物》，中華書局 1959 年版，明徐霞客撰，褚紹唐、吳應壽整理《徐霞客遊記》，上海古籍出版社 1980 年版等，在古漢語詞彙研究上都有很大的利用價值。

第二節　研究語料的選擇

一、選擇語料的原則

㈠語料可靠

1.從作者時代判斷語料的可靠性

一般來說，作者可靠，語料時代即可靠。如《春秋左氏傳》作者左丘明，是春秋末年的語料；《三國志》作者陳壽，是三國時代的語料；《世說新語》作者劉義慶，是漢魏至東晉的語料。《朱子語類》是朱熹的語錄，可以確知屬於南宋的語料。唐詩、宋詞、元曲、明清古白話小說也很明顯屬於各該時代的語料。

有些書沒有作者或者編者，但是已考明時代，也是可靠的語料。如《爾雅》現在基本定為戰國的作品，雖有後人屬入一些內容，但研究者已條分縷析，找出了屬入的部分，沒有作者也不妨礙把它作為戰國的語料。《詩經》無論是否為孔子刪定，各篇又是何人所作，也都不成問題。因為可以確知：十五國《風》，少部分是西周末年的詩，大部分是東周的詩。《大雅》的一小部分產生於西周前期，大部分產生於西周後期；《小雅》大部分產生於西周後期。《周頌》產生於西周前期；《商頌》《魯頌》約當東周春秋中葉。因此可以把《詩經》西元前十一世紀至西元前五世紀上下五百多年的間不同歷時層面的語料分析開來。

比較麻煩的是，上古的文獻有不少不能完全確定作者時代。從宋代開始逐漸形成了一門「古籍辨偽學」。朱熹《朱子辨偽語錄》、宋濂《諸子辨》是較早的辨偽著作。清代近代辨偽加多，如

姚際恒《古今偽書考》、康有為《新學偽經考》、梁啟超《古書真偽及其年代》、張心澂《偽書通考》，紀昀等的《四庫全書總目提要》也有不少辨偽的內容。今人黃雲眉有《古今偽書考證補》，齊魯書社 1980 年出版，鄧瑞全、王冠英主編有《中國偽書綜考》，黃山書社 1998 年出版。有人做了大致的統計，「偽書據《中國偽書綜考》約有一千二百餘種。和清代的《四庫全書總目》所著錄的一萬種相比，偽書所占比例合十分之一。如果除去《總目》中存目部分的六千多種，那麼偽書所占的比例就很大了，約為三分之一。」❽因此在選擇語料時還要參考辨偽的成果，瞭解語料的作者時代狀況，即選擇作者時代清楚的文獻作為研究的語料。比如東晉梅賾所上孔安國的《古文尚書》內的二十五篇，已辨明為假造偽書，就不宜選擇為春秋以前時代的語料；張湛所造的《列子》及其注釋等，就不宜選擇為列子時代的語料。

　　但是有些僅部分為偽的書還是可以使用的，如《論語》《孟子》只有少部分為偽作，在研究時剔出偽作部分即可。

　　有些不是偽書的，也有慎重取為研究語料的情況。如《戰國策》現在的版本多署為「劉向輯錄」，是漢成帝時劉向典領官家校書時根據所見文獻編輯整理所成。現在無法搞清楚《戰國策》中的文字經過劉向改動過沒有，如果改動過又改動了哪些。如果把《戰國策》作為戰國的語料就存在著危險性。所見到的，只有人把它籠統地作為上古語料來研究，如李丹葵〈《戰國策》中聯合式雙音詞

---

❽　元尚〈為什麼有那麼多的偽書〉，《博覽群書》1999 年第 9 期，頁 26。

探析〉❾，張先坦〈《戰國策》雙賓結構動詞研究〉❿等。

2.語料內容的歷時層面性分析的可靠性

有些語料屬於某一歷時層面，比較清晰，上面所言及的《春秋左氏傳》《三國志》《朱子語類》等是。

但是有很多語料是沉積型的。所謂的沉積型，是指一種語料之中除了有主要歷時層面的內容之外，還有此前的次要歷時層面的內容。使用這種沉積型的語料，就必須能夠分清語料的各種歷時層面，這樣纔有可靠性。沉積的次要歷時層面的語料，其沉積的方式有兩種，一是直接引用，即按原文引用，二是轉述。直接引用的明引已交待所出書文或作者，一看便知，其暗引則需查核。轉述一般也不指明出處，同樣需要查核。比如《莊子》引述《老子》，《漢書》引述《史記》，《史記》引述先秦及漢武帝前的各種典籍等，明引不用說，暗引、轉述也都能考明其所自所出，也就是能夠考明語料內容的歷時層面，所以《莊子》《史記》《漢書》都可以用來作為語料。而且這類沉積型的語料對於詞彙史的研究來說具有特殊的意義，因為除了照引原文一字不差者外，其他多多少少的總有些改動，這些改動可能正是反映了詞彙在不同歷時層面上的發展演變。

有些文獻雖然作者清楚，但是其內容的歷時層面難以完全考明，就不宜作為語料。如《資治通鑑》司馬光所編沒有問題。但是《資治通鑑》內容上起周威烈王二十三年（前 403），下訖後周世宗

---

❾ 文載《武漢科技大學學報》2000 年第 1 期，頁 67─70。

❿ 文載《貴州師範大學學報》2003 年第 1 期，頁 102─105。

顯德六年（959），取材除十七史以外，尚有野史、傳狀、文集、譜錄等 222 種。因為篇幅很大，至今沒有人將其與所採原始資料加以一一對比，因此無法搞清楚哪些詞語是前代的的沉積，那些詞語屬於宋代的語言，所以把它作為宋代的語料有問題，把它作為某個歷史層面上的語料也有問題。這就是至今沒有人把它作為研究詞彙的語料的原因。

3.語料內容的完整性

選擇語料要注重文獻的完整性，一種書最好是全本，一個人最好是全部作品或某一部完整的作品。像《詩經選》《先秦散文選》《左傳選》《史記選》《李白詩選》《杜甫詩選》《關漢卿雜劇選》《古文觀止》《中古漢語讀本》《近代漢語讀本》《近代漢語語法資料（唐五代卷、宋代卷、元代明代卷）》等都不宜作為詞彙研究的語料。有些帶「選」的文獻，如清顧嗣立輯《元詩選》、明臧懋循編《元曲選》以及今人隋樹森編《元曲選外編》，甚至是其中的某個作家或者是某類作品則仍然可以選為語料，這是因為這類「選」對於該時代、該類作品或該作家的語言具有一定的代表性，其語料量較大。

㈡語料量合適

研究詞彙史的終極理想是要精確地描繪出整個漢語詞彙發展演變的歷史。從這個角度來說，所有的語料最終都必須要用上，研究詞彙史中任一個，哪怕是最小的問題，都要把這個問題涉及的語料全部用上。但是由於目前各方面的限制，包括科技水平、個人能力與時間等因素，比如在讀碩或讀博僅有的時間之內運用現有的研究手段，如果想使用很多的語料就不切合實際。即使打算一輩子從事

漢語詞彙史甚至只是其中的一個方面的研究，想窮盡語料那也比較困難。因此在做研究時，選擇合適的語料量，就顯得很重要。

語料量的大小合適與否，與研究選題緊密相關。選題小，研究的內容面小，可選擇專書，也可選擇更大的語料，如斷代語料或歷代語料。對專書做較為全面的研究，語料小則易於駕馭。

由我們收集到的碩博論文來看，碩博生論文選題，其語料都以專書為多，一般幾萬、十幾萬字，語料量很大的不多。如果拿碩士論文語料與博士論文語料相比，博士論文的語料總的來說要比碩士論文為大。個別碩士論文也選用《舊唐書》《拍案驚奇》《儒林外史》《兒女英雄傳》之類較大的語料（有的碩士生與博士生選擇相同的較大語料），但可以明顯的看出來，碩士生的研究範圍限制得較小。像《中古史書詞彙研究》《明代漢語詞彙研究》《近代漢語詞彙研究》選擇的語料對像是「中古史書」、「明代漢語」、「近代漢語」，其語料範圍很大，不太適合碩士生選擇，即是博士生往往也要有前期的積累，否則在短短的三年內不容易完成。對比一下書後所附碩博論文要目，就會更加清楚碩博選擇語料上的不同特點。

如果不是碩博論文，而是平時撰寫投相關刊物發表的論文，作為碩博生，一般選擇較小的語料和較小的專題，因為語料越小越易駕馭，專題越小越易深入。有的稍大的專題可以分成幾個方面，寫成系列論文，分頭發表，以解決刊物對字數限制的問題。

有些碩博生將自己的碩博論文一部分一部分寫出來，相對獨立成篇，不斷撰寫，不斷發表，形成系列，最後合在一起，又成為了一篇完整的碩博論文，這是能夠及時實現成果的好辦法。也有不少在碩博論文撰成後，再整理成單篇論文發表。但是，如果有可能，

最好是採取前者的方式。

㈢語料研讀難度合適

不同的語料對不同的人，其難度也可能不同。要根據自身的知識面，自己的閱讀理解能力，衡量語料對自己是否合適。比如，從時代看，對中古語料較熟悉就選擇中古語料，對近代語料較熟悉就選擇近代語料；從體裁看，對詩詞曲較熟悉就選擇詩詞曲，對小說較熟悉就選擇小說；從內容看，對宗教語料較熟悉就選擇佛教文獻或道教文獻。當然可以肯定，上古語料一定比中古近代語料難，文言語料一定比詩詞曲與小說語料難。作為做碩博論文，難以讀通的語料最好不選，如上古經書中的《易經》經文、《尚書》《周禮》《儀禮》，子書中的《墨子》，這些書有的是全書，有的是某些篇章，很不容易讀懂。

子部中的佛經多是口語故事，除了一些佛教概念術語之外，要比上古經子易讀得多。雖然像其他典籍一樣，佛經也有歷時的難易之別，就《大正藏》前五十五卷看，漢代的稍難一些，其後的就稍容易一些，但選為語料都沒有多大的閱讀難度。

集部如揚雄《甘泉賦》，司馬相如《上林賦》，班固《兩都賦（東、西）》，張衡《東京賦》《南都賦》等大賦，也是很有難度的語料。

當然事有兩面，如上只就大的方面說的，實際上難的語料就自己比較熟悉的詞彙方面去做也可以，比如上面所舉的漢大賦，做某類詞語的研究，如植物詞語或植物詞語的某一類，動物詞語或動物詞語的某一類等，也還是可以的。

語料的難度還與自己所專有關，如數學不熟悉去做算書，農學

不熟悉去做農書，中醫不熟悉去做醫書，難易程度自然不很合適。

　　無論怎麼樣，總的原則應該是選擇的語料自己做起來得心應手，這纔是合適自己的研讀難度。

二、語料價值的評估

㈠評估語料價值的標準

　　評估語料價值的標準，無外乎是看語料在漢語詞彙史上的地位。可以從古漢語詞彙研究的各個內容方面去觀察，如本語料反映該時代詞彙概貌如何，產生新詞新義的情況，單音詞複音詞的情況，某個詞類或某些詞類的情況，同義詞反義詞的情況等等。多數語料可能只在詞彙史研究中具有一個方面或幾個方面的價值，評估其價值可以只從一個方面或幾個方面進行，不一定要全面進行，可以選擇最有價值的一個方面或幾個方面去做研究。

　　評估語料價值的標準，還牽涉到一個重大的認識問題。即傳世語料與出土語料價值的總的評價的問題。近年來，對出土語料比較重視，重視是對的，但是有強調過頭之嫌。我們認為，總的來看，出土語料與傳世語料相比，出土語料的量很有限，占整個古漢語文獻語料的比重很小很小，而且在文字識別上還存在諸多困難，斷簡殘篇更是難以利用。要說明的是，文字的釋讀，是文字學方面的事，不屬於古漢語詞彙研究的範圍。就古漢語詞彙研究來說，出土語料應該說只是傳世語料的一種補充。雖然有少數語料比較特殊，如甲骨文那樣的語料，是最早的文字文獻，因而受珍視，我們應該承認它是上古的重要語料之一。但甲骨文可識者千餘而已，即使一字一詞，詞僅千餘，與這一時期的傳世典籍「《周易》的卦辭，

《尚書》裏的大部分材料，《詩經》的《周頌》《大雅》的一部分」❶中出現的詞語實在不可比擬。湘西里耶出土的兩萬餘支簡牘，同樣是因為秦代傳世語料較少而具有比較特殊的價值。但是秦史短暫，希望其中有多少與其前後不同的詞語或詞義，也沒有太多可能。所以出土語料與傳世語料總體比較，即使是甲骨文、里耶簡之類，也只是傳世語料的補充。我們曾經說過，把出土語料的價值說成「極大」、「巨大」，對於其他學科的研究可能如此，但是對於古漢語詞彙的研究，就大有可商之處。所以在評估語料的價值時，要堅持實事求是，堅持語料在漢語詞彙史上的地位的標準，充分認識傳世語料的語言代表性，出土語料的語言補充性，不能偏倚。

㈡語料發掘研究的狀況

根據語料在漢語詞彙史上的地位的標準，可以評估一種或一類語料的價值。但是有價值的語料不一定就可以拿來作為古漢語詞彙研究的語料。還要瞭解這種或這類語料被發掘研究的狀況，即人們已做了哪些研究，研究的程度如何。如甲骨文金文不宜做反義詞的研究，因為左文燕做過碩士論文《殷墟甲骨文反義詞研究》❷，陳偉武做了〈甲骨文反義詞研究〉❸。金文不宜做同義詞研究，因為諶於藍做過碩士論文《金文同義詞研究》❹，而且做得比較細緻。《論衡》《世說新語》是中古的重要語料，但是不宜做它們的複音

---

❶　趙振鐸〈論先秦兩漢漢語〉，《古漢語研究》1994 年第 3 期，頁 1—5。

❷　首都師範大學，2002。

❸　《中山大學學報》1996 年第 3 期，頁 93—98。

❹　華南師範大學，2002。

詞研究，因為程相清的〈《論衡》複音詞研究〉❺〈《世說新語》複音詞研究〉❻，已經做得比較深入。《舊唐書》是中古之末近代之初的重要語料，但是已見到周豔梅碩士論文《《舊唐書》詞彙研究》❼，張能甫博士後論文《《舊唐書》詞彙研究》❽，前者從歷共時的角度描寫分析了《舊唐書》的新詞新義，後者對《舊唐書》的詞彙做了多方面的研究。在這些情況下，沒有新的角度新的方法之類，超越較難。

瞭解語料發掘研究的狀況，還有一點值得考慮，即某語料潛在的持續性的發掘。不少人，特別是碩博士，其中尤其值得注意的是博士，他們選擇的語料往往不只是做一篇文章、一篇碩士論文、一篇博士論文以後即不再使用選用過的這些語料，而是繼續在使用這些語料進一步做新的研究。做過的語料，一般來說比從零開始研究要熟悉得多，研究某個問題要得心應手得多。所以在選用他人特別是碩博士使用過的語料時就要更加慎重。當然我們應該指出，別人使用過的語料照樣可以選用，從不同的切入點，去研究不同的問題甚至是相同的問題，同樣可以取得成就。但是選擇別人相同的語料，又去研究同一個問題，就要有特別清晰的認識，必須確認研究的成果會大大超過別人。在做這類語料選擇時，最好能夠與此前的研究者取得聯繫，瞭解情況，以便做出正確的決定。

在選擇語料中初做研究的碩士生常常問的一個問題是選擇常見

---

❺　《兩漢漢語研究》山東教育出版社 1992 年版，頁 262－340。

❻　《魏晉南北朝漢語研究》山東教育出版社 1992 年版，頁 1－85。

❼　四川大學，2002。

❽　四川大學，2001。

的書為好還是選擇不常見的書為好。就個人觀點,無論是經是史是子是集,我們皆應首先考慮歷代名著;注疏語料也當以歷代注釋名家為主。道理淺顯,因為名著名家的語言具有無可非議的代表性。當然同時也要重視發掘新語料,如在韓國漢城大學奎章閣發現的《型世言》在漢語詞彙史上就有一定的價值,值得研究。但是不提倡蜂擁而上,幾十個人都去研究一本不大的書的語言應該說是一種不正常的現象。漢語詞彙研究中沒有利用或者沒有充分利用的語料很多很多,做學問提倡老老實實,不必要趕時髦。

與語料選擇相關的一個值得注意的問題是,做古漢語詞彙研究需要選擇好的版本為研究底本。可以選擇古代的刻本,這些刻本許多都已影印出版,檢用並不難。但是很多沒有斷句標點,閱讀上要花更多的功夫。比較好用的是近人今人的點校本、校注本。有些高層次的出版社出版的本子,如中華書局、人民文學出版社、上海古籍出版社等的點校本、校注本質量相對較高。但是,由於某些原因,現在的情況與若干年前已不完全一樣,高層次的出版社出版的不理想的本子已不難見到,而一般出版社出版的好本子也不少。關於繁簡字本的問題,非萬不得已,應該選用繁體字本。另外,目前網路有不少古籍全文可供下載,但是網路古籍很多是錯誤百出,不可直接拿來作為古漢語詞彙研究的底本。

第三節　語料價值評估舉例

這一節上古、中古、近代、文物文獻各舉一例。

一、上古之例

《史記》在上古詞彙史研究中的語料價值。

趙振鐸教授指出：「司馬遷的《史記》能夠代表當時文學語言的面貌，它和周代的語言已經有很大的不同。」⑲業已對《史記》在上古漢語史中的語料價值從共時、歷時兩個方面做了明確的論述。以下僅就《史記》在上古漢語詞彙史研究中的語料價值作一些具體的申說。

㈠時代明確，語料可靠

司馬遷《史記》一書，初稿成於漢武帝太初四年（前 101），後續有增補，征和二年（前 91）最後成書。在流傳過程中有缺佚，又有他人增補。元、成之際，褚少孫補有若干篇節，褚補已標明「褚先生曰」。據考證還有馮商等人的增補內容。《太史公自序》謂《太史公書》「凡百三十篇，五十二萬六千五百字」，與今本《史記》555,660 字相差 29,160 個。但絕大多數增補的內容至遲不晚於西漢末年。因此，《史記》是西漢最可靠的語料之一。

㈡詞彙量大，涵蓋面廣

我們以中華書局通行本做了初步的統計，《史記》單音詞有四千幾百個，複音詞 3,200 多個，⑳共有詞七、八千個。《說文解字》纔收字頭 9,000 多個，其中還有一些詞素字，不是詞。與先秦的一些典籍相比更顯得《史記》的詞彙量大。據研究者統計，《論

---

⑲　〈論先秦兩漢漢語〉，《古漢語研究》1994 年第 3 期，頁 1－5。

⑳　韓陳其〈論《史記》複音詞的意義特點〉，《漢語研究論集》第一輯，語文出版社 1992 年版。

語》共出現 1,700 多個詞，其中複音詞 200 多個，《詩經》一共出現 3,400 多個詞，其中複音詞 900 餘個。❹到東漢也只有《論衡》《漢書》詞彙量為大。但《論衡》中複音詞只有 2,300 多個；而《漢書》武帝以前部分則大多取材於《史記》。

《史記》詞彙涵蓋面廣是其詞彙的一大特色，其紀傳的篇目就能反映出這一點。《史記》除了一般性的紀傳之外，還有各不同學科的專門紀傳，如禮制方面的有《禮書》，音樂方面的有《樂書》，音律方面的有《律書》，曆法方面的有《曆書》，天文方面的有《天官書》，祭祀方面的有《封禪書》，水利方面的有《河渠書》，經濟方面的有《平准書》《貨殖列傳》，醫學方面的有《扁鵲倉公列傳》，文化方面的有《儒林列傳》；還有外國方面的紀傳，如《匈奴列傳》《大宛列傳》等。

㈢引述前文，存籍可比

《史記》取材的一個重要方面是前代和當代典籍。金德建《司馬遷所見書考・敘論》列有 80 餘種，❷張大可《史記研究・論史記取材》「單以《史記》本書考校，司馬遷所見古書即達一○二種」，❸經部 23 種，存 16 種；子部 52 種，存 16 種；史部 20 種，存 1 種；集部 7 種，存 4 種。共存 37 種。如《春秋》《國語》《左氏春秋》《易》《周官》《士禮》《今文尚書》《詩三百五篇》《管子》《晏子》《老子上下篇》《莊子》《韓非子》《商

---

❹　向熹《簡明漢語史》，高教出版社 1993 年版，上冊頁 406－407。

❷　上海人民出版社 1963 年版，頁 1－30。

❸　甘肅人民出版社 1985 年版，頁 230－271。

君書》《孫子十三篇》《論語》《孟子》《荀卿子》《墨子》《山
海經》《屈原賦》《宋玉賦》《司馬相如賦》等。以《史記》與傳
世典籍比較，可知司馬遷在使用這些材料時，有的是照錄，有的是
略有改動，有的就是轉述性的了。從書的角度看，有的書更動少一
些，有的書更動多一些。這些大大小小的更動，正是研究上古詞彙
發展演變的好語料。以下先舉《今文尚書》數例：

《堯典》：宅嵎夷……宅南交……宅西……宅朔方。

《五帝本紀》引為：「居郁夷……居南交……居西土……居北
方。」「宅」改「居」，「朔」改「北」。

《堯典》：寅賓出日。

《五帝本紀》引為：「敬道日出。」「寅」改「敬」，「賓」改
「道」。

《堯典》：肆覲東后。

《五帝本紀》引為：「遂見東方君長。」「肆」改「遂」，「覲」
改「見」，「后」改「君長」。

《皋陶謨》：彰厥有常。

《夏本紀》引為：「章其有常。」「厥」改「其」。

　　《皋陶謨》：亂而敬。

《夏本紀》引為：「治而敬。」「亂」改「治」。

　　《洪範》：我不知其彝倫攸敘。

《宋微子世家》引為：「我不知其常倫所序。」「彝」改「常」，
「攸」改「所」。
　　再舉其他書數例。

　　《左傳・僖公三十三年》：及諸河，則在舟中矣。

《晉世家》引為：「秦將渡河，已在船中。」「舟」改「船」。

　　《左傳・成公二年》：郤克傷於矢，流血及屨。

《齊太公世家》轉述為：「射傷郤克，流血至履。」「屨」改
「履」。

　　《國語・吳語》：以懸吾目於東門。

　　《伍子胥列傳》引為：「而抉吾眼懸吳東門之上。」「目」改

「眼」。

> 《韓非子·喻老》：智伯……身死高梁之東，遂卒被分，漆其首以為溲器。

《刺客列傳》述同一事為：「趙襄子最怨智伯，漆其頭以為飲器。」用「頭」不用「首」。

> 《戰國策·趙策二》：通質，刑白馬以盟之。

《蘇秦列傳》引為：「通質，剠白馬而盟。」「刑」改「剠」。

由引述更動的對比分析，我們可以考見從先秦到西漢一些詞和詞義的發展演變情況，有的死亡，有的新生，有的處於從常用到非常用、或從非常用到常用的發展過程之中。這方面可利用的語料，在整個上古，數《史記》最為豐富，最為有價值。

對《史記》詞彙作進一步的研究，那麼對《史記》在上古漢語詞彙史研究中的語料價值會有更深刻的瞭解。如《史記》中新出現了 137 個單音新詞，581 個新義，以此還可以反映從先秦到《史記》單音詞發展的幾個趨勢。

㈠產生新詞相對減少的趨勢

《史記》有 4,000 多個單音詞，新詞只有 140 多個，約占 1/29。如果按有些學者的見解，把實體詞❷詞性轉化的 123 個新

---

❷ 實體詞包括名詞、動詞、形容詞，餘稱非實體詞。

義，名詞轉化為動詞和形容詞 42 個，動詞轉化為名詞和形容詞 59
個，形容詞轉化為名詞和動詞 22 個，都算作新詞，也只約占
1/16。反過來看，《史記》單音詞的 28/29 或者 15/16 都產生於先
秦。兩相比較，可知《史記》反映了西漢產生單音新詞相對減少的
發展趨勢。㉕

㈡偏於舊詞引申轉化的趨勢

581 個新義，除去 23 個《史記》前已見到引申義而《史記》
中纔見到本義的新見本義以外，其餘都是由舊詞引申轉化而來。而
新詞中的非實體詞 51 個，除去 1 個副詞、1 個助詞可以被認為是
新生的以外，其餘 49 個也都是由舊詞引申轉化而來。計新詞新義
由舊詞引申轉化而來的 607 個，新生的 90 個，舊詞引申轉化是新
詞新義總數的 7/8。這種情況應是表明了上古單音詞由早期新生詞
佔優勢到以舊詞為基礎引申轉化佔優勢的漸進發展過程。

㉕ 這種趨勢從《史記》本身的詞彙狀況及其與先秦的比較中可以找到一些原
因。其一、可能與從先秦到《史記》詞彙向著複音化方向發展的趨勢有關。
「《論語》全書出現 1,700 多個詞，除去人名、地名和虛詞，複音詞 200 多
個，約占總數 15%。《詩經》一共出現 3,400 多個詞，其中複音詞 900 餘
個，占總詞數的 25%。」（向熹《簡明漢語史》，高等教育出版社 1993 年
版，上冊頁 406。）《史記》單音詞 4,000 餘個，而「複音詞共約 3,200
個」，（韓陳其〈論《史記》複音詞的意義特點〉，《漢語研究論集（第 1
輯）》，語文出版社 1992 年版。）已占了總詞數的 40%多。由複音詞的比例
逆推單音詞的比例，《史記》無論與《論語》還是《詩經》相比，單音詞的
比例都要小。這也可以從一個側面證明從先秦到《史記》產生單音新詞減少
的趨勢。其二、也可能與利用舊詞派生新義表述事物有關。《史記》單音新
義絕對數量是新詞 4 倍多可以作為證明。

(三)實體詞動詞地位上升的趨勢

甲骨文，除專名以外，絕大多數是單音詞。有學者對甲骨文能夠辨認確定的 1,000 多個詞做了統計分析，有名詞約 800 個，動詞約 300 個，形容詞只有幾十個。甲骨卜辭裏名詞是最發達的一個詞類，數量最多，占整個詞彙的 70%以上。❷《史記》單音新詞沒有出現和甲骨文相一致的情況，名詞 42，動詞已有 37。如果從新義來看，動詞新義已略佔有優勢，動、名新義之比是 262/201。形容詞仍然是一個不發達的詞類。把《史記》中出現的名詞、動詞新詞新義綜合起來考慮，可以得出這樣的結論：名詞、動詞的地位由先秦到《史記》逐漸發生了變化，出現了由名詞占優勢到名詞、動詞大致持平甚至動詞略佔優勢的發展過程。

(四)詞義引申由實到虛的弱化趨勢

就實體詞來說，詞義引申的規律一般是從具體到抽象。從個別到一般。這種規律在上古早期表現比較明顯，但《史記》新義的產生表明了這種規律弱化的趨勢。我們至少可以舉出許多由動詞、形容詞義引申轉化而來的名詞義為例，如「導」，由動詞義引導引申轉化為名詞義嚮導；「驗」，由動詞義驗證引申轉化為名詞義憑證；「謁」，由動詞義拜見、進見引申轉化為名詞義名刺；「副」，由形容詞義居二位的、輔助的引申轉化為名詞義副本；「腐」，由形容詞義腐臭引申轉化為名詞義宮刑，等等。僅新義中動詞義、形容詞義引申轉化為名詞義的就有 50 多個。還有兩種情

---

❷ 向熹《簡明漢語史》，高等教育出版社 1993 年版，上冊頁 365－387，下冊頁 3－6。

況值得指出，1.有不少同性引申也不是從具體到抽象、從個別到一般。仍以名詞引申義為例，如「口」，從人之口到寸口；「乳」，從乳房到乳汁；「樴」，從門樴到欄水之樴；「槍」、「矛」、「盾」，從武器名到星、星宿名；應該說都是從具體到具體。2.形容詞義、動詞義之間互相轉化也很難說從具體到抽象、從個別到一般。如「衡」，由形容詞義橫引申轉化為動詞義違逆；「通」，由形容詞義整個、全部引申轉化為動詞義總共；「泄」，由動詞義漏泄引申轉化為形容詞義窄小等皆是。

　　非實體詞，除了個別為新生詞之外，都是由實體詞引申轉化而來，是由實到虛的過程，非實體詞的詞義再進一步引申多是進一步虛化的過程。也有並非如此的，如「無」，從動詞義沒有到代詞義沒有誰；「朕」，從我（們）到天子自稱等即是。

　　另外，還有兩種新詞新義的現象，也可反映上古單音詞的發展情況。1.《史記》未見到數詞、連詞新詞新義，可能反映上古詞彙中數詞、連詞系統在先秦已經發展成熟，已經足用。2.《史記》代詞、助詞新詞新義極少，也可能反映上古詞彙中代詞、助詞系統先秦已經基本發展成熟，基本足用。當然也可以從另一個角度看發展，如《史記》動量詞新詞新義只見到一兩個，則說明了後代形成的動量詞系統，在《史記》時代乃處於萌芽階段。

　　由上所論可知，《史記》在上古詞彙史研究中具有重要的語料價值，研究漢語詞彙史應予以充分重視。

二、中古之例

　　董志翹〈《入唐求法巡禮行記》的詞彙特點及其在中古漢語詞

彙史研究上的價值〉，《中國語文》1999 年第 2 期（頁 137－
144）。本文的第二部分是「《行記》在中古漢語詞彙史研究上的
價值」，節錄於次。

談到《行記》詞彙在中古漢語詞彙史研究上的價值，當然主要
是指該書中的唐代口語。可以說，《行記》中的口語詞是目前能見
到的同時代文獻中最可靠、最切近語言實際的材料之一。

首先，這部著作的撰寫年代明確，不但可以精確到年，還可以
精確到月日，這是一般語料所不具備的（比如敦煌文獻的時代，一般也
只能確定在八、九世紀這一大致範圍）。而晚唐在漢語史上正處於中古漢
語末期到近代漢語初期的過渡時期，詞彙的變化相應加劇，一些非
常典型的新詞、新義大量產生（《行記》中有不少新詞、新義早於目前大
型語文工具書所收相應的用例），而一些雖在六朝已經萌生的新詞、新
義，到《行記》中已見普遍使用。

其次，作者是外國人，又是在巡禮途中逐日寫下的日記，所以
《行記》中的口語基本上應當是以「實錄」的形式記錄下來的。加
上圓仁所接觸的對象大多是下層官吏、普通僧侶、平民百姓，所以
《行記》的語言有時甚至比同時代的敦煌變文、禪宗語錄還要通
俗。比如：「從淄州到齊州一百八十里」（頁 180），「最後到一
家，又不許宿」（頁 238），「四人每人吃四碗粉粥」（頁 256），
「黃河從城西邊向南流」（頁 334），這類話語簡直與現代漢語毫無
二致。由此我們深深感到：以前對當時「言文脫節」程度的評估還
是太保守了。

再次，從圓仁入唐求法巡禮所經歷的地域上看，他的足跡遍佈
江蘇、山東、河南、河北、陝西、山西，主要是在長江以北，屬於

北方方言這一大方言區的範圍（至少沒有明顯的南方方言影響），因此《行記》中口語的地域性也是比較單純和明確的。

　　從另一角度言，至今尚未有人對《行記》詞彙進行全面的研究，這是令人十分遺憾的。日本是《行記》研究的中心，但就筆者目前收集到的 224 篇（部）日本有關《行記》研究的論著目錄來看，涉及到政治、歷史、地理、交通、經濟、佛教、民俗、中日關係等各個層面，而對該書口語的研究論文僅有牛場真玄的〈《入唐求法巡禮行記》の俗語について〉，並且這篇文章主要也就是討論了「斷中」一個詞而已。國內近幾年來已經開始注意《行記》的詞彙，但目前見到的論著大多圍於局部和個別詞語的考釋，還未能將它放到整個中古漢語史研究的重要一環的位置上來考慮。所以《行記》一書的詞彙史研究已是擺在我們語言學者面前的一項迫切的任務。

　　下面我們就來看看《行記》中唐代口語的大致情況。

　　㈠大量新詞產生，由此可以修正已有漢語史著作關於一些新詞出現時代的論斷，以及一些新詞僅僅見於詩詞的說法。例如：拜年、別人、從先、分頭、過夜、賀年、和軟、街店、排隊、起首、毯子、一頭、用途、囑咐。

　　㈡不少詞到了《行記》的時代產生了新義，而其中一部分新義是在《行記》中首次出現的。例如：

慚愧

　　　　自去二月十九離赤山院，直至此間，行二千三百餘里。除卻虛日，在路行正得卅四日也。慚愧！在路並無病累。

（卷二，開成五年四月廿八日，頁 268）

「慚愧」作為動詞表「感謝」之義，唐代已多見。但是進一步虛化，用在句首，帶有感歎意味，表「真幸運」、「謝天謝地」之義，學界一般認為始見於元曲及後代的話本小說。《漢語大詞典》引元張壽卿《紅梨花》第三折：「小生慚愧，有緣遇著這個小娘子。」及《儒林外史》三十八回：「郭孝子扒起來，老虎已是不見了。說道：慚愧！我又經過了這一番。」這仍未脫出以往的成見。《行記》中「慚愧」的這一新義，不僅時間上早幾百年，而且比《紅梨花》中的用例更加典型。

　　腳根

　　　　而中岸邐迤漸下與中台腳根連。（卷三，開成五年五月廿日，頁 287）

「腳根」指物體的下端或其近旁。《大詞典》此義項下引《兒女英雄傳》第四回：「只見那石頭腳根上周圍的土兒就拱起來了。」

　　破損

　　　　舶當粗磯，悉已破損。（頁 168）

「破損」乃殘破損壞之義，《行記》中用於此義甚早，此後如：「師因見水磨題梁云：『永為不朽，後即破損。』」（《古尊宿語錄》卷十八「雲門匡真禪師廣錄下」）《大詞典》此義項下引明葉憲祖

《寒衣記》第二折：「劉家大舅，俺看你衣衫破損，多應囊橐空虛。」

閒房

諸僧等卅有餘，相看啜茶。夜宿閒房。（卷二，開成四年六月八日，頁167）

開元寺僧房稍多，盡安置官客，無閒房。（同上，開成五年三月二日，頁222）

「閒房」即「空閒之房」。《行記》中除「閒房」一詞以外，還有「閒院」，如：「向開元寺看定閒院。」（卷一，開成三年八月一日，頁25）《大詞典》「閒院」一詞未收，於「閒房：⑵空房」下，引《兒女英雄傳》第24回：「其餘的房間作為閒房以及堆東西合僕婦丫環的退居。」

《行記》一書中，此類體現新義的詞語為數不少，據不完全統計，約一百二十多個。

㈢一些前代出現的口語詞，到《行記》中得到廣泛使用（有的已基本上取代了文言），並且與其他成分的搭配更加靈活。

例如：《行記》中大多數場合，表示「裏面」、「內部」義的「裏」已取代了「中」、「內」，寺裏、宅裏、舶裏、街裏、家裏、山裏、海裏、島裏、穀裏、灶裏、瓶裏、腿肉裏、肚裏等，不一而足。

「吃」幾乎取代了「食」、「飲」，如：吃飯、吃果子、吃餛

飩、吃小豆、割其眼肉吃（以上吃的對象為固體）；吃茶、吃酒、吃粥、吃汁河水（以上液體）；吃齋、吃鹽茶粟飯（以上混稱）等等。全書用「吃」64 例，而「食」、「飯」一共僅 4 例。

「別」取代了「他」，如：別人、別僧、別兵、別處、別寺、別房、別狀、別紙等。

有些常用詞雖然在六朝已經出現，但用法較單純，結合能力較弱。而在《行記》中我們可以看到它們的結合能力有了很大增強。

如：「回」的「返、歸」義，據張永言先生考證，至遲在三國時已見於文獻，六朝已不罕見，但一般都是單用。《行記》中作為同義複詞的「卻回」就有 5 例，另外還有「浮回」、「付回」等「回」表趨向義的雙音詞，以及「回來」、「回去」等。在用法上，不僅可以充當謂語，還可以充當定語，如「臨回之日，又附百金。」（頁 307）「回時付船卻歸唐國。」（頁 495）

這些現象都說明了一些詞在晚唐口語中使用面與結合能力都有了長足進展。

三、近代之例

曾昭聰〈「二程語錄」在近代漢語詞彙史研究上的價值〉，《貴州大學學報》2001 年第 2 期（頁 87−92）。節錄於次。

程顥、程頤，世稱「二程」，為宋代理學大家；他們聚徒講學，多用通俗的語言，頗能反映當時的語言實際情況。其門人對講學或談話的記錄，即「二程語錄」，主要見於《河南程氏遺書》和《河南程氏外書》，《遺書》二十五卷，《外書》十二卷，均為「二程子門人所記，而朱子複次錄之者也」（《四庫提要》語）。由

於忠實記錄，「書法」不隱，故而保存了相當數量的宋代口語詞彙，為我們研究漢語詞彙史尤其是近代漢語詞提供了難得的語料，同時也為現代語言辭書的編纂提供了豐富的文獻例證。蔣紹愚先生《近代漢語研究概況》以及他與劉堅先生合作主編的《近代漢語語法資料彙編·宋代卷》都曾對「二程語錄」作過介紹，但學界研究宋儒語錄時一般著重於朱熹語錄，而對「二程語錄」，重視不夠，故本文以「二程語錄」作為例證，談談它在近代漢語詞彙史研究上的重要價值。

「二程語錄」在近代漢語詞彙史的重要價值表現在四個方面，即新詞的大量產生、新義的大量出現、詞義的外延擴大以及雙音複合虛詞的大量產生。由於《漢語大詞典》是一部大型歷時性的詳解語文詞典，其編輯方針是「古今兼收，源流並重」，力圖反映漢語詞彙的歷史演變，到目前為止是一部最為全面的反映漢語詞彙面貌的辭書，因此本文在談及新詞新義時，以《大詞典》為主要參考依據。以下試分別論述。

㈠新詞的大量產生

例如：少欠、落便宜、這下、氣局（氣度格局）、誇逞、打訛、一袞、土頭、標垛、千瘡百孔。

㈡新義的大量出現

有的詞語雖不是「二程語錄」中新產生的，但「二程語錄」中的用法卻是新出生的，這是漢語詞義發展的必然現象。例如：

內面

　　莊子曰「游方之內」、「游方之外」者，方，何嘗有內

> 外？如此，則是道有隔斷，內面是一處，外面又是一處，豈
> 有此理？（《遺書》卷一，頁3-4）

「內面」，意義當依《大詞典》義項二為「裏面」，但《大詞典》
此義項舉郭沫若作品例，過晚。

　　扇

> 天地之化，既是二物，必動不齊，譬之兩扇磨行，使其
> 齒齊。不得齒齊，既動，則物之出者，何可得齊？……
> （《遺書》卷二上，頁31）

> 天地陰陽之變，便如二扇磨，升降、盈虛、剛柔，初未
> 嘗停息。（同上，頁32）

《大詞典》「扇」，（去聲）義項六「量詞。用於門、窗等扁形
物。」其中用於「磨」者舉柳青《創業史》例，過晚。《漢語大字
典》「扇」，讀去聲時義項六同，其用例於「磨」者舉《天工開
物·粹精》例，已早於《大詞典》但仍過晚，由「二程語錄」中用
例可見「磨」之量詞用「扇」至遲宋代已開始。

　　還有一統、大小、出身也屬於這一類。

㈢詞義的擴大

　　「二程語錄」由於是傳佈道學的講學記錄，因此語言中的詞彙
往往抽象化，也就是說，詞義的外延擴大了。例如：

　　栽培

> 學者須敬守此心，不可急迫。當栽培深厚，涵泳於其
> 間，然後可以自得。（《遺書》卷二上，頁 14）

> 學者識得仁體，實有諸已，只要義理栽培。如求經義，
> 皆栽培之意。（同上，頁 15）

「栽培」，《大詞典》列有三個義項：①種植培養（所舉之例均為
植物）；②比喻培養、造就人才，舉宋張載、現代作家冰心文例；
③舊時官場中比喻照拂、提拔。按義項二值得商榷。據「二程語
錄」用例，「栽培」亦用於比喻，但並非指培養、造就「人才」，
故「栽培」一詞釋為「比喻培養、造就」就夠了。

修治

> 所以能使如舊者，蓋為自家本質元是完足之物。若合修
> 治而修治之，是義也；若不消修治而不修治，亦是義也；故
> 常簡單明白而易行。（《遺書》卷一，頁 1）

> 地不改闢，民不改聚，只修治便了。（《遺書》卷六，頁
> 82）

按「修治」，《大詞典》舉五個義項。義項二：「修理整治」，舉
三例。《漢書》：「郡國公館，勿復修治」，指建築；蘇軾文例
「稍修治其殯」，指器物（實亦死人所居建築）；老舍《四世同堂》
第一部八：「他特別注意修治，凡能以人工補救天然的，他都不惜

工本，虔誠修治。」指的人的外表。這幾例均是就外部事物而言，「修理整治」云云，是就外部形態而言，但《遺書》用例則是指人的內心、道德品質等等。毫無疑問，這是詞義外延的擴大。因此，這一詞語的釋義若要更精確，似可改為「修理整治或內心修養」。

㈣大量雙音複合式虛詞的出現

「二程語錄」詞彙的重要特點之一是出現了大量的雙音複合式虛詞。這是與「二程語錄」作為口語性質完全一致的。例如：大煞、則便、則遂、便遂、故便、便卻、又卻、則卻、故卻、即卻、雖便／便雖、若如或者。

四、文物之例

以《睡虎地秦墓竹簡》為例。

人們選擇《睡虎地秦墓竹簡》進行詞彙研究，也是因為它在詞彙史研究中有一定的語料價值。

㈠能夠反映一個歷時層面上的某些詞彙狀況

秦代歷史較短，留下的文獻不多。1975 年 12 月，湖北雲夢睡虎地十一號秦墓出土了 1,000 餘枚竹簡，約 4 萬字。經整理共十種，主要是秦的部分法律文書。文物出版社 1977 年 9 月出版了《睡虎地秦墓竹簡》一書，七冊，收了八種：《編年記》《南郡守騰文書》《秦律十八種》《效律》《秦律雜抄》《法律答問》《治獄程式》《為吏之道》。這些語料反映了戰國末年到秦代的某些詞彙狀況，可以補充這一階段漢語詞彙史研究語料的不足。

㈡出現了不少的新詞新義

吉仕梅〈《睡虎地秦墓竹簡》語料的利用與漢語詞彙語法之研

究〉❷一文「㈣新詞新義」說：「據初步統計，在《睡簡》約 4 萬字的簡文中，新產生的詞及有新義的詞達數百個；除專科詞語外，普通詞語中也有不少屬於新詞和有新義的詞。如：久（灸灼）、餧（餓）、暘（田荒蕪）、纏（盤繞）、診（查驗）、封（書信單位）、所（地點、位置的單位）、輒（立即）、雅（一向）、遺（排泄）、舉（哺養）、劾（檢舉）、起（興建）、列（肆）、抵（到達）、沒（沒收）、齒（計算牛馬的歲數）、腔（動物體內空的部分）、讎（校對）、寫（書寫）、稗（微小的）、缿（儲錢器）、卅（四十）、程（稱）、牢（監獄）、膪（肉醬）、直（估價）、負（虧欠、賠償）、絕後、後來、誣告、審視、後年（後一年）、怪物、口臭、人戶、生埋、禁禦、寓人、旁人、黑子、分離、懷子、舉劾、當家、少多、追捕、相當、自從、自殺、息子、口舌、多舌、同衣、星（腥）臭、賈（價）錢、火敬（警）、備敬（警）、挌（格）殺、發結（髻）、暴風雨等。」眾多的新詞、新義，可以補充《漢語大字典》《漢語大詞典》詞條、書證和義項。

魏德勝〈《睡虎地秦墓竹簡》中的複音詞對《漢語大詞典》的補充〉❷一文，專門以《睡虎地秦墓竹簡》中的複音詞對《漢語大詞典》詞條、義項、例句做了補充。補充詞條的有：闌亡、稱議、邦亡、度縣、敖童、百蟲、傳車、朔事、外大母、閑牢、銷敝、折亡。補充義項的有：人民（奴隸）、學室（一種學校）、逋事（逃避徭役）、傳食（驛傳供給飯食）、息子（人及畜禽之子）、大內（正房）、家

---

❷　《樂山師範學院學報》1997 年第 1 期，頁 34－39。

❷　《辭書研究》2000 年第 5 期，頁 56－62。

吏（家臣）、街亭（城市內所設的亭）、實官（貯藏糧食的官府）。補充用
例的有：鼻腔、果成、譴謫、私圖、中人、求告、同居、後父、權
衡、野獸、人定、誣告、員程、棄世、口舌、自殺。這些詞語《漢
語大詞典》所用例證皆晚於《睡虎地秦墓竹簡》。

　　吉仕梅〈《睡虎地秦墓竹簡》量詞考察〉㉙〈《睡虎地秦墓竹
簡》副詞考察〉㉚〈《睡虎地秦墓竹簡》介詞考察〉㉛、王建民
〈《睡虎地秦墓竹簡》量詞研究〉㉜諸文專門研究《睡虎地秦墓竹
簡》中的量詞、副詞、介詞。這三個詞類涉及到新詞新義新用法
的，量詞有：所、合、封、給、木、錘，副詞有：雅、端、乃、
輒、盜、更、直、行、異、欽、一堵、相為、稱議、龜（繞）、
索、材，介詞有：終、盡、依、坐、把，當、即、到、自從。

㈢能夠體現複音詞發展的一些趨勢

　　《睡虎地秦墓竹簡》複音詞較為豐富，可以彌補傳世典籍對複
音詞發展趨勢反映的不足。魏德勝〈《睡虎地秦墓竹簡》複音詞簡
論〉㉝一文對《睡虎地秦墓竹簡》中出現的 1,062 個複音詞做了詳
細的分析，與其前後傳世典籍做了比較。結論是《睡虎地秦墓竹
簡》「複音詞語音造詞進一步萎縮，主謂結構詞有了一定發展；在
多層次、縮略詞等方面表現出複雜化傾向。」

㉙　《樂山師範學院學報》1996 年第 3 期，頁 54－59。
㉚　《西南民族大學學報》2003 年第 5 期，頁 246－253。
㉛　《西南民族學院學報》1998 年第 5 期，頁 98－102。
㉜　《康定民族師範高等專科學校學報》2001 年第 3 期，頁 76－78。
㉝　《語言研究》1999 年第 2 期，頁 169－178。

第三章　研究選題

　　研究選題和研究語料是一個問題的兩個方面。講研究語料時我們講了研究語料的選擇，實際上從某些方面談到了研究選題的問題。因為無論什麼選題，都是選擇的傳下來的文字文獻也就是古代的書文語料來進行研究。

第一節　研究選題的分類

　　研究選題與研究語料一樣，也可以從不同的角度分成很多類別。不同的類別對選題有著不同的意義。

一、按題型的分類

　　按題型可以把選題大分為四。

㈠專書研究

　　以一本書或主要以一本書為對象的研究，稱之為專書研究。如《《韓非子》詞彙研究》《《呂氏春秋》詞彙研究》《《論衡》詞彙研究》《《儒林外史》詞彙研究》等。

㈡專題研究

　　從詞彙學所包括的內容中選擇一個方面或幾個方面對古漢語語

料所做的研究，稱之為專題研究。如《漢語史變調構詞研究》《古漢語植物命名研究》《漢語「吃喝」類詞群的歷史演變》《「捆卷」類動詞衍生量詞的歷時過程和現時表現》等。

(三)斷代研究

對一個時代或主要對一個時代的詞彙進行的研究，稱之為斷代研究。如《上古漢語詞彙史》《明代漢語詞彙研究》《近代漢語詞彙研究》等。像《漢語詞彙史》一類的研究，可稱之為通史研究。

(四)綜合研究

古漢語詞彙研究只是整個研究的一個部分，稱之為綜合研究。如《《史記》語言研究》《《紅樓夢》語言研究》等。

這四類命題角度不同，而互有聯繫。專書研究與專題研究的不同在於，專書研究是從研究對象來說的，無論題目內容大小，只以一本書或主要以一本書為研究對象；而專題研究則是從研究內容的角度來說的，不論對象大小、範圍廣狹，研究詞彙的一個方面或幾個方面。專題研究可以是兩種書、可以是多種書，可以是同一體裁的書、可以是不同體裁的書，可以是同時代的書、可以是不同時代的書。斷代研究是從時代的角度來說的，不論使用的語料與研究的內容。

實際上任何專書研究都是不周遍的。僅從詞彙學來說，如果對一種書做詞彙方面的研究，都只是研究這種書關於詞彙方面的某個問題或某些問題，因為詞彙的內容很多，至今沒有見過一本專著把某一本古書的所有詞彙的問題都進行了研究。只是有的包括的方面多一些，有的包括的方面少一些而已。所以我們這裏說的專書研究，確切一點應該是專書專題研究。而斷代研究，像《明代漢語研

究》《上古詞彙史》之類則是古漢語詞彙斷代、斷代史研究的比較
代表性的選題，包括的詞彙內容方面較多。但是碩博論文的斷代研
究選擇的幾乎都是斷代專題研究，如《東漢－隋常用詞演變研
究》，東漢－隋是斷代的，而常用詞是專題的。

關於綜合研究，要複雜一些，主要是以下兩個方面的研究。

1.語言文字之內的研究

既有詞彙研究的內容也有語法、音韻甚至文字的內容。這種綜
合研究適宜不大的語料。如果從碩博論文的角度來說，可能是僅僅
有詞彙研究的內容不足以達到規定的要求，如字數的要求、內容質
量的要求等等。也可能出於撰寫者本身的原因，如對某一選題已有
一定的積累，做碩博論文是對已有積累的一種擴充。這種綜合研究
需要研究者諳熟漢語言文字的各個方面。以這種綜合研究的選題作
為碩博論文，研究者必須要有較高的工作效率，確定能在規定的時
間內得以完成。

2.涉及語言文字之外的研究

這類研究，其內容更加廣泛，除了有語言文字的內容，還有語
言文字之外的內容。常見的是包括有與語言文字相近學科的專書研
究。

(1)包括文化的研究。除了對本書做詞彙或包括詞彙在內的語言
文字研究之外，還從詞彙的角度考察文化，有時也從文化考察詞
彙。因為詞彙與文化的關係比較密切，所以這方面的綜合研究相對
為多。

(2)包括古書的整理。除了對本書做詞彙或包括詞彙在內的語言
文字研究之外，還擴展到對本書版本源流的考證、文字的校勘、詞

語的注釋、文本的翻譯等。有時候選擇的語料屬於不常見不常用的文獻，文字上存在有訛誤，以錯誤的文本進行語言研究，得出的結論肯定不可靠，所以在做詞彙等語言方面的研究之前，必須做校勘工作。

涉及語言文字之外的研究，其第一種包括文化的研究是開放式的，可以只涉及所知道的方面，言其知而略其所不知。如可以只就某幾個詞語、或某些詞語的文化內涵進行探討。

而第二種包括古書的整理的研究則是周遍性的，必須要有版本、目錄、校勘諸種知識。對本書版本源流的考證，必須盡量搜求所有存世版本，不能知道幾種就寫幾種，否則就不是版本源流的考證；對本書文字的校勘，必須對全書的文字進行校正，不能夠知道某些字有誤就改正，不知道的就不改正；對本書詞語的注釋，不能知道意義的詞語就注釋，不知道的就不注釋。見到一些碩博論文，只是選擇某種典籍做校注，這類選題與詞彙研究有一定的關係，因為至少要闡釋詞義，但從學科上來分，它們屬於古代文獻的整理研究不屬於詞彙研究。

就碩博論文來說，碩士論文以語言文字之內的研究為多，涉及語言文字之外的研究一般是博士論文的選題。也有少數碩士論文把涉及語言文字之外的研究中的第一個方面，即包括文化的研究作為選題。如果把涉及語言文字之外的研究作為碩博論文的選題，研究者的知識就需要更加廣博，除了語言文字知識之外，還必須具備各相關學科的知識。

無論是碩士生還是博士生，如果將來還打算繼續做學問，選題最好要考慮可持續性。從事實來看，不少碩博生，其學位論文的選

題，就是他們後來科研的主要方向或主要方向之一。

二、按性質的分類

選題按性質亦可大分為四。

㈠墾荒式的選題

墾荒式的選題是指沒有人做過的選題。從語料角度說，被人做過的語料，做不同的選題，也屬於墾荒式的選題。

近年來不少人在中古近代方面做了墾荒式的研究。因為中古近代有不少語料和選題沒有人做過。

但是，這裏要強調的是，上古同樣也有很多沒有開墾的處女地。雖然上古重要的古籍都有人做過或者涉及過，但有待開墾的仍然很多。因為現在的導向問題，讓人感覺到好像上古就沒有什麼可做，這實際是片面的認識。上古人們做得多的是小學方面，取得的成果也主要在小學方面，而不是詞彙。前面說過，最簡單的一個問題上古詞彙的面貌究竟如何，我們就還不能說清楚。

總而言之，墾荒有多個地帶，上古也好，中古也好，近代也好，也都只是多個地帶中的一個，沒有一個能說是唯一的地帶，不能把某些方面的選題強調到不合適的地步。

㈡拓展式的選題

拓展式的選題指有人做過這類選題，但仍有餘地的選題。就是開墾了的地域沒有開墾到應有的地步，仍有潛力可挖。這類選題在詞彙方面大大小小的可做的題目也不少。

我們講拓展式的選題，是讓我們知道選題不必要有太多的顧慮，不必一看到別人有過這個選題，然後就不敢再做。事實是不少

選題有人做過，但並沒有做了。我們不能憑著表面的感覺，放棄這類選題。關鍵在於瞭解別人做了什麼，有沒有進一步做的必要。

拓展式的選題是在別人研究的基礎上更進一層，向前再邁一步，萬萬不能只復述前人研究的成果，而沒有自己的東西。做這類選題，必定要付出比第一個人或前面所有的人更多的艱辛，然而如果真的做了出來，可能就更有意義。

㈢補正式的選題

補正式的選題包含幾個方面。

其一、對前人研究不完備的補充。

就詞彙來說，主要是對詞語及詞語解釋的補充，比如對某本書、某類書收詞的補充，對前人釋詞意義或義項的補充。

其二、對前人研究有訛誤的地方進行糾正。

這和上一點相同，糾正的主要也是收詞、釋義的錯誤，比如不是詞而誤認為是詞、解釋詞義有誤等。

其三、補和正。

這是上兩方面的的集合，既有補也有正。

這類題目比較靈活，有多少發現寫出多少，皆可成文。因為是實打實的考證，不少刊物及編輯喜歡這類文章，發表相對容易。

補正可以分為這三類，實際上大多數論文是既有補也有正；而且通常也不只是詞彙的內容，還要涉及其他方面。

補正式一類選題，見於碩博論文的很少。但是不少古漢語詞彙研究的碩博論文之中，卻包括著這些內容。

㈣總結式的選題

總結式的選題是總結某個方面或某些方面研究的成果。表現在

題目上，一般是用某研究綜述、某研究綜論、某研究回顧與展望、某研究述評、某研究述略等。這類選題也很有意義很有價值。

　　總結式選題的作者，一般是已經對某方面進行過較多的研究，或者將要對某方面做進一步的研究。這類選題，最基本的是要總結研究已取得的成就，或者在此基礎上再分析研究的不足，指出今後進一步研究的方向。一般來說，僅僅羅列過去的研究成果就顯得不夠。但是根據撰寫的目的，在不同的方面可以有詳有略，甚至只寫某些方面，而略去某些方面。

　　至今為止還沒有見到諸如《二十世紀的古漢語詞彙研究》《二十世紀的近代漢語詞彙研究》的專門論著。前文介紹過的《二十世紀的古漢語研究》《二十世紀的近代漢語研究》都是包括詞彙在內的歷史漢語研究的綜述綜論性的選題。這些著作不是碩博論文，都是經過若干年對古代漢語、近代漢語進行過深入研究與材料積累纔寫出來的。受碩博時間的限制，這類題目不宜去做。如果把選題縮小，如《近十年來的上古漢語詞彙研究》，或《近十年來的中古漢語詞彙研究》，或《近十年來的近代漢語詞彙研究》，在讀期間是可以完成的，這樣是不是就可以做呢？我們說這類題目適合做平時的一般論文，仍不適合做碩博論文。原因是這類選題必須要儘量羅列已有成果，創造的部分相對較少，碩博論文所需要的卻正是完全的創造。但是如果不是完全墾荒式的選題，碩博生學位論文都需要有一個部分對前人的研究成果進行總結，即通常所說的本課題的研究現狀。也就是綜述本選題研究的狀況，指出研究的不足，還有哪些方面需要研究。其中指出哪些方面需要或值得進一步研究更不可少，因為在研究現狀之後研究內容的主體就是這些。當然研究現狀

部分如果有的做、做得好，則可以單獨成文發表。

第二節　研究選題舉例

本節按照上一節歸納出來的選題類型舉一些書文的例子。介紹這些選題的大致內容，有些地方也介紹選題中的一些具體做法，以示其選題的意義。

一、專書研究之例

如管錫華《《史記》單音詞研究》，❶巴蜀書社 2000 年版。

這個專書研究的選題包括兩大方面：一是《史記》中的單音新詞新義，描寫了 700 餘個單音新詞新義及其分佈情況；二是單音同義詞，描寫了《史記》中出現的帶有典型性的二十一組同義詞在上古的發展演變情況。

㈠《史記》單音新詞新義部分

這個部分，以《史記》與《史記》之前的文獻進行對照，找出《史記》單音新詞 137 個，新義 581 個。新詞、新義都按詞類分成名詞、動詞、形容詞、量詞、副詞以及代詞介詞助詞六類，在各類下再按新詞新義的「意義類別」，即語義分類進行描寫。

新詞，如名詞新詞 41 個，意義類別有 10 類：植物、動物、人的肢體器官、人和動物的行跡、器用、建築、冶金、天文、地理、宗教禮儀。植物、動物分別為 10 個和 14 個，共 24 個，佔總數

---

❶　原為博士論文。

1/2 以上；其次是人的肢體器官、器用，分別為 4 個和 5 個；其餘
各類皆為 1、2 個。以下是第一類植物的例子：

　　1.樹木名 5 個：樲、梬、柰、楄、樗。

　　　　《司馬相如列傳》：於是乎盧橘夏熟，黃甘橙楱，枇杷
　　　樲柿，梬柰厚樸，樗棗楊梅，……羅乎後宮，列乎北園。

索隱引《說文》曰：「樲，酸小棗也。」集解引徐廣曰：「梬音
亭，山梨。」《西京雜記》卷一：「初修上林苑，群臣遠方，各獻
名果異樹，……柰三：白柰、紫柰、綠柰。」《本草綱目·果二·
柰》：「柰與林檎，一類二種也。」

　　　　同上：沙棠櫟櫧，華氾楄櫨。

《文選》作「枰」。索隱：「楄、枰，即平仲木也。」

　　　　同上：楣梬椶栗，橘柚芬芳。

羅願《爾雅翼·釋木二》：「椶，今之梗棗也，結實似柿而極
小，……今人謂之丁香柿，又謂之牛乳柿。」

　　多為果木。

　　2.草蔬名 3 個：菁、薊、芋。

　　　　《司馬相如列傳》：汎淫泛濫，隨風澹淡，與波搖盪，

掩薄草渚，唼喋菁藻，咀嚼菱藕。

集解索隱並引郭璞曰：「菁，水草。」

　　　　同上：其高燥則生葴薪苞荔，薜莎青薠。

集解引徐廣曰：「薪或曰草，生水中，華可食。」索隱：「《漢書》作『斯』，孟康云：『斯，禾，似燕麥。』《埤蒼》又云：『生水中，華可食。』」

　　　　《項羽本紀》：今歲饑民貧，士卒食芋菽，軍無見糧。

索隱：「芋，蹲鴟也。」
　3.植物枝條莖杆名2個：烊、稭。

　　　　《龜策列傳》：祝曰：「今日吉，謹以梁卵烊黃袚去玉靈之不祥。」

索隱：「烊，灼龜木也，……言燒荊枝更遞而灼，故有烊名。」

　　　　《封禪書》：古者封禪為蒲車，惡傷山之土石草木；掃地而祭，席用葅稭，言其易遵也。

索隱引應劭曰：「稭，禾稾也。去其皮以為席。」

再如量詞新詞，18 個。名量詞 16 個，動量詞 2 個。名量詞意義類別 3 個：容器量詞、個體量詞、集體量詞。個體量詞 11 個，約占總數 3/5；集體量詞 4 個；容器量詞 1 個。以下是個體量詞的例子：

1.用於人的 1 個：級。

　　《趙世家》：九年，與韓、魏共擊秦，秦敗我，斬首八萬級。

此指首級。

　　《衛將軍驃騎列傳》：從至檮餘山，斬首捕虜二千七百級。

此指首級和人。

　　同上：執鹵獲醜七萬有四百四十三級。

此指人。「鹵」通「虜」；「醜」，醜類，貶稱少數民族之人。

2.用於牛馬羊彘的 5 個：頭、足、蹄、蹄角、蹄躈。❷

　　《平準書》：式入山牧十餘歲，羊致千餘頭，買田宅。

---

❷　「蹄角」、「蹄躈」非複詞。

《貨殖列傳》：塞之斥也，唯橋姚已致馬千匹，牛倍之，羊萬頭，粟以萬鍾計。

同上：故曰陸地牧馬二百蹄，牛蹄角千，千足羊，澤中千足麀。

「二百蹄」，索隱：「馬有四足，二百蹄有五十匹也。」「蹄角千」，索隱：「牛足角千。案：馬貴而牛賤，以此為率，則牛有百六十六頭有奇。」「千足羊」、「千足麀」，集解引韋昭曰：「二百五十頭。」

同上：馬蹄躈千。

索隱：「《埤倉》云：『尻骨謂八髎，一曰夜蹄。』小顏云：『噭，口也。蹄與口共千，則為二百匹。』若顧胤則云：『上文馬二百蹄，比千乘之家，不容亦二百。則躈謂九竅，通四蹄為十三而成一馬，所謂「生之徒十有三」是也。凡七十六匹馬。』案：亦多於千戶侯比，則不知其所。」❸「蹄」加「角」加「躈」是《史記》中見到的特殊計量方法。

　　3.用於裘皮旃席的1個：皮。

《貨殖列傳》：狐貂裘千皮，羔羊裘千石。

---

❸　《漢語大字典》釋「躈」為「脊骨的末端，肛門」。

4.用於甲盾的 1 個：被。

《絳侯周勃世家》：居無何，條侯子為父買工官尚方甲楯五百被可以葬者。

集解引張晏曰：「被，具也。五百具甲楯。」
5.用於樹木的 1 個：樹。

《貨殖列傳》：安邑千樹棗；燕、秦千樹栗；蜀、漢、漢陵千樹橘；淮北、常山已南，河、濟之間千樹萩。

6.用於篇章的 1 個：首。

《田儋列傳論》：蒯通者，善為長短說，論戰國之權變，為八十一首。

7.用於層級的 1 個：垓。

《封禪書》：祠壇放薄忌、太一壇，壇三垓。

新義，如動詞新義 273 個，意義類別 26 類：人體動物體動作、生理現象、心理活動、生活、社交、物體狀態、境遇、惡行、行政管理、經濟、生產、交通、運輸、醫學、文化教育、文娛、天文、軍事、法律、宗教、始末、變化、關聯、數額多少、中介、助

動。社交 45 個，人體動物體動作 30 個，物體狀態 24 個，軍事 22
個，關聯 20 個，心理活動 19 個，6 類共 160 個，約佔總數 3/5；
其次是生活 15 個，行政管理 14 個，文化教育 11 個；其餘皆在 7
個以下。以下是文化教育類動詞新義的例子：

1.學習、研治 5 個：事、斅、治、關、切。

> 《老子韓非列傳》：非……與李斯俱事荀卿，斯自以不
> 如非。

事，從師學習。

> 《張釋之馮唐列傳》：此兩人言事曾不能出口，豈斅此
> 嗇夫諜諜利口捷給哉！

斅，效仿。

> 《袁盎鼌錯列傳》：孝文帝時，天下無治《尚書》者，
> 獨聞濟南伏生故秦博士治《尚書》。

治，研治。

> 《老子韓非列傳》：其學無所不關，然其要本歸於老子
> 之言。

閱，流覽。

《老子韓非列傳論》：韓子引繩墨，切事情，明是非。

切，推斷，探求。

2. 寫作6個：畫、屬、紬、剌、撮、贊。

《大宛列傳》：畫革旁行以為書記。

畫，書寫。（今江淮方言百姓口語仍有用「畫」為寫義，如：「畫兩字給我們看看。」用於對小孩。）

《屈原賈生列傳》：懷王使屈原造為憲令，屈平屬草稿未定。

屬，撰寫。

·

《太史公自序》：卒三歲而遷為太史令，紬史記石室金匱之書。

索隱引小顏云：「紬謂綴集之也。」

《封禪書》：而使博士諸生剌《六經》中作《王制》，謀議巡狩封禪事。

索隱引小顏云：「刺謂采取之也。」

　　　　《太史公自序》：其為術也，因陰陽之大順，采儒、墨
　　　之善，撮名、法之要。

撮，摘取。

　　　　《孔子世家》：至於為《春秋》，筆則筆，削則削，子
　　　夏之徒不能贊一辭。

贊，增改。

　　再如副詞新義 30 個，意義類別 10 個：表示範圍、時間、關
係、肯定、否定、反問、約估、語氣、方位、方式。時間副詞義 7
個，佔總數 1/4 弱；其次是範圍、關係、肯定、方式副詞義各 4
個：其餘皆為 1、2 個。以下是關係副詞新義的例子：
　　1.表示順接的 3 個：徑、行、輒。有「就」、「便」之義。

　　　　《滑稽列傳》：賜酒大王之前，執法在傍，御史在後，
　　　髡恐懼俯伏而飲，不過一石徑醉矣。

　　　　《孝武本紀》：因巫為主人，關飲食。所欲者言行下。

集解引李奇曰：「神所欲言，上輒為下之。」

　　《高祖本紀》：大王起微細，誅暴逆，平定四海，有功
者輒裂地而封為王侯。

2.表示進層的1個：豈。有「何況」、「況且」之義。

　　《屈原賈生列傳》：彌融爚以隱處兮，夫豈從蟻與蛭
螾？

索隱：「言侕然絕於螻螘，況從蝦與蛭螾也。」《漢書·賈誼傳》
作「侕螻螘以隱處兮，夫豈從蝦與蛭螾」，師古注引孟康曰：「言
龍自絕於螻螘，況從蝦與蛭螾也。」皆以「豈」為「況」義。

　　在新詞、新義的每類之下，對其產生的途徑進行分析。主要分
析它們是否完全創新的詞；不是完全創新的新詞、新義，它們由何
轉化而來。還由此探討上古單音詞和詞義發展的趨勢。請參第二章
第三節《語料價值評估舉例》。

(二)《史記》單音同義詞部分

　　這部分的二十一組單音同義詞是：一、木樹，二、首頭，三、
目眼，四、領頸項，五、舟船，六、衾被，七、屨履，八、書籍，
九、丘墳墓塚陵，十、商賈，十一、告語，十二、種樹藝（蓺）殖
植田，十三、履躡蹈踐，十四、馮據，十五、反復，十六、盜竊，
十七、寇盜賊，十八、祭祀祠薦，十九、崩薨卒死，二十、少鮮寡
罕，二十一、孰誰。下面是第五組「舟、船」之例：

　　「舟」甲骨文已見之，屢用，如：

《殷虛文字綴合》一○九：甲戌臣涉舟。

「船」始見於《墨子》，如：

《小取》：船，木也。入船非入木也。

至《墨子》，「舟」、「船」成了一對同義詞。但先秦典籍用「船」遠少於「舟」。如《墨子》用「船」6 例，用「舟」單用 25 例，「舟楫」、「舟戰」等複詞 6 例；《莊子》用船 4 例，用「舟」單用 21 例，「舟人」複詞 1 例。《戰國策》《呂氏春秋》用「船」亦很少。

到《史記》，二詞的使用發生了很大變化。

根據調查統計，《史記》中用「舟」29 例，用「船」則 92 例。「舟」29 例，有 26 例為引述先秦成語成詞，引述成語如：

《夏本紀》：帝曰：「毋若丹朱傲，維慢遊是好，毋水行舟。」

此引《尚書·益稷》文。

《張儀列傳》：張儀複說魏王曰：「……臣聞之，積羽沈舟，群輕折軸。」

此引《戰國策·魏策一》文。上二為引文例。

《吳太伯世家》：公子光伐楚敗而亡王舟。

《左傳·昭公十七年》：「吳公子光請於其眾曰：『喪先王之乘舟，豈為光之罪，眾亦有焉。』」

　　《越王句踐世家》：〔范蠡〕自與其私屬乘舟浮海以行，終不反。

《國語·越語下》：「〔范蠡〕遂乘舟以浮於五湖，莫知其所終極。」上二為述語例。引述還有《論語》《莊子》、秦刻石等。

用先秦成詞有「舟師」、「盪舟」、「舟楫」、「舟輿」、「不繫之舟」、「吞舟之魚」等。例不贅舉。

餘3例，1例與「船」組成同義語素新複詞：

　　《天官書》：故北夷之氣如群畜穹閭，南夷之氣類舟船幡旗。

另2例是：

　　《楚世家》：於是王乘舟將欲入鄢。

《左傳·昭公十三年》：「王沿夏將入鄢。」「乘舟」為司馬遷引述時所加。

　　　《河渠書》：蜀守冰鑿離碓，……穿二江成都之中。此
　　渠皆可行舟。

「行舟」亦當為司馬遷所用。若不考慮「乘舟」、「行舟」為先秦
成語成詞，則司馬遷所用為 2 例，不過僅此 2 例而已。
　　司馬遷寫漢事皆不用「舟」而用「船」，如：

　　　《平准書》：是時越欲與漢用船戰逐，乃大修昆明池，
　　列觀環之。

　　　《西南夷列傳》：江廣百餘步，足以行船。

不僅如此，司馬遷在引述先秦典籍時還做了不少改動，並非完
全照用，這頗值注意。以下是幾組比較：

　　　1a.《左傳·僖公三十三年》：及諸河，則在舟中矣。
　　　1b.《晉世家》：秦將渡河，已在船中。
　　　2a.《左傳·文公三年》：秦伯伐晉，濟河焚舟。
　　　2b.《秦本紀》：使將兵伐晉，濟河焚船。
　　　3a.《戰國策·燕策二》：蜀地之甲，輕舟浮於
　　汶，……漢中之甲，乘舟出於巴。
　　　3b.《蘇秦列傳》：蜀地之甲，乘船浮於汶，……漢中
　　之甲，乘船出於巴。

皆用「船」替換了「舟」。

　　還有先秦典籍用假借字，不讀為本字而直用「船」者，如：

　　　　4a.《左傳・昭公十三年》：夜，棄疾使周走而呼曰：
　　「王至矣！」
　　　　4b.《楚世家》：乙卯夜，弃疾使船人從江上走呼曰：
　　「靈王至矣！」

《左傳》「周」為「舟」之假借字❹，司馬遷未改為本字「舟」，
而直接用「船」代之。

　　與此相反，先秦典籍用「船」則照用，而無改為「舟」者，
如：

　　　　5a.《戰國策・楚策一》：秦西有巴蜀，方船積粟。
　　　　5b.《張儀列傳》：秦西有巴蜀，大船積粟。

　　有些數處同用先秦典籍，或替換，或不替換，也很能說明問
題，如：

　　　　6a.《夏本紀》：禹曰：「……水行乘舟。」
　　　　6b.《河渠書》：《夏書》曰：……水行載舟。
　　　　6c.《夏本紀》：禹……水行乘船。

---

❹　章炳麟《左傳讀》：「此大史公讀《傳》文『周』為『舟』也。」

「禹曰」、「《夏書》曰」帶有引文性質,則用「舟」字,末例與首例同篇,但為司馬遷轉述之語則替換為「船」。

由上考察分析可以看出,「船」進入書面語是在戰國初期,至遲不晚於戰國中期。但戰國至秦,「舟」的使用仍然佔絕對優勢。而到了《史記》,「船」佔了絕對優勢,基本替代了「舟」,「舟」成了古詞語,絕大多數只保留在成語成詞之中。《史記》給我們提供了「船」替代「舟」的準確時間是西漢。《說文》「舟,船也」段注,據《邶風》「方之舟之」毛傳「舟,船也」,謂「古人言舟,漢人言船,毛以今語釋古語」,所言甚是。

此下還對「舟」、「船」大小之別的問題做了考辨。

揚雄《方言》卷九:「舟自關而西謂之船,自關而東或謂之舟。」二詞有方言之別當無疑問。但是在「船」進入通語之前,「舟」在通語中不會只指小船。從科技史來看,最初之「舟」當指小船,不會太大。《殷虛文字綴合》一〇九「涉舟」,當為渡水之用。《尚書·盤庚中》:「爾惟自鞠自苦,若乘舟,汝弗濟,臭厥載。」亦為渡水,不會太大。隨著船運的發展,「舟」用於運輸、戰爭,當包括有大船。《左傳·宣公十二年》:「中軍下軍爭舟,舟中之指可掬也。」「舟中之指可掬」,此戰船當不是一般的小船。在《墨子》之前,通語不用「船」而用「舟」,船無論其大小也只會是用「舟」。從用「船」的最早文獻《墨子》來看,「船」初入書面語,確有指大船的傾向。《備水》:「並船以為十臨。臨三十人,人擅弩計四有方。必善以船為轒轀。二十船為一隊,選材

士有力者三十人共船。」❺「船」當然較大。在《莊子》中，「船」仍留有這種痕跡。《山木》：「方舟而濟於河，有虛船來觸舟。」「舟」、「船」當有區別。《天地》：「同乃虛，虛乃大。」《列禦寇》：「太一形虛。」「虛」有空大之意。不對用，分別已不明顯。《逍遙遊》：「則其負大舟也無力。」「舟」有「大」修飾。《漁父》：「方將杖拏而引其船。」「杖拏而引」之「船」當不會很大。

戰國末年到秦代、漢初，二者在書面語中反映出來的是完全的等義。如《呂氏春秋‧知分》：「次非謂舟人曰：『子嘗見兩蛟繞船能兩活者乎？』船人曰：『未之見也。』」「舟」、「船」互用。《淮南子‧詮言》：「方船濟乎江，有虛船從一方來，觸而覆之。」把《莊子》「舟」換為「船」，而上文又用「舟航」、「刺舟」。

總之，從科技史的角度看，「舟」在獨用的漫長時間中，由指小船發展到了既指小船也指大船。從語言學的角度看，方言進入通語一般不會等義，因此「船」先進入時指大船是有可能的。但「船」具有較強的生命力，在不長的時間內，不是替代「舟」的大船義，而是具有了「舟」的各義值，以至與「舟」形成等義，也就是由指大船發展到了既指大船也指小船。詞彙發展的規律往往是，等義總要淘汰一方，因此到《史記》出現了「船」替代「舟」、「舟」變成了古詞語的情況。

從對二十一組的個案研究，發現從先秦到《史記》單音同義詞

---

❺　另2「船」見上引《小取》，不可辨其大小。

的發展演變，一是質變，包括解體和重新聚合；一是量變，主要是使用頻率等方面的發展變化。從一個側面反映出語言系統中的詞彙系統、詞義系統內部調整的規律，包括侵噬、替代、互補等等。

再如張能甫《《舊唐書》詞彙研究》，❻巴蜀書社 2002 年版。這個專書詞彙研究的選題，從不同的角度選擇了四個重要的方面作為研究的對象。第一、從詞彙史的角度，研究斷代詞彙。張著為第二章〈《舊唐書》與近代漢語詞彙研究〉。第二、從詞彙構成的角度，研究外來詞語。張著為第三章〈《舊唐書》中的外來語〉。第三、從語義語用類別的角度，研究評品用語。張著為第四章〈《舊唐書》中的評品用語研究〉。第四、從超詞語的角度，研究熟語。張著為第五章〈《舊唐書》中的熟語研究〉。本專書研究除了新詞新義以外，在外來語與帶有濃厚文化色彩的評品用語和熟語研究方面體現出了選題特色。

(一)「《舊唐書》中的外來語」中，研究了《舊唐書》中來自幾個國家和地區的外來語

1.與匈奴、鮮卑、回紇有關的用語

如：登里：回紇語，指天神。甌脫：古代匈奴屯戍守望的土室。

2.突厥用語

如：伏突：突厥語的譯詞，義為短刀。可賀敦：古代突厥、鮮卑、回紇等對可汗妻的稱呼。

3.吐蕃用語

---

❻　原為博士後論文。

如：拂廬：上層吐蕃人所居住的氈帳。贊普：吐蕃君長的稱號。

㈡「《舊唐書》中的評品用語研究」中，收集了《舊唐書》中的主要的品評用語約有一百來個進行描寫分析，「這些品評用語，都是唐代新興的詞語」。

1.評價文人學士的用語

如：河東三鳳：唐代河東人薛收、薛德音、薛元敬，三人都以才華聞名於世，故稱。出現了 2 次。卷 73《薛收傳》「附兄子元敬」：「元敬，隋選部侍郎邁子也。有文學，少與收及收族兄德音齊名，時人謂之河東三鳳。收為長離，德音為鸑鷟，元敬以年最小為鴒鸒。」又《孔穎達傳》「附馬嘉運」：「贊曰：河東三鳳，俱瑞黃圖。棻為良史，穎實名儒。解經不窮，希顏之徒。登瀛入館，不其盛乎。」

2.評價政治、軍事人物的用語

如：寧食三斗艾，不見屈突蓋；寧食三斗蔥，不逢屈突通：對屈突蓋、屈突通兄弟倆的評價，他們二人都是良吏，為官清正，不畏權勢，不徇私情，時人敬而畏之，故有此稱。出現了 1 次。卷 59《屈突通傳》：「屈突通，雍州長安人，……漸見委信，擢為右武候車騎將軍。奉公正直，雖親戚犯法，無所縱舍。時通弟蓋為長安令，亦以嚴整知名。時人為之語曰：『寧食三斗艾，不見屈突蓋；寧食三斗蔥，不逢屈突通。』為人所忌憚如此。」

陳姥：指陳稜。隋煬帝的將軍陳稜不敢與杜伏威作戰，杜伏威贈送他婦人的衣服，並稱之為陳姥。出現了 1 次。卷 56《杜伏威傳》：「杜伏威，齊州章丘人也。少落拓，不治產業。……大業九

年，率眾入長白山，投賊帥左君行，不被禮，因舍去，轉掠淮南，自稱將軍，……煬帝遣右侍衛將軍陳稜以精兵八千討之，稜不敢戰，伏威遣稜婦人之服以激怒之，並致書號為陳姥。稜大怒，悉兵而至。」

㈢「《舊唐書》中的熟語研究」中，收集了《舊唐書》中使用的「將近 250 來個熟語」，包括成語，歌謠、諺語、慣用語、古語進行描寫分析。

1.成語

分成幾類研究，以下是其中的三類。

上古時代出現的。如：扶老攜幼：形容人們成群結隊而行。出現了 3 次。卷 2《太宗紀上》：「三輔吏民及諸豪猾詣軍門請自效者日以千計，扶老攜幼，滿於麾下。」卷 98《魏知古傳》：「但兩觀之地，皆百姓之宅，卒然迫逼，令其轉移，扶老攜幼，投竄無所，發剔椽瓦，呼嗟道路。」按：這個成語《戰國策》已見。

中古時代出現的成語。如：得不補失：得到的不足以彌補失去的。出現了 1 次。卷 98《李元紘傳》：「若置屯田，即須公私相換，征發丁夫。征役則業廢於家，免庸則賦闕於國。內地置屯，古所未有，得不補失，或恐未可。」按：這個成語《三國志》中已見。

《舊唐書》作為始見例的成語。如：虛生浪死：人生死都沒有價值，虛度一生，終無所成。出現了 1 次。卷 76《越王貞傳》：「夫為臣子，若救國家則為忠，不救則為逆。諸王必須以匡救為急，不可虛生浪死，取笑於後代。」

描寫以後是對成語的變化使用的分析。

2.歌謠、諺語、慣用語、古語

這類可以叫做超詞語的研究。

歌謠，如：不畏登不得，但恐不得登；三度徵兵馬，旁道打騰騰：歌謠。指唐高宗多次計畫封嵩山而未果，據此出現這一歌謠。出現了 1 次。卷 37《五行志》：「調露中，高宗欲封嵩山，累草儀注，有事不行。有謠曰：『不畏登不得，但恐不得登；三度徵兵馬，旁道打騰騰。』高宗至山下遘疾，還宮而崩。

諺語，如：冬至長於歲：俗諺。指在一年中，冬至之後，夜晚時間最長。出現了 1 次。卷 21《禮儀志一》：「太史令傅孝忠奏曰：『準《漏刻經》，南陸北陸並日校一分，若用十二日，即欠一分。未南極，即不得為至。』上曰：『俗諺云：冬至長於歲。亦不可改。』」

慣用語，如：耳聞不如眼見：聽到的不如看到的可靠。出現了 1 次。卷 101《辛替否傳》：「臣嘗以為古之用度不時，爵賞不當，破家亡國者，口說不如身逢，耳聞不如眼見。臣請以有唐以來理國之得失，陛下之所眼見者以言之。」

古語，如：苦藥利病，苦言利行：古人語。正確的意見、建議、批評聽起來不舒服，但切中要害，有助於事情向好的方面發展。出現了 1 次。卷 75《張玄素傳》：「古人云：『苦藥利病，苦言利行。』伏惟居安思危，日慎一日。」

碩博論文的選題，其研究語料都以專書為多。

二、專題研究之例

如張顯成《先秦兩漢醫學用語研究》，巴蜀書社 2000 年版。

本選題是對先秦兩漢醫學用語的研究，主要研究包括三個方面。

㈠第一個方面是「先秦兩漢醫學用語的類別、特點、結構」，張著為第三章，是在大量收集的醫學用語的分析中總結出來的規律性的三個方面。

1.類別，包括

⑴疾病名、症候名

暑：暑病。溫：瘟病。腹痛：腹部疼痛之病症。虛曼：自覺腹部脹滿，而按之則空虛柔軟之症。

⑵藥物名

菖蒲、天門冬、甘草、白蒿、人參、屈草、牡丹——草類。

黃楓、守宮、蚳蠊、蚯蚓、蜘蛛、班苗——蟲類。

人髮、乳汁、小童弱（溺）——人類。

⑶人體部位

頭、舌本（舌根）、面王（鼻頭）、五穀之府（胃）、淨府（膀胱）。

還有一般的醫學用語。

2.特點

學界的觀點有四：專業性、單義性、科學性、系統性。張在這個內容下，專門論述的問題有二：

⑴意義的非單一性

如「真氣」義有三：①真元之氣，係人體先天元氣與後天水穀之氣相和而成；②經脈之氣；③正氣，與邪氣相對。

⑵意義的特指性

即詞語的意義與全民用語意義有別。

消石：即硝石，指的不是原礦物「消石」（硝石），而是特指礦物硝石經過加工煉製而成的結晶。

辛夷：醫學用語不是指木蘭科植物落葉灌木辛夷，而是指木蘭科植物落葉灌木辛夷的花蕾。

3.結構

單音節結構、雙音節結構、多音節結構。

㈡第二個方面是「先秦兩漢醫學用語的產生──醫學用語與全民用語（上）」，張著為第四章；第三個方面是「先秦兩漢醫學用語的滲透──醫學用語與全民用語（下）」。研究醫學用語的來源、發展及其與全民用語的關係。

先舉第二個方面的例子。

1.借用構詞材料新造詞語

衛氣：衛，有「保護、防護」的意思；氣，是古代運用很廣的哲學術語。樸素唯物主義認為，「氣」是構成宇宙萬物的一種極為精細的原始物質。

創造出的醫學用語「衛氣」一詞，是用來表示「運行於脈外的皮膚、膚肉之間的氣」。

上工、中工、下工：上、中、下有上、中、下等之義，工有工匠之義。醫學用語的意義分別指：醫術高明、醫術中等、醫術低劣的醫生。

2.引申借用

陰陽、五行：是哲學術語。陰陽，指自然界存在的相互對立而又相互依存的兩個方面。五行，是木、火、土、金、水。

中醫借來，形成了中醫的陰陽五行說。用於闡釋和分析人體的結構、生理功能、病理變化、以及指導臨床診斷和治療的理論基礎。如五臟為陰，六腑為陽；脈象的沉、遲、小、澀為陰，浮、數、大、滑為陽。

五行借來創造的詞語有五臟、五腑、五官、五神、五志等。

3.比喻借用

經：本意是「織布機上的縱線」，借喻指氣血榮運的主要通道。

絡：有「生絲」義，借喻氣血榮運的旁支或小支通道。

再舉第三個方面的例子。

「先秦兩漢醫學用語的滲透」是研究醫學用語對全民用語的滲透的情況。

1.直接滲透

將息：本是醫學用語，意思是「將養、調息、調理、養息」。

不仁：本是醫學用語，意義為：「指肢體肌膚麻木失去知覺不知冷熱痛癢之病症」。

2.引申滲透

醫學用語進入全民語言後意思有了變化。

神氣：在醫學上的基本意義是「水穀精華之氣」，又有「精神氣息」之義。進入全民語言引申出「神志」、「神情、神態」。由「神情、神態」又引申出「（作品的）風格氣韻」、「神采煥發，有生氣」、「狀態、狀況」等意義。

正氣、邪氣，也是這種情況。

3.比喻滲透

醫學用語進入全民語言時，通過比喻，賦予了新義。

關節：在醫學裏指兩股之間的連接處。進入全民語言時，通過比喻的方法產生了三個喻義：喻指關鍵，重要環節；喻指暗中溝通的行為；喻指暗號。

這個選題還用一章（第六章）的篇幅研究了「先秦兩漢醫學用語在歷史詞彙學上的價值」，有：提供詞語語源、訂補詞語訓釋、增補詞語詞義、詞語用例補缺、提前「始見書」。補正《辭海》《辭源》《漢語大詞典》以及前人的注疏著作。

再如汪維輝《東漢－隋常用詞演變研究》❼，南京大學出版社2000 年版。

本選題主要研究了東漢－隋常用詞中的名詞 10 組、動詞 21組、形容詞 10 組的發展演變情況。如名詞「足/腳」，文中考察了漢魏六朝時期的文獻用例一兩百個，詳細地描寫了「腳」取代「足」的過程。得出的結論是：

「『腳』的詞義發展和取代『足』的過程頗為複雜。從先秦起，『腳』就存在著泛指人體及動物下肢的傾向，在東漢魏晉南北朝時期，這一用法得到空前的發展，並取代了相應的文言詞『足』，當時『腳』的詞義和今天的吳方言類似。這是『腳』字歷史發展的第一階段。『腳』進一步發展成為專指腳掌，是唐以後的事（但在六朝後期的北方話中已經可以看出端倪），是它的第二階段。這一階段並未在所有的方言裏都完成，直到今天，吳方言仍停留在第一階段的狀態。」

---

❼ 原為博士論文，題為《東漢魏晉南北朝常用詞演變研究》。

文中還對《漢語大詞典》「腳」釋義問題提出了補充修正的看法：

「《大詞典》『腳』字條云：①人與動物腿的下端，接觸地面、支援身體和行走的部分。《墨子·明鬼下》：『羊起而觸之，折其腳。』漢鄒陽《獄中上書自明》：『昔司馬喜臏腳於宋，卒相中山。』……⑤器具的支撐；東西的下端。《南史·宋紀上·武帝》：『宋臺建，有司奏東西堂施局腳床，金塗釘，上不許。便用直腳床，釘用鐵。』（6/1271）

這裏的兩個義項都存在問題。義項①犯了以今義釋古義的毛病。如果『折其腳』的『腳』是指腳掌，那就講不通了。《墨子》的『腳』還是指『小腿』。從『腳』字的歷史發展著眼，比較妥當的辦法也許是把『小腿』、『下肢』和『腳掌』區分為獨立的三個義項。義項⑤則引例太晚，指器物的支撐的『腳』早就有了。」

專題研究主要是博士論文的選題，碩士論文不多。

三、斷代研究之例

如顧之川《明代漢語詞彙研究》，❽中國社科院博士論文1994。

本文截取明代這一漢語史上的橫斷面，對其詞彙面貌，進行較細緻的剖析、描寫。前三章內容主要是明代漢語詞彙研究概況、明代漢語詞彙研究的意義和明代白話文獻。第四至六章研究明代漢語詞彙的構成，包括古語詞、方言詞、口語詞、外來語、社會習慣

---

❽　本書已由河南大學出版社 2000 出版，本人僅有博士論文。

語、隱語、熟語。第七章研究明代漢語的新詞新義，包括明代漢語的新詞、明代漢語詞義的演變。第八章研究明代漢語詞義的類聚關係，包括同源詞、同義詞、反義詞。第九章研究明代漢語的構詞法，包括詞法學構詞法、句法學構詞法、修辭學構詞法、語音學構詞法。由此可以看出來，剖析、描寫有著側重。作者在第一章第三節本文寫作主旨中說：「本文所說的『明代漢語詞彙』，主要是指明代漢語中的白話語詞，……包括方言俗語、市井隱語、諺語等，比較接近當時的口語，最具有明一代漢語詞彙的時代特色，是近代漢語詞彙向現代漢語詞彙過渡時期較為活躍的一部分，因而理應成為我們考察明代漢語詞彙的重點。」以下舉第四章第三節〈口語詞〉的梗概為例，以見其一斑。

第三節口語詞

一、明代口語詞的應用範圍

㈠口語詞的應用範圍

1.反映各地風俗民情

鬧嚷嚷：《宛署雜記》「民風」1：「歲時元旦，……戴鬧嚷嚷。以烏金瓶梅紙為飛鵝、蝴蝶、螞蚱之形，大如掌，小如錢，呼曰『鬧嚷嚷』。」

2.記錄人民衣食住行

海青：《牡丹亭》40：「俺如今有了命，把柳相公送俺這件黑海青穿擺將起來。」《山歌》4：「新做海青白綿綢，吃個喜蟲哥咬破子個兩肩頭。」……《秕言》：「吳中稱衣之廣袖者為海青。」

3.表現下層日常活動

鬥分子：指眾人按股湊錢。《水滸傳》24：「眾鄰舍鬥分子與武松人情。」《古今小說》3：「我們鬥分子，與你作賀。」《石點頭》3：「親鄰鬥分子作賀，到大大裏費了好些歡喜錢。」《三刻拍案驚奇》1：「不一日。舉殯日子到了，眾人鬥分子祭奠。」

4.展示多彩社會人生

動火：垂涎別人的錢財。《初刻拍案驚奇》10：「那王婆接著，見他是個窮鬼，也不十分動火他的。」《二刻拍案驚奇》1：「他雖不好古董，見說了值千金瓶梅，便也動了火，牢牢記在心上。」同書 4：「但有心上不象意或是眼裏動了火的人家，公然叫這些人去搬了來莊裏分了，弄得久慣，不在心上。」

㈡口語詞的詞彙特點

1.寫法靈活，重在記音

仰八叉、仰剌杈、仰百叉：均為一詞，即仰面向後跌倒。《金瓶梅》99：「被劉二向前一腳，踩了個仰八叉。」《王矮虎大鬧東平府》：「仰剌杈階前直倘。」《醒世姻緣傳》20：「季春江出其不意，望著晁思才心坎上一頭拾將去，把個晁思才拾了個仰百叉地下蹾歪。」

另據《元曲釋詞》，元曲中還有「仰剌叉」、「仰剌擦」、『養剌叉』、「仰不剌叉」等變體。

2.儘量使用常見字

蒿：《金瓶梅》89：「我把花子腿砸折了，把淫婦毛都蒿淨了。」按，「蒿」，即薅，義為拔。《說文》：「薅，拔去田草也。」明代文獻中也有用本字的。《西遊記》14：「有勞大哥送我師父，又承大哥替我臉上薅草。」《新方言》2：「今山西、淮

西、淮南皆謂刈草為薅草。」

3.流行範圍更加廣泛

提溜、提留、滴溜　即提、拎。《金瓶梅》67：「我不管甚麼徐內相、李外相，好不好我把他小廝提溜在監裏坐著，不怕他不與我銀子。」同書 95：「那活寶溺的褲子提溜不動。」《醒世姻緣傳》57：「晁思才狠狠的在脊樑上幾個巴掌，提留著頂搭飛跑。」《宛署雜記》17：「提曰滴溜著。」

4.高效能產、表現力強

與書面語詞相比，口語詞還有高效能產，表現力強的特點。以口語詞「打」為例，《說文》訓「撞」，《廣雅》訓「擊」。唐宋以來，凡觸物皆可謂打。到明代，「打」為詞根的複音詞大增。據白維國先生的《金瓶梅詞典》，僅一部《金瓶梅》，其中「打」字就有 9 個義項：(1)捆在腰上，引伸指隨身攜帶。(2)切；割。(3)購買。(4)舉；提。(5)摘掉；除下。(6)斷送；破壞。(7)觸動（心事）。(8)交往。(9)從；自；由。還有以「打」為詞根的複音詞達 85 個。如果再加上其他明代文獻的用例，「打」在明代至少還有以下義項：

(1)加，加上。《牡丹亭》18：「三個打七個，是十個。」

(2)關押，囚禁。《木皮詞》：「挑唆的無道昏君把他拿，打在南牢裏六七載，受夠了那鐵鎖與銅枷。」

(3)畫。《牡丹亭》3：「剛打的鞦韆畫圖，閑榻著鴛鴦繡譜。」

(4)譜曲、度曲。《紅拂記》5：「你把那新打的曲唱一個。」

(5)打探、打聽。《紅拂記》19：「你止住在此，我與你打個消

息來回你。」

　　至於以「打」為詞根的複音詞，就更多了，如：打疊：收拾，收斂。打跌：跌倒。打量：丈量。打覷：暗地察看。打睡：睡。還有打造、打睃、打斷、打想、打換、打仰等等。

四、綜合研究之例

㈠語言文字之內的綜合研究

　　如蔣紹愚《唐詩語言研究》，中州古籍出版社 1990 年版。

　　本選題研究四個方面的內容。第二個方面（第二章）是「唐詩的詞彙」研究，包括：1.唐詩詞彙的構成，2.研究唐詩口語詞彙的意義 3.唐詩口語詞彙研究的概況和方法。

　　除此之外，還有第一個方面（第一章）唐詩的格律：唐詩的體裁，近體詩的形成，近體詩的平仄，近體詩的用韻和對仗；第三個方面（第三章）唐詩的句法：唐詩的句式，唐詩的省略，唐詩的錯位，唐詩中幾種特殊的句式；第四個方面（第四章）唐詩的修辭：形象、生動、精練、含蓄，比喻、比擬、誇張、想像，沿襲、點化、翻案。

　　再如錢宗武《今文尚書語言研究》，岳麓書社 1996 年版。

　　本選題對今文《尚書》四個方面做了研究。第三個方面（第三章）今文《尚書》詞彙研究，包括：1.重言詞辨析及重言詞的特點，2.附音詞（指「有」之類的前附音節的詞）的形態特徵、結合方式和成形動因，3.複合詞的種類、特點和成因，4.成語的結構類型、音律節奏和演變規律，5.單音詞的詞義特點，6.通假的早期形態特徵和通假的界定。

除此之外，還有第一個方面（第一章）研究今文《尚書》及其語料價值；第二個方面（第二章）今文《尚書》文字研究，如今文《尚書》文字歧義的問題；第四個方面（第四章）今文《尚書》語法研究，如自稱代詞及其特點、對稱代詞及其特點、特殊的省略現象等。

碩博論文中標明「語言研究」的多屬於這一類。

㈡涉及語言文字之外的綜合研究

如陳偉武《簡帛兵學文獻探論》，中山大學出版社 1999 年版。

本選題包括五個方面。第五方面（第五章）是「簡帛兵學文獻的語文學考察」，包括：1.文字學角度的考察：專用字及其特點，同形字及其成因；2.音韻學角度的考察：銀雀山漢簡通假字辨議，韻文的分佈；3.訓詁學角度的考察：詞義方面，詞性方面。

除此之外，還有四個方面：簡帛兵學文獻概述，簡帛兵學文獻的內容與性質，簡帛兵學文獻的文化內涵，軍器及其題銘與簡帛兵學文獻。包括了文化、文獻等方面的研究內容。

五、補正式研究之例

專門的補正式的研究的碩博論文少見，但碩博論文中往往包括有這方面的研究。

如前舉張能甫《《舊唐書》詞彙研究》。

本選題第一章從《舊唐書》看史書語料的特點和價值，第二節〈史書語料的價值〉，其中以《舊唐書》與《漢語大詞典》專門做了比較，對《漢語大詞典》有四個方面的補充。

㈠《舊唐書》提供更早的例證

《舊唐書》中已經使用而《漢語大詞典》始見例或者義項的時代偏晚的詞大約有 600 來個。

《舊唐書》已見而《漢語大詞典》始見例為宋代的的詞語或者意義的，如：額外、玻瓈、必須、合格、寫本、通融等。

《舊唐書》已見而《漢語大詞典》始見例為遼、金、元代的詞語或者意義的，如：船夫、地主、攪亂、急躁、失落、限期等。

《舊唐書》已見而《漢語大詞典》始見例為明代的詞語或者意義的，如：比試、巢穴、會試、皮靴、禪宗、研究等。

《舊唐書》已見而《漢語大詞典》始見例為近、現代的詞語或者意義的，如：草莽、頓時、回避、價值、音義、罪狀等。

㈡增補例證

如：都統：義項②官名。賀正：群臣於歲首元旦之日朝賀。娘子軍：義項①唐高祖之女平陽公主所組織的軍隊。天文生：義項①古代觀察天象、推算日曆的官員。

《漢語大詞典》中有釋義但是沒有例證，《舊唐書》可以補充。

㈢補充義項

如：差點：即派遣。穿穴：唐代的一種劣質錢幣。兒家：婚姻關係中的男方。推斷：指審問。

這些詞義《漢語大詞典》失收。

㈣增補詞條

如：阿波：突厥官名。錯位：順序錯亂。車坊：停車的地方。工假：工作時所請的假。推勾：推行、實施。

這些詞《漢語大詞典》失收。

下面是一般論文既有補也有正的例子。

管錫華〈《史記》古今釋義考正〉，四川師範大學學報 2002 年第 1 期（頁 84－89）。舉其中的「烈」、「籍引」、「午、景」三則。

如：

1. 烈

《秦始皇本紀》會稽刻石「從臣誦烈，請刻此石。」（1·262·6，數字表示中華書局標點本冊·頁·行，下同）正義：「烈，美也。所隨巡從諸臣，咸誦美，請刻此石。」《漢語大詞典》沿襲古注釋義，「烈」「⑩美好；美妙」，（7·61·2 數字表示冊·頁·欄，下同）引之以為書證與釋義依據。

按：正義與《漢語大詞典》非。「烈」即業也。為褒詞，則是功業、德業之義，上古常用。《爾雅·釋詁》：「烈，業也。」《逸周書·諡法解》：「有功安民曰烈，秉德遵業曰烈。」《詩經·周頌·武》「無競維烈」鄭玄注：「烈，業也。」《秦始皇本紀》的幾則刻石正是歌功頌德之文。第一則刻石，「二十八年，始皇東行郡縣，上鄒嶧山。立石，與魯諸儒生議，刻石頌秦德」，辭有「從臣思迹，本原事業，祗誦功德」之句；第二則刻石，「南登琅邪，……作琅邪台，立刻石，誦秦德」，辭有「群臣相與誦皇帝功德，刻于金石」之句；第三則刻石，「二十九年，……登之罘，刻石」，辭有「群臣誦功，請刻于石」之句。會稽刻石之「誦烈」正是鄒嶧山刻石、琅邪刻石之「誦功德」、之罘刻石之「誦功」。例此，之罘刻石之「原念休烈」、其東觀「祗誦聖烈」、碣石刻石

之「群臣誦烈」，會稽刻石之「皇帝休烈」，「烈」皆為功業、德業之義。

正《漢語大詞典》釋義之誤。

2. **籍引**

《梁孝王世家》：「梁之侍中、郎、謁者著籍引出入天子殿門。」（6‧2084‧12）

按：「籍引」《大詞典》未收。實則「籍引」即「引籍」，出入宮殿的門籍。《外戚世家》「行詔門著引籍通到謁太后」，可比。

又，《外戚世家》正義：「武帝道上詔令通名狀於門使，引入至太后所。」以「引」為動詞引入義。《梁孝王世家》正義：「籍謂名簿也，若今通引出入門也。」以「引」為動詞引導義。《周禮‧天官‧宮正》「幾其出入」鄭玄注引鄭司農「若今時……無引籍不得入宮司馬殿門」賈公彥疏：「先鄭引今時者，謂漢法；言引籍者，有門籍及引人皆得出入也。」又以「引」為名詞引導出入之人義。所釋各異而誤者，以其不明「籍引」、「引籍」為同義雙音詞所致。

補《漢語大詞典》未收之詞，並正前人注釋之誤。

3. **午、景**

《律書》：「清明風居東南維，……五月也，律中蕤賓。蕤賓者，言陰氣幼少，故曰蕤；痿陽不用事，故曰賓。景風居南方。景者，言陽氣道竟，故曰景風。其於十二子為午。午者，陰陽交，故曰午。」（4‧1247‧1）《漢語大詞典》「午」「⑤古人以十二支配方位，午為正南，因以為南方的代稱」，節引「景風居南方，……

其於十二子為午」為書證。（2·918·1）

按：《律書》「八風」下屬十二月配以十二子，如「正月也，律中泰蔟，……其於十二子為寅」、「二月也，律中夾鍾，……其於十二子為卯」、「三月也，律中姑洗，……其於十二子為辰」、「四月也，律中中呂，……其於十二子為巳」，句法一律，不得獨以「午」為南方的代稱。「午」應該亦是「五月也，律中蕤賓，……其於十二子為午」。「其」皆代月，「其於十二子為寅」謂正月於十二子為寅，「其於十二子為卯」，謂二月於十二子為卯，「其於十二子為午」，謂五月於十二子為午，此「午」不代南方，是為與五月相配的十二子之一耳。《漢書·律曆志上》敘述為「蕤賓：蕤，繼也，賓，導也，言陽始導陰氣使繼養物也。位於午，在五月。」《晉書·樂志上》有「五月之辰謂為午」。皆可為旁證。

又按：《律書》「五月也」後或有錯簡。「八風」餘七風的行文的方式都是先風，再某月相配以子，如「明庶風居東方。明庶者，明眾物盡出也。二月也，律中夾鍾。夾鍾者，言陰陽相夾廁也。其於十二子為卯」，「涼風居西南維，主地。地者，沉得萬物氣也。六月也，律中林鍾。林鍾者，言萬物就死氣林林然。其於十二子為未」。以此例之，「五月也，……故曰賓」應在「故曰景風」之下、「其於十二子為午」之上，是為「景風居南方。景者，言陽氣道竟，故曰景風。五月也，律中蕤賓。蕤賓者，言陰氣幼少，故曰蕤；痿陽不用事，故曰賓。其於十二子為午」，若此，正於他七風一律。中華本《史記》以「五月也，……故曰賓」屬「清明風」之下，自「景風居南方」另起一段，「五月也」與「其於十

二子為午」分屬兩段，致使月、子遠離。《漢語大詞典》或是以為
「其」代指本段段首之「南方」，因而有「午」「因以為南方的代
稱」之誤釋。

又按：《律書》文「景者，言陽氣道竟，故曰景風」，以
「竟」釋「景」，亦或不切。班固《白虎通德論·八風》風名皆與
《律書》同，其曰：「四十五日景風至，景，大也。」《後漢書·
班固傳》：「天子會諸儒論五經，作《白虎通德論》，令固撰集其
事。」李賢注：「章帝建章四年，詔諸王諸儒會白虎觀講議《五
經》同異。」看來「諸王諸儒」皆以「景」為「大」，而不以《律
書》之釋為然。《白虎通》之釋當有所據，如《呂氏春秋·有始
覽》「何謂八風？……南方曰巨風」，《淮南子·地形訓》雖有
「景風」，但屬「東南」之下，當《律書》「清明風」，高誘注即
說「一曰『清明風』」，其下則仍為「南方曰巨風」，「巨」即
「大」也。

包括了詞義的考正和文字的校勘。

六、總結式研究之例

古漢語詞彙研究這類選題的例子不多。

如王雲路〈百年中古漢語詞彙研究述略〉，《杭州大學學報》
2001 年第 4 期（頁 55－60）。

本選題首先簡略地介紹了百年中古漢語詞彙研究的重要成果，
接著分析了取得成果的原因，指出還有哪些工作需要進一步去做。
以下是稍微詳細一點的引述。

中古漢語所以能取得如此豐碩的成果，筆者以為有下面這樣幾

個原因。

　　第一，明確提出「中古漢語」的分期主張，這是至關重要的一步。如太田辰夫等關於「中古漢語」的分期主張，「姑且不論其起訖朝代精確與否，單單明確提出「中古漢語」這一名稱，就是豎起了一面旗幟，許多學者曾致力於漢魏六朝的語言研究，有了明確的歸屬，研究對象、範圍就鮮明多了。

　　第二，前輩學者們的重視與倡導是重要因素。清代學者仍以先秦語言研究為主。近幾十年來不少學者注意到了民間語詞的價值，不斷呼籲研究俗語詞。如王力、蔣禮鴻、郭在貽、日本漢學家青木正兒關於這個問題的論述。

　　第三，研究方法逐步提高。有清代學者傳統的考據方法、排比歸納法、共時的研究與歷時的研究相結合，近年來，中古漢語詞彙研究有了新的變化，如更加注重語言的系統性，研究水平和質量也在不斷提高。

　　第四，研究領域逐步拓展。這是近十年來中古漢語研究方面的主要起色之處，具體表現在以下兩方面：

　　一是研究對象的擴展。現今的中古漢語詞彙論著中，舉凡小說、史乘、詩文、佛經、道藏、科技書、雜著、金石碑帖、出土文物等，無不在發掘、利用之列，採擷的範圍更加廣泛。

　　二是研究思路和內容的拓展。以往研究中古漢語詞彙者，大都集中在具體詞語，尤其是特殊語詞、疑難語詞的考釋上，很少有人探討語詞發展規律，也很少考慮理論問題，以至於雖然有很多成果，但研究的對象較為狹窄，成果較為零散，系統性不夠。鮮明提出漢語詞彙研究應當注意的方向問題並加以引導的主要有兩次：第

一次發生在 20 世紀 50 年代，當時張相提出「字面生澀而義晦」與「字面普通而義別者」，「皆在探討之列」，這一主張是具有科學性的。第二次發生在 20 世紀 90 年代中期，張永言先生提出了加強漢語詞彙史研究，特別是加強常用詞研究的主張。

中古漢語研究還有很多工作要做。首先，要做好中古漢語語料的整理工作。其次，要做好斷代詞彙史的研究工作。再次，要編纂專書詞典和斷代語言詞典。

有了研究任務，重要的就是完成任務的手段和方法了。語言是一個系統，語言的詞彙也不例外。但是，就古代詞彙而言，較之音韻學、語法學、文字學、方言學等學科領域的發展而言，對詞彙系統的研究是很不夠的。在詞義研究的模式上，要對一組詞、一類詞或相似類型的詞語做整體考察。如不但注意「春來」是春天的意思，還要注意「秋來」、「冬來」、「年來」、「今來」、「晨來」、「曉來」、「晚來」、「頃來」等一系列表示時間的名詞，它們是由單音節時間名詞與詞綴「來」構成的附加式雙音詞。漢語詞彙由單音節向複音節發展，是一個重要的趨勢，附加式複音詞在中古近代漢語中佔據了越來越大的比重。總之，我們應當從史的角度對詞義的發展演變做考察和研究，從整體上系統探討詞彙構成、變化的規律和內部機制，使語彙研究更加科學化、系統化。

總結式研究也可以只重在對成果的總結。

如王啟濤〈近五十年來的中古漢語詞彙研究〉，《四川師範大學學報》2003 年第 1 期（頁 98－103）。

本選題按語料的不同分成十三類對近五十年來的中古（東漢魏晉南北朝）漢語詞彙研究做了總結。1.雜帖書信，2.詔書、奏書、

家訓，3.史書，4.注釋文獻，5.詩歌，6.法制文獻，7.漢譯佛經，8.僧人行記、僧人傳記、寺院記，9.道藏，10.子書、雜著，11.筆記、小說，12.農業、醫學文獻，13.字典及方俗語文獻。以下舉第十一類筆記、小說為例。

在中古時期的筆記小說中，《世說新語》具有重要的語料價值。在詞語考釋方面，論著主要有：徐震堮〈《世說新語》詞語簡釋〉（1979），周紀彬〈讀《世說新語》劄記〉（1981），周生亞〈《世說新語》中的複音詞問題〉（1982），許威漢〈從《世說新語》看中古語言現象〉（1982），徐震堮《世說新語校箋》（1984），郭在貽〈《世說新語》詞語考釋〉（1984），殷正林〈《世說新語》所反映的魏晉時期的新詞新義〉（1984），江藍生《魏晉南北朝小說詞語匯釋》（1988），方一新〈《世說新語》詞語劄記〉，蘇寶榮〈《世說新語》釋詞〉（1988），王建設〈《世說新語》語詞小劄〉（1990），張永言《世說新語辭典》（1992），蔣宗許〈《世說新語校箋》劄記〉（1992），張萬起《世說新語詞典》（1993），吳金華《世說新語考釋》（1994），張振德、宋子然《《世說新語》語言研究》（1995）等。張永言的《世說新語辭典》，以訓釋的精深與引證的廣博而著稱。「作者既能極好地保持和運用傳統的訓詁學方法，又能追述《世說新語》中外來詞的外語來源，並充分吸收海內外學者研究《世說新語》的卓越成果」（梅維恒《評世說新語辭典》，1995）。

在利用《世說新語》進行漢語構詞法研究方面，有高先德〈《世說新語》的詞序〉（1985）、劉瑞明〈《世說新語》中的詞尾「自」，和「復」〉（1989）、韓惠言〈《世說新語》複音詞構

詞方式初探〉（1990）、程湘清〈《世說新語》複音詞研究〉（1992）、張鴻魁〈《世說新語》並列結構的字序〉（1992）、張萬起〈《世說新語》複音詞問題〉（1995）等。

總結式的研究，我們前面說過，不宜作為碩博論文的選題。

第三節　可做的選題

以下是從兩個角度較為宏觀一點談談可做的選題。

一、詞彙概貌研究的選題

詞彙概貌指對某種書、某類書、某時代、某些時代或歷代等詞彙概貌的描寫。概貌是個比較含糊的詞，可以是粗一點，也可以精細一點。無論粗細，在漢語詞彙史研究中，詞彙概貌的研究都是做得最為薄弱的一個方面。做過的也多偏於雙音詞的概貌描寫，單音詞不多見。

研究選題包括：

㈠某種書詞彙概貌研究

書籍中做過的不多，所做的如上所言，多為雙音詞。見到的有研究《詩經》《楚辭》《論語》《孟子》《老子》《莊子》《呂氏春秋》《儒林外史》等不多的論著。這方面的選題存在較大的餘地。

㈡某類書詞彙概貌研究

某類書的研究，更是沒有見到多少。這是因為某類書的語料一般都比較大，難以短期完成。可做的如上古按舊的分法可以分為九

流十家❾，做某一流、某一家。如縱橫家的書就很有不同於他家的
詞彙，小說家的詞語跟別家也很不同。

(三)某時代詞彙概貌研究

這類的研究，漢語詞彙史的論著都不能不涉及到。但是其概貌
也就是概貌，不少描寫得不很充分。按語言學發展劃分的階段時代
太大，可以再細分，如戰國時代的詞彙概貌、西漢的詞彙面貌、東
漢的詞彙面貌等等。

這類研究實際也是某一時代代表性書籍文獻的調查研究。

(四)某些時代詞彙概貌研究

這類更大一點，如先秦詞彙概貌，要描寫自有文字記載的甲骨
文開始至秦代的文獻中反映出來的詞彙面貌；兩漢詞彙概貌要研究
西漢東漢兩個朝代的詞彙等等。

某些時代詞彙面貌的描寫，既要對兩個或兩個以上的歷時層面
進行描寫，也要做歷時比較，實際上是某些時代的詞彙的發展史。
這類題目大，不適宜做碩博論文。但可以一部分一部分地去做。這
類選題具有研究的可持續性的特點。

---

❾ 「九流」指 1.儒家：孔子、孟子、荀子、曾子、子思、晏嬰等；2.道家：老
子、莊子、列子、楊朱、鶡冠子、尹喜（關尹子）、文子、宋鈃等；3.墨
家：墨子等；4.法家：管仲、子產、李悝、申不害、商鞅、慎到、韓非等；
5.名家：公孫龍、惠施、尹文、鄧析等；6.陰陽家：鄒衍等；7.縱橫家：鬼
谷子、蘇秦、張儀等；8.雜家：呂不韋、尸子等；9.農家：許行等。「九
流」再加上小說家虞初、燕丹子等，是為「十家」。尚有兵家：呂尚、孫
武、孫臏、吳起、田穰苴、黃石公、尉繚等；醫家：黃帝、扁鵲等。

㈤歷代詞彙概貌研究

這是從描寫詞彙概貌的角度來選擇的最大的題目。不適合作為碩博論文選題，而適合有志於長期研究、描寫漢語發展史的研究者選擇。

要想描寫出比較接近於漢語詞彙發展實際的漢語詞彙史，不是一個人可以做得到的。就現在所出版的僅有的幾種漢語詞彙史或有漢語詞彙史內容的漢語史論著來看，要麼是框架性的，要麼是在前人研究成果的基礎上加上自己的成果而撰寫出來的。難以做到是完全出於自己研究的成果。

要強調的一點是，不是要等歷代漢語詞彙的概貌都描寫清楚了，而且做了歷時的比較，然後再去寫漢語詞彙史。可以就現有的研究成果去描寫歷代詞彙概貌以及詞彙的發展。過一階段，詞彙研究的成果積累到一定的量的時候，就可以再修訂或再重寫一種，對其前的詞彙史進行補充修正。如此漸進，直至能夠達到最終目的。

二、詞彙分類研究的選題

從詞彙分類的角度選題，是指由詞彙學各不同的內容側面去選題。這類選題所研究的對象仍然是文獻，但角度不同，選題的方式方法也有差異。

這類選題比較靈活，可從書的角度選題，也可從時代的角度選題。

題目可大可小，而且想選擇小的題目比較容易。小的題目可以做一般的論文題目，中等的題目可以做碩士論文，大的題目可以做博士論文、專著。下面就我們的理解，分成幾類，略加介紹。

㈠單音詞、雙音詞、多音詞研究

上古、中古特別是上古以單音詞為主，但單音詞的研究遠遠不夠。大量的複音詞出現在中古、近代，中古特別是近代的複音詞研究不夠。多音詞如三音詞等的研究就更少。

㈡單音詞到雙音詞的演變研究

這是從歷時發展演變的角度的選題。有見解的論著不少，但仍有不少問題沒有完全解決。如從單音詞到雙音詞演變的原因研究者們提出了很多種的解釋，可至今沒有達成共識。

㈢常用詞與非常用詞研究

漢語詞彙史中常用詞彙研究薄弱，所見成果不多。就所見到的也多是研究一組或若干組同義詞在歷時發展中的替換情況，有待研究的選題很多。非常用詞研究至今沒有太多的人去注意。任何事情都有兩面，研究其中一面，而不及另一面，就有顧此失彼之嫌，作為詞彙史的研究，就不能反映詞彙發展的全貌。可以描寫某本書、某類書、某時代、某時代的非常用詞彙，研究其產生、發展、轉化或消亡等等方面。

㈣基本詞彙與一般詞彙研究

基本詞彙、一般詞彙詞彙與常用詞、非常用詞大致相當。把詞彙劃分成基本詞彙和一般詞彙是外來的理論，隨著國際政治的變化對語言學界的影響，六十年代以後不太有人去注意，而近年來人們開始注意的常用詞的研究，實際上差不多就是基本詞彙的研究。只是如上所言，人們不去提非常用詞研究。基本詞彙與一般詞彙劃分有合理的地方。可以研究某本書、某類書、某時代、某時代的基本詞彙與一般詞彙。如基本詞彙的狀況，一般詞彙的狀況，基本詞彙

與一般詞彙二者的互相轉化，轉化的原因，語言自身發展的原因，社會的原因等。也可以做基本詞彙的發展、一般詞彙的發展，二者發展的互相制約關係等。這類題目偏重於詞彙學理論的研究。

(五)熟語研究

包括成語、諺語、歇後語等。這類詞語文化色彩比較濃，所以最好把詞語的研究與文化研究結合起來。所見到的熟語研究的論著多是以現代漢語為出發點，專門做古代熟語研究的還不多。

(六)同義詞、反義詞研究

同義詞的題目，做起來難度較大。但平面描寫相對容易，所以可以先選擇平面描寫的題目，就某書或者某時代或者某幾組詞、某類詞進行研究，然後上下比較，描寫其發展脈絡。就所見到的僅有的同義詞研究論著看，平面描寫多，歷時描寫較少。當然平面描寫也有其難處，比如選擇一本書來做，首先就遇到究竟此書有那些組同義詞的問題。如果選擇某書來做平面描寫，不宜只描寫幾組若干組，盡量能夠描寫全面。如果歷時描寫可以只選擇若干組。反義詞的研究，如同義詞一樣，做起來難度較大，只有很少的成果。選題的方法可參照同義詞研究的做法。

(七)政治經濟文化詞彙研究

這類選題，具有很大的開放性。如政治性的詞彙可以研究政黨、政府以及與其相關的詞彙；經濟性的詞彙可以研究商品生產、經營、消費及其相關的詞彙。近些年來，冠以「文化」的詞彙方面的研究也有一些，但是「文化」的定義見仁見智，英國人類學家愛德華·泰勒（Edward Burnett Tylor）在《原始文化》（*Primitive Culture*）第一章〈關於文化的科學〉中說：「文化，或文明，就其廣泛的民

族學意義來說，是包括全部的知識、信仰、藝術、道德、法律、風俗以及作為社會成員的人所掌握和接受的任何其他的才能和習慣的複合體。」❿內容包括非常廣泛，很多與其他類交叉，所以目前還難以說清楚文化詞彙所包括的具體內容。

㈧科技詞彙研究

這一類也是從詞彙性質角度的選題。可從書與時代兩個角度定題。比如：算書詞彙；兵書詞彙；農書詞彙（農具、耕種、桑絲、水利[河渠、溝洫]）；醫書詞彙；天文詞彙；曆算詞彙；禮書詞彙；輿圖詞彙（地理、政區）；建築詞彙（橋樑、道路、宮室等）；印染詞彙；航海詞彙；造紙詞彙；車馬詞彙。等等。

有一種文獻可以考慮作為選題的語料，即歷代的州、府、縣、市等地方志，研究政治、經濟、文化、科技以及方言詞彙，這些地方志值得重視。

選題的角度可以有多種，也可以從題材、體裁或文體的角度選擇。研究不同體裁、題材或文體之間詞彙的異同，研究不同體裁、題材或文體中詞彙發展的異同等。題材、體裁或文體詞彙研究可以有多種組合的題目，如先秦以來各共時層面上韻文與散文詞彙的比較研究，漢代以後各共時層面上中土漢文獻與漢譯佛教文獻詞彙的比較研究，漢代以後各共時層面上文言文獻與古白話文獻詞彙的比較研究，先秦以來各共時層面上社會科學文獻與自然科學文獻詞彙的比較研究，某個、某些、某類詞在不同體裁、題材或文體的文獻中發展變化異同及其規律，等等。可以是常用詞彙的研究，也可以

---

❿　連樹聲譯，上海文藝出版社 1992 年版，頁 1。

是非常用詞彙的研究，也可以是包括常用詞彙與非常用詞彙的研究。從這個角度選題，同樣可以選出很多有價值的題目。

古漢語詞彙研究的最終目的我們說過，是要描寫出古漢語詞彙發展的歷史，對大型字詞書諸如《漢語大詞典》《漢語大字典》的詞語補充與考正的選題，可以作為平時一般的札記式論文的選題，不宜作為碩博論文的選題。在研究某種語料時，發現這類大型字詞書在收詞、釋義、例證方面存在的問題可以作為論文的一個部分，但最好不是主要部分。如果把發現的問題作為腳注注出，也是一種很好的方式。

最後談談選題的來源。

選題的來源可以多途。或者碩博生自己定選題，或者導師命題，或者師生共同商定選題。在正常的情況下，比較理想的是能夠結合碩博學位點的研究項目定選題。但是就現在來看，碩博學位點的研究項目不一定都有多大價值，因為近些年來古漢語詞彙研究甚至整個漢語史研究的各級科研項目的定題立項都存在著很大的隨意性，張在一套張，李在一套李，所以碩博生們不一定要跟著這些項目去轉。可以在充分調查研究的基礎上，拿出主見，與導師商討，定出適合自己做的有價值的選題。

第四章　研究方法

第一節　三種常用的研究方法

在古漢語詞彙研究中最常用的方法有平面描寫、歷時比較、數理統計。

一、三種常用研究方法的歷史回顧

平面描寫、歷時比較、數理統計都是自然科學和社會科學研究中常用的有效的方法。它們可以適用於語言研究,自然適用於詞彙研究。這些方法的發明者往往被說成是中國國土以外的學者,中國學者步其理論後塵,學習而用之。實際上這是不合實際的說法。在中國小學研究的歷史上,可以發現這些方法早就有先哲使用過。

㈠平面描寫

揚雄《方言》實際就是對漢成帝時代各地方言詞語的平面描寫。如卷一:

　　黨、曉、哲,知也。楚謂之黨,或曰曉。齊宋之間謂之哲。

娥、嬴，好也。秦曰娥；宋魏之間謂之嬴；秦晉之間凡好而輕者謂之娥；自關而東河濟之間謂之媌，或謂之嬌；趙魏燕代之間曰姝，或謂之妦；自關而西秦晉之故都曰妍；好其通語也。

《方言》實在是共時的詞彙平面描寫的一個成功的例子。

㈡歷時比較

在古注中見到很多這類歷時的比較。下約舉《漢書》師古注數例。

《高帝紀》「縣給衣衾棺葬具」臣瓚曰：「初以槥致其尸於家，縣官更給棺衣更斂之也。金布令曰『不幸死，死所為槥，傳歸所居縣，賜以衣棺』也。」師古曰：「初為槥櫝，至縣更給衣及棺，備其葬具耳。不勞改讀音為貫也。金布者，令篇名，若今言倉庫令也。」

《昭帝紀》：「有不幸者賜衣被一襲。」師古曰：「一襲，一稱也，猶今言一副也。」

《蕭望之傳》：「何暇欲為左右言。」師古曰：「左右者，言與同列在其左右，若今言旁人也。」

《外戚傳·高祖呂皇后》：「使者三反。」師古曰：「反，還也。三還猶今言三回也。」

這些都是由漢至唐詞彙發展的歷時比較。後來明陳第「時有古今，地有南北，字有更革，音有轉移，亦勢所必至」❶的語言觀，就是從漢語言發展的歷時比較中得出來的。

三、數理統計

如《四庫總目・爾雅注疏》（晉郭璞注，宋邢昺疏）提要：

> 其書，歐陽修《詩本義》以為學《詩》者纂集博士解詁，高承《事物紀原》亦以為大抵解詁詩人之旨。然釋《詩》者不及十分之一，非專為《詩》作。揚雄《方言》以為孔子門徒解釋六藝，王充《論衡》亦以為五經之訓詁。然釋五經者不及十之三四，更非專為五經作。

清代注釋大家不少都用過這種方法，如郝懿行《爾雅・釋詁》「緝、熙，光也」義疏：「緝熙者，《詩》凡四見。」「賡，續也」義疏：「《書》云『乃賡載歌』……《管子・國蓄篇》云『愚者有不賡本之事』……經典『賡』字只此二見。」等等。

我們缺少對中國古代學術的深入研究，以致我們自己並不清楚我們有過什麼，這是一件很令人遺憾的事。但是我們應該承認的事實是，中國傳統學術的確重實踐而輕理論。但我們決不能說我們學了外面的理論，纔知道用這些方法去做我們的研究。

---

❶ 《毛詩古音考自序》。

二、三種常用研究方法的定義及其關係

㈠平面描寫指對歷時某層面或稱某斷面或某個斷面上的具體語料的詞彙實際狀況進行描寫的一種研究方法。小到一個詞，大到整個詞彙面貌；小到一本小的書，大到一個歷時層面上的代表文獻或者所有文獻，都可以運用這種方法進行研究。

㈡歷時比較指對兩個以上歷時層面上的具體語料的詞彙實際狀況進行描寫與比較的一種研究方法。這種方法同樣適用於小到一個詞，大到整個詞彙面貌的兩個以上歷時層面上的描寫比較；小到兩種書，大到兩個歷時層面上的代表文獻或者所有文獻的描寫比較。

這兩種方法之間的關係是：平面描寫可以單獨使用，而歷時比較則必須建立在平面描寫的基礎上。只有把兩個層面以上的選定內容的詞彙狀況描寫清楚，纔能進行歷時比較。

㈢數理統計指對詞、詞義等出現的頻率做數學上的統計與分析。數理統計可以單獨使用，但是只適合做一定語料的詞頻統計，形成詞頻統計表。其結果對漢語詞彙的研究很有參照或參考價值，但不能形成嚴格意義上的詞彙研究的論文或專著，所以這就不是我們這裡所說的詞彙研究。

作為古漢語詞彙研究的數理統計，只是對詞彙研究使用的其他方法的一種輔助手段，通過統計結果及其分析，幫助形成或證成研究的觀點和結論。無論平面描寫還是歷時比較，如果輔之以數理統計，可以增強說服力，使結論更加可靠。有時通過數理統計分析，也能發現一般方法所不能發現的問題。在運用數理統計時，往往需要編制統計表，這種統計表有時比語言表達更加便捷明了。

　　在檢閱現有的古漢語詞彙研究成果時，我們知道大多數論著在運用平面描寫、歷時比較的同時或多或少也運用了數理統計的輔助方法。

第二節　三種常用研究方法舉例

　　從理論上可以把三種方法分開闡釋，但是在具體研究的成果中，特別是在專著、碩博論文中，多是綜合使用，難以找出純粹使用某種方法的例子。以下分類舉例，僅在於各有側重而已。

一、平面描寫之例

　　如周文德《《孟子》同義詞研究》，❷巴蜀書社 2002 年版（頁162－164）。

　　本選題通過對《孟子》文本的考釋，對《孟子》同義詞 231 組進行了窮盡性的研究。第三章〈《孟子》單音節實詞同義關係考釋〉，3.2〈《孟子》單音節實詞同義關係的具體考釋〉，選取 46 組同義詞詳加考釋，對它們具體詞義作出確認並歸納義位。由此而解說語詞在什麼義位元上構成同義關係。即從義位的角度對各組同義詞做平面描寫分析。下面是第 28 組「改、變、移」的例子。

　　改、變、移

　　「改」在《孟子》中出現 13 次。這 13 次用例的詞義可歸納為3 個義位，這 3 個義位及其使用次數是：(1)改變、變更（8 次）；(2)

---

❷　本文原為博士論文。

改正、悔改（3 次）；(3)再、重新（2 次）。這 3 個義位的用例舉例如下：

(1)改變、變更

予三宿而出晝，於予心猶以為速，王庶幾改之！王如改諸，則必反予。（4.12）❸

暴其民，甚，則身弒國亡；不甚，則身危國削，名之曰「幽」、「厲」，雖孝子慈孫，百世不能改也。（7.2/883）

顏子當亂世，居於陋巷，一簞食，一瓢飲，人不堪其憂，顏子不改其樂，孔子賢之。（8.29/1102）

大匠不為拙工改廢繩墨，羿不為拙射變其彀率。（13.41）

(2)改正、悔改

古之君子，過則改之；今之君子，過則順之。（4.9）

教之不改而後誅之。（10.4）

---

❸ 數字表示《孟子》卷與章。

人恒過，然後能改。困於心，衡於慮，而後作。（12.15）

(3)再、重新

地不改辟矣，民不改聚矣，行仁政而王，莫之能禦也。（3.1）

3.2.28.2 「變」在《孟子》中出現 15 次。這 15 次用例的詞義可歸納為兩個義位，這兩個義位及其使用次數是：(1)改變、變化（14次）；(2)變詐（1次）。這兩個義位的用例舉例如下：

(1)改變、變化

天下歸殷久矣，久則難變也。（3.1）

吾聞用夏變夷者，未聞變於夷者也。（5.4）

大匠不為拙工改廢繩墨，羿不為拙射變其彀率。（13.41）

(2)變詐

恥之於人大矣。為機變之巧者，無所用恥焉。（13.7）

3.2.28.3 「移」在《孟子》中出現 6 次。這 6 次用例的詞義
可歸納為兩個義位，這兩個義位及其使用次數是：⑴遷移、調動
（3 次）；⑵改變（3 次）。這兩個義位的用例展示如下：

⑴遷移、調動

河內凶，則移其民於河東，移其粟於河內。（1.3）

一不朝則貶其爵，再不朝則削其地，三不朝則六師移
之。（上2.7）

⑵改變

富貴不能淫，貧賤不能移，威武不能屈，此之謂大丈
夫。（6.2）

孟子自范之齊，望見齊王之子，喟然歎曰：「居移氣，
養移體，大哉居乎！夫非盡人之子與？」（13.36）

3.2.28.4 綜上所述，在《孟子》中，作為單音節實詞的
「改」有 3 個義位，「變」有兩個義位，「移」有兩個義位。這 3
個詞有著共同的義位：改變、變化。所以，在「改變、變化」義位
上，這 3 個詞構成同義關係。

再如程湘清〈《世說新語》複音詞研究〉，收入《魏晉南北朝
漢語研究》，山東教育出版社 1992 年版（頁62-64）。

　　本選題對《世說新語》的複音詞做了窮盡性的研究，對《世說新語》中出現的 2,126 個複音詞做了描寫分析。複音詞分為語音造詞、語法造詞兩大類；語法造詞分為運用虛詞方式、運用次序方式兩個次類。運用次序方式分為五種結構類型：表述式、支配式、補充式、偏正式、聯合式。以下是「表述式複音詞」描寫分析的例子。

　　《世說新語》的表述式複音詞，共有 17 個，佔全書複音詞數的 0.8%，佔語法造詞數的 0.95%，佔運用詞序方式造詞數的 1.01%。這類詞雖然數量不多，但從詞類看，名詞、動詞、形容詞、副詞都有，其中動詞居多。

　　⑴名詞。如：

　　　　顧孟著嘗以酒勸周伯仁，伯仁不受，顧因移勸柱，而語柱曰：「詎可便作棟梁自遇！」周得之欣然，遂為衿契。（《方正》）

　　　　周伯仁母，冬至舉酒賜三子曰：「吾本謂度江托足無所，爾家有相，爾等並羅列吾前，複何憂！」（《識鑒》）

　　⑵動詞。如：

　　　　僧意在瓦官寺中，王苟子來，與共語，便使其唱理，意謂王曰：「聖人有情不？」王曰：「無。」重問曰：「聖人如柱邪？」王曰：「如籌算。雖無情，運之者有情。」

（《文學》）

　　江左殷太常父子並能言理，亦有辯訥之異。揚州口談至劇，太常輒云：「汝更思吾論。」（《文學》）

「口談」猶「談話」、「言談」。

　　司馬太傅府多名士，一時俊異。庾文康云：「見子嵩在其中，常自神王。」（《賞譽》）

「神王」即「神旺」，精神旺盛。

　　鄧艾口吃，語稱「艾艾」。（《言語》）

　　周侯獨留與飲酒言話，臨別流涕，撫其背曰：「奴好自愛。」（《方正》）

　　人問王夷甫：「山巨源義理如何？是誰輩？」王曰：「此人初不肯以談自居，然不讀老莊，時聞其詠，往往與其旨合。」（《賞譽》）

　　孫秀初欲立威權，咸云：「樂令民望，不可殺，減李重者又不足殺。」遂逼重自裁。初，重在家，有人走從門入，出懷中疏示重，重看之色動。入內示其女，女直叫絕，了其

意，出則自裁。（《賢援》）

(3)形容詞。如：

晉文王功德盛大，坐席嚴敬，擬於王者，唯阮籍在坐，箕踞嘯歌，酣放自若。（《簡傲》）

劉尹每稱王長史云：「性至通而自然有節。」（《賞譽》）

(4)副詞。如：

王戎云：「太尉神姿高徹，如瑤林瓊樹，自然是風塵外物。（《賞譽》）

對表述式複音詞，需要指出兩點：

第一，《世說新語》的表述式複音詞同《論衡》一樣，數量甚少，但其中有些詞運用廣泛，出現頻率較高，如「自然」、「自若」等。用「自」構成表述式複音詞在現代漢語中數量很多，在此時已可見端倪。

第二，從詞性構成看，有〔名·動〕構成名詞，如「冬至」，「左傳」；〔名·動〕構成動詞，如「籌算」、「口談」；〔代·動〕構成形容詞，如「自若」，「自然」。已接近於現代漢語。

二、歷時比較之例

如管錫華《《史記》單音詞研究》，❹巴蜀書社 2000 年版（頁 223－225）。

本選題的第二部分《史記》單音同義詞研究。以下節錄的是其中的第 6 組「衾、被」。這則研究主要使用的是歷時比較方法。

「衾」、「被」在被子義上是同義詞。

先秦這對同義詞在兩個意義上同義。

一指人睡眠覆體的被子，如：

> 肅肅宵征，抱衾與裯，寔命不猶。（《詩經·周召·小星》）

毛傳：「衾，被也。」

> 翡翠珠被，爛齊光些；蒻阿拂壁，羅幬張些。（《楚辭·招魂》）

王逸注：「被，衾也。」

一指覆蓋屍體的單被，如：

> 故天子棺槨十重，諸侯五重，大夫三重，士再重。然後

---

❹ 原為博士論文。

皆有衣衾多少厚薄之數。（《荀子·禮論》）

再看下面一組比較：

衣衾曰襚，貝玉曰含，錢財曰賻。（《穀梁傳·隱西元年》）

貨財曰賻，衣被曰襚。（《公羊傳·隱西元年》）

用為覆蓋屍體的單被義，「被」只出現在「衣被」之中。「衾」也可單用。如：

幠用衾。（《儀禮·士喪禮》）

鄭注：「衾者，始死時斂衾。」

先秦二詞作人睡眠覆體的被子義用都很少，《左傳》《論語》《老子》《墨子》甚至都不用，《詩經》也只見到用「衾」1 例，《楚辭》❺也只見到用「被」1 例。

或謂先秦人蓋的被子用「寢衣」為多，但我們通考了《詩經》《左傳》《論語》《老子》《墨子》《莊子》《荀子》《韓非子》《三禮》《孝經》十二種典籍，只有《論語》用有 1 例：

---

❺　《楚辭》中先秦屈宋等人作品。

　　　　必有寢衣，長一身有半。（《鄉黨》）

《史記》中亦未見使用，可見不只先秦，整個上古用「寢衣」也很少。**❻**

　　《史記》「衾」唯 1 例：

　　　　為棺槨衣衾，葬之肥陵邑。（《淮南衡山列傳》）

為棺槨衣衾，沿先秦葬制，「衾」指覆蓋屍體的單被。

　　《史記》人睡眠覆體的被子不用「衾」，只用「被」，共見 10 次，皆出於連用或複詞之中，都見於漢紀傳。

　　「衣被」2 例：

　　　　卓王孫不得已，分予文君僮百人，錢百萬，及其嫁時衣被財物。（《司馬相如列傳》）

　　　　從東擊項籍，以太尉常從，出入臥內，衣被飲食賞賜，群臣莫敢望。（《韓信盧綰列傳》）

「衣被」初見《呂氏春秋·節喪》「輿馬、衣被、戈劍，不可勝其

---

❻　有辨析謂「小被叫寢衣」，但由《論語》看「長一身有半」，則並不是小被。《說文》也說：「被，寢衣，長一身有半。」「被」與「寢衣」並無大小之別。

數。」知「衣被」秦漢之際產生並使用了起來。

「被服」3 例：

> 上即欲與神通，宮室被服非象神，神物不至。（《封禪書》）

> 謠俗被服飲食奉生送死之具也。（《貨殖列傳》）

> 飲食被服不足以自通，如此不慚恥，則無所比矣。（同上）

「被服」出《史記》。

「布被」4 例，皆記公孫弘事，如：

> 弘為布被，食不重肉。（《平津侯主父列傳》）

> 汲黯曰：「弘位在三公，奉祿甚多，然為布被，此詐也。」（同上）

「布被」亦出《史記》。

在《史記》中：(1)「衾」、「被」這對同義詞已經解體，「衾」只保留先秦的第二義，「被」只保留了先秦的第一義；而且「衾」、「被」都只出現在連用或複詞之中，已不單用。(2)在先秦的第一義上「被」已替代了「衾」。《說文》「被，寢衣，長一身

有半」段注:「《論語・鄉黨篇》曰:『必有寢衣,長一身有半。』孔安國曰:『今被也。』鄭注曰:『今小臥被也。』」這正證明了漢代的「被」已替代了其他詞語。要補充的是,這種替代始於西漢。後代仍有用「衾」者,但「衾」具有了古詞語的性質,主要還是用「被」。如《世說新語》用「衾」1 例,見之於《排調》篇中之詩:「角枕粲文茵,錦衾爛長筵。」而單用「被」就有 6 例,還有「被褥」複詞 1 例。唐宋以後「衾」也主要用於詩、詞之中。

再如管錫華〈從《史記》看上古幾組同義詞的發展演變〉,《語言研究》2000 年第 2 期(頁 95–110)。以下節錄的是文中的第 4 組「屨履」。這則研究也主要是使用歷時比較的方法。

《易經》中已有「屨」、「履」,但皆用作動詞,如:

> 屨校滅趾,無咎。(《噬嗑》初九)

王弼注:「屨,貫也。」孔疏:「屨,謂著而屨踐也。校,謂所施之械也。」

> 履霜堅冰至。(《坤卦》初六)

為踩踏義。

《詩經》「屨」有鞋子義之用,皆見於「葛屨」複詞中,如:

> 糾糾葛屨,可以履霜。(《魏風・葛屨》)

《墨子》《莊子》「履」有鞋子義之用，如：

> 予子冠履而斷子手足，子為之乎？必不為。何故？則冠履不若手足之貴也。（《墨子·貴義》）

> 衣弊履穿，貧也。（《莊子·山木》）

用為鞋子義「履」早於「屨」。

下面是我們對先秦 7 種典籍二詞使用次數的調查：❼

		詩經	左傳	墨子	孟子	莊子	荀子	韓非子
履	鞋子義	0	0	5	0	4	1	5
	動詞義	8	6	1	1	7	7	7
屨	鞋子義	3	11	6	9	8	6	4

　　「屨」7 種書只作鞋子義使用，各種書的使用頻率都不低。「履」《左傳》以前只用為動詞義，《墨子》以後「履」用為鞋子義。《墨子》以後仍有不用者，如《孟子》，但從《墨子》《莊子》《韓非子》3 書來看，「屨」、「履」總次數是 18 與 14 之比，已經較為接近。以《韓非子》與《墨子》《莊子》比較，到戰國末期「履」出現次數已高於「屨」了。

　　如果把引述前代典籍因素考慮在內，「履」的優勢就更明顯一些，如：

---

❼　《論語》只用「履」為動詞 2 例，無「屨」。

〈難二〉：景公笑曰：「子家習市，識貴賤乎？」是時
景公繁於刑。晏子對曰：「踴貴而屨賤。」景公曰：「何
故？」對曰：「刑多也。」

《左傳·昭公三年》：「公笑曰：『子近市，識貴賤乎？』對曰：
『既利之，敢不識乎？』公曰：『何貴何賤？』於是景公繁於刑，
有鬻踴者，故對曰：『踴貴屨賤。』」《韓非子》引述《左傳》無
疑。

如果把從「屨」用為鞋子義的《墨子》到《韓非子》看成一個
戰國時期的平面，那麼這 5 種書反映出來的情況是：「屨」、
「履」出現次數為 34 與 14 之比，《荀子》「履」1 例前人校為
「屨」之誤計入「履」。「屨」近「履」的兩倍半，「屨」占很大
優勢。

《史記》「屨」出現 5 次：

《齊太公世家》：公懼，墜車傷足，失屨。反而鞭主屨
者茀三百。茀出宮。而無知、連稱、管至父等聞公傷，乃遂
率其眾襲宮。逢主屨茀，茀曰：「且無入驚宮，驚宮未易入
也。」無知弗信，茀示之創，乃信之。

《左傳·莊公八年》：「公懼，隊於車，傷足失屨。反誅屨於徒人
費，弗得，鞭之見血。走出，遇賊於門，劫而束之，費曰：『我奚
御哉？』袒而示之背，信之。」《史記》引述《左傳》。

下 2 次為賈誼、司馬遷所用：

　　《屈原賈生列傳》賈誼《弔屈原賦》：章甫薦屨兮，漸不可久。

　　《日者列傳》：此相去遠矣，猶天冠地屨也。

《史記》「履」用為鞋子義 13 次，中 11 次見漢紀傳，如：

　　《留侯世家》：有一老父，衣褐，至良所，直墮其履圯下，顧謂良曰：「孺子，下取履！」良鄂然，欲毆之。為其老，強忍，下取履。

　　《儒林列傳》：黃生曰：「冠雖敝，必加於首；履雖新，必關於足。何者？上下之分也。」

餘 2 次，還有司馬遷引改者，如：

　　《齊太公世家》：射傷郤克，流血至履。

《左傳·成公二年》：「郤克傷於矢，流血及屨。」司馬遷用《左傳》而改「屨」為「履」。

　　「屨」、「履」比較，可見西漢主要用「履」，用「屨」很少，只出現在賦體文中和構詞性的較固定的組合之中，「屨」已具有了古語詞的性質。這種情況表明，「履」替代「屨」已基本結束。

三、數理統計之例

上文說過，數理統計不單獨使用，上面舉的例子也都同時使用了這種方法。下面的例子僅在於側重於數理統計的部分。

如管錫華〈從《史記》看上古幾組同義詞的發展演變〉，《漢語史研究集刊》[第一輯]巴蜀書社 1998 年版（頁 1-25）。以下節錄的是文中「木、樹」一組。這則研究是對這組詞先秦與《史記》使用及構詞能力的統計與分析，並對統計與分析進行比較。

「木」、「樹」在木本植物義上是一對同義詞。

「木」甲骨文已見之，卜辭中雖未見用作木本植物義者，但由桑、栗等字可以推知。參徐中舒《甲骨文字典》❽「木」下。「樹」作木本植物義用始見於《左傳》。《左傳》之前雖有「樹」，但不用為此義，如《詩經》《論語》等是。據我們調查，先秦主要用「木」，用「樹」較少，《左傳》之後的典籍仍有只用「木」不用「樹」的。如下幾種先秦重要典籍二詞單用的用例數可反映出這種情況。

	左傳	孟子	莊子	韓非子
木	16	7	17	19
樹	4	0	8	1

「樹」，《左傳》為「木」1/4，《孟子》不用，戰國中期的《莊子》為「木」1/2，戰國末期的《韓非子》卻又只見到 1 例。

---

❽　四川辭書出版社 1998 年版。

如果把四種典籍加起來計算，「樹」只是「木」的 1/5。

在構詞能力上，調查了《詩經》《論語》《左傳》《孟子》《莊子》《韓非子》六種典籍，「樹」只見與「木」結合成「樹木」1 個複詞，2 例，《莊子》《韓非子》各 1 例。「木」複詞有「草木」、「卉木」、「竹木」、「灌木」、「樛木」、「喬木」、「木枝」、「木瓜」、「木李」、「木桃」、「木冰」、「木蘭」12 個，共用 28 例。除以木本植物義結合成複詞外，還有以木材、木質義結合成的複詞「木門」、「材木」、「木雞」、「木鳶」4 個，共用 10 例。「木」構詞能力強於「樹」，「木」所構之詞使用頻率亦高於「樹」所構之詞。

基於此，下文對《史記》中這兩個詞作統計與分析，並以之與先秦的這些統計分析做比較，然後得出結論。

在《史記》之中，「木」、「樹」這對同義詞仍然同義，但《史記》中這對同義詞反映出了新的發展變化。二詞單用為木本植物義，「木」15 例，「樹」13 例，絕對數量已經接近。且據我們考察，「木」15 例，至少有 11 例為引述先秦典籍《尚書》《左傳》《荀子》《慎子》《管子》之成語者，餘 4 例司馬遷所用至多 2 例而已。

「樹」之 13 例，至多 3 例為引述先秦典籍，餘 10 例，9 例出《秦始皇本紀》及漢紀傳中，司馬遷所用至少 7 例。如果排除引述先秦典籍之例，「樹」、「木」使用實際之比至少是 10/4，只就司馬遷所用則至少是 7/2。「樹」之用超過「木」2.5 倍或 3.5 倍。

在其他詞義上，「木」沿用先秦之義指木頭、木材、木料，有 11 例，6 例出漢紀傳。「樹」未發生同步引申，而產生了量詞的新

用法，4 例。

在構詞能力上，「木」《史記》中見到複詞 18 個，共用 41 例。「草木」、「材木」、「竹木」、「木實」、「林木」、「木蘭」、「剛木」7 個為先秦成詞，新詞 11 個，「木草」、「素木」、「木主」、「木器」、「木罌」、「木禺」、「木禺人」、「木禺馬」、「木禺龍」、「木詘」、「木彊」，用為木本植物、木器、木製、木質義 17 例。

「樹」《史記》中見到複詞 3 個，「樹枝」為先秦成詞，新詞 2 個，「道樹」「棠樹」，皆為木本植物語素義，共用 4 例。

結論是：(1)二詞單用木本植物義，先秦用「樹」很少，有些典籍只用「木」不用「樹」。到《史記》雖然二詞仍然都用，但若除去引用先秦典籍，則是絕大多數用「樹」，很少用「木」，「樹」已基本替代了「木」。(2)在其他詞義上單用，「樹」用為量詞，「木」用為木頭、木材、木料，「樹」為新義，「木」為沿用義，「樹」向另一個方面衍生新義，沒有與「木」同步引申，二詞用義互補。(3)在《史記》中，「木」、「樹」的構詞能力有強弱之別，「木」新詞 11 個，「樹」只 2 個。「木」以多個語素義進入新詞，「樹」只以 1 個語素義進入新詞。《史記》新詞「棠樹」大名置於小名之後，雖只 1 詞，但讓我們看到了西漢以後大量用「樹」替代「木」、置於小名之後構成樹木名新詞的源頭。

再如管錫華〈從《史記》看上古幾組同義詞的發展演變〉一文的第 1 組的「祭、祀、祠」。《語言研究》2000 年第 2 期（頁 95－110）。上例統計的主要目的是為下文研究建立比較的基礎。而這例的統計則主要是為了分析。

先看「祭、祀、祠」在先秦 4 種書及《史記》中單用頻率和所構複詞數量的統計表：

	詩經		左傳		孟子		荀子		史記	
	單用例數	複詞數	單用例數	複詞數	單用例數	複詞數	單用例數	複詞數	單用例數	複詞數
祭	4	0	26	3	6	3	11	3	66	7
祀	10	4	10	13	4	2	4	2	69	14
祠	1	0	0	0	0	0	0	0	161	24

下面是根據統計表的分析：

上表反映的情況是：⑴「祭」三詞單用，西周初至春秋中期的《詩經》，❾「祀」的使用頻率高於「祭」，從春秋末期的《左傳》起，「祭」、「祀」的使用頻率發生了變化，《左傳》「祭」已是「祀」的兩倍半還多，戰國時期的《孟子》《荀子》亦大致如此。到《史記》，「祭」、「祀」用例都有增加，以致二者用例數基本接近，但相對先秦來看，「祀」用例增加較多。「祠」先秦的這幾種典籍只《詩經》一用，他書不見，到《史記》「祠」之用已有 161 例，一下超過了《史記》中「祭」、「祀」二詞用例的兩倍多，就《史記》本身來看，「祠」使用頻率最高。⑵「祭」三詞的複詞，《詩經》只有「祀」複詞 4 個，《左傳》增加了 3 倍，《孟

---

❾　陰法魯〈《詩經》〉：「《詩經》，所收作品上起西周初年（西元前 11 世紀），下至編輯成書的春秋中期（前 6 世紀），前後經歷約五百年。」《經書淺談》，中華書局，1984 年版。

子》《荀子》各只見到2個,《史記》與《左傳》相近,可見自春秋末年起,「祀」的構詞能力都沒有多少發展。「祭」《左傳》中纔有複詞,但遠遠少於「祀」的複詞;《孟子》《荀子》,「祭」複詞皆與《左傳》相同,但略多於「祀」複詞。《史記》「祭」複詞的個數也不多,可見「祭」的構詞能力在上古的發展也不大。「祠」複詞如其單用一樣,《史記》中見到了 24 個,分別是「祭」、「祀」複詞的兩倍和 4 倍,「祠」呈現了很強的構詞能力。

　　《史記》「祭」三詞與先秦典籍比較的這些發展、自身比較的這些不同,有些原因還是可以探究出來的。《史記》中,「祭」、「祀」用例大致相當,當與「祭」、「祀」二詞在祭祀語義上的進一步溶同有關;與先秦相較,「祀」用例增長較「祭」為快,當與「祀」可用於「奉(續、絕)……祀」等組合有關。「祭」、「祀」複詞相對較少,主要是自《左傳》產生「祭祀」複詞並使用頻率較高有關,如《左傳》「祭」複詞 3 個使用 6 次,「祭祀」一詞即使用 3 次,《荀子》「祭」複詞也是 3 個使用 6 次,「祭祀」使用 3 次。《史記》「祭」複詞 7 個使用 30 次,「祭祀」一詞就使用 16 次,超過所有複詞使用次數的一半。《史記》中「祀」複詞多於「祭」,一是「奉(絕)……祀」的組合詞化成「奉祀」、「絕祀」等;二是「祀」與專名語素結合能力強,如「禱祀」、「祠祀」等。「祠」及其複詞在先秦極少見到,到《史記》則遠遠超過「祭」、「祀」及其複詞,除「祠」與「祭」、「祀」二詞的進一步溶同外,當與秦漢大量立祠而祭有很大關係,上文分析「祠」立祠而祭義諸例已可證明。

通過對「祭、祀、祠」從西周到《史記》的幾種重要典籍的單用頻率和所構複詞數量做出統計，並就統計資料進行分析，使這組詞的發展演變一目了然。

第三節　關於參照系與已有成果的利用問題

任何最有效的研究，都應該把已有成果作為起點，所以在做研究時，除了墾荒式的研究之外，總是避免不了參照利用已有的成果。

一、關於參照系的問題

參照系是指古漢語詞彙研究中使用的作為參考比照的原有研究成果，偶爾有人也把參照系作為研究的基點或出發點。

利用參照系，是在既定的研究選題的前提下，對人們認可的已有的研究成果的利用。通過參考比照參照系，瞭解研究語料在古漢語詞彙研究中的價值，如研究語料的詞彙系統的特點，新詞、新義、新構詞方式的情況等。值得注意的是人們認可的能夠用為參照系的成果，不少都不是最終的成果，而是需要進一步完善的成果，或者可以稱做階段性的成果。如某些書文中某些詞或某些義或某些複音詞出現的時代，那是研究者根據所見到的語料形成的結論。隨著檢索語料面的擴大或對語料研究的進一步深入，原有的結論可能需要改變。正因為如此，通常研究中既利用參照系，同時也對參照系做一些補正工作。

以下介紹幾種經常用為參照系的字詞典。

1.大型的字詞典

大型的字詞典主要用《漢語大詞典》《漢語大字典》。

《漢語大詞典》，羅竹風主編。正文 12 卷，索引附錄 1 卷。1986 年至 1994 年先後由上海辭書出版社和漢語大詞典出版社出版。❿ 1997 年 4 月，漢語大詞典出版社出有三冊本縮印本。本書由山東、江蘇、安徽、浙江、福建和上海華東五省一市協作編寫。前後參加資料收集和編纂工作的共有 1,000 多人，歷時 18 年完成。編纂者們從 1 萬多種圖書中收詞制卡達 800 多萬張。這些圖書包括了從先秦到近代的主要典籍，旁及報紙、雜誌、教科書，並注意吸收古今學術研究的成果。經過去粗取精、去偽存真，精選了 200 多萬張卡片作為第一手資料編纂而成。本書按歷史原則編纂，古今兼收，源流並重，集古今漢語和現代漢語詞彙之大成。共收詞語 37.5 萬餘條，約 5,000 萬字。總的來看，本書釋文準確，義項齊備，資料翔實，從整體上歷史地反映了漢語詞彙發展演變面貌等特點。⓫本書是古漢語詞彙研究最常用的參照系。

《漢語大字典》，徐中舒主編。正文 7 卷，索引附錄 1 卷。1986 年至 1988 年由湖北辭書出版社和四川辭書出版社出版。1992 年 12 月出版一冊本縮印本。本書由四川湖北兩省 300 多人，歷時 10 餘年完成。根據第 7 卷所附《漢語大字典主要引用書目表》，《漢語大字典》主要引用書目 2,965 種，參考書 692 種，共計

---

❿ 其光盤已發展到 2.2 版，頗便檢索。只是其中錯誤仍然不少，使用時需要注意核對紙本。

⓫ 參傅玉芳〈《漢語大詞典》〉，文載《辭書研究》1994 年第 3 期，頁 80－81；〈漢語大詞典·後記〉，文載《漢語大詞典》卷末。

3,657 種。上起甲金，下至當代。收楷書字頭約 5.6 萬個。字頭之下列甲骨文以來的代表字形，再注音釋義列舉例證。本書是描寫漢字字形、字音、字義發展演變的集大成的著作。由於漢語中，特別是上古中古單音詞佔有相當的比重，多數複音詞的構詞語素與所自單音詞有著密切的聯繫，所以雖然是字典，仍然可以作為研究古漢語詞彙，特別是單音詞彙的重要的參照系。

2.專門的字詞典

專門的字詞典可作為參照系的較多。以下例舉幾種。

《甲骨文字典》，徐中舒主編，1988 年由四川辭書出版社出版。于省吾主編《甲骨文字詁林》，4 冊，中華書局 1996 年出版。可供使用《甲骨文字典》參考。

《金文編》，容庚編著。1952 年貽安堂初版。後修訂過幾次。1985 年新修訂本由中華書局出版。本版正編字頭 2,420 個，附錄 1,352 個。所引用器目 3,902 件。嚴修說本書「摹寫準確，說解精審」。❷容庚又有《金文續編》，商務印書館 1935 年出版，上海書店 2000 年重印，收金文 951 個。所引用器目共 672 件。《金文編》收商周金文，《金文續編》收秦漢金文。周法高、張日昇、徐芷儀、林潔明編纂《金文詁林》，正文 15 冊，索引 1 冊。香港中文大學 1975 年出版。可供使用《金文編》和《金文續編》參考。

《敦煌文獻語言詞典》，蔣禮鴻主編，1994 年由杭州大學出

---

❷　嚴修《二十世紀的古漢語研究》第四章〈二十世紀的古文字研究〉，書海出版社 2001 年版，頁 405。

版社出版。本書收條目 1,526 個。條目之後是釋義,然後列出敦煌文獻中的用例,在敦煌文獻用例以外,再舉出其他資料以為助證或推究詞義的來龍去脈。「它給漢語史研究提供了豐富的資料;就詞書編纂說,它給現在的幾部重要的詞書如《辭海》《辭源》《漢語大詞典》的漏略提供了豐富的補充資料。」❸

　　《唐五代語言詞典》,江藍生、曹廣順編著,上海教育出版社1997 年出版。「本詞典所收詞語,以唐五代出現和使用的口語詞、方言詞為主。」「全書計收詞語(包括熟語)4,500 餘條,其中有相當多的條目是迄今已出版的大型辭書所未收的;有詞語辭書雖收,但或者義項不全,或者引例時代晚於本詞典。」❹

　　《宋語言詞典》,袁賓、段曉華、徐時儀、曹澂明編著,上海教育出版社 1997 年出版。書中共收宋代(包括遼金)詞語 4,100 餘條。收詞原則以宋代與遼金新詞、新義為主,一些前代少見而宋代使用較多的詞語、詞義也酌情收入。

　　《宋元語言詞典》,龍潛庵編著,上海辭書出版 1985 年出版。該書收錄流行於宋元時代的戲曲、小說,詩詞、筆記及雜著中的語詞 11,000 餘條。

　　《元語言詞典》,李崇興、黃樹先、邵則遂編著,上海教育出版社 1998 年出版。本詞典以收口語詞為主,連同詞異形、同形異詞,共收詞語 5,296 個。

　　這些專門的字詞典是研究上古漢語、中古漢語以及近代漢語很

---

❸　本書卷首蔣禮鴻《序例》。
❹　本書卷首江藍生、曹廣順《前言》。

有用的參照系。除此之外，還有很多專書詞典也可以用為不同目的研究的參照系。如向熹的《詩經詞典》，楊伯峻、徐提的《春秋左傳詞典》，李運益主編的《論語詞典》，張永言主編《世說新語辭典》，張萬起《世說新語詞典》，董治安主編《老莊詞典》，王延棟《戰國策詞典》，張雙棣等《呂氏春秋詞典》，王利器主編《金瓶梅詞典》，白維國《金瓶梅詞典》，胡竹安《水滸詞典》，李法白、劉鏡芙《水滸語詞詞典》，周定一主編《紅樓夢語言詞典》等。有時候進行大跨度的比照，也用到《現代漢語詞典》《現代漢語方言詞典》。

但是作為碩博論文，不能僅僅指出《漢語大詞典》《漢語大字典》或其他詞書哪些詞語、詞義失收，哪些例證遲見等等而已。我們應該進一步明確古漢語詞彙研究的目的，古漢語詞彙研究的內容和對象，如果停留在字詞典補正的水平之上，充其量只能為修訂這些字詞典積累一些資料而已，依靠這樣的研究是無法建立起一個真正意義上的古漢語詞彙史的。

二、關於已有成果的利用問題

利用參照系也是對已有成果的一種利用，但是利用參照系是用來參考比照。而已有成果的利用則是對已有成果的直接引用或間接轉述。

對於古漢語詞彙研究來說，除了墾荒式的研究之外，我們的研究都是要在先達時賢研究的基礎上進行，把前人的終點作為自己的起點，所以我們有時候是很有必要甚至不能不利用已有成果的。

已有成果的利用首先涉及到的一個問題是利用與抄襲的界畫的

問題。這是一個既簡單而又難以完全說清楚的問題。從理論上講，把別人的成果當成自己的成果就是抄襲；自己的創獲纔屬於自己的成果。在實際操作中，如果一篇文章或者一本書完全或者絕大部分內容與他文他書語句相同，當然屬於抄襲無疑。而有時候就不這麼簡單。比如一篇文章的論點或觀點是別人的，例子是拼湊的，是不是抄襲？一篇文章與他人的論文極其相似，但是在語句上沒有什麼相同，大都是用轉述性的話語，是不是抄襲？一篇文章 1/3 是別人的，2/3 是自己的，或者 2/3 是別人的，1/3 是自己的，是前者是引用後者是抄襲，還是二者都是抄襲？這些都很難定性。前幾年辭書界有人試圖使用量化的標準，從量的角度來定性利用與抄襲的界限，百分之幾十之幾十完全相同的算是抄襲。後來也沒有能夠得成一個共同的標準。

近年來隨著世風的偏位，隨著科學技術特別是網絡技術的發展與實際使用，檢索各種科研成果成了一彈指之事，抄襲的現象更加突出。就個人接觸到的事實，古漢語詞彙研究領域相對較好，但是也能見到。如某位先生的一篇研究古代量詞的論文看起來眼熟，經檢索這篇論文與不久前發表的一篇古代量詞研究的論文相差無幾，再進一步檢索，後者又與一篇研究生古漢語量詞研究論文中的一部分相差不大。無論是碩士生博士生或者是專業研究者，都應該講究學術道德，老老實實做學問。

古漢語詞彙研究對已有成果的利用，可以從兩個方面加以說明。

㈠利用的方式

1.直接引用

指照原文引用，不加更動。這類引用只能是小段的，引用的篇幅不能過大。總量只能佔論文或專著的一小部分。

這類引用或者是直接採用別人的觀點結論，或者是用來佐證自己的觀點結論，這類引用一般在引用後要加以肯定、加以申說。也可以是與自己的觀點相左的觀點結論，包括自己要指出這種觀點結論不完善的地方，加以發揮補充；也可以是指出這種觀點結論的錯誤，加以論證予以糾正。

但是一些不作為自己的研究或研究成果的介紹性質的直接引用，比如某研究相關的研究成果，某研究相關的研究方法等，篇幅可以適當大一些。

2.間接轉述

指用自己的話轉述已有成果原文的意思。轉述用於不便於直接引用的情況之下，或者是原文過長，或者是原文涉及的並不是自己完全需要的內容。轉述要注意的是，一定要轉述出原意，不能走樣。轉述的作用和引用相同。

㈡引用的內容

1.結論

指他人研究的結論。在引用他人結論的時候，要看他的結論前的論證部分，他的論證是否可以得出這種結論。如果結論本身有問題，則不能採用或用作佐證。有必要時可以引用後加以論述糾正。

2.觀點

指他人的觀點。觀點和結論不同。結論是在論證的基礎上得出來的，而觀點可以是沒有論證的一種看法。所以引述的觀點，最好是學界比較公認的，帶有公理性質的。

3.資料

指他人研究用過的資料。

個別難以查找的書例或他人的結論觀點，可以間接利用他人用過的資料。像《漢語大詞典》《漢語大字典》這類大型工具書，可作為參考，一般不能直接使用。即使不得已使用其中的少數例證，也需要認真核對原書；利用其中少數釋義，也需要辨其正確與否、準確與否。

最後要特別強調的是，無論利用誰的成果，無論利用多少，都要詳注出處，不能不注，也不能注而語焉不詳，也不能僅在參考文獻中提一下而已。不詳注出處，就有掩他人成果為己有之嫌。

第四節　參照系與已有成果的利用舉例

一、參照系之例

以下所舉主要是碩博論文專書研究以《漢語大詞典》《漢語大字典》等大型字詞典為參照系的例子。

（一）以《漢語大詞典》《漢語大字典》等為參照系，作為判斷詞語時代的標準，做專書詞彙系統的研究

《《根本說一切有部毗奈耶破僧事》詞彙研究》，四川大學漢語言文字學 2002 譚代龍碩士論文。

本論文 0〈前言〉0.1〈關於選題〉說：「本文通過對唐代譯經《根本說一切有部毗奈耶破僧事》詞彙系統的窮盡性的材料分析和處理，結合歷時比較，希望能定性定量地認識一部成熟時期的漢譯

佛經的詞彙系統的構成和來源情況，展現共時平面中的時間層次，為進一步認識其詞彙面貌和從歷史詞彙學的角度進行研究打下基礎，從而為漢語詞彙史的研究提供一些新的材料和思考。」在0.2.4〈詞語的時代判斷標準〉中交待了本文所利用的參照系。文中說：「本文首先利用《漢語大詞典》《漢語大字典》等工具書為參照，初步列出本書詞語的詞形及其詞義的產生時代。然後，利用電腦對現有的一些語料庫作了搜索，掌握了大量的語言事實，對有關辭書所列的始見書證作了一些補正。」據此描寫分析了《破僧事》的詞彙系統。❶ 2〈破僧事〉中的佛經詞語：2.1 佛教術語；2.2 專名用語分析。3〈破僧事〉中的中土詞語：3.1 先秦詞語分析，3.1.1詞義未變化的先秦詞語，3.1.2 詞義已變化的先秦詞語；3.2 兩漢詞語分析，3.2.1 詞義未變化的兩漢詞語，3.2.2 詞義已變化的兩漢詞語；3.3 六朝詞語分析，3.3.1 詞義未變化的六朝詞語，3.3.2 詞義已變化的六朝詞語；3.4 隋唐詞語分析。

在「3〈破僧事〉中的中土詞語」部分的各個時代層次詞語的分析舉例中，大多也指出了《漢語大詞典》《漢語大字典》等在收詞、釋義與書證諸方面的不足。

㈡以《漢語大詞典》為主，參考斷代詞典《唐五代語言詞典》，做專書新詞新義等研究

《《酉陽雜俎》詞彙研究》，南京師範大學漢語言文字學2003 劉傳鴻碩士論文。❶

---

❶ 第一部分是「1.義淨和破僧事」。
❶ 本文《酉陽雜俎》使用方南生校點本，中華書局 1981 年版。

　　本論文第三章〈《酉陽雜俎》詞彙的時代性——詞彙特點之二〉第二節是〈《酉陽雜俎》中的新詞新義〉，文中說：「談及新詞新義，首先就存在著一個如何界定的問題，也就是說要尋找一個界定新詞新義的參照物。董志翹先生提出以『古今兼收、源流並重』的《大詞典》作為標準，無疑是當前較科學、較可行的一種方法。但是，《大詞典》畢竟出版了較長時間，在之後的這些年裏唐代詞彙研究的新成果產生了不少，因此本文在界定新詞新義時，在以《大詞典》為主的基礎上，亦參考了《唐五代語言詞典》。」

　　以下分三個內容進行比照研究。

　　1.《大詞典》中以《雜俎》為首證的詞語

　　作者「在研究《雜俎》詞彙過程中發現《大詞典》以《雜俎》為首證者不下數百例」，如「那庚（如何，頁 2）、平脫（將金銀飾用膠漆平粘於素胎上空白處，填漆，再加以細磨，使粘上的花紋與漆面平齊，頁 3）、猲子（狗子，頁 3），幽複（幽深，頁 11）、重思（稻名，頁 13）、玄妙玉女（老子的母親，頁 16）、蟬化（羽化成仙，頁 17）、穴（洞穿，頁 17）、中食（佛教徒於日中進齋食，頁 18）、盤郁（盤曲美盛貌，頁 18）、過錄（檢閱簿錄，頁 21）、蒂（量詞，用於瓜果，頁 22）、降魄（謂生命終止，頁 25）、蹙蹙不安（憂懼不安貌，頁 27）、尸頭（佛像旁專記人罪的神，頁 38）」等。

　　2.《雜俎》可為《大詞典》提前很多詞語的書證

　　本命日：同人生日干支相同的日子。《大詞典》引《續資治通鑑·宋仁宗嘉佑六年》例，而《雜俎》中有兩句「本命日」的用例：

　　　　庚申日，伏尸言人過；本命日，天曹計人行。（卷二 57
條）

　　　　寶曆中，有王山人取人本命日，五更張燈相人影，知休
咎。（卷十一 459 條）

方丈：一丈見方。《雜俎》中用例頗多，此舉二例：

　　　　張芬曾為韋南康親隨行軍，曲藝過人，力舉七尺
碑。……每塗牆方丈，彈成「天下太平」字。字體端嚴，如
人模成。（卷五 275 條）

　　　　乃請後廳上掘地為池，方丈，深尺餘，泥以麻灰，日汲
水滿之。（卷六 237 條）

　　以上各句中「方丈」均為一丈見方之義，《大詞典》「方丈」
此義下引文例為明陳繼儒《珍珠船》卷四：「塚前方丈之土，常成
泥濘。」過遲。

3. 《雜俎》中為《大詞典》所失收之新詞新義
　　隙地：空地。

　　　　智圓臘高稍倦，鄭公頗敬之，因求住城東隙地。鄭公為
起草屋種植，有沙彌、行者各一人。（卷十四 566 條）

其兄旁㤗因分居，乞衣食。國人有與其隙地一畝，乃求蠶谷種於弟，弟蒸而與之，㤗不知也。（續卷一 1 條）

第一句中，「城東隙地」義為『城東的空地」。第二句「隙地」亦為「空地」，即「未種莊稼的地」。「隙地」一詞，現代仍用，《現代漢語詞典》就收有此詞，而《大詞典》失收，當補。

索續：象繩索一樣，排成一線，連續不斷。《大詞典》收有此詞，訓為「離散孤獨」。其實「索續」尚有另外一義，《大詞典》未發之。

頃有婦人四五，或姥或少，皆長一寸，呼曰：「真官以君獨學，故令郎君言展，且論精奧，何癡頑狂率，輒致損害，今可見真官。」其來索續如蟻，狀如驕卒。撲緣士人。（卷十五 590 條）

句中「索續」一詞，非為「離散孤獨」義，而當訓為「象繩索一樣，排成一線，連續不斷」。「其來索續如蟻」，是說許許多多的小人（守宮）像螞蟻一樣，一個接一個，連成一線，連續而來。其中「索」用來形容蟻出。此用法本書卷十 710 條亦有用例：

成式兒戲時，常以棘刺標蠅，置其來路，此蟻觸之而返，或去穴一尺或數寸，繞入穴中者如索而出，疑有聲而相召也。

句中「索」正用以形容蟻出。

㈢以《漢語大詞典》《漢語大字典》等為基本參照系，不同類型的詞語採用不同類型的字詞典為參照系，做專書新詞考釋的研究

《《雜寶藏經》新詞考》，華南師範大學漢語言文字學 2002 康振棟碩士論文。

本論文一、〈緒論〉中說：「在考察過程中，我以《漢語大詞典》《漢語大字典》《辭源》等為基本參照系。主要參照《漢語大詞典》，因為該書吸收了《辭源》《漢語大字典》等書的長處，避免了它們的某些不足，後出轉精，它應算是目前最具權威的漢語辭書了。考察佛教或佛學術語，則主要依據《佛光大辭典》和《佛學大詞典》。」

本論文三個部分，前後兩部分為〈緒論〉〈餘論〉，主體部分「二、〈漢語大詞典〉失收的《雜寶藏經》詞語考釋」，「重點考釋漢語辭書——具體而言，就是指當代權威辭書《漢語大詞典》——當收而未收的詞語。若干詞語的重要義項，辭書裏沒有收入的，也附帶作一探討。」「不少詞語，佛學書也未予收錄。」下舉二例。

佛齋：這個詞《佛光大辭典》《佛學大詞典》也漏收了。「佛齋」是佛教僧徒為講說佛法、供佛施僧、讚歎佛德等而舉行的集會。屆時聚集淨食，莊嚴法物，供養諸佛菩薩，或設齋、施食、說法等等，這種佛教儀式叫佛齋，也叫佛事、齋會、法會等。在我國，這種儀式起源於東漢。例如：

　　婆羅門女言：「今非月六日，又非十二日，為誰法作
齋？」諸女言：「我作佛齋。」（第六十章）

　　婆羅門女言：「汝作佛齋，得何功德？」（同上）

　　婆羅門齋法，不飲不食，佛齋之法，食好食，飲美漿。
（同上）

　　念定：猶言禪定、坐禪。指修行者端身正坐，專心致志，令心
念凝然寂靜。例如：

　　諸婇女以王眠故，即共遊戲，於一樹下，見有比丘坐禪
念定，往至其所，禮敬問訊。（第二十四章）

　　是菩薩摩訶薩（即菩薩）耳聞聲已不取諸相不取隨
好。……勿令心起世間貪憂惡不善法諸煩惱漏，專修念定守
護耳根。（唐玄奘譯《大般若波羅蜜多經》）

　　是菩薩摩訶薩鼻嗅香己，不取諸相，不取隨好，……勿
令心起世間貪憂惡不善法諸煩惱漏，專修念定守護鼻根。
（同上）

　　《佛學大辭典》把「念定」解釋為：止念與正定也。但何謂止
念、正定？該書未釋。《佛光大辭典》未專立詞條釋之，在釋「住

定菩薩」時說：「住定菩薩住於六種之決定。」其中之一即是念定，謂常憶念宿命。從經中用例來看，該書只是解釋了它的一個義項而已。《雜寶藏經》中的這個義項則被漏收了。

㈣以大型字詞典作為參照系，再輔以原典，做專書首見詞彙的研究

　　《《黃帝內經》首見醫學詞彙研究》，遼寧中醫學院中醫基礎理論 2003 傅海燕博士論文。❶

　　論文〈前言〉說：本文「具體研究方法是首先採用歷時對比的方法，參照歷時描寫性大型字詞典如王力主編的《王力古漢語字典》、張雙棣、陳濤主編的《古代漢語字典》、徐中舒主編的《漢語大字典》和羅竹風主編的《漢語大詞典》，對照張登本、武長春主編的《內經詞典》，從《內經》所用全部 2,286 個漢字中初步篩選出未見於這些書的新詞新義，繼而查檢《內經》成書之前的諸多重要典籍如《詩經》《論語》《孟子》《老子》《莊子》《管子》《左傳》《呂氏春秋》《山海經》《淮南子》《春秋繁露》《史記》的索引或索引式專書，以及辭書《爾雅》，同時排除馬王堆醫書等出土文物中已出現的字詞意義，最終確定首見於《內經》的單音詞新詞 83 個、具有新義的單音詞 384 個。然後就調查所得，採用共時描寫的辦法，詳細描寫有代表性單音訊在《內經》的陰陽五行、藏象、經絡、疾病等幾個主要方面的創新意義，以期探討《內經》、奠基中醫學理論體系的巨大貢獻。同時對查檢過程中發現的

字詞典中的錯誤提出糾正意見。」

其下篇「《內經》首見詞及首見義研究」❸研究了四類首見醫學詞彙：一、有關陰陽五行學說的新詞義，二、有關藏象學說的新詞，三、有關經絡腧穴學說的新詞新義，四、有關疾病的新詞。下舉有關疾病的新詞「瘜」為例。

> 腸覃何如？岐伯曰：寒氣客於腸外，與衛氣相搏，氣不得榮，因有所系，癖而內著，惡氣乃起，瘜肉乃生。其始生也，大如雞卵，稍以益大，至其成如懷子之狀，久者離歲，按之則堅，推之則移，月事以時下，此其候也。（《靈樞·水脹》）

瘜，體內贅生的腫物，字本作「息」。息有「生」之意。《易·革》：「水火相息。」王弼注：「息者，生變之謂也。」孔穎達疏：「息，生也。」《漢書·卜式傳》：「式既為郎，布衣屮蹻而牧羊。歲餘，羊息肥。」顏師古注：「息，生也。言羊既肥而又生多也。」《素問·疏五過論》：「嘗富大傷，斬筋絕脈，身體複行，令澤不息。」張介賓注：「息，生長也。」息由生長之義，又引申指生長出來的東西。徐鍇系傳：「息者，身外生之也。」可知「息」指原非身體所有，因病而產生之物。《素問·病能論》：「癰氣之息者，宜以針開除去之。」王冰注：「息，瘜也，死肉也。」《靈樞·邪氣藏府病形》：「若鼻息肉不通。」鼻息肉指鼻

---

❸ 本論文的上篇是「先秦兩漢古籍中醫藥文獻的研究與評價」。

腔內贅生的腫物。《內經詞典》本句「息」字釋為「通瘜」，誤。因「息」義項眾多，為區別其他意義，遂加「疒」字旁造成「瘜」字，表示因病而產生之物，息與瘜構成古今字關係，應釋為息同「瘜」。《說文・疒部》：「瘜，寄肉也」。因為此病嚴重者可以導致腹大如「懷子之狀」，故《廣韻・職韻》：「瘜，惡肉。」《靈樞・水脹》這一例張介賓注：「寒氣與衛氣相搏，則擂積不行，留於腸外，有所系著，故癖積起，瘜肉生，病日以成矣。瘜肉，惡肉也。」瘜是腸覃的主要症狀。覃，丹波元簡：「覃義未祥，蓋此與蕈同。茲在切。《唐韻》：『菌生木上』，《玉篇》：『蕈，地菌也』。腸中垢滓，凝聚生瘜肉，猶濕氣蒸鬱，生蕈於木上，故謂腸覃。」故覃通「蕈」。腸覃病惡肉從雞卵大到狀如懷子，生長在腹腔內，按之堅硬，推之移動，不影響月經，病程長，從症狀和「蕈」字地菌之義可以推測腸覃是指腸外生長如菌狀的腫物，「瘜」即為贅生的腫物。

　　《漢語大字典・疒部》和《漢語大詞典・疒部》「瘜」均作「息肉」欠妥。《辭海・自部》：「息肉，病理學名詞。突出於粘膜表面的增生組織團塊。常見的為圓形或橢圓形，大小不等，有一蒂與粘膜層相連，由粘膜和粘膜下組織所組成。主要是由於慢性粘膜炎症刺激粘膜而發生，故又稱炎性息肉。……此外，尚有腫瘤性息肉，其中發生在結腸者可為單發性或多發性。」《內經》中的「瘜」，非生長於粘膜表面，故不宜用「息肉」解釋。另外《中醫大辭典》未載「瘜」。

㈤以專著和詞書性的專著為參照系

　　《《水滸全傳》量詞研究》，廣西大學漢語言文字學　2003　崔

爾勝碩士論文。**⑲**

　　本論文第一章〈緒論〉1.3〈研究方法〉說：「本文在對
《傳》量詞研究時以共時語法、語義、語用相比較的基礎上，著重
突出《傳》量詞在發展史上的自身特徵。魏晉南北朝時期本文選取
劉世儒的《魏晉南北朝量詞研究》為比較點，現代漢語選取郭先珍
的《現代漢語量詞手冊》為比較點。」

　　《魏晉南北朝量詞研究》《現代漢語量詞手冊》是專著或詞書
性的專著，作者以之為參照系進行比照，描寫出《水滸全傳》的量
詞系統，以及從魏晉南北朝到《水滸全傳》再到現代漢語的發展狀
況。舉第六章〈《水滸全傳》量詞的發展狀況〉6.1〈《水滸全
傳》名量詞的發展狀況〉為例。

　　6.1.1.1 個體名量詞在先後更替上數量的變化

　　(1)各時期消失的個體名量詞

　　魏晉南北朝時期與《傳》相比，個體名量詞消失了 55 個，佔
魏晉南北朝時期個體名量詞總量的 46.2%；《傳》與現代漢語相
比，個體名量詞消失了 19 個，佔《傳》個體名量詞總量的
17.6%。

　　(2)各時期新增的個體名量詞

　　《傳》與魏晉南北朝時期相比，新增個體名量詞 60 個，佔
《傳》個體名量詞總量的 48%；現代漢語與《傳》相比，新增個
體名量詞 54 個，佔現代漢語個體名量詞總量的 34.4%。列表比較
如下：

---

⑲　本文《水滸全傳》鄭振鐸校點的一百二十回本，人民文學出版社 1954 年版。

時代	魏晉－水滸		水滸－現代	
量詞增減數量	減少	增加	減少	增加
	55	60	19	54
百分比❷⓪	46.2%	48.0%	15.2%	34.4%

通過上面的分析可清楚地看出：

(1)《傳》與魏晉南北朝時期相比

A、個體名量詞在總體數量上是穩定的。表中個體名量詞增減數量相差不大就很好地說明了這一點。

B、個體名量詞個體差異較大。從百分比可看出：魏晉南北朝時期的個體名量詞中有將近 1/2 的在《傳》中被替代，這說明從魏晉南北朝到《傳》個體名量詞更替頻繁。

(2)《傳》與現代漢語相比

A、《傳》中個體名量詞相對於現代漢語來說已相當穩定。在數量上，《傳》中消失的個體名量詞比魏晉南北朝消失的個體名量詞少了許多，不到《傳》個體名量詞總量的 1/5，也就是說《傳》中有近 90% 的個體名量詞與現代漢語一致。

B、《傳》中個體名量詞有待進一步發展。現代漢語個體名量詞增加的百分比雖比《傳》個體名量詞增加的百分比低，但由於《傳》個體名量詞的基數大，被更替的數量少，因而現代漢語個體名量詞在淨增總量上比《傳》多了許多。

---

❷⓪　為各時期總個體量詞總量的百分比。

二、利用已有成果之例

這一部分介紹王海棻、管錫華、葉桂郴關於「孰」、「誰」三文，以示對已有成果利用的方法與重要性。

王海棻〈先秦疑問代詞「誰」與「孰」的比較〉，《中國語文》1982 年第 1 期（頁 42-47）。本文對「孰」、「誰」在先秦的使用情況做了詳細的統計分析和比較研究。簡介於次。

文章首先統計了先秦 17 部書中「誰」、「孰」出現次數，如下表：

	尚書	詩經	左傳	國語	墨子	老子	論語	孟子	荀子
誰	1	44	109	55	23	1	12	11	12
孰			18	32	17	9	16	23	16

莊子	晏子	呂氏春秋	楚辭	戰國策	公羊傳	穀梁傳	禮記	共計
11	9	13	15	14	3	2	2	336
55	18	23	26	44	37	6	7	347

通過統計，作者認為：作為疑問代詞，「誰」的產生早於「孰」，但到後來，「孰」字運用漸廣，以致在大多數先秦古籍中出現的次數都超過了「誰」。

再從意義和用法兩大方面進行比較。㈠從意義上比較，包括 1.問人，2.問事物，3.表示抉擇。㈡從用法上比較，包括 1.作主語，2.作動詞賓語，3.作介詞賓語，4.作名詞修飾語，5.作判斷句謂語，6.作狀語，7.作謂語動詞。

　　最後總結二者的異同是：

　　從意義上說，「孰」和「誰」一樣都是用來問人的，「誰」有時可問事物，「孰」有抉擇意義時，人和事物都可問，沒有抉擇意義時，也可問事物，但較少見。「孰」經常表示抉擇和比較，「誰」也可表抉擇，但不能表比較。「誰」表抉擇，一般只代人。

　　從用法上說，「誰」和「孰」均可作主語，但有的書上主語只用「孰」而不用「誰」。「誰」和「孰」均可作動詞賓語，但「孰」作動詞賓語不及「誰」字普遍。「誰」和「孰」均可作介詞賓語，「誰與」是普通介賓詞組，「孰與」用法有二：其一同於「誰與」，另一則作為凝固格式表示比較。「誰」和「孰」均可作名詞修飾語，但「孰」作修飾語非常罕見，「誰」作修飾語有兩種形式：「誰‧名」與「誰‧之‧名」，前者的「誰」一般不指人，與其後名詞是修飾關係，後者的「誰」一般指人，與其後名詞為領屬關係，但漢代開始，「誰‧名」也常表領屬關係。「誰」可作判斷句謂語，「孰」則不能。「孰」可作狀語，「誰」則不能。「誰」可偶而作動詞謂語，「孰」則不見有此用法。

　　管錫華〈從《史記》看同義詞「孰」、「誰」在上古的發展演變〉，《古漢語研究》2000 年第 2 期（頁 85－90）。把王文作為先秦「孰」、「誰」研究已有成果加以利用，直截從《史記》的「孰」、「誰」統計分析描寫開始。以下是簡介。

　　《史記》「孰」共出現 81 次，單用 27 例。其使用的情況是：㈠指稱義。指人多於指事物。指人有 19 例，指事物 8 例。㈡語法義。表抉擇為多，有 16 例，前皆有先行詞。㈢功能組合。「孰」多為主語，賓語唯 2 例，皆前置。「孰」單用 27 例可考有 20 例引

述先秦成語，司馬遷所用纔 7 例。㈣固定組合。「孰」出現於固定組合之中 54 例，「與（如）……孰」10 例，「孰與」37 例，「非……孰能」7 例。這種組合至少有 19 例為司馬遷所用。「與（如）……孰」、「孰與」固定組合 47 例，除 1 例外，都是表示比較選擇。「非……孰能」1 例引述先秦，餘 6 例為司馬遷所用，4 例見司馬遷贊、序，2 例見漢紀傳。這種固定組合用於表示反問。實際上是一種單項定指選擇。三種固定組合用例之和正是單用的 2 倍。

《史記》「誰」共出現 79 次，單用 66 例，用於 3 個複詞 5 例，用於固定組合「非……誰」、「非……誰能」各 4 例。㈠指稱義。除人名 1 例以外，無論單用、用於複詞或固定組合皆指人，不指事物。㈡語法義。單用的 66 例，表抉擇 7 例，4 例出漢紀傳，3 例出先秦紀傳。7 例只有 1 例用先秦成語，6 例為司馬遷和褚少孫所用。㈢功能組合。主語 40 例，賓語 22 例（其中介詞賓語 3 例），謂語、兼語各 2 例。賓語中，「謂」、「為」賓語 7 例，皆後置。一般動詞賓語 11 例，皆前置。介詞賓語 3 例，2 例見於先秦紀傳，前置；1 例見漢紀傳，後置。謂語、兼語各 2 例。單用 66 例，總共有 31 例出於秦漢紀傳，見於先秦紀傳的 35 例，有不少可考為司馬遷所用。單用的 66 例，司馬遷、褚少孫所用超過半數以上。㈣固定組合。共 8 例。「非……誰」4 例，2 例引述先秦，2 例見漢紀傳，司馬遷所用已經複雜化。「非……誰能」4 例，引述先秦典籍 3 例，1 例為司馬遷所用。㈤構詞。「誰」與「何」、「子」結合複詞的用例，共 5 例。複詞 5 例，除「誰子」1 例外，餘皆出秦漢紀傳。

　　統計分析描寫以後，以《史記》「孰」、「誰」的使用情況與王文對先秦研究的成果進行比較，以見「孰」、「誰」自先秦到《史記》的發展演變。

　　⑴使用頻率。王文對先秦 17 種典籍做了「孰」、「誰」二詞的出現次數的統計。17 種書總的使用情況是：「孰」347 次，「誰」336 次。「孰」略多於「誰」。《史記》「孰」81 次，「誰」79 次，「孰」也略多於「誰」。先秦期內使用頻率也是變化的，自商到春秋末年的《尚書》《詩經》《左傳》《國語》4 種書，「孰」出現 50 次，「誰」出現 209 次，「誰」的出現次數是「孰」的 4.2 倍。春秋末年以後到戰國末年的《墨子》《老子》《論語》《孟子》《荀子》《莊子》《晏子》《呂氏春秋》《楚辭》《戰國策》《公羊傳》《穀梁傳》《禮記》13 種書，「孰」出現 297 次，「誰」出現 127 次，「孰」出現次數又是「誰」的 2.3 倍。春秋末以前「誰」佔優勢，春秋末以後「孰」佔優勢。到《史記》僅就出現次數來看，二詞大致相等，「孰」已不佔優勢。

　　《史記》二詞出現次數的大致相等實際只是一種表層現象，從二詞在《史記》中的歷時層面的分析，可以知道《史記》反映出了西漢用「誰」是佔有了一定的優勢。「孰」81 次，其中引述先秦典籍差不多就有 48 次，司馬遷大約只用了 33 次。「誰」79 次，引述先秦典籍至多 38 次，而司馬遷至少用了 41 次。如果把「孰與」看作先秦成詞不計在內，「誰」的優勢就更明顯一些。

　　⑵指稱義。先秦除《尚書》《詩經》只出現「誰」以外二詞都出現的 15 種書，「誰」指人 265 次，「孰」指人 180 次，前者是後者的 1.4 倍。《史記》「誰」指人 78 次，「孰」指人 56 次，前

者也是後者的 1.4 倍，比例同於先秦。如果除去引述先秦典籍，情況稍有不同，「誰」指人約 40 例，「孰」指人約 28 例，前者近後者 1.5 倍；其比例略高於先秦的比例。但是，總的看來，在指人指稱義上，先秦與西漢是大致一貫的。王文未統計二詞指事物的數字。《史記》的情況是：「誰」指事 1 例，「孰」25 例，後者遠遠多於前者。除去引述先秦，「誰」指事物至多 1 例，「孰」則有 5 例。「孰」亦多於「誰」。

(3)語法義。王文就先秦典籍的實際用例，糾正了《文言語法》「孰」前有先行詞表抉擇其一的意思，「這樣用法，古人就不用『誰』字」的說法，肯定了《中國文法要略》「但稱人的時候也可以用『誰』」的說法，並在引用《要略》所舉 1 例之外又增加了 9 例，共 10 例。《史記》「誰」表抉擇有 7 例，皆指人，其中 6 例可考為司馬遷所用，可知即使是西漢《要略》的說法也是正確的。《史記》「孰」用為抉擇 16 例，是「誰」的 2 倍多，但是多出先秦紀傳，為引述前代典籍之文，只有 6 例出漢紀傳，如果除去《樂書》「孰知夫……」4 個排比句之例，❷那麼，司馬遷所用「孰」為抉擇之例就更少，並不多於「誰」。我們也粗略地統計了《左傳》二詞表抉擇的用例，「誰」9 例，「孰」15 例。從出現次數看，二書大致相當。但是，如果把《左傳》看成同一個歷時層面與《史記》中西漢用例比較，那麼春秋末年到西漢，表抉擇，「誰」在相對增加，「孰」則在相對減少。

---

❷　《樂書》「孰知夫……」4 個排比句之例前無先行詞，我們計入抉擇是依據索隱「言人誰知夫……」而認為是省略了先行詞「人」的。

　　⑷功能組合。「孰」、「誰」先秦皆可作主語。但在「有些書中，主要只用『孰』而不用『誰』」。如《老子》《莊子》《禮記》等。「從這些情況看，在某些書中，『誰』、『孰』的分工是明確的：『孰』作主語（也有作其他成分的），『誰』則不作主語。」也就是說在先秦，可能在某些方言中「孰」、「誰」在用作主語上形成了互補的關係。「孰」作主語，「誰」不作主語。《史記》的「孰」正是沿著這個方向在發展。《史記》「孰」81 例，2例用作動詞賓語，1 例用作介詞賓語，但這 3 例都是引述《戰國策》之文。司馬遷用「孰」只作主語。與先秦某些方言不同的是，司馬遷用「誰」也作主語。主語以外的賓語、謂語、兼語則只用「誰」而不用「孰」。「誰」作「謂」、「為」賓語後置，作其他一般動詞賓語前置，與先秦相同；而作介詞賓語司馬遷於《留侯世家》用有後置 1 例，次序已不是「必須放在介詞的前面」了。

　　⑸固定組合。「孰」、「誰」固定組合皆沿用先秦形式。值得指出的有：第一，「孰」的固定組合。「孰與」同形異構的兩種情況在《史記》中有所變化。一種「孰與」是介賓結構，「孰」是前置賓語，先秦使用較多。如《論語·顏淵》：「百姓足，君孰與不足？百姓不足，君孰與足？」「君孰與不足」即「君與孰不足」，「君孰與足」即「君與孰足」。《史記》這種結構只引有先秦典籍1 例，司馬遷已不再用這種結構問人了。另一種「孰與」表示比較選擇，凝固程度較深，不是介賓結構，它是由「師與商也孰賢」《論語·先進》）的「與……孰」而來，「與」不是介詞而是連詞，連接兩個比較項，表示在兩個比較項中選擇一項，「孰」雖是代詞，但不是「與」的賓語而是表選擇的主語，先秦使用比上一種

為多。如《墨子・耕柱》：「鬼神孰與聖人明智？」即「鬼神與聖人孰明智？」不用選擇謂語，「孰與」就帶有了動詞性質，如《荀子・天論》：「從天而頌之，孰與制天命而用之？」不過，這還是可以理解為「從天而頌之與制天命而用之孰如何」。❷《史記》後一種「孰與」有了充分的發展，也表現出基本替代「與……孰」的傾向。「非……孰能」，《史記》中亦有了不小的發展。如果以固定組合與單用比較，《史記》總用例是 54 與 27 之比；司馬遷所用至少是 26 與 7 之比。這表明「孰」在向固定組合方向發展，單用失去了優勢。第二，「誰」的固定組合。「非……誰」先秦只有「非（舍）……而（其）誰」形式，「『誰』字都在句尾」，「作判斷句謂語」；司馬遷所用成分已經複雜化；「誰」成了賓語，這是發展。但「非……誰」、「非……誰能」總共纔 8 例，司馬遷所用僅 3 例。可見「誰」在向單用方向發展，固定組合沒有優勢。「孰」、「誰」在固定組合和單用上正好形成互補。

　　(6)構詞能力。上古二詞構詞能力都較弱。先秦有「孰誰」結合 1 例用作謂語，見《戰國策・楚策一》：「子孰誰也？」《史記》不用。《史記》「誰」不與「孰」結合，而與「何」結合，產生了《莊子・應帝王》中出現的代詞義「誰何」的倒序新詞「何誰」。「孰」沒有產生新詞。相對來說，「誰」比「孰」的構詞能力要強些。

　　最後總結論是：由上我們可以看出，「孰」、「誰」自先秦到西漢的發展變化很是複雜，但透過這些複雜現象，可以得了一個總

---

❷　時下論著多把後一種「孰與」也看成介賓結構，與我們的看法有所不同。

的認識，就是：春秋末以前「誰」佔優勢；戰國時期「孰」佔優勢；到西漢「誰」又重佔優勢，「孰」除了指事物、作主語和固定組合「孰與」、「非⋯⋯孰能」之外，「誰」在其他各方面，特別是單用上，呈現出了替代「孰」的明顯趨勢。

利用已有成果可以相繼利用下去。

以上管文研究《史記》利用了王文對先秦「孰」、「誰」研究的成果，而葉桂郴〈「誰」在中古漢譯佛經中的發展演變〉（《桂林航天工業高等專科學校學報》2002 年第 2 期，頁 60−64），又利用管文對《史記》研究的成果去研究中古漢譯佛經中的「誰」。葉文「摘要」說：「論文對『誰』，在漢譯佛經中的使用情況，從用法、語義和功能三個方面作靜態的描寫；然後比較它與古文獻（主要是《史記》）中『誰』的用法，看『誰』在中古時期的變化。」文後「參考文獻[8]」交待：「《史記》所使用的材料以管錫華（2000 年）提供的研究成果為準，見《古漢語研究》2000.2。」

文章在對「誰」在漢譯佛經中的使用情況「從用法、語義和功能三個方面作靜態的描寫」以後，總結一表：

用　法		語　　義	功　　能			
			主	定	賓	表
疑　問	反　詰	問人	+	+	+	+
		問事			+	
		肯定句，相當於「無人」「沒有人」	+			
		否定句，相當於「人人」	+			
		肯定句，相當於「我不」「我沒有」	+			
虛　指		指人，相當於「哪個」「什麼人」				
任　指		指人，相當於「不管哪個」	+		+	

　　然後再「拿它與漢代《史記》中『誰』的用法和功能作一番比較，以見其從西漢到中古的一些發展情況。」

　　文章比較了《史記》到中古漢譯佛經「誰」的發展演變。在「用法的比較」下總結說：

　　疑問中的一般真性詢問句，虛指問句在西漢用法較普遍，佛經中仍廣泛使用，是「誰」最基本的用法之一。反詰句在西漢的複句形式中初步出現（1 例），而在佛經中反詰問句已有三種情況，用法比較普遍。任指句式西漢沒有出現，佛經已初見端倪。

　　在「語義的比較」下總結說：

　　看來指導稱物的這一語義從西漢到佛經文獻這段時期內沒有太大的發展。「誰」主要語義是指稱人物，不論西漢出土文獻，或是佛經口語文獻，這是「誰」最基本的一種作用。

　　在「功能的比較」下總結說：

　　從《史記》的用例來看，「誰」，已有作主語、賓語、謂語、兼語四種情況，其中賓語有介賓和動賓。拿佛經中「誰」的功能組合比較，作主語到佛經裏有較大發展，佛經中用作主語的例子尤其多，而司馬遷只是用一部分「誰」做主語，另一部分則用「孰」作主語。《史記》裏拿「誰」作謂語，到佛經中已經消失，而是在「誰」前面加上「是」或「為是」，讓它作主語。這是「誰」的成分從《史記》到佛經口語發生變化的結果。賓語成分中，佛經裏也有動詞賓語和介詞賓語，但它不像《史記》那樣，「誰」已經不放到動詞或介詞的前面，都後置，這是語序變化的一個重要特徵。只是個別情況，作介詞賓語司馬遷於《留侯世家》用有後置 1 例，次序已不是「必須放在介詞前面」了。到佛經口語，「誰」已完全處

於動詞後面和介詞後面的位置。

最後總結論是：

通過對「誰」在中古佛經口語中的用法作靜態的描寫，以及將它與西漢《史記》中的「誰」的用法作一番對比分析，我們看到，佛經中的「誰」，又產生出新的語法內容，像表反詰詢問的三種情況和任指形式的出現，表語定語的出現，等等，這在西漢《史記》文獻中是少見的。它與近代漢語文獻中「誰」的語法現象相比，可能已是極為相近了，如敦煌變文語法。漢譯佛經「誰」用法的多樣性和語義的豐富性足以說明中古佛經文獻指人疑問代詞的發展已經比較成熟。

這些例子表明了充分利用已有成果的作用。反過來如果不充分利用已有成果，有時候我們的研究可能會留下一些缺憾。如在王文、管文之後，《鄭州大學學報》2003 年第 5 期發表了〈魏晉南北朝疑問代詞「誰」和「孰」的考察〉一文，文章選擇魏晉南北朝時期《三國志》《六度集經》《百喻經》等九部使用「誰」、「孰」兩字的情況較為普遍的文獻進行定量與定性分析，從分佈和用法兩方面對這個時期疑問代詞「誰」和「孰」作了比較研究，揭示了二者的發展和變化以及特定語言環境下的含義，❷❸是一篇很好的漢語史個案研究的論文。但是由於本文利用的已有研究成果是關於先秦時期的王文，以及貝羅貝、吳福祥的《上古漢語疑問代詞的發展與演變》，沒有利用先秦到中古過渡時期的研究成果關於《史記》的「孰」、「誰」之文，所以該文對「誰」和「孰」發展脈絡

---

❷❸ 參該文《摘要》。

的某些描寫就略嫌有些不夠清楚。如文中在分析「誰」和「孰」的分佈做主語時說：「在先秦漢語裏，『誰』和『孰』均可作主語。值得注意的是，在一些文獻中『誰』、『孰』分工明確：『孰』作主語，『誰』則只作其他成分。魏晉南北朝時期，這種分工已不存在了。」「『誰』作主語頻率高，且較普遍。」「『孰』在一些文獻中已消失，作主語頻率低於『誰』。」該文還有兩個統計表，從第一個「誰」和「孰」的分佈的統計表看，九種文獻做主語的情況是，用做主語「誰」176 次，「孰」154 次。如果看《史記》中的情況，就不至於把發展演變描寫得如此陡然。管文在文末總結部分(5)功能組合中說，《史記》的「孰」沿著先秦「孰」作主語方向發展，「司馬遷用『誰』也作主語」。文中對「孰」和「誰」做主語的次數也有統計。「孰」78 次，「誰」44 次。這樣可以看出一個漸變的發展過程：從先秦「誰」用做主語很少，有些書甚至不用，主要用甚至只用「孰」；到西漢「孰」和「誰」做主語的比例是78/44，「誰」做主語差不多佔了 1/3；到魏晉南北朝「孰」和「誰」做主語的比例是 154/176，「誰」做主語發展到略多於「孰」。

第五節　相關論著中的研究方法介紹

本節搜列古漢語詞彙學、詞彙研究專著與碩博論文中古漢語詞彙研究方法的論述，以供做古漢語詞彙研究時參考選用。

一、古漢語詞彙學、詞彙研究專著中的研究方法

㈠趙克勤《古代漢語詞彙學》

本書卷首〈緒論〉有〈古代漢語詞彙學的研究方法〉專節，首先指出古代漢語詞彙學研究方法的三個來源：「一是從現代詞彙學中借用現代的研究方法；二是起用訓詁學的傳統研究方法；三是創造新的研究方法。」並特別強調「借用現代的研究方法要照顧到古漢語的特點，不能生搬硬套；起用傳統的研究方法要注意科學性，不能走老路；創造新的研究方法要根據古漢語實際，不能標新立異。」舉實例詳細論述了四種研究方法。1.歷時與共時相結合，2.綜合考察與典型分析相結合，3.對比，4.彙證。❷❹

㈡李宗江《漢語常用詞演變研究》

本書是一部詞彙研究的專著。〈專題討論〉部分有〈常用詞演變研究的方法〉一節，從三個方面對古漢語常用詞的研究方法做了詳細的論述，所論方法一共有九種，㈠通史性的研究，㈡斷代性的研究，㈢專書性的研究，㈣以單詞為單位的研究，㈤以同義聚合為單位的研究，㈥以語義場為單位的研究，㈦用量統計方法，㈧組合關係分析，㈨聚合類比分析。❷❺

㈢向熹《簡明漢語史》

本書是漢語史專著，卷首〈緒論〉第一節〈研究漢語史的目的意義和觀點方法〉二〈研究漢語史的方法〉中總結介紹了學者們研究漢語史自覺或不自覺使用的七種方法，除第六種「轉換。」「主

---

❷❹　商務印書館 1994 年版，頁 8－12。
❷❺　漢語大詞典出版社 1999 年版，頁 69－88。

要用於語法研究」外，其餘皆可用於詞彙的研究。 1.歸納，「就是
從語言事實中概括出語言規律，而不是憑語言學家的主觀願望去制
定語言規律。」 2.比較，「就是比較某些語言現象，從而得出一定
的結論。」 3.統計，「就是對研究對象的資料進行搜集、整理、計
算和分析。這種方法通過具體的資料，可以增加論述的說服力。」
4.實證，「就是列舉大量實例以證明某種語言現象的存在。」 5.探
源，「就是探明某種語言事實的起源及其演變，以便瞭解它的發展
線索和規律。」 7.推演，「就是利用一般存在的語言事實，推論出
某種語言現象可能存在。」❷

㈣王力《漢語史稿》

　　本書第一章〈緒論〉第三節〈漢語史的研究方法〉中就整個漢
語史的研究，從語言與社會發展的關係、語言各要素之間發展的關
係等角度，提醒研究者「應該注意四個原則：㈠注意語言發展的歷
史過程；㈡密切聯繫社會發展的歷史；㈢重視語言各方面的聯繫；
㈣辨認語言發展的方向。」這對古漢語詞彙的研究同樣有方法論上
的啟導意義。❷

　　以上四種專著我們在第一章第一、二兩節有過較為詳細的介
紹，其中包括了方法方面的內容，可以參看。

二、古漢語詞彙研究碩博論文中的研究方法

　　碩博論文，研究的語料與專題一般來說比較專門化，有些碩博

---

❷　高等教育出版社 1993 年版，頁 5—9。

❷　中華書局 1980 年新 1 版下冊，頁 14—19。

論文比較詳細地交待了這些專門化的語料與專題的研究方法。這些方法或者採用成法，或者在成法基礎上加以變通、發明、創造，但有一個共同點是具有較強的針對性，所以這些研究方法對於我們做碩博論文乃至於平時做古漢語詞彙的研究都有著重要的參考借鑑價值。以下是簡介幾個有代表性的例子，包括一般詞彙、常用詞彙、同義詞、反義詞、俗語詞義考釋研究等。

㈠《《洛陽伽藍記》詞彙研究》

四川大學漢語言文字學 2001 化振紅博士論文。論文在多處交待了本研究所使用的一般方法和具體的操作過程。

論文在〈摘要〉與〈前言·選題緣起〉指出：本文採用窮盡考察、定量分析的方法，對《洛陽伽藍記》的詞彙系統進行了靜態描述和動態分析，貫通上古漢語和中古漢語、兼及近代漢語，探討中古漢語詞彙系統的內部規律以及從上古到中古的詞彙演變規律，同時，糾正現有的大型工具書中涉及中古漢語詞彙時的部分錯誤認識。

〈前言·方法和材料〉介紹的具體的做法是：

第一步，廣泛利用清代以來學者們的校勘、注釋等研究成果，確定出所依據的《洛陽伽藍記》的底本。

第二步，甄別《洛陽伽藍記》中包含的所有詞語，逐條輸入計算機，統計單個詞語的詞頻等使用情況，建立詞語資料庫。

第三步，遴選出能夠代表詞彙史發展各個方面特點的詞語，分別同各方面的語料進行對照。以此為基礎，對《洛陽伽藍記》中的文言詞語、佛教詞語、口語詞、新詞新義、複音詞以及其他一些突出的詞彙現象，如典故詞語的大量運用、常用詞選擇的傾向性、新

舊詞義的共融狀態、部分詞語的語法化等問題加以研究，歸納其固有規律。

㈡《義淨譯著詞彙研究》

南京師範大學漢語言文字學 2003 栗學英碩士論文。

論文〈前言〉說：本文「對義淨譯著詞彙進行研究。從常用詞角度入手，注重詞彙本身的系統性，選取幾組與日常表達密切相關的詞語進行分析描寫，以期對這一階段的詞彙現象有所發現，對唐代初中期漢語詞彙的面貌有一個初步的認識，為唐代的詞彙系統的描寫做些基本工作；同時進一步挖掘義淨譯著詞彙的重要語料價值，以便引起更多研究者的注意。」

第一章〈義淨與義淨的譯著研究〉第三節有研究方法的內容。

1.選取一個義位，形成一組詞

在具體研究中，選取的幾組常用詞分別以某一個義位（或稱「義項」、「意義」）為核心，按共時的要求進行系統的構組，形成一組同義詞，然後對選取的幾組常用詞儘量做出全面的描寫、分析。

2.共時描寫為主，結合歷時考察

以共時描寫為主，同時適當兼顧詞語的前後時代發展變化，對一些詞語的用法進行溯源。「推求語源包括兩個方面：(a)弄清某個詞語的歷史來源；(b)弄清某個詞語的『得名之由』（或者叫『內部形式』）。」也注意將漢語詞彙史與方言研究相結合。

3.橫向比較與縱向比較相結合

我們在描寫分析這些詞語的時候，注意詞彙的系統，在共時分析的基礎上對幾組同義詞所包含的詞語進行比較辨析，以圖表的形

式反映其中的異同以及在義淨譯著中的使用頻率等情況。

同時，我們就某幾組詞與前一時代的相關表達做對比，有哪些相同的詞語，有哪些不同的詞語，其使用頻率的發展變化等，以顯示該組詞在漢語詞彙發展史中的階段性特點。

4.吸收前人研究成果，加以補正

在關注常用詞的共時描寫分析時，吸收前輩時賢的研究成果，與《漢語大詞典》等辭書相結合，對其中出現的一些詞語就釋義、例證等問題進行補充、分析、說明。

㈢《《拍案驚奇》與現代漢語詞彙比較研究》

華中師範大學漢語言文字學 2001 匡鵬飛碩士論文。

論文〈引言〉部分交待了主要的研究方法：

1.縱向比較

以《初拍》為明代末期漢語（有時作為近代漢語）的代表，以《現代漢語詞典》（修訂本）及《漢語大詞典》中有現代漢語書證的詞語詞義為現代漢語的代表，進行縱向的比較研究。其中，現代漢語指的是從 1919 年以後白話文正式確立其書面語地位至今的一個比較寬泛的概念。

2.橫向聯繫

把《初拍》作為明代漢語的代表，但並不僅僅局限於《初拍》。在必要的時候，也聯繫同時代或大致同一時代的其他能反映當時口語的作品的語言實際，以補充《初拍》由於篇幅的限制所帶來的局限性，從而更全面、更真實地反映明代乃至近代漢語的詞彙面貌。

3.研究詞語的發展變化以義位元為單位

　　一個多義詞具有幾個既有聯繫又有差異的義位，在研究詞語發展變化時不能籠統地以詞語為單位，而應以義位元為單位。這樣，纔符合語言詞彙發展變化的實際情況，纔能科學地反映詞語的變化。

㈣《《韓非子》同義詞研究》

　　廈門大學漢語言文字學 2001 王宏劍碩士論文。

　　論文〈摘要〉說：「《《韓非子》同義詞研究》是一篇對古代專書中存在的同義詞進行封閉式研究的論文」對《韓非子》一「書中的同義詞的分類、來源、差異類型和時代特點等方面進行了深入的研究。」

　　第一章〈古漢語同義詞研究的原則和方法〉第三節〈古漢語同義詞研究的方法〉交待了研究所使用的方法共有六種。第一種是歸納法，利用歸納法進行同義詞研究的步驟是：

　　第一步，熟悉《韓非子》中出現的所有的詞及其義位，參照現有的古漢語同義詞詞典，對其中有同義關係的詞進行分組（並製成資料庫）。

　　第二步，利用《韓非子索引》等檢索工具，找出同義詞群的各個成員在《韓非子》中的用例，並歸納其中的差別。

　　第三步，將歸納出的差別放到《呂氏春秋》和《戰國策》等同時代作品中去檢驗，比較這些歸納的成果。

　　第四步，用文字或圖表等形式描繪出這些差別。

　　其他的五種方法分別是：計量統計法、義素分析法、比較法、系統分析法和替換法。

㈤《殷墟甲骨文反義詞研究》

首都師範大學漢語言文字學 2002 左文燕碩士論文。

論文第一章〈殷墟甲骨文反義詞研究概況〉第二節是〈研究方法〉，指出本文使用的方法有：

1.二重證據法

二重證據法是王國維在《古史新證》〈殷虛文字類編序〉等論著中提出來的，它在方法論上為古史的重建帶來了光明，它對古文字研究也起著十分重要的指導作用。同樣，二重證據法對商代語言、詞彙的研究也十分重要。

2.定量方法

甲骨文的詞彙研究長期以來停留在舉例說明的狀態下，這種方法既不利於從根本上解決問題，也往往容易造成歧見。

所謂定量方法，就是將處於隨機狀態的某種語言現象給予一定的數量統計，然後通過頻率、頻度、頻度鏈等量化形式來揭示這類隨機現象背後所隱藏的規律性。利用定量方法時要注意窮盡性的原則。

3.詞位研究法

陳夢家指出：「每一個言或詞的語法的性質，不是由它本身決定的，也不是固定一致的；乃是它在某一所組成的句子中的環境地位所決定的，而同一個字可以在不同的句子中用在不同的地位上。因此，同一個字的用法是不固定的，而組成句子的詞序是有其規律可循的，是可以歸納出若干固定的規律的。」

反義詞要求兩個或兩組意義相反的詞詞性相同，而判斷甲骨文中詞的詞性，詞位研究法就顯得很重要。

㈥《敦煌變文俗語詞考釋》

南京師範大學漢語言文字學 2003 鄧歐英碩士論文。

論文〈提要〉說：本文研究內容是「對敦煌變文中 19 組 34 個『字面普通而義別』的俗語詞逐一進行了考釋，試圖從漢語詞彙發展史的角度去考察語源，尋求其成詞及得義之由，並進一步探索其詞義演變發展的歷史軌跡，以期彌補字典辭書的失收或漏釋、匡正字典辭書及此前著作的誤釋或釋義不清、說明佛典文獻語言對敦煌文獻的影響，最終達到給漢語常用詞演變研究以及漢語詞彙史研究以一點小小的提示與啟發的目的。」

根據這個研究內容，作者採取了常用的三種方法，見論文〈前言〉第三節〈研究方法〉：

1.類比歸納法

類比歸納法即對全部語料進行窮盡性調研，認真分析每一個例子，將同一類型的語言材料排比在一起，然後根據上下文的語境，歸納出詞義來。

2.利用對文或異文以求同義詞

這也是本文用得較多的一種方法。如唐皇甫氏《原化記·天寶選人》：「妻怒曰『某本非人類，偶為君所收，有子數人。能不見嫌，敢且同處；今如見恥，豈徒為語耳？還我故衣，從我所適。』」唐岑參《送李郎尉武康》詩：「不須嫌邑小，莫即恥家貧。」兩例中均「嫌」、「恥」對舉，可知「恥」義同「嫌」。」

3.探求語源

對於一個俗語詞，從漢語史發展的角度去尋求其成詞及得義之由，並進一步探索其詞義演變發展的歷史軌跡，這應該是俗語詞考

釋的最終目的和最高境界，更是漢語詞彙史研究的一個相當重要的環節。

第六節　關於網盤古籍資源的利用

上世紀末葉，人類逐步進入了 e 時代，網路光盤等電子技術得到了迅速的發展，它改變了傳統的存取信息的方式，這給古漢語詞彙研究同樣帶來了極大的方便，如過去利用手工在 50 餘萬字的紙本《史記》中找出 7 個「眼」字，要花一月半月的時間，現在無論利用網路還是光盤，不需一秒即可完成；即使檢索全書 7 億多字次的《四庫全書》，也是數秒即得。充分利用現代先進科技手段進行古漢語詞彙研究，可以大大提高研究的效率。之所以如此，是在於網盤資源有不同於紙本古籍資源的性質，網盤古籍資源不僅可以閱讀，而且大多可以全文檢索，可以比較容易地轉換為可編輯文檔。

這一節打算分三個方面對網盤資源及其利用做一簡略介紹。

網路狀況截至 2005 年 7 月 11 日。

一、常用重要網盤古籍資源

現在可以利用來做古漢語詞彙研究的網盤古籍資源已經很是豐富，就所知，經史子集的重要文獻都已經轉換成了網盤數據，以下示例性介紹幾種常用的可以全文檢索的重要網盤古籍資源。

㈠臺灣中央研究院網

www.sinica.edu.tw。

這是目前網路古籍版本製作精良的全部可以全文檢索的古籍網

路資源之一，繁體。其中的漢籍電子文獻瀚典全文檢索系統和文物
圖象研究室全文檢索系統對於古漢語詞彙研究最為有用。

1.漢籍電子文獻瀚典全文檢索系統

www.sinica.edu.tw/~tdbproj/handy1/。

　　本系統把古籍分為「史書」、「經書與子書」、「宗教文
獻」、「醫藥文獻」、「文學與文集」和「政書、類書與史料彙
編」六大類。「史書」收有廿五史、明清實錄等 66 種，「經書與
子書」收有經書、諸子與專著等 95 種，「宗教文獻」收有大正藏
以及道教文獻等 189 種，「醫藥文獻」收有中國古代醫籍 31 種，
「文學與文集」收有總集、別集、歷代史料筆記叢刊等 175 種，
「政書、類書與史料彙編」收有 26 種，總計 582 種，字數
224,584,148 個。

　　目前有兩種版本，瀚典全文檢索系統 1.3 版和新版漢籍電子文
獻 3.0 測試版。新版較舊版有諸多的更新，如增加了圖片檔、進階
檢索等。

　　本系統是迄今免費使用最多的網路古籍全文檢索資源，免費佔
全部資源的 60% 以上，主要有：

　　(1)二十五史

　　《新校本二十五史》，用臺北鼎文書局翻印之點校本等。凡有
注文皆一并錄入，如《史記》有三家注，《漢書》有顏注，《三國
志》有裴注等。

　　(2)十三經

　　《十三經注疏》，1815 年阮元刻本；《斷句十三經經文》，
黑圓點，居字中。

⑶上古漢語語料庫——摘要

包括《論語》《孟子》《墨子》《莊子》《荀子》《韓非子》《呂氏春秋》《老子》《商君書》《管子》《晏子春秋》《孫子》。

⑷文心雕龍

包括三種注本：詹鍈《文心雕龍義證》、張立齋《文心雕龍考異》、范文瀾《文心雕龍注》。

⑸佛經三論《中論》《十二門論》《百論》。

⑹清代經世文編

包括《賀長齡清代經世文編》《葛士濬清代經世文續編》《盛康清代經世文續編》《邵之棠清代經世文統編》。

⑺姚際恒著作集

包括《詩經通論》《尚書通論輯本》《禮記通論輯本》《春秋通論》《古今偽書考》《好古堂書目》《好古堂家藏書畫記》《續收書畫奇物記》。

⑻泉翁大全集

包括《泉翁大全集》《甘泉先生續編大全》。

⑼詞話集成

本資料庫除包括唐圭璋《詞話叢編》所錄之詞話 85 種，還補入了唐編未收者 20 種，共計 105 種，全部重作了整理及訂補。

⑽新清史——本紀

臺灣國史館清史組編，有太祖至宣統十二本紀三十三卷。

⑾樂府詩集

⑿人文資料庫師生版 1.1

　　《製作序言》說：本院就現有的漢籍資料庫，摘錄其中有關一般文史教育的內容，另行編製人文資料庫師生版，供國小、國中、高中以及大學通識教育的師生免費使用，藉以擴大漢籍資料庫在教育學術界的效益。

　　本資料庫除選有如上漢籍電子文獻的(1)(2)(3)(4)(5)以外，還有選自「諸子」的《抱朴子內篇校釋》《莊子集釋》《東觀漢記校注》《國語》《古本竹書紀年輯證》《墨子閒詁》《列子集釋》《晏子春秋集釋》《四書章句集注》《戰國策》《老子校釋》等；選自「古籍」的《新校搜神記》《齊民要術校釋》《洛陽伽藍記校注》《顏氏家訓集解》《山海經校注》《通典》《太平經合校》《鬼谷子》《孔子家語》《藝文類聚》《論衡校釋》《九章算經點校》《周髀算經》《吳越春秋》《朱子語類》《楚辭補注》《文選》《古小說鉤沈》等；選自「大正新脩大藏經」的《百喻經》《法句經》《佛說父母恩難報經》《高僧傳》《續高僧傳》《弘明集》《廣弘明集》等。

　　人文資料庫師生版，有不少選自付費使用部分。

2.文物圖象研究室全文檢索系統

　　http://saturn.ihp.sinica.edu.tw/~wenwu/ww.htm。

　　本系統共有文獻七類，其中簡帛金石資料庫——全文、居延漢簡補編圖象檢索系統兩類屬出土全文文字文獻。亦為免費資源。

　　(1)簡帛金石資料庫——全文

　　本資料庫由史語所「簡牘整理小組」製作。共 67 種，其中第1－64 種為全文。

　　簡帛如《睡虎地秦墓竹簡》《居延漢簡甲乙篇》《睡虎地秦墓

竹簡》《郭店楚墓竹簡》《周家臺三○號秦墓簡牘》《關沮秦漢墓
簡牘》《馬王堆漢墓帛書》（壹）、（叁）等；金石印簽如《秦漢
金文錄》《兩漢鏡銘集錄》《漢代石刻集成》《漢碑集釋》《墓
券》《秦印資料庫》《秦漢南北朝官印徵存》《漢印文字徵及補
遺》《漢印文字徵》《漢印文字徵補遺》《未央宮骨簽》等。

⑵居延漢簡補編圖象檢索系統

史語所「簡牘整理小組」將該所收藏未發表的一千餘簡加以考
釋，並以紅外線結合電腦，處理成較清晰的圖象，建立了圖文檢索
系統。每幅圖象注明簡號。

㈡香港中文大學中華文化研究所漢達文庫網

www.chant.org/default.asp。

chant 是 Chinese Ancient Texts 的簡稱。本網也是目前網路古
籍版本製作精良的全部可以全文檢索的古籍網路資源之一，繁體。
本網除了類書以外，都是魏晉南北朝以前的古籍，它是研究上古中
古詞彙的重要網路資源。本網把古籍分為六庫，大多已經上網，少
部分仍在研究之中。

1. 甲骨文資料庫

收錄《甲骨文合集釋文》《英國所藏甲骨集》等七種主要大型
甲骨書籍，共計卜辭 53,834 片。

2. 竹簡帛書資料庫

收錄出土簡帛文獻包括《武威漢簡》《馬王堆漢墓帛書》《銀
雀山漢簡》《睡虎地秦墓竹簡》等多種，附釋文、圖像，逐簡對照
顯示。

3. 金文資料庫

以中國社會科學院考古所編纂《殷周金文集成釋文》為據，收錄 12,021 銅器資料，約 1 萬 8 千張拓本（包括摹本），約近 100 萬字器物資料說明，另 14 萬字隸定釋文。

4.先秦兩漢一切傳世文獻資料庫

收錄先秦兩漢所有傳世文獻，合共超過 900 萬字；全部文獻採用舊刻善本重新校勘。

5.魏晉南北朝資料庫

收錄魏晉六朝全部傳世文獻，合共超過 2,400 萬字；大部分文獻重新加上標點符號，又比對不同版本，全面紀錄異文資料。

6.類書資料庫

收錄自魏晉六朝起以迄明清所有類書文獻，諸如《群書治要》《太平御覽》《冊府元龜》《永樂大典》等皆在收錄之列，務求巨細無遺。資料庫總字數將超過 6,000 萬字，皆據舊刻善本，再重新標點、校勘。

「漢達古文獻資料庫中心」是香港中文大學中國文化研究所「古文獻資料庫研究計劃」之出版單位，本中心一方面將古籍整理上網，同時還以紙質、光盤等載體出版發行。

本中心各種載體古籍資源全部付費使用。

(三)超星數字圖書館網

www.ssreader.com。

本網是目前用原版圖像掃描方式製作網路圖書的最大的中文網站。分為 50 館庫。沒有圖書上網情況說明，在「古代文獻圖書館」中有「北京大學圖書館館藏古籍」和《清實錄》《古今圖書集成》兩種。實際上本網站的網路古籍遠不止此，他還收有不少常見

常用古籍的現代整理本、影印本。付費使用。

　　本網所收古籍有不少可全文檢索，但是其中不少書籍受掃描、印刷、字體等因素的影響，全文檢索的準確率不夠理想。另外，由於搜索引擎的技術問題，館內不少書籍搜索不到。由於歸類混亂，不少書籍也不能在相應的館類中找到。❷❽

四中華電子佛典協會網

　　www.cbeta.org/index.htm。

　　cbeta 是 Chinese Buddhist Electronic Text Association 的簡稱。本網是佛典的專門網站。CBETA 電子佛典集成資料庫是以《大正新脩大藏經》（大藏出版株式會社 C）第一卷至第八十五卷、《新纂大日本續藏經》（株式會社國書刊行會 C）第一卷至第九十卷為底本製成的網路與光盤資源。其目的是為各界提供免費的非營利性的使用。

　　本網的佛典可以網上全文檢索，也可以直接下載大正藏光盤，安裝後離線使用，目前光盤版本為 CD 14。

　　佛典網站具有世界性互聯互用互護性質，有多個鏡像站供使用者選擇。

五文淵閣四庫全書電子版

　　本電子版由迪志文化出版有限公司及書同文電腦技術開發有限公司承辦製作，由上海人民出版社、迪志文化出版有限公司出版。本電子版分「原文及標題檢索版」（簡稱「標題版」）和「原文及全文檢索版」（簡稱「全文版」）兩種版本。每一種版本又分為網絡版和單機版。「全文版」有大約 181 張數據光盤，「標題版」有 165

❷❽　　參第一章第五節瞭解研究狀況的途徑(五)超星數字圖書館相關內容。

張數據光盤。標題版附有 1 張程式光盤和 1 張贈品光盤。全文版的網絡版包括 1 張客戶端光盤及 1 張伺服器光盤，全文版的單機版只有 1 張程式光盤。

本電子全文版有全文文本和原文圖像，二者關聯，提高了檢索結果的準確率。

目前已有「《文淵閣四庫全書》網上版」供臺灣高中、科技學院及專科學院和香港個人用戶訂閱利用。

二、網盤古籍資源的檢索方法

全文檢索的網盤古籍資源的檢索方法可大分為兩類，一是簡易檢索，一是高級檢索，臺灣稱進階檢索。簡易檢索直接輸入所需檢索字串。高級檢索一般是運用布林運算式 and、or、not 檢索。and 代表而且，or 代表或者，not 代表除了或沒有。在具體檢索中，有的搜索引擎可以使用符號，「+」、「*」、「-」或「&」、「|」、「!」分別等於 and、or、not。檢索時根據檢索意願在字串間輸入上述英語詞或符號，系統即會將各查詢值以所需的布林運算加以查詢。例如：「少-寡+鮮*罕」，系統會將其解譯為：查詢的條件中有「少」而沒有「寡」而且有「鮮」或者有「罕」；「少+鮮*罕+寡」，系統會將其解譯為：查詢的條件中有「少」而且有「鮮」，或者有「罕」而且有「寡」。簡單地說這種運算式是為檢索者檢索到符合或者接近於意願的資料而創造的，它可以避免檢索者不希望顯示的結果，出現檢索者希望顯示的結果。

三、網盤古籍資源的利用舉例

　　如上文所言，網盤古籍資源給古漢語研究帶來了極大的方便。它至少可以幫助方便快捷地找到研究所需引用的文字串，或者是詞，或者是句子，或者是比句子大的語段。就本人使用經歷，利用網盤古籍資源，做古漢語詞彙研究包括單音詞、複音詞、同義詞、反義詞研究以及詞頻統計等都非常有效。如我們做「蒔」複詞的發展演變研究，❷利用如上介紹過的臺灣中央研究院網、中華電子佛典協會《大正藏》光盤、文淵閣四庫全書光盤等全文檢索古籍資源，以及《漢語大詞典》網路版等參照系，查檢收集所有例證，對比分析，較快地形成論文。現節錄於次，以供利用網盤資源參考。

古漢語「蒔」複詞及其發展演變

　　摘要：本文分為三個部分：一、關於最早的「蒔」複詞產生時代的問題。對最早的「蒔」複詞產生的時代略做檢討折衷。二、古漢語「蒔」複詞及其發展。這部分列出「蒔」複詞 22 個、給出用例，大致交待它們的產生發展的情況。三、「蒔」複詞在現代漢語中的演變。列出一些現代漢語的用例，想說明「蒔」複詞在現代漢語中並沒有完全消失。本文的研究成果可為大型歷時漢語詞書的編纂修訂和漢語詞彙史的研究描寫提供一些有用的資料。

　　關鍵詞：「蒔」複詞；發展演變；略論

---

❷　選擇「蒔」複詞為研究選題的緣由，是我們曾經對上古種植類詞語發展演變做過研究，本選題是對此前研究的延續。參拙著《《史記》單音詞研究》，巴蜀書社 2000 年版，頁 225－262。

一、關於最早的「蒔」複詞產生時代的問題

《漢語大字典》「時」義項㉒：「移植；栽種。後作『蒔』。《書·舜典》：『汝後稷播時百穀』孫星衍注疏引鄭康成曰：『時，讀曰蒔』。」《漢語大詞典》「時」義項㊱：「蒔」「通『蒔』。種植。」釋義根據與《大字典》相同。又《大詞典》收有「播時」，釋為：「種植。『時』通『蒔』。一說謂播種以時。」「通『蒔』」亦引鄭注為釋義根據，「一說」引張守節正義為釋義根據。

若此，「時」或是「蒔」古字，或是「蒔」借字，「蒔」最早見到的複詞是「播蒔」，產生於《尚書》。但是「播時百穀」之「時」是否就是「蒔」，存在有不同看法。鄭玄之後的很多注家就並不以鄭注為然而另立新解。一種是把「時」說解為名詞四時季節之義，如《史記·五帝本紀》引《尚書》「播時百穀」張守節正義：「播時謂順四時而種百穀。」《大詞典》也把它作為了「一說」。而更多的一種是把「時」解釋為代詞是此之義，如《孔子家語·五帝德》「播時百穀，嘗味草木」王肅注：「時，是。」《尚書》偽孔傳也以「布種是百穀」對釋「播時百穀」。到底哪一說為是，難以遽定。❸這是關於單音詞「蒔」產生時代的第一個問題。

又，我們檢索到《晏子春秋·內篇·諫上》「景公欲祠靈山河

❸　「時」的季節義、是此義在上古雖然都是常見義，但是我們傾向於是此義。除了張守節等極少數注家注為季節義外，絕大多數都注為是此義。從句法看，「時」作為是此義，「播時百穀」結構為「動+賓[定+中]」，這種結構古今漢語常見；而「時」若作名詞季節義解，句法結構則為「動+補[時間名詞]+賓」，上古沒有見到。

伯以禱雨晏子諫」有「種時」：「天果大雨，民盡得種時。」若此，「蒔」最早見到的複詞是「種時（蒔）」，產生於《晏子春秋》。但是，本書不同的版本文字所作不同，如孫星衍、黃以周校本❸作「種時」，文淵閣四庫全書本作「種蒔」。這還不是根本性的問題，因為無論作「時」作「蒔」，不影響這個詞出現時代的判定。而最重要的是，《說苑·辨物》引《晏子》此文，「種蒔／種時」則作「種樹」。❸所以《晏子春秋》中有無「種時／種蒔」，同樣難定。

在現存文獻中，可以確認的見到最早的「蒔」複詞是「種蒔」，產生於鄭注。《詩經·周頌·思文》孔穎達疏引《尚書》「播時百穀」鄭注：「種蒔百穀以救活之」。《爾雅》中沒有種植義「蒔／時」，直至《說文》纔收有「蒔」字，也可作為旁證。

看來，比較穩妥一點的說法是，種植義「蒔」複詞最早見到的是「種蒔」，其產生不晚於東漢。在證據不充分的情況下，我們不宜把「蒔」複詞「播蒔」、「種蒔」上推到先秦。

二、古漢語「蒔」複詞及其發展

通過我們對數千種古籍的檢索，除了「蒔蘿」等個別名物詞外，共得「蒔」複詞 22 個，它們都是栽種、種植義或與之意義相近的複詞。這 22 個複詞，《漢語大詞典》僅收 3 個，且其中 1 個書證還嫌稍晚，也未見到任一種古漢語詞彙論著論及它們。

以下大致按栽種、種植義，耕種義，租種義的順序分列。每個

---

❸　上海古籍出版社 1989 年版。
❸　見吳則虞集釋本校勘記，中華書局 1962 年版。

詞舉例說明其大致的發展情況。

1.播蒔

《大詞典》收有「播時」，引南朝梁蕭子雲《梁三朝雅樂歌·需雅一》「農用八政食為元，播時百穀民所天」一例。如上文所言，「時」為「蒔」說靠不住，「播時」是「播蒔」自然就靠不住。《大詞典》所引之例僅是沿用《尚書》成語而已，不能說明後代用「播時」為「播蒔」。我們檢索到的眾多「播時」也都出現在「播時百穀」之中，沒有脫離這個語境而單獨使用的。

「播蒔」，播種，種植。《大詞典》未收，我們檢得一例：

> 《新唐書·陸贄列傳》：至者家給牛一，耕耨水火之器畢具，一歲給二口糧，賜種子，勸之播蒔。

2.插蒔

栽種，多指栽種稻子。《大詞典》未收。此詞見於宋代，如：

> 宋陳淳〈權長泰簿喜雨呈鄭宰〉：夜雨滂沱一若傾，朝來南畝足春耕。相呼荷耒奔趨急，便與擔秧插蒔盈。

> 宋杜範〈東嶽祝文〉：矧田未插蒔，民益狼顧，痛心疾首，吏莫急焉。

元代續見用例，如：

元方回〈聞移東兵勦南賊〉：夏稅催科日，秧田插蒔時。

元王禎《農書》卷十四〈農器圖譜六·杷朳門·田盪〉：插蒔足使無高低，處汙不染濯清溪。

明清使用普遍，如：

明徐宏祖《徐霞客遊記》卷十一下〈西南遊日記二十·雲南〉：他處方苦旱，此地之雨不絕；他處甫插蒔，此中之新穀已登。

明徐光啟《農政全書》卷二十五〈樹藝·穀部上〉：今人用穀種畝一斗以上，密種而少糞，難耘而薄收也。但插蒔早者，用種須少，插蒔遲者，用種宜稍多。

明張內蘊、周大韶《三吳水考》卷十二〈奏疏考〉巡按直隸監察御史臣林〈災傷蠲賑疏〉：當此插蒔之時，復遭異常之雨，已種者，苗未舒而被淹，未蒔者，時已過而難再。

明錢穀《吳都文粹續集》卷十六〈祠廟〉倪宗正〈城隍廟祈晴文〉：田疇既治，水潦泛溢，插蒔維時，無可施功，秧始發生，隨即黃萎。

　　　　清聖祖《康熙皇帝御批真跡·康熙四十二年四月管理蘇州織造李煦奏》：雨水調勻，將此插蒔秧苗。

　　　　同上《康熙四十八年六月十八日管理蘇州織造大理寺卿李煦奏》：凡山鄉僻壤田畝盡皆插蒔，無一遺漏。

　　　　清世宗《世宗憲皇帝硃批諭旨·雍正四年六月二十四日署理江南江西總督印務總兵官范時繹奏》：因而插蒔之時間有遲早，今查通省禾苗皆已及時插種。

　　　　同上《雍正五年三月二十五日廣東布政使常賚奏》：粵東早稻於三月間插蒔，六月間收穫。

　　　　清宋犖〈雨〉：斯時插蒔正旁午，秧馬蹀躞來相仍。

3.蒔插

　　「插蒔」的逆序詞，《大詞典》未收。此詞始見宋代，如：

　　　　宋杜範〈諸廟謝雨祝文〉：特垂甘澤，人均喜色，蒔插以時，靈貺難酬，寸心知感，恭陳潔薦，仰答真休。

明清使用漸廣，如：

　　　　明倪謙〈頌聖德格天頌〉：正統四年自春徂夏，亢陽作

愿，靈雨不降，溝澮乾涸，來年菱瘁，蒔插有後時之憂，西成失有秋之望。

明王守仁〈南贛擒斬功次疏〉：鄉民稍得蒔插，今早穀將登。

明楊寅秋〈平五山獚上三院揭帖〉：且時當蒔插，賊亦恐愓收成。

清世宗《世宗憲皇帝硃批諭旨·雍正十年四月二十日湖北巡撫王士俊奏》：田疇水足，穀秧亦俱青發二三寸許，犂耕蒔插，婦子歡忻。

清盛康《皇朝經世文續編》卷四十一左輔〈盱眙天長兩邑農利示〉：地遠河湖，不能引源水上灌，自蒔插至刈穫，節節賴水，而農人拱手無策，皆仰而望之天。

清金鉷等《廣西通志》卷八十七〈方伎（仙釋附）·李賤子〉：賤子結草為人為牛，置田間一日而耕犂蒔插俱遍。

4.秧蒔

栽插秧苗。《大詞典》未收。此詞始見元代，如：

元王禎《農書》卷十四〈農器圖譜六·杷朳門·田

盪〉：田盪，均泥田器也，……田方耕耙，尚未勻熟，須用
此器平著其上盪之，使水土相和，凹凸各平，則易為秧蒔。

同上〈秧彈〉：蓋江鄉櫃田內平而廣，農人秧蒔漫無準
則，故制此長篾掣於田之兩際，其直如弦，循此布秧，了無
敧斜。

5.種蒔

栽種，種植。此詞初見的時代涉及到如上所說的《晏子春秋》
的問題。採取穩妥的說法是至遲見於東漢。即使如此，「種蒔」在
「蒔」複詞中出現時代仍然最早，例子也已見上引。《大詞典》
「種蒔」詞條，是所收的三條「蒔」複詞中編寫得最好的一條：
「種蒔，猶種植。北魏賈思勰《齊民要術·序》：『其有五穀果蓏
非中國所殖者存其名目而已；種蒔之法蓋無聞焉。』唐劉禹錫〈同
樂天和微之〈深春好〉〉之十九：『何處深春好，春深種蒔家。』
《元典章·戶部一·職田》：『召募佃客種蒔。』朱自清〈阿
河〉：『另外的隙地上，或羅列著盆栽，或種蒔著花草。』」自北
魏至現代均有用例。但以北魏賈思勰《齊民要術·序》為初見例，
比上引鄭注例要晚。以下根據我們檢索到的情況，做一補充描寫。

此詞在《齊民要術》之前或大致相同時代的魏晉六朝，見到用
例較少，如：

吳陸璣《毛詩草木鳥獸蟲魚疏》卷上「茹藘在阪」條：
茹藘、茅蒐，蒨草也，……徐州人謂之牛蔓。今圃人或作畦

種薜，故〈貨殖傳〉云：「巵茜千石，亦比千乘之家。」

後秦鳩摩羅什譯《大智度論》卷三十七：種薜果樹，曠路作井。

《魏書·食貨志》：諸土廣民稀之處，隨力所及，官借民種薜。役有土居者，依法封授。

唐宋元明各代用例都很多，下各舉幾例：

唐劉禹錫〈同樂天和微之深春二十首〉之十九：何處深春好，春深種薜家。分畦十字水，接樹兩般花。

《舊唐書·職官志三·太常寺》：藥園師，以時種薜收采。

宋真德秀《泉州勸農文》：爾宜乘此時，汲汲操耒耜。五穀隨其宜，勿惜多種薜。

宋宋敏求編《唐大詔令集》卷一百三十〈平亂·收復河湟德音〉：田土肥沃，水草豐美，如百姓能耕墾種薜，五年內不加稅賦。

《宋史·食貨志上一·農田》：即同鄉三老、里胥召集

餘夫，分畫曠土，勸令種蒔，候歲熟共取其利。

元王禎《農書》卷十九〈農器圖譜十五·耬麥門〉：田家食力不食智，耬麥年年勤種蒔。

《元史·食貨志一·農桑》：近水之家，又許鑿池養魚并鵝鴨之數，及種蒔蓮藕、雞頭、菱角、蒲葦等，以助衣食。

明蔡清《易經蒙引》卷九上〈繫辭上傳〉第一章「乾道成男坤道成女」條：種蒔諸穀，栽植諸木，各有吉凶日子。

明王直〈雙秀堂詩序〉：芝一歲三華瑞草也。蓋不種蒔而植，不灌溉而榮。

明金幼孜〈蕭母胡孺人墓誌銘〉：惟日潔清庭宇，種蒔花木，與賓客故人徜徉以為樂。

6.蒔種

「種蒔」的逆序詞《大詞典》未收。此詞始見唐代，如：

唐陳子昂〈諫用刑書〉：倘旱遂過春廢於蒔種，今年稼穡必有損矣。

　　《新唐書·百官志一·尚書省·工部》：每歲春，以戶小兒、戶婢仗內蒔種溉灌，冬則謹其蒙覆。

宋元明清都有用例，如：

　　宋鄭剛中〈圃中雜論序〉：荷鋤涉園，不覺成趣。蒔種之際，圃人有陳說相告者。

　　宋陳傅良〈桂陽軍勸農文〉：先自蒔種，徑行收採。

　　宋朱熹編《二程遺書》卷二下〈附東見錄後〉：後世雖有作者，虞帝不可及也；猶之田也，其初開荒蒔種甚盛，以次遂漸薄。

　　元王惲〈糞田〉：年深蒔種薄田疇，糞壤頻加自昔留。

　　元唐元〈本路勸農文〉：依時蒔種，則物性遂且衣食足。

　　明黃訓編《名臣經濟錄》卷三十一〈禮部〉韓文〈題陳時宜革弊政事〉：蒔種花蔬，澆灌穢污。

　　明張內蘊、周大韶《三吳水考》卷十二〈奏疏考〉巡按直隸監察御史臣林〈災傷覆歛疏〉：即今低下之田，一時雖

不堪布種，稍俟水退，百姓竭力修補，蒔種菜麥，可望春花小熟，民可聊生。

清永瑢等纂《欽定歷代職官表》卷四十〈內務府奉宸苑表〉：稻田廠庫掌，掌辦理稻田蒔種儲藏之事。

清高宗〈湖廣督撫畢沅姜晟奏報雨水調和田功有望詩以誌慰〉：揚花結穗麥芄秀，蒔種分秧稻鬱攢。

清盛康《皇朝經世文續編》卷三十翁同書〈通籌財用大源敬陳管見疏〉：聞甘肅之蘭州、浙江之溫台，亦多有蒔種罌粟。誠恐種植寖廣，大為五穀之害。

7.栽蒔

栽種，種植。《大詞典》已收釋，僅引賈思勰《齊民要術·栽樹》「樹，大率種數既多，不可一一備舉，凡不見者，栽蒔之法，皆求之此條」一例。實際上隋唐以後歷代用例都不少，如：

隋闍那崛多譯《佛本行集經·捔術爭婚品第十三上》：復於宮內後園之中，堰水流渠，造作池沼，栽蒔種種眾雜名花。

唐釋道宣《廣弘明集》卷十二釋明槩〈決對傅奕廢佛僧事并表〉：若言欲得布絹豐饒，穀米成熟，但栽蒔桑麻，積

聚爛糞，不須寫涅槃千部。

　　唐釋道世《法苑珠林》卷十六〈千佛篇第五之四·納妃部·求婚〉：於後園廣造池臺，栽蒔華果。

　　宋李正民〈農隱記〉：開闢窗牖，栽蒔松菊。南榮治耕稼之務，北池有魚釣之適。

　　元鄭元祐〈上達監司啟〉：使有鼠壤之餘亦堪為地，其如貧病凋落，不可栽蒔生成。

　　元吳萊〈小園見園丁縛花〉：山園我栽蒔，作此小屈蟠。

　　明曹學佺《蜀中廣記》卷九〈名勝記第九·川西道·成都府九·彰明縣〉：黃奉先移家入蜀，隱太華山，山盛牡丹，奉先栽蒔盈籬。

　　《明史·河渠志六·直省水利》：而濱湖豪家盡將淤灘栽蒔為利，……以致水道堙塞，公私交病。

　　清世宗《世宗憲皇帝硃批諭旨》卷一百七十六之三〈雍正三年四月初二日雲貴總督高其倬奏〉：到四月二十內外即可分插，彼時須得大雨則栽蒔不誤，且更廣遍。

清高宗〈常山峪行宮晚景〉：栽蒔三時期未惬，歡欣萬姓氣增和。

清盛康《皇朝經世文續編》卷四十一左輔〈盱眙天長兩邑農利示〉：凡家有一具之牛，必貪佃十餘石之種，草率鹵莽，一經栽蒔，永不薅除，草拔土肥，張皇傑出，直蓋禾頭。

同上：要知每年當蒔插之際，必有大雨時行，普降膏澤。惟溝塘深廣者，灌注滿盈，除留田之水，栽蒔滋養外，尚多餘蓄。

8.蒔栽

「栽蒔」的逆序詞，《大詞典》未收。見於宋一例：

宋釋贊寧《宋高僧傳》卷二十三〈遺身篇第七·唐五臺山善住閣院無染傳〉：況諸人等並是菩薩門人、龍王眷屬，蒔栽善種，得住此山，夙夜精勤。

9.蒔植

栽種，種植。《大詞典》未收。此詞初見《新唐書》：

《新唐書·百官志二·宮官·尚寢局》：司苑、典苑、掌苑，各二人，掌園苑蒔植蔬果。典苑以下分察之。果熟，

進御。

宋明使用漸多，如：

> 宋黃震〈送道士宋茗舍歸江西序〉：凡奇花異卉可悅富
> 貴人耳目者，一不生之，惟茗生焉，不待蒔植，此扶輿清淑
> 之所鍾，蓋天產也。

> 宋文同〈梓州中江縣樂閒堂記〉：為堂四百椽，萃蓄經
> 史，以朝夕訓育子弟；為園五十步，蒔植鬴木，以時節笑會
> 賓友。

> 明張吉〈武緣李氏族譜後序〉：予見世之好事者，於文
> 於繪於詩於琴於奕，以至攝生烹飪之宜、卉木蒔植之法，意
> 見所及，輒與譜之。

> 明顧璘〈息園記〉：中取纖徑通步，餘盡蒔植，以延叢
> 縛。修竹後挺，嘉木前列，周除芳卉美草，期四時可娛。

> 明邵寶〈明故承事郎鄒君墓誌銘〉：君性好樹藝，故有
> 腴地方數十里，君以堤以塹以瀦以溝，松杉桑梓菱茨茭蒪，
> 蒔植隨地，罔有間隙。

清代使用更為廣泛，如：

清永瑢等《欽定四庫全書總目·子部·譜錄類存目》：《倦圃蒔植記》三卷，國朝曹溶撰。……《北墅抱甕錄》一卷，國朝高士奇撰。……墅中蒔植花木頗多，士奇因取果樹卉竹蔬茹藥蔓之類，各疏其形色品狀，以為此編。

清王士禛〈御製廣羣芳譜序〉：他如《齊民要術》《月令廣義》諸書，其蒔植之宜為更晰矣。

清孫承澤《退谷小志》：谷之前為蒔植花竹之圃，中有僧家別院，養牡丹數百本。

清允祹等《欽定大清會典》卷九十二〈內務府·奉宸苑〉：御河三海諸處，歲各有蓮藕之租，均量地薄徵以供內庭蒔植花卉之用。

清陳壽祺等纂、清魏敬中等重纂《福建通志》卷六十〈物產〉：七絃草，叢生如稻秧，其朵如蘭，有直紋似絃，白綠相間，至冬則白變紅，土人蒔植，以充盆玩。

「蒔植」亦作「蒔殖」，如：

清張豫章等編《御選明詩》卷三十四吳易〈觀蒔〉：焦焚竟大半，蒔殖安所將。

10.蒔藝

　　栽種，種植。《大詞典》未收。此詞始見元代，如：

　　　　元戴表元〈王伯善農書序〉：凡麻苧禾黍牟麥之類，所
　　以蒔藝苃穫，皆授之以方。

明清使用較多，如：

　　　　《明史·職官志三·上林苑監》：嘉蔬典蒔藝瓜菜，皆
　　計其町畦、樹植之數，而以時苞進焉。

　　　　明王鏊〈鄉貢進士吳文之母萬氏墓誌銘〉：下至米鹽細
　　碎雞豚蒔藝，亦罔不宜。

　　　　明陸粲〈奉政大夫工部營繕司郎中張公墓誌銘〉：其居
　　家治生，自雞豚蒔蓺，莫不有法。

　　　　明田汝成《西湖遊覽志》卷十七〈南山分脈城內勝蹟·
　　道院〉：方丈後疊石鑿池，蒔藝卉木，婆娑蓊鬱，象海中仙
　　島，號小蓬山。

　　　　清查慎行〈山莊雜咏〉：阡陌橫從蒔藝區，豳風七月繪
　　成圖。

清張廷玉等編輯《皇清文穎》卷四十五沈涵〈豐澤園賦〉：既桑柘之成陰兮，復蒔藝夫香稻。

也作「蒔藝」，如：

明孫承恩〈漢江歌贈柯雙華〉：爾疆我畝各蒔藝，流離盡復時和豐。

11.藝蒔

「蒔藝」的逆序詞，《大詞典》未收。見於元一例：

元方回〈徐氏道悅堂記〉：凡衣食之源，非不舉室終歲效勤致瘁而溫飽者百不二三，然亦卒無所歸咎，而不敢赭其園，蕪其田，弗復藝蒔。

未見「藝蒔」。

12.移蒔

移植。《大詞典》收有此詞，引唐韋應物《韋蘇州集・種藥》「持縑購山客，移蒔羅眾英」一例。唐以後仍有用例，如：

宋宋祁〈蘆仙竹贊並序〉：生山澗中，大抵若篠。然里人移蒔圃中，高止數尺。

宋劉才邵《漳州諸廟祈雨祝文》：旱而苗槁，移蒔無

期。

　　明曹學佺《蜀中廣記》卷六十〈方物記第三·草〉：淺
紅者為醉太平，白者名玉真，成都人競移蒔圃中，以為尤玩
云。

　　明宋詡《竹嶼山房雜部》卷十一〈樹畜部三·水芋〉：
俟明春三月時取出，以頂向上，密布於鬆土之內，惟灌以
水，候成，則移蒔於水田。

13.蒔養

種養，《大詞典》未收。見於宋一例：

　　元陶宗儀《說郛》卷一百三上宋王貴學〈王氏蘭譜·泥
沙之宜〉：既非土地之宜，又失蒔養之法，久皆化而為茅。

14.稼蒔

種植。《大詞典》未收。見於宋一例：

　　宋李燾《續資治通鑑長編》卷二十三「太宗太平興國七
年」：即令鄉三老里胥與農師同勸民分於曠土稼蒔，俟歲熟
共取其利。

清嵇璜等《欽定續通典》卷七〈食貨〉引「稼蒔」為「種蒔」。

15.蒔耘

耕種。《大詞典》未收。始見元代：

> 元方回〈治圃雜書二十首〉之十一：今日春纔煖，侵晨董蒔耘。

明代亦有用例：

> 明方以智《物理小識》卷六〈飲食類·稻〉：清明浸晒種則同，朕蒔耘之後，有鍚抓法，又不用牛，則吳下泥沃也。

亦作「蒔芸」。如：

> 元吳皋〈筠邑丞禱雨有感賦以贈之〉：筠邦執徐歲，蒔芸亢陽曦。龜拆布疇晦，百穀日已萎。

16.耘蒔

「蒔耘」的逆序詞。《大詞典》未收。用例見於明代，如：

> 明張內蘊、周大韶《三吳水考》卷十〈奏疏考·都御史翁大立水利奏〉：臣前為督糧參政，每見蘇松之民，倭奴在前，耘蒔在後，寧罹鋒鏑不肯罷其生理。

明唐桂芳〈湘陰州勸農文〉：凡爾父兄，長率其幼，壯
助其弱，舉趾在田，耕耨耘蒔，凜不敢後，種之也時，穫之
也早，公私兩便。

17.穫蒔

耕耘，耕種。《大詞典》未收。見於元代一例：

元王惲〈輝竹還民〉：其見設提舉司並不將竹園穫蒔，
名為辦課，轉以侵擾百姓營治己私為務，亦宜罷去。

18.莳耨

耕耘，耕種。《大詞典》未收。見於元代一例：

明孫承恩〈月賓張翁墓誌銘〉：歲治田至若干，凡莳耨
必并日卒事，一呼而秉耒者數千。

19.耕蒔

耕種。《大詞典》未收。見於宋代，且用例較多，如：

宋徐兢《宣和奉使高麗圖經》卷十六〈官府·倉廩〉：
其田皆在外州，佃軍耕蒔，及時輸納而均給之。

宋李燾《續資治通鑑長編》卷五十一「真宗咸平五
年」：己亥，京西轉運使張巽言襄州置營田務，煩擾非當。

詔罷之，縱民耕蒔。

同上卷一百九十二「仁宗嘉祐五年」：凡犒勞以俸錢，而所用不給，素於蕃族借牛耕蒔閑田，以收穫之利歲贍公費。

宋蘇籀〈李隱卿名谷與青城劉翁同舟至蘭溪……劉本書生工詩奇異飄然塵外也〉：運調朱鳳啄白石，耕蒔金錢犂粘牛。

宋吳仁傑《離騷草木疏》卷二「苽」條：兩浙下澤處，苽根結久則并土浮於水上，謂之苽葑。刈去其葉，便可耕蒔。其苗有莖梗者，謂之苽蔣草。

元明清仍然多見，如：

元王禎《農書》卷十一〈農器圖譜一·田制門·櫃田〉：如此形制，順置田段，便於耕蒔，……宜種黃穋稻。

元劉詵〈曉發印山道中喜晴〉：我亦駐筍輿，一訪農圃叟。答言春事深，耕蒔須及候。

明程敏政《新安文獻志》卷八十五〈行實（吏治）〉元方回〈饒州路治中汪公元主墓誌銘〉：將士敬嘆，不敢為

暴，境內耕蒔刈穫如承平時。

《明史·王直列傳》：比家居，嘗從諸佃僕耕蒔，擊鼓歌唱。

清嵇曾筠等《浙江通志》卷八〈建置五·處州府·景寧縣〉：修壩疏河，歲歲皆需人力，稍有愆期，則鹹潮往來，便難耕蒔。

清汪灝等《御定佩文齋廣羣芳譜》卷九十〈卉譜·菰〉：兩浙下澤處，菰根結久則并土浮於水上，謂之菰葑。刈去其葉，便可耕蒔。其苗有莖梗者，謂之菰蔣草。

20.墾蒔

墾種，耕種。《大詞典》未收。見於《宋史》一例：

《宋史·張燾列傳》：望令諸州應有荒田縱民墾蒔，俟及五頃已上，三年外始聽差科。

21.佃蒔

據《漢語大字典》，「佃」有二音。徒年切，有「耕種田地」義，出《史記》；堂練切，有「農民向地主或官府租種土地」義，出《晉書》。但是未見有以其耕種義與「蒔」結合成的複詞，只見到以其租種義與「蒔」結合成的複詞「佃蒔」。「佃蒔」複詞，其

義仍然是租種。多見於五代宋金,如:

　　宋王欽若等《冊府元龜》一百六十七〈帝王部〉引周太
祖〈廣順元年八月滄州王景言幽州餓繼有流民入界勅〉:其
滄景德管內,甚有河淤退灘之土,蒿萊無主之田,頗是膏
腴,少人耕種,可令新來百姓量力佃蒔。……候安泊定,取
便耕種放差稅。

　　宋王溥《五代會要》卷二十五〈逃戶〉引周世宗〈周顯
德二年五月二十五日勅〉:如有荒廢桑土,承佃戶自來無力
佃蒔,祗仰交割與歸業人戶佃蒔。

　　宋范仲淹〈奏乞罷陝西近裏州軍營田〉:其所出租課,
多是抱虛送納,切覩編勅指揮,不得將逃戶田土抑勒親隣佃
蒔,蓋恐害民。

　　宋梁克家《淳熙三山志》卷十一〈版籍類二·官莊
田〉:淳化五年,李偉請鬻官田,乃遣張延熙赴州估賣,尋
已之,令佃者仍舊佃蒔輸租。

　　宋李燾《續資治通鑑長編》卷六十三「真宗景德三
年」:召客戶佃蒔,如有災傷,並準例蠲租。

　　同上卷二百二十一「神宗熙寧四年」:杜安行等奏討平

夷賊，拓地七百里，獲鎧甲器仗三百，糧六百餘石。見安集
夷戶佃蒔，起輸租賦。

《金史・食貨志二・田制》：安穆昆戶之民往往驕縱，
不親稼穡，不令家人農作，盡令漢人佃蒔取租而已。

22.租蒔

租種。《大詞典》未收。產生時間與「佃蒔」大致相同，見於
《五代會要》一例：

宋王溥《五代會要》卷二十五〈逃戶〉引周世宗〈周顯
德二年五月二十五日勅〉：第二年已後，據見在桑木及租蒔
到見苗，詣實供通輸納租稅。

總起來看，除了「播蒔（蒔）」、「種蒔」不能確定其時代以
外，其餘多產生於唐宋。其中有不少在元明清時代的用例有所增
加，也有一些明清或者清代不再見到用例。那些僅見一例的詞，可
能是我們檢索語料數量範圍有限，也可能本身就是使用極少。

三、「蒔」複詞在現代漢語中的演變

這 22 個「蒔」複詞，有的在現代漢語中消失了，有一些卻仍
然在使用著。《現代漢語詞典》❸不予收釋，現代漢語的論著也不

---

❸　商務印書館 2002 年增補本。

論及它們。如「插蒔」：

> 《梅州日報》2004 年 4 月 1 日〈圖片新聞〉：至 3 月 30 日，全市插蒔面積約 82 萬畝，約占插蒔面積的 65%。

> 《南方廣播研究》2004 年第 5 期鍾榮達〈發揮特色　準確定位——淺談市級電臺新聞節目的優化〉：今年春季，五華縣華城鎮一山區農民來電反映其村裏因公路排水涵洞修得太小，致使該村剛插蒔禾苗的一大片農田被洪水淹毀。

> 《華東新聞》1998 年 1 月 13 日張義〈鄉下娃兒不識五穀〉：農村……小學生會放牛牧羊，中學生能移秧插蒔，四時農事心中俱知。

再如「種蒔」、「蒔種」：

> 朱自清〈阿河〉：另外的隙地上，或羅列著盆栽，或種蒔著花草。❸❹

> 梁啟超〈論私德〉：自起樓而自摧燒之，自蒔種而自踐踏之，以云能破壞則誠有矣，獨惜其所破壞者，終在我而不在敵也。

---

❸❹　此例《漢語大詞典》已引。

　　蘇雪林〈收穫〉：地是荒廢著，學校卻每年要拿出許多錢來修理圍牆，很不上算，今年便議決將地租人，蒔種糧食，收回的租錢，便作為修牆費。

再如「栽蒔」、「蒔栽」：

　　張大春《城邦暴力團》：我也有十五年沒見著嚴老五了，其間神州陸沉、國府易幟，不論那盆景落於何人之手，總希望能栽蒔入土。

　　劉桂莉、余綺編寫《中國名花異草故事》第 11 章〈兄弟和睦話茉莉〉：茉莉自漢朝就從古波斯傳入我國。首先栽蒔此花的當推海南地區，次及廣東、福建、臺灣等南方諸省均有廣泛栽培，繼而遍佈全國。

　　《中國農史》2002 年第 1 期虞雲國〈略論宋代太湖流域的農業經濟〉：除菊、梅、牡丹，太湖流域蒔栽的觀賞性花木還有金林檎、蓮花海棠、桂花、……芭蕉、蘭、荷等。

　　「蒔養」使用也很多，我們檢索了中國期刊網 1994 年以來的論文題，其中用「蒔養」一詞的就有 30 個，如「鳳梨蒔養管理技術」、「蒔養花卉防中毒」、「大岩桐的蒔養方法」、「冬季如何蒔養水仙花」等；正文中使用「蒔養」一詞的有260 餘篇，不煩舉例。
　　這些用例，說明「蒔」複詞到了現代並沒有突然絕跡，這種情

況體現出了「蒔」複詞發展演變的延續性和連貫性。

　　《現代漢語詞典》一概不予收釋，可能是把這些詞作為方言看待。實際情況是，這些保留在現代漢語中的「蒔」複詞，有的雖然有地域性，如「插蒔」，使用於水稻生產區的中國南方。但是中國的水稻生產區並不狹小。而且有的卻並沒有地域性，如「蒔養」，中國期刊網的論文無論是作者還是登載論文的刊物都不見有地域性。因此，《現代漢語詞典》對「蒔」複詞一概不予收釋，也可能有些不妥。❸

　　最後，需要特別強調的是，目前的網盤古籍都或多或少存在著版本文字校勘問題，比較嚴重的問題如沒有交代版本依據、把繁體字變成了簡體字失去古籍文字原貌、缺漏錯字較多等，❸我們即使利用製作較好的網盤全文檢索古籍資源檢得的語料，也需要與紙本細細核對，無誤後纔能寫入論文；那些錯誤百出的網盤，根本不能使用。再者，我們要有清醒的認識，利用網盤全文檢索古籍資源僅是檢索研究需要的語料，它與手工檢索語料只有速度差異，沒有本質區別；全文檢索是檢索語料的手段，不是研究古漢語詞彙的方法。我們需要遵循從發現選題到收集語料、排比分析語料、形成結論的做古漢語詞彙研究的一般方法，做艱苦的工作，不能因為手裏有了所需的網盤資源，就萬事大吉，掉以輕心，現在流行的「三個月做一篇博士論文」的說法，至少對古漢語詞彙研究來說是不切實際的。

---

❸　當然也有可能是受詞典篇幅的限制。

❸　可合參拙文〈略談網路古籍的版本校勘問題〉，文載《古籍整理研究學刊》2003 年第 5 期，頁 82－85。

附錄一
古漢語詞彙研究專著要目[1]

　　本目共收古漢語詞彙研究專著 253 種。分為十類，與第一章第一節〈古漢語詞彙研究專著概述〉相對應。種數在每類後注出。

一、詞彙史、詞彙研究史、詞彙學史 14

王　力《漢語史稿》[下冊]中華書局 1980

王　力《漢語詞彙史》商務印書館 1993，又收入《王力文集》第
　　　　11 卷，山東教育出版社 1990

向　熹《簡明漢語史》[上冊]中編《漢語詞彙史》高等教育出版社
　　　　1993

齊沖天《漢語史簡論》大象出版社 1997

潘允中《漢語詞彙史概要》上海古籍出版社 1989

徐朝華《上古漢語詞彙史》商務印書館 2003

史存直《漢語詞彙史綱要》華東師範大學出版社 1989

---

[1]　各目皆包括古漢語詞彙學、古漢語詞彙史以及古漢語詞彙研究的論著，省稱為古漢語詞彙研究。

符淮青《漢語詞彙學史》安徽教育出版社 1996
嚴　修《二十世紀的古漢語研究》書海出版社 2001
袁　賓、徐時儀、史佩信、陳年高《二十世紀的近代漢語研究》書
　　　海出版社 2001
溫端正、周　薦《二十世紀的漢語俗語研究》書海出版社 2000
蔣紹愚《近代漢語研究概況》北京大學出版社 1994
周　薦《漢語詞彙研究史綱》語文出版社 1995
許威漢《二十世紀的漢語詞彙學》書海出版社 2000

二、詞彙通論、詞彙學通論 12

趙克勤《古代漢語詞彙學》商務印書館 1994
趙克勤《古漢語詞彙概要》浙江教育出版社 1987
趙克勤《古漢語詞彙問題》河南人民出版社 1980
蔣紹愚《古漢語詞彙綱要》北京大學出版社 1989
何九盈、蔣紹愚《古漢語詞彙講話》北京出版社 1980
林仲湘《古漢語詞彙常識》貴州人民出版社 1986
周光慶《古漢語詞彙學簡論》華中師範大學出版社 1989
嚴廷德《古漢語詞彙學》四川大學出版社 1992
張永綿《近代漢語概要》瀋陽出版社 1989
袁　賓《近代漢語概論》上海教育出版社 1992
楊建國《近代漢語引論》黃山書社 1993
蔣冀騁、吳福祥《近代漢語綱要》湖南教育出版社 1997

三、詞義通論、詞義學通論 9

高守綱《古代漢語詞義通論》語文出版社 1994

洪成玉《古漢語詞義分析》天津人民出版社 1985

蘇寶榮、宋永培《古漢語詞義簡論》河北教育出版社 1987

張聯榮《古漢語詞義論》北京大學出版社 2000

宋永培《古漢語詞義系統研究》內蒙古教育出版社 2000

羅正堅《漢語詞義引申導論》南京大學出版社 1996

蘇新春《漢語詞義學》廣東教育出版社 1992

黃金貴《古漢語同義詞辨釋論》上海古籍出版社 2002

賈彥德《漢語語義學》北京大學出版社 1992

四、詞源學、語源學研究 12

章炳麟《文始》，收入《章氏叢書》第 2－6 冊，江蘇廣陵古籍刻
　　　印社 1981

王　力《同源字典》商務印書館 1982

劉鈞杰《同源字典補》商務印書館 1999

張希峰《漢語詞族叢考》巴蜀書社 1999

張希峰《漢語詞族續考》巴蜀書社 2000

查中林《四川方言語詞和漢語同族詞研究》巴蜀書社 2002

李海霞《漢語動物命名研究》巴蜀書社 2002

任繼昉《漢語語源學》重慶出版社 1992

孟蓬生《古漢語同源詞語音關係研究》北京師範大學出版社 2001

殷寄明《漢語語源義初探》學林出版社 1998

殷寄明《語源學概論》上海教育出版社 2000

張　博《漢語同族詞的系統性與驗證方法》商務印書館 2003

五、專書研究 45

陳年福《甲骨文動詞詞彙研究》巴蜀書社 2001

楊逢彬《殷墟甲骨刻辭詞類研究》花城出版社 2003

錢宗武《今文尚書語言研究》岳麓書社 1996

向　熹《詩經詞典》四川人民出版社 1986

董治安、王世舜、萬樣禎《詩經詞典》山東教育出版社 1989

毛遠明《左傳詞彙研究》西南師範大學出版社 1999

楊伯峻、徐提《春秋左傳詞典》中華書局 1985

張文國《左傳名詞研究》中國社會科學出版社 1998

楊伯峻《論語詞典》附《論語譯注》中華書局 1980

楊伯峻《孟子詞典》附《孟子譯注》中華書局 2000

李運益主編《論語詞典》西南師範大學出版社 1993

周文德《《孟子》同義詞研究》巴蜀書社 2002

崔立斌《《孟子》詞類研究》河南大學出版社 2004

董治安主編《老莊詞典》山東教育出版社 1993

李傑群《商君書虛詞研究》中國文史出版社 2000

魏德勝《《韓非子》語言研究》北京語言學院出版社 1995

王延棟《戰國策詞典》南開大學出版社 2001

張雙棣《呂氏春秋詞彙研究》山東教育出版社 1989

殷國光《《呂氏春秋》詞類研究》華夏出版社 1997

張雙棣、殷國光、陳濤《呂氏春秋詞典》山東教育出版社 1993

魏德勝《《睡虎地秦墓竹簡》詞彙研究》華夏出版社 2003

管錫華《《史記》單音詞研究》巴蜀書社 2000

池昌海《《史記》同義詞研究》上海古籍出版社 2002

胡敕瑞《論衡與東漢佛經詞語比較研究》巴蜀書社 2002

張能甫《鄭玄注釋語言詞彙研究》巴蜀書社 2000

馮　蒸《《說文》同義詞研究》首都師範大學出版社 1995

宋永培《《說文》與上古漢語詞義研究》巴蜀書社 2001

雷漢卿《《說文》「示部」字與神靈祭祀考》巴蜀書社 2000

胡繼明《《廣雅疏證》同源詞研究》巴蜀書社 2002

張永言主編《世說新語辭典》四川人民出版社 1992

張萬起《世說新語詞典》商務印書館 1993

張振德等《世說新語語言研究》巴蜀書社 1995

吳金華《世說新語考釋》安徽教育出版社 1994

化振紅《《洛陽伽藍記》詞彙研究》中國文史出版社 2002

董志翹《《入唐求法巡禮行記》詞彙研究》中國社會科學出版社 2000

張能甫《《舊唐書》詞彙研究》巴蜀書社 2002

祝敏徹《《朱子語類》句法研究》長江文藝出版社 1991

王利器主編《金瓶梅詞典》吉林文史出版社 1988

白維國《金瓶梅詞典》中華書局 1991

鮑延毅《《金瓶梅》語詞溯源》華夏出版社 1996

胡竹安《水滸詞典》漢語大詞典出版社 1989

李法白、劉鏡芙《水滸語詞詞典》上海辭書出版社 1989

沈伯俊、譚良嘯《三國演義辭典》巴蜀書社 1989

楊為珍、郭榮光主編《《紅樓夢》辭典》山東文藝出版社 1986

周汝昌主編《紅樓夢辭典》廣東人民出版社 1987

周定一主編《紅樓夢語言詞典》商務印書館 1996

六、專門體裁研究 30

汪啟明《漢小學文獻語言研究叢稿》巴蜀書社 2003

王　鍈《唐宋筆記語詞匯釋》中華書局 2001 修訂本

蔣紹愚《唐詩語言研究》中州古籍出版社 1990

盧潤祥《唐宋詩詞常用語詞典》湖南出版社 1991

張　相《詩詞曲語辭匯釋》中華書局 1979

王　鍈《詩詞曲語辭例釋》中華書局 1980

王　鍈、曾明德編《詩詞曲語辭集釋》語文出版社 1991

林昭德《詩詞曲語詞雜釋》四川人民出版社 1986

陸澹安《戲曲詞語匯釋》上海古籍出版社 1981

顧學頡、王學奇等《元曲釋詞》(一)中國社會科學出版社 1983，
　　　(二)同社 1984，(三)同社 1988(四)同社 1990

陸澹安《小說詞語匯釋》上海古籍出版社 1964

江藍生《魏晉南北朝小說詞語匯釋》語文出版社 1988

吳士勳等主編《宋元明清百部小說語詞大辭典》山西人民出版社
　　　1992

張季皋等《明清小說辭典》花山文藝出版社 1992

徐時儀《古白話詞彙論稿》上海教育出版社 2000

蔣禮鴻《敦煌變文字義通釋》上海古籍出版社 1988 增訂本

蔣禮鴻等《敦煌文獻語言詞典》杭州大學出版社 1994

陳秀蘭《敦煌變文詞彙研究》四川民族出版社 2002

張金泉、許建平《敦煌音義彙考》杭州大學出版社 1996

黃　征《敦煌語言文字學研究》甘肅教育出版社 2002

朱慶之《佛典與中古漢語研究》臺灣文津出版社 1992

梁曉虹《佛教詞語的構造和漢語詞彙的發展》北京語言學院出版社
　　　1994

李維琦《佛經釋詞》岳麓書社 1993

李維琦《佛經續釋詞》岳麓書社 1999

俞理明《佛經文獻語言》巴蜀書社 1993

中國佛教文化研究所編《俗語佛源》上海人民出版社 1993

袁　賓《禪宗著作詞語匯釋》江蘇古籍出版社 1990

于　谷《禪宗語言和文獻》江西人民出版社 1995

袁　賓主編《禪宗詞典》湖北人民出版社 1994

王啟濤《中古及近代法制文書語言研究》巴蜀書社 2003

七、專類詞研究 64

(一)一般專類詞研究 20

李宗江《漢語常用詞演變研究》漢語大詞典出版社 1999

汪維輝《東漢——隋唐常用詞演變研究》南京大學出版社 2000

朱廣祁《詩經雙音詞論稿》河南人民出版社 1985

楊家駱主編《古典複音詞彙輯林》[臺北]鼎文書局 1978

徐振邦《聯綿詞概論》大眾文藝出版社 1998

符定一《聯綿字典》中華書局 1983

高文達主編《新編聯綿詞典》河南人民出版社 2001

洪成玉、張桂珍《古漢語同義詞辨析》浙江教育出版社 1987

王政白《古漢語同義詞辨析》黃山書社 1992

董志翹、張意馨《古今同形異解詞語詞典》江蘇科學技術出版社
　　　1992

黃金貴《古代文化詞義集類辨考》上海教育出版社 1995

黃金貴《古漢語同義詞辨釋論》上海古籍出版社 2002

楊　琳《漢語詞彙與華夏文化》語文出版社 1996

史為樂主編《中國地名語源詞典》上海辭書出版社 1995

華林甫《中國地名學源流》湖南人民出版社 1999

張顯成《簡帛藥名研究》西南師範大學出版社 1997

張顯成《先秦兩漢醫學用語研究》巴蜀書社 2000

王海棻《古漢語時間範疇詞典》安徽教育出版社 2004

羅　驥《北宋語氣詞及其源流》巴蜀書社 2003

陳寶勤《漢語造詞研究》巴蜀書社 2002

(二)虛詞研究 19

藍　鷹、洪　波《上古漢語虛詞研究》四川人民出版社 2001

楊樹達《詞詮》中華書局 1954

裴學海《古書虛字集釋》中華書局 1954

徐仁甫《廣釋詞》四川人民出版社 1981

楊伯峻《古漢語虛詞》中華書局 1981

于長虹、韓闕林《常用文言虛詞手冊》河北人民出版社 1983

韓崢嶸《古漢語虛詞手冊》吉林人民出版社 1984

何樂士等《古代漢語虛詞通釋》北京出版社 1985

中國社會科學院語言研究所古代漢語研究室編《古代漢語虛詞詞
　　　典》商務印書館 1999

俞　敏監修、謝紀鋒編纂《虛詞詁林》黑龍江人民出版社 1993

雷文治主編《近代漢語虛詞詞典》河北教育出版社 2002

何金松《虛詞歷時詞典》湖北人民出版社 1994

劉　堅等《近代漢語虛詞研究》語文出版社 1992

陳　穎《蘇軾作品量詞研究》巴蜀書社 2003

劉世儒《魏晉南北朝量詞研究》中華書局 1965

呂叔湘著、江藍生補《近代漢語指代詞》學林出版社 1985

馬貝加《近代漢語介詞》中華書局 2002

曹廣順《近代漢語助詞》語文出版社 1995

孫錫信《近代漢語語氣詞：漢語語氣詞的歷史考察》語文出版社
　　1999

（三）成語典故研究 25

朱祖延主編《漢語成語大詞典》河南人民出版社 1985

王　濤等編《中國成語大詞典》上海辭書出版社 1987

向光忠等主編、周文彬等編撰《中華成語大詞典》吉林文史出版社
　　1986

高振興主編《四角號碼漢語成語大詞典》（增補本）延邊大學出版
　　社 1993

劉萬國、侯文富主編《中華成語大詞典》吉林大學出版社 1999

伍宗文等編《實用成語大詞典》巴蜀書社 1999

羅竹風主編《漢大成語大詞典》漢語大詞典出版社 2000

唐志超主編《中華成語大詞典》延邊人民出版社 2000

長　松編《漢語成語大詞典》延邊大學出版社 2001

劉志屏、尚　波主編《漢語成語大詞典》吉林大學出版社、吉林音
　　像出版社 2002

程志強編著《中華成語大詞典》中國大百科全書出版社 2003
本書編寫組編《中華成語大詞典》延邊大學出版社 2004
楊任之編著《古今成語大詞典》北京工業大學出版社 2004
杭州大學中文系《古書典故辭典》江西人民出版社 1984
王廷慰等《漢語典故詞典》江蘇古籍出版社 1985
于　石等《常用典故詞典》上海辭書出版社 1985
山東大學古籍所《文學典故詞典》齊魯書社 1987
方福仁《多形式典故詞典》浙江人民出版社 1989
陸尊梧《歷代典故辭典》作家出版社 1990
本書編寫組《漢語典故分類詞典》內蒙古人民出版社 1991
李文學《唐詩典故詞典》陝西人民出版社 1989
范之麟等《全唐詩典故辭典》湖北辭書出版社 1989
金啟華《全宋詞典故考釋詞典》吉林文史出版社 1986
呂微芬《全元散曲典故辭典》湖北辭書出版社 1985
李明權《佛學典故匯釋》浙江古籍出版社 1990

八、斷代研究 26

程相清主編《先秦漢語研究》，「漢語史斷代專書研究」叢書，山
　　　　東教育出版社出版 1982
程相清主編《兩漢漢語研究》，同上 1985
程相清主編《魏晉南北朝漢語研究》，同上 1988
程相清主編《隋唐五代漢語研究》，同上 1992
程相清主編《宋元明漢語研究》，同上 1992
程湘清《漢語史專書複音詞研究》商務印書館 2003

王衛峰《上古漢語詞彙派生研究》百家出版社 2002

伍宗文《先秦漢語複音詞研究》巴蜀書社 2001

方一新《東漢魏晉南北朝史書詞語箋釋》黃山書社 1997

蔡鏡浩《魏晉南北朝詞語例釋》江蘇古籍出版社 1990

方一新、王雲路《中古漢語語詞例釋》吉林教育出版社 1992

董志翹《中古文獻語言論集》巴蜀書社 2000

江藍生等《唐五代語言詞典》上海教育出版社 1997

袁　賓等《宋語言詞典》上海教育出版社 1997

龍潛庵《宋元語言詞典》上海辭書出版 1985

李崇興等《元語言詞典》上海教育出版社 1998

顧之川《明代漢語詞彙研究》河南大學出版社 2000

王雲路、方一新編《中古漢語研究》商務印書館 2000

高文達主編《近代漢語詞典》知識出版社 1992

許少峰主編《近代漢語詞典》團結出版社 1997

胡竹安等《近代漢語研究》商務印書館 1992

張美蘭《近代漢語語言研究》天津教育出版社 2001

江藍生《近代漢語探源》商務印書館 2000

蔣冀騁《近代漢語詞彙研究》湖南教育出版社 1991

李　申《近代漢語釋詞叢稿》江蘇教育出版社 1995

史　式《太平天國詞語匯釋》四川人民出版社 1984

九、方俗語、外來語研究 35

丁啓陣《秦漢方言》東方出版社 1991

汪啓明《先秦兩漢齊語研究》巴蜀書社 1998

劉君惠、楊鋼、李恕豪、華學誠《揚雄方言研究》巴蜀書社 1992

徐嘉瑞《金元戲曲方言考》商務印書館 1956

朱居易《元曲俗語方言釋例》商務印書館 1956

董遵章《元明清白話著作中山東方言例釋》山東教育出版社 1985

李　申《金瓶梅方言俗語匯釋》北京師院出版社 1990

華學誠《周秦漢晉方言研究史》復旦大學出版社 2003

胡樸安《俗語典》上海廣益書局 1922

屈　樸《俗語古今》河北人民出版社 1991

孫錦標《通俗常言疏證》中華書局 2000

張惠英《金瓶梅俚俗難釋詞訓釋》社科文獻出版社 1992

翟建波編著《中國古代小說俗語大詞典》漢語大詞典出版社 2002

李泳炎、李亞虹編著《中華俗語源流大辭典》中國工人出版社
　　　1992

王樹山等輯《古今俗語集成》第一卷，山西教育出版社 1989

陳慶延等輯《古今俗語集成》第二卷，同上

楊廷祥等輯《古今俗語集成》第三卷，同上

高增德等輯《古今俗語集成》第四卷，同上

沈慧雲等輯《古今俗語集成》第五卷，同上

宋玉岫等輯《古今俗語集成》第六卷，同上

王　鍈《宋元明市語匯釋》貴州人民出版社 1997

寧　榘《古今歇後語選釋》湖北人民出版社 1982

曲彥斌《中國民間秘密語》上海三聯書店 1990

曲彥斌《江湖隱語行話的秘密世界》河北人民出版社 1991

曲彥斌《中國民間隱語行話》新華出版社 1991

傅憎享《《金瓶梅》隱語揭秘》百花文藝出版社 1993

曲彥斌主編《俚語隱語行話詞典》上海辭書出版社 1996

曲彥斌、徐素娥編著《中國秘語行話詞典》書目文獻出版社 1994

曲彥斌《中國民間隱語行話》新華出版社 1991

曲彥斌主編《中國隱語行話大辭典》遼寧教育出版社 1995

方齡貴《元明戲曲中的蒙古語》漢語大詞典出版社 1991

高名凱、劉正埮《現代漢語外來詞研究》文字改革出版社 1958

馬西尼《現代漢語詞彙的形成——十九世紀漢語外來詞研究》漢語
　　大詞典出版社 1997

劉正埮、高名凱等編《漢語外來詞詞典》上海辭書出版社 1984

岑麒祥《漢語外來語詞典》商務印書館 1990

十、大型字詞書 6

徐中舒主編《漢語大字典》湖北辭書出版社，四川辭書出版社
　　1986－1990

羅竹風主編《漢語大詞典》上海辭書出版社，漢語大詞典出版社
　　1986－1993

胡裕樹《新編古今漢語大詞典》上海辭書出版社 1995

朱起鳳《辭通》開明書局 1934，上海古籍出版社 1982 重印

吳文祺主編《辭通續編》上海古籍出版社 1991

符定一《聯綿字典》京華印書局 1943，中華書局 1946 重版

附錄二
古漢語詞彙研究期刊論文要目

　　本目共收古漢語詞彙研究論文 1,004 篇。分四十一類，與第一章第三節〈古漢語詞彙研究期刊論文概述〉一節大致相對應。所不同的是詞類部分比概述分類略細，以便檢索。篇數在每類後注出。

一、詞彙學 20

俞　敏〈化石語素〉，《中國語文》1984.1

許威漢〈論漢語詞彙體系〉，《古漢語研究》1989.4

宋永培〈中國文化詞彙學的基本特徵〉，《漢字文化》1990.2

曾　良〈社會與詞彙的動態發展〉，《九江師專學報》1992.1

朱慶之〈試論佛典翻譯對中古漢語詞彙發展的若干影響〉，《中國語文》1992.4

朱慶之〈漢譯佛典語文中的原典影響初探〉，《中國語文》1993.5

徐正考〈論漢語詞彙的發展與漢民族歷史文化的變遷〉，《吉林大學社會科學學報》1994.1

良　山〈漢語詞彙的臨時變異與歷時變化〉，《臨沂師專學報》1994.3

蘇新春〈如何劃分漢語的基本詞彙〉，《廣州師院學報》1994.4

陳蘭香〈漢語詞彙嬗變中的耗散現象〉，《楚雄師專學報》1995.2

劉　堅等〈論誘發漢語詞彙語法化的若干因素〉，《中國語文》
　　　　1995.3

劉緒湖〈現代語義學對古漢語詞彙研究的作用〉，《烏魯木齊成人
　　　　教育學院學報》1996.4

李榮奎〈漢語詞彙之演變與中國文字〉，《中國人民大學學報》
　　　　1996.6

郭焰坤〈試論古漢語詞彙的臨摹性〉，《黃岡師範學院學報》
　　　　1999.1

蔣紹愚〈兩次分類：再談詞彙系統及其變化〉，《中國語文》
　　　　1999.5

匡鵬飛〈論古漢語詞彙學的學科地位〉，《武漢教育學院學報》
　　　　2001.1

李海霞〈從分類概括看詞彙的發展〉，《南京社會科學》2002.4

李如龍〈漢語詞彙衍生的方式及其流變〉，《河北師範大學學報》
　　　　2002.5

安俊麗〈黃色彩對漢語詞彙的文化影響〉，《安慶師範學院學報》
　　　　2002.5

王　軍〈漢語詞彙發展中的標記現象〉，《語文研究》2004.1

二、詞彙學史 16

加　柱〈荀子《正名》篇的詞彙學說〉，《昭通師範高等專科學校
　　　　學報》1990.1

韓雅南〈荀子《正名》篇詞彙學價值管窺〉，《松遼學刊》2000.1

李長仁〈周秦時期漢語詞彙研究管窺〉，《松遼學刊》1996.4

李長仁〈先秦漢語詞彙理論探索述略〉，《松遼學刊》1998.4

姚錫遠〈上古時期詞彙學研究說略〉，《河南教育學院學報》
　　　1996.3

宋永培〈《說文》對上古漢語字詞的系統整理〉，《齊魯學刊》
　　　2003.5

周光慶〈《說文解字注》的詞彙學理論〉，《圖書館與讀者》
　　　1986.1

普　慧〈天竺佛教語言及其對中國語言學的影響〉，《人文雜志》
　　　2004.1

李恕豪〈論顏之推的方言研究〉，《天府新論》1998.3

石　鋟〈從唐代幾種語言類筆記看唐代詞彙研究〉，《兵團教育學
　　　院學報》1997.1

袁雪梅〈試評方以智對「謰語」及聯綿詞的研究〉，《四川師範大
　　　學學報》1998.3

袁雪梅〈從《通雅》看方以智的同源詞研究〉，《天府新論》
　　　2000.1

田恒金〈談方以智對同源詞的研究〉，《湖北民族學院學報》
　　　2000.3

吳　俊〈翟灝在語詞研究方面的貢獻──讀《通俗編》札記〉，
　　　《安順師範高等專科學校學報》1994.3

方平權〈王夫之《說文廣義》在漢語詞義研究理論上的貢獻〉，
　　　《湛江師範學院學報》2003.5

孫菊芬〈論《馬氏文通》前的清代「形容詞」研究〉，《株洲師範
　　高等專科學校學報》2003.3

三、漢語詞彙史研究的方法理論與認識 16

趙振鐸〈論先秦兩漢漢語〉，《古漢語研究》1994.3

趙振鐸〈論中古漢語〉，《樂山師範學院學報》2001.3

任學良〈漢語史研究中的基本觀點〉，《求是學刊》1987.3

徐　蔚〈漢語史研究中的時空結合原則〉，《康定民族師範高等專
　　科學校學報》2003.2

程湘清〈漢語史斷代專書研究方法論〉，《漢字文化》1991.2

蘇新春〈古漢語詞彙研究的拓新〉，《九江師專學報》1988.1

馬學良〈開拓漢語史研究的新途徑〉，《中國語文》1989.6

馮　英〈歷史比較與類型比較在漢語史研究中的意義〉，《雲南師
　　範大學學報》2001.5

李葆嘉〈論漢語史研究的理論模式〉，《語文研究》1995.4

李葆嘉〈高本漢直線型研究模式述論──漢語史研究理論模式論之
　　一〉，《江蘇教育學院學報》1995.3

李葆嘉〈普林斯頓方言逆推模式述論──漢語史研究理論模式論之
　　二〉，《青島大學師範學院學報》1995.1

李葆嘉〈張琨時空二維研究模式述論──漢語史研究理論模式論之
　　三〉，《徐州師範大學學報》1995.3

李葆嘉〈論橋本萬太郎的推移模式及相關問題──漢語史研究理論
　　模式論之四〉，《雲夢學刊》1995.4

李葆嘉〈漢語史研究「混成發生·推移發展」模式論──漢語史研

究理論模式論之五〉，《江蘇教育學院學報》1997.1

尉遲治平〈計算機技術和漢語史研究〉，《古漢語研究》2000.3

汪少華〈從《周秦漢晉方言研究史》看漢語史研究方法〉，《語言
　　　研究》2003.4

四、詞彙、詞語、語詞 73

陳煒湛〈商代甲骨文金文詞彙與《詩·商頌》的比較〉，《中山大
　　　學學報》2002.1

劉天驥〈《內經》詞彙特點〉，《中醫藥學刊》1994.2

葉正渤〈《逸周書》語詞研究〉，《古籍整理研究學刊》2002.5

白　冰〈從《說文》與《廣韻》語詞訓詁看東漢至北宋的語言發
　　　展〉，《五邑大學學報》2002.3

方一新〈《世說新語》詞語札記〉，《古漢語研究》1990.1

王建設〈《世說新語》語詞小札〉，《中國語文》1990.6

程志兵〈《齊民要術》中所見詞源舉隅〉，《伊犁師範學院學報》
　　　1999.4

闞緒良〈《齊民要術》詞語札記〉，《語言研究》2003.4

翟　燕〈《洛陽伽藍記》中新詞新義的語義及結構分析〉，《濟寧
　　　師範專科學校學報》2003.1

郭在貽〈魏晉南北朝史書語詞瑣記〉，《古漢語研究》1990.3

郭在貽〈魏晉南北朝史書語詞瑣記〉，《中國語文》1990.5

王小莘〈魏晉南北朝詞彙研究與詞書的編纂〉，《中國語文》
　　　1997.4

陳秀蘭〈從常用詞看魏晉南北朝文與漢文佛典語言的差異〉，《古

漢語研究》2004.1

王華寶〈漢魏六朝語詞研究考論〉,《南京師大學報》1999.4

劉　翠〈樂府民歌中的新詞新義——兼論新、舊詞的特點〉,《安
　　　徽師範大學學報》1994.3

王雲路〈中古詩歌語言源流演變述略〉,《浙江社會科學》1995.2

王小莘〈從魏晉六朝筆記小說看中古漢語詞彙新舊質素的共融和更
　　　替〉,《南京師範大學文學院學報》2003.1

毛遠明〈讀漢魏六朝石刻詞語札記——兼及石刻詞彙研究的意義〉,
　　　《樂山師範學院學報》2002.6

梁曉虹〈《六度集經》語詞札記〉,《古漢語研究》1990.3

胡湘榮〈鳩摩羅什同支謙、竺法護譯經中語詞的比較〉,《古漢語
　　　研究》1994.2;(續)1994.3

梁曉紅〈論佛教詞語對漢語詞彙寶庫的擴充〉,《杭州大學學報》
　　　1994.4

徐晶晶〈試論漢語儒、佛、道詞語產生和流行的原因〉,《江蘇廣
　　　播電視大學學報》1998.4

劉學敏〈佛典與漢語詞彙的發展〉,《神州學人》1999.5

張　箭〈佛教對漢語文字詞彙的影響〉,《成都大學學報》2004.2

賴積船〈〈父母恩重經講經文〉的詞彙語義學價值〉,《求索》
　　　2004.4

馮天瑜〈漢譯佛教詞語的確立〉,《湖北大學學報》2003.2

汪維輝〈先唐佛經詞語札記六則〉,《中國語文》1997.2

徐　復〈敦煌變文詞語研究〉,《中國語文》1961.8

江藍生〈敦煌變文詞語瑣記〉,《語言研究》1985.1

陳秀蘭〈敦煌俗文學語彙溯源——兼論佛典翻譯對敦煌俗文學語彙
　　形成的作用〉，《綿陽師範高等專科學校學報》1998.2；
　　（續）1998.3

廖名春〈吐魯番出土文書語詞管窺〉，《古漢語研究》1990.1

冉啟斌〈《唐律疏議》詞彙特點及價值舉說〉，《殷都學刊》
　　2001.2

龍潛庵〈宋元語詞札記〉，《中國語文》1979.5

宋　商〈元曲詞語札記〉，《中國語文》1982.6

李　申〈元典詞語今徵〉，《中國語文》1983.5

王　鍈〈詩詞曲語辭舉例〉，《中國語文》1978.3

鮑延毅〈《金瓶梅》逆序詞與中古詞彙變遷〉，《西南師範大學學
　　報》1995.1

張鴻魁、王大新〈從《金瓶梅》詞彙特點看文化因素的影響〉，
　　《求是學刊》1995.1

王紹新〈《紅樓夢》詞彙與現代漢語詞彙的詞形異同研究〉，《中
　　國語文》2001.2

宋均芬〈古典小說的一般詞彙〉，《漢字文化》1996.2

張聯榮〈近代漢語詞彙研究中的推源問題〉，《北京大學學報》
　　1995.5

李　申〈近代漢語詞語的羨餘現象〉，《徐州師範大學學報》
　　1998.3

王　鍈〈近代漢語詞彙研究與中古漢語〉，《貴州大學學報》
　　2003.4

唐　莉〈近代漢語詞語發展的更替現象〉，《古漢語研究》2001.4

楊冰郁、郭芹納〈近代漢語修辭詞語的特徵〉，《西安聯合大學學報》2002.3

曾孔生〈文化生態：釋現代醫學保留古漢語詞彙的現象〉，《醫學與社會》1997.4

汪　炯〈古醫籍中的詞彙與修辭現象〉，《徐州師範大學學報》2000.4

范開珍、譚慶剛〈古醫籍的詞語探微〉，《湖北民族學院學報》2001.1

李亞軍〈醫古文特殊語詞之研究〉，《陝西中醫學院學報》1994.4

王今暉〈從幾種詩體之比較看五言體崛起的必然性——以先秦至兩漢時期漢語詞彙的發展為中心〉，《山東師範大學學報》2003.3

陳　炯、錢長源〈中國古代法律詞彙形成、發展和演變述論〉，《安徽大學學報》2003.5

鄭　奠〈漢語詞彙史隨筆〉，《中國語文》1959.6（二）至（十）1959.7、8、9、11、12；1960.3；1961.3、4、6

盛九疇〈漢語詞彙史二題〉，《上海教育學院學報》1988.2

張永言、汪維輝〈關於漢語詞彙史研究的一點思考〉，《中國語文》1995.6

劉　堅〈語詞雜說〉，《中國語文》1978.2

蔣　文〈從「馬」之繁簡看漢語詞彙的發展規律〉，《玉溪師範學院學報》1995.2

陳　波〈「鬼」字用法的發展及對漢語詞彙的影響〉，《武漢理工大學學報》2003.3

葉正渤〈月相和西周金文月相詞語研究〉，《考古與文物》2002.3

解海江、張志毅〈漢語面部語義場歷史演變──兼論漢語詞彙史研究方法論的轉折〉，《古漢語研究》1993.4

梅漢成、王　兵〈古漢語中與「佳麗」同義的語詞系列〉，《江蘇教育學院學報》1997.2

曾　丹〈以草木瓜果為例談植物類詞語的文化內涵〉，《語言研究》2002.S1

閻玉文〈「掇坐」及其同義語詞探源〉，《古漢語研究》2002.2

李長青〈《爾雅》所見疾病詞語淺說〉，《海南大學學報》2002.3

董志翹〈再論「進」對「入」的歷時替換：與李宗江先生商榷〉，《中國語文》1998.2

汪維輝〈漢魏六朝「進」字使用情況考察──對〈「進」對「入」的歷時替換〉一文的幾點補正〉，《南京大學學報》2001.2

史光輝〈常用詞「矢、箭」的歷時替換考〉，《漢語史學報》2003.1

史光輝〈常用詞「焚、燔、燒」歷時替換考〉，《古漢語研究》2004.1

牛太清〈常用詞「隅」「角」歷時更替考〉，《中國語文》2003.2

汪維輝〈漢語「說類詞」的歷時演變與共時分佈〉，《中國語文》2003.4

張莉娜〈從幾個常用詞演變淺析詞彙和詞義的發展〉，《四川大學學報》2004.S1

唐朝闊〈「一頭詞語」研究〉，《零陵學院學報》2003.6

王海棻、吳可穎《古漢語表年齡的語詞及其文化背景》，《中國語

文》1994.5

褚良才〈漢語史研究的新領域——古代軍語研究〉,《杭州師範學
　　院學報》1995.5

五、單音詞 3

王作新〈大量高頻　簡易實用——漢語單音詞使用的文化透視〉,
　　《北方論叢》1994.4

張福德〈古漢語複合義單音詞探微〉,《北方論叢》1996.3

楊烈雄〈古今單音詞兼義現象的差異〉,《惠州大學學報》1997.2

六、雙音詞、三音詞 95

馬　真〈先秦複音詞初探〉,《北京大學學報》1980.5、1981.1

趙振興〈《周易》的複音詞考察〉,《古漢語研究》2001.4

陳紹炎〈《論語》複音詞研究〉,《畢節師範高等專科學校學報》
　　1996.3

周　文〈《論語》雙音詞綜考〉,《咸寧師專學報》2001.5

錢　光〈《墨子》複音詞初探〉,《甘肅社會科學》1992.1

李智澤〈《孟子》與《孟子章句》複音詞構詞法比較〉,《中國語
　　文》1988.5

張　覺〈《孟子》中的複音詞凝固現象〉(一)(二)(三),《上海大
　　學學報》1996.3

吳曉露〈從《論語》《孟子》看戰國時期的雙音詞〉,《南京大學
　　學報》1984.2

夏　青〈《內經》聯合式複音詞的語素義和詞義的關係〉,《山西

中醫》1996.6

夏　青〈《內經》聯合式複音詞的語素分析〉，《河南中醫》1998.4

金　中〈試論「內經」複音詞的構詞法〉，《醫古文知識》1998.2

劉志生〈《莊子》複音詞構詞方式初探〉，《喀什師範學院學報》
　　　1995.4

章建文、趙代根〈《荀子》複音詞初探〉，《池州師專學報》2003.1

李丹葵〈《戰國策》中聯合式雙音詞探析〉，《武漢科技大學學報》
　　　2000.1

魏德勝〈《睡虎地秦墓竹簡》複音詞簡論〉，《語言研究》1999.2

石　鉞〈古漢語複音詞研究綜述──兼談《睡虎地秦墓竹簡》的複
　　　音詞〉，《湖北師範學院學報》1999.3

郭作飛〈《毛詩詁訓傳》複音詞初探〉，《重慶三峽學院學報》
　　　1998.4

韓陳其〈《史記》中字序對換的雙音詞〉，《中國語文》1983.3

楊冬梅〈略論《史記》的雙音節詞〉，《蘇州科技學院學報》1986.3

湯亞平〈《史記》雙音詞比較〉，《雲南師範大學學報》1998.4

胡繼明〈《漢書》應劭注雙音詞研究〉，《河南師範大學學報》
　　　2002.3

胡繼明〈《漢書》應劭注偏正式雙音詞研究〉，《東南大學學報》
　　　2003.2

李苑靜〈《漢書》服虔注合成雙音詞研究〉，《伊犁師範學院學
　　　報》2003.4

陳煥良、王君霞〈論《釋名》含聲訓字複音詞〉，《中山大學學
　　　報》1998.2

李小鳳〈《釋名》附加後綴「然」的複音詞研究〉，《西北第二民
　　族學院學報》2003.2

程湘清〈《論衡》中聯合式複音詞的語義構成〉，《中國語文》
　　1983.5

程湘清〈《論衡》中聯合式雙音詞在現代漢語中的變化〉，《中國
　　語文》1984.6

時永樂、孫小超〈《論衡》同義複詞考釋〉，《河北大學學報》
　　2003.2

黃　英〈從《風俗通義》看漢代新生的複音詞〉，《西南民族學院
　　學報》2000.12

高育花〈《潛夫論》中聯合式複音詞的語義構成〉，《中南工業大
　　學學報》2001.2

徐　山〈《潛夫論》詞語考釋中的近義並列複詞問題〉，《蘇州科
　　技學院學報》2003.2

朱　舫〈王逸《楚辭章句》中的雙音詞〉，《四川大學學報》
　　1999.S1

唐子恒〈漢大賦雙音詞初探〉，《福建論壇》2000.5

何志華〈《方言》《爾雅》郭注中「今語」裏古已有之的雙音詞〉，
　　《中國語文天地》1987.5

何志華〈郭璞訓詁語言中的雙音詞〉，《西南師範大學學報》1989.1

唐子恒〈《三國志》雙音詞研究〉，《文史哲》1998.1

李新建〈《搜神記》複音詞研究〉，《鄭州大學學報》1992.6

董玉芝〈《抱朴子》聯合式複音詞研究〉，《新疆教育學院學報》
　　1994.1

董玉芝〈《抱朴子》複音詞構詞方式初探〉,《古漢語研究》1994.4

董玉芝〈《抱朴子》偏正式複音詞研究〉,《新疆教育學院學報》
　　　1995.4

董玉芝〈《抱朴子》複音詞詞義簡論〉,《新疆教育學院學報》
　　　1996.3

董玉芝〈《抱朴子》複音詞在現代漢語中的變化〉,《昌吉學院學
　　　報》1998.1

鄧志強〈《幽明錄》複音詞構詞方式舉隅〉,《株洲師範高等專科
　　　學校學報》2001.3

趙百成〈《世說新語》複音詞構詞法初探〉,《佳木斯大學社會科
　　　學學報》1995.2

李小平〈《世說新語》附加式複音詞構詞法初探〉,《新疆石油教
　　　育學院學報》2003.4

周生亞〈《世說新語》中的複音詞問題〉,《吉林大學社會科學學
　　　報》1982.2

王小莘、魏達純〈《顏氏家訓》中聯合式雙音詞的詞義構成論析〉,
　　　《廣西大學學報》1994.6

魏達純〈從《顏氏家訓》看修辭手段在魏晉六朝複音詞構成中的重
　　　要作用〉,《康定民族師範高等專科學校學報》1997.2

魏達純〈《顏氏家訓》中反義語素並列雙音詞研究〉,《東北師大
　　　學報》1998.1

周日健〈《顏氏家訓》複音詞的構成方式〉,《華南師範大學學報》
　　　1998.2

吳澤順〈《百喻經》複音詞研究〉,《吉首大學學報》1987.1

史光輝〈《齊民要術》偏正式複音詞初探〉,《廣播電視大學學報》
　　1999.1

萬久富、王　芳〈《宋書》複音詞中的古語詞〉,《南通師範學院
　　學報》2003.1

萬久富、王　芳〈《宋書》複音詞中的兼類詞〉,《廣西社會科學》
　　2003.9

邱薇瑜〈《陳書》複音詞結構簡析〉,《語文學刊》2003.4

魏　萍〈北魏墓志銘有關「墳墓」義的複音詞考釋〉,《宜賓學院
　　學報》2002.5

王雲路〈中古詩歌附加式雙音詞舉例〉,《中國語文》1999.5

祖生利〈《景德傳燈錄》的三種複音詞研究〉,《古漢語研究》
　　1996.4

祖生利〈《景德傳燈錄》中的支配式和主謂式複音詞淺析〉,《西
　　藏民族學院學報》2001.1

祖生利〈《景德傳燈錄》中的補充式複音詞〉,《渭南師範學院學
　　報》2001.3

祖生利〈《景德傳燈錄》中的偏正式複音詞〉,《古漢語研究》
　　2001.4

祖生利〈《景德傳燈錄》中的聯合式複音詞〉,《古漢語研究》
　　2002.3

閔祥順〈《朱子語類輯略》中複音詞的構詞法〉,《蘭州大學學報》
　　1987.4

程　娟〈《金瓶梅》複音形容詞結構特徵初探〉,《中國語文》
　　1999.5

王　森、王　毅〈《金瓶梅詞話》中字序對換的雙音詞〉，《蘭州
　　大學學報》2000.6

郭建花〈「三言」古今同形複音詞初探〉，《勝利油田師範專科學
　　校學報》2001.1

郭建花〈從色彩意義的變化看「三言」古今同形複音詞〉，《井岡
　　山師範學院學報》2003.3

黃寶生〈《聊齋志異》中的複音詞〉，《漢中師範學院學報》1990.3

亞努士·赫邁萊夫斯基〈上古漢語裏的雙音詞問題〉，《中國語文》
　　1956.總 52

鄭　奠〈古漢語中字序對換的雙音詞〉，《中國語文》1964.6

張永綿〈近代漢語中字序對換的雙音詞〉，《中國語文》1980.3

徐　流〈論同義複詞〉，《重慶師範大學學報》1990.4

李長仁〈古漢語雙音詞集說〉，《松遼學刊》1995.2

李成蹊〈古漢語單純雙音詞的幾種變化形式〉，《徐州師範學院學
　　報》1983.1

劉又辛〈古漢語複音詞研究法初探（章太炎《一字重音說》議疏）〉，
　　《西南師範學院學報》1982.2

王作新〈漢語複音詞結構特徵的文化透視〉，《漢字文化》1995.2

張玉棉〈試析古漢語聯合式雙音詞的詞義〉，《邢臺師專學報》
　　1995.2

鄂巧玲〈再談並列雙音詞的字序〉，《甘肅教育學院學報》2001.1

楊　星〈關於「合成複音詞」分類問題〉，《南平師專學報》2001.1

伍宗文〈從「意義的結合」看複音詞〉，《西南民族學院學報》
　　2001.S2

羅慶雲〈漢字的類化對雙音詞的影響〉，《語言研究》2002.S1

陳明娥〈試論漢語雙音詞的判定標準〉，《泰安師專學報》1999.4

戚桂宴〈漢語研究中的問題〉，《山西大學學報》1984 年第 4 期

黃　綺〈關於古代漢語複音詞問題的探討(上)〉，《河北大學學報》1985.4

王李英〈注意區分古漢語的複音詞和單音詞〉，《語文月刊》1987.11

程湘清〈試論上古漢語雙音詞和雙音詞組的區分標準〉，《東嶽論叢》1981.4

牛占珩〈《周易》古經詞法探析〉，《周易研究》2000.4

歐陽國泰〈《論語》《孟子》構詞法比較〉，《廈門大學學報》1994.2

張正霞〈《武威漢代醫簡》構詞法研究〉，《寧夏大學學報》2004.1

王雲路〈從《唐五代語言詞典》看附加式構詞法在中近古漢語中的地位〉，《古漢語研究》2001.2

楊愛姣〈近代漢語三音詞概述〉，《武漢大學學報》2002.4

楊愛嬌、張　蕾〈近代漢語三音詞的結構方式〉，《湖北大學學報》2003.3

楊愛姣〈近代漢語三音詞的語義構成〉，《南京師範大學文學院學報》2002.4

楊愛姣〈近代漢語三音詞發展原因試析〉，《武漢大學學報》2000.4

潘　攀〈《金瓶梅詞話》ABB、AABB 構詞格〉，《華中師範大學學報》1997.4

七、雙音化、單音化 18

王　忻〈從《顏氏家訓》管窺魏晉時期漢語詞彙複音化的發展〉，
　　《古漢語研究》1998.3

魏達純〈從《顏氏家訓》看修辭手段在魏晉六朝複音詞構成中的重
　　要作用〉，《康定學刊》1997.6

李小平〈試論漢語詞彙在魏晉六朝時的複音化發展——以《論語》
　　《孟子》《世說新語》為例〉，《山東科技大學學報》2004.2

駱曉平〈魏晉六朝漢語詞彙雙音傾向三題〉，《古漢語研究》1990.4

陳衛蘭〈試論敦煌變文詞彙複音化的三個趨勢〉，《北方論叢》
　　1997.5

王昌東〈再論漢語詞彙複音化的原因〉，《內蒙古師範大學學報》
　　1994.Z1

楊　琳〈漢語詞彙複音化新論〉，《煙臺大學學報》1995.4

梁光華〈試論漢語詞彙雙音化的形成原因〉，《貴州文史叢刊》
　　1995.5

孫永蘭〈漢語詞彙雙音節化的原因及其作用〉，《昭烏達蒙族師專
　　學報》1996.2

胡運飈〈漢語詞彙複音化原因的哲學探索——兼談語音簡化說和吸
　　收外語詞彙說的失誤及語音簡化的原因〉，《貴州民族學院
　　學報》1997.1

盛九疇〈漢語由單音詞漸變為複音詞的發展規律〉，《學術論壇》
　　1983.5

皮鴻鳴〈漢語詞彙雙音化演變的性質和意義〉，《古漢語研究》

1992.1

王浩然〈古漢語單音同義詞雙音化問題初探〉，《河南大學學報》
　　　1994.3

胡運飆〈從複音詞數據看詞彙複音化和構詞法的發展〉，《貴州文
　　　史叢刊》1997.2

沈懷興〈漢語詞彙複音化新探〉，《[香港]中國語文通訊》2000.12

沈懷興〈複音單純詞、重疊詞、派生詞的產生和發展──漢語詞彙
　　　複音化發展續探〉，《漢字文化》2001.1

錢　玄〈論古漢語虛詞雙音化〉，《南京師院學報》1982.1；續一
　　　1982.2；續二 1982.3；續完 1982.4

周及徐〈上古漢語雙音節詞單音節化現象初探〉，《四川大學學
　　　報》2000.4

八、複合詞 21

錢宗武〈論今文《尚書》複合詞的特點和成因〉，《湖南師範大學
　　　社會科學學報》1996.5

佟滌非〈《詩經》複合詞構詞方式淺析〉，《吉林大學社會科學學
　　　報》199606

黃　哲〈《黃帝內經》複合詞的語義組合〉，《雲夢學刊》1996.3

黃　哲〈《黃帝內經》複合詞語義表達特點芻議〉，《醫古文知識》
　　　1997.4

郭春環〈《爾雅》與同義複合詞研究〉，《古漢語研究》2000.4

王建莉〈《爾雅》在同義複合詞研究中的利用價值〉，《內蒙古大
　　　學學報》2004.2

殷　靜〈《爾雅》前三篇郭注的並列複合詞研究〉，《新疆石油教育學院學報》2003.3

劉興均〈《周禮》合成名詞的特殊結構 OV 式〉，《語言研究》2003.2

陳偉武〈論先秦反義複合詞的產生及其偏義現象〉，《古漢語研究》1989.1

李杏華〈《世說新語》雙音複合詞內部形式反映對象特徵類分〉，《古漢語研究》1996.3

馬連湘〈從《世說新語》複合詞的結構方式看漢語造詞法在中古的發展〉，《東疆學刊》2001.3

李小平〈《世說新語》同義複合詞考察〉，《雲夢學刊》2004.1

羅立新〈關漢卿劇作複合詞研究〉，《鎮江師專學報》2001.3

于衍存〈同義並行複合詞探究〉，《東疆學刊》1985.2

呂雲生〈同義複合詞的語素分析〉，《北京師範大學學報》1987.5

陳若愚〈古代漢語同義訓釋與現代漢語同義並列複合詞〉，《內江師範學院學報》1986.00

譚汝為〈從大同中辨析小異——並聯式複合詞同義語素的語義差別〉，《平頂山師專學報》1997.8

王建莉〈單音詞融合為複合詞的語義轉化方式〉，《前沿》1994.10

董秀芳〈動詞性並列式複合詞的歷時發展特點與詞化程度的等級〉，《河北師範大學學報》2000.1

劉又辛、張　博〈漢語同族複合詞的構成規律及特點〉，《語言研究》2002.1

俞理明〈漢語詞彙中的非理複合詞——一種特殊的詞彙結構類型：

既非單純詞又非合成詞〉，《四川大學學報》2003.4

九、疊音詞、疊字詞、重言 16

周正穎〈《尚書》重言詞芻論〉，《古漢語研究》1995.4

范開珍〈《內經》《傷寒論》重言詞辨析〉，《浙江中醫雜志》
　　2003.2

范開珍〈議〈靈樞〉中的疊音詞〉，《四川中醫》2003.5

舒光寰〈《詩經》重言詞詞義初探〉，《吉首大學學報》1986.3

張其昀〈《詩經》疊字三題〉，《鹽城師範學院學報》1995.1；
　　（續）1995.3

楊合鳴、周德旗〈《詩經》疊根詞皆為形容詞〉，《河南師範大學
　　學報》1997.4

郭　瓏〈《詩經》疊音詞新探〉，《廣西師範大學學報》2000.2

趙　航〈《詩經》經文中疊詞探源〉（一）（二）（三），《南京曉莊學
　　院學報》2000.2；2000.3；2001.1

趙力維、旺曉堂、高　翔〈談《金匱要略》中的疊音詞〉，《長春
　　中醫學院學報》2001.2

崔泳準、蘇　傑〈《三國志》重言詞略說〉，《南京師範大學文學
　　院學報》2002.2

崔錫章〈《脈經》中疊音詞語的研究〉，《北京中醫》1998.6

沈榮森〈敦煌詞疊字與佛教關係淺探〉，《東嶽論叢》2001.1

溫梁華〈柳永詞中的疊字詞〉，《曲靖師範學院學報》1984.1

施觀芬〈《本草綱目》重言探析〉，《醫古文知識》2001.1

崔錫章〈十一部古醫籍重言之研究〉，《醫古文知識》2001.1；

（續）2001.2

毛永森〈古醫籍中的疊字與疊詞〉，《青海醫藥雜志》.1994.S2

十、聯綿詞 19

黃宇鴻〈從《詩經》看古代聯綿詞的成因及特徵〉，《河南師範大
　　學學報》1999.6

李海霞〈《詩經》和《楚辭》連綿詞的比較〉，《浙江大學學報》
　　1999.3

龍　鴻〈《說文》聯綿詞形義關係探微〉，《西南師範大學學報》
　　1999.4

劉曉英〈《說文解字》中的聯綿詞研究〉，《邵陽學院學報》2002.S2

唐子恒〈漢大賦聯綿詞研究〉，《山東大學學報》2002.1

范崇高〈試論唐人小說中的聯綿詞〉，《自貢師範高等專科學校學
　　報》1999.4

袁雪梅〈試評方以智對「謰語」及聯綿詞的研究〉，《四川師範大
　　學學報》1998.3

朱冠明〈方以智《通雅》謰語考〉，《辭書研究》2003.4

杜改運〈聯綿詞與詞的構成〉，《玉溪師範學院學報》1987.2

沈懷興〈雙聲疊韻構詞法說辨正〉，《漢字文化》2004.1

白景實、張雁峰〈也談聯綿詞的範圍〉，《承德民族師專學報》
　　1989.2

劉　乾〈論聯綿字的單用及孳乳〉，《殷都學刊》1993.4

關　童〈聯綿詞語源推闡模式芻議〉，《浙江大學學報》1996.3

賈齊華、董性茂〈聯綿詞成因追溯〉，《信陽師範學院學報》1996.3

董性茂、賈齊華〈聯綿詞成因推源〉，《古漢語研究》1997.1
董性茂、賈齊華〈聯綿詞成因研究的實踐意義〉，《河南大學學報》
　　　1997.3
周玉秀〈聯綿詞的構成與音轉試探〉，《西北師範大學學報》1994.4
徐振邦〈聯綿詞的一個重要來源——複輔音聲母的分立〉，《社會
　　　科學戰線》1997.5
徐天雲〈聯綿詞研究的歷史觀與非歷史觀〉，《古漢語研究》2000.2

十一、稱謂詞、謙敬詞 19

劉超班〈《尚書》敬語論〉，《武漢教育學院學報》1998.2
程邦雄〈《論語》中的稱謂與避諱研究〉，《語言研究》1997.1
劉　敏、尤紹鋒〈《史記》的謙敬詞研究〉，《洛陽師範學院學
　　　報》2003.3
厲建忠〈《世說新語》稱謂詞札記〉，《臨沂師範學院學報》
　　　1993.4
王小莘〈從《顏氏家訓》看魏晉南北朝的親屬稱謂〉，《古漢語研
　　　究》1998.2
楊秀英〈敦煌願文社會交際稱謂詞研究〉，《廣西社會科學》2002.6
楊秀英〈敦煌願文社會交際稱謂詞初探〉，《敦煌研究》2003.2
曲家源〈《水滸傳》稱謂考證〉，《山西師大學報》1994.3
李　華〈《水滸傳》中的稱謂詞〉，《甘肅高師學報》2003.1
馬　瑩〈《紅樓夢》中擬親屬稱謂語的語用原則及語用功能〉，
　　　《淮南師範學院學報》2003.2
田曉晴、張從益〈從《紅樓夢》的俗語翻譯看漢英親屬稱謂語的文

化制約〉，《雲夢學刊》2004.1

熊　焰〈上古漢語親屬稱謂與中國上古婚姻制度〉，《暨南學報》
　　1996.1

熊　焰〈漢語親屬稱謂詞構詞理據中的文化意義〉，《湖北民族學
　　院學報》1996.3

張振興、張惠英〈從山西話的稱謂詞看古代文明〉，《語文研究》
　　2003.2

鍾如雄〈漢語稱謂詞的性別異化〉，《西南民族學院學報》2002.4

吳懷祖〈談我國稱謂的構成〉，《十堰職業技術學院學報》1988.1

寇占民〈稱謂語的特點及文化價值觀〉，《齊齊哈爾大學學報》
　　2000.2

譚　峻〈古代禮貌詞語初探〉，《零陵學院學報》1990.2

劉恭懋〈古代稱謂禮貌語中的人名稱呼〉，《貴州教育學院學報》
　　2001.6

十二、方位詞 5

祖生利〈元代白話碑文中方位詞的格標記作用〉，《語言研究》
　　2001.4

李泰洙〈古本、諺解本《老乞大》裏方位詞的特殊功能〉，《語文
　　研究》2000.2

韓陳其、立　紅〈漢語四方方位詞的成詞理據〉，《南通師範學院
　　學報》2003.4

汪維輝〈方位詞「裏」考源〉，《古漢語研究》1999.2

陳　瑤〈方位詞研究五十年〉，《深圳大學學報》2003.2

十三、偏義複詞 19

徐朝華〈古代漢語中的偏義複詞〉，《天津師院學報》1982.4

張軍、張家太〈古漢語偏義複詞說略〉，《遼寧大學學報》1982.5

李建玲〈簡析偏義詞組與偏義複詞的關係〉，《承德民族師專學報》1996.1

葛全德〈簡說古漢語中的同義複用和偏義複詞〉，《上海師範大學學報》1998.2

勾俊濤〈淺談古漢語中具有格裏什姆現象的偏義複詞〉，《高等函授學報》1999.6

勾俊濤〈古代漢語偏義複詞管窺〉，《南都學壇》2000.5

梁振傑〈「偏義複詞」初探〉，《焦作大學學報》2000.1

崔泰吉〈古代漢語複詞偏義初探〉，《延邊大學學報》2001.3

沈多瑞〈古代漢語偏義複詞中的兩個問題〉，《天津師大學報》1983.2

蔡群發〈古漢語中偏義複詞的構成及其作用〉，《咸陽師範專科學校學報》2001.1

林祖雲〈偏義複詞成因初探〉，《上饒師專學報》1991.4

鍾如雄〈偏義複詞成因初探〉，《西南民族學院學報》1991.5

鄧細南〈談古今漢語偏義複詞的不同特點〉，《漳州師範學院學報》1994.3

張　新〈關於古今偏義複詞差異的比較〉，《連雲港師範高等專科學校學報》2001.1

張　濤〈古今漢語偏義詞比較〉，《天中學刊》2003.4

張勝廣〈古代複合偏義辭式和現代偏義複詞〉，《滄州師範專科學校學報》2001.2

王鍾坤〈從偏義複詞看中國傳統思維方式〉，《桂林師範高等專科學校學報》2003.2

陸　興〈偏義複詞的形成與中國傳統文化〉，《南通教育學院學報》1992.2

楊伯峻〈反義複詞作單詞例證〉，《語言研究》1985.1

十四、同源詞、同族詞、詞源、語源 47

方環海、王仁法〈論《爾雅》中同源詞的語義關係類型〉，《徐州師範大學學報》2000.4

方環海〈論《爾雅》的語源訓釋條例及其方法論價值〉，《語言研究》2001.4

方環海〈《爾雅》與漢語語源學研究方法〉，《徐州師範大學學報》2002.1

王建莉〈論《爾雅》詞源義與「同義為訓」詞義的關係〉，《內蒙古師範大學學報》2004.1

劉興均〈《周禮》雙音節名物詞詞源義探求舉隅〉，《達縣師範高等專科學校學報》2002.4

姚永銘〈《一切經音義》與詞語探源〉，《中國語文》2001.2

劉川民〈《方言箋疏》同源詞研究簡析〉，《杭州師範學院學報》1997.4

劉川民〈略論《方言箋疏》中的「聲轉」和「語轉」〉，《杭州大學學報》1996.4

王寶剛〈論《方言箋疏》中的「古同聲」〉，《淮陰師範學院學報》
　　2002.1

徐朝東〈《方言箋疏》同族詞的研究方法及其評價〉，《古籍整理
　　研究學刊》2000.5

陸忠發〈《說文段注》的同源詞研究〉，《古漢語研究》1994.3

侯尤峰〈《說文解字注》中的同源字研究〉，《湖北大學學報》
　　1996.1

趙廷琛、趙秀梅〈朱駿聲假借說的嚴重缺陷及其影響——兼論應當
　　承認通假字與同源字的交叉〉，《山東師範大學學報》2003.1

劉殿義、張仁明〈《廣雅疏證》同源字的語義問題〉，《畢節師範
　　高等專科學校學報》1995.3

張仁明、劉殿義〈《廣雅疏證》同源字組間的語義關係〉，《畢節
　　師範高等專科學校學報》1997.3

胡繼明〈《廣雅疏證》系聯同源詞的方法和表述方式〉，《漢字文
　　化》2002.4

胡繼明〈《廣雅疏證》研究同源詞的成就和不足〉，《西南民族學
　　院學報》2003.1

胡繼明〈《廣雅疏證》同源詞的詞義關係類型〉，《樂山師範學院
　　學報》2003.2

胡繼明〈《廣雅疏證》研究同源詞的理論和方法〉，《遼寧師範大
　　學學報》2003.3

朱國理〈《廣雅疏證》中的轉語〉，《上海大學學報》2003.2

張令吾〈王念孫《釋大》同族詞研究舉隅〉，《湛江師範學院學報》
　　1996.1

王　力〈同源字論〉，《中國語文》1978.1

嚴學宭〈論漢語同族詞內部屈折的變換模式〉，《中國語文》1979.2

劉又辛、李茂康〈漢語詞族（字族）研究的沿革〉，《古漢語研究》
　　　1990.1

經本植〈有關漢語同源詞的幾個問題〉，《四川大學學報》1981.3

王　寧〈漢語詞源的探求與闡釋〉，《中國社會科學》1995.2

王　寧〈關於漢語詞源研究的幾個問題〉，《古籍整理研究學刊》
　　　2001.1

王　寧、黃易青〈詞源意義與詞彙意義論析〉，《北京師範大學學
　　　報》2002.4

龐玉奇〈古漢語同源詞淺議〉，《內蒙古電大學刊》1992.2

楊家柱〈詞義的微觀結構與漢語同源詞詞義聯繫——漢語同源詞詞
　　　義關係的微觀研究〉（上篇）（中篇）（下篇），《昭通師範高等
　　　專科學校學報》1988.Z1；1989.1；1989.Z1

蘇新春〈同源詞的同源線是形象義〉，《古漢語研究》1993.1

王蘊智〈同源字、同源詞說辨〉，《古漢語研究》1993.2

章季濤〈試論同源字的產生及其意義間的聯繫〉，《武漢師範學院
　　　學報》1978.4

孫雍長〈同源詞之間的意義關係〉，《南昌大學學報》1995.3

張興亞〈簡論同源詞和同源字〉，《殷都學刊》1996.3

陳亞川〈上古聲韻系統的建立與同源字的確定問題〉，《求是學刊》
　　　1980.4

鍾敬華〈同源字判定的語音標準問題〉，《復旦學報》1989.1

張　博〈漢語音轉同族詞系統性初探〉，《寧夏社會科學》1989.6

孟蓬生〈同源字以雙聲孳乳說〉，《河北學刊》1990.2

殷寄明〈論同源詞的語音親緣關係類型〉，《復旦學報》1998.2

孫玉文〈從上古同源詞看上古漢語四聲別義〉，《湖北大學學報》
　　　1994.6

宋金蘭〈詞族比較法對漢藏語同源詞研究的價值〉，《青海民族學
　　　院學報》1998.1

黃易青〈同源詞義素分析法──同源詞意義分析與比較的方法之
　　　一〉，《古漢語研究》1999.3

黃易青〈同源詞意義關係比較互證法〉，《古漢語研究》2000.4

張仁立〈從思維角度分析同源詞的產生〉，《山西師大學報》1995.1

曾昭聰〈同聲符反義同源詞研究綜述〉，《古漢語研究》2003.1

曾昭聰〈漢語詞源研究的現狀與展望〉，《暨南學報》2003.4

十五、同義詞、同類詞 58

沈　林〈《左傳》單音節同義詞群的考察〉，《古漢語研究》2001.4

鄭硯田〈《論語》同義詞研究〉，《鞍山師範學院學報》1990.1

王慶國、謝志剛〈《論語》同義名物詞分析〉，《錦州師範學院學
　　　報》1995.3

周文德、金小梅〈論《孟子》同義詞顯示的七種格式〉，《西南師
　　　範大學學報》2002.5

劉濟芳〈《孟子》單音節動詞同義詞的存在形式〉，《聊城大學學
　　　報》2003.6

楊雅麗〈論《墨子》中的同義複詞〉，《西北第二民族學院學報》
　　　2001.2

黃曉冬〈《荀子》單音節形容詞同義詞的類別和多組同義詞的意義
　　關係〉，《北京化工大學學報》2002.4

黃曉冬〈古漢語同義詞的確定及辨析問題──兼論《荀子》單音節
　　形容詞同義詞的形成原因〉，《武漢大學學報》2003.3

宋永培〈《周禮》中「通」、「達」詞義的系統聯繫〉，《古漢語
　　研究》1995.4

多洛肯〈《爾雅・釋詁》非同義訓釋中無共同義素現象發微〉，
　　《新疆師範大學學報》1999.4

方文一〈《爾雅》中的一組同義時間詞──兼談同義詞的詞性問
　　題〉，《浙江師範大學學報》2003.1

雷　莉〈《國語》單音節實詞同義關係的格式與形成原因探討〉，
　　《北京理工大學學報》2003.6

黃　哲〈《黃帝內經》複合詞同義聚合關係初探〉，《雲夢學刊》
　　1994.4

吳辛丑〈簡帛典籍異文與古漢語同義詞研究〉，《廣州廣播電視大
　　學學報》2002.3

李素琴〈先秦同義詞「舟、船」辨析〉，《蘇州教育學院學報》
　　2002.2

管錫華〈從《史記》看上古幾組同義詞的發展演變〉，《語言研
　　究》2000.2

徐正考〈《論衡》「徵兆」類同義詞研究〉，《古籍整理研究學
　　刊》2001.4

徐正考〈《論衡》同義詞辨析〉，《社會科學戰線》2004.2

芮東莉〈試論《釋名》中同義詞的收錄和說解〉，《西北第二民族

學院學報》2000.3

馮　蒸〈論《說文》同義詞的形成〉，《漢字文化》1989.Z1

鍾明立〈《說文段注》同義詞論證方法述略〉，《江西師範大學學報》1998.2

鍾明立〈《說文解字》的同義詞及其辨析〉，《貴州文史叢刊》1999.1

鍾明立〈《段注》在同義詞研究上的繼承與發展〉，《華南師範大學學報》2001.5

馬景侖〈《說文》段注對同義名詞的辨析〉，《南京師大學報》1997.3

曹國安〈據《廣雅·釋詁》論古詞同義〉，《古漢語研究》1994.3

朱湘雲〈《宋書》與《南史》的同義詞對比研究〉，《廈門教育學院學報》2003.1

魏達純〈《顏氏家訓》中的並列式同義（近義、類義）詞語研究〉，《古漢語研究》1996.3

徐時儀〈佛經中有關乳製品的詞語考探〉，《南陽師範學院學報》2002.3

古敬恒〈《太平廣記》中的簡、複式同義表達〉，《古漢語研究》2002.2

李文澤〈宋代語言中的同義詞聚合〉，《四川大學學報》2001.1

曹廷玉〈近代漢語同素逆序同義詞探析〉，《暨南學報》2000.5

洪成玉〈古漢語同義詞及其辨析方法〉，《中國語文》1983.6

班吉慶〈古漢語同義詞的形成及其辨析〉，《揚州師院學報》1990.3

鄭硯田〈古漢語同義詞管窺〉，《鞍山師範學院學報》1987.1

鄭硯田〈論古漢語同義詞和近義詞的區別〉,《鞍山師範學院學報》
　　　1988.3

朱安義〈淺談古漢語同義詞的辨析〉,《昭通師範高等專科學校學
　　　報》1989.1

程碧英〈淺談古代漢語同義詞的辨析〉,《達縣師範高等專科學校
　　　學報》1996.4

張　弛〈論古漢語同義詞的形成〉,《寶雞文理學院學報》1997.2

昌學湯〈漢語雙音節同義詞形式分類及其生成規律的研究〉,《武
　　　漢交通管理幹部學院學報》2001.2

葛全德〈簡說古漢語中的同義複用和偏義複詞〉,《上海師範大學
　　　學報》1998.2

徐正考〈古漢語專書詞彙研究中同義關係的確定方法問題〉,《吉
　　　林大學社會科學學報》2002.2

徐正考〈古漢語專書同義詞研究與大型語文辭書的修訂〉,《古籍
　　　整理研究學刊》2003.4

周文德〈古漢語同義詞的形成原理探微〉,《西南民族學院學報》
　　　2002.10

周文德〈古漢語同義詞的認定方法〉,《西南民族學院學報》2002.3

黃金貴〈論同義詞之「同」〉,《浙江大學學報》2000.4

黃金貴〈論古漢語同義詞的構組〉,《浙江學刊》2002.1

黃金貴〈論古漢語同義詞的識同〉,《浙江大學學報》2002.1

黃金貴〈論古漢語同義詞構組的標準和對象〉,《古漢語研究》
　　　2003.1

黃金貴〈古今漢語同義詞辨析異同論〉,《古漢語研究》2003.3

姜曉紅〈略論同義詞與反義詞的關係〉，《寧夏大學學報》2001.3

袁健惠〈同源詞與同義詞闡微〉，《宿州師專學報》2002.4

聞　靜〈同素逆序同義詞淺析〉，《柳州職業技術學院學報》2003.2

楊　宏〈同源詞與同義詞辨析〉，《北京教育學院學報》2003.3

池昌海〈五十年漢語同義詞研究焦點概述〉，《杭州大學學報》
　　　1998.2

池昌海〈對漢語同義詞研究重要分歧的再認識〉，《浙江大學學報》
　　　1999.1

池昌海〈古代漢語同義詞研究的現狀和存在的主要問題〉，《杭州
　　　師範學院學報》2000.1

徐正考〈古漢語同義詞研究的歷史與現狀述評〉，《北華大學學報》
　　　2002.2

張成平、宋　輝〈古漢語同義詞研究綜述〉，《宿州師專學報》
　　　2003.2

十六、反義詞 20

陳偉武〈甲骨文反義詞研究〉，《中山大學學報》1996.3

黃運明〈甲骨刻辭的反義詞探討〉，《江西教育學院學報》2000.5

郭加健〈金文反義詞的運用〉，《廣州師院學報》1996.2

孫占林〈《論語》《孟子》《老子》中的反義詞〉，《紅河學院學
　　　報》1990.3

廖揚敏、雷　莉〈從《老子》中的「有」和「無」看現代反義詞研
　　　究缺陷〉，《廣西大學學報》2003.2

陳建初〈《列子》反義詞綜論〉，《古漢語研究》1991.4

十七、詞義、語義 51

院學報》1999.6

黃易青〈上古漢語意義系統中的對立統一關係——兼論意義內涵的
　　　量化分析方法〉，《北京師範大學學報》2003.5

蘇新春〈評《爾雅》的語義分類〉，《九江師專學報》1986.1

張清常〈《爾雅·釋親》札記：論「姐」、「哥」詞義的演變〉，
　　　《中國語文》1998.2

多洛肯〈《爾雅·釋詁》中詞義內部語義聯繫現象探微〉，《新疆
　　　師範大學學報》1998.3

左林霞〈《爾雅·釋詁》合疏詞義關係之考察〉，《湖北教育學院
　　　學報》1998.3

匡鵬飛〈淺探《爾雅》「同訓詞群」中的不同義現象〉，《高等函
　　　授學報》2001.1

陳煥良、曹豔芝〈《爾雅·釋器》義類分析〉，《中山大學學報》
　　　2003.5

張　猛〈晉郭璞義相反而兼通例新析——古漢語詞義的圖系分析法
　　　之應用〉，《北京師範大學學報》1987.5

李　索、高小立〈《左傳》愧恥義系詞義特點與結構功能析微〉，
　　　《河北大學學報》2003.3

傅海燕、戰佳陽〈《黃帝內經》詞義研究述評——兼論《內經》詞
　　　義的引申及義項排列規律〉，《中醫藥學刊》2003.11

宋永培〈《論語》「民」、「人」的實際所指與詞義特點〉，《古
　　　籍整理研究學刊》2003.6

秦淑華〈《史記》與《戰國策》的異文研究〉，《漢字文化》2002.4

黎千駒〈論《說文》中詞義的系統性〉，《殷都學刊》1998.2

馬景侖〈《說文》段注「渾言」、「析言」在漢語詞義研究中的意義〉，《徐州師範大學學報》1998.2

馬景侖〈《說文》段注「渾言」、「析言」所涉動詞詞義分類〉，《鎮江師專學報》1998.3

車先俊〈《說文解字》多義字探析〉，《徐州師範大學學報》2000.3

劉亞輝〈《說文解字注》中的詞義引申〉，《廣西師範大學學報》2003.4

匡鵬飛〈從《拍案驚奇》到現代漢語詞義演變的考察〉，《江漢大學學報》2004.2

劉丹青〈《紅樓夢》姨類稱謂的語義類型研究〉，《中國語文》1997.4

王紹新〈《紅樓夢》詞彙與現代詞彙的詞義比較研究〉，《語言教學與研究》2002.3

張永言〈詞義演變二例（漢語詞彙史雜記）〉，《中國語文》1960.1

孫良明〈關於詞義演變的兩個問題〉，《中國語文》1961.3

蘇寶榮〈漢語詞義演變規律新探〉，《山西師院學報》1984.2

宋彩霞〈漢語詞義演變中擴大縮小轉移的模式〉，《集寧師專學報》2001.1

宋建軍〈詞義演變的方式初探〉，《語文學刊》2003.3

夏繼先〈詞義演變探析〉，《濮陽教育學院學報》2003.4

張聯榮〈古代漢語詞義變化的幾個問題〉，《古漢語研究》1997.4

黃易青〈古漢語詞義系統中的量變質變關係〉，《北京師範大學學報》1991.6

陳汝法〈潛心探究詞義運動的思維軌跡——三論詞義研究和語文詞

典編纂〉，《辭書研究》2000.1

劉又辛〈關於漢語詞義和語源研究的幾個問題〉，《西南師範大學
　　學報》1978.1；（續）1978.2

劉又辛〈關於漢語詞義和語源的幾個問題〉（續完），《西南師範
　　大學學報》1979.1

萬獻初〈漢語中的詞義錯位現象〉，《咸寧學院學報》1987.2

萬世雄〈「聲近義通」緣於語詞孳乳說辨正〉，《湖北師範學院學
　　報》1993.4

鄧　明〈泛指義、特指義與古漢語詞彙研究〉，《古籍整理研究學
　　刊》1996.1

王　寧、黃易青〈詞源意義與詞彙意義論析〉，《北京師範大學學
　　報》2002.4

方一新〈中古漢語詞義求證法論略〉，《浙江大學學報》2002.5

楊端志〈訓詁學與現代詞彙學在詞彙詞義研究方面的差異與互補〉，
　　《文史哲》2003.6

董希謙〈試論詞義引申規律〉，《信陽師範學院學報》1985.2

邵文利〈古漢語詞義引申方式新論〉，《山東大學學報》2003.2

吳景河〈論古漢語詞義引申的方式及詞義的系統性〉，《安徽冶金
　　科技職業學院學報》2003.3

許嘉璐〈論同步引申〉，《中國語文》1987.1

趙大明〈也談詞義的同步引申〉，《語文研究》1998.1

王小莘〈試論中古漢語詞彙的同步引申現象〉，《南開學報》1998.4

田恒山〈論詞義的同步引申〉，《滁州師專學報》2001.1

伍鐵平〈詞義的感染〉，《語文研究》1984.3

朱華賢〈語詞的感染〉，《修辭學習》1997.3

鄧　明〈古漢語詞義感染例析〉，《語文研究》1997.1

鄧　明〈古漢語詞義感染補證〉，《古漢語研究》2001.2

孫雍長〈古漢語的詞義滲透〉，《中國語文》1985.3

朱　城〈〈古漢語的詞義滲透〉獻疑〉，《中國語文》1991.5

十八、方俗語、古白話、口語 90

郭啟熹〈上古漢語詞彙與龍岩話〉，《龍岩師專學報》1986.2

朱正義〈秦漢「關西語」──古代關中方言簡說二〉，《渭南師專
　　　學報》1994.3

華學誠〈論《爾雅》方言詞的考鑒──《爾雅》方言研究之一〉，
　　　《徐州師範大學學報》1999.4

華學誠〈論《爾雅》方言詞的訓釋方式──《爾雅》方言研究之
　　　一〉，《欽州師範高等專科學校學報》2000.1

華學誠〈論《爾雅》方言詞的詞彙特點〉，《古漢語研究》1999.4

吳慶峰〈郝懿行《爾雅義疏》引登萊方言考〉，《古漢語研究》
　　　2002.1

盧芸生〈《詩經》古詞在內蒙古西部方言裏的孑遺〉，《內蒙古師
　　　大學報》1995.3

趙振鋒、黃　峰〈《方言》裏的秦晉隴冀梁益方言〉，《四川大學
　　　學報》1998.3

王臨惠〈《方言》中所見的一些晉南方言詞瑣談〉，《山西師大學
　　　報》2001.1

陳立中〈論揚雄《方言》中南楚方言與楚方言的關係〉，《湘潭大

學社會科學學報》2001.5

陳立中〈從揚雄《方言》看漢代南嶺地區的方言狀況〉,《韶關學
　　院學報》2002.4

蔡　曉〈由揚雄《方言》看泌陽話中古語的遺留〉,《天中學刊》
　　2003.3

張全真〈從《方言》郭注看晉代方言的地域變遷〉,《古漢語研
　　究》1998.4

李恕豪〈從郭璞注看晉代的方言區劃〉,《天府新論》2000.1

華學誠〈從郭璞注看晉代方言詞彙〉,《語言研究》2002.3

李恕豪〈劉熙《釋名》中的東漢方言〉,《西南民族學院學報》
　　1995.6

關會民〈《說文解字》與關中方言詞〉,《唐都學刊》1996.2

華學誠〈論《說文》的方言研究〉,《鹽城師範學院學報》2002.2

周俊勳〈高誘注方言詞研究〉,《四川大學學報》1999.S1

郭秀梅、岡田研吉〈《傷寒論》中的方言俗語〉,《醫古文知識》
　　1998.1

華學誠〈論《毛詩草木鳥獸蟲魚疏》的名物方言研究〉,《徐州師
　　範大學學報》2002.3

黑維強〈敦煌文獻詞語陝北方言證〉,《敦煌研究》2002.1

劉紅花〈《廣韻》所記「方言」詞〉,《古漢語研究》2003.2

劉　蓉〈宋代筆記和方俗詞語研究〉,《玉溪師範學院學報》1995.1

安清躍、侯宏偉〈元曲語詞河南方言今證〉,《古漢語研究》1989
　　增刊

黑維強〈元雜劇詞語方言證〉,《西北第二民族學院學報》2001.1

王煥玲、劉偉萍〈南陽方言裏保留的元曲語詞〉，《南陽師範學院學報》2003.2

芮增瑞〈雲南方言裏的元明方言詞語〉，《楚雄師範學院學報》2003.1

晏均平〈《拍案驚奇》與遵義方言〉，《貴州文史叢刊》1994.2

白維國〈《金瓶梅》所用方言討論綜述〉，《中國語文》1986.3

王　森〈《金瓶梅詞話》中所見蘭州方言詞語〉，《語言研究》1994.2

馬世平〈保留在陝北方言裏的《金瓶梅》詞語〉，《榆林高等專科學校學報》1995.2

張惠英〈《金瓶梅》中杭州一帶用語考〉，《中國語文》1986.3

張　簡〈《金瓶梅》中的內蒙古西部方言、方音及習俗〉，《內蒙古電大學刊》1995.3

毛德彪〈也談《金瓶梅》的方言〉，《臨沂師專學報》1995.4

劉成蔭〈《金瓶梅》中的內蒙古西部方言〉，《陰山學刊》1996.3

高培華、楊清蓮〈《金瓶梅》與懷慶府方言俗語〉，《尋根》1997.2

吳英才〈《金瓶梅》是正定方言——兼談其方言研究〉，《雲南師範大學學報》1998.2

李征康、王子陽〈《金瓶梅詞話》中的方言俗語與伍家溝民間土語比較研究〉（之一）（之二），《十堰職業技術學院學報》1999.1；1999.3

張本忠〈《金瓶梅詞話》與淮上方言〉，《棗莊師專學報》2001.1

李錦山〈《金瓶梅詞話》中的江淮方言〉，《棗莊師範專科學校學報》2003.6

群　一〈《金瓶梅》與雲南方言詞彙〉，《昆明師範高等專科學校
　　　學報》2004.1

群　一〈《儒林外史》與雲南方言詞彙集〉，《昆明師範高等專科
　　　學校學報》1997.1

耿廉楓〈《聊齋志異》口語方言初探〉，《蒲松齡研究》1986

張成立〈《西遊記》的作者吳承恩任過新野知縣──兼述《西遊記》
　　　中的新野方言〉，《南都學壇》1995.4

王　毅、朱德慈〈《西遊記》中淮安方言臆札〉，《明清小說研究》
　　　1995.3

圖穆熱〈《紅樓夢》與東北方言〉，《社會科學戰線》2000.1

張振昌〈《紅樓夢》中的山東方言〉，《長春大學學報》2002.4

郭　展〈《紅樓夢》中的吳語詞彙問題〉，《蘇州科技學院學報》
　　　2003.2

張生漢、劉永華〈《紅樓夢》《歧路燈》和《儒林外史》的方言詞
　　　語比較研究（上）──以予詞前的動詞為例〉，《新鄉師範
　　　高等專科學校學報》2004.1

張生漢、劉永華〈《紅樓夢》《歧路燈》《儒林外史》方言詞語比
　　　較──以予詞前的動詞為例〉，《山西師大學報》2004.2

李無未、劉　富、華禹平〈《醒世姻緣傳》與吉林方言詞語探源〉，
　　　《吉林大學社會科學學報》2000.2

潘家懿〈從《方言應用雜字》看乾隆時代的晉中方言〉，《山西師
　　　大學報》1996.2

秦崇海〈《歧路燈》中原語詞考釋〉，《周口師範學院學報》2003.4

張生漢〈從《歧路燈》看十八世紀河南方言詞彙〉，《河南廣播電

視大學學報》2001.4

鄧章應〈《躋春台》婚嫁喪葬類方言詞彙散記〉,《成都大學學報》
　　2004.2

李天姿〈中國古典小說戲曲中懷慶方言詞彙研究〉,《焦作工學院
　　學報》2000.1

蕪　崧〈古籍中的荊楚方言詞語〉,《荊門職業技術學院學報》
　　2003.1

符玉川〈海南古代移民與海南方言〉,《海南大學學報》1996.2

封家騫〈從語素角度看粵方言存留的古語詞〉,《廣西廣播電視大
　　學學報》1997.2

時學偉〈開封方言和古漢語〉,《開封教育學院學報》2000.1

時學偉〈開封方言詞彙與古漢語〉,《開封教育學院學報》2002.1

毛玉玲〈昆明方言中的古詞語〉,《紅河學院學報》1986.1

劉福鑄〈莆仙方言中的古代吳楚方言詞語〉,《莆田高等專科學校
　　學報》2001.2

楊曉彩〈忻州方言中的古詞語分析〉,《晉中師範高等專科學校學
　　報》2002.2

周俊勳〈四川方言「起」、「展」與詞彙史研究〉,《西南民族大
　　學學報》2003.3

盧潤祥〈古方言俗語詞零拾〉,《中國語文》1984.4

郭在貽〈《太平廣記》裏的俗語詞考釋〉,《中國語文》1980.1

王　鍈〈元曲通假字、俗語詞考辨〉,《中國語文》1982.4

方一新〈漢魏六朝俗語詞雜釋〉,《中國語文》1992.1

張天堡、禹和平〈近代俗語詞及俗語義〉,《淮北煤師院學報》

1994.1

潘　攀〈《金瓶梅詞話》俗語簡論〉,《武漢教育學院學報》1996.4

白維國〈《金瓶梅詞話》切口語的構成〉, 《語言研究》1995.2

張洪超〈保留在邳州話中的元劇白話詞語例舉〉, 《徐州師範大學
　　　學報》1999.2

雷昌蛟〈建始（官店）方言中所見元明白話詞語〉,《古漢語研究》
　　　2000.3

盧芸生〈沉積在內蒙古西部地區漢語方言中的古代白話詞彙〉,
　　　《內蒙古師範大學學報》1995.1

盧芸生〈試論古代白話詞彙研究的幾個問題〉, 《廣西師院學報》
　　　1995.1

杜仲陵〈杜詩與唐代口語〉, 《中國語文》1981.6

劉鈞杰〈〈杜詩與唐代口語〉讀後〉, 《中國語文》1982.5

杜仲陵〈關於〈杜詩與唐代口語〉的幾點說明——答劉鈞杰同志提
　　　出的三點意見〉, 《中國語文》1983.3

劉鈞杰〈再說〈杜詩與唐代口語〉〉, 《中國語文》1984.1

徐之明〈《文選》五臣注口語詞札記〉, 《貴州大學學報》1996.2

化振紅〈從《洛陽伽藍記》看中古書面語中的口語詞〉, 《中南大
　　　學學報》2004.2

張金泉〈敦煌遺書《字寶》與唐口語詞〉, 《古漢語研究》1997.4

武振玉〈《入唐求法巡禮行記》的口語詞〉, 《綏化師專學報》
　　　1997.2

李敏辭〈《朱子語類》口語詞釋義〉,《長沙電力學院學報》2004.2

范朝康〈《三朝北盟會編》口語詞選釋〉,《貴州大學學報》2000.2

梁曉虹〈佛教典籍與近代漢語口語〉，《中國語文》1992.3

王永炳〈古典戲劇口語詞釋疑七則〉，《中國語文》1997.5

張明海〈《歧路燈》中原口語詞探釋〉，《商丘師範學院學報》
　　2000.3

十九、外來詞 32

李敬忠〈《方言》中的民族語詞試析〉，《民族語文》1987.3

趙振鐸、黃　峰〈揚雄《方言》裏面的外來詞〉，《中華文化論壇》
　　1998.2

王東明〈《史記》中的外來詞〉，《西安外國語學院學報》1995.2

顏洽茂〈中古佛經借詞略說〉，《浙江大學學報》2002.3

何亞南〈從佛經看早期外來音譯詞的漢化〉，《南京師大學報》
　　2003.3

王雲路〈試論外族文化對中古漢語詞彙的影響〉，《語言研究》
　　2004.1

強　強〈絲綢之路與早期中國的外來語〉，《北方蠶業》1997.2

傅興林〈試論外來詞在邊塞詩中的特殊作用〉，《漢中師範學院學
　　報》1999.4

王學奇〈宋元明清戲曲中的少數民族語〉（一）（二）（三）（四），《唐
　　山師範學院學報》2001.1；2001.3；2001.4；2001.6

孫玉溱〈元雜劇中的蒙古語曲白〉，《中國語文》1982.1

王永炳〈元劇曲中的蒙古語及其漢語音譯問題〉，《民族文學研究》
　　2003.1

李祥林〈元雜劇中的外來語及其運用〉，《四川戲劇》2003.1

孫伯君〈元明戲曲中的女真語〉，《民族語文》2003.3

方齡貴〈《伍倫全備忠孝記》劇中的蒙古語〉，《雲南師範大學學報》1998.6

方齡貴〈關於《吊琵琶》劇中的蒙古語〉，《雲南師範大學學報》1997.4

方齡貴〈元明戲曲中的蒙古語續考〉，《西北民族研究》1996.2；1997.2；1999.2；2001.1；2001.3

席永傑〈關於元明戲曲中蒙古語的鑒別問題〉，《昭烏達蒙族師專學報》2000.4

韓登庸〈漢語中的元代蒙語語詞〉，《內蒙古社會科學》1982.3

張　簡〈《金瓶梅》中的蒙語詞彙和喇嘛教的法事活動〉，《內蒙古電大學刊》1995.5

劉厚生〈《紅樓夢》與滿語言文化芻議〉，《清史研究》2001.4

趙志忠〈《兒女英雄傳》的滿語語彙特色〉，《民族文學研究》1985.3

賀玉華〈晚期近代漢語西洋來源外來詞初探〉，《吉安師專學報》1998.1

潘允中〈鴉片戰爭以前的外來詞〉，《中山大學學報》1957.3

張清常〈漫談漢語中的蒙語借詞〉，《中國語文》1978.3

卞成林〈近代漢語外來詞的不平衡性〉，《廣西民族學院學報》1992.2

李文平〈漢語外來詞古今比較與反思〉，《吉首大學學報》1998.3

武金峰〈從借詞看漢族與新疆少數民族之間的文化交流〉，《伊犁師範學院學報》1995.4

劉正埮〈漢語外來詞的歷史回顧和詞源考證〉,《百科知識》1983.11

王彥銳〈漢語外來詞的歷史進程及其社會文化性淺析〉,《陝西經
　　貿學院學報》2002.3

孫伯君〈遼金官制與契丹語〉,《民族研究》2004.1

段其湘〈試論幾個古漢語外來詞的語源〉,《成都師範高等專科學
　　校學報》1995.3

郭劍英〈一個世紀以來的漢語外來詞研究〉,《郴州師範高等專科
　　學校學報》2003.1

二十、成語、典故 80

劉青琬〈《周易》哲思和漢語成語〉,《石家莊職業技術學院學報》
　　2003.1

錢宗武〈《尚書》成語簡析〉,《達縣師範高等專科學校學報》
　　1995.4

張宏星〈試談《詩經》中的成語〉,《長沙水電師院社會科學學
　　報》1992.1

黃品泉〈談談《詩經》中的成語〉,《語文教學與研究》1999.6

劉　堡〈出自《詩經》中的成語源遠流長〉,《河北省社會主義學
　　院學報》2003.4

李　晶〈重組與變異：《詩經》成語形義例釋〉,《西南民族大學
　　學報》2003.5

張　治〈「詩經成語」中的漢民族文化心理例釋〉,《河南科技大
　　學學報》2004.1

長　華〈《論語》中的成語〉,《語文教學(煙臺)》1984.5

袁傲珍〈試論《論語》語詞的成語化規律〉，《紹興師專學報》
　　1986.1

史震己、張峰屹〈簡述《論語》成語的文化影響〉，《內蒙古師大
　　學報》·1995.2

曹瑞芳〈《論語》成語研究〉，《山西大學學報》1996.3

郭媛昕〈《論語》成語淺探〉，《新疆教育學院學報》1996.3

韓曉光〈源於《論語》的成語淺析〉，《景德鎮高專學報》2001.3

吳文周〈來源於《孟子》中的成語和名言〉，《丹東師專學報》
　　1982.3

鄭　濤〈《孟子》的成語研究〉，《古漢語研究》1994.4

牛振南〈《孟子》在語言學方面的貢獻──《孟子》中的成語和名
　　言警句〉，《山西廣播電視大學學報》2001.3

劉青琬〈《孟子》成語解讀〉，《河北師範大學學報》2002.1

李小燕、李曉靜〈《左傳》成語初探〉，《九江師專學報》2004.3

金　輝、程水龍〈《戰國策》成語文化透視〉，《淮北煤炭師範學
　　院學報》2004.2

王淩青〈論《莊子》成語的審美價值〉，《湖州師專學報》1991.1

馬秀恰、劉青琬〈《莊子》成語淺析〉，《河北大學學報》1998.4

劉筠梅〈從先秦文學探析成語的來源及其文化內涵〉，《內蒙古農
　　業大學學報》2003.4

劉方華〈先秦諸子思想成語化簡論〉，《泰安教育學院學報岱宗學
　　刊》2002.4

黃懋頤〈《史記》與漢語成語〉，《南京大學學報》1983.2

劉治平〈源於《史記》的成語〉，《廣西民族學院學報》1985.1

王文暉〈《三國志》成語研究與《三國志》的校理〉，《徐州師範
　　大學學報》2003.3

劉永良〈韓愈對成語的創造與提煉〉，《聊城大學學報》2003.3

祝敏徹〈《朱子語類》中成語與結構的關係〉，《湖北大學學報》
　　1990.2

顧鳴塘〈《三國志通俗演義》謠諺成語經緯談〉，《海南大學學報》
　　1991.1

王今錚〈《三國演義》的語言與成語〉，《漢字文化》2004.1

高思嘉〈談談《西遊記》中成語、俗語的運用與儒家傳統〉，《文
　　史雜誌》1996.4

梁曉紅〈源於佛教的成語〉，《語文園地》1985.1

昌　煊、全　基〈論成語〉，《中國語文》1958.10

武占坤〈有關「成語」的幾個問題〉，《河北大學學報》1962.2

吳　越〈同義成語的來源與辨析〉，《天津師院學報》1978.4

馬國凡〈成語的定型和規範化〉，《中國語文》1958.10

林文金〈從性質和特點看成語的範圍〉，《中國語文》1959.2

史均翰〈漢語成語定義新解〉，《南都學壇》1988.1

莫彭齡〈關於成語定義的再探討〉，《常州工業技術學院學報》
　　1999.1

陳秀蘭〈「成語」探源〉，《古漢語研究》2003.1

董銘傑〈談談古代成語的來源和形成〉，《浙江師範學院學報》
　　1981.1

盧卓群〈古代典籍和成語的源流〉，《咸寧師專學報》1987.1

韓曉光〈成語古今詞義演變探略〉，《寧夏教育學院學報》1989.2

張世挺〈成語釋義略議〉，《辭書研究》1982.3

蔡鏡浩〈成語釋義瑣議〉，《蘇州大學學報》1984.2

張宗華〈成語的義體與義場〉，《辭書研究》1984.4

姚鵬慈〈同源成語芻議〉，《杭州大學學報》1987.1

左林霞〈試論成語褒貶色彩的歷史演變〉，《培訓與研究——湖北
　　教育學院學報》2000.6

鄭　曉〈漢語成語與漢民族文化〉，《浙江師範大學學報》2002.3

金小棟〈六朝墓誌中用典來表未成年的詞語〉，《樂山師範學院學
　　報》2004.6

邱昌員〈詩歌典故與唐代小說的流傳傳播〉，《南昌大學學報》
　　2004.3

王　夏〈從典故的選用看李商隱的心理特徵〉，《鄖陽師範高等專
　　科學校學報》2001.1

金貞熙〈論周邦彥詞中典故的運用〉，《中國文學研究》2003.3

王訶魯〈論黃庭堅詩中的典故符號〉，《江西社會科學》1999.1

陳學祖〈典故內涵之重新審視與稼軒詞用典之量化分析〉，《柳州
　　師專學報》2000.3

陳學祖、曾曉峰〈稼軒詞典故之符號學闡釋〉，《湖北大學學報》
　　1998.3

包紅梅〈《類經·序》中的成語典故擷釋〉，《內蒙古中醫藥》
　　2000.4

劉永良〈《三國演義》的典故運用〉，《內蒙古民族師院學報》
　　2000.1

吳九成〈論《聊齋志異》對成語典故的運用〉，《南通師專學報》

1986.4

王複光〈《紅樓夢》名物典故探微〉，《集美大學學報》2002.2

陳家霖〈典故通論〉，《玉林師專學報》1985.1

陳家霖〈典故續論〉，《玉林師專學報》1985.4

文　方〈論典故〉，《山西師大學報》1990.2

朱學忠〈典故研究之我見〉，《淮北煤師院學報》1999.3

李之亮〈成語和典故的異同〉，《語文知識》1986.3.

潘允中〈成語、典故的形成和發展〉，《中山大學學報》1980.2

李景新、王吉鵬〈典故詞對典故因素的攝取──典故詞的形成之研
　　究〉，《湛江師範學院學報》1999.3

白　丁〈關於典故詞溯源問題的若干思考〉，《辭書研究》1996.4

王光漢〈關於典故溯源的再思考〉，《古漢語研究》2000.4

管錫華〈論典故詞語及其使用特點和釋義方法〉，《安徽大學學報》
　　1995.1

戴長江〈典故與典故語辭的釋義〉，《淮北煤師院學報》1996.2

王光漢〈論典故詞的詞義特徵〉，《古漢語研究》1997.4

戴長江、周向華〈典故語辭釋義探析〉，《辭書研究》1998.6

吳鐵魁〈成語與熟語及典故的關係〉，《九江職業技術學院學報》
　　2001.1

楊　薇〈論成語與典故的異同〉，《語文研究》2003.4

黃弗同〈論典故──詩歌語言研究〉，《華中師院學報》1979.4

葛兆光〈論典故──中國古典詩歌中一種特殊意象的分析〉，《文
　　學評論》1989.5

王玉鼎〈典故詞語與歷史文化〉，《華夏文化》1995.3

張曉宏〈論典故熟語中的民族文化色彩〉，《商丘師範學院學報》
2003.3

王　琪〈從典故看中國古代的隱士文化〉，《渭南師範學院學報》
2004.1

二十一、實詞 4

黃　斌〈漢語實詞分類的萌芽——《說文句讀》對「動字」和「靜
字」的分類〉，《古漢語研究》1993.3

段德森〈論實詞虛化〉，《殷都學刊》1988.4

李志高〈實詞向虛詞引申初探〉，《撫州師專學報》1991.1

郭建榮〈漢語實詞定類的發展觀〉，《古漢語研究》1990.3

二十二、虛詞 16

趙振興〈《周易》虛詞考察〉，《長沙電力學院學報》1995.4

封家騫〈對上古漢語虛詞複合類型的再思考〉，《廣西廣播電視大
學學報》1999.1

王　芳、萬久富〈《宋書》中的複音虛詞〉，《南京師範大學文學
院學報》2003.1

陳衛蘭〈敦煌變文複音虛詞結構類型初探〉，《黑龍江農墾師專學
報》1997.2

陳衛蘭〈《兒女英雄傳》複音虛詞的特點〉，《齊齊哈爾大學學報》
1998.3

王克仲〈古漢語複合虛詞的結構類型〉，《古漢語研究》1994.S1

湯可敬〈文言虛詞複雜性及其成因說略〉，《湘潭大學社會科學學

報》1985.4

于　江〈近代漢語「和」類虛詞的歷史考察〉，《中國語文》1996.6

高育花〈近代漢語「和」類虛詞研究述評〉，《古漢語研究》
　　　1998.3

高永安〈墨子對虛詞的研究〉，《河南社會科學》2004.2

高永安〈《墨子閒詁》在虛詞研究史上的貢獻〉，《中州大學學報》
　　　2002.1

梁保爾〈略論《經傳釋詞》在虛詞研究領域中的學術地位〉，《西
　　　北師大學報》1998.6

徐望駕〈《助字辨略》的近代漢語虛詞研究初探〉，《常德師範學
　　　院學報》1999.4

徐望駕〈《助字辨略》和中古漢語虛詞研究〉，《古漢語研究》
　　　2002.2

廖以厚〈讀袁仁林《虛字說》——試論袁氏的虛詞理論〉，《撫州
　　　師專學報》1992.2

郝維平〈談《馬氏文通》對《經傳釋詞》的批評〉，《漳州師院學
　　　報》1995.3

二十三、詞類 2

馮玉濤〈古漢語詞類問題淺議〉，《中國語文》1996.2

陳霞村〈關於古代漢語詞類的兩個問題〉，《中國語文》1996.3

二十四、名詞 7

劉　釗〈古文字中的人名資料〉，《吉林大學社會科學學報》1999.1

程　泆〈《山海經》動植物名詞形義不一致現象分析〉，《淮陰師
　　　範學院學報》1994.1

田恒金〈從《春秋》《左傳》看先秦時期女性的名字及其文化內涵〉，
　　　《河北師範大學學報》1998.3

張顯成〈簡帛醫書中的中藥異名〉，《醫古文知識》1994.2；（續
　　　一）1997.2

張文國〈論名詞在先秦漢語中的地位〉，《古漢語研究》1998.1

魏得勝〈古漢語中名詞的結構義〉，《河南大學學報》1998.1

張應斌〈原始名詞與文化發生學〉，《長沙電力學院學報》1998.3

二十五、動詞 16

劉　利〈《尚書》中的「克」與「能」〉，《古籍整理研究學刊》
　　　1995.Z1

何舉春〈《老子》單音動詞分析〉，《兵團教育學院學報》2002.3

鍾海軍〈淺談《老子》單音動詞〉，《四川師範學院學報》2002.5

姚振武〈《晏子春秋》的助動詞系統〉，《中國語文》2003.1

于正安〈《荀子》心理動詞研究〉，《黔西南民族師範高等專科學
　　　校學報》2002.3

于正安〈《荀子》助動詞研究〉，《樂山師範學院學報》2002.5

劉　利〈先秦單音節助動詞考辨〉，《北京師範大學學報》2000.2

李　煒〈《史記》飲食動詞分析〉，《古漢語研究》1994.2

王春玲〈《吳越春秋》複音動詞結構特點概述〉，《重慶三峽學院
　　　學報》2002.4

周俊勳〈魏晉南北朝志怪小說中有關疾病的動詞〉，《華中科技大

學學報》2003.6

陳本源〈《世說新語》中的趨向動詞「來」、「去」〉，《蘇州教
　　育學院學報》1988.2

于建華〈《齊民要術》的助動詞〉，《泰安師專學報》1996.2

許仰民〈論《金瓶梅詞話》的趨向動詞〉，《河南教育學院學報》
　　2003.2

許仰民〈論《金瓶梅詞話》的複合動詞〉，《信陽師範學院學報》
　　2004.1

管錫華〈《紅樓夢》重疊動詞的考察〉，《古漢語研究》1993.1

鍾兆華〈近代漢語完成態動詞的歷史沿革〉，《語言研究》1995.1

二十六、形容詞 3

唐　瑛〈《墨子》顏色形容詞研究〉，《渝西學院學報》2002.1

唐　瑛、唐映經〈《墨子》性質形容詞研究〉，《成都紡織高等專
　　科學校學報》2004.2

許仰民〈論《金瓶梅詞話》的多音節狀態形容詞〉，《信陽師範學
　　院學報》1991.4

二十七、數詞 7

曾仲珊〈《睡虎地秦墓竹簡》中的數詞和量詞〉，《求索》1981.2

牛島德次著、周生亞譯〈《史記》和《漢書》中的數詞〉，《語言
　　教學與研究》1995.2

黎平〈《遊仙窟》數詞研究〉，《山西大學學報》2003.1

田有成、曾鹿平〈近代漢語數詞表示法〉，《延安大學學報》2000.3

張其昀〈古代之數目字連文詞語〉，《鹽城師範學院學報》1997.3

周翠英〈古漢語數詞的文化意義研究〉，《青島大學師範學院學報》
　　2001.1

周翠英〈古漢語中數詞的非數目意義研究〉，《青島大學師範學院
　　學報》2001.4

二十八、量詞 25

劉興均〈《周禮》物量詞使用義探析——兼論《說文段注》的文獻
　　詞義訓釋價值〉，《古漢語研究》2002.1

王貴元〈戰國竹簡遣策的物量表示法與量詞〉，《古漢語研究》
　　2002.3

吉仕梅〈《睡虎地秦墓竹簡》量詞考察〉，《樂山師範學院學報》
　　1996.3

王建民〈《睡虎地秦墓竹簡》量詞研究〉，《康定民族師範高等專
　　科學校學報》2001.3

張麗君〈《五十二病方》物量詞舉隅〉，《古漢語研究》1998.1

陳練軍〈《尹灣漢墓簡牘》中的量詞〉，《周口師範學院學報》
　　2003.3

陳練軍〈試析《居延新簡》中的動量詞〉，《龍岩師專學報》
　　2002.5

馬　芳〈《淮南子》中的量詞〉，《臨沂師範學院學報》2002.2

魏德勝〈《敦煌漢簡》中的量詞〉，《古漢語研究》2000.2

崔雪梅〈《世說新語》的數量詞語與主觀量〉，《成都大學學報》
　　2002.1

官長馳〈《老乞大諺解》所見之元代量詞〉，《內江師範學院學報》
　　　1988.1

官長馳〈《朴通事諺解》中的量詞〉，《內江師範學院學報》1989.1

李愛民〈《金瓶梅詞話》專用動量詞研究〉，《山東教育學院學報》
　　　2001.2

金桂桃〈《清平山堂話本》中的個體量詞〉，《嘉應大學學報》
　　　2002.2

黃載君〈從甲文、金文量詞的應用考察漢語量詞的起源與發展〉，
　　　《中國語文》1964.6

劉世儒〈漢語動量詞的起源〉，《中國語文》1959.6

李若暉〈殷代量詞初探〉，《古漢語研究》2000.2

黃盛璋〈兩漢時代的量詞〉，《中國語文》1961.8

劉世儒〈論魏晉南北朝的量詞〉，《中國語文》1959.11

劉世儒〈魏晉南北朝個體量詞研究〉，《中國語文》1961.10；
　　　1961.11

劉世儒〈魏晉南北朝稱量詞研究〉，《中國語文》1962.3

劉世儒〈魏晉南北朝動量詞研究〉，《中國語文》1962.4

陳玉冬〈隋唐五代量詞的語義特徵〉，《古漢語研究》1998.2

李建平〈唐五代動量詞初探〉，《泰山學院學報》2003.4

白　冰〈宋元時期個體量詞的變化和發展〉，《山西高等學校社會
　　　科學學報》2001.7

二十九、代詞 43

張文國、張文強〈今文《尚書》指示代詞研究〉，《聊城大學學報》

2002.2

錢宗武〈《尚書》自稱代詞及其特點〉,《古漢語研究》1994.4

黃宇鴻〈《詩經》中的人稱代詞〉,《江漢大學學報》1995.5

王　珏〈《春秋》《左傳》女性他稱詞及其文化內涵〉,《周口師
　　範學院學報》1995.S3

張玉金《西周漢語第一人稱代詞的語音和語源問題〉,《華南師範
　　大學學報》2003.2

張玉金〈論西周漢語第一人稱代詞有無謙敬功能的問題〉,《華南
　　師範大學學報》2004.2

崔立斌〈《孟子》的人稱代詞〉,《古漢語研究》1989.4

宋永澤〈《孟子》人稱代詞綜考〉,《太原師範學院學報》1997.4

宋永澤〈《孟子》代詞綜考〉,《山西師大學報》1998.2

白振有〈《列子》疑問代詞討論〉,《延安大學學報》2001.2

鄧天玲〈淺談《國語》中的人稱代詞〉,《昭通師範高等專科學校
　　學報》1987.Z1

李傑群〈《商君書》的人稱代詞〉,《甘肅廣播電視大學學報》
　　2002.3

王海棻〈先秦疑問代詞「誰」與「孰」的比較〉,《中國語文》
　　1982.1

張宏樹〈試述先秦一、二人稱代詞繁複的文化原因〉,《湖北民族
　　學院學報》1998.1

黎方雲〈先秦漢語中對稱代詞使用情況綜考〉,《湖南第一師範學
　　報》2004.1

楊伯峻〈上古無指代詞「亡」「罔」「莫」〉,《中國語文》1963.6

周生亞〈論上古漢語人稱代詞繁複的原因〉，《中國語文》1980.2.

管錫華〈從《史記》看同義詞「孰」「誰」在上古的發展演變〉，《古漢語研究》2000.2

高育花〈《論衡》中的疑問代詞〉，《渭南師範學院學報》1998.4

高育花〈《論衡》中的指示代詞〉，《唐都學刊》1999.1

高育花〈《論衡》中的人稱代詞〉，《昌吉學院學報》2000.4

周俊勳〈從高誘注看東漢北方代詞系統的調整〉，《阿壩師範高等專科學校學報》2000.1

陳文傑《從早期漢譯佛典看中古表方所的指示代詞〉，《古漢語研究》1999.4

鄧　軍、李　萍〈魏晉南北朝疑問代詞「誰」和「孰」的考察〉，《鄭州大學學報》2003.5

鍾明立、陳暘斌〈從《世說新語》看六朝口語疑問句和疑問詞的特點〉，《九江師專學報》1993.2

陳年高〈敦博本《壇經》的人稱代詞〉，《淮陰師範學院學報》2001.2

吳福祥〈敦煌變文人稱代詞初探〉，《青海師範大學學報》1995.2

高育花、白維國〈《全相平話五種》中的人稱代詞〉，《古漢語研究》2003.1

呂叔湘〈《朴通事》裏的指代詞〉，《中國語文》1987.6

張惠英〈《金瓶梅》人稱代詞的特點〉，《語言研究》1995.1

許仰民〈論《金瓶梅詞話》的疑問句及疑問詞〉，《信陽師範學院學報》1997.1

許仰民、許東曉〈論《金瓶梅詞話》的代詞〉，《信陽師範學院學

報》2003.1

黃森學〈論《金瓶梅詞話》女性人稱代詞〉，《明清小說研究》
　　2002.3

董志翹〈近代漢語指代詞札記〉，《中國語文》1997.5

梅祖麟〈關於近代漢語指代詞〉，《中國語文》1986.6

黃盛璋〈古漢語的人身代詞研究〉，《中國語文》1963.6

張惠英〈第二人稱「賢、仁、恁、您」語源試探〉，《中國語文》
　　1991.3

竟　成〈簡論漢語人稱代詞〉，《古漢語研究》1996.1

俞理明〈漢語稱人代詞內部系統的歷史發展〉，《古漢語研究》
　　1999.2

李生信〈古今漢語疑問代詞的發展與變化〉，《固原師專學報》
　　1999.5

胡衍錚〈談談古代漢語中的代詞〉，《江西社會科學》2000.4

唐麗珍〈試論漢語人稱代詞複數形式的發展演變〉，《南京師範大
　　學文學院學報》2001.2

李　永〈漢語人稱代詞複數表達形式的歷史考察〉，《廣西社會科
　　學》2003.9

三十、副詞 34

趙振興〈《周易》副詞研究〉，《語言研究》2003.2

李傑群〈《孟子》的副詞〉，《北京廣播電視大學學報》1997.3

歐陽戎元〈《荀子》範圍副詞研究〉，《南陽師範學院學報》2003.8

車淑婭〈《韓非子》否定副詞研究〉，《西安電子科技大學學報》

2003.4

李傑群〈《商君書》的時間副詞〉，《湖南廣播電視大學學報》
　　　2002.4

陳克炯〈先秦程度副詞補論〉，《古漢語研究》1998.3

吉仕梅〈《睡虎地秦墓竹簡》副詞考察〉，《西南民族大學學報》
　　　2003.5

白銀亮〈《史記》總括範圍副詞研究〉（上）（下），《燕山大學學報》
　　　2000.3；2000.4

張勁秋〈《論衡》總括範圍副詞試析〉，《安徽教育學院學報》
　　　2003.5

葛佳才〈東漢譯經中的雙音節時間副詞〉，《西昌師範高等專科學
　　　校學報》2000.1

武振玉〈魏晉六朝漢譯佛經中的同義連用總括範圍副詞初論〉，
　　　《吉林大學社會科學學報》2002.4

張詒三〈《三國志・魏書》程度副詞的特點〉，《殷都學刊》2001.3

季　琴〈《三國志》的範圍副詞系統〉，《泰安師專學報》2002.4

陳寶勤〈《祖堂集》總括副詞研究〉，《學術研究》2004.2

唐賢清〈《朱子語類》重疊式副詞的類型〉，《中南大學學報》
　　　2003.4

唐賢清〈《朱子語類》重疊式副詞的語義、語法分析〉，《湖南大
　　　學學報》2003.5

郭作飛〈《張協狀元》複音副詞特殊構成試說〉，《重慶三峽學院
　　　學報》2001.S1

郭作飛〈《張協狀元》近代口語副詞研究中的兩個問題〉，《重慶

三峽學院學報》2002.1

周紅苓、郭作飛〈《張協狀元》近代口語副詞簡論〉，《貴州師範
　　大學學報》2003.1

許仰民、韓　偉〈論《金瓶梅詞話》的副詞〉，《天中學刊》1999.6

葉建軍〈《金瓶梅詞話》中的反問副詞〉，《安慶師範學院學報》
　　2002.5

葉建軍〈《醒世姻緣傳》中的反問副詞〉，《安慶師範學院學報》
　　2003.6

楊淑敏〈元明時期新興副詞探析〉，《山東社會科學》1994.4

楊淑敏〈元明白話某些新興副詞探析〉，《東嶽論叢》2000.2

楊淑敏〈明代白話中某些新興或特殊副詞研究〉，《東嶽論叢》
　　1994.3

張誼生〈近代漢語預設否定副詞探微〉，《古漢語研究》1999.1

楊榮祥〈近代漢語副詞簡論〉，《北京大學學報》1999.3

潘　攀〈近代漢語一組時間詞〉，《武漢教育學院學報》1997.1

黃　珊〈古漢語副詞的來源〉，《中國語文》1996.3

陳恩渠〈關於古代漢語副詞的探討〉，《西藏民族學院學報》1984.2

段德森〈副詞轉化為連詞淺說〉，《古漢語研究》1991.1

黃　珊〈古漢語副詞的來源〉，《中國語文》1996.3

陳寶勤〈古漢語副詞生源探微〉，《瀋陽大學學報》1997.2

陳寶勤〈漢語副詞生源探微〉，《瀋陽大學學報》1998.1

三十一、介詞 7

吉仕梅〈《睡虎地秦墓竹簡》介詞考察〉，《西南民族學院學報》

　　　1998.5

李傑群〈《商君書》介詞研究〉,《北京廣播電視大學學報》1998.2

李傑群〈《商君書》中的常用介詞考察〉,《古漢語研究》1999.2

李傑群〈《商君書》介詞考察〉,《貴州師範大學學報》1999.2

吳曉臨〈《搜神記》介詞研究〉,《西南民族學院學報》2000.10

許仰民〈論《金瓶梅詞話》中的介詞〉,《中州大學學報》2000.3

曹　煒〈《金瓶梅詞話》中的時間、處所、方向類介詞初探〉,
　　　《蘇州大學學報》2003.4

三十二、連詞 4

李傑群〈《商君書》連詞研究〉,《北京廣播電視大學學報》1998.4

吉仕梅〈《睡虎地秦墓竹簡》連詞考察〉,《樂山師範學院學報》
　　　2003.2

彭茗瑋〈漢魏六朝詩歌中的連詞淺析〉,《青海師專學報》2001.2

胡竹安〈敦煌變文中的雙音連詞〉,《中國語文》1961.10；1961.11

三十三、助詞 10

錢宗武〈《尚書》句首句中語助詞研究的幾點認識〉,《古漢語研
　　　究》2000.2

張仁立〈《詩經》中的襯音助詞研究〉,《語文研究》1999.3

李思明〈晚唐以來的比擬助詞體系〉,《語言研究》1998.2

王　森〈《老乞大》《朴通事》裏的動態助詞〉,《古漢語研究》
　　　1991.2

曹　煒〈《金瓶梅詞話》中的結構助詞和語氣助詞〉,《蘇州大學

學報》2001.3

曹　煒〈《金瓶梅詞話》中的動態助詞〉，《古漢語研究》2002.3

胡竹安〈宋元白話作品中的語氣助詞〉，《中國語文》1958.6

祖生利〈元代白話碑文中助詞的特殊用法〉，《中國語文》2002.5

顏　曉〈古代漢語語助詞的辨認和意義分析〉，《瓊州大學學報》1994.1

段德森〈談古漢語語氣助詞的轉化〉，《雲夢學刊》1996.3

三十四、詞尾、詞頭 3

孫雍長〈《楚辭》中詞的後綴問題〉，《中國語文》1982.3

逯　漓〈從《論衡》看詞尾「自」的形成〉，《焦作師範高等專科學校學報》2003.2

劉玉屏〈《世說新語》「子」的用法考察〉，《齊齊哈爾大學學報》2002.1

三十五、嘆詞 3

沈丹蕾〈試論今文《尚書》的嘆詞〉，《廣西師範大學學報》1998.S2

萬　益〈從《尚書》《詩經》的語言現象看古漢語嘆詞的表意功能〉，《廣東教育學院學報》1994.2

劉福鑄〈古漢語嘆詞札記〉，《福建師大福清分校學報》1982.2

三十六、象聲詞、擬聲詞 7

盧文同〈《詩經》中的象聲詞〉，《殷都學刊》1986.4

喬秋穎〈《詩經》擬聲詞研究——漢語表音詞的歷時研究之一〉，

《徐州師範大學學報》2002.1

趙金銘〈元人雜劇中的象聲詞〉，《中國語文》1981.2

劉鈞杰〈元代象聲詞的兩種變化〉，《漢語學習》1985.3

楊載武〈《西遊記》擬聲詞研究〉，《畢節師範高等專科學校學報》
　　　1994.2

許仰民〈論《金瓶梅詞話》的象聲詞〉，《河南大學學報》2003.6

許仰民〈試論古代漢語象聲詞〉，《信陽師範學院學報》1985.3

三十七、語氣詞 7

朱明珠〈從《詩經》語氣詞的運用看先秦語氣詞的發展及其特色〉，
　　　《鐵道師院學報》1996.5

陳恩渠〈《論語》中的句末語氣詞連用〉，《西藏民族學院學報》
　　　1987.4

李　虎〈《莊子》中的句中語氣詞「也」〉，《昭烏達蒙族師專學
　　　報》1986.1

梁紅曉〈談楚辭中的語氣詞「羌」與「謇」〉，《九江師專學報》
　　　1984.1

郭錫良〈先秦語氣詞新探〉（一）（二），《古漢語研究》1988.1；
　　　1989.1

劉曉南〈先秦語氣詞的歷時多義現象〉，《古漢語研究》1991.3

石　鍐、董　偉〈元代幾種白話文獻中的陳述語氣詞〉，《重慶師
　　　院學報》1996.3

三十八、系詞、判斷詞 7

石　峰〈《睡虎地秦墓竹簡》的系詞「是」〉，《古漢語研究》
　　　2000.3

楊澤林〈試論《論衡》中的系詞〉，《張家口師專學報》1997.3

劉世儒〈略論魏晉南北朝系動詞「是」字的用法〉，《中國語文》
　　　1957.12

蕭婭曼〈從《世說新語》看判斷詞「是」的發展與「非」「不」的
　　　關係〉，《西南民族學院學報》2001.2

汪維輝〈系詞「是」發展成熟的時代〉，《中國語文》1998.2

馮勝利著、汪維輝譯〈古漢語判斷句中的系詞〉，《古漢語研究》
　　　2003.1

楊　琳〈漢語系詞研究評議〉，《煙臺大學學報》1993.4

三十九、書評 36

余心樂〈薪傳有人絕學其昌──評錢宗武先生《今文尚書語言研
　　　究》〉，《揚州大學學報》1998.4

余心樂、雷良敨〈今文《尚書》語言研究的重大創獲〉，《古漢語
　　　研究》1999.1

陳克炯〈賾是求真識精見卓──何樂士《左傳範圍副詞》讀後〉，
　　　《中南民族學院學報》1999.1

紀國泰〈先秦漢語詞彙研究的力作──評毛遠明的《左傳詞彙研
　　　究》〉，《成都師範高等專科學校學報》2000.1

孫玉文〈讀《左傳範圍副詞》〉，《語言研究》1996.2

余行達〈讀《左傳詞彙研究》後記〉，《阿壩師範高等專科學校學
　　　報》2001.i

李傳書〈一部古代稱謂研究的力作——《左傳交際稱謂研究〉評
　　　介〉，《長沙電力學院學報》1999.2

沈　林〈專書同義詞研究的力作——《孟子同義詞研究》讀後〉，
　　　《涪陵師範學院學報》2004.4

魯國堯〈欣喜・憂慮——序董志翹《入唐巡禮行記詞彙研究》〉，
　　　《語言研究》2001.1

方一新、王雲路〈評董志翹《入唐求法巡禮行記詞彙研究》〉，
　　　《語言研究》2002.4

褚良才〈中古漢語研究的又一力作——讀方一新《東漢魏晉南北朝
　　　史書詞語箋釋》〉，《浙江學刊》2000.3

王雲路、方一新〈漢語史研究領域的新拓展：評汪維輝《東漢－隋
　　　常用詞演變研究》〉，《中國語文》2002.2

尹　波〈一部斷代語言研究的創新之作——評介《宋代語言研
　　　究》〉，《中國圖書評論》2002.4

張永言〈古典詩歌「語詞」研究的幾個問題——評張相著《詩詞曲
　　　語辭匯釋》〉，《中國語文》1960.4

張　斌〈一本研究古白話的力作——為徐時儀《古白話詞彙研究論
　　　稿》序〉，《上海師範大學學報》2000.4

方一新、王紹峰〈讀徐時儀《古白話詞彙研究論稿》〉，《古漢語
　　　研究》2004.2

珊　瑚〈古漢語詞義研究巨著《古詞辨》介紹〉，《古籍整理研究
　　　學刊》1992.3

李　豔〈研究古漢語同義詞的開創之作——簡評《古代漢語同義詞辨釋論》〉，《中國圖書評論》2004.2

陳東輝〈「為中古漢語展示出較完整的面貌」——王雲路、方一新的《中古漢語語詞例釋》評議〉，《浙江社會科學》1993.6

方一新、王雲路〈近代漢語詞彙研究的新收穫——讀《近代漢語詞彙研究》〉，《古漢語研究》1992.2

楊榮祥〈評《近代漢語研究概況》〉，《語文研究》1995.3

沈慧雲〈簡評《近代漢語介詞》〉，《語文研究》1999.3

胡明揚〈讀江藍生《近代漢語探源》〉，《語言文字應用》2003.1

羅其精〈馬西尼《現代漢語詞彙的形成》一書淺評〉，《當代語言學》1999.4

黃興濤〈近代中國漢語外來詞的最新研究——評馬西尼《現代漢語詞彙的形成》〉，《開放時代》1999.5

羅正堅〈讀王力《漢語詞彙史》札記〉，《中國語文》1993.3

周福雲〈讀《漢語詞彙史》獻疑〉，《電大教學》1994.6

朱　城〈《漢語詞彙史》瑣議〉，《湖北民族學院學報》1995.4

蘇新春〈現代漢語詞彙研究史大有可為——《漢語詞彙研究史綱》得失談〉，《漢語學習》1997.1

王炳英〈漢語史研究的光輝篇章——評「漢語史斷代研究叢書」〉，《中國圖書評論》1994.2

徐文堪〈張永言《語文學論集》讀後〉，《中國語文》1993.1

嚴　修〈評《漢語詞義引申導論》〉，《中國語文》1997.5

世　曉〈一部有中國氣派的詞彙學專著——評張永言的《詞彙學簡論》〉，《語文導報》1986.4

張志毅〈中國第一部詞彙科學專著〉，《煙臺大學學報》1989.3

段觀宋〈一部具有開拓意義的力作——讀《陰陽五行與漢語詞彙學》〉，《湘潭大學社會科學學報》1997.1

鄭飛洲、王曉瓏〈二十世紀漢語詞彙學研究回眸——《二十世紀的漢語詞彙學》讀後〉，《襄樊學院學報》2001.4

四十、語料價值 33

錢宗武〈論今文《尚書》的語法特點及語料價值〉，《湖南師範大學社會科學學報》1995.4

范崇高〈簡論《論語》在漢語史上的地位〉，《自貢師範高等專科學校學報》1990.3

吉仕梅〈《睡虎地秦墓竹簡》語料的利用與漢語詞彙語法之研究〉，《樂山師範學院學報》1997.1

張顯成〈談「戠」、「漿」、「戠漿」的意義——權威辭書訓釋訂誤兼談簡帛文獻的語料價值〉，《西南師範大學學報》1999.4

方一新〈東漢語料與詞彙史研究芻議〉，《中國語文》1996.2

高　明〈簡論《太平經》在中古漢語詞彙研究中的價值〉，《古漢語研究》2000.1

黃平之〈《太平經》——東漢語言研究的重要典籍〉，《文史雜志》2000.4

曹秀華〈三國漢譯佛經的特點及其價值研究述評〉，《湖南輕工業高等專科學校學報》2002.1

徐望駕、曹秀華〈試論皇侃《論語集解義疏》〉，《古漢語研究》

2003.2

馮利華、徐望駕〈陶弘景《真誥》的語料價值〉，《中國典籍與文化》2003.3

董志翹〈試論《洛陽伽藍記》在中古漢語詞彙史研究上的語料價值〉，《古漢語研究》1998.2

陳明娥〈從雙音新詞的存亡看敦煌變文在漢語史上的地位〉，《中南民族大學學報》2002.5

曾　良、蔡　俊〈敦煌俗文學作品的語料價值〉，《南昌大學學報》2000.2

董志翹〈《入唐求法巡禮行記》的詞彙特點及其在中古漢語詞彙史研究上的價值〉，《中國語文》1999.2

萬久富〈《晉書音義》的漢語史史料價值〉，《古籍整理研究學刊》2000.6

張能甫〈從《舊唐書》看史書語料在辭書編纂中的地位和價值〉，《四川師範大學學報》2003.3

劉　堅〈《建炎以來系年要錄》裏的白話資料〉，《中國語文》1985.1

江青松〈《東京夢華錄》在漢語史研究上的價值〉，《上饒師範學院學報》2002.5

蘭朝霞〈《桯史》語料價值述評〉，《懷化師專學報》2002.1

徐時儀〈略論《朱子語類》在近代漢語研究上的價值〉，《上海師範大學學報》2000.2

曾昭聰〈「二程語錄」在近代漢語詞彙史研究上的價值〉，《貴州大學學報》2001.2

李崇興〈《元典章·刑部》的語料價值〉，《語言研究》2000.3

徐　波〈《客座贅語》語言文字史料評析〉，《江蘇教育學院學報》2003.5

程志兵〈《西遊記》與漢語詞彙史研究〉，《克山師專學報》2002.1

趙紅梅、程志兵〈《型世言》在近代漢語研究中的價值〉，《綏化師專學報》1997.4

趙紅梅、程志兵〈《型世言》在近代漢語研究中的作用〉，《伊犁師範學院學報》1997.3

潘承玉〈從《金瓶梅詞話》的零碎語料看作品之影射背景與作者之邊塞閱歷〉，《華僑大學學報》1997.4

楊劍橋〈朝鮮《四聲通解》在漢語史研究上的價值〉，《復旦學報》2003.6

汪維輝〈關於《訓世評話》文本的若干問題〉，《語言研究》2003.4

陳東輝〈類書與漢語詞彙史研究〉，《古漢語研究》2004.1

王魁偉〈太田辰夫語料觀說略〉，《日本研究》1994.1

高小方〈洪誠先生對於漢語史語料學的貢獻〉，《南京社會科學》1999.12

洪　誠〈關於漢語史材料運用的問題〉，《文教資料》2000.6

四十一、綜述綜論 12

曹小雲〈近年來古代漢語語音、詞彙研究述評〉，《滁州師專學報》2003.4

劉福根〈歷代聯綿字研究述評〉，《語文研究》1997.2

黎千駒〈20 世紀《說文》聲韻與詞彙研究〉，《株洲師範高等專科

學校學報》2001.6

高　明〈近二十年來國內《三國志》詞語研究述評〉，《西藏民族
　　　學院學報》2004.2

方一新〈20 世紀的唐代詞彙研究〉，《浙江教育學院學報》2003.6

苑全馳〈90 年代專書詞彙研究論略〉，《常德師範學院學報》1999.6

徐時儀〈戲劇文獻整理與詞語研究的百年回顧〉，《喀什師範學院
　　　學報》2001.1

王啟濤〈近五十年來的中古漢語詞彙研究〉，《四川師範大學學報》
　　　2003.1

王雲路〈百年中古漢語詞彙研究述略〉，《浙江大學學報》2001.4

王雲路〈中古漢語詞彙研究綜述〉，《古漢語研究》2003.2

高　明〈中古史書詞彙研究述評〉，《西藏民族學院學報》2001.3

蔣紹愚〈近十年間近代漢語研究的回顧與前瞻〉，《古漢語研究》
　　　1998.4

附錄三　古漢語詞彙研究
碩博學位論文要目

　　本目共收大陸與臺灣古漢語詞彙研究碩博學位論文 378 篇，其中大陸 318 篇（碩士論文 200 篇，博士論文 118 篇）；臺灣 60 篇（碩士論文 48 篇，博士論文 12 篇）。分類與第一章第四節〈古漢語詞彙研究碩博學位論文概述〉相對應。各類大致以研究語料的時代相次，有些專題專類的研究論文則放在每類之後。每類注明篇數。為節省篇幅，大陸論文使用了一些簡稱：漢語=漢語史/漢語言文字學/現代漢語；語言應用=語言學及應用語言學；外國語言應用=外國語言學及應用語言學。又「碩士論文」「博士論文」，皆省去「論文」二字；博士後出站報告僅稱「博士後」。

一、大陸碩博論文要目

㈠詞彙、詞語、語詞 62

《甲骨文疑難語辭例釋》鄭州大學古文字與古代文明 2002 宋華強
　　碩士

《西周金文倫理語詞與倫理思想研究》四川大學歷史文獻學 2001
　　徐難於博士

《《黃帝內經》首見醫學詞彙研究》遼寧中醫學院中醫基礎理論
　　2003 傅海燕博士

《《詩經》雙聲詞研究》北京師範大學漢語 1988 馬燕華碩士

《《爾雅》法律使用域詞語研究》西南師範大學漢語 2004 趙家棟
　　碩士

《《論語》中文化負載詞彙的英譯初探》四川外語學院英語語言文
　　學 1997 闕英碩士

《《論語》與其漢魏注中的常用詞比較研究》四川大學漢語 2004
　　賴積船博士

《《莊子》詞彙研究》廣州大學語言應用 2002 蔣書紅碩士

《《韓非子》詞彙研究》浙江大學漢語 2004 車淑婭博士

《包山楚簡詞彙研究》廈門大學漢語 2004 王穎博士

《《睡虎地秦墓竹簡》法律用語研究》西南師範大學漢語 2003 李
　　明曉碩士

《《尉繚子》軍事用語研究》西南師範大學漢語 2003 劉小文碩士

《銀雀山漢簡「陰陽時令占候之類」詞彙研究》中山大學漢語2003
　　沈妍碩士

《銀雀山漢墓竹簡兵書二種詞彙研究》西南師範大學漢語 2000 苟
　　曉燕碩士

《《穆天子傳》詞彙研究》揚州大學中國古代文學2004顧曄鋒碩士

《先秦兩漢醫籍用語研究》四川大學漢語 1995 張顯成博士

《《說文》「示部」祭祀語詞探源》復旦大學漢語1996雷漢卿博士

《《論衡》與東漢佛典詞語比較研究》北京大學漢語 1999 胡敕瑞
　　博士

《《漢語大詞典》收錄《論衡》詞語研究》河北大學漢語 2002 齊
　　霄鵬碩士
《《潛夫論》詞語考釋》上海師範大學漢語 2002 徐山博士
《《焦氏易林》詞彙研究》四川大學漢語 2003 李昊碩士
《鄭玄注釋語言詞彙研究》四川大學漢語 1999 張能甫博士
《《說文解字》紡織服用詞彙的文化闡釋》湖南師範大學漢語2003
　　秦蕾碩士
《《三國志》軍事詞研究》北京大學漢語 1986 孫景濤碩士
《三國支謙譯經詞彙研究》浙江大學漢語 2004 季琴博士
《《世說新語》語詞研究》杭州大學漢語 1989 方一新博士
《《晉書》語詞研究與詞典編纂》蘇州大學漢語 2004 陶莉碩士
《《水經注》詞彙研究》四川大學漢語 2003 王東博士
《《洛陽伽藍記》詞彙研究》四川大學漢語 2001 化振紅博士
《《洛陽伽藍記》詞彙研究——《洛陽伽藍記》雙音節詞、口語詞
　　考察》北京大學漢語 2002 王麗碩士
《東漢魏晉南北朝常用詞演變研究》四川大學漢語1997汪維輝博士
《魏晉南北朝佛經詞彙研究》杭州大學漢語 1992 顏洽茂博士
《漢魏六朝詩歌語彙研究》杭州大學中國古典文獻學 1992 王雲路
　　博士
《佛典與中古漢語詞彙研究》四川大學漢語 1990 朱慶之博士
《佛教詞語的構造與漢語詞彙的發展》杭州大學漢語 1991 梁曉虹
　　博士
《義淨譯著詞彙研究》南京師範大學漢語 2003 栗學英碩士
《《根本說一切有部毗奈耶破僧事》詞彙研究》四川大學漢語2002

譚代龍碩士

《《入唐求法巡禮行記》詞彙研究》四川大學漢語1997董志翹博士

《敦煌變文詞彙研究》四川大學漢語 2000 陳秀蘭博士

《敦煌變文詞彙研究》山東大學漢語 2003 陳明娥博士

《唐代傳奇詞彙研究》四川大學漢語 2003 劉進博士

《《酉陽雜俎》詞彙研究》南京師範大學漢語 2003 劉傳鴻碩士

《《酉陽雜俎》新詞新義研究》華南師範大學漢語 2002 郭爽碩士

《《唐律疏議》詞彙研究》四川大學漢語 2002 冉啟斌碩士

《《雜寶藏經》新詞考》華南師範大學漢語 2002 康振棟碩士

《《舊唐書》詞彙研究》四川大學漢語 2001 張能甫博士後

《《舊唐書》詞彙研究》四川大學漢語 2002 周豔梅碩士

《中古史書詞彙研究》復旦大學漢語 2000 高明博士

《古代墓誌、史書詞語例釋》杭州大學漢語 1996 羅維明博士

《唐代墓誌詞彙研究》南京師範大學漢語 2004 姚美玲博士

《漢魏六朝碑刻禮俗詞語研究》西南師範大學漢語2004王盛婷碩士

《從「二程語錄」詞彙研究看《漢語大詞典》的疏漏與不足》華南
　　師範大學漢語 2004 王秀玲碩士

《《拍案驚奇》與現代漢語詞彙比較研究》華中師範大學漢語
　　2001 匡鵬飛碩士

《「二拍」商業詞彙研究》華中師範大學漢語 2000 劉敏芝碩士

《《金瓶梅詞話》特殊詞語匯釋》中國社會科學院研究生院近代漢
　　語 1981 白維國碩士

《《儒林外史》英譯本中文化詞語的翻譯》華中師範大學英語語言
　　文學 2001 曾奇碩士

《明代漢語詞彙研究》中國社會科學院研究生院漢語 1994 顧之川
　　　博士
《近代漢語詞彙研究》杭州大學漢語 1989 蔣冀騁博士
《近代漢語修辭詞語的特徵、類型和意義》陝西師範大學漢語
　　　2000 楊冰郁碩士
《近代漢語反語駢詞研究》浙江大學中國古典文獻學 2004 張小平
　　　博士
《漢語「吃喝」類詞群的歷史演變》北京大學漢語1997崔宰榮碩士
《定量和變換：古文字資料詞彙語法研究的重要方法》中山大學漢
　　　語 1988 唐鈺明博士

(二)語言、語言現象、語言藝術 18

《商代金文語言研究》西南師範大學漢語 2003 董豔豔碩士
《侯馬盟書的語言研究》北京師範大學金美京碩士
《馬王堆帛書《老子》佚書語言現象研究：兼論其哲學思想》中山
　　　大學漢語 2003 賴少瑜碩士
《《韓非子》語言研究》復旦大學漢語 1992 魏德勝博士
《早期漢譯佛典語言研究》四川大學漢語 2000 陳文傑博士
《《五分律》語言研究》復旦大學漢語 2001 吳新江博士
《敦煌書儀語言研究》浙江大學中國古典文獻學 2004 張小豔博士
《慧琳音義語言研究》浙江大學漢語 1999 姚永銘博士
《《玄應音義》研究》上海師範大學 2003 徐時儀博士
《雙重因素影響下的僧傳語言》四川大學漢語 2002 帥志嵩碩士
《《大正藏》第八十五卷錄文考訂及語言研究》南京師範大學漢語
　　　2003 于淑健碩士

《中古道書語言研究》浙江大學漢語 2003 馮利華博士

《中古及近代法制文書語言研究》四川大學漢語 2001 王啟濤博士

《漢語地名的語言與文化分析》廣西大學漢語 2001 蔡瑋碩士

《《紅樓夢》文化詞語翻譯的異化與歸化：楊譯本和霍譯本的對比
　　研究》北京航空航天大學外國語言應用 2003 王菲碩士

《語言、文化和翻譯：《紅樓夢》兩個譯本之比較》北京外國語大
　　學外國語言應用 2003 華慧碩士

《《醒世姻緣傳》語言藝術分析》北京外國語大學語言應用 2003
　　岳嵐碩士

《《鏡花緣》語言現象散論》南京師範大學漢語 2002 顧海芳碩士

(三)單音詞 3

《《商君書》單音詞詞義研究》西南師範大學漢語1995趙變親碩士

《《史記》單音詞研究》四川大學漢語 1998 管錫華博士

《古漢語的單音顏色詞》中國社會科學院研究生院語言學 1984 姚
　　小平碩士

(四)雙音詞、多音詞、構詞 34

《《爾雅》訓詁與同義複合詞的構造》內蒙古大學漢語 2001 王建
　　莉碩士

《《國語》複音詞研究》西南師範大學漢語 2003 鍾海軍碩士

《《墨子》複音詞初探》西南師範大學漢語 1989 錢光碩士

《《論語》《孟子》複音詞研究》廣州大學語言應用 2002 陳冠蘭
　　碩士

《《孟子》複音詞研究》廈門大學漢語 2002 郭萍碩士

《《列子》複音詞研究》西南師範大學漢語 2000 李朵碩士

《《荀子》構詞法初探》西南師範大學漢語 1989 嚴志君碩士

《《商君書》複音詞研究》西南師範大學漢語沈紅碩士

《《史記》並列式、偏正式雙音詞研究》武漢大學漢語 2001 陳海
　　　波博士

《《淮南子》複音詞研究》南京師範大學漢語 1998 趙立明碩士

《《法言》複音詞研究》東北師範大學漢語 2004 張煥新碩士

《《說苑》複音詞研究》蘇州大學漢語 2003 陶家駿碩士

《《釋名》雙音詞研究》蘇州大學漢語 2003 徐從權碩士

《《釋名》釋語複音詞研究》湖南師範大學漢語 2002 喻華碩士

《漢大賦多音詞研究》山東大學漢語 2002 唐子恒博士

《《太平經》雙音詞研究》華南師範大學漢語 2003 林金強碩士

《《漢書》複音詞研究》南京師範大學漢語 1998 張延成碩士

《《漢書》並列複合詞研究》北京師範大學漢語 1987 呂雲生碩士

《《三國志》複音詞專題研究》復旦大學漢語 2003 閻玉文博士

《《幽明錄》複音詞構詞方式研究》華中師範大學漢語 2001 鄧志
　　　強碩士

《《世說新語》雙音詞研究》北京大學漢語 1993 李立碩士

《《宋書》複音詞研究》復旦大學漢語 2002 萬久富博士

《《洛陽伽藍記》複音詞研究》西北大學語言應用 2004 王萍碩士

《鳩摩羅什五種譯經複音詞研究》武漢大學漢語 2004 王玥雯碩士

《李白詩歌中的並列式複合詞研究》四川大學漢語 2004 黃英博士

《《夷堅志》複音詞研究》四川大學漢語 2004 武建宇博士

《詞彙化：漢語雙音詞的衍生和發展》四川大學漢語 2001 董秀芳
　　　博士

《漢語複合詞語義構詞法研究》華東師範大學漢語 2003 朱彥博士

《近代漢語三音詞研究》武漢大學漢語 2001 楊愛姣博士

《漢語同素逆序詞類型和成因探析》陝西師範大學漢語 2002 張巍
　　　碩士

《西周、春秋時代漢語構詞法》復旦大學漢語 1985 黃志強博士

《上古漢語詞彙派生研究》復旦大學漢語 1999 王衛峰博士

《漢語史變調構詞研究》北京大學漢語 1997 孫玉文博士

《漢語縮略研究：縮略語言符號的再符號化》四川大學漢語 2002
　　　俞理明博士

㈤同族詞、同源詞、語源 17

《上古漢語諧聲字同族詞研究》北京大學漢語 1989 劉英博士

《上古漢語同源詞意義關係研究》北京師範大學漢語 1997 黃易青
　　　博士

《《說文解字》同源字意義關係研究》北京師範大學漢語 1988 王
　　　貴元碩士

《段玉裁《說文解字注》的同源詞研究》西南師範大學漢語 1997
　　　何書碩士

《論《釋名》的理據》廣西師範大學漢語 2001 王閏吉碩士

《郝懿行《爾雅義疏》同族詞研究》西南師範大學漢語 2002 李潤
　　　生碩士

《《廣雅疏證》的語源研究》復旦大學漢語 1998 朱國理博士

《論《廣雅疏證》的語源研究》南京師範大學漢語2001苑全馳碩士

《《廣雅疏證》同源詞研究》四川大學漢語 2002 胡繼明博士

《《方言箋疏》的同族詞研究》西南師範大學漢語1999徐朝東碩士

《詞源學：章太炎與沈兼士》北京師範大學漢語 1989 朱瑞平碩士

《論漢語同源詞研究的多維視角》安徽師範大學漢語 2003 袁健惠
　　　碩士

《漢語源義素及其在詞彙系統中的作用》延邊大學漢語 2001 譚宏
　　　姣碩士

《論同源詞的音與義》北京師範大學漢語 1986 黃易青碩士

《漢語語源義索隱》杭州大學漢語 1995 殷寄明博士

《語源學概論》杭州大學中國古典文獻學 1989 任繼昉博士

《古漢語植物命名研究》浙江大學漢語 2004 譚宏姣博士

(六)同義詞 21

《金文同義詞研究》華南師範大學漢語 2002 諶於藍碩士

《《左傳》單音節實詞同義詞群研究》四川大學漢語 2001 沈林博士

《《國語》單音節實詞同義詞研究》四川大學漢語 2003 雷莉博士

《戰國時期同義字組研究》北京大學漢語 1998 張雁碩士

《《爾雅》《釋詁》同義詞研究》北京大學漢語 2000 姜仁濤碩士

《《孟子》單音節實詞同義詞研究》四川大學漢語 2002 周文德博士

《《荀子》單音節形容詞同義關係研究》四川大學漢語 2003 黃曉
　　　東博士

《《韓非子》同義詞研究》廈門大學漢語 2001 王宏劍碩士

《《韓非子》單音節詞同義關係研究》四川大學漢語 2003 趙學清
　　　博士後

《先秦幾組同義詞辨析》蘇州大學漢語 2002 李素琴碩士

《《史記》同義詞研究》浙江大學漢語 1999 池昌海博士

《《史記》同義常用詞先秦兩漢演變淺探》陝西師範大學漢語 2004

王彤偉碩士

《《史記》同義連用研究》山東師範大學漢語 2002 王其和碩士

《《論衡》同義詞研究》四川大學漢語 2002 徐正考博士後

《《漢書》單音節形容詞同義關係研究》四川大學漢語 2004 李豔
　　　紅博士

《《說文》同義詞研究》杭州大學漢語 1988 馮蒸博士

《從幾組同義詞的辨析看上古漢語詞彙意義對句法功能的制約作
　　　用》河北師範大學漢語 2003 李倩碩士

《從《世說新語》看漢語同義詞聚合、反義詞聚合的歷史演變》北
　　　京大學漢語 1989 楊榮祥碩士

《對五組古漢語動詞同義詞的分析》北京大學古漢語 1981 劉燕文
　　　碩士

《《景德傳燈錄》同義名詞研究》四川大學漢語 2003 杜曉莉碩士

《段注同義詞研究》浙江大學漢語 1999 鍾明立博士

(七)反義詞 7

《殷墟甲骨文反義詞研究》首都師範大學漢語 2002 左文燕碩士

《《老子》專書反義詞研究》四川大學漢語 2003 廖揚敏博士

《《莊子》單音節實詞反義關係研究》四川大學漢語 2004 李占平
　　　博士

《《莊子》反義詞研究》山東師範大學漢語 2000 趙華碩士

《《列子》反義詞研究》湖南師範大學漢語 2002 陳雪梅碩士

《《三國志》常用反義詞研究》四川師範大學 2004 楊建軍碩士

《《抱朴子》反義詞研究》山東師範大學漢語 2003 李娜碩士

(八)詞義、語義 19

《上古漢語單音節常用詞本義研究》浙江大學漢語2004芮東莉博士

《金文的詞義系統研究》山東大學漢語 2001 朱明來碩士

《《說文》詞義系統研究》北京師範大學漢語文字學 1988 宋永培
　　　博士

《《說文解字》與古代天文學》內蒙古師範大學漢語 2003 周鳳玲
　　　碩士

《《說文》「心部字」研究及溯源》黑龍江大學漢語 2002 羅志翔
　　　碩士

《「女」部字語義與文化內涵透析》雲南師範大學漢語 2001 戴紅
　　　亮碩士

《上古玉部字研究》北京大學漢語 1999 宿娟碩士

《《說文解字注》詞義引申研究》北京大學漢語 1990 呂朋林博士

《說文段注詞義引申研究》復旦大學漢語 2002 徐前師博士

《王念孫文獻語義學研究》北京師範大學漢語 1982 孫雍長碩士

《論段玉裁對漢語詞義引申的研究》北京師範大學漢語 1982 馮勝
　　　利碩士

《《廣雅·釋詁》初探》華南師範大學漢語 2003 孫菊芬碩士

《支謙譯經動作語義場及其演變研究》北京大學漢語2002杜翔博士

《《昭明文選》聯綿詞語義研究》北京大學漢語 1986 王若江碩士

《從《毛詩正義》看孔穎達考證詞義的方法》北京師範大學漢語
　　　1982 李芳圃碩士

《試論戴侗《六書故》中關於詞義引申的學說》西南師範大學漢語
　　　1988 周繼琛碩士

《從語境角度考察詞義演變的規律》華中師範大學漢語詞彙 2002

王業兵碩士

《漢語詞義發展演變研究》山東大學漢語 2002 魏慧萍博士

《基於詞彙語義分析的唐宋詩計算機輔助深層研究》北京大學計算
　　機軟件與理論 2001 胡俊峰博士

(九)**方俗語、古白話 15**

《周秦漢晉方言研究史》華東師範大學漢語 2001 華學誠博士

《先秦楚語詞彙研究》中山大學漢語文字學 1998 譚步雲博士

《揚雄《方言》詞彙嬗變研究》山東師範大學漢語2002張麗霞碩士

《《廣韻》方言詞研究》湖南師範大學漢語 2002 劉紅花碩士

《明刊閩南方言戲文中的語言研究》暨南大學漢語2002王建設博士

《《儒林外史》所體現的江淮方言語法和詞彙現象》蘇州大學漢語
　　2003 姜蕾碩士

《《蜀語》詞語在當今四川的存留與演變》西南師範大學漢語1997
　　余霞碩士

《《西蜀方言》詞彙研究》四川師範大學漢語 2003 郭莉莎碩士

《近三百年來四川方言詞語的留存與演變》暨南大學漢語 1999 唐
　　莉博士

《近兩百年來廣州方言詞彙和方言用字的演變》暨南大學漢語方言
　　學 2000 黃小婭博士

《顏師古注引方俗語研究》華東師範大學漢語 2004 王智群碩士

《敦煌變文俗語詞考釋》南京師範大學漢語 2003 鄧歐英碩士

《禪宗俗諺初探》四川大學漢語 2003 李濤賢碩士

《漢語俗語詞通論》杭州大學漢語 1993 黃征博士

《元代白話碑文研究》中國社會科學院研究生院漢語 2000 祖生利

博士

(十)**成語、典故** 6

《《三國志》成語研究》復旦大學漢語 2002 王文暉博士

《漢語成語的文化觀照》曲阜師範大學漢語 2003 唐莉莉碩士

《數詞成語研究》內蒙古大學漢語 2004 賈吉峰碩士

《典故詞語的詞彙化研究》武漢大學漢語 2004 王丹碩士

《唐詩中典故的英譯》陝西師範大學外國語言應用2002李林波碩士

《漢語典故詞語研究》曲阜師範大學漢語 2004 丁建川碩士

(士)**虛詞** 3

《《三國志》中的複音虛詞》四川師範大學語言應用 2001 楊小平
　　　碩士

《《經傳釋詞》研究》內蒙古師範大學漢語 2003 宋彩霞碩士

《古漢語虛詞研究史》內蒙古師範大學漢語 2003 郭靈雲碩士

(圭)**名詞、稱謂** 12

《左傳名詞研究》四川大學漢語 1997 張文國博士

《上古車輛名詞源研究》北京師範大學漢語 1989 劉方碩士

《《山海經》專名研究》四川大學漢語 2004 賈雯鶴博士

《《晏子春秋》名詞研究》西南師範大學漢語 2003 周勤碩士

《《周禮》名物詞研究》四川大學漢語 2000 劉興均博士

《《紅樓夢》霍譯本人名翻譯的研究》陝西師範大學外國語言應用
　　　2001 楊英碩士

《《國語》中的職官稱謂語》廣西師範大學漢語 2003 羅春英碩士

《唐代稱謂詞研究》四川六學漢語 2002 吳茂萍碩士

《《金瓶梅》的稱謂系統》山東師範大學漢語 1999 杜豔青碩士

《漢語親屬稱謂研究》暨南大學漢語 2001 胡士雲博士

《漢語親屬稱謂系統及其當代變異》中國社會科學院研究生院語言
　　　　學 1988 徐志誠碩士

《漢語人體詞語研究》武漢大學漢語 2003 馮淩宇博士

(圭)動詞、助動詞、系詞 24

《甲骨文謂賓動詞研究》西南師範大學漢語 2003 郭鳳花碩士

《甲骨文位移動詞研究》西南師範大學漢語 2002 朱習文碩士

《殷墟甲骨刻辭動詞研究》武漢大學漢語 1998 楊逢彬博士

《兩周金文軍事動詞研究》西南師範大學漢語 2003 鄧飛碩士

《《左傳》謂語動詞研究》北京大學漢語 1998 張猛博士

《《戰國策》動詞研究》北京大學漢語 2001 金樹祥博士

《《吳越春秋》動詞研究》西南師範大學漢語 2001 王春玲碩士

《《論語》動詞研究》西南師範大學漢語 2003 鍾發遠碩士

《《論語》的動詞、名詞研究》北京大學漢語 1997 邊瀅雨博士

《《孟子》動詞、形容詞、名詞研究》北京大學漢語 1995 崔立斌
　　　　博士

《《荀子》動詞語義句法研究》北京大學漢語 2002 呂炳昌博士

《先秦漢語動詞和動詞性結構研究》北京師範大學中國語言文學
　　　　1997 劉利博士後

《先秦漢語助動詞研究》四川大學漢語 1995 劉利博士

《《說文解字》表情詞研究》山東師範大學漢語 2001 吳秀榮碩士

《《搜神記》動詞考察》中國人民大學漢語 2003 張海霞碩士

《《摩訶僧祇律》情態動詞研究》復旦大學漢語 2002 朱冠明博士

《《世說新語》助動詞研究》陝西師範大學漢語 2001 胡玉華碩士

《中古漢語助動詞研究》南京大學漢語 2000 段業輝博士

《中古漢語助動詞的歷史演變研究》北京大學漢語 2001 李明博士

《《醒世姻緣傳》中的趨向動詞研究》西北師範大學漢語 2002 王
　　敏碩士

《《兒女英雄傳》中一些常用動詞和現代北京話的比較》北京大學
　　漢語 1993 藤田益子碩士

《西晉以前漢譯佛經中「說類詞」使用情況及其發展演變研究》湖
　　南師範大學漢語 2004 聶志軍碩士

《睡覺類動詞的歷史演變研究》河南大學漢語 2003 劉新春碩士

《漢語系詞「是」的來源與成因研究》四川大學漢語 2003 肖婭曼
　　博士

㈭形容詞 3

《《墨子》形容詞研究》西南師範大學漢語 2003 唐瑛碩士

《《兒女英雄傳》狀態詞研究——從《兒女英雄傳》與《紅樓夢》
　　的比較看《兒女英雄傳》中狀態詞的若干特點》西北師範大
　　學漢語 2001 陳爍碩士

《重言式狀態詞的歷時發展及語法化考察》華中師範大學語言應用
　　2001 王繼紅碩士

㈮數詞、量詞 14

《甲骨文數量、方所範疇研究》西南師範大學漢語 2001 甘露碩士

《秦漢簡帛量詞研究》中山大學漢語 2003 李平碩士

《居延漢簡量詞研究》西南師範大學漢語 2003 陳練軍碩士

《《史記》量詞研究》復旦大學漢語 2004 李宗澈博士

《《三國志》量詞研究》山東師範大學漢語 2003 馬芳碩士

《唐代量詞例略》四川師範大學漢語 1898 丁華輝碩士

《唐五代量詞研究》四川大學漢語 2002 游黎碩士

《元代量詞研究》廣西師範大學漢語 2001 彭文芳碩士

《《金瓶梅詞話》量詞研究》山東師範大學漢語 1999 李愛民碩士

《《水滸全傳》的數量表達方式》西北師範大學漢語 2001 張雪蓮
　　碩士

《《水滸全傳》量詞研究》廣西大學漢語 2003 崔爾勝碩士

《《水滸全傳》動量詞考察及近代漢語動量詞發展初探》華東師範
　　大學語言應用 2004 朱彥碩士

《明代四大傳奇量詞研究》廣西師範大學漢語 2004 孫欣碩士

《「捆卷」類動詞衍生量詞的歷時過程和現時表現》華中師範大學
　　漢語語法 2000 孔麗華碩士

㈥代詞 11

《漢語早期「其」字考》上海師範大學漢語 2003 林亞紅碩士

《先秦出土文獻第一人稱代詞》華南師範大學漢語2003劉靖文碩士

《《國語》稱代詞研究》西北師範大學漢語 2003 袁金春碩士

《《荀子》代詞研究》復旦大學漢語 1999（韓）金大煥博士

《《說苑》代詞研究》曲阜師範大學漢語 2002 顏麗碩士

《《三國志》代詞研究》復旦大學漢語 2001 鄧軍博士

《敦煌變文的指示代詞和疑問代詞》北京大學漢語 1987 王剛碩士

《《全唐詩》四組常用代詞研究》四川師範大學漢語 2005 宋玲艷
　　碩士

《《型世言》代詞研究》蘇州大學漢語 2003 施建平碩士

《近代漢語中的「早晚」與「多咱」》河北師範大學漢語 2003 盧

志寧碩士

《官話方言中的人稱代詞研究》山東師範大學漢語2003賈英敏碩士

㈦副詞 19

《甲骨文副詞研究》西南師範大學漢語 2002 張國豔碩士

《甲骨文否定副詞研究》華南師範大學漢語 2003 羅立方碩士

《《詩經》副詞助詞研究》武漢大學漢語 2003 王金芳博士

《《左傳》否定詞「非」「未」「勿」「毋」「弗」「不」研究》

　　　黑龍江大學漢語 2003 張華碩士

《《國語》程度副詞研究》山西大學漢語 2003 侯立睿碩士

《《韓非子》否定副詞研究》西南師範大學漢語 2003 廖強碩士

《《淮南子》副詞研究》山東師範大學漢語 2002 齊瑞霞碩士

《《論衡》副詞研究》蘇州大學漢語 2003 茅磊闓碩士

《《世說新語》語氣副詞研究》陝西師範大學漢語2001賀菊玲碩士

《淺談《世說新語》語氣副詞的特點和發展》陝西師範大學漢語

　　　2003 白雁南碩士

《敦煌變文副詞系統研究》山東大學漢語 2002 李春豔碩士

《《全宋詞》川人詞作副詞研究》四川師範大學漢語 2005 賴慧玲

　　　碩士

《朱子語類副詞研究》湖南師範大學漢語 2003 唐賢清博士

《《老乞大・朴通事諺解》副詞研究》北京大學漢語 1999 金景夢

　　　碩士

《《醒世姻緣傳》副詞研究》山東師範大學漢語 2001 王群碩士

《中古漢語副詞研究》南京大學漢語 1999 高育花博士

《中古漢語程度副詞探析》華南師範大學漢語 2004 陳蘭芬碩士

《近代漢語副詞研究》北京大學漢語 1997 楊榮祥博士

《絕對程度副詞從近代漢語到現代漢語的發展演變》河南大學漢語
　　　2004 王靜碩士

㈩介詞、連詞 15

《《春秋左傳》介詞研究》復旦大學漢語 2003 王鴻濱博士

《《左傳》介詞研究》北京大學漢語 2001 趙大明博士

《《淮南子》介詞「以」「於」「于」「乎」研究》新疆大學語言
　　　應用 2002 馬靜恒碩士

《《三國志》介詞研究》山東師範大學漢語 2004 尚紅碩士

《中古漢語介詞研究》南京大學漢語 2002 吳波博士

《關漢卿雜劇介詞研究》四川師範大學語言應用 2003 許巧雲碩士

《《元刊雜劇三十種》的介詞研究》華中科技大學語言應用 2002
　　　魏兆惠碩士

《《型世言》介詞研究》蘇州大學漢語 2003 張雲峰碩士

《《醒世姻緣傳》介詞研究》山東師範大學漢語 2000 艾爾麗碩士

《漢語動詞介詞化研究》福建師範大學漢語 2003 吳金花碩士

《《詩經》連詞研究》北京師範大學漢語 1987 朱志平碩士

《《搜神記》連詞研究》山西大學漢語 2003 溫振興碩士

《義淨佛教撰述關聯詞語研究》南京大學漢語2003(韓)朴鍾淵博士

《隋以前漢譯佛經中的複音連詞研究》湖南師範大學漢語 2003 曾
　　　曉潔碩士

《漢語因果關系詞的歷史發展》中山大學漢語 2002 沈丹蕾博士

㈨助詞、語氣詞、詞綴 10

《姚秦漢譯佛經助詞研究》湖南師範大學漢語 2003 龍國富博士

《《祖堂集》助詞研究——兼論唐宋時期部分助詞的發展變化》中
　　國社會科學院研究生院漢語 1985 曹廣順碩士
《元代助詞研究》中國人民大學漢語 1989 黃濤碩士
《《型世言》助詞研究》蘇州大學漢語 2003 呂傳峰碩士
《「二拍」中的助詞「得」》四川師範大學語言應用 2002 鮮麗霞
　　碩士
《先秦常用語氣詞研究》陝西師範大學漢語 2000 張曉峰碩士
《《三寶太監西洋記通俗演義》中的語氣詞研究》四川師範大學語
　　言應用 2002 王飛華碩士
《《醒世姻緣傳》語氣詞研究》山東師範大學漢語2003王愛香碩士
《《敦煌變文集》和《祖堂集》的詞綴研究》北京大學漢語 1991
　　馮淑儀碩士
《古漢語詞綴研究》四川大學漢語 2003 彭小琴碩士
㈢異文 5
《武威漢簡《儀禮》異文研究》西南師範大學漢語2003孟美菊碩士
《《史記》《漢書》異文研究》暨南大學漢語 2003 王海平碩士
《《新序》文獻異文研究》四川大學漢語 2003 楊芸碩士
《《三國志》異文研究》復旦大學漢語 2001 蘇傑博士
《《宋書》與《南史》異文之字詞研究》福建師範大學漢語 2002
　　朱湘雲碩士

二、臺灣碩博論文要目

㈠詞彙、詞語、語詞 15

《西周金文複詞研究》國立臺灣師範大學國文研究所 92 ❶陳美蘭
　　　博士

《西周金文字體常用詞語及文例研究》中國文化大學中國文學研究
　　　所 89 陳美琪博士

《《論語》中「君子」與「小人」描述語詞之重組──兼論我國古
　　　籍中「人」之分類觀念作現代應用之前提》國立交通大學管
　　　理科學研究所 79 任維廉博士

《墨子與論語詞類比較研究》輔仁大學中國文學研究所 74 李金馥
　　　碩士

《先秦漢語詞彙並列結構研究》國立政治大學中國文學研究所 83
　　　章明德碩士

《李賀詩之語言風格研究──從詞彙與句型結構分析》淡江大學中
　　　國文學系 84 張靜宜碩士

《李商隱七言律詩之詞彙風格研究》淡江大學中國文學研究所 83
　　　羅妮淑碩士

《杜牧七言律詩語言風格研究──以音韻和詞彙為範圍》臺北市立
　　　師範學院應用語言文學研究所 92 張嘉玲碩士

《樊川詩的詞彙和語法──從語言風格學探索》國立中興大學中國
　　　文學系 90 李美玲碩士

《溫庭筠詩之語言風格研究──從顏色字的使用及其詩句結構分
　　　析》國立成功大學中國文學研究所 81 許瑞玲碩士

《《清真集》文體風格暨詞彙風格之研究》國立政治大學中國文學

---

❶　民國 92 年。下同。

研究所 85 楊晉綺碩士

《黃庭堅律詩的語言風格研究——以詞彙的運用現象為例》國立成

　　功大學中國文學研究所 84 吳幸樺碩士

《《碧巖集》的語言風格研究——以構詞法為中心》國立政治大學

　　中國文學研究所 81 歐陽宜璋碩士

《《老乞大》《朴通事》詞彙演變研究》國立政治大學中國文學研

　　究所 77 朴淑慶碩士

《聊齋誌異詞彙翻譯研究》輔仁大學翻譯學研究所 91 黃琪雯碩士

㈡詞義、語義 5

《敦煌變文詞彙之同義反義關係研究》淡江大學中國文學系 84 朴

　　真哲碩士

《從現代語義學看李賀詩歌之語義研究》東海大學中國文學系 84

　　朴庸鎮碩士

《《祖堂集》否定詞之邏輯與語義研究》國立政治大學中國文學系

　　87 張皓得博士

《《荔鏡記》中的多義詞「著」》國立清華大學語言學研究所 89

　　鍾美蓮碩士

《「口」「嘴」「首」「頭」詞義演變的研究——兼論漢語詞義的

　　演變》東海大學中國文學研究所 74 侯雪娟碩士

㈢同源詞、連綿詞、重疊詞、擬聲詞、派生詞 10

《上古漢語同源詞研究》國立臺灣師範大學國文學系70姚榮松博士

《揚雄方言同源詞研究——以秦晉方言和楚方言為例》國立臺灣大

　　學中國文學系 85 李昭瑩碩士

《說文解字同源詞研究》淡江大學中國文學系 88 吳美珠碩士

《由古漢語詞義之形成與發展論同源現象》輔仁大學中國文學系
　　85 張明在碩士
《漢藏語同源詞研究》國立臺灣大學中國文學研究所79全廣鎮博士
《世說新語聯綿詞研究》東吳大學中國文學系 88 李淑婷碩士
《由王氏疏證研究廣雅聯綿詞》東海大學中國文學研究所 77 崔南
　　圭碩士
《關漢卿戲曲語言之派生詞與重疊詞研究》淡江大學中國文學研究
　　所 82 江碧珠碩士
《元散曲重疊詞研究》國立中正大學中國文學系 85 丁文倩碩士
《《西遊記》詞彙研究——論擬聲詞、重疊詞和派生詞》國立成功
　　大學中國文學系研究所 84 楊憶慈碩士

(四)俗諺、典故 3

《海音詩俗語典故之分析》國立政治大學中國文學系89蔡寶琴碩士
《明清俗語研究》文化大學中國文學研究所 85 潘昌文碩士
《《三言》中的諺語研究》臺南師範學院教師在職進修國語文碩士
　　學位班 91 王筱蘋博士

(五)虛詞 11

《殷墟甲骨文虛詞研究》國立師範大學中國文學研究所 83 邱湘雲
　　碩士
《西周金文虛詞研究》國立臺灣師範大學中國文學研究所 73 方麗
　　娜碩士
《禮記大學中庸兩篇中虛詞研究》國立臺灣大學中國文學系研究所
　　59 崔玲愛碩士
《「夫」和「也」——《國語》書中虛詞研究》國立臺灣大學中國

文學研究所 88 陳漢飄碩士

《戰國策虛詞研究》國立臺灣師範大學中國文學研究所 84 許名瑲
　　碩士

《杜甫七律詩句中「虛詞」運用之探究》淡江大學中國文學研究所
　　82 朱梅韶碩士

《《六祖壇經》虛詞研究》國立中正大學中國文學系89王文杰碩士

《《祖堂集》虛詞研究》文化大學中國文學系研究所85宋寅聖博士

《三國史記虛詞研究》國立臺灣師範大學中國文學研究所 79 安載
　　澈博士

《甲骨卜辭中「其」字研究》靜宜大學中國文學系 90 乃俊廷碩士

《屈賦句中的「之」、「其」、「以」字研究》國立中正大學中國
　　文學系 84 蔡妮妮碩士

㈥**數詞、量詞** 5

《數詞在中文成語裏的文化意義》輔仁大學語言學研究所 73 梁志
　　強碩士

《兩周金文量詞之研究》國立高雄師範大學國文研究所 80 文乾錫
　　碩士

《六朝筆記、小說中使用量詞之研究》國立臺灣師範大學中國文學
　　研究所 76 楊如雪碩士

《敦煌吐魯番文書中之量詞研究》國立中正大學中國文學系 88 洪
　　藝芳博士

《唐五代量詞之研究》國立師範大學國文學系 86 蔡蓉碩士

㈦**稱代詞、稱謂、介詞、助動詞、助詞** 11

《甲金文中稱代詞用法研究》國立臺灣大學中國文學系研究所 55

　　韓耀隆碩士

《史記稱代詞與虛詞研究》國立臺灣師範大學歷史研究所 64 許璧
　　博士

《漢魏六朝稱代詞研究》國立臺灣大學中國文學研究所 79 魏培泉
　　碩士

《春秋公羊傳稱謂例釋》國立臺灣師範大學中國文學研究所 78 成
　　玲碩士

《漢語親屬稱謂詞的語義分析》國立臺灣大學中國文學系研究所
　　86 陳靜芳碩士

《包山楚簡姓氏研究》國立臺灣大學中國文學研究所84巫雪如碩士

《漢代人名字研究》國立師範大學國文學系 86 彭雅琪碩士

《東漢佛典之介詞研究》國立中正大學中國文學系研究所 86 林昭
　　君碩士

《講經變文與有關佛經介詞研究》國立政治大學中國文學系研究所
　　85 朴淑慶博士

《兩周金文助動詞詞組研究》國立成功大學中國文學系碩博士班
　　91 莊惠茹碩士

《句末助詞「來」、「去」：禪宗語錄之情態體系研究》國立臺灣
　　大學中國文學研究所 88 郭維茹碩士

後 記

　　2001 年我受聘四川師範大學，分派有研究生古漢語詞彙學的課程。我沒有按照一般古漢語詞彙學的內容去講，因為我認為，研究生在大學階段大多修過古漢語、訓詁學、語言學概論等課程，已經具備有古漢語詞彙學的基礎知識，即使有少數非中國語言文學畢業的學生，也可以通過自學，彌補上這方面知識的不足。而且我們知道研究生們進校後的一個最大困惑就是如何做論文。因此，我把這門課程定位於如何引導學生做古漢語詞彙研究論文特別是學位論文之上。講授內容主要有四個方面：㈠研究現狀，從古漢語詞彙的各個方面介紹本學科至今為止的研究狀況；介紹瞭解研究狀況的各種途徑，包括紙質文獻途徑與網盤文獻途徑等。㈡研究語料，介紹在古漢語詞彙史上有一定研究價值的見存各類古代文獻語料，同時介紹選擇語料的相關問題，如選擇語料的原則、評估語料價值的標準等。㈢研究選題，介紹選題的各種常見類型，以及一些可做的古漢語詞彙研究的選題。㈣研究方法，介紹古漢語詞彙研究常用的有效的幾種方法，如平面描寫、歷時比較、數理統計，以及與研究方法相關的幾個問題，如參照系問題、已有成果的利用問題等。為了配合這門課程的講授，我們還檢編了古漢語詞彙研究專著、古漢語詞彙研究期刊論文、大陸與臺灣古漢語詞彙研究碩博學位論文等幾

個要目分發研究生參考。所有的做法，所有的努力，都是希望這門課程「有用」，希望研究生通過這門課的學習，能夠找到做古漢語詞彙研究的門徑，能夠撰寫出有價值的古漢語詞彙研究論文特別是學位論文。

　　現在將這份講義整理出版，懇請專家同行與研究生朋友批評指正。

　　最後，這本講義中引用了大量的碩博生論文與專家學者的研究成果作為範例，於此我們對作者深致謝忱。

　　我的博士導師趙振鐸教授，在做《集韻研究》《集韻疏證》等重大研究的百忙之中，審讀全稿，提出寶貴的修改意見，並應乞賜序，獎掖鞭策，是更為後學所不忘。

國家圖書館出版品預行編目資料

古漢語詞彙研究導論

管錫華著. – 初版. – 臺北市：臺灣學生，
2006[民 95]
面；公分

ISBN 978-957-15-1325-(6 精裝)
ISBN 978-957-15-1326-3(平裝)

1. 中國語言 – 詞彙 – 研究方法

802.19031   95021342

古漢語詞彙研究導論(全一冊)

著　作　者：管　　　　錫　　　　華
出　版　者：臺 灣 學 生 書 局 有 限 公 司
發　行　人：盧　　　　保　　　　宏
發　行　所：臺 灣 學 生 書 局 有 限 公 司
　　　　　　臺 北 市 和 平 東 路 一 段 一 九 八 號
　　　　　　郵 政 劃 撥 帳 號 ： 0 0 0 2 4 6 6 8
　　　　　　電　話 ： (0 2) 2 3 6 3 4 1 5 6
　　　　　　傳　眞 ： (0 2) 2 3 6 3 6 3 3 4
　　　　　　E-mail：student.book@msa.hinet.net
　　　　　　http：//www.studentbooks.com.tw
本書局登
記證字號：行政院新聞局局版北市業字第玖捌壹號

印　刷　所：長 欣 印 刷 企 業 社
　　　　　　中 和 市 永 和 路 三 六 三 巷 四 二 號
　　　　　　電　話 ： (0 2) 2 2 2 6 8 8 5 3

定價：精裝新臺幣七○○元
　　　平裝新臺幣六○○元

西 元 二 ○ ○ 六 年 十 一 月 初 版

臺灣 學生書局 出版

中國語文叢刊